U0141907

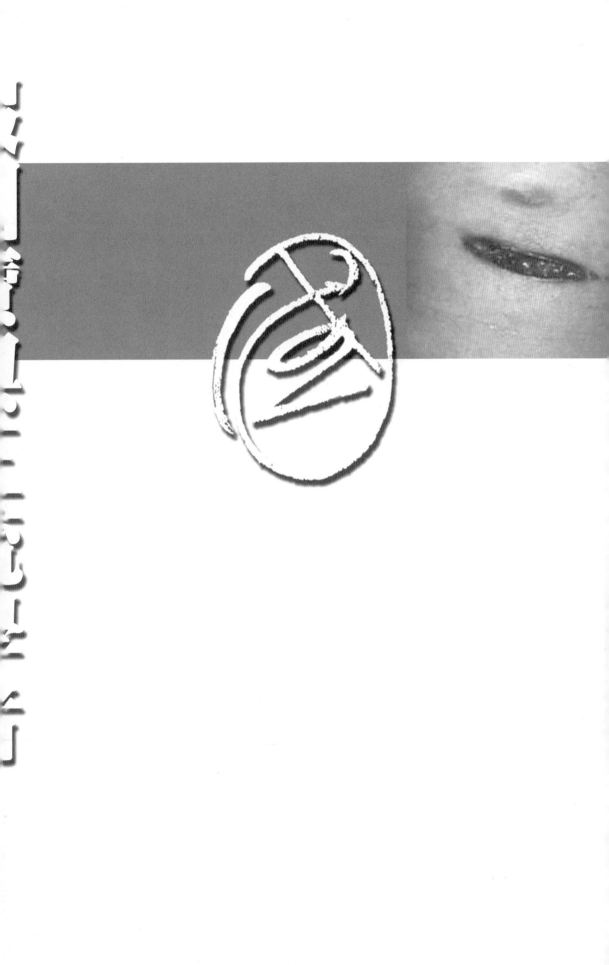

自序

　　李敖老師常開玩笑說，每個人一生都會做錯事，可是頭腦糊塗的嘿嘿嘿呂秀蓮卻是做錯事、說錯話的比例特別高。我發現台灣學術界有一個人比呂秀蓮更犀利，他每寫論文必錯，如果「金氏世界記錄」有「烏龍文章」這一項，我想李郁周一定最有希望成爲紀錄保持人。他爲了捍衛他的妄想與謬論，前後發表了三四十篇文章，並對兩岸專家學者砲火猛射。如今我將在本書提出鐵證，拆穿李郁周所有關於「自敘帖」的謊言與騙局，而李某所鬧的一連串烏龍，也將成爲學術界的千古笑談。更好笑的則是他將在一場學術研討會，發表一篇還沒發表就已經注定作廢的文章，這種奇事古今中外難得一見。

　　自從我在《故宮文物月刊》發表的一連串論文中，提出一枚新發現的南宋初年趙鼎「趙氏藏書」印（舊拓「晉唐小楷」上），從此開啓兩岸中國藝術史研究的災難。這方印被李郁周拿去濫用，提出故宮墨蹟本「自敘帖」爲文彭摹本的超級謬論，進而拿著「水鏡堂帖」當證據，一再發表謬文，到處攻擊專家學者，他自我意淫的誇稱解開千年之謎，甚至低劣到匿名寫文章自彈自唱吹捧自己，打擊與他意見不一的人。

　　如今我要再提出一枚明代中葉陸完的「物外奇寶」印，徹底戳破李某的牛皮與妄想。一枚「物外奇寶」的鐵證，勝過千言萬語的駁斥，確認故宮墨蹟本「自敘帖」就是陸完當年收藏的那本，而文徵明父子與章簡甫摹刻的「水鏡堂帖」，就是來自這本「自敘帖」。李郁周一開始誤用「綠天庵本」，把清初僞刻的臨本當寶貝；後來筆仗打輸想轉移焦點，又大肆濫用明朝中期的「水鏡堂帖」，不但根據這件印鑑摹刻不實的刻帖，考證「自敘帖」原蹟有幾張紙，並藉以批評故宮本的章法、書法與布白都不佳，如今真相大白，故宮墨蹟本「自敘帖」在前，「水鏡堂刻帖」在後，李某用複製品攻擊原件的所有謬文，瞬間全部成爲學術笑話。

　　因爲他的妄想與偏執，兩岸無數專家與大師被他流彈四射，不登他謬文的《故宮文物月刊》被他匿名撰文攻擊，一堆古代名人也莫名其妙的被他抹黑栽贓。而我則是最大的受害者，被一個不辨真偽與不講道理的烏龍

I

學者，拿著錯誤證據一再攻擊。李郁周所發起的冤獄，牽連甚廣，從古到今、從台灣到大陸、從個人到團體，無一倖免，也讓我體會到當「阿瑪迪斯」是什麼感覺。現在結案宣判：全案都因李某的學問做得荒、想像力豐富與忘了我是誰所造成。如果李某還有點知識分子的道德良知，就公開認錯，並向所有被你誤殺的受害者道歉。

快六十歲、當過小學校長、又寫了一輩子書法的李郁周，打筆仗不擇手段。以前大陸發生「蘭亭論辯」時，毛澤東寫信給郭沫若，說道：「筆墨官司，有比無好，未知尊意如何？」腦力激盪的筆墨官司的確是有比無好，但像李郁周搞成那麼髒，實在是離譜到極點。而最後他也得到報應，一方「物外奇寶」拆穿了這個「物外活寶」。

他搞人海戰術，竟然弄出個分身，化名為「聞真」，在《書法教育會訊》上發表〈揭開懷素「自敘帖」五百年來之秘─與李郁周對談側記〉，匿名寫文章吹捧自己、攻擊他人，自己與自己「對談」並「側」記，簡直精神分裂、光怪陸離。李某目前正在「鬥陣俱樂部」，他再這樣搞下去，很有可能將會進入「美麗境界」。

李某第二次化身為「聞真」，撰文攻擊退他稿的《故宮文物月刊》編輯部，指稱他們是因為怕被他揭發故宮墨蹟本是摹本而「院面無光」，所以這種「鴕鳥行徑相當值得同情」。又第三次化身為「聞真」，撰文攻擊大陸國寶級專家，每一篇都充斥著李某文章特有的自我吹捧與自我意淫風格，李某已經忘了我是誰，真以為他成了世界級的大師。

本名李文珍的李郁周，第一次化身成「聞真」寫黑函攻擊我的時候，為了假裝客觀與怕漏馬腳，先恭維我兩分，然後攻擊我八分。（這是李郁周攻擊人的文章公式，不論對我、對故宮、對何碧琪都來這一套。）他在黑函中恭維我說：「對書畫傳藏研究潛力深厚，三十歲以下的青年研究者無人可與比肩，未來成就不可限量。」所以我後來在《假國寶─懷素自敘帖研究》中，開玩笑的自動加碼，改成「六十歲以下的研究者無人可與比肩」，因為李某快屆六十。李敖老師年輕時有句名言：「五十年來、五百年內，中國人寫白話文的前三名是：李敖、李敖、李敖。」李老師曾私下跟我說，他愈看別人的文章，愈覺得自己的文章寫得真是好。同樣的，我看了快六十歲的李郁周所寫的魔幻小說式論文，愈覺得我的論文真是史料豐富與論點紮實。蕭伯納曾開玩笑說：「當別人捧我的時候，我就覺得渾身不自在，因為捧得不夠！」也同樣的，對於李某在匿名文章中捧我，我也覺得渾身不自在。

　　相對於李某只敢用分身吹捧本尊、攻擊異己，水準只能用低落來形容，這也證明寫毛筆字未必能陶冶性情；或是說寫書法的小孩不會變壞，但寫書法的老人會不會變壞那就不曉得了。

　　中國書道學會舉辦「懷素自敘帖與唐代草書學術研討會」，張光賓老先生曾兩次當面邀我參加，理事長張松蓮女士也來電邀約，因為筆仗就是因為我的文章而起的，但我都回絕了。我當時跟他們說的理由是：我拒絕跟這種打筆仗打輸了，還匿名寫黑函攻擊人的貨色同臺！而且李郁周寫的東西根本是小說，他絕對會把學術研討會搞成小說發表會。當初張老看我沒意願，最後還加了一句：「傅申也有參加喔！」更是讓我心裡倒盡胃口了。（張老看完本書，應該可以知道為什麼傅申會讓我倒盡胃口，而且他幹的事可能也會倒盡你胃口。）

　　拒絕參加會議的另一個主要原因是，發表一篇論文對我而言是不夠的！延續我之前發表論文的「傳統」，本書的每一篇文章都提出新的證據與史料，以及推翻前人的論點，如米芾《寶章待訪錄》並非定稿於一〇八六年，近千年來大家都被米芾給騙了；又透過明刻本《新安蘇氏族譜》，揭開蘇沂跌破眾人眼鏡的身世之謎；文徵明父子根本未涉及作偽一事，明代中期也沒有發生「自敘帖」被掉包的事情，這全是研究者誤讀了詹景鳳的《東圖玄覽編》所造成的；最後，則是透過王世杰舊藏（傳）夏圭「長江萬里圖」上的「物外奇寶」印，確認故宮墨蹟本就是當年陸完藏本，而「水鏡堂帖」乃是根據這卷所摹刻。最後我則在結論部分，對當前中國藝術史的研究，吐露了我的不滿。

　　走上藝術史研究之路，全拜李敖老師之賜，而若非敖師的啟發與「縱容」，也不會有這本書和之前著作的出現。李敖老師的偉大之處，有一部分體現在對學生的細心幫助上，而這是少數幾個當年恭逢其盛的年輕人才享受得到的。

導讀

　　「自敘帖」的研究之所以如此複雜難解，最大原因就是在千年來的文獻史料中，存在著許多的錯誤，但歷代藝術家與研究者都沒有好好去深入釐清與辨誤，以致人云亦云，錯誤累積愈來愈多。而更可惡的是，竟然有人濫用與誤用史料，一再提出不堪驗證的謬論，使得「自敘帖」的研究更為渾沌不明，所以筆者將在本書中一一撥雲見日。

第一單元：拆穿騙局

一、〈北宋蘇家只有一本「自敘帖」—米芾《寶章待訪錄》的大發現〉：證明北宋蘇家就只有一本「自敘帖」；大家都被米芾給唬弄了，《寶章待訪錄》並非完全成書於一○八六年，而是陸續增補，愈後面的資料愈新。此外，該書的「的聞」與「目睹」兩大類是有重疊的。拆穿李郁周的第一個騙局。

二、〈拆穿李郁周的騙局—蘇沂身世大揭密〉：李郁周誤用《寶章待訪錄》，想像蘇家有兩本「自敘帖」，其一為「蘇液所藏『蘇沂摹本』」，蘇舜欽二子蘇液並於一○五四年拿給外公杜衍題詩，然後此本又賣給米芾云云。結果我找到一本明朝所修的《新安蘇氏族譜》，發現蘇沂小了蘇液兩代，一○五四年蘇沂根本還沒出生。拆穿李郁周的第二個騙局。

三、〈宋朝內府只有一本「自敘帖」—袁桷《清容居士集》的誤記〉：元朝袁桷在其《清容居士集》提出一個「創見」，就是南宋高宗初年，董逌曾上獻一本「自敘帖」給宋高宗。而李郁周藉此發揮，說這本「自敘帖」就是上述那本不存在的「蘇液所藏『蘇沂摹本』」，而這本不存在的「自敘帖」，後來在孝宗朝收入「淳熙秘閣續帖」云云。結果我利用其他南宋的史料，證明董家被宋高宗「強索」的，事實上是懷素的「千字文」，而非「自敘帖」。拆穿李郁周的第三個騙局。

四、〈曾紆跋文的誤記〉：關於「自敘帖」的研究，空青老人曾紆是個極重要的關鍵人物。曾紆的記載雖然是研究「自敘帖」的主要依據，但他在故宮墨蹟本「自敘帖」後的跋文，還是出現了錯誤。而這個錯誤，同樣被愛寫黑函的李郁周所濫用。本文將拆穿李郁周的第四個騙局。

五、〈還文徵明父子清白—對詹景鳳《東圖玄覽編》的誤讀〉：自從朱家濟、啓功等人，發現明抄孤本《東圖玄覽編》關於「自敘帖」的記載，眾人皆把矛頭指向文徵明父子，認爲他們可能涉及把真跋拆配至他們的摹本後。結果啓功轉引時，發生嚴重錯誤，漏了一個關鍵字，其他研究者未「覆按」原書，使得文氏父子變成「自敘帖」疑案的無辜受害者。李郁周則提出更荒謬的說法，指稱故宮墨蹟本全部都是文彭所摹。本文就是拆穿李郁周的第五個騙局。

六、〈從「物外奇寶」到「物外活寶」—故宮墨蹟本「自敘帖」的真相大白〉：李郁周說故宮墨蹟本「自敘帖」卷首的「物外奇寶」白文方印是假的，「其僞可知」；而「水鏡堂帖」上的才是從真印摹刻的，刻帖上的此印「篆法刀法乾脆俐落」，他推定此印爲南宋初年宰相趙鼎的印。而因爲墨蹟本上的「物外奇寶」和「水鏡堂帖」不同，所以墨蹟本是假的，是文彭摹本。結果我在王世杰所收藏的夏圭「長江萬里圖」，找到一枚「物外奇寶」，此圖亦曾爲陸完收藏，「物外奇寶」正是陸完的收藏印，李郁周誤把明印當宋印。這還不打緊，最重要的是「長江萬里圖」上的「物外奇寶」，和故宮墨蹟本「自敘帖」上的完全一樣，但卻與「水鏡堂本自敘帖」差異甚大，證明故宮本「自敘帖」就是陸完所收藏的那本，李郁周說此本是文彭摹本的謬論從此崩盤。而這也證明「水鏡堂帖」是個在印鑑方面摹刻不實的版本，李郁周拿這個不實版本來當成最高指導原則大肆濫用，如今證明是個千古笑談與絕世烏龍，李郁周的騙局至此被拆穿殆盡。

所以我才宣布李郁周的書「作廢」！所以我才認爲他是烏龍學者！李敖曾說過：「每一個人都會罵人王八蛋，我李敖不但會罵人王八蛋，還會證明他是王八蛋。」同樣的，每一個都會說人三流，我王裕民不但會說，而且常說，因爲我會證明對方真的是個三流學者。

2

第二單元：「自敍帖」版本研究

七、〈石揚休本「自敍帖」與石氏家族〉
八、〈馮京本「自敍帖」研究〉
九、〈魏良臣題跋本「自敍帖」〉
十、〈一則南宋的「自敍帖」史料〉
十一、〈「唐愨通本」自敍帖的笑料〉

第三單元：「自敍帖」刻帖研究

十二、〈陶廣本「水鏡堂帖」〉透過「長江萬里圖」上的陸完「物外奇寶」印，確定故宮墨蹟本「自敍帖」在前，「水鏡堂帖」在後。李郁周視爲天外飛來不知道已經第幾筆的「水鏡堂帖」，被他用來當成機關槍到處掃射，現在行情完全崩盤，在學術研究上毫無幫助。李郁周花了十餘年功夫，蒐羅海內外關於「水鏡堂帖」的圖版，並到處吹牛說大陸國寶級的大師都沒看過「水鏡堂帖」，只有他看過云云。如今牛皮戳破，不管曲水、直水、彎水或是歪水題記的吹牛初拓本都一樣，無法改變結局。本文則提供另一種新發現的明拓翻刻本「水鏡堂帖」，由陶廣收藏，而此版本擁有其他版本所缺的李東陽題跋。

十三、〈「壯陶閣帖」中的「自敍帖」〉：清末民初之人裴景福，於民國元年輯有「壯陶閣帖」三十六卷，分元亨利貞四集，其中在第六卷「元六」中刻有「唐浮圖懷素書」，內文即懷素「自敍帖」。此帖前六行未刻，而從第七行開始，裴氏究竟根據何帖所摹刻，是值得關注的一個問題。

第四單元：「自敍帖」書法研究

自敘帖

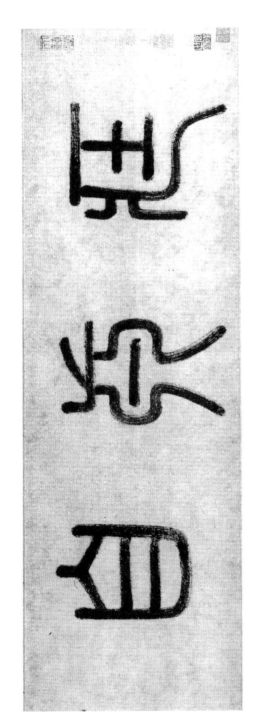

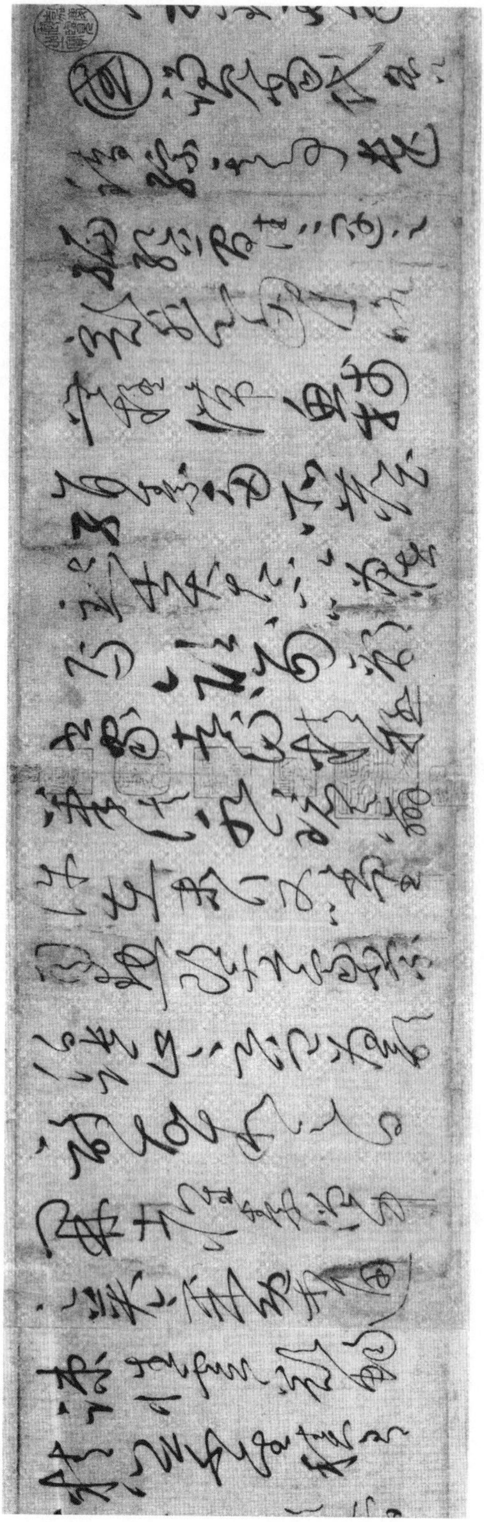

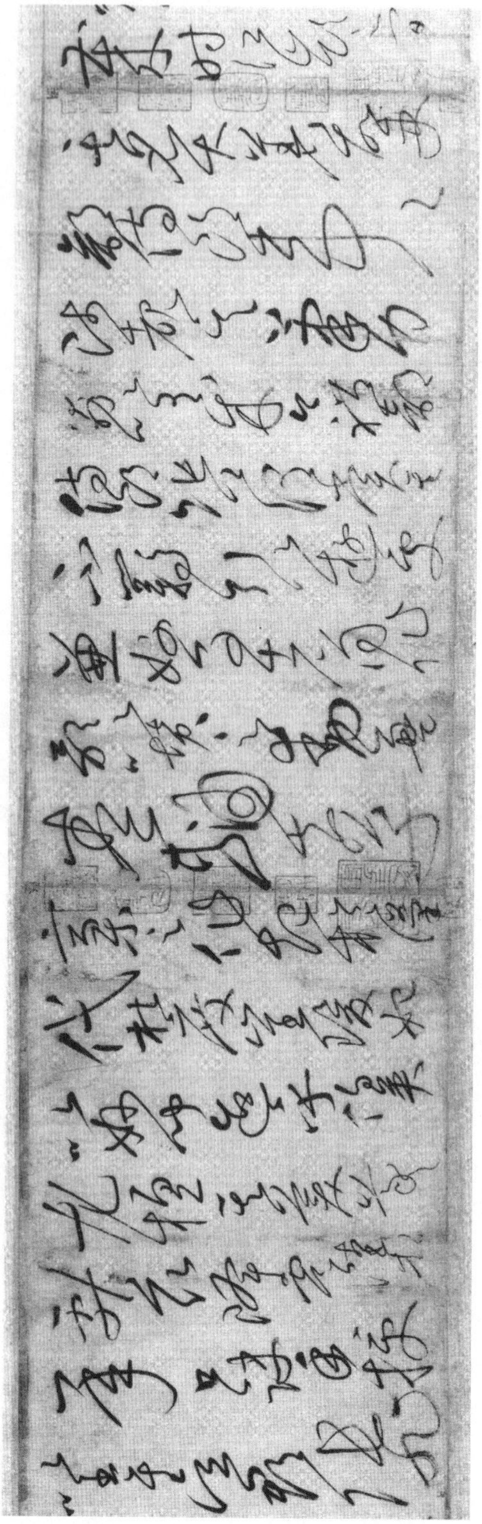

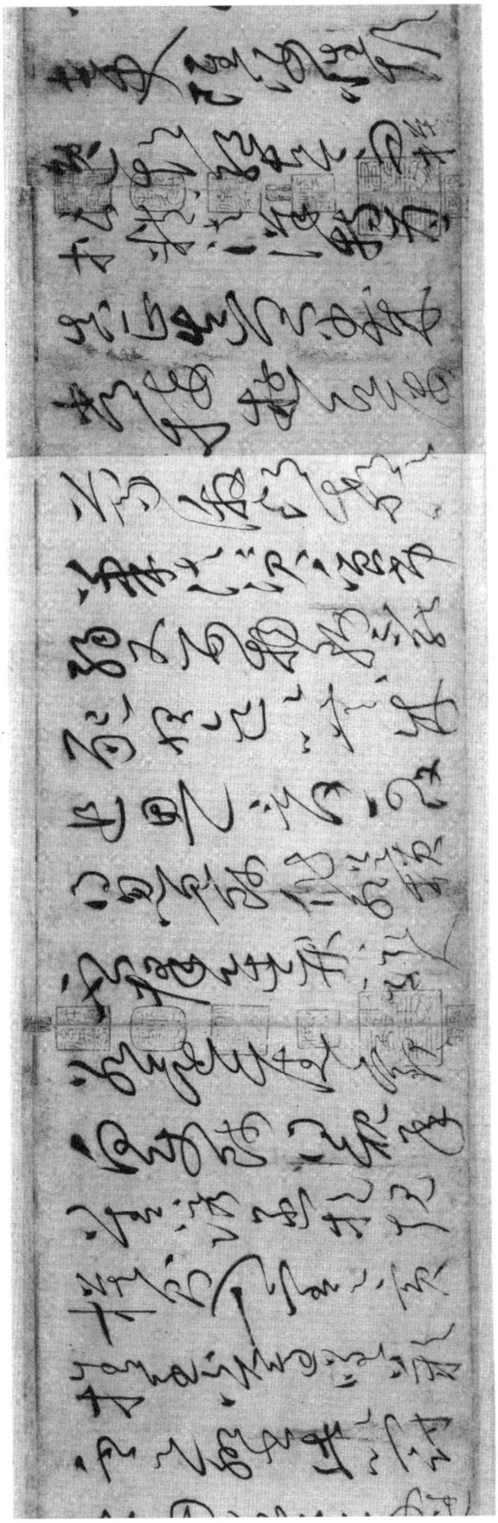

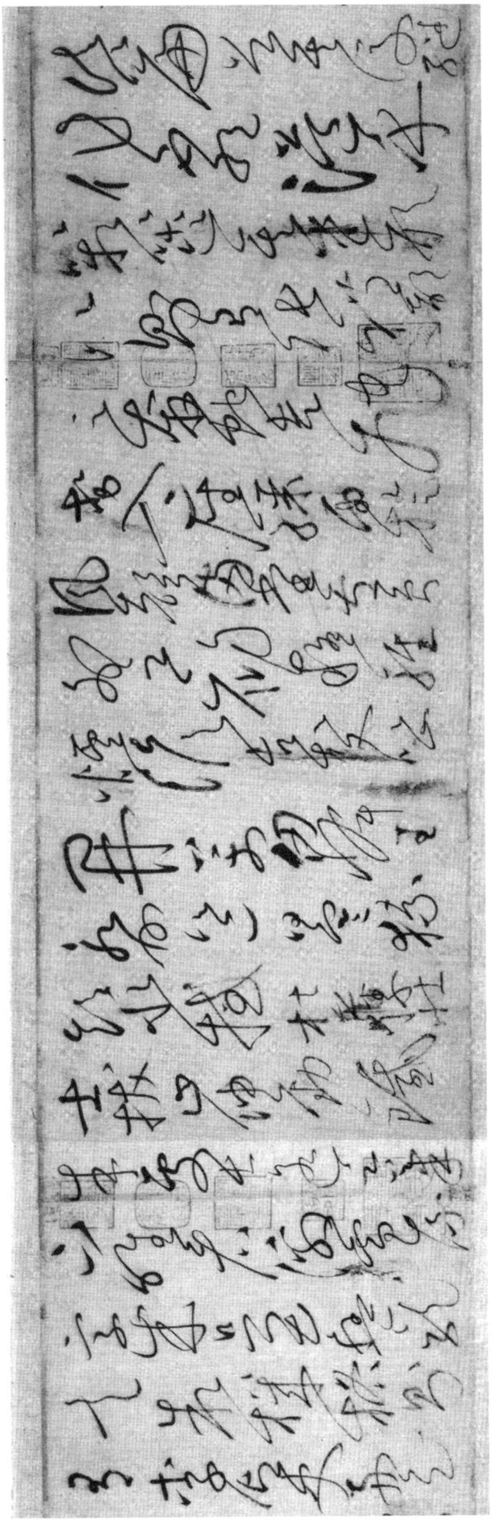

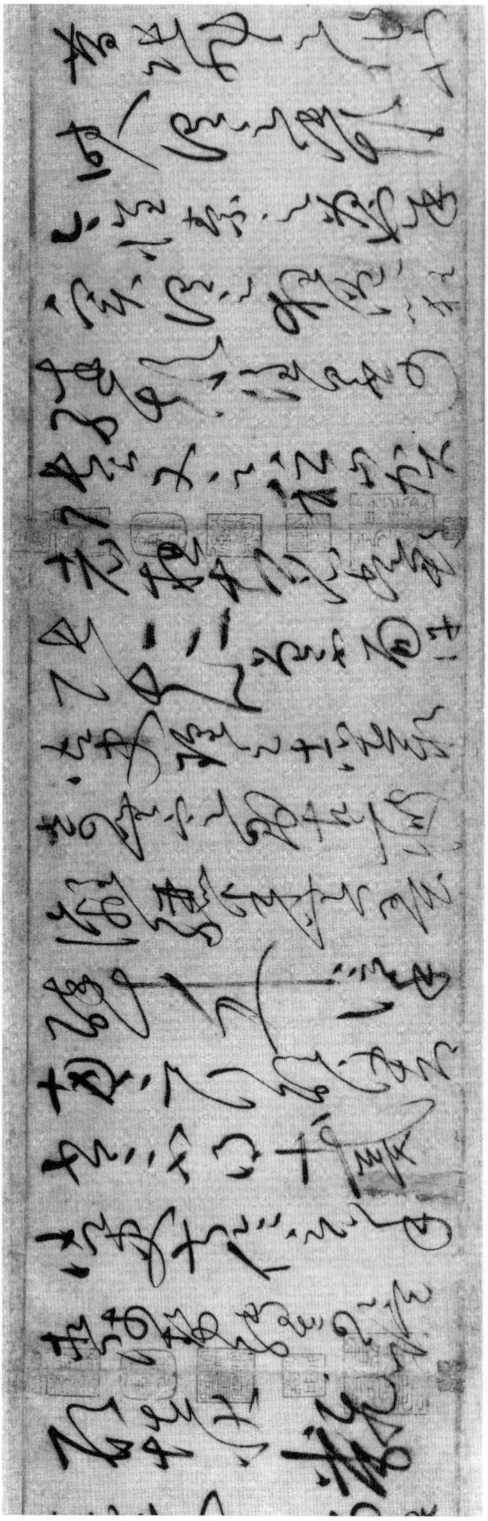

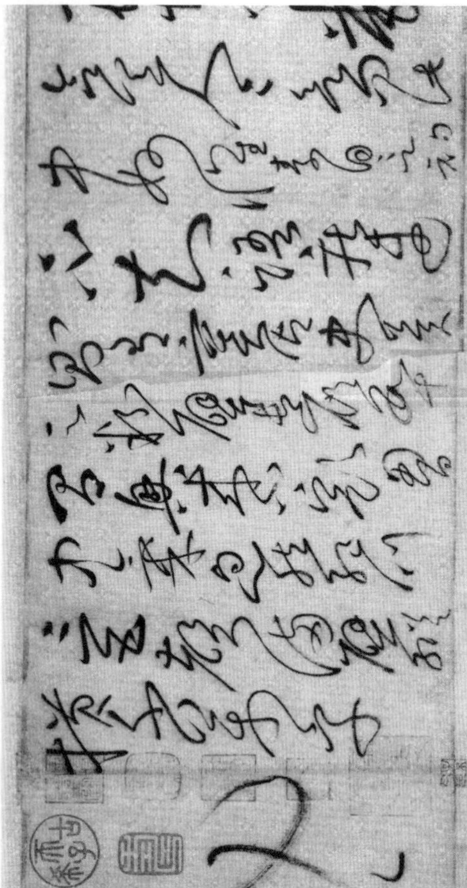

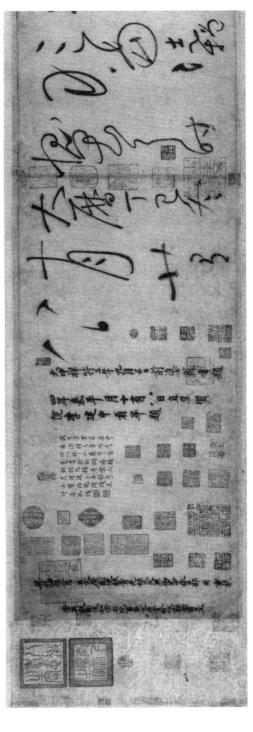

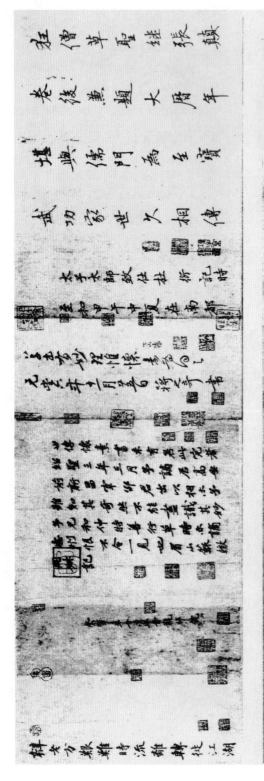

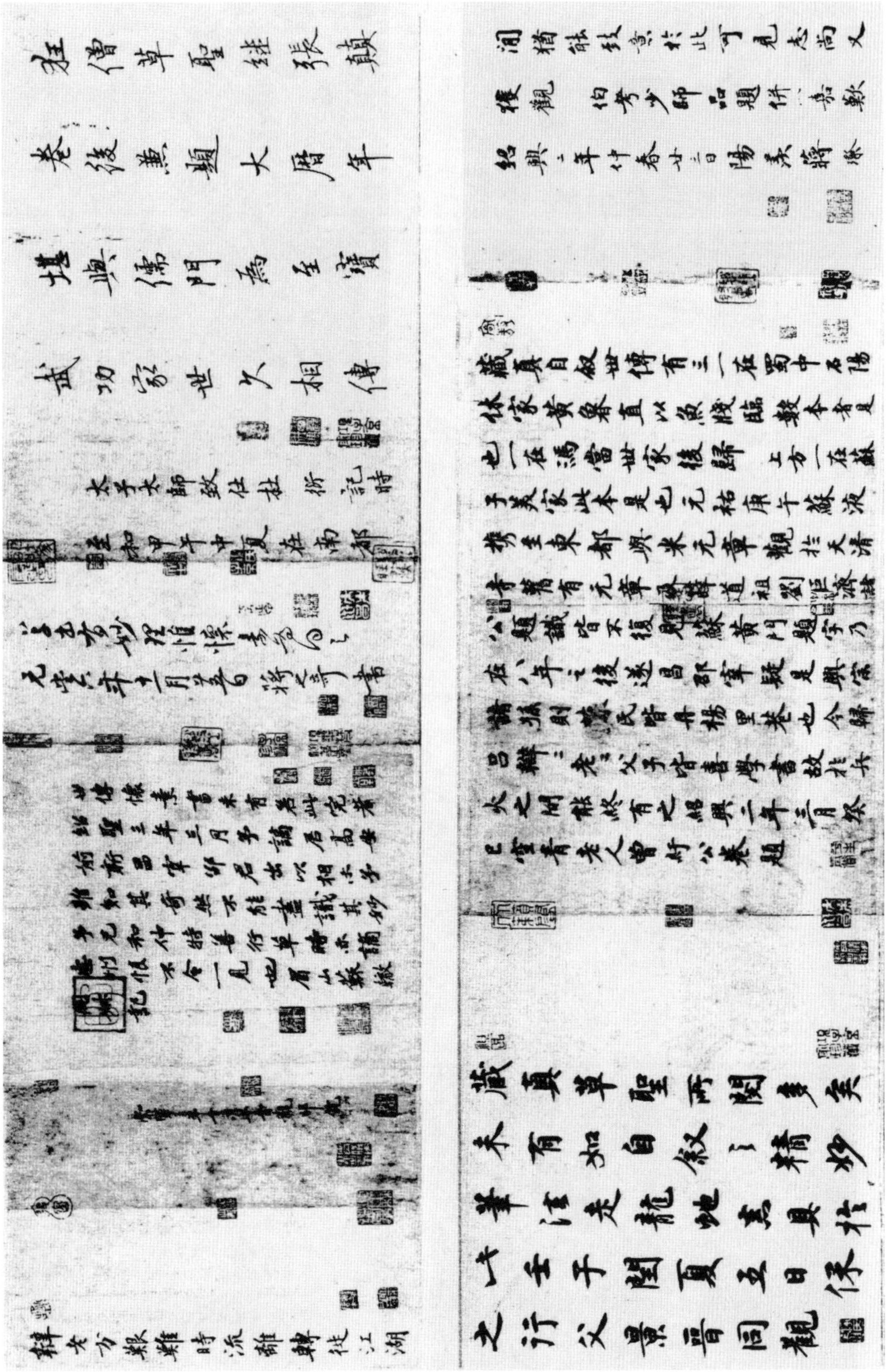

懷素家長沙，幼而事佛，經禪之暇，頗好筆翰。然恨未能遠覩前人之奇迹，所見甚淺，遂擔笈杖錫，西遊上國，謁見當代名公，錯綜其事。遺編絕簡，往往遇之，豁然心胸，略無疑滯。魚箋絹素，多所塵點，士大夫不以爲忤焉。顏刑部書家者流，精極筆法，水鏡之辨，許在末行。又以尚書司勳郎盧象、小宗伯張正言，曾爲歌詩，故敘之曰：「開士懷素，僧中之英，氣概通疎，性靈豁暢。精心草聖，積有歲時，江嶺之間，其名大著。故吏部侍郎韋公陟，覩其筆力，勗以有成。今禮部侍郎張公謂，賞其不羈，引以遊處。兼好事者，同作歌以贊之，動盈卷軸。夫草稿之作，起於漢代，杜度、崔瑗，始以妙聞。迨乎伯英，尤擅其美。羲獻茲降，虞陸相承，口訣手授。以至於吳郡張旭長史，雖姿性顛逸，超絕古今，而**模楷精法詳**，特爲真正。真卿早歲，常接遊居，屢蒙激昂，教以筆法，資質劣弱，又嬰物務，不能懇習，迄以無成。追思一言，何可復得，忽見師作，縱橫不群，迅疾駭人，若還舊觀。向使師得親承善誘，函挹規模，則入室之賓，捨子奚適。嗟歎不足，聊書此，以冠諸篇首。」其後繼作不絕，溢乎箱篋。

其**述形似**，則有張禮部云：「奔蛇走虺勢入座，驟雨旋風聲滿堂。」盧員外云：「初疑輕煙澹古松，又似山開萬仞峰。」王永州邕曰：「寒猿飲水撼枯藤，壯士拔山伸勁鐵。」朱處士逖云：「筆下唯看激電流，字成只畏盤龍走。」

敘機格，則有李御史舟云：「昔張旭之作也，時人謂之張顛；今懷素之爲也，余實謂之狂僧。以狂繼顛，誰曰不可？」張公又云：「稽山賀老摠知名，吳郡張顛曾不面。」許御史瑤云：「志在新奇無定則，古瘦灘纚半無墨。醉來信手兩三行，醒後卻書書不得。」戴御史叔倫云：「心手相師勢轉奇，詭形怪狀翻合宜。人人欲問此中妙，懷素自言初不知。」

語疾速，則有竇御史冀云：「粉壁長廊數十間，興來小豁胸中氣。忽然絕叫三五聲，滿壁縱橫千萬字。」戴公又云：「馳豪驟墨列奔駟，滿座失聲看不及。」

目愚劣，則有從父司勳員外郎吳興錢起詩云：「遠錫無前侶，孤雲寄太虛。狂來輕世界，醉裏得真如。」皆辭旨激切，理識玄奧，固非虛蕩之所敢當，徒增愧畏耳。時大曆丁巳冬十月廿有八日。

題跋

大中祥符三年九月五日，前進士蘇耆題。

四年嘉平月十有八日，直集賢院李建中看畢題。

昇元四年二月日，文房副使銀青光祿大夫兼御史中丞臣邵周重裝。

崇英殿副使知崇英院事兼文房官檢校工部尚書王紹顏。

題懷素自敘卷後

狂僧草聖繼張顛，卷後兼題大曆年。堪與儒門爲至寶，武功家世久相傳。太子太師致仕杜衍記，時至和甲午中夏，在南都。

宋人「睢陽五老圖」中的杜衍像

草書有妙理，惟懷素爲得之。元豐八年十一月廿五日，蔣之奇書。

世傳懷素書，未有若此完者。紹聖三年三月，予謫居高安，前新昌宰邵君出以相示，予雖知其奇，然不能盡識其妙。余兄和仲，特善行草，時亦謫惠州，恨不令一見也。眉山蘇轍同叔記。

崇寧二年十二月十五日觀，邵鏸。

辯老方艱難時，流離轉徙江湖間，猶能致意於此，可見志尚。又獲觀伯考少師品題，併以嘉歎。紹興二年仲春廿日，陽羨蔣璨。

藏真自敘，世傳有三：一在蜀中石陽休家，黃魯直以魚箋臨數本者是也。一在馮當世家，後歸上方；一在蘇子美家，此本是也。元祐庚午蘇液攜至東都，與米元章觀於天清寺，舊有元章及薛道祖、劉巨濟諸公題識，皆不復見。蘇黃門題字乃在八年之

後，遂昌邵宰疑是興宗諸孫，則蘇氏皆丹陽里巷也。今歸呂辯老，辯老父子皆喜學書，故於兵火之間能終有之。紹興二年三月癸巳，空青老人曾紆公卷題。

藏真草聖，所閱多矣，未有如自敍之精妙，筆法走龍蛇，悉具於此。壬子閏夏五月，**保之、行父、景晉同觀**。

令時夏日與劉延仲、呂辯老過都統太尉王公，觀法書名畫，如行山陰道上，映照人目，殆不可言。遂知兵火之餘，珍奇多大，莫此若也。因見辯老素師自敍，一洗累年胸中塵土，是真幸會。紹興二年五月十二日，**趙令時德麟題**。

辯老藏懷素自敍，後有先人題字，蓋紹聖三年謫居高安時，爲邵叶稽仲書也。不知流傳幾家，以至辯老。紹興癸丑三月九日，**遲觀於婺女馬軍橋潘氏之第**。

紹興癸丑三月廿七日，洛陽**富直柔觀**。

「自敍帖」在南宋的收藏者之一趙鼎

元人畫趙鼎像（ The Asian Art Museum of San Francisco 藏）

素師自敍，初爲南唐李氏物，歷蘇、邵、呂三氏，流傳轉徙又不知幾家，今爲宮傅謙齋先生徐公所藏。寬聞昔黃山谷作字，蘇長公從旁贊之，錢穆父云：「惜不見懷素自敍。」長公不以爲然。後山谷復見之，始深嘆服，而書遂進。今卷後云「藏於蜀中石揚休家，以魚牋臨數本者」是也。潁濱題字時，尙恨其兄不及一見，顧寬何人，乃得預此榮觀。賞玩之際，豈勝欣幸。及觀序內有「擔笈杖錫，西游上國」等語，知書雖學之一節，欲造微處，其精勤若此，則學之大於此者，可以小得而自足乎？然則予之欣幸，又不在此驚蛇走虺、驟雨旋風間而已也。弘治六年七月既望，長洲**吳寬題**。

懷素自敍帖，本蘇舜欽家物，前六行乃舜欽所補，見於書譜。而此卷正合，其爲真蹟無疑，然具眼者觀之，固不待此也。舊聞祕閣有石本，今不及見，見此卷於少師謙齋徐公者再，往復披玩，不能釋手，敬識而歸之。弘治十一年九月三日，長沙**李東陽**。

北京故宮博物院所藏之「五同會圖」　　右爲吳寬　　這是根據真人所繪的寫真圖

北京故宮博物院所藏之「十同年圖」　　左爲李東陽　　這也是根據真人所繪的寫真圖

　　藏真書如散僧入聖，雖狂怪怒張，而求其點畫波發，有不合於軌範者蓋鮮。東坡謂如沒人操舟，初無意於濟否，是以覆卻萬變，而舉止自若，其近於有道者邪。若此自敘帖，蓋無毫髮遺恨矣。曾空青跋語，謂世有三本，而此本爲蘇子美所藏。余按米氏《寶章待訪錄》云：「懷素自敘帖在蘇泌家，前一紙破碎不存，其父舜欽補之。」又嘗見石刻，有舜欽自題云：「素師自敘，前紙糜潰，不可綴緝，書以補之。」此帖前六行紙墨微異，隱然有補處，而乃無此跋，不知何也。空青又云：「馮當世本後歸上方。」而石刻爲內閣本，豈即馮氏所藏邪？又此帖有建業文房印，及昇元重裝歲月，是曾入南唐李氏。而黃長睿《東觀餘論》有題唐通叟所藏自敘，亦云南唐集賢所畜，則此帖又嘗屬唐氏，而長睿題字乃亦不存。以是知轉徙淪失，不特米、薛、劉三人而已。成化間，此帖藏荊門守江陰徐泰家，後歸徐文靖公；文靖歿，歸吳文肅，最後爲陸冡宰所得；陸被禍，遂失所傳。往歲先師吳文定公，嘗從荊門借臨一本，間示徵明曰：「此獨得其形似耳！若見真蹟，不啻遠矣！」蓋先師歿二十年，始見真蹟，回視臨本，已得十九，特非郭填，不無小異耳。昔黃長睿謂古人搨書如水月鏡像，必郭填乃佳，郭填謂雙鉤墨填耳。余既獲觀真蹟，遂用古法雙鉤入石，累數月始就，視吳本雖風神氣韻不逮遠甚，而點畫形似，無纖毫不備，庶幾不失其真也。長洲文徵明識。

　　唐懷素書，奇縱變化，超邁前古，其自敘一卷，尤爲生平狂草。然細以理脈按之，仍不出於規矩法度也。此卷爲南唐後主所藏，有建業文房之印，後歸蘇易簡處。蘇耆，易簡之子，成進士祥符間，以父蔭補官，題名者是也。其子舜欽，號才翁，以玉清昭應宮災上疏，名動當世。工草書，米元章《書史》云：「懷素自敘真蹟，在蘇泌家，前一幅破碎，其父集賢校理舜欽自寫補之。」今前六行紙色少異，然亦莫辨其爲補書，正是當時真蹟。至其運筆縱橫，神采動蕩，想見素師興酣落紙時。合縫處有四代相印，相傳爲唐某宗賜小蘇許公玉刻圖記，必才翁家物。宋代名賢題跋，歷年久遠，完好如故，更不易得。明吳文定、李文正二公跋，爲謙齋徐少師所藏，近有人持至京師，玉峰徐公積總裁饌銀半千得之。頃以長夏借觀，留几案數月，其紙尾第四跋「崇英院事兼文房官檢校工部尚書王紹顏」，當世南唐人，失「紹顏」二字，余所藏宋拓祕閣帖本有之。世間一物前後必有其主，如四代相印之歸才翁，少師所藏之歸玉峰公也。余頑陋無知，妄綴卷尾，有愧吳、李二公云。康熙癸酉十一月初八日，江村高士奇謹跋。

高士奇爲「自敘帖」收藏者徐乾學題跋

「滄浪亭五百名賢像」道光十一年（1827）刻

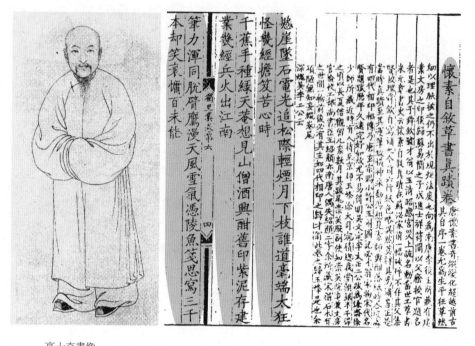

高士奇畫像

高士奇在故宮本「自敘帖」卷後寫的跋文，亦收錄在其文集《獨旦集》中，不過多了三首詩。

嘉靖庚寅孟冬，獲觀藏真自敘于陳湖陸氏，謹摹一過，文彭。

唐僧懷素草書自敘真蹟。明墨林山人項元汴珍祕，其值千金。

（宋人題跋詳見本書〈宋人題跋的比勘〉一文）

目錄

第一單元：拆穿騙局

第二單元：「自敘帖」版本研究

第三單元：「自敘帖」刻帖研究

第四單元：「自敘帖」書法研究

第五單元：陸完研究

第六單元：你不知道的台灣學術界

北宋蘇家只有一本「自敘帖」

—《寶章待訪錄》的大發現

李某的想像

　　李郁周在其最新小說創作《懷素自敘帖鑑識論集》中，第一篇強打力作爲〈蘇舜欽家藏兩本懷素「自敘帖」〉，他自以爲石破天驚地發現了一個絕世祕密，那就是宋代蘇家收藏有兩本懷素「自敘帖」，在蘇舜欽早逝後，這兩本分別傳給他的兩個兒子長子**蘇泌**和二子**蘇液**，李某的情報來源是根據米芾完成於元祐元年（１０８６）的著作《寶章待訪錄》，該書分成「目睹」與「的聞」兩大類，，「目睹」共五十四條，「的聞」共二十九條。「目睹」第四十三條記載：

　　　懷素自序
　　　右在湖北運判承議郎蘇泌處，前一帖破碎不存，其父舜欽補之。

「的聞」第一條則記載：

　　　唐僧懷素自序
　　　右在朝奉郎蘇液處，杭州沈氏嘗刻板本。泌、激皆舜欽子，蘇氏自參知政事易簡之子耆、耆子舜欽、欽之子激，四世好事有精鑑，亦張彥遠之比。已上三事，并激云見之。

以往「幾乎」沒有人以爲這是兩碼事，但別具隻眼、識見不凡的李郁周看出了「端倪」，認爲這是兩事，李某說：

　　　米芾在蘇泌家親自目睹一本懷素「自敘帖」之外，又確實聽聞蘇

激談到蘇液家另有一本懷素「自敘帖」，沈邁曾經摹刻成帖。由米芾的記載可知：蘇舜欽家藏有兩本懷素「自敘帖」，一在蘇泌手中，一在蘇液手中。

於是這個論調充斥全書，左一本「蘇泌藏本自敘帖」如何如何，右一本「蘇液藏本自敘帖」如何如何，讓人看得眼花撩亂。

想像力豐富又老毛病不改的李某，接著繼續編造了一套劇情，什麼蘇液藏本事實上是蘇沂所摹、什麼蘇泌藏本的遺蛻就是契蘭堂本「自敘帖」、什麼蘇液本的遺蛻就是水鏡堂本「自敘帖」、什麼蘇沂摹本被蘇液拿去給米芾觀賞題識、什麼米芾的題語可能說這是蘇沂摹本而被後人割除，一堆瞎說與幻想。

讓我來拆穿李郁周的幻想與謊話，大家可以看到李某做學問到底有多茶、到底有多恐怖。

而在拆穿李郁周的妄想之前，我先公布李某的惡行。我在上頭說「幾乎」沒有人以為米芾提到的兩則「自敘帖」記錄這是兩碼事，因為在李郁周以前有一個人提出這種看法，這個人就是鑑定大師徐邦達！

徐邦達於一九八七年在《書譜》第七十五期發表〈僧懷素「自序」辨偽〉一文，但卻極少人知道這篇文章，所以研究「自敘帖」之人都沒引用徐邦達此文的重要論點，包括李郁周在內，因為在他之前的所有論著和前一本小說創作集《懷素自敘帖千年探祕》所附的參考書目都未提過，也因此徐老先生逃過一劫，沒被李某的流彈傷及。

直到我寫《假國寶─懷素自敘帖研究》時提到了這篇文章，李某才知道，並寫了一篇〈徐邦達撰「僧懷素自序辨偽」一文析論〉，用他想像的一堆謬論反駁徐邦達，最後李某還說「讀者不可盲目信從其所謂『鑑定名家』的頭銜而奉為神明」，這時候的李某已經忘了自己是老幾，忘了他是個老寫烏龍論文的烏龍學者。

徐邦達在這篇文章中提出了一個新的看法，那就是蘇氏家族所收藏的「自敘帖」不止一本，文章說：

《寶章錄》據後來書年款為元祐元年丙寅（公元一零八六）。曾紆所說「蘇液攜到東都（開封），與米元章觀于天清寺」為元祐五年庚午（公元一零九零）。元年還未曾見過蘇液之本。那麼前記「目睹」

的蘇泌藏本，明明是同一卷，但同為蘇氏藏物，可知米氏所說之「本」，未必即是懷素手書原跡（如為同文異字的兩本，米氏必須交代清楚），那麼蘇氏所收就不止一本，可見當時摹本之多。

李某在他的謬文中「忘了我是誰」地亂攻擊徐邦達，卻在《懷素自敘帖鑑識論集》的第一篇文章〈蘇舜欽家藏兩本懷素「自敘帖」〉「我忘了是誰」地完全不提及徐邦達，這種行徑實有剽竊之嫌。但惡有惡報，李某所剽竊的竟是徐氏的錯誤創見。（大陸書法研究界還不知道李某在台灣鬧的烏龍，又被《故宮文物月刊》退稿，他就跑到大陸發表幾篇烏龍文章，文中的重要證據明明都是我發現的，他完全不提，搞得好像都是他的研究成果一樣，竟然有這種「學者」！）

蘇家就只有一本懷素「自敘帖」

《四庫全書總目提要》記《寶章待訪錄》一書云：

> 分目睹、的聞二類：目睹者，王羲之「雪晴帖」以下凡五十四條，內張芝、王翼二帖，註云「非真」，蓋與張直清所藏他帖連類全載之；的聞者，唐僧懷素自序以下凡二十九條。大概與所撰《書史》相出入，然《書史》詳而此較略。中如王右軍「來戲帖」，此書謂丁氏以一萬質於鄆州梁子志處，而《書史》則謂質於其鄰大姓賈氏，得二十千，今十五年猶在賈氏。又懷素三帖，此書謂見於安師文家，而《書史》則謂「元祐戊辰，安公攜至，留吾家月餘，今歸章公惇」云云。驗其歲月，皆當在此書既成之後，知《書史》晚出，故視此更為詳備也。

《寶章待訪錄》成書於一〇八六年，這時米芾才三十六歲，見識不廣，所以《寶章待訪錄》中記載的書法名蹟尚不多。到了晚年所寫的《書史》，內容與《寶章待訪錄》重複處很多，但更為詳盡與資料豐富。《提要》的作者從兩書的重複處考證出《書史》的成書較晚，這一點也是毋庸置疑的，因

為該書出現好幾個晚於一〇八六年的年份，例如提及癸未歲（1103）「去長安一大姓村居家」云云，甚至自稱「今老矣，目加昏，鑑不能精。」可見《書史》確實成書於米芾晚年。

《寶章待訪錄》中的「的聞」有二十九條，其中第七條「虞世南書汝南公主銘起草」：

> 右在通直郎洛陽王護處見摹本，給事中舉元子云，真跡在洛陽好事家，有古跋。

而在「目睹」的第四十五條「虞世南汝南公主墓志」：

> 右在故相張公齊賢孫名直清字汝欽處，今為楚州山陽主簿。

如果照李郁周的腦袋與邏輯，虞世南所書的「汝南公主墓志」有兩本，但事實上如何呢？讓我們看看晚出的《書史》是如何說的。

《書史》有「虞世南汝南公主銘起草」一條，文云：

> 洛陽王護處見摹本，云真跡在洛陽好事家，有古跋。後十年，見真跡在故相張公孫直清處……。

這裡明確告訴吾人，《寶章待訪錄》中的「目睹」和「的聞」所提到的虞世南書「汝南公主墓志」是同一件東西，並且記錄時間相差十年，米芾「的聞」這件東西在「洛陽好事家」，十年後他在張齊賢的孫子張直清家中「目睹」了這件東西。所以「的聞」第七條，就是「目睹」第四十五條的。

第二例。「的聞」第八條「歐陽詢四帖」：

　　右同上。

「同上」即同第七條的「虞世南書汝南公主銘起草」，真跡在洛陽好事家。「目睹」第四十六條爲「歐陽詢碧牋草聖四幅」，四十四至四十九條，皆「在故相張公齊賢孫名直清字汝欽處，今爲楚州山陽主簿。」晚出的《書史》亦云：「歐陽詢碧牋草聖四幅，在故相齊賢孫張公直清處。」

　　所以「的聞」第八條的「歐陽詢四帖」，就是「目睹」第四十六條的「歐陽詢碧牋草聖四幅」。米芾在一〇八六年八月九日寫《寶章待訪錄》的序以前，「的聞」這件東西在「洛陽好事家」；十年以後，他則在張直清家中「目睹」了「庾翼帖，張芝、王翼二帖」（四十四）、虞世南汝南公主墓誌（四十五）、「歐陽詢碧牋四帖草聖」（四十六）、「顏真卿與李大夫奏事張澂二帖」（四十七）、「懷素草書三幅、楊凝式書三帖」（四十八）、「皇象急就」（四十九）。

第三例。「的聞」第十七條「王右軍玉潤帖」：

> 右蘇州教授閭丘籲云在承議郎建安王寔處，有古跋，令裝書人背，久不還，及剪卻半跋，皆唐名公也，付理不可得，匠人願陪四十千，即知其竊真得金已多。

「目睹」第三十二條「晉王右軍稚恭進鎮帖」：

> 右麻紙，書蹟後有太常卿蕭祐題跋，在前著作郎王仲修處。

第三十三條「晉王羲之官奴帖」：

> 右雙鈎麻紙本，亦在王仲修處。

「王右軍玉潤帖」即「晉王羲之官奴帖」，並包含「晉王右軍稚恭進鎮帖」！
何以知之？見《書史》：

> 晉右將軍會稽內史王羲之行書帖真跡，天下法書第二，右軍行書第一也。帖辭云：「羲之死罪，伏想朝廷清和，稚恭遂進鎮，東西齊舉，想赳定有期也。羲之死罪。」長慶某年月日，太常少卿蕭祐鑑定。在王珪禹玉家，後有禹玉跋以「門下省印」印之，時貴多跋，後為章惇子厚借去不歸，其子仲修專遣介請未至。是竹絲乾筆所書，鋒勢鬱勃揮霍，濃淡如雲煙，變怪多態，清字破損，余親臨得之。
>
> 王羲之「玉潤帖」，是唐人冷金紙上雙鈎摹。帖云：「官奴小女玉潤，病來十餘日，了不令民知，昨來忽發痼，至今轉篤，又苦頭癰，頭癰已潰，尚未足憂，痼病少有差者，憂之燋心，良不可言。頃者艱疾未之有，良由民為家長，不能克己勤修訓化上下，多犯科誡，以至於此，民惟歸誠待罪而已。此非復常言常辭，想官奴辭已具，不復多白。上負道德，下愧先生，夫復何言。」此帖連在稚恭帖後，字大小一如蘭亭，想其真跡神妙。

「玉潤帖」即「官奴帖」，連接在「稚恭進鎮帖」後。所以米芾聽蘇州教

授閭丘籲說「玉潤帖」(「官奴帖」) 在承議郎建安王寔處，記錄在「的聞」第十七條；後來不知過了多久，米芾則在「前著作郎王仲修（王珪之子）」處看到，並記錄在「目睹」第三十二條與三十三條。

第四例。「的聞」第十九條「褚遂良奉書寧帖」：

> 右在關杞，某見石本。

「目睹」第十七條「唐虞世南枕臥帖」：

> 右雙鉤唐模本，在朝奉大夫錢塘關杞處，上有褚氏圖書印。關嘗謂某曰：昔越州一寺修佛殿於梁棟內龕藏一函古摹數十本所可記者，王右軍十七帖；世南枕臥帖、十鬮九帖；褚遂良奉書寧帖。上皆有褚氏圖書字印，致功精絕，毫髮乾濃畢備，關與僧善，購得枕臥、十鬮九、書寧三帖。

《書史》則記載：

> 唐虞世南枕臥帖，雙鉤唐摹，在關杞處，上有褚氏圖書古印。關嘗謂余曰：昔越州一寺修佛殿，於梁栱內藏一函，古摹帖數十本，所可記者，王右軍十七帖，世南枕臥帖、十鬮九帖，褚遂良奉書寧帖，上皆有褚氏圖書印，毫髮乾濃畢備。關與僧善，購得枕臥、十鬮九、奉書寧三帖。

這一例應只算「半例」，米芾可能沒見到「奉書寧帖」，但重點是「目睹」和「的聞」兩類中提到的東西，事實上就是同一物。

所以「的聞」與「目睹」兩者是有重複的，這種情形同樣也發生在懷素「自敘帖」上（這是第五例），米芾聽聞蘇激說「唐僧懷素自序」（「的聞」第一條）現在在蘇液家裡；後來他則在蘇泌家看到了這件書蹟，並記下其特徵為「前一帖破碎不存，其父舜欽補之。」（「目睹」第四十三條）一切就是那麼的簡單，但卻被不好好把米芾著作看個透徹的李郁周搞得如此複雜，跟魔術師耍把戲一樣，從天空左抓一本「自敘帖」，右抓一本「自敘帖」，結果全都是他自己的誤讀與幻覺。

以下本人則要進一步證明，米芾的《寶章待訪錄》並非定稿於元祐元年（1086），「目睹」與「的聞」的後半部乃是後來補入！

《寶章待訪錄》並非定稿於元祐元年證據一

　　米芾於《寶章待訪錄》中記載他在「湖北運判承議郎蘇泌處」目睹「懷素自序」，關於蘇泌的資料很有限，生卒年都不可知，只知道他是蘇舜欽和第一任妻子鄭氏所生，鄭氏卒於一○三五年，所以蘇泌的生年在一○三五年之前。蘇舜欽則於一○三七年底再娶杜氏，所以二子蘇液生於一○三八年以後。

　　《宋會要輯稿》的「方域十九」中有如此一條：

　　　　九月二十六日，湖北轉運使李湜牒轉運判官蘇泌同上表稱賀。

這件事發生在紹聖元年，也就是一○九四年。又根據《續資治通鑑長編》卷四八四，記載元祐八年（１０９３）五月辛卯，董敦逸為荊湖北路轉運判官。所以蘇泌是在他之後，也就是一○九四年出任「荊湖北路轉運判官」（簡稱為「湖北運判」）。這就令人難以理解與匪夷所思了，因為根據《寶章待訪錄》的序言，米芾此序寫於一○八六年八月，為什麼會有一○九四年以後的資料出現？

　　又根據蘇轍的《欒城集》卷二七有「蘇泌利州運判制」，作於元祐元年，這一年剛好就是一○八六年；同書卷二八，有「岑象求利州運判制」，作於元祐元年十一月。所以一○八六年某月至十一月，蘇泌擔任利州運判，米芾的記載也應該是「懷素自序　右在利州運判承議郎蘇泌處」才是。

　　《寶章待訪錄》：

　　懷素自序
　　右在湖北運判承議郎蘇泌處，前一帖破碎不存，其父舜欽補之。

到了晚年的《書史》，米芾只寫著：

　　懷素自序真跡在蘇泌家，前一幅破碎不存，其父集賢校理舜欽自寫補之。

前書記錄了蘇泌的官職，後書未寫；後書則記錄了其父蘇舜欽的官職，這是兩條重複資料的差異處。此外，《書史》中也沒有出現李郁周所想像的「蘇液本自敘帖」記錄。

《寶章待訪錄》寫於米芾在丹陽居喪時，是米芾個人的鑑賞紀錄，序寫於一〇八六年，並不代表這本書出版於此年。事實上，我也不認爲此書在米芾生前曾單獨出版，原因一是這個記錄篇幅太小，只是個人的鑑定清單與耳聞記錄，序言最後即云：「因作寶章待訪錄，以俟訪圖書使焉。」二是內容涉及友朋隱私，如某物「質於」某人，或是某人借閱某物不還，或是對於書蹟的評論，如某物「非真」等等，又明言某物現在在何人手中。試問：這種內容的著作怎麼可能在米芾生前出版？

而目前可以見到的北宋典籍，也未見米芾生前即有任何著作出版的記錄。米芾卒於大觀元年，大觀三年蔡肇撰〈故南宮舍人米公墓誌〉，文中稱其：「所著詩文凡百卷，號『山林集』。」通常墓誌銘的資訊都是傳主家人提供給撰寫者的，百卷也只是個約略之數；「所著詩文凡百卷，號『山林集』」，通常在墓誌銘中看到這種文字，都是指該人死後遺留下來的個人著作，由家人保管收藏，並非就是指已經出版。（例如本書的「陸完研究」部分，史書稱陸完有《水村集》二十卷，但該書並未出版，而是陸家的手抄本流傳下來。）

米芾之孫、米友仁之子米憲，於南宋寧宗嘉泰元年（１２０１）輯《寶晉山林集拾遺》四卷出版，離米芾逝世還不滿百年，米憲在序文中說：

> 按待制蔡公天啟誌墓文有山林集百卷，若宣巳子、聖度錄等又數十卷，適靖康變故，先君閣學僑寓溧陽，僅脫身於崎嶇兵火之中，異時寶晉所藏皆希代所見，靡有孑遺，故先集亦不復存在，以故尚未顯行於世。憲不肖之孫，緬想祖烈，重以先君閣學治命，每嘆遺稿未克廣傳，為沒齒深恨。

結果他蒐集了五十年，才勉強收集四卷遺文，按照上文語意，我懷疑米芾的著作在北宋沒出版過，甚至在高宗朝時，米友仁也沒看到他父親的著作印行。

《寶章待訪錄》並非定稿於元祐元年證據二

「的聞」第七條：

> 虞世南書汝南公主銘起草
>
> 右在通直郎洛陽王護處見摹本，給事中舉元子云，真跡在洛陽好事家，有古跋。

「目睹」四十五條：

> 虞世南汝南公主墓志
>
> 右在故相張公齊賢孫名直清字汝欽處，今為楚州山陽主簿。

米芾在《書史》則交代的更為詳細，他說：

> 世南汝南公主銘起草
>
> 洛陽王護處見摹本，云真跡在洛陽好事家，有古跋。後十年見真跡在故相張公孫直清處……。

「的聞」第七條寫於在元祐元年（１０８６）時（或謂此事發生在元祐元年之前的數年），米芾尚未見到虞世南所書的「汝南公主墓志」；但在十年後，他在張直清家見到了該帖。（尚包括「庾翼帖，張芝、王翼二帖」、「歐陽詢碧牋四帖草聖」、「顏真卿與李大夫奏事張溆二帖」、「懷素草書三幅、楊凝式書三帖」與「皇象急就」諸帖，即「目睹」部分的第四十四條至四十九條。）並記錄在「目睹」的最後數條之中，可見這六條大約是在一０九 X 年補入的。

《寶章待訪錄》並非定稿於元祐元年證據三

「目睹」第三十七條「李邕多熱要葛粉帖」：

> 右白麻紙，真蹟，上有唐氏雜蹟字印、陳氏圖書字印、勾德元圖
> 書記字印，紫微舍人石揚休物，今在其孫前宿州支使夷庚處。前一帖
> 與「光八郎謝惠鹿帖」真蹟，余過甬上，於夷庚處購得之。

「目睹」第三十八條「懷素草書祝融高座帖」：

> 右絹書，兩行，此字入神，石紫微嘗刻石，有六行，今不見前四
> 行，問夷庚，云在王洙參政家，此亦為其子弟購去矣。

李邕「多熱要葛粉帖」與懷素「祝融高座帖」原為石揚休所藏，後傳於其
孫石夷庚，米芾過「甬上」時，於石夷庚處購得之。

米芾何時曾過「甬上」（今浙江寧波）？答案是元祐二年（１０８７）！
見《寶晉英光集》卷六：

> 李邕帖贊并序
> 右唐秘書李邕字泰和書，光王琚，元宗皇帝之子；濮王嶠，太宗
> 皇帝之曾孫，故紫微舍人石昌言所藏。元祐丁卯過甬上，遇紫微孫夷
> 庚字坦夫，以張萱六畫、徐浩二古帖易得。尚有屬少府求地黃帖，白
> 麻紙，在石氏；坦夫，幼安長子，書畫號翰苑林，蘇子瞻為之序。此
> 帖飄縱，後帖嚴謹，予欲此帖，坦夫惜不與，幼安程夫人於戶間使以
> 歸余焉。六月甲申，南都舟中裝。

此則著錄的是李邕書「光八郎帖」，和「多熱要葛粉帖」皆為石家所藏。元
祐丁卯，米芾過「甬上」，遇到石揚休之孫石夷庚，以張萱六畫和徐浩二古
帖與之換得「光八郎帖」。（《寶章待訪錄》則云「購得」）。

所以「目睹」部分的第三十七條與三十八條，皆是元祐二年（１０８
７）後補入的。

《寶章待訪錄》並非定稿於元祐元年證據四

「目睹」第五十二條「李邕四帖」：

> 内一幅碧牋，有唐氏雜迹印、勾德元圖書記印、陳氏圖書印，與
> 石夷庚所藏多熱帖同。右在章子厚家。

既然「與石夷庚所藏多熱帖同」，故此條也必在元祐二年後補入。

米芾像贊

南宋嘉定八年（1215）刻，石在廣西桂

林伏波巖。有宋高宗「紹興」與「御書」印。

《寶章待訪錄》並非定稿於元祐元年證據五

「目睹」第三十一條「顏魯公郭定襄爭坐位第一帖」：

> 右楮紙，真蹟，用先豐縣先天廣德中牒起草。禿筆，字字意相連屬飛動，詭形異狀，得於外也，世之顏行第一書也。縫有顏氏守一圖書字印，在宣教郎安師文處，長安大姓也。為解鹽池勾當官，攜入京欲背，予得見之。安自云季明文鹿脯帖在其家。

「目睹」第四十條「顏真卿祭叔濠州使君文」：

> 右真蹟，楮紙書改抹多，在長安安氏子，師文攜至京。

第四十一條「顏真卿踈拙帖」：

> 右麻紙書，真字，清勁秀發，亦與李大夫時顏責硤州別駕，此顏第一帖也。

第四十二條「懷素三帖」：

> 右絹帖，云貧道胸中如刀刺，第二帖見顏公，第三帖律公發，懷素不與世之第一帖也，亦見於師文。

以上安師文所藏諸帖，亦見於《書史》：

> 唐太師顏真卿不審、乞米二帖，在蘇澥處，背縫有吏部尚書銓印，與安師文家爭坐位帖、責硤州別駕帖縫印一同。
>
> 硤州別駕帖，白麻紙，真字云：「踈拙抵罪，聖慈含弘，猶佐列藩，不遠伊邇是也。」字類糺宗碑，清甚。又祭濠州使君文、鹿肉帖，並是魯公真跡。
>
> 懷素絹帖。第一帖，胸中刺痛；第二帖，恨不識顏尚書；第三帖，

律公好事。是懷素老筆，並在安師文處。元祐戊辰歲，安公攜至，留吾家月餘，臨學乃還。後有呂汲公大防已下題，今歸章公惇。

《寶章待訪錄》的「疎拙帖」，即《書史》的「峽州別駕帖」。而根據《書史》，吾人才知安師文是在元祐戊辰（１０８８），將他的收藏攜至汴京，所以《寶章待訪錄》的這四條記載乃是在元祐三年（１０８８）之後才補入。

米芾像　《三才圖會》

《寶章待訪錄》並非定稿於元祐元年證據六

「目睹」第三十二條「晉王右軍稚恭進鎮帖」：

> 右麻紙，書跡後有太常卿蕭祐題跋，在前著作郎王仲修處。

王仲修爲宰相王珪之子，根據《續資治通鑑長編》卷三四八記載，神宗元豐七年（１０８４）九月他由校書郎（元豐新官制，從八品）改爲著作佐郎（正八品），但他的父親王珪於次年元豐八年（１０８５）五月逝世，按照宋朝的規定，此時他必須居喪去職，所以米芾於元祐元年（１０８６）後提到王仲修時，會稱他爲「前著作郎」；《續資治通鑑長編》卷四０一，元祐二年（１０８７）亦記載：「丁憂人前朝奉郎、著作佐郎王仲修特勒停」云云。

元祐二年丁憂停職時爲「著作佐郎」（正八品），但米芾卻說「著作郎」（從七品），若不是筆誤，「目睹」第三十二條就絕對是在元祐二年後補入的。

到了「目睹」第五十條「王右軍桓溫破羌帖」：

> 右筆法入神，奇絕，帖與王仲修學士家稚恭帖同是神物。

此處則改稱「王仲修學士」。

陳洪綬「米芾拜石圖」

《寶章待訪錄》並非定稿於元祐元年證據七

「目睹」第二十八條「晉武帝、王渾、王戎、王衍、郗愔、陸統、桓温、陸雲、謝安、謝萬等十四帖」：

> 右真蹟，在駙馬都尉李公炤第。武帝、王戎書，字有篆籀氣象，奇古，墨色如漆，紙皆磨破，上有開元二字小印、太平公主胡書印，美哉不可得而加矣，世之奇書也。王涯永存珍祕印、殷浩之印、梁秀收閱古書記字印。内郗愔一帖，即閣本法帖所錄者，昔使王著取溥家書，與閣下書雜模，模此卷中，獨取愔兩行，餘在所棄，哀哉！謝安慰問帖，字清古，在二王之上，宜乎批子敬帖尾也。

此條即赫赫有名的「晉賢十四帖」（因計算方式不同，有時米芾又稱「十三帖」），在米芾的著作與尺牘中屢次出現。此條與二十九條「晉謝奕、謝安、桓温三帖」、三十條「黃素黃庭經」，皆是米芾在駙馬李瑋（李公炤、李太師）家所見。《寶晉英光集》卷七，〈跋謝安石帖〉：

> 元祐中，見晉十三帖於太師李瑋第，云購於侍中王貽永家。太宗皇帝借其藏書模閣帖，但取郗愔兩行，餘王戎、陸雲、晉武帝、王衍及此謝帖、謝萬帖共十二帖，皆不取模版。余特愛此帖，欲博以奇玩，議十年不成。元符中歸翰長蔡公，建中靖國元年二月十日，以余篤好見歸。余年辛卯，今太歲辛巳，大小運丙申、丙辰，於辛卯月辛丑日（余生辛丑月）丙申時獲之，此非天耶？米芾記。

米芾在此跋文中，自云於「元祐（１０８６～１０９４）中」見「晉十三帖」於李瑋處。可見「目睹」的第二十八條至三十條，絕對都是在元祐元年以後補入。

曹寶麟〈米芾「太師行寄王太史彥舟」本事索隱〉一文（《書譜》一九八六年一期），認為此事發生於元祐二年（１０８７）七月。孔凡禮〈「鬱孤臺法帖」所收蘇軾作品考〉（《文史》六十四輯）一文，則認為此事發生於元祐六年（１０９１），存此二說以備考。（不過孔凡禮該文發生極嚴重

17

的錯誤，有興趣的人可以參閱二文。）

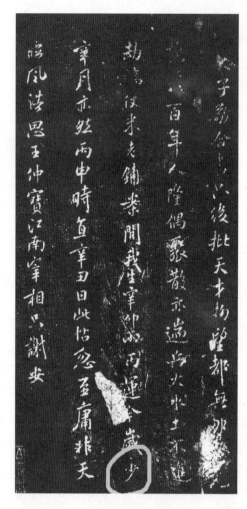

米芾「太師行寄王太史彥舟」詩

宋拓「群玉堂帖」作「我生辛卯兩丙運，今歲少辛月亦然。丙申時直辛酉日，此帖忽至庸非天。」
目前所見最早的米芾著作版本，南宋嘉泰元年出版的《寶晉山林集拾遺》，則作「我生辛卯兩丙運，
今歲步辛月亦然。丙申時宜辛酉日，此帖忽至庸非天。」若此詩果如曹寶麟的考證，是寫於徽宗
建中靖國元年（辛巳，1101），則應該作「步辛」解，非「少辛」。這是米芾自己記錯了？還是「群
玉堂帖」刻錯了？還是曹寶麟搞錯了？

《寶章待訪錄》並非定稿於元祐元年證據八

「的聞」第二十三條「歐陽詢二帖」：

> 右在朝議大夫晁端彥處，其本與蘇州進士周沔。

根據范成大《吳郡志》，可知周沔為元祐三年（１０８８）進士，故此條必在一０八六年以後。至於另一個人名晁端彥，根據《續資治通鑑長編》的記載，可知他於神宗熙寧年間陸續做過開封府推官、提點淮南東路刑獄、提點兩浙路刑獄、司封員外郎，元豐年間做過金部郎中；哲宗元祐年間做過司勳郎中、吏部郎中、江淮荊浙等路發運使。在《宋會要輯稿》選舉三三「特恩除職」，有如此一條：

> （紹聖二年）七月十四日，秘書少監、左朝議大夫晁端彥為直秘閣。

「的聞」第二十三條絕對是在元祐元年後增補。（第二十四條「懷素書蕭常侍日下三帖」，亦「同上」。

米芾像　清道光七年刻「滄浪亭五百名賢像」

結論

　　《寶章待訪錄》並非於一〇八六年完全定稿，這是本文的新發現。所以論及該書所提及書法名蹟的相關研究，並以一〇八六爲確切下限時間，現在證明是不可靠的，有許多可以推翻改寫。

　　我認爲該清單是米芾按照順序補不斷增補的，在「目睹」和「的聞」中，愈後頭的資料愈新。「目睹」一類，至少有第二十八、二十九、三十、三十一、三十七、三十八、四十、四十一、四十二、四十三、四十四、四十五、四十六、四十七、四十八、四十九、五十與五十二，共十七條是在元祐元年以後才補入的。（我認爲至少在二十八條以後，都是新增資料，只是其他條的線索不足，無法進一步考證。）

　　「的聞」第二十三與二十四條，亦爲元祐元年後補入。（所以我懷疑在此之後亦爲新增補的。）

＊　　　＊　　　＊　　　＊　　　＊

　　另一個重點則是：若「的聞」與「目睹」有重複的項目，就是指同一物！如「的聞」七即「目睹」四十五；「的聞」八即「目睹」四十六；「的聞」十七即「目睹」三十二與三十三。「的聞」一（「唐僧懷素自序」）即「目睹」四十三（「懷素自序」），絕非是兩物。

　　「目睹」第四十三條，米芾記載「懷素自序」此時「在湖北運判承議郎蘇泌處」，代表這一條是後來補入的，而且是在一〇九四年至一〇九六年之間補入的，也清楚的告訴我們，「懷素自敘帖」這時候在蘇泌家。

＊　　　＊　　　＊　　　＊　　　＊

　　結合「的聞」第一條所說的「在朝奉郎蘇液處」，合理的解釋就是：米芾在一〇八六年八月以前，曾經聽聞此物在蘇舜欽次子蘇液家，到了一〇九四年以後，米芾在《寶章待訪錄》的「目睹」中增補新資料，即此時此物在蘇舜欽長子蘇泌家。到了晚年的《書史》也如此記載，並剔除了「的聞」中的「在朝奉郎蘇液處」、「（蘇）激云見之」等文字。

此外，這也解決了另一個問題，就是故宮所藏墨蹟本「自敘帖」後的空青老人曾紆跋文中所說的：「元祐庚午，蘇液攜至東都，與米元章觀於天清寺。」元祐庚午是一〇九〇年，這旁證了上述我所說的，米芾見到蘇家所藏的「自敘帖」是在一〇八六年以後，一〇九四至一〇九六年以前。於是米芾與蘇家藏本「自敘帖」的關係年表如下：

（一）1086 年以前：蘇激跟米芾說此帖現在在蘇液家。（《寶章待訪錄‧的聞》）

（二）1090 年，蘇液將此帖帶到汴京，米芾觀於天清寺。（墨蹟本曾紆跋文）

（三）1094～1096 年，米芾在《寶章待訪錄‧目睹》中補入此記錄，並註明此帖目前在「湖北運判承議郎蘇泌處」。

（四）晚年所寫的《書史》，已無《寶章待訪錄‧的聞》中提到的「唐僧懷素自序在朝奉郎蘇液處」等文字，而只存「懷素自序真跡在蘇泌家」。

接下來，蘇家藏本「自敘帖」從蘇泌之手流到邵叶之手，蘇轍在一〇九六年三月寫了跋文，這個轉移的關鍵時間就在一〇九四年到一〇九六年，蘇泌擔任湖北運判時。

米芾後來在《書史》中又提到一本蘇沂摹本「自敘帖」，並稱此帖：「嘗歸余家，今歸吾友李錞，一如真跡。」於是李郁周又發揮他無比的想像力，鬼扯的說：

> 蘇舜欽房所藏第三本「蘭亭序」，勝過蘇易簡題贊的第一本，是蘇沂摹本；如是而言，蘇舜欽次子蘇液所藏的第二本「自敘帖」亦為蘇沂的摹本，一如真跡，便是順理成章的事情。蘇液將蘇沂的摹本「自敘帖」攜往南都（商丘），請其外祖父杜衍（蘇舜欽的岳丈）題詩（一〇五四），其後又請蔣之奇題跋（一〇八三）。蘇激謂其兄蘇液藏有「自敘帖」，沈遘曾加以摹刻成帖；曾紆謂蘇液所藏的「自敘帖」攜至汴京，與米芾觀賞題識；米芾謂其收有蘇沂摹本「自敘帖」，一如真跡。而蘇液藏本恰為摹本，蘇液攜至汴京為米芾所購（一〇九〇），再歸李錞，後傳邵叶（約一〇九六），以至於南宋呂辯老（約一一三二）。

李郁周天外飛來一本「蘇液所藏『蘇沂摹本自敘帖』」，然後告訴吾人這「便是順理成章的事情」，相信這種鬼話的人才是頭腦有問題，李某每次都一廂

情願編造劇情，然後視為理所當然、順理成章，但最後都可以證明是荒誕不羈、荒腔走板、荒謬絕倫的荒唐之詞。

我在前面已經說過，蘇舜欽則於一○三七年底再娶杜衍之女，所以次子蘇液生於一○三八年以後。於是根據李某不明所以的鬼話，在一○五四年夏天，一個最多不滿十六歲，甚至可能只是個小孩子的蘇液，會如此閒情逸致、如此不務正業地帶著一卷蘇沂所摹「自敘帖」，跑到南都請他的外公杜衍題詩（要帶不會帶懷素真蹟，反而要帶族人寫的摹本，虧李郁周掰得出）；然後七十七歲的老頭兒杜衍跟著玩起辦家家酒，在其後寫著「題懷素自敘帖卷後」：

> 狂僧草聖繼張顛
> 卷後兼題大曆年
> 堪與儒門為至寶
> 武功家世久相傳

看這首詩的詞句，怎麼看都不像是對摹本的題詩，李郁周根本是一派胡言、胡說八道，這種魔幻小說式的論文全台灣只有李某寫的出。（又米芾說沈遘「曾刻板本」，我就覺得奇怪，一○六七年即已去世的沈遘既然要刻，有現成的真蹟不刻，反而要拿蘇家小伙子的摹本來刻，這種劇情也只有李郁周掰得出。）

根據下文〈拆穿李郁周的騙局—蘇沂身世考證〉，則證明在一○五四年，蘇沂根本還沒出生！李郁周老是利用史料不足的模糊空間，大肆編造劇情，如今鐵證如山，李郁周的論點絕對不可信。

所以我才說李郁周的這本新書是小說創作集，從第一篇七頁全都是想像之詞的文章，就可以知道這本書是什麼水準的著作。延續上一本《懷素自敘帖千年探祕》的風格，快六十歲的李郁周繼續鬧笑話，繼續丟臉丟到大陸去，他在文後預告這篇文章將會登在上海的「書法」月刊。而我還是繼續為台灣的藝術史研究界感到臉紅，大家竟然縱容這種貨色到處胡扯與公然胡扯，今日邀請李郁周參加這場學術會議的人與有罪焉。

〈蘇舜欽家藏兩本懷素「自敘帖」〉這篇文章，如今看來全是垃圾，全都作廢，而以此文作為劇情開展的小說，其後的內容是如何離譜，也就可想而知了。我因此更確認李郁周根本不是個藝術史研究者，而比較可能

是個寫小說的人。回頭再看李郁周誤讀米芾著作，以為蘇家藏有兩本懷素「自敘帖」而繼續推演的劇情：蘇液本是蘇沂所摹、蘇泌本的遺蛻是契蘭堂本、蘇液本的遺蛻是水鏡堂本、蘇沂摹本被蘇液拿去給米芾觀賞題識、米芾的題語可能說蘇液所藏的是蘇沂摹本而被後人揭去……，完全都是李郁周的妄想與不負責任的瞎說。看李郁周的文章就像看ＯＯ七的電影一樣，你會懷疑導演和編劇是不是在侮辱你的智商與人格，或是：根本在侮辱他自己的智商與人格。

繁塔，原名「天清寺塔」，位於開封東南部，是開封市現存最古老的地上建築物。

天清寺建於五代後周世宗顯德二年（955），在柴榮的生日（天清節）當天落成，故名為「天清寺」，並成為皇家的功德院。柴榮病逝後，趙匡胤奪位建立大宋，被趕下台的前朝小皇帝就是被軟禁在天清寺內。繁塔建於北宋開寶七年（974），於淳化元年（990）竣工，呈六角形，原高九層，元代剩七層，明成祖時（一說明太祖）為「剷王氣」，將上面四層拆除，所以今只存三層。北宋時，天清寺與相國寺、開寶寺、太平興國寺並稱為東京四大名寺，毀於元末。

參考論文：

一、朱杰人〈蘇舜欽行實考略〉，《文史》二十二輯（一九八四），頁二四二。

二、傅平驤、胡問濤編〈蘇舜欽年譜簡編〉，《宋人年譜叢刊》第二冊（成都：四川大學出版社，二〇〇三），頁一二八三。

三、啓功〈鑑定書畫二三例〉。

附一：墨蹟本「寶章待訪錄」小考

到了明朝中後期，突然出現了一冊米芾小楷書寫的「寶章待訪錄」墨蹟，號稱元時曾經趙孟頫與倪瓚收藏，明時則又流到擁有「自敘帖」與「清明上河圖」的陸完手中，陸完於正德十二年（１５１７）寫有一短跋。之後又有文嘉題跋，寫於嘉靖四十三年（１５６４），自云：「近幸拜觀于陸氏。」此物仍在陸完後人之手。

後來《清河書畫舫》的作者張丑，千方百計從陸家購得，他在跋中說：「私心嚮往有年，百計購得于陳湖陸氏。」此跋寫於萬曆四十三年（１６１５）。他並將「寶章待訪錄」全文抄錄於其書中。

張丑興奮之餘，陸續寫了數跋，董其昌以米顏其庵，他也自號「米庵」，並請文從簡繪製「米庵圖」（現藏於蘇州博物館），他自己則寫了「米庵鑒古百一詩」。最後流入清宮，《石渠寶笈》著錄，列為「書冊次等」。

董其昌題「米庵」、文從簡繪「米庵圖」（蘇州博物館）

　　啓功〈鑑定書畫二三例〉一文記載此書在民國初年尙在收藏家景賢手中，該文云：

　　　　明代末葉一個收藏鑑定家張丑，收到一卷「寶章待訪錄」的墨跡，他相信是米芾的真跡，因而自號「米庵」。這卷墨跡的全文，他全抄錄下來，附在他所編著的《清河書畫舫》一書之中。這卷墨跡一直傳到二十世紀二十年代初期，還在收藏鑑賞家景賢手中。景氏死後，已不知去向。

　　　　這卷墨跡，我沒見到過，但從張丑抄錄的文詞看，可以斷定是一件僞作。理由是，其中米芾提到自己處，都不作「芾」，而作「某」。

啓功從張丑抄錄的文字中，出現米芾自稱爲「某」，因而「判定」此冊（非「卷」）爲僞物，這個理由是不成立的。因爲根據目前所見到米芾著作的最早版本，南宋嘉泰元年（１２０１）由米芾孫子米憲所輯《寶晉山林集拾遺》，此書出版距米芾身卒不到百年，書中所收的《寶章待訪錄》，共出現二十個米芾自稱的「某」字，三個「余」字，如果照啓功所說，墨蹟本寫成「某」可能是米芾後人所改，那麼爲什麼同書所收的《書史》，米芾後人不也將米芾自稱的「余」全改爲「某」？而《寶章待訪錄》中仍殘存三個「余」字？

　　所以米芾在其早年自己隨手抄錄的清單中，自稱爲「某」是沒有什麼不可能的，並且與「余」並用。小楷墨蹟本「寶章待訪錄」必僞，從文中出現的「某」字來判斷是有問題的。判定方法在啓功文章亦有提到，亦即文末出現的「元祐丙寅八月九日米芾元章譔」一行，這個時間和最前面的序文相同，皆爲「元祐丙寅八月九日」，並署名「米芾元章」，今人已知可從「黻」和「芾」字來判定書蹟真僞，亦即米芾四十一歲前作「米黻」，四十一歲以後作「米芾」，古代作僞者不知，將三十六歲的米黻寫作「米芾」，露了馬腳，這是最簡單的判定方法。

　　如今本文最新的發現則又提供了另一方法，亦即若小楷墨蹟本真爲米芾「元祐丙寅八月九日」所抄寫，內文豈可能出現數年後的官職人名？作僞者、收藏者，以及千年來的研究者，不知《寶章待訪錄》並非完全成書於元祐元年，所以才會出現這種僞物。

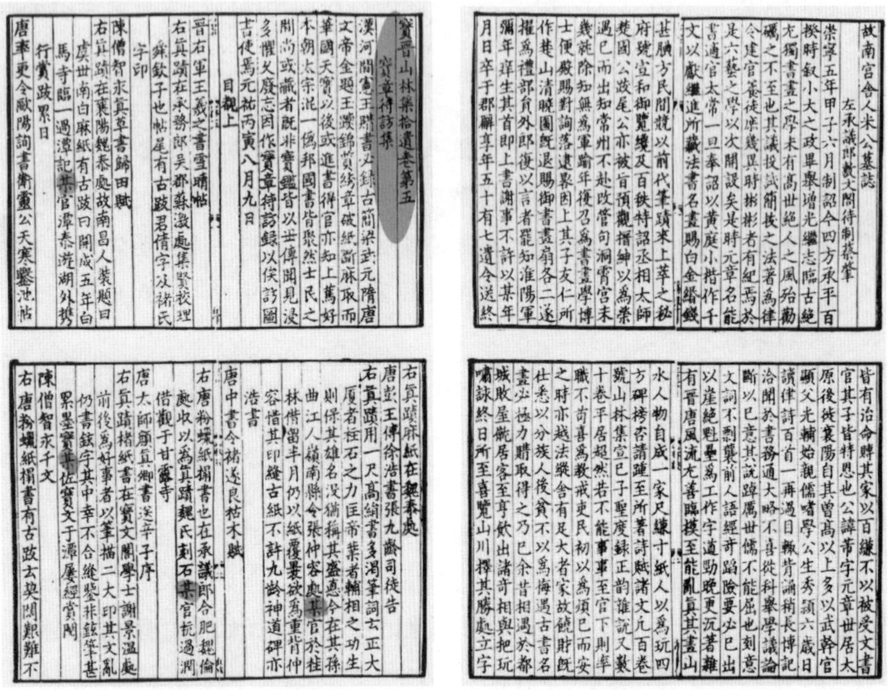

米芾之孫米憲所輯《寶晉山林集拾遺》，南宋嘉泰元年（1201）。（北京圖書館藏）

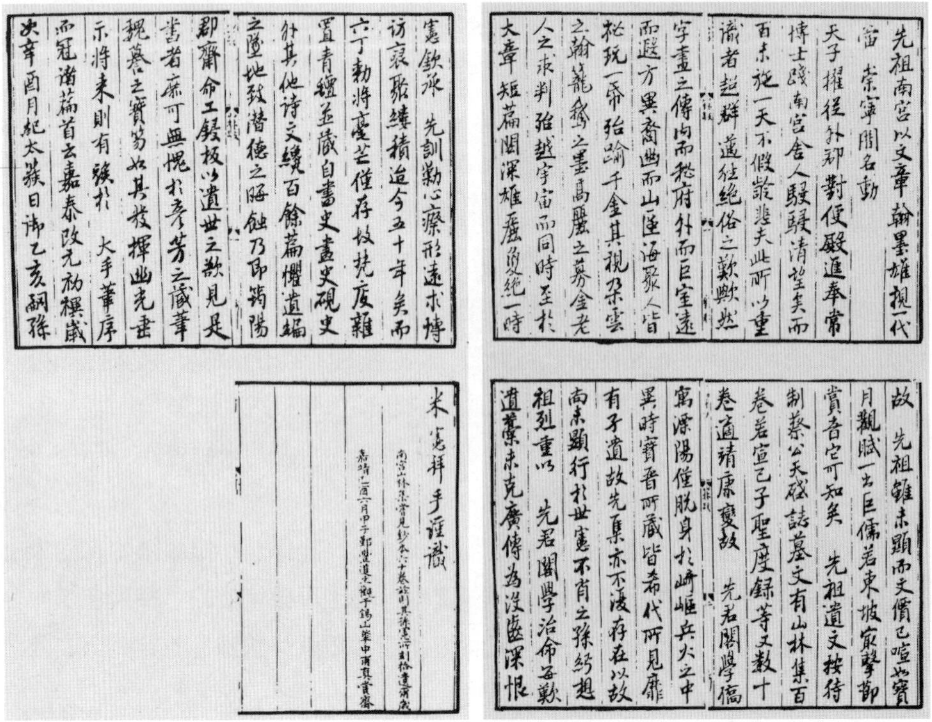

米憲序文

附二:《寶章待訪錄》全文

　　漢河間獻王購書必録古簡,梁武元、隋唐文帝,金題玉躞,錦質繡章,破紙斷麻,取而華國。天寶以後,或進書得官,亦知上篤好。本朝太宗混一,僞邦國書皆聚,然士民之間,尚或藏者,既非寶鑑,皆以世傳聞見浸多,懼久廢忘,因作《寶章待訪録》,以俟訪圖書使焉。元祐丙寅八月九日。

目睹

一、晉右軍王羲之書雪晴帖

　　右真蹟,在承務郎吳郡蘇激處,集賢校理舜欽子也。帖尾有古跋、君倩字,及褚氏字印。

　　　　《書史》:右軍快雪時晴帖云:「羲之頓首,快雪時晴,佳想安善,未果爲結,力不次,王羲之頓首。山陰張侯。」是真字,數字帶行,今世無右軍真字帖,末有君倩二字,疑是梁秀,縫有褚氏字印,是褚令所印。蘇氏有三本,在諸房,一余易得之,一劉涇巨濟易得,無褚印。

　　　　《英光集》「王獻之蘇氏寶帖贊」:右蘇氏寶帖,故連右軍快雪時晴帖,元豐甲子獲於子美子志東探玄子,國老孫也。印二分,在快雪帖合縫,四角亦有褚氏印。崇寧元年五月十五日易,跋時甘露下,吾家寶晉齋碧梧廿本。

　　　　《英光集》:右軍快雪時晴帖,真字,在蘇志東房,今居吳郡。

二、陳僧智永真草書歸田賦

　　右真蹟,在襄陽魏泰處,故南昌人裝,題曰虞世南。白麻紙,有古跋曰:「開成五年,白馬寺臨一過,潭記。」某官潭,泰遊湖外,攜行賞跋累日。

　　　　《書史》:陳僧智永真草書歸田賦,在襄陽魏泰處,後有一跋題云:「開成某年,白馬

寺臨一過,潭記。」白麻紙書。世人收智永書,未有若此真也,虞世南出於此書。魏誤題曰「虞世南書」耳。

《畫史》:魏泰,字道輔,有徐熙澄心堂紙畫一飛鶉如生;智永真草歸田賦,奇物也。

三、唐率更令歐陽詢書衛靈公天寒鑿池帖

右真蹟,麻紙,在魏泰處。

四、唐彭王傅徐浩書張九齡司徒告

右真蹟,用一尺高絹書,多渴筆。詞云:「正大廈者,柱石之力;匡帝業者,輔相之功。生則保其雄名,没猶稱其盛德。」今在其孫曲江人嶺南縣令張仲容處。某官於桂林,借留半月,仍以紙覆裹,欲為重背,仲容惜其印縫古紙,不許。九齡神道碑亦浩書。

《書史》:唐彭王傅徐浩書贈張九齡司徒告,浩,九齡之甥,在其孫曲江仲容處。用一尺絹書,多渴筆,有鋒芒。辭云:「正大廈者,柱石之力;匡帝業者,輔相之功。生則保其雄名,殁猶稱其盛德。飾終未允於人望,加贈特至於國章。故荊州大都督張九齡,維嶽降神,濟川作相;開元之際,寅亮成功。讜言定於社稷,先覺合於蓍蔡。永懷賢相,可謂大臣。束帛所加,樵蘇必禁。荊州之贈,相府未崇。爰從八命之秩,更重三台之位,可特贈司徒。」嘗借留余家半月。

五、唐中書令褚遂良枯木賦

右唐粉蠟紙搨書也,在承議郎合肥魏倫處,收以為真蹟,魏氏刻石。某官杭,過潤,借觀於甘露寺。

《書史》:唐中書令褚遂良枯木賦,是粉蠟紙搨書,後有「未能」二字,余辨是雙鈎,唐人不肯欺人,若無此雙鈎二字,則皆以為真矣。在承議郎壽春魏倫處,余於潤州見之。

六、唐太師顏真卿書送辛子序

右真蹟，楮紙書，在寶文閣學士謝景溫處。前後爲好事者以筆描二大印，其文亂，仍書鉉字其中，幸不合縫，鑒非鉉筆，甚累墨寶。某佐寶文于潭，屢經賞閱。

七、陳僧智永千文

右唐粉蠟紙搨書，有古跋云：「契闊艱難，不敢失墜。」信好事也。在前國子監直講楊襃處，得于外舅王安國，某元豐五年過金陵見之。內二真字，雙鉤塡者，然人猶未信爲搨焉。

《書史》：智永千文，唐粉蠟紙，搨書；內一幅麻紙，是真跡；末後一幅，上有雙鉤模字，與歸田賦同意也。料是將真跡一卷，各以一幅真跡在中，搨爲數十軸。若末無鉤塡二字，固難辨也。是賈安公物，作潤筆送王荆公，其弟安國得之，今在葉濤處，安國婿也。有古跋云：「契濶艱難，不敢失墜。」學歐陽詢行體。

八、陳僧智永千文

右楮紙書，唐人臨寫，在宣德郎陳开處，恭公姪。作梵夾冊，雖非真蹟，秀潤圓活逼真，今已罕得，某嘗三閱。

《書史》：唐越國公鍾紹京書千文，筆勢圓勁，在丞相恭公孫陳开處，今爲宗室令穰所購。諸貴人皆題作「智永」，余驗出唐諱闕筆，及以遍學寺碑對之，更無少異。大年於是盡剪去諸人跋，余始跋之。

九、智永千文半卷

右黃麻紙，唐人臨書，在刑部尙書丹陽蘇頌處。

《書史》：唐人臨智永千文，半卷，在丞相蘇頌家。

十、王右軍蘭亭燕集序

右唐粉蠟紙，雙鉤模本，在蘇激處。精神筆力，毫髮畢備，下真蹟一等。此幾馮承素輩搨賜大臣者，舜欽父集賢校理者，購於蜀僧元靄。某與激友善，每過，公必一出，遂親爲背飾。

十一、唐太師顏真卿乞米帖

右真蹟，楮紙，在朝請郎蘇澥處，度支郎中舜元子也。得於關中安氏，士人多有臨搨本。此處古玉軸，縫有舜元字印，范仲淹而下題跋，某嘗十餘閱。

《書史》：唐太師顏真卿不審、乞米二帖，在蘇澥處，背縫有吏部尚書銓印，與安師文家爭坐位帖、責峽州別駕帖縫印一同。

十二、唐率府長史張旭四帖

右真蹟，在杭州陸氏大姓也。舊有五帖，第一秋深，第二前發，第三汝官，第四昨日，第五承須，今所存四帖。汝官後有一古印，文記不可辨。昨日、承須，襞紙也。陸氏子素從奉議郎關景仁學，關因借模三大帖。余丱見石本於鎭戎軍，及冠，官桂林，朝奉大夫關杞爲使者語及，始知石在關氏。二十五官潭，杞通判邠州，以石本見寄。三十五官杭，而景仁爲錢塘令，陸氏子登進士第者來謁，與關謝而閱之。既見真蹟，獨失秋深一帖，詰之良久，顰蹙而言：「嘉祐中，太守沈文通借觀，拆留不還，自此不復借出，因亦不復借閱，遣工模得之。即歸，詰遘弟邈，時爲郡從事，乃言在其姪延嗣處。後復得閱，今歸余家。

《書史》：唐率府長史張顚，字伯高，真跡四帖，在杭州陸氏大姓家。舊有五帖，第一秋深、第二前發、第三汝官、第四昨日、第五承須，今所存四帖。汝官後有一古印，文訛不可辨。昨日、承須，小襞紙也。陸氏子素從關景仁學，因借模三大帖。余昔見石本於關中宋氏，及官桂林，關杞爲使者語及，始知石在關氏。又五年，官潭，關杞通判邠州，以石本見寄。又三年，官杭，而關景仁爲錢塘令。因陸氏子登進士第者來謁，與關謝而閱之。獨失秋深第一帖，詰之，顰蹙而言：「嘉祐中，爲太守沈遘借閱，余遣工模餘帖。即歸，詰遘弟邈，時爲郡從事，乃云在其姪延嗣處。遂得閱，今歸余家。

十三、王右軍來戲帖

右麻紙，六朝人所臨寫，旁注小真字數枚，復以雌黃覆之，在蘇州故相丁謂孫景處。後以一萬質於鄆州梁子志處，故相梁適孫也。又有唐雙鉤模帖，亦在丁景處，某皆有題跋。

> 《書史》：王羲之來戲帖，黃麻紙，字法清潤，是少年所書，滿一幅，其間數字難辨，六朝寫經褊字注之，後人復以雌黃塗蓋，歲久膠落，字見五分，在丁晉公孫受繪像恩澤者房下，云晉公故物也。欲以二十千見歸，余即以其直取，君以與余來往議。此帖書粘於後，質於其鄰大姓賈氏，得二十千，蓋意其可贖也。今十五年矣，猶在賈氏。曾經人用薄紙搨書，墨即透數行，仍污靜地，深可歎息。其家又有韓擇木八分一卷，唐人薄紙模，五帖一幅。

十四、韓擇木八分

右真蹟，楮紙，在丁景處。第二行書官位，以大字改爲中字。

> 《書史》：其家又有韓擇木八分一卷，唐人薄紙模，五帖一幅。

十五、唐太師顏魯公書名兩字

右真蹟，書嶺南刺史綾告，在朝奉郎臨江許彥先處。

> 《書史》：許彥先有南州刺史告，真卿二字，吏部尚書時字，甚淳勁。

十六、唐辯才弟子草書千文

右黃麻書，在龍圖閣直學士吳郡滕元發處。滕以爲智永書，某閱其前空兩才字全不書，固以疑之，後復空永字，遂定爲辯才弟子所書，故特闕其祖師二名耳。

《書史》：唐辯才弟子草書千文，黃麻紙書，在龍圖閣直學士吳郡滕元發處。滕以爲智永書，余閱其前空才字全不書，固已疑之，後復空永字，遂定爲辯才弟子所書，故特闕其祖師二名耳。

十七、唐虞世南枕臥帖

右雙鉤唐模本，在朝奉大夫錢塘關杞處，上有儲氏圖書印。關嘗謂某曰：「昔越州一寺修佛殿，於梁棟內龕藏一函，古模數十本。所可記者：王右軍十七帖，世南枕臥帖、十鬭九帖，褚遂良奉書寧帖。上皆有儲氏圖書字印，致功精絕，毫髮乾濃畢備。」關與僧善，購得枕臥、十鬭九、書寧三帖。

《書史》：唐虞世南枕臥帖，雙鉤唐模，在關杞處，上有儲氏圖書古印。關嘗謂余曰：「昔越州一寺修佛殿，於梁栱內藏一函，古模帖數十本。所可記者，王右軍十七帖，世南枕臥帖、十鬭九帖，褚遂良奉書寧帖，上皆有儲氏圖書印，毫髮乾濃畢備。」關與僧善，購得枕臥、十鬭九、奉書寧三帖。

十八、唐祕書少監虞世南積時帖

右古雙鉤模本，在承議郎洛陽李熙處，翰林學士維之孫，亦縫有儲氏印，某借模石。

《書史》：虞書積時帖，古雙鉤模，在洛陽李熙處，維之孫也，縫亦有儲氏印，余嘗借模。

十九、唐僧高閑草書千文

右楮紙，真蹟，在承議郎李熙處。

《書史》：唐僧高閑草書千文，楮紙上，真蹟，在李熙處。

二十、唐禮部尚書沈傳師書道林詩

右在潭州道林寺四絕堂，以杉板薄，略布粉，不蓋紋，故歲久不脫。裴休書杜甫詩，只存一甫字。某嘗爲杜板行，以紀其事。沈牌，某官潭，**借留書齋半歲榻得之**，石本爲模石，僧希白務于勁快，多改落，筆端直無復縹渺縈回飛動之勢。

《書史》：唐禮部尚書沈傳師書道林詩，在潭州道林寺四絕堂，以杉板薄，略布粉，不蓋紋，故歲久不脫。至裴度書杜甫詩，只存一甫字。是松板節。余嘗爲杜板行，以紀其事。沈板，余官潭，留書齋半歲臨學，石本爲模石，僧希白務于勁快，多改落，筆端直無縹緲縈回飛動之勢。

蔡絛《鐵圍山叢談》卷四：長沙之湘西，有道林、岳麓二寺，名刹也。唐沈傳師有道林詩，大字猶掌，書於牌，藏其寺中，常以一小閣貯之。米老元章爲微官時，**遊宦過其下，艤舟湘江**，就寺主僧借觀，一夕張帆攜之遁。寺僧亟訟於官，官爲遣健步追取還，世以爲**口實也**。政和中，上命取詩牌而內諸禁中，亦傚道林而刻之石，遍賜群臣，然終不若道林舊牌，要不失真。

二十一、唐太子率更令歐陽詢書荀氏漢書節

右楮冊，小楷，在潭州南楚門胡氏淳處。

《書史》：唐太子率更令歐陽詢書荀氏漢書節，楮冊，小楷，在潭州南楚門胡世淳處。

二十二、唐歐陽詢書道林之寺牌

右在潭州道林之寺，筆力險勁，勾勒而成，有刻板本。又江南廬山多裴休題寺塔諸額，雖乏筆力，皆種種可愛。

《書史》：詢書道林之寺牌，在潭州道林寺，筆力勁險，勾勒而成，有刻板本。又江南廬山多裴休題字寺塔諸額，雖乏筆力，皆真率可愛。

《海嶽名言》：歐陽詢道林之寺牌，寒儉無精神。

二十三、羲之千文

右楮紙書字，筆力圓熟，在宣州觀察支使王仲詵處，故相珪之姪，謬題賀知章書四字於韻字下，非也。

二十四、顏魯公頓首夫人

右真蹟，楮紙，破爛過半，在駙馬都尉王晉卿家。

《書史》：蘇之才收碧牋文殊一幅，魯公妙迹。又有與夫人帖一幅，當是其口，今在王詵家。

二十五、孫過庭草書千文

右真蹟，黃麻紙，書縫書有梁秀收閱字印，王氏圖書四字，隨圈四轉，其異製也。在如上。

《書史》：孫過庭草書書譜，甚有右軍法，作字落脚差近前而直，此乃過庭法。凡世稱右軍書有此等字，皆孫筆也。凡唐草得二王法，無出其右。又有千文一本，是少年書，不逮書譜，並在王鞏家，今歸王詵家。

二十六、懷素詩一首

右真蹟，絹書，在王晉卿第。

《書史》：懷素詩一首，絹上真迹，王鞏易與王詵家。

二十七、張長史虎兒等三帖

右楮紙，真蹟，同上。

《書史》：張伯高虎兒等三帖，楮紙，非真迹，在王詵家，蘇氏物。

二十八、晉武帝、王渾、王戎、王衍、郗愔、陸統、桓溫、陸雲、謝安、謝萬等十四帖

　　右真蹟，在駙馬都尉李公炤第。武帝、王戎書，字有篆籀氣象，奇古，墨色如漆，紙皆磨破，上有開元二字小印、太平公主胡書印，美哉不可得而加矣，世之奇書也。王涯永存珍祕印、殷浩之印、梁秀收閱古書記字印。內郗愔一帖，即閣本法帖所錄者，昔使王著取溥家書，與閣下書雜模，模此卷中，獨取愔兩行，餘在所棄，哀哉！謝安慰問帖，字清古，在二王之上，宜乎批子敬帖尾也。

　　　　《英光集》卷八「跋謝安石帖」：右晉太傅南郡公謝安字安石書，六十五字，四角開元小璽，御府書也。永存珍祕印，入唐相王涯家；翰林之印，建中御府所用。更兵火水土之刧者，八百年歷代得以保之，必有神護。

　　　　元祐中，見晉十三帖於太師李瑋第，云購於侍中王貽永家。太宗皇帝借其藏書模閣帖，但取郗愔兩行，餘王戎、陸雲、晉武帝、王衍及此謝帖謝萬帖共十二帖，皆不取模版。余特愛此帖，欲博以奇玩，議十年不成；元符中歸翰長蔡公，建中靖國元年二月十日，以余篤好見歸。余年辛卯，今太歲辛巳，大小運丙申、丙辰，於辛卯月辛丑日（余生辛丑日）丙申時獲之，此非天耶？米芾記。

　　　　《書史》：晉賢十四帖，檢校太師李瑋於侍中王貽永家購得。第一帖，張華真楷，鍾法；次王濬，次王戎，次陸機，次郗鑒，次陸琬表、晉元帝批答，次謝安，次王衍，次右軍，次謝萬兩帖，次王珣，次臣詹晉武帝批答，次謝方回，次郗愔，次謝尚。內謝安帖有開元印縫兩小璽，建中翰林印。安及萬帖有王涯永存珍祕印，大卷前有梁秀收閱古書印，後有殷浩印，浩以丹、秀以赭，是唐末賞鑒之家。其間有太平公主親書印、王溥之印，自五代相家寶藏。侍中國壻，丞相子也。

　　　　太宗皇帝文德化成，靖無他好，留意翰墨，潤色太平。淳化中嘗借王氏所收書，集入閣帖十卷內，郗愔兩行二十四日帖，乃此卷中者，仍於謝安帖尾御書親跋三字，以還王氏。

　　　　其帖在李瑋家，余同王渙之飲園池閱書畫，末出此帖，棗木大軸，古青藻花錦作褾，破爛無竹模。晉帖上反安冠簪樣古玉軸，余尋裂擲棄軸池中，拆玉軸，王渙之加糊共裝焉。一坐大笑，要余題跋，乃題曰「李氏法書第一」，亦天下法書第一也。

二十九、晉謝奕、謝安、桓溫三帖

右真跡，麻紙書，在李公炤家。上有鍾紹京書印、寶蒙審定字印，印謝安一帖，爲後人恐墨淡，得用深墨塡過，使人惋悒。與前卷並有絹帖書爵號，自爲名筆。

《書史》：又晉謝奕、桓温、謝安三帖爲一卷，上有寶蒙審定印。謝安帖後以濃墨模搨，遂全暈過。後歸副車王詵家，分爲三帖，云失謝安帖，以墨重暈，唐人意寶此帖而反害之也，後人可以爲戒。李瑋云亦購于王氏。

三十、黄素黄庭經

右同上。字札古，無褚薛體，殆六朝人所作。縫有鍾紹京印，後有陶穀漢時跋云：此換鵝經也。甲戌九月十一日。百計取得此書，詳觀誠無唐盛時，是銛鋒筆行書，雖恐非右軍，誠爾。界行有鍾紹京書印二字小印，卷末眞寫胎仙二字，用陳氏圖書印印之，又有錢氏忠孝之家印紙。跋云：「山陰道士劉君以群鵝獻右軍，乞書黄庭經，此是也。逸少眞書此經，與樂毅論、太史箴、告誓文累表也。蘭亭、洛神賦皆行書，其他並草書也。草十行敵行書一字，行書十行敵眞書一字耳。」又續題云：「此乃明州刺史李振景福中罷任過浚郊，遺光祿朱卿，朱卿名友文，即梁祖之子，後封博王。王薨，予獲於舊邸，時貞明庚辰秋也。晉都梁苑，因重背之，中書舍人陶穀記。」是日降麻以京兆安彦威兼副都統，米某跋云：「印小字，乃唐越公鍾紹京印也。」此書在李太師第，固是甲觀。

《書史》：又黄素黄庭經一卷，是六朝人書，絹完，並無唐人氣格。縫有書印字，是曾入鍾紹京家。黄素縝密，上下是烏絲織成欄，其間用朱墨界。卷末跋台仙二字，有陳氏圖書字印，及錢氏忠孝之家印。陶穀跋云：「山陰道士劉君，以群鵝獻右軍，乞書黄庭經，此是也。此書乃明州刺史李振景福中罷官過浚郊，遺光祿朱卿，卿名友文，即梁祖之子，後封博王。王薨，余獲于舊邸，時貞明庚辰秋也。晉都梁苑，因重背之，中書舍人陶穀記。」是日降制以京兆尹安彦威兼副都統，余跋云：「書印自唐越國公鍾紹京印也。」晉史載爲寫道德經當舉群鵝相贈，因李白詩送賀監云：「鏡湖流水春始波，狂客歸舟逸興多，山陰道士如相見，應寫黄庭換白鵝。」世人遂以黄庭經爲換鵝經，甚可笑也。此名因開元，後世傳黄庭經多惡札，皆是僞作，唐人以畫贊猶爲非真，則黄唐人內多鍾法者，猶是好事者爲之耳。

三十一、顏魯公郭定襄爭坐位第一帖

右楮紙，真蹟，用先豐縣先天廣德中牒起草。禿筆，字字意相連屬飛動，詭形異狀，得於意外也，世之顏行第一書也。縫有顏氏守一圖書字印，在宣教郎安師文處，長安大姓也。爲解鹽池勾當官，攜入京欲背，予得見之。安自云季明文鹿脯帖在其家。

《書史》：唐太師顏真卿不審、乞米二帖，在蘇澥處，背縫有吏部尚書銓印，與安師文家爭坐位、責峽州別駕帖一同。爭坐位帖是唐畿縣獄狀硾熟紙，韓退之以用生紙錄文爲不敏也。生紙當是草土所用，內小字是於行間添注不盡，又於行下空紙邊橫寫，與刻本不同。此帖在顏最爲竭思，想其忠勁憤發，頓挫鬱屈，意不在字，天真罄露在於此書，石刻粗存梗概爾。余少時臨一本，不復記所在，後二十年寶文謝景溫尹京云，大豪郭氏分內一房欲此帖，至折八百千，衆乃許。取視之，縫有元章戲筆字印，中間筆氣甚有如余書者。面喻之，云：「家世收久，不以公言爲然。」

三十二、晉王右軍稚恭進鎮帖

右麻紙，書蹟後有太常卿蕭祐題跋，在前著作郎王仲修處。

《書史》：晉右將軍會稽內史王羲之行書帖真跡，天下法書第二，右軍行書第一也。帖辭云：「羲之死罪，伏想朝廷清和，稚恭遂進鎮，東西齊舉，想剋定有期也。羲之死罪。」長慶某年月日，太常少卿蕭祐鑒定。在王珪禹玉家，後有禹玉跋以「門下省印」印之，時貴多跋，後爲章惇子厚借去不歸，其子仲修專遣介請未至。是竹絲乾筆所書，鋒勢鬱勃揮霍，濃淡如雲煙，變怪多態，清字破損，余親臨得之。

《英光集》卷六，「王右軍稚恭帖贊」：混沌破，龍蛇出。大荒子，鼓神物。縱怪變，造悅忽。起洪水，稽天骨。大道驚，戮狂勃。時蟄引，無憚率。神禹符，鎮鱗窟。

三十三、晉王羲之官奴帖

右雙鈎，麻紙本，亦在王仲修處。

《書史》：王羲之玉潤帖，是唐人冷金紙上雙鉤模。帖云：「官奴小女玉潤，病來十餘日，了不令民知，昨來忽發痼，至今轉篤，又苦頭癰，頭癰已潰，尚未足憂，痼病少有差者，憂之燋心，良不可言。頃者艱疾未之有，良由民爲家長，不能克己勤修訓化上下，多犯科誡，以至於此，民惟歸誠待罪而已。此非復常言常辭，想官奴辭已具，不復多白。上負道德，下愧先生，夫復何言。」此帖連在稚恭帖後，字大小一如蘭亭，想其真跡神妙。

三十四、唐張右史季明「賀八清鑑」等帖

右楮紙，真蹟，筆法勁古，不類他書，世間季明第一書也。在承議郎蘇液處，世多刻石。

《書史》：張伯高賀八清鑑帖，楮紙，真迹，字法勁古，不類他書，世間伯高第一書也，蘇液家，世多石刻，後歸章惇家。

《英光集》：張顛書賀八清鑒，風流千載人也。帖凡七紙，蘇太簡家物，液獻章子厚也。

三十五、懷素千文

右絹書，真蹟，在蘇液處，沈遘刻板本是也。

《書史》：懷素千文，絹本，真迹，在蘇液家，沈遘家刻板本是，後歸章惇家。

三十六、懷素書「任華草書歌」

右真蹟，兩幅，絹書，字法清逸，歌辭奇偉，在駙馬都尉王晉卿第。尚方有三幅，乃其後幅，適完，嘗請出第觀，復歸尚方。

《書史》：懷素書任華歌，真跡，兩幅，絹書，字法清逸，歌辭奇偉，在王詵家詵，云尚方有其後三幅。

三十七、李邕「多熱要葛粉帖」

右白麻紙，真蹟，上有唐氏雜蹟字印、陳氏圖書字印、勾德元圖書記

字印，紫微舍人石揚休物，今在其孫前宿州支使夷庚處。前一帖與光八郎謝惠鹿帖真蹟，余過甬上，於夷庚處購得之。

> 《寶晉英光集》卷六「李邕帖贊并序」：右唐秘書李邕字泰和書，光王琚，元宗皇帝之子；濮王嶠，太宗皇帝之曾孫。故紫微舍人石昌言所藏。元祐丁卯過甬上，遇紫微孫夷庚字坦夫，以張萱六畫、徐浩二古帖易得。尚有屬少府求地黃帖，白麻紙，在石氏坦夫，幼安長子，書畫號翰苑林，蘇子瞻爲之序。此帖飄縱，後帖嚴謹，予欲此帖，坦夫惜不與，幼安程夫人於戶間使以歸余焉。六月甲申，南都舟中裝。
>
> 《書史》：多熱要葛粉帖，白麻紙，上有唐氏雜迹印、陳氏圖書印、勾德元圖書印，乃紫微舍人石揚休物，今在其孫前宿州支使夷庚處。前一帖與光八郎謝惠鹿帖真迹，余過甬上於夷庚處易得之。光八郎帖今歸王詵。

三十八、懷素草書「祝融高座帖」

右絹書，兩行，此字入神，石紫微嘗刻石，有六行，今不見前四行，問夷庚，云在王洙參政家，此亦爲其子弟購去矣。

> 《書史》：懷素草書祝融高坐對寒峰，綠絹帖，兩行，此字最佳，石紫微嘗刻石，有六行，今不見前四行。問夷庚，云與王欽臣家雜色綢絹背「以詩代懷帖」同軸，今聞王之子爲宗室所購，是懷素天下第一好書也。
>
> 《書史》：又王欽臣侍郎有懷素以詩代懷寄浩公，碧綠地雜色綢上，草書老筆特妙。

三十九、陳賢草書帖

右六七紙，字奇逸難辨，如日本書，上亦有唐氏雜蹟字印，在駙馬都尉李公炤家。

> 《書史》：陳賢草書帖六七紙，字亦奇逸難辨，如日本書，上亦有唐氏雜迹字印，在李瑋家，又多似歐陽詢草。

四十、顏真卿祭叔濠州使君文

右真蹟，楮紙書改抹多，在長安安氏子，師文攜至京。

《書史》：峽州別駕帖，白麻紙，真字云：「踈拙抵罪，聖慈含弘，猶佐列藩，不遠伊邇是也。」字類糾宗碑，清甚。又祭濠州使君文、鹿肉帖，並是魯公真跡。

四十一、顏真卿踈拙帖

右麻紙書，真字，清勁秀發，亦與李大夫，時顏責硤州別駕，此顏第一帖也。

《書史》：**峽州別駕帖**，白麻紙，真字云：「**踈拙**抵罪，聖慈含弘，猶佐列藩，不遠伊邇是也。」字類糾宗碑，清甚。又祭濠州使君文、鹿肉帖，並是魯公真跡。

《書史》：唐太師顏真卿不審、乞米二帖，在蘇澥處，背縫有吏部尚書銓印，與安師文家爭坐位帖、**責峽州別駕帖**縫印一同。

四十二、懷素三帖

右絹帖，云貧道胸中如刀刺，第二帖見顏公，第三帖律公發，懷素不與，世之第一帖也，亦見於師文。

《書史》：懷素絹帖。第一帖，胸中刺痛；第二帖，恨不識顏尚書；第三帖，律公好事。是懷素老筆，並在安師文處。**元祐戊辰歲**，安公攜至，留吾家月餘，臨學乃還。後有呂汲公大防已下題，今歸章公惇。

四十三、懷素自序

右在**湖北運判承議郎蘇泌**處，前一帖破碎不存，其父舜欽補之。

《書史》：懷素自敘，真迹，在蘇泌家。前一幅破碎不存，其父集賢校理舜欽自寫補之。

四十四、庾翼帖，全幅上有寶蒙審定印；張芝、王翼二帖，非真。

四十五、虞世南汝南公主墓誌

四十六、歐陽詢碧牋四帖草聖

四十七、顏真卿與李大夫奏事張澂二帖

四十八、懷素草書三幅、楊凝式書三帖

四十九、皇象急就，唐模奇絕

　　右在故相張公齊賢孫名直清字汝欽處，今爲楚州山陽主簿。

　　　　《書史》：晉庾翼稚恭眞跡，在張丞相齊賢孫直清汝欽家，古黃麻紙，全幅無端末，筆
　　　　勢細弱，字相連屬，古雅。論兵事，有數翼字。上有寶蒙審定印，後連張芝、王廙草帖，
　　　　是唐人僞作。薰紙上深下淡，筆勢俗甚，語言無倫，遂使至寶雜於瓦礫，可歎！余屢言與
　　　　汝欽，不肯拆也。

　　　　《書史》：歐陽詢碧牋草聖四幅，在故相齊賢孫張公直清處。孫過庭草書書譜，甚有右
　　　　軍法，作字落脚差近前而直，此乃過庭法。凡世稱右軍書，有此等字，皆孫筆也。凡唐草
　　　　得二王法，無出其右。又有千文一本，是少年書，不逮書譜，並在王鞏家，今歸王詵家。

　　　　《書史》：山陽簿張君齊賢丞相之後收魯公二帖，云奏事官至，又曰爲憲之功；後帖張
　　　　澂郎官求辟，類乞米帖及李太保帖。

　　　　《書史》：懷素草書楮紙三幅，在故相洛陽張公孫直清家。

　　　　《書史》：張直清家楊凝式數帖，眞行，甚好。

　　　　《書史》：唐模皇象急就章，有隸法，在故相張齊賢孫直清處。

五十、王右軍桓溫破羌帖，有開元印、唐懷充跋。

　　右筆法入神奇絕，帖與王仲脩學士家「稚恭帖」同是神物，有開元印、
懷充跋，在蘇澄道淵之子之純處，今爲歙州判官。

　　　　《書史》：王羲之桓公破羌帖，有開元印、唐懷充跋，筆法入神。在蘇之純家。之純卒，
　　　　其家定直，久許見歸，而余使西京未還，宗室仲爰力取之，且要約曰：「米歸，有其直見歸，
　　　　即還。」余遂典衣以增其直取回。仲爰已使庸工裝背剪損，古跋尾參差矣。痛惜！痛惜！

五十一、王獻之送梨帖，有黎氏印，連柳公權跋；王右軍言敍帖兩行，有
貞觀半印，徐僧權字。

右在左藏庫副使劉季孫處，據柳公權跋，於唐太宗書前雜出獻之書，乃將其父書卻黏於獻之帖後云。又一帖，柳誤以父爲子矣，況不知書者乎？

《書史》：王獻之送梨帖云：「今送梨三百顆，晚雪殊不能佳。」上有梨幹黎氏印，所謂南方君子者。跋尾半幅云：「因太宗書卷首見此兩行十字，遂連此卷末，若珠還合浦，劍入延平。太和三年三月十日，司封員外郎柳公權記。」後細題一行曰：「又一帖十二字連之，余辨乃右軍書。云：思言敘，卒何期，但有長歎，念告。」公權誤以爲子敬也。縫有貞觀半印，世南、孝先字跋。孝先是本朝王曾丞相字。

劉季孫以一千置得，余約以歐陽詢真跡二帖、王維雪圖六幅、正透犀帶一條、硯山一枚、玉座珊瑚一枝以易，劉見許。王詵借余硯山去，不即還，劉爲澤守，行兩日，王始見還。約再見易，而劉死矣！其子以二十千賣與王防。

唐太宗書竊類子敬，公權能於太宗書卷辨出，而復誤連右軍帖爲子敬。公權知書者，乃如此！其跋馮氏西昇經，唐經生書也，乃謂之褚書者，同也。蓋能書者，未必能鑒。

《寶晉英光集》卷七「跋羲獻帖」：柳誠懸得大令之書，於太宗卷首連於大令之後，可以鑒矣。復得右軍兩行，反謂又一帖，是誤以羲之爲獻之。又嘗見跋馮當世西昇經，實非顏褚。能書未必能別，猶歐虞之於唐以書名天下，而不任識書；魏鄭公無書名，乃同褚遂良爲貞觀書證。凡經貞觀收者，後世以爲無僞識者，以此爲鑒。癸未王堂竹齋，太常博士米芾記。

五十二、李邕四帖

內一幅碧牋，有唐氏雜迹印、勾德元圖書記印、陳氏圖書印，與石夷庚所藏多熱帖同。右在章子厚家。

《書史》：唐李邕四帖，內一帖碧牋，右唐氏雜印、勾德元圖書記、陳氏圖書印，與石夷庚所藏多熱帖同，自丁喬大夫歸章惇家，丁晉公故物也。

五十三、王右軍筆陣圖，前有自寫真，紙緊薄如金葉，索索有聲。

右同上，章公自云借於趙竦，今爲蔡河撥發。

《書史》：王右軍筆陣圖，前有自寫真，紙緊薄如金葉，索索有聲。趙竦得之于一道人，

章惇借去不歸。

《英光集》：趙子立收筆陣圖，前有右軍真蹟并筆樣手勢圖。後爲章子厚取之，使吳匠製甚入用，今吳有其遺製，近知此書在章持房下。

五十四、王右軍紙妙筆精帖，有貞觀印；王大令日寒帖，有唐氏雜迹印。

右故相王曾家物，在其孫景融處，後爲前龍圖待制沈括存中取之。古跋右軍作羊欣，大令作薄紹之，仍將「大中歲跋」刮去數字，填爲「薛邕記之」。而故相薛居正題曰：「和傅遺余。」此蓋和凝，爲薛氏故物，歸居正耳。唐太宗雅不喜子敬書，故時人以他名名之以應募，所謂紹之書曰，乃於耳字不刮去，及不次獻之頓首字猶在一分許可識。大中所跋，既不能辨，復爲不鑒之人所收，遂使至寶永失其真。吁！可痛也。

《書史》：王羲之筆精帖，內兩字集在諸家碑上，縫有貞觀半印。王獻之日寒帖，有唐氏雜跡印，後有兩行謝安批，所謂批後爲答也。唐太宗不收獻之慰問帖，故於帖上刮去不次獻之白字，謂之羊欣以應募，而以前帖爲薄紹之書。跋尾書官姓名，云大曆某年月日，下刮去古姓名。五代人題曰：「薛邕記之。」後題一行曰：「某年和傅遺余。」押字是薛丞相居正，此即和凝丞相，疑爲薛氏故物以遺薛也。**其後歸王文惠家。**

裕民案：「王曾」疑爲「王隨」之誤。王隨，諡文惠。此則可與「的聞」第二十五參看。

的聞

一、唐僧懷素自序

右在朝奉郎蘇液處，杭州沈氏嘗刻板本，泌、激皆舜欽子，蘇氏自參知政事易簡之子耆，耆子舜欽，欽之子激，四世好事有精鑒，亦張彥遠之比。已上三書，並激云見之。

二、洪元慎集右軍越州兩碑

右真蹟，在越州僧正子文處，嘗通許借，未果。

《書史》：洪元慎集右軍越州寺碑，真迹，在越州僧正子文處。嘗通書許借，未果。余託提刑喬執中攜告往質看，亦不肯出，欲公幹至越，會家難，不果去，今要度牒易。

三、褚遂良書黃庭經

右聞綠綾所書，丁謂孫倩處，質在無錫民家，士多因邑官借出。

《書史》：唐氏又收碧綾黃庭經，云是褚遂良書。非也！上有江南李重光清輝二字小印，云是丁晉公家族人所質。

四、王右軍書家譜

右在山陰縣王氏家，越州教授王渙之以書抵某，具言有此書。

《書史》：王右軍書家譜，在山陰縣王氏。右軍東方朔畫贊，糜破處歐陽詢補之，在丁諷學士家，歸宗室令時，劉涇以僧繇畫梁武帝像易去。

五、虞世南書經

右同上，在越州上虞。

《書史》：虞世南書經，在上虞僧寺。

六、晉中令王獻之已復此節帖

右在朝請大夫新昌石元之家，關景仁屢見之，嘗模石，某見兩本，字札精妙。

《書史》：關景輝家刻石子敬帖**節過觸事**云云，甚奇妙，云真迹在越州石元之大夫家，今在其子縣尉處。

七、虞世南書汝南公主銘起草

右在通直郎洛陽王護處，見模本，給事中舉元子云真蹟在洛陽好事家，有古跋。

《書史》：虞世南汝南公主銘起草，洛陽王護處見模本，云真跡在洛陽好事家，有古跋。後十年，見真跡在故相張公孫直清處。

八、歐陽詢四帖

右同上

《書史》：歐陽詢碧牋草聖四幅，在故相齊賢孫張公直清處。

九、顏魯公書韻海

右聞大書朱字魯公書，小字他人作，蘇駒云在其父刑部尚書處。

十、栁公權書柳尊師墓誌

右真蹟，在錢塘唐坰處。

《書史》：送劉太沖序，碧牋書，王欽臣故物，後有王參政名印。王云因與唐坰兩出書，各誤收卷去，坰以「將才不偶命，而德其無鄰」字剪去，碧牋宜墨，神彩艷發，龍蛇生動，覩之驚人。不裝背，揭去背紙，以厚紙散卷之。略一出，即卷去。其子云：「與智永千文、**柳公權書柳尊師誌、歐陽詢鄱陽帖**並同葬矣。」亦可歎息也。或謂密爲王詵購去。

十一、張長史千文三帖

右同上，模石乃李師中也，洛陽人。

《書史》：唐坰處黃楮紙伯高千文兩幅，與刁約家兩幅一同，是暮年真迹，每辮六七字。刁氏者後有李玉、徐鉉跋，爲人僞刻「建業文房之印」印之，連合縫印破字，每見令人歎息。

十二、歐陽詢鄱陽帖

右同上，模石在靈隱寺。

《書史》：其子云：「與智永千文、柳公權書柳尊師誌、歐陽詢鄱陽帖並同葬矣。」亦可歎息也。或謂密爲王詵購去。

十三、褚遂良臨王右軍二帖

右同上，並坰自云，未肯輕出。

十四、老子西昇經，褚遂良書、閻立本畫

右在觀文殿學士洛陽馮京處。

《書史》：公權知書者，乃如此。其跋馮氏西昇經，唐經生書也，乃謂之褚書者，非也。蓋能書者未必能鑒。

《書史》：老子西昇經，裴度、柳公權跋，爲褚公書，與閻立本畫圖同在馮當世家。吾

見之,皆非也,是唐初書,畫與柳跋是真跡,二君亦不能鑒耳。

《畫史》:道德經一卷出相間,不知何人畫,絹本,字大小不勻,真褚遂良書,在范相堯夫家。與馮京當世家西昇經不同,雖有裴度、柳公權跋,非閣令畫、褚筆,唐人自不鑒爾。

《畫史》:大年收古絹本橫卷經,書畫皆精,過于當時西昇經,馮京當世託王定國背西昇經,其古絹紙背四五分透,別裝作一卷。

《畫史》:王球夒玉收西域圖,謂之閣令畫、褚遂良書,與馮京家同假名耳。

十五、晉王渾真草帖、晉張翼帖、宋阮研帖、宋蕭思話表、文帝批答

右在駙馬都尉李瑋處,某並見石本,後見李云在高橋楊氏,未獲見。

《書史》:中貴高樓楊氏收數帖,蕭思話表一,思話字有鍾法,此乃無。而武帝批答四字,君臣筆氣一同,紙古,後破前完,此是唐人所爲,然亦佳作,今人不能爲也。又王珉書真草,是真跡,有鍾張法。張翼當是作宋翼,魏人,非真。又阮研草帖,奇古,非僞。又一帖,如竹片書,亦好事者爲之,並無古印跋可考。

十六、顏真卿寒食帖

右綾紙書,在中書舍人錢勰處,世多石本。

《書史》:魯公寒食帖,綾紙書,在錢勰處,世多石刻。

十七、王右軍「玉潤帖」

右蘇州教授閭丘籲云在承議郎建安王寔處,有古跋,令裝書人背,久不還,及剪卻半跋,皆唐名公也。付理不可得,匠人願陪四十千,即知其竊真得金已多。

《書史》:王羲之玉潤帖,是唐人冷金紙上雙鈎模。帖云:「官奴小女玉潤,病來十餘日,了不令民知,昨來忽發痼,至今轉篤,又苦頭癰,頭癰已潰,尚未足憂,痼病少有差者,憂之燋心,良不可言。頃者艱疾未之有,良由民爲家長,不能克己勤修訓化上下,多

47

犯科誠，以至於此，民惟歸誠待罪而已。此非復常言常辭，想官奴辭已具，不復多白。上負道德，下愧先生，夫復何言。」此帖連在稚恭帖後，字大小一如蘭亭，想其真跡神妙。

十八、蘭亭模本

右正議大夫章惇跋，蘇激所收蘭亭云，此與吾家所收同。

十九、褚遂良奉書寧帖

右在關杞，某見石本。

《書史》：唐虞世南枕臥帖，雙鉤唐模，在關杞處，上有儲氏圖書古印。關嘗謂余曰：「昔越州一寺修佛殿，於梁栱內藏一函，古模帖數十本。所可記者，王右軍十七帖，世南枕臥帖、十鬮九帖，褚遂良奉書寧帖，上皆有儲氏圖書印，毫髮乾濃畢備。」關與僧善，購得枕臥、十鬮九、奉書寧三帖。

二十、晉葛玄飛白天台字

右見石本，真蹟聞在台州。

《海嶽名言》：葛洪天台之觀飛白，爲大字之冠，古今第一。

二十一、唐東宮長史陸柬之書十八學士贊

右西京留臺王瓘云在舍弟珪處。

《書史》：陸柬之十八學士贊，西京留臺王瓘云在舍弟珪處。

二十二、唐高閑書令狐楚詩

右真蹟，在戶部尙書康季常家，某見石本在湖州。

《書史》：唐高閑書令狐楚詩，在尚書李常家。

二十三、歐陽詢二帖

右在朝議大夫晁端彥處，其本與蘇州進士周沔。

二十四、懷素書蕭常侍日下三帖

右同上。

（《書史》：晁端彥收懷素與皇少卿簡大紙一軸，筆勢簡古，老筆也。是書障索潤筆簡。）

二十五、宋羊欣宋翼二帖並褚令模蘭亭

右見中書舍人蘇軾云，在故相王隨之孫景昌處，模石在湖州墨妙亭，屢見石本，今在沈存中括家。

《書史》：文惠孫居高郵，并收得褚遂良黃絹上臨蘭亭一本，乏貲之官，許余以五十千質之。余時遷塋丹徒，約王君友壻宗室時監羅務令輾亦欲往別，約至彼交帖。王君後余五日至，余方襄大事，未暇見之，事竟。見云：「適沈存中借去。」吾拊髀驚曰：「此書不復歸矣！」

《寶晉英光集》卷七「跋褚模蘭亭帖」：右唐中書令河南公褚遂良字登善臨晉右將軍王羲之蘭亭宴集序，本朝丞相王文惠公故物。辛未（1091）歲見於晁美叔齋，云借於公孫。辛巳（1101）歲購於公孫爞。……壬午（1102）八月廿六日，寶晉齋舫手裝。襄陽米芾審定真蹟秘玩。

二十六、柳公權紫絲靸蘭亭詩二帖

右待制王廣淵模石，跋云：「龍圖大諫李公帥府，暇日出書，因請模石。」李師中也，洛陽人。

《書史》：柳公權紫絲靸蘭亭詩二帖，待制王廣淵模石，跋云：「龍圖大諫李公帥府，

49

暇日出書，因請模石。」乃李柬之少師也，洛陽人，今在富鄭公子宿州使君家。

二十七、張長史全本千文

右見臨淮令曾孝蘊云在京師謝氏，亦寶文遠公族也。

《書史》：伯高全本千文，曾孝蘊云在京師謝氏處，謝氏景溫，寶文遠族也。

二十八、顏魯公帖一軸五幅

右見湖州巡檢供奉官石裔，駙馬之孫，云在其兄處。

《書史》：魯公一軸五帖，見石裔，言在兄處，副車之孫也。

二十九、王子敬帖

右宣義王碩云其父所收，未得將出。

主要採用版本爲南宋嘉泰元年的《寶晉山林集拾遺》

拆穿李郁周的騙局—蘇沂身世大揭密

　　米芾在《書史》中曾提到一本蘇沂所摹的「自敘帖」，並稱此帖：「嘗歸余家，今歸吾友李錞，一如真跡。」於是李郁周發揮他無比的想像力，如此說道：

> 　　蘇舜欽房所藏第三本「蘭亭序」，勝過蘇易簡題贊的第一本，是蘇沂摹本；如是而言，蘇舜欽次子蘇液所藏的第二本「自敘帖」亦為蘇沂的摹本，一如真跡，便是順理成章的事情。**蘇液將蘇沂的摹本「自敘帖」攜往南都（商丘），請其外祖父杜衍（蘇舜欽的岳丈）題詩（一○五四）**，其後又請蔣之奇題跋（一○八三）。蘇激謂其兄蘇液藏有「自敘帖」，沈遘曾加以摹刻成帖；曾紆謂蘇液所藏的「自敘帖」攜至汴京，與米芾觀賞題識；米芾謂其收有蘇沂摹本「自敘帖」，一如真跡。而蘇液藏本恰為摹本，蘇液攜至汴京為米芾所購（一○九○），再歸李錞，後傳邵叶（約一○九六），以至於南宋呂辯老（約一一三二）。

　　這就是李某最新小說創作集中的另一項「創見」，那就是「天外飛來」（李某文章常出現這四個字以及相關科幻劇情）一本「蘇液所藏『蘇沂摹本自敘帖』」。

　　李某每次都利用這種史料不足的模糊空間大肆編造劇情，在他的小說裡馳騁想像與自圓其說。北宋蘇家的族人蘇沂，在千年以來的史料，只在米芾的《書史》裡出現三次，於是可憐的蘇沂，就像可憐的項子京一樣，被李郁周所利用、抹黑與栽贓。而這次我要用一本族譜來拆穿李郁周可惡的騙局，可以看出在李某的著作裡頭，從頭到尾充斥這種毫無根據與不負責任的臆測，令人唾棄與鄙視。

蘇家第四代的水字輩後人

北宋富於收藏的蘇氏家族，其第一代要從蘇易簡算起。蘇易簡（９５８～９９６）字太簡，開封人，祖籍四川綿州鹽泉，郡望則爲陝西武功。太平興國五年（９８０）進士第一，累官翰林學士承旨，並做到相當於宰相的參知政事，卒時才三十九歲。

蘇易簡有四子，蘇壽、蘇耆（９８７～１０３５）、蘇宿與蘇叟（９９３～１０３７），這是第二代。其中以蘇耆最爲有名，其字國老，年四十九而卒，他有三個兒子，前兩個比父親更著名，即蘇舜元（１００６～１０５４，字才翁）與蘇舜欽（１００８～１０４８，字子美），最小的則是蘇舜賓（～１０３７，字聖闕），這是第三代。

至於在米芾的著作裡屢屢出現的「水」字輩蘇氏族人，則是第四代。蘇舜元的兒子則有蘇涓、蘇澥、蘇注、蘇洞、蘇洪、蘇泊、蘇汝；蘇舜欽的兒子爲蘇泌、蘇液與蘇激；蘇舜賓的兒子爲蘇澄。（黑體表示曾出現在米芾著作。）

蘇家第五代也出現在米芾的著作裡，如蘇之顏、蘇之孟、蘇之友、蘇之純與蘇之才等，這是「之」字輩。

至於蘇沂，因史料缺乏，不知爲何人之子，由於也是水字輩，所以大家都以爲他是屬於第四代無疑。可是我找到了明朝所修的安徽《新安蘇氏族譜》，終於揭開了蘇沂的身世之謎，而且謎底會跌破眾人眼鏡。

爲什麼「開封人，祖籍四川綿州鹽泉，郡望則爲陝西武功」的蘇氏家族，其後人會出現在安徽新安呢？這得從蘇易簡的長子蘇壽談起。

蘇壽，字不詳，生卒年亦不詳，可確定的是生於九八七年以前（其弟蘇耆生於９８７），卒於一０三六年以後（知泉州）、一０三九以年前。（蘇舜欽在此年所撰的〈先公墓誌銘〉，文中已稱：「兄壽，終水部郎中。」）

以下是根據大陸李之亮所編的《宋兩淮大郡守臣易替考》、《宋兩浙路郡守臣年表》、《宋兩江郡守易替考》與《宋福建路郡守年表》諸書，所查出的蘇壽晚年出仕時間年表：

1028～1031　　　知泗州（《會稽掇英集》卷十八）

1031三月～1032　知越州（《新安志》卷九）

1032十月～1034　知歙州（《嘉泰會稽志》卷二）

1035～1036　　　知泉州（《泉州志》）

蘇壽在知歙州時，因「爲政德惠及民，民戴之若父母」，於是幾年以後他致仕，便搬到安徽休寧定居，是爲「新安蘇氏」的始遷祖。於是蘇易簡的長子蘇壽這一支，便在休寧落了腳。

《新安蘇氏族譜》中的蘇壽畫像

　　我在研究「自敘帖」的過程中，爲了查出蘇沂的史料而費盡功夫，我一直懷疑蘇沂是蘇易簡另兩個兒子：長子蘇壽或三子蘇宿的後人，因爲次子蘇耆與四子蘇叟的後人較爲明朗。於是我開始著手尋找蘇壽與蘇宿的史料，很幸運的，我在《新安蘇氏族譜》中發現了蘇壽這一支的下落，也找到了蘇沂的蹤跡，結果蘇沂竟然不是和蘇泌、蘇液同輩的第四代，而是第六代！換句話說，蘇沂和蘇泌、蘇液的時間相距有四、五十年之久！

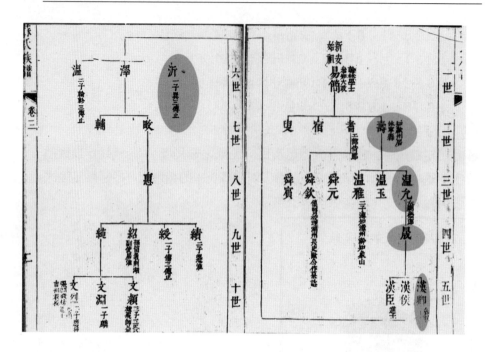

根據這個世系圖，可知蘇壽有三子：蘇溫允、蘇溫玉與蘇溫雅，這一輩和蘇舜元與蘇舜欽同輩。《六藝之一錄》卷一百一十，著錄一則摩崖石刻「蘇溫雅等題名」可證此事：

> 蘇溫雅、舜欽、楊混，慶曆二年八月六日倩仲題。正書字徑五寸

慶曆二年爲一○四二年。

蘇溫允生蘇晟，這一輩和蘇泌、蘇液同輩。蘇晟生蘇漢卿、蘇漢侯與蘇漢臣，這一輩和蘇之孟、蘇之純同輩。

《山谷集·別集》卷十一，「跋郭熙畫山水」：

> 郭熙元豐末爲顯聖寺悟道者作十二幅大屏，高二丈餘，山重水複，不以雲物映帶，筆意不乏。余嘗招子瞻兄弟共觀之，子由嘆息終日，以爲郭熙因爲蘇才翁家摹六幅李成驟雨，從此筆墨大進。觀此圖乃是老年所作，可貴也。元符三年（１１００）九月丁亥，觀於青神蘇漢侯所作。

可見蘇壽的孫子蘇漢侯與黃庭堅亦有往來。

蘇漢卿，字公偉，襲父蔭爲參軍。（據《新安蘇氏族譜》小傳）蘇漢卿生蘇沂、蘇澤與蘇溫。若一代以最保守的二十年估計，兩代至少相差四十年以上，所以在一○五四年，蘇沂根本還沒誕生。

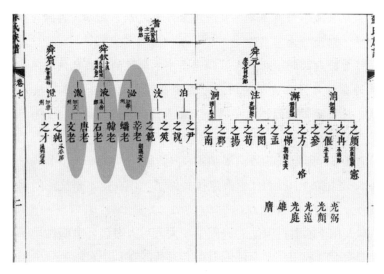

《新安蘇氏族譜》中的蘇耆世系圖

唯有從此圖才能得知蘇舜元與蘇舜欽的後代世系，是研究蘇氏家族的珍貴史料。

蘇沂在《寶章待訪錄》中未出現，就是因爲此時蘇沂年紀尚小；到了米芾晚年的著作《書史》，蘇沂之名才三次登場，分別是摹「蘭亭」、摹「賀八清鑑帖」與摹「自敘帖」，這三件摹本與蘇沂本人一樣，自此以後毫無下落可尋，而李郁周就是依靠這點來作爲他胡說八道的工具。

我在前文〈天外飛來一本「自敘帖」—《寶章待訪錄》的新發現〉中已經提到，蘇舜欽的次子蘇液生於一○三八年以後。而根據李郁周所編造的漫天大謊：在一○五四年夏天，一個最多不滿十六歲，甚至可能只是個小孩子的蘇液，竟然會帶小他兩輩、還沒出生的蘇沂所摹「自敘帖」，跑到南都請他的外公杜衍題詩。這種「天外飛來」的科幻情節，只會出現在電影「回到未來」裡！

宋人「睢陽五老圖」中的杜衍畫像

　　而這本不可能的「蘇液所藏『蘇沂摹本自敘帖』」，李郁周整個杜撰的情節繼續發展：

> 　　蘇液藏本恰為摹本，蘇液攜至汴京為米芾所購，再歸李錞，後傳邵叶，以至於南宋呂辯老。
>
> 　　曾於題跋時，此本在呂辯老手中，米芾的題識已佚去不存；米芾所題在蔣之奇之後，其內容可能語及此本為蘇沂摹本，後人為了混真，遂將米芾的題識文字揭去，此人似為李錞或邵叶。……

這本即是李郁周所宣稱的故宮墨蹟本「自敘帖」的由來。（中間的杜撰情節還有這本「自敘帖」於明代嚴嵩之後失傳了，現在這本是文彭所摹，項子京所假造云云，一堆瞎說。）

　　從本人和李郁周打筆仗的過程中，大家可以發現什麼叫做為了圓一個謊而繼續撒下無數個謊。李郁周很用心良苦的在利用有限所見史料，編造一個全世界只有他自己一個人才相信並深信不疑的「自敘帖演義」，可是結果很殘酷，事實證明他完全活在他的幻想之中。

　　而李郁周為了滿足他的幻想，一路走來，虛構歷史、曲解史料、誤用偽刻的「綠天庵本自敘帖」、濫用「水鏡堂本自敘帖」，並創造出數本「天外飛來的自敘帖」來擾亂眾人的研究，最後則是寫黑函攻擊他的敵手和不登他文章的故宮編輯，這是我從事學術研究以來，看過最不可思議與覺得最狗屁倒灶的一樁學術醜聞。

參考資料

蘇大修，《新安蘇氏族譜》，中國國家圖書館藏，明成化三年修。

蘇舜欽，〈先公墓誌銘〉，《蘇學士集》卷十四。（蘇耆）

韓維，〈太原縣君墓銘〉，《韓南陽集》卷三十。（蘇耆妻）

蘇舜欽，〈江寧府溧陽令蘇府君墓誌銘〉，《蘇學士集》卷十四。（蘇叟）

蔡襄，〈蘇才翁墓誌銘〉，《端明集》卷三十九。（蘇舜元）

蘇軾，〈劉氏墓誌銘〉，《東坡全集》卷八十九。（蘇舜元妻）

歐陽修，〈湖州長史蘇君墓誌銘〉，《文忠集》卷三十一。（蘇舜欽）

蘇舜欽，〈亡妻鄭氏墓誌銘〉，《蘇學士集》卷十四。（蘇舜欽妻）

范純仁，〈朝奉大夫知華州蘇君墓誌銘〉，《范忠宣集》卷十五。（蘇澄）

傅平驤、胡問濤編，〈蘇舜欽年譜簡編〉，《宋人年譜叢刊》第二冊。

朱杰人，〈蘇舜欽行實考略〉，《文史》第二十二輯。

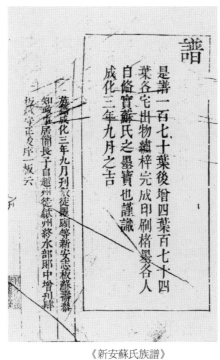

《新安蘇氏族譜》

宋朝內府只有一本「自敘帖」

─袁桷《清容居士集》的誤記

故宮墨蹟本「自敘帖」後有空青老人曾紆於紹興二年（１１３２）寫的跋文，明確指出當時流傳的「自敘帖」共有三本：

> 藏真自敘世傳有三，一在蜀中石陽休家，黃魯直以魚箋臨數本者是也；一在馮當世家，後歸上方；一在蘇子美家，此本是也。

第一本，「石揚休本」，對黃庭堅有重大影響，但之後失去蹤跡，未見他書提及。第二本，「馮京本」，後來進入宋朝內府，著錄於北宋《宣和書譜》，也著錄在南宋的《中興館閣續錄》。元世祖至元十三年（１２７６），王惲進入內府觀看藏品，這些藏品大多來自南宋內府舊藏。王惲當日所見，有法書一四七件，名畫八十一幅，並記有細目，見於《秋澗集》。其中便有「懷素自敘帖」，此本應仍是曾紆所稱進入宋朝內府的「馮當世本」，王惲並記其所見「祕府所收」本末有「蘇、杜二公題跋」。第三本，則是「蘇家本」。

元人袁桷《清容居士集》卷四十七，有「跋懷素自敘」一則：

> 自敘墨蹟俱有蘇子美補字，凡見數本，董逌進德壽殿者為第一。
> 然子美所補皆同，殆不可曉，善鑒定者終莫能次其後先。今觀員嶠所
> 書，貴耳賤目之士願加詳焉。

「今觀員嶠所書」，員嶠為李倜，從跋文來看，此跋應為「跋李倜書懷素自
敘」才是。又袁桷提出了他對「自敘帖」的疑惑，最後則說：「貴耳賤目之
士願加詳焉。」相信傳聞而不信眼見事實的人可以詳加考察。

跋中說「董逌進德壽殿者為第一」，這是所有史料中，唯一提及宋高
宗時尚有一本「自敘帖」進入內府的記錄。於是這造成研究者的困擾，明
明只有三本，「蘇家本」於南宋初年仍在民間流傳，《廣川書跋》作者董逌
手上的「自敘帖」到底是哪一本？又從何而來？想像力豐富的李郁周則藉
此又杜撰了一套戲碼。

事實上，根據我的研究，袁桷根本是搞錯了！高宗朝時，由董家上獻
的並非是懷素的「自敘帖」，而是「千字文」！

曾敏行《獨醒雜志》（淳熙十二年楊萬里序，１１８５）卷六：

> 番陽董氏藏懷草書千文一卷，蓋江南李主之物也。建炎己酉，董
> 公逌從駕在維揚，適北兵至，逌盡棄所有金帛，惟袖千文南渡，其子
> 弅尤極珍藏。一日朱丞相奏事畢，上顧謂曰：「聞懷素千文真蹟在董
> 弅處，卿可令進來。」丞相諭旨，弅遂以進。

宋室南渡，逃難中的董逌只帶著懷素「千字文」隨身，之後則傳於其子董
弅。一日，宋高宗向丞相朱勝非說：「聽說懷素千文在已故董逌的兒子董弅
手上，你可以命他上呈官府。」於是朱勝非下了諭旨，董弅只好照辦。

此事亦見於洪咨夔《平齋集》卷三十，「徽廟草書千文跋」：

> 臣聞紹興間，今上知懷素千文藏董弅家，命朱勝非諭旨投進，使
> 此書得陳乙覽，豈復求駑於野乎？感歎之餘，謹拜手稽首志其末。寶
> 慶初元寒食日，臣洪某。

洪咨夔爲嘉定二年（１２０９）進士，此跋寫於寶慶元年（１２２６）。

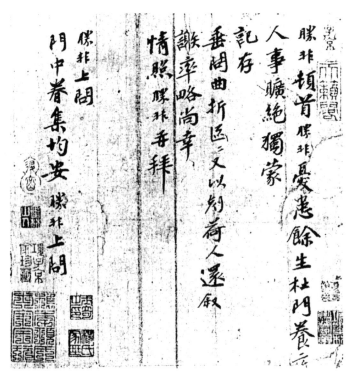

朱勝非尺牘

　　胡仔《苕溪漁隱叢話》後集卷三十二亦記載：

　　　　藏真又有千字文真蹟，舊蓄於江南李氏，紙尾有後主錯金書題
　　　　云：「懷素僧草聖，戴叔倫詩云：『詭形怪狀翻合宜。』宜哉是言。」
　　　　其後此真蹟又轉蓄於董令升家，紹興間歸天上矣。

董令升即董弅。此「藏真千文」即北宋黃伯思《東觀餘論》中所提及之物，
他於徽宗政和五年（１１１５）「跋江南藏真書後」云：

　　　　頃見江南後主錯金書，題藏真書「千字」曰：「戴叔倫詩云：詭
　　　　形怪狀翻合宜」，誠哉是言。

此「藏真千文」也是南宋王明清《揮塵錄》第三錄卷二中所提及之物：

61

外祖跋董令升家所藏真草書千文，略云：「崇寧初，在零陵見黃九丈魯直云：『元祐中，東坡先生、錢四丈穆父飯京師寶梵僧舍，因作草書數紙，東坡賞之不已。穆父無一言。問其所以，但云恐公未見藏真真跡爾。庭堅心切不平。紹聖貶黔中，始得藏真自序於石揚休家，諦觀數日，恍然自得，落筆便覺超異。回視前日所作可笑，然後知穆父之言不誣也。』」

文中所云的「外祖」，即是在蘇家本「自敘帖」後寫有跋文，並指出宋代有三本「自敘帖」流傳的空青老人曾紆。曾紆也在董家所藏的懷素「千文」後寫有跋文，並清楚的告訴吾人，他是在徽宗崇寧初年親耳聽到黃庭堅跟他說：紹聖年間被貶到涪陵時，才看到「石揚休本自敘帖」，於是草法大進，然後知道錢勰所言不虛。

至於曾紆在董家所藏「藏真千文」跋中所稱的「崇寧初」，確切時間則是在崇寧二年（１１０３），此事見於李公麟「五馬圖」後的曾紆跋文：

余元祐庚午歲（１０９０）以方聞科應詔來京師，見魯直九丈於酺池寺，魯直方為張仲謨箋題李伯時畫天馬圖。……後十四年，當崇寧癸未（１１０３），余以黨人貶零陵，魯直亦除籍徙宜州，過余瀟湘江上。……後二年，魯直死貶所。

因此，結合蘇家本「懷素自敘帖」、董家本「懷素千字文」與李公麟「五馬圖」後曾紆所寫的三則跋文，我們才知道，為什麼空青老人曾紆會對「自敘帖」的脈絡如此清楚。而由曾紆與董家的關係，如果董家還有一本「自敘帖」，曾紆就不會說「藏真自敘世傳有三」，而會說「藏真自敘世傳有四」了。

元朝袁桷《清容居士集》所記「董逌進自敘帖於德壽殿」一事，從未見於南宋任何著作；也未見任何史料言及董逌收藏一本「自敘帖」；董逌《廣川書跋》中也無一字提到他收藏有「自敘帖」；又根據曾敏行、洪咨夔與胡仔等人著作之記載，可見董家上呈（被強索）於宋高宗的，事實上是懷素「千字文」，而非「自敘帖」，這個情形就像董其昌竟然會以為「水鏡堂帖」乃是「文待詔曾摹刻停雲館行於世」一樣，是個不明所以的誤記而已。於

是眾研究者可以毋須再庸人自擾與想像情節，尤其是寫黑函攻擊王裕民與《故宮文物月刊》編輯的李郁周，打筆仗是靠證據、靠資料的，不是靠想像、靠使下流手段的。

如果要接受袁桷的說法，那就要證明董逌在紹興三年以後還在世（蘇遲、富直柔跋文，此時蘇家本「自敘帖」在呂辯老手上）；還要證明董逌在趙鼎收藏此卷以後還在世。事實上這兩點都是否定的，因為董逌在建炎年間就已逝世！何以知之？查李正民《大隱集》卷三，有「董逌贈官制」一則，時李正民任中書舍人。李正民何時任中書舍人？答案就是建炎年間。建炎四年十一月，轉任吏部侍郎。（《建炎以來繫年要錄》卷三十九）所以蘇家本「自敘帖」根本不可能落在董逌手上！袁桷的記載也百分之百錯誤！

李郁周對於袁桷的記載全盤接受，並大肆利用這則錯誤記載，其中之一便是被我考證出是清朝乾隆初年所偽刻的「綠天庵帖自敘帖」（一套五種的叢帖，都是偽蹟），可是李某死不認錯，硬要找台階下，一下子說綠天庵本可能是「佛家傳本」，一下子又說是「馮京本的孑遺」，高興怎麼附會就怎麼附會，兒戲十足，根本把讀者當白癡耍，誰會相信他那種沒有證據又不負責任的鬼話。

既然董逌上獻的是「千字文」，而非「自敘帖」，所以宋朝內府自始至終都只有一本「自敘帖」，那就是馮京本！孝宗淳熙年間所刻的「淳熙秘閣續帖」，其中的懷素「自敘帖」，也就是馮京本！李郁周一下子說綠天庵本可能是「佛家傳本」，一下子又說是「馮京本的孑遺」，而事實上馮京本就是今日所可見的「契蘭堂本自敘帖」（根據「淳熙秘閣續帖」所翻刻）！所以李郁周可以繼續加油，再發揮想像力，找其他門路附會。

袁桷「和一庵首坐四詩帖」

李郁周小說創作集《懷素自敍帖千年探祕》頁四十七：

七、董逌本「自敍帖」

懷素「自敍帖」各種傳本流傳到元代，學草書而取以為資者不少，屬目者亦多，袁桷（一二六七—一三二七）跋李倜所臨懷素「自敍帖」謂：……

袁桷跋語謂南宋董逌進奉「自敍帖」給高宗（德壽殿），時當紹興初年（一一三二）前後，<u>南宋《中興館閣續錄》所載「僧懷素草書自敍帖」，或即為董逌本</u>，孝宗年間刻入《淳熙祕閣續帖》中。如此，<u>董逌進本「自敍帖」即為蘇舜欽補書原本，此本在北宋、南宋改朝換代之間如何由蘇家傳入董逌之手，不得而知。或者，董逌本「自敍帖」只是摹寫最佳的蘇舜欽本系統之傳本，亦無法確知。</u>

李郁周如此「不得而知」與「無法確知」，以及不負責任的任意妄加揣測，原因就是他缺乏考證史料的能力，而代以憑空想像的瞎掰功力。

李郁周小說創作集二部曲《懷素自敍帖鑑識論集》頁十六：

蘇泌所藏的懷素「自敍帖」真跡本，前一幅破碎不存，蘇舜欽自己加以補寫；此本後為董逌所得，南宋初年獻給宋高宗。

在新作中，李郁周發揮想像極致，憑空為北宋蘇家多冒出一本「自敍帖」（蘇泌與蘇液兄弟各一本），然後「蘇泌本」到了南宋由董逌獲得，並以此上獻給宋高宗，然後孝宗時刻入「淳熙秘閣法帖」中云云。完全是李某毫無確切根據的無稽之談與一派胡言。

李公麟「五馬圖」　曾紆跋文

聞。元代袁桷（一二六七—一三二七）見過李偁書寫的〈自敘帖〉，跋其書法時，稱傳世的蘇舜欽本〈自敘帖〉，應

有多本。其〈清容居士集〉卷四十七〈跋懷素自敘〉謂：

「墨跡偽有賴子美補字，凡見數本。今觀員嶠所書，貴其晚年之士，願加詳焉。」

李偁，字士弘，號員嶠真逸，以好書名天下，取法右軍，其遊戲筆墨超逸不群，今臺北故宮博物院所藏陸柬之〈文賦〉卷即有李偁跋尾。袁桷跋語所稱之

〈續錄〉卷三又載：孝宗淳熙十二年（一一八五），祕書監沈揆開具歷代名賢墨跡摹勒上石，相傳有懷素〈自敘帖〉刻石。明代朱存理〈鐵網珊瑚〉卷一〈唐懷素自序帖〉條，也載有「內閣石刻」

（一一三二）前接。南宋〈中興館閣續錄〉載有「僧懷素草書自敘帖」，袁桷跋語所稱的「德壽殿」，進奉給宋高宗「德壽殿」。其中有「僧懷素草書自敘帖」，應

此袁師自敘、前紙屢清，不可緻補。僕固圖以補之，極愧鑽砒也。慶曆八年九月十四日，蘇舜欽親裝且補其闕也。[10]

淳熙祕閣續刻〈自敘帖〉摹刻有蘇舜欽題記，可知南宋內府石刻〈自敘帖〉為祕閣蘇舜欽補書題記本，與北宋汴京石刻為馮京本不同。袁桷稱蘇舜欽題記本，恰摹刻有蘇舜欽題記，證明實為補書題記原藏本。南宋內府圖籍書畫皆北宋本。而淳熙祕閣續刻本〈自敘帖〉為最佳本。

這則跋語，文徵明（一四七○—一五五九）直接觀賞過「內閣石刻」拓本，文彭所摹故宮卷拖尾，前裝有刻石的〈浮熙祕閣續帖〉一條，讚曾兩見祕閣列本〈自敘帖〉。[11]

王惲（一二二七—一三○四）〈書畫目錄〉中有「懷素草：千文草聖、游京師帖、論草字帖、自敘帖、布帘帖、上林花發帖」等六件作品，其中〈自敘帖〉即為「馮京本」。此本與前述劉松秘祕所得到的「馮本」不同。劉氏過目馮京本時在蒙元滅金（一二三四）之後，王惲至元十三年（一二七六），元朝內府收藏過兩種不同的〈自敘帖〉傳本。

王惲在當年（至元十三年）年底，曾入元內閣觀賞這批書畫，撰有〈書畫目錄〉記其事。茲節錄部分文字如次：

至元丙子（一二七六）春正月，江左平。冬十二月，圖書禮器並送京師。故十有二年太原張公（易・字仁）纔領監省，祕書監〔...〕子以故在山東台持甲冊披閱某數日：凡見二百餘軸，書字一百四十七幅，畫八十一幅。怡然有所得，沖然釋所願，精爽洞達，滯悶為一緩。[12]

前述明太祖洪武元年八月，命運北京，後來皆不知所終。另外，南宋淳熙祕閣石刻〈自敘帖〉，各種拓本傳藏至明代，朱存理、文徵明、范大澈皆曾見之，各有文字如柏時一跋與事，亦應在其中。只是與影跡著異身也。因詳敘本末，不特使來者往迹四十年憂患身世，獨在衍徨弔遺意，且以玉軸道延伸偶重加裝飾玄空青曾紆公卷書

這兩頁劇本作廢

附：曾紆與黃庭堅

一、宋高宗強索臣子所藏書畫，尚有此例。南宋曾宏父《石刻鋪敍》卷下，記「高宗宸翰」云：

> 聞知會稽縣向子固有褚遂良所臨蘭亭序，後有米芾題識，卿可取進來，欲一閱之。十四日，付孟庚　押。

二、黃庭堅卒於徽宗崇寧四年（１０４５）九月三十日，今傳世有他在此年所寫的日記《乙酉宜州家乘》，從正月初一寫到八月二十九日，其中四月初三日庚午條，提及曾紆：

> 馮孝叔送元明己巳書，及相、梲書，寄紙、藥、鞋、襪；及公袞書，送紙六軸、人參十兩。

從李公麟「五馬圖」後的曾紆跋文，可知黃庭堅被貶至宜州時，途經湖南零陵，與曾紆相見。黃庭堅並將家眷留在此處，交付曾紆照顧，一個人赴宜州貶所，事見王明清《揮麈後錄》卷七：

> 崇寧三年，黃太史魯直竄宜州，攜家南行，泊於零陵，獨赴貶所。是時外祖曾空青坐鈎黨，先徙是郡。太史留連逾月，極其歡洽，相予酬唱，如江楲書事之類是也。帥游浯溪，觀中興碑。太史賦時，書姓名于詩左。外祖急止之云：「公詩文一出，即日傳播。某方為流人，豈可出邪？公又遠徙，蔡元長當軸，豈可不過為之防邪？」太史從之。但詩中云：「亦有

文士相追隨」，蓋為外祖而設。

黃庭堅在浯溪觀賞顏真卿所書「大唐中興頌」後，寫了〈書磨崖碑後〉（《山谷集》卷八），詩碑今仍存於浯溪。

　　黃庭堅抵達宜州後，與曾紆仍有書信往來，《山谷集·外集》卷二十一〈與曾公卷書〉：

> 　　某頓首謝，晚來辱書勤懇，感刻感刻！比日殘暑，伏惟起居佳福，衡陽侍庭，日收寧問。示江樾書事二解，清麗雅正，嘆詠不能去口。欲便和去，以久不作詩，蓋井泥不食矣。老稚荷調護之久，諸子無雜賓客，一意從學，皆公卷之賜。
>
> 　　今城北相去差遠，老懷頗以為念也。二百星知已送，相處如所戒，未敢遽以書謝丞相，因家問先及懇懇，幸甚。已令分百星來宜，恐前日溟上之傳不虛耳，然列禦寇所謂營州之西猶營州也。
>
> 　　鍾乳何時再成？前所惠草伏四神，初夏腹疾，和理中丸四兩服之，頗得益。示諭南方不宜服金石藥，荷公卷情眷周盡。公卷疽根在旁，乃不可服；庭堅服之，如晴雲在川谷間，安得有霹靂火也，如何？嶺南秋暑殊未解，此書到零陵已搖落矣，千萬為器業珍重。

黃庭堅在宜州服食金石藥，曾紆寫信勸其勿服之事，也見於南宋人的著作，如《道山清話》記載：

> 　　山谷在宜州，服紫霞丹，自云得力。曾紆嘗以書勸其勿服，山谷答云：「公卷疽根在旁，乃不可服，如僕服之，殆是晴雲之在川谷，安得霹靂火也。」

《韻語陽秋》卷六與《詩話總龜後集》卷三十四亦同。

　　《山谷集·別集》卷十，〈書自作草後贈曾公卷〉：

> 　　崇寧四年二月庚戌夜，余嘗重醞一梠，遂至沉醉，視架上有凡子乞書紙，因以作草。方眼花耳熱，既作草十數行，於是耳目聰明。細閱此書，端不可與凡子，因以遺南豐曾公卷，公卷胸中殊不凡，又喜

學書故也。山谷老人年六十一，書成頗自喜似楊少師書耳。

黃山谷酒後作草書，寫完後反而「耳目聰明」，看了自己剛才「眼花耳熱」時寫的作品，認為不可給予來乞書的俗人，因此決定贈與曾紆，此書寫於黃庭堅卒年。

《山谷簡尺》卷下，〈答公卷承事簡〉：

> 庭堅頓首，奉八月二十日所惠書，承每得衡州安問，永州骨肉皆安宜，良慰懷仰。寄惠中秋歌頭，清麗可喜，欲和去，以久不作文，遂井泥不食矣。得所送鍾乳、硫黃、建溪，極副所關，感刻感刻！鍾乳極得益，恨少耳。南方不可多服金石，荷教，意甚忠藎，然不肖稍關此，輒欲作病，似血氣各不同耳。輒曾作「問鍾乳」短句，前書忘寄上。「寄聲魯公子，金丹幾時熟？願持鍾乳粉，實此磬懸腹。遙知蟹眼湯，已化鵝管玉。刀圭勿妄授，此物非錄錄。」
>
> 貸金，荷傾倒應副，小兒亦不來謀，不肖度之，可如此耳。欲得百兩到宜備緩急，恐如筑論，或遷溟上，亦不可不豫耳。然禦寇所謂營州之西猶營州也，但兒女子不能忘耿耿耳。
>
> 所惠安公四十九鍊金液，如尚有，更惠一兩，昨病中最得此藥力也。四一臥疾，想得長者撫視乃安耳。旦暮差涼，似可堪，想彼已搖落矣。無緣言面，臨書增懷，千萬珍重，九月十七日，庭堅再拜公卷承事親友。

這封信寫於九月十七日，黃庭堅卒於九月三十日，此信是目前所見他在生前所寫的最後一封附有確切日期的信函。從這幾封寫給曾紆的信，可以看到黃山谷晚年對他最重要的就是金石藥。

曾紆跋文的誤記

關於「自敘帖」的研究，空青老人曾紆是個極重要的關鍵人物。曾紆（１０７３～１１３５），字公袞，亦作公卷，晚年自稱空青老人，南豐人，曾布之子。

故宮墨蹟本「自敘帖」卷後，有曾紆於紹興二年（１１３２）寫的跋文，明確指出北宋流傳的「自敘帖」共有三本：

> 藏真自敘世傳有三，一在蜀中石陽休家，黃魯直以魚箋臨數本者是也；一在馮當世家，後歸上方；一在蘇子美家，此本是也。

他又在董弅家藏之懷素「千字文」後跋云：

> 崇寧初，在零陵見黃九丈魯直云：『元祐中，東坡先生、錢四丈穆父飯京師寶梵僧舍，因作草書數紙，東坡賞之不已。穆父無一言。問其所以，但云恐公未見藏真真跡爾。庭堅心切不平。紹聖貶黔中，始得藏真自序於石揚休家，諦觀數日，恍然自得，落筆便覺超異。回視前日所作可笑，然後知穆父之言不誣也。』」

此跋見於南宋王明清《揮麈錄》三錄卷二。王明清之父王銍，娶曾紆之女，故該書屢屢提及「外祖曾空青」之事。後世所傳黃庭堅在觀賞石揚休家藏懷素「自敘帖」後，書法大進之說，最原始的出處就是曾紆之文。而曾紆的說法也是可信的，從他與黃庭堅晚年的密切關係可知。曾紆在徽宗崇寧初年親耳聽到黃庭堅跟他說：紹聖年間被貶到涪陵時，才看到「石揚休本自敘帖」，於是草法大進，然後才知道錢勰所言不虛。

而黃庭堅與「自敘帖」的關係，出於他本人之口的，只有在《山谷集・別集》卷十的〈跋懷素千字文〉：

> 予嘗見懷素師自敘，草書數千字，用筆皆如以勁鐵畫剛木。此千

字用筆不實，決非素所作，書尾題字亦非君謨書，然此書亦不可棄，亞栖所不及也。

曾紆的記載，雖然是研究「自敘帖」的主要依據，但他在故宮墨蹟本「自敘帖」後的跋文，還是出現了錯誤，而這個錯誤，同樣的被李郁周所濫用。

曾紆跋文中說：

遂昌邵宰，疑似興宗諸孫，則蘇氏皆丹陽里巷也。

「興宗」指的是邵亢，字興宗，丹陽人。「遂昌邵宰」則是「新昌邵宰」之誤。

「自敘帖」在北宋的收藏者，蘇氏家族以後則是邵叶，這從蘇轍的跋文與「邵叶文房之印」可以得知。而邵叶的資料甚少，從蘇轍跋文與黃庭堅所寫的〈筠州新昌縣瑞芝亭記〉可知他在元祐年間做過新昌宰，是「常州晉陵人」；《江南通志》卷一一九則記其爲「武進人」。（晉陵即武進）而從《宋詩紀事補遺》卷二十三，可知他是元豐二年（１０７９）進士；又由蘇轍兒子蘇遲的跋文，可知邵叶字「稽仲」。

「自敘帖」後另有邵𤫉觀款，題於徽宗崇寧二年（１１０３）。邵𤫉，字仲恭，神宗熙寧六年（１０７３）進士，邵亢之子。

曾紆以爲邵叶可能也是邵亢後人，所以稱「疑似興宗諸孫」。事實上曾紆錯了，邵叶絕不可能是邵亢之孫，他和邵𤫉根本年紀相近，兩人則是不同家族，所居之地亦不同，從以上資料已明顯可看出，現在我根據兩種《邵氏宗譜》來更進一步確認此說。

第一種爲清人邵洪吉纂修之江蘇丹陽錫胤堂《邵氏宗譜》，現藏於上海圖書館，根據卷二的世系總圖，歸納邵亢家族譜系如下：

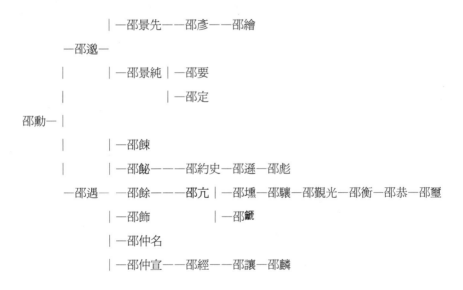

```
              |—邵景先——邵彥——邵繪
    —邵邈—
    |        |—邵景純|—邵要
    |                |—邵定
邵勴—|
    |        |—邵倲
    |        |—邵佖———邵約史—邵遜—邵彪
    —邵遇— —邵餘———邵亢|—邵壎—邵驤—邵觀光—邵衡—邵恭—邵璽
             |—邵飾          |—邵𤫉
             |—邵仲名
             |—邵仲宣——邵經——邵讓—邵麟
```

註一：《至順鎮江志》則記邵彥爲邵景純子。

註二：邵佖，史書上皆作「邵必」，字不疑，寶元元年進士。

註三：此譜只列出有功名者。

另一則是邵澤南編纂的江蘇武進天遠堂《邵氏宗譜》，該書只列出曾考

取進士之人，從邵梁（大中祥符八年）、邵叔庠（皇祐五年）、邵迎（嘉祐二年，東坡同年友）以降，邵光、邵嗣、邵如、邵潛、邵材、邵民瞻、邵權、邵樞、邵濤、邵叶……，整個宋朝的武進邵氏進士，無一與丹陽邵氏家族之人重複，所以極明顯是兩個不同的邵氏宗族。

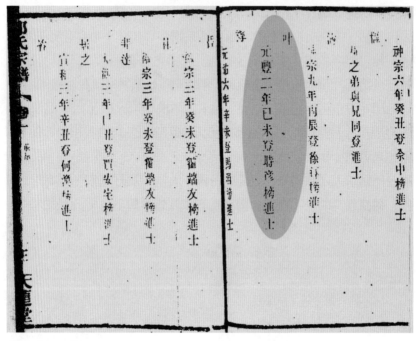

武進《邵氏宗譜》　邵叶為元豐二年進士

米芾《書史》記載：

> 蘇州邵元伯，中允之子，收蘇沂所摹張顛賀八清鑒帖，與真更無少異。又摹懷素自敍，嘗歸余家，今歸吾友李錞，一如真跡。

於是李郁周又提出不負責任的假設，任意馳騁其想像，即「邵元伯若為邵叶之子，則趙鼎所藏〈自敍帖〉即為蘇沂摹本。」（《懷素自敍帖千年探祕》頁二三五）我在《假國寶》一書中已駁斥李某此說之謬，後來李某在書中附上「刊正及附文」一紙，更正為「邵元伯若為邵叶親族」，仍在死鴨子嘴硬，亂扯一通。曾紆誤將邵叶與邵亢攪在一起，李郁周跑來插花，看到姓邵的就當成一家人，又把蘇州邵元伯與常州晉陵人邵叶攪在一起，顛倒是

非，爲他的謬論自圓其說，可惡至極。

「蘇州邵元伯，中允之子。」中允指的是邵奇，由《續資治通鑑長編》卷二四七，可知他於神宗熙寧六年「爲太子中允、知秀州華亭縣。」所以蘇州邵元伯爲邵奇之子，結果李郁周亂點父子譜，「邵元伯若爲邵叶之子」則如何如何，從頭到尾胡說八道，這種人實在可惡。

又根據米芾的說法，整理如下：

蘇沂摹張顚「賀八清鑒帖」：與真更無少異，在蘇州邵元伯處。
蘇沂摹懷素「自敘」：一如真跡，曾歸米芾家，今歸吾友李錞。

蘇沂所摹的「賀八清鑒帖」在邵元伯處，所摹的「自敘帖」在李錞處，我就搞不懂，就算邵元伯和邵叶有親族關係或任何亂七八糟的關係，爲什麼李錞手上的那件蘇沂摹本，一定會跑到邵叶手中？或是邵叶手上的那本「自敘帖」一定會是李錞的那本蘇沂摹本？根本毫無關連，明明是兩件東西、兩件事情，你李某可以任意即溶合一，這不是瘋狂嗎？

到了李郁周的最新小說創作集《懷素自敘帖鑑識論集》，李某更進一步瘋狂想像，什麼蘇家有兩本，什麼蘇泌本、蘇液本，胡扯亂扯瞎扯，這時他不扯什麼親不親族了，直接說道：

> 米芾謂其收有蘇沂摹本「自敘帖」，一如真跡。而蘇液本恰爲摹本，蘇液攜至汴京爲米芾所購，再歸李錞，後傳邵叶，以至於南宋呂辯老。

曾紆的跋文明明寫著：「元祐庚午，蘇液攜至東都，與米元章觀於天清寺。」米芾的《書史》明明寫著：「（蘇沂）又摹懷素自敘，嘗歸余家，今歸吾友李錞，一如真跡。」李某竟然可以如此公然胡扯：

蘇液攜蘇舜欽家藏本至東都 → 與米芾觀於天清寺，米芾題識 → 歸邵叶 （曾紆跋文）

蘇沂摹本 → 歸米芾 → 歸李錞 （米芾《書史》）

蘇液攜蘇沂摹本至東都 → 米芾購並題識 → 歸李錞 → 歸邵叶，李或邵將米芾題識割除
（李某雙效合一想像版本）

73

我不知道李郁周這個人怎麼如此會幻想？寫論文怎麼可以如此不負責任？

宋拓「英光堂帖」卷四所收米芾大字「靈峰行記」

邵𤨏於徽宗崇寧二年（１１０３）十二月十五日觀「自敘帖」，

五個月後（三年五月十五日），他與米芾、胡端修、吳亮等人同遊靈峰寶刹。

附：邵叶史料小考與蘇邏跋文的疑似誤記

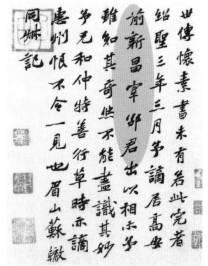

故宮墨蹟本「自敘帖」後有蘇轍題跋：

> 世傳懷素書，未有若此完者。紹聖三年
> 三月，予謫居高安，前新昌宰邵君出以相示。

此跋寫於紹聖三年三月（１０９６），「前新昌宰
邵君」為邵叶，由《宋詩紀事補遺》卷二十三，
可知他是元豐二年（１０７９）進士。

三十七年後，南宋高宗紹興三年三月（１１
３３），蘇轍的兒子蘇邏也在此卷寫了跋文：

> 辯老藏懷素自敘，後有先人題字，蓋紹
> 聖三年謫居高安時為邵叶稽仲書也。不知流
> 傳幾家，以至於辯老。紹興癸丑三月九日，
> 邏觀於婺女馬軍橋潘氏之第。

蘇轍是為邵叶寫跋，蘇邏則為呂辯老而寫，從此跋
可知邵叶字「稽仲」。

元祐年間（１０８６～１０９４），邵叶出任
江西新昌知縣，新官上任三個月，「有靈芝五色十
二生於便坐之室」，百姓以為祥瑞之兆，故改建為
亭，號為「瑞芝亭」，並請黃庭堅撰記紀念此事，文曰〈筠州新昌縣瑞芝亭
記〉，收於《山谷集》卷十七：

> 晉陵邵君叶為新昌宰，視事之三月，靈芝五色十二生於便坐之
> 室，吏民來觀，無不動色，相與言曰：「吾令君殆將有嘉政以福我民
> 乎！山川鬼神其與知之矣。不然，此不蒔而秀，不根而成，非人力所
> 能致而自至者，何也？」乃相與廓其室，四達為亭，命曰瑞芝，奔走
> 來謁記於豫章黃庭堅。……

邵君家世儒者，諸父兄皆以文學行義表見於薦紳。邵君又喜能好修，求自列於循吏之科，故其氣燄而取之。異草來瑞，使因是而發政於民，慘怛而無倦，民將盡力於田，士將盡心於學，則非常之物，不虛其應，且必受賜金增秩之賞，用儒術顯於朝廷矣，豈獨夸耀下邑而已乎！故并書予所論芝草、循吏之實，使歸刻之。

從文中看不出此記寫於何年，但根據《新昌縣志》（同治十一年修）的「藝文志」，則云其為「元祐八年四月戊辰記」（1093）。

黃庭堅《山谷簡尺》卷下收有兩封寫給新昌知縣的不知名信函：

庭堅叩頭。專人辱賜書勤懇，感慰無量。春氣寒燠未節，不審體力何如？伏想平易之政近民，鰥寡得職，縣齋閒虛，頗以講學之功，作興田里之秀民，使畎畝之間知有孝友忠信，以效瑞草之實乎！庭堅待盡墓次，生理無幾，頗亦疲於賓客勞問，作記承動靜，不能萬一。不次。庭堅叩頭上新昌明府執事，三月三日狀。

庭堅再拜。多病多故，久不能作書。辱教問勞勤懇，感慰無量。承嘗苦目眚，想今已復初。霜寒，王事勤止，體力勝否？庭堅比以病乞宮觀，尚未蒙報，然抱病如初，但可安山林之分耳。未緣參展，千萬為民自重。謹奉狀。庭堅再拜上新昌知縣推官執事，十二月初三日狀。

新昌縣志

從「以效瑞草之實乎」這句話，可以知道這兩封信就是寫給邵叶的。再從「庭堅待盡墓次」此句可考證兩信時間。案元祐六年六月，黃庭堅丁母憂，元祐八年二月葬母，九月服除，所以這兩封信就是寫於元祐八年左右。

《山谷集·別集》卷十八，另收有三封「與子中知縣書」，其中第三封與《山谷簡尺》的第一封重複，可以知道對象為同一人。

某再拜。哀疢之餘，荒廢文字，故承命久不就屢煩問訊，愧悚愧

悚。今率爾為此，不知堪入石否？公富於春秋，好學不倦，想不厭聞切磋之言，顧所聞淺陋不足發揮盛美耳。或可入石，但得十數本墨本惠示足矣。

瑞芝亭碑出於牽強，不成文，過承推獎，但增愧耳。顧字大難為石，若用一石四圍刻之，如顏魯公東方朔畫贊之類亦佳。蓋數十年來碑刻大槩有俗氣稍令近古為望。

專人辱賜書勤懇，感慰無量。春氣寒燠未節，不審體力何如？伏想平易之政近民，鰥寡得職，縣齋閒虛，頗以講學之功，作興田里之秀民，使畎畝之間知有孝友忠信，以效瑞草之實乎！庭堅待盡墓次，生理無幾，頗亦疲於賓客勞問，作記承動靜，不能萬一。不次。

第二封信的開頭即云：「瑞芝亭碑出於牽強，不成文，過承推獎，但增愧耳。」可知「子中知縣」就是「新昌知縣」，也就是邵叶。

現在問題來了，蘇轍為邵叶作跋時，未提其字，反而三十七年後，他的兒子提到他父親當時是為「邵叶稽仲書也」，可是從黃庭堅寫給邵叶的信，卻稱其為「子中知縣」，所以不得不讓人懷疑「稽仲」是不是「子中」的音誤？果如此的話，則蘇遲的跋文也出現了小程度的誤記。

《山谷簡尺》卷下又收有一封不知名信函：

庭堅頓首。啟竊伏君子之譽舊矣，羈繫窮城，不能一望風采，未嘗不懷仰也。適蒙寵顧，敬佩不遺重辱賜教存問，感激感激。遇有賓客過飯，飯巳即當詣館，謹勒手狀。庭堅再拜子中知縣奉議閣下。

這封信也是寫給「子中知縣」，則整個黃庭堅著作，除了一篇〈筠州新昌縣瑞芝亭記〉直接與邵叶有關外，尚有五封書信是寫給邵叶的。可見黃庭堅是在近五十歲服母喪回江西老家的時候（元祐八年前後），與新昌知縣邵叶有了交情，可是當幾年之後，邵叶得到了懷素「自敘帖」，此時黃庭堅卻已離開江西至他處任官，所以一輩子無緣觀看蘇家藏本的「自敘帖」，反而是謫居江西高安的蘇轍有了機會寫下跋文。

還文徵明父子清白

—對詹景鳳《東圖玄覽編》的誤讀

詹景鳳，字東圖，據李維楨〈通判平樂府事詹公墓誌銘〉（《大泌山房集》卷八十三），知其生於嘉靖七年（１５２８），卒於萬曆三十年（１６０２），年七十五。隆慶元年（１５６７）舉人，善草書。

啟功引述詹景鳳《東圖玄覽編》的記載

啟功在一九八三年十二月的《文物》發表〈論懷素「自敘帖」墨跡本〉，文中轉引明朝書法家詹景鳳的《東圖玄覽編》：

> 懷素《自敘》舊在文待詔（按即文徵明）家，吾歙羅舍人龍文幸於嚴相國（按即嚴嵩），欲買獻相國，托黃淳父、許元復二人先商定所值，二人主為千金，羅遂致千金。文得千金，分百金為二人壽。予時以秋試過吳門，適當此物已去，遂不能得借觀，恨甚。後十餘年，見沈碩宜謙于白下，偶及此，沈曰：「此何足罣公懷，乃贗物爾。」予驚問，沈曰：昔某子甲，從文氏借來，屬壽丞（按即文彭，文徵明的長子）雙勾填朱上石。予笑曰：跋真，乃《自敘》卻偽，奚為者？壽丞怒罵：真偽與若何干？吾摹訖掇二十金歸耳。大抵吳人多以真跋裝偽本後，索重價，以真本私藏，不與人觀，此行逕最可恨。
>
> 二十餘年為萬曆丙戌，予以計偕到京師，韓祭酒敬堂語予：近見懷素《自敘》一卷，無跋，卻是硬黃，黃紙厚甚，宜不能影摹，而字與石本毫髮無差，何也？予驚問今何在？曰：「其人已持去，莫知所之矣。予語以故，謂無跋必為真跡，韓因恨甚，以為與持去也。

然後啓功說:

> 這件「自敘帖」墨跡本的戲劇性故事,至此總算底蘊揭開了,乃
> 知石刻的文徵明題跋中,閃爍其辭,是有他的隱衷的。

至於揭開了的「底蘊」是什麼?啓功並沒有明講。

而關於這段文字的錯誤,研究者大多都曾糾正過,如一開始詹景鳳說「自敘帖」在文徵明家,就大錯特錯,因為此帖當時是在陸完家。而是藏家陸修委託文徵明父子摹刻上石,號為「水鏡堂帖」,並非「某子甲」向文家借來摹刻。這層關係詹景鳳完全顛倒。

徐邦達與肖燕翼的解讀

從上述詹景鳳的記載,可以總結為一個重點:「自敘帖」有一真一偽,真本「自敘帖」無跋,可能是硬黃本;偽本有跋,跋真。誰將真跋配裝於偽帖後,詹景鳳也沒明講,只說「大抵吳人多以真跋裝偽本後」云云。

其他人後來也看到《東圖玄覽編》中關於「自敘帖」的記載,結果每個人的解讀各有不同。徐邦達〈僧懷素「自序」辨偽〉:

> 觀《玄》書中語氣似乎以為拆去真帖的是文氏。

肖燕翼〈關於懷素「自敘帖」的我見〉:

> 依詹景鳳所記,「底蘊揭開」似是指文彭摹偽「自敘帖」,而文徵
> 明則明知其事,故於帖後的石刻題跋中閃爍其詞,總之父子二人均不
> 能脫此干係。

因此他認為現在的墨蹟本,「不是文彭就是文徵明的摹本」,而他傾向於後者。

《東圖玄覽編》的版本

啟功所使用的《東圖玄覽編》是什麼版本？可從《啟功叢稿》一書得知，書裡有篇啟功在一九四七年所寫的〈詹東圖《玄覽編》跋〉：

> 《東圖玄覽編》久無足本，僅《佩文齋書畫譜》卷九十九載一百六十二條，失名人撰《繪事雜錄》載四百二十七條而已。近年發見明抄本《東圖全集》共三十卷，前為詩文雜著二十六卷，其詩號《留都集》，末附《玄覽編》四卷，此書今歸中央研究院歷史語言研究所，而故宮博物院嘗抽抄《玄覽》。……明抄《全集》，白棉紙藍印界行，半頁十行，行二十字，前有萬曆辛卯沔陽陳文燭序，道光元年劉燕庭題識。

這是啟功在故宮博物院排印本中寫的跋文，文中並做了一些勘誤。他是早期就看過這本明抄本《東圖玄覽編》的人，可是啟功在轉引時，發生一個要命的錯誤，結果其他未核對原書的人也跟著錯，包括我在內。直到我找到這本明抄本（現藏於台北國家圖書館，漢華文化公司於一九七〇年曾據此印行出版），看到原文，才發現一字之漏，竟然可以造成結論全盤錯誤，也使得文徵明與文彭父子成為無辜的受害者。

明抄本的原文是：

> 後十餘年，見沈碩宜謙于白下，偶及此，沈曰：「此何足罣公懷，乃贗物爾。」予驚問，沈曰：「昔某子甲，從文氏借來，屬壽丞雙勾填朱上石。予笑曰：『跋真，乃自敘卻偽，摹奚為者？』壽丞怒罵：『真偽與若何干？吾摹訖掇二十金歸耳。』」

關鍵就在啟功漏了「模」（摹）這個字。所以這段翻成白話是：

> 詹景鳳遇到沈碩，沈碩說：「文家的『自敘帖』是假的。」詹問他為什麼。沈碩又說：「某人向文徵明借來『自敘帖』，然後委託文彭

摹刻上石。我就笑著跟文彭說：『後面的跋是真的，可是自敍帖正文卻是假的，還摹刻成帖幹什麼啊？』」

如果是「跋真，乃『自敍』卻偽，奚爲者？」翻譯則爲「後面的跋是真的，可是自敍帖正文卻是假的，幹什麼啊？」什麼「幹什麼」？這句話完全不通的。

事實上，早在一九三七年，朱家濟即撰寫〈關於鑑別書畫的問題〉一文，首次提到了詹景鳳《東圖玄覽編》中有關「自敍帖」的記載，但因流傳不廣，又收在論文集中，所以研究者很少看到。大家看到的都是啓功的文章，一方面是登在《文物》上，一方面是啓功的論文集一印再印，版本眾多，在台灣早期甚至還有盜版。而朱氏轉引的內容則是無誤的，「予笑曰：『跋真乃自敍卻偽，模奚爲者？』」（《故宮博物院院刊》一九九七年第四期曾重新刊登朱家濟的文章。）

明抄本《東圖玄覽編》

「奚為者」的用法

為什麼我說這句話不通，這要從「奚為者」三個字談起。這三個字語出《莊子·天地》：

> 有閒，為圃者曰：「子奚為者邪？」曰：「孔丘之徒也。」

老人問：「你是幹什麼的呀？」子貢回答說：「我是孔丘的學生。」

又《戰國策》：

> 中山君饗都士，大夫司馬子期在焉。羊羹不遍，司馬子期怒而走於楚，說楚王伐中山，中山君亡。有二人挈戈而隨其後者，中山君顧謂二人：「子奚為者也？」二人對曰：「臣有父，嘗餓且死，君下壺餐餌之。臣父且死，曰：『中山有事，汝必死之。』故來死君也。」

中山君回頭問二人：「你們（跟著我）幹什麼啊？」

《明史·鍾同傳》

> 同之上疏也，策馬出，馬伏地不肯起。同叱曰：「吾不畏死，爾奚為者？」馬猶盤辟再四，乃行。同死，馬長號數聲亦死。

鍾同對伏地不肯行的馬說：「我不怕死，你幹什麼？」

梁啟超〈答和事人〉：

> 至立信者必思以其言易天下，不然，則言之奚為者？

立信者必思以其言論易天下，不然說話幹什麼？

舉這些例子，就是要強調「奚為者」（幹什麼）前面一定有個主詞或動作，你幹什麼？你幹什麼的？你做這事幹什麼？如果前面什麼都沒有，就問人「幹什麼」，被問的人不是一頭霧水嗎？

予笑曰：「跋真，乃『自敘』卻僞，奚爲者？」

予笑曰：「跋真，乃『自敘』卻僞，模奚爲者？」

所以漏了一個字，大家對這句話可能解讀成「你幹什麼做這件跋真帖僞的『自敘帖』？」因此才會以爲詹景鳳是在暗指文彭做僞，把真跋配在他所摹的摹本之後。但事實上根本不是這個意思。

「昔某子甲，從文氏借來，屬壽丞雙勾塡朱上石。」前言談的是文彭「雙勾塡朱上石」；後言談的還是這事。沈碩看到以後，笑著跟文彭說：「後面的跋是真的，可是『自敘帖』正文卻是假的，幹嘛雙勾上石摹刻成帖啊？」文彭一聽不爽，罵他：「真假關你什麼事？我替人摹刻上石才賺二十兩。」所以詹景鳳的記載，根本沒說文彭僞造了一本假「自敘帖」！這段話的重點是沈碩看出這本將要摹刻上石的「自敘帖」是「跋真帖僞」，而文彭心裡也有譜。

再結合文彭之弟文嘉，在《鈐山堂書畫記》中所說的：

> 舊藏宜興徐氏，後歸吾鄉陸全卿氏，其家已刻石行世。以余觀之，似覺跋勝。

文嘉坦承「似覺跋勝」，可見他心裡也有譜。啓功則認爲故宮墨蹟本後的文徵明識文「閃爍其詞」，的確是如此。

因此文氏父子雖然被陸修委託摹刻「水鏡堂帖」，事實上他們父子三人都是知道這件東西是有問題的，可是他們並沒有臨摹僞造他本。

大家完全搞錯了！但啓功似乎沒有搞錯，因爲他的文章都沒有懷疑過文氏父子。反倒是徐邦達、肖燕翼、我和烏龍學者李郁周解讀錯誤，以爲文徵明父子涉及造假。（徐、肖、王三人都漏掉了「模」字。）

但更好笑的還在後頭，李郁周所轉引的《東圖玄覽編》，並沒有漏掉「模」字，可是他標點標錯了，所以更是錯得離譜。李郁周標成：

予嘆曰：「跋真，乃『自敘』卻僞模，奚爲者？」

跋文是真的，「自敘帖」正文卻是「僞模」的，幹什麼？

　　什麼叫「僞模」？摹的就摹的，還有分真摹、假摹不成？前面說跋是真的（「跋真」），後面當然是說 XX 是假的（「『自敘』卻僞」），這是文句的對稱。除了詞彙不通，文句也不對稱外，這句話的文意更是不通。（我原本懷疑李郁周是爲了順應他那關於「故宮墨蹟本爲文彭摹本」的情節安排而故意標點錯誤，不過後來我又發現何傳馨才是第一個這樣標點的人，見〈懷素自敘帖在明代之流傳及影響〉一文。李某應是被何文誤導，因爲何傳馨把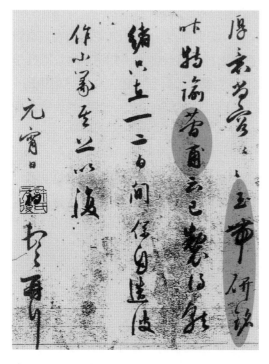（笑）字讀成「嘆」，李某明明是寫書法的，又是國文研究所畢業的，竟然同時也寫錯，可見李某沒看過明抄本《東圖玄覽編》，而是轉引何文。）

許初（字元復）「致王屋札」

　　許初是《東圖玄覽編》中描述「自敘帖」交易的中間人之一（另一爲黃姬水，字淳父）。信中提到「玉研帶銘」，應是王屋委託許初所寫，而他回信說：「昨特諭簡甫，云已製得就緒，只在一二日間。」此銘亦交由**章簡甫**摹刻。（「水鏡堂帖」摹刻者章文，字簡甫。）

硬黃本未必是真蹟

《東圖玄覽編》卷一：

> 後又二十餘年，為萬曆丙戌，予以計偕到京師，韓祭酒敬堂語予：「近見懷素自敘一卷，無跋，卻是硬黃，紙厚甚，宜不能影摹，而字與石本毫髮無差，何也？」予驚問今何在。曰：「其人已持去，莫知所之矣。」予語以故，謂無跋必為真跡，韓因恨甚，以為與持去也。

萬曆十四年（１５８６），韓世能跟詹景鳳說他最近看到一本「自敘帖」，無跋，是硬黃本，看起來跟石刻帖本「毫髮無差」，他不知原因何在。詹景鳳嚇一跳，趕緊問他這件東西現在在哪裡。韓說他也不知道。詹景鳳於是跟韓世能解釋緣由，並說：「無跋必為真跡！」韓世能聽完後覺得很後悔。

詹景鳳說「硬黃無跋本為真跡」，啓功與徐邦達兩位大師級的人物都覺得此話太過武斷，未必如此。啓功說：

> 割去真帖，以偽帖配真跋，固然是常事，但誰也不能因此斷定：凡無跋的必是真跡，也不能斷定那卷黃紙本一定就是蘇舜欽藏本的正文。

徐邦達則說：

> 黃紙無跋本一定即為真跡，詹氏未免有些武斷。而且唐人摹書，往往用硬黃紙，紙雖厚，他們可以上黃蠟使之透明，然後響拓之，所以用此紙的反而有摹本的可能。

大師之所以為大師，研究態度就是如此謹慎，絕不附和這種沒有根據的武斷之詞。

事實上兩位大師都說對了，因為我看完整本《東圖玄覽編》，發現卷四的這則記載：

> 素師硬黃紙書自敘一卷，是臨本。……以上四者俱于吾郡骨董吳
> 廷處見。

詹景鳳後來在著名收藏家吳廷之處看到了一本硬黃本「自敘帖」，結果卻是個「臨本」，這本是不是就是韓世能看到的那本，並不清楚，不過至少推翻了詹景鳳之前自己的說法。

再看看三流學者為什麼是三流學者，這種人沒什麼學術能力，完全靠豐富想像力與頂著學者名義信口開河。李郁周說：

> 韓世能在北京所見「自敘帖」，既與習見的水鏡堂刻石毫髮無差，
> 則是陸家藏本「自敘帖」，此時已從朱希孝之手散出，又不知轉徙何
> 處，此後蹤跡難尋。就在韓世能寓目無跋的陸氏原藏「自敘帖」之前
> 五六年……

這就是我常說的，這種研究方法實在很恐怖也很可惡！詹景鳳之前吹牛說「硬黃無跋本為真跡」，他自己後來見到硬黃本，卻是臨本。結果李郁周什麼都沒看到，卻鐵口直斷韓世能見到的那本必是真跡，請問你有何證據？沒有證據就不要講這種不負責任的小說家之言。

什麼「韓世能寓目無跋的陸氏原藏『自敘帖』」云云，都是鬼扯淡，經由一方「物外奇寶」印的新發現，將可以拆穿李郁周的一連串謬言。

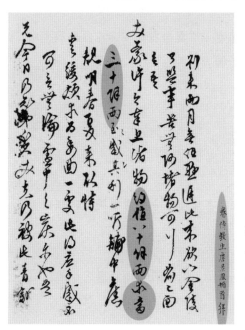

詹景鳳求當信（哈佛大學藏）

今奉上諸物，約值八十餘兩，求當三十餘兩，至感，至感。其利一聽舖中舊規，明春夏來取。

詹景鳳的省籍意識

　　詹景鳳是安徽休寧人，他有極嚴重的「省籍意識」，所以在書中明顯可看出他對江蘇（吳）與浙江（越）地區收藏家的輕視，但卻對安徽的藝術家與收藏家，尤其是對他本人，極為自信自滿。最有名的例子就是以下三則。《東圖玄覽編》卷三：

　　　　萬曆戊子夏，王司馬弇山公（王世貞）、方司徒采山公（方弘靜）邀共飯于瓦官寺，寺僧拓一石刻昇元閣圖來觀，圖中有七指頂許小字及諸佛相，曰：「此鑿池地下所得。」吳中諸名公皆以為唐時石刻。予曰：「不然！畫法比北宋似過之，說唐卻又不是；字法非北宋能比，唐卻又不及，殆五代人筆也。」已而弇山公記憶曰：「昇元是五代李主年號，會閣成，僧來請名，後主遂以昇元名之。」采山公大喜，曰：「昔者但稱吳人具眼，今具眼非吾新安人耶！」弇山公默然。

此事亦見於王世貞《弇州四部稿‧續稿》卷六十四：「萬竹園與瓦官寺鄰，故人湯吏部元衡、詹翰林東圖邀游焉，時少司徒方公與余俱為客。」以及卷六十二：「且云故瓦官寺址也，廢井在焉，跡而掘之，有石刻天王像精甚，識其陰曰『昇元』。」不過皆未記詹景鳳之言。啓功在跋中則云：

　　　　卷三自記鑑定五代昇元閣石搨事，謂具眼在新安，不在吳門，以折王鳳洲，皆足見不為吳中習氣所囿。

又說：「東圖書畫既負盛名，鑑賞尤稱巨擘。」明人江盈科《雪濤諧史》稱詹景鳳「善作狂語」，他在書中常自吹自擂，很像台灣的李郁周這種沒什麼才氣又愛發表謬論的窮酸文人。其鑑定能力事實上很有問題，徐邦達說：

　　　　此公評書畫往往別具隻眼，在《玄覽編》中經常能夠見到類似那樣的「高」論，我實在未敢苟同。

該書卷二提到的「葛仙翁移居圖」就是一例。詹景鳳認為此畫「相傳為吳

道子筆，予看衣折，卻似張僧繇。」徐邦達曾看過此畫：

> 此圖人物衣紋是一般的鐵線描，自唐宋以來畫中都能普遍見到，沒有什麼時代特色。詹氏說：「看衣紋卻似張僧繇」，恐怕有些臆斷無據。《玄覽編》中講到了不少的六朝畫，想來就是類似的東西。

以上見《古書畫偽訛考辨》頁七與八六。

《東圖玄覽編》附錄：

> 項氏出觀蘭亭，後又出索靖章草出師頌一卷，是真跡；歐陽率更夢奠帖一卷，是響拓；張顛三卷，二贗本、一真本，贗本是唐僧彥修書。項因謂余：「今天下誰具雙眼者？王氏二美則瞎漢，顧氏二汝眇視者爾，唯文徵仲具雙眼，則死已久。」今天下誰具雙眼者，意在欲我以雙眼稱之，而我顧徐徐答曰：「四海九州如此廣，天下人如彼眾，未能盡見天下賢俊，烏能識天下之眼？」項因言：「今天下具眼唯足下與汴耳！」

上述諸帖，乃是萬曆四年（１５７６），詹景鳳在項子京家所見（見卷二）。詹景鳳很瞧不起項子京，他在書中如此說道：

> 項為人鄙嗇，而所收之物多有足觀者，其中贗本亦半之。人從借觀，則驕矜自說好不休。人過之，本欲盡觀其所藏，彼若珍秘不竟示，意在欲人觀其詩。詩殊未自解，乃亦強自說好不休，冀人稱之。

項子京要詹景鳳稱讚他，詹卻裝傻不說，項子京只好說今日天下有眼力的就你我二人而已。而想看項子京的收藏，還得先欣賞他的詩，跟他討論一番。

《東圖玄覽編》附錄「題文太史漁樂圖卷」：

> 要以太史短幅小長條，實為本朝第一，然太史初下世時，吳人不能知也。而予獨酷好，所過遇有太史畫無不購者，見者掩口胡盧謂此烏用。是時價平平，一幅多未逾一金，少但三四五錢耳。予好十餘年

> 後，吳人乃好；又後三年，而吾新安人好；又三年，而越人好，價埒懸黎矣。

從此例中，詹景鳳將各地區的收藏家做了一個排行榜：第一是吳人，第二是安徽新安人，第三則是浙江人；他本人雖是新安人，但更在吳人之前，此中意涵，不言可喻，而大收藏家項子京就是浙江人。

> 大抵吳氏多以真跋裝偽本後，索重價，以真本私藏，不與人觀，此行逕最可恨。

分析過詹景鳳嚴重的省籍意識，才能了解他爲什麼會說出上述那麼嚴厲的話。而「大抵吳氏（人）」云云，並非指文徵明父子。詹景鳳「少時問『黃庭』善本於文太史」（「跋汪芝黃庭贈陳玉叔廷尉」），可見他與文徵明曾有求教之緣，而他在書中雖然批評很多人，但對文徵明多爲正面評價，他與文嘉亦有來往，此則不絕非暗指或明言文氏父子造假。

《東圖玄覽編》卷一：

> 劉松年「臥看南圍十畝春」一卷，約長丈餘，亦宜謙摹來，云真本在吳門。後十餘年於嵇職方文甫處見後段，想流落被人將前後折爲二卷也。吳人鬻古書畫往往如此，可恨也！

真跋配偽本、一卷拆二卷，在詹景鳳眼裡，這些行逕都是「吳人」才會幹的事。

在《東圖玄覽編》全書，事實上還有一處提及「自敘帖」，見附錄的「題汪芝黃庭後」：

> 予生平未識汪芝，而習吳孝廉陽復，陽復常爲予說汪芝事：其家始者有六七千金，以好帖結客金閶。將刻「黃庭」，先結文太史與張簡甫凡二人，意旨靡不求得當焉。蓋二君摹刻，盡一代名手，而又供養之篤，即二君雖不爲肉而禮意若此，固宜其爲殫精也。一摹一刻，垂十餘年，始克竣事。乃後又刻懷素「自敘」、宋仲珩「千文」、祝京兆「草書歌行」，盡爲海內稱賞。刻成而金盡，又賣石吳中，迄歸，

90

赤然一身，然尚畜一鶴。後數年，以貧死，死而鄉曲盡笑。

此跋寫於隆慶壬申（六年，１５７２）十月望，而提及「跋真，乃『自敘』
卻偽，模奚為者」一事則寫於萬曆丙戌（１５８６）時或後，所以這是該
書提到「自敘帖」摹刻一事年代最早的記載。不過詹景鳳的記事常有小錯，
如「張簡甫」應為「章簡甫」。

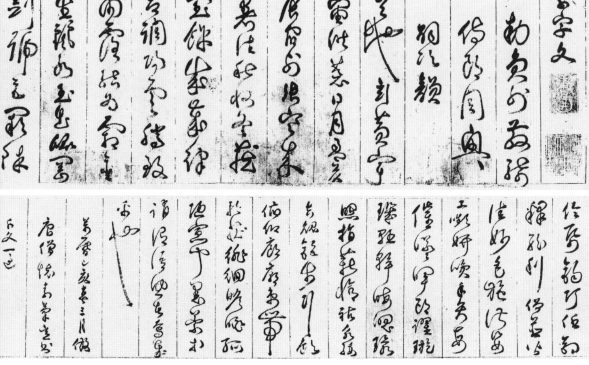

詹景鳳兼擅書畫，書法則以草書最為突出。此為「臨懷素千字文」（1599），現藏於江西省博物館。
《書史會要續編》稱其：「深於書學，用筆不凡，如冠冕之士，端莊可敬。狂草若有神助，變化百
出，不失古法，論者謂可與祝京兆狎主當代。」

從「物外奇寶」到「物外活寶」
—故宮墨蹟本「自敘帖」的真相大白

李郁周說：

　　文末再以蘇液本「自敘帖」水鏡堂刻本帖首的「物外奇寶」白文印為例，此印篆法刀法乾脆俐落，與南宋趙鼎的「趙氏藏書」及「趙氏子子孫孫其永保用」兩方印有極為相似之處，筆者未曾寓目過其真印遺蛻，然而**可以推定此印應為趙鼎藏有**。

結果此印是明朝中期<u>陸完</u>之印！而經由一方「物外奇寶」印的新發現，將可使李郁周一連串的謬論徹底崩盤，兩本小說也作廢。

　　李郁周的小說創作集第二部曲《懷素自敘帖鑑識論集》中，有一篇〈蘇液本「自敘帖」上的兩方騎縫印記〉，這篇文章所談論的「許國後裔」和「趙氏藏書」，都是李某敘述我的新發現。（見〈懷素自敘帖新研〉與〈綠天庵本「自敘帖」偽刻考辨〉二文，收於《故宮文物月刊》二三一期與二三五期。）

　　李某在整個「自敘帖」的研究，幾乎沒有提出任何有建設性的證據，都是靠別人的新發現，他只有混淆視聽之功，一路走來提出一堆不負責任的妄想與瞎說，又天外飛來好幾本虛構的「自敘帖」，還拿清初偽造的「綠天庵刻本自敘帖」，想要證明故宮墨蹟本的真偽。最後，則是只會吹噓他收集到幾張明朝中葉文徵明父子所摹刻的「水鏡堂本自敘帖」圖片，並一再濫用這本摹刻未必百分之百確實的「水鏡堂本」，宣稱故宮墨蹟本是文彭摹、項子京偽造的產物，簡直有妄想症之嫌。

　　〈蘇液本「自敘帖」上的兩方騎縫印記〉一文寫到最後，介紹完我的幾個新發現，李郁周突然手癢，花了六行轉談另一方鈐於「自敘帖」卷首的「物外奇寶」白文方印。李某說：

　　　　文末再以蘇液本「自敘帖」水鏡堂刻本帖首的「物外奇寶」白文印為例，此印篆法刀法乾脆俐落，與南宋趙鼎的「趙氏藏書」及「趙氏子子孫孫其永保用」兩方印有極為相似之處，筆者未曾寓目過其真印遺蛻，然而可以推定此印應為趙鼎藏有。<u>故宮卷「自敘帖」帖首仿刻的「物外奇寶」白文印</u>，<u>篆法刀法與之相比，不可同日而語，其偽可知</u>。從蘇液本「自敘帖」前隔水與本紙合縫處的真印「趙氏藏書」半印，與故宮卷「自敘帖」前隔水與本紙合縫處的偽印「趙氏藏書」半印對照，蘇液本「自敘帖」纔是趙鼎藏篋中的「物外奇寶」，故宮卷「自敘帖」是從趙鼎本摹出的偽本，非趙鼎藏本，這是顯而易見的確證。

從一方「物外奇寶」印的新發現，將可以證明李郁周上述言論，每一句話都是錯的！而李郁周關於「自敘帖」研究所寫的兩本小說集，也全都成為廢物以及中國藝術史上的天大笑話。

故宮墨蹟本上的「物外奇寶」印　　　　　水鏡堂帖上的「物外奇寶」印

　　李某文中所提到的北宋「蘇液本」與南宋「趙鼎本」，根據李某的論點，都是同一本，也就是「蘇液所藏『蘇沂摹本自敘帖』」，這件「蘇液所藏蘇沂摹本」，在一○五四年，由蘇液帶到南都請外公杜衍題詩；然後在一○九○年，蘇液又攜往汴京天清寺給米芾題跋，然後被米芾買去云云。結果現在我證明一○五四年，蘇沂根本還未出生，所以「蘇液所藏蘇沂摹本」這件東西只存在於李郁周的幻想之中，被他創造出來大肆利用與胡謅。李某整本書充斥著什麼蘇液本、什麼「蘇液所藏蘇沂摹本」，可是根本沒有這本東西，所以整本書的結構早已崩盤。

　　可李郁周還沒完，他以「物外奇寶」白文印為例，宣稱此印「篆法刀法乾脆俐落」，與南宋趙鼎的「趙氏藏書」及「趙氏子子孫孫其永保用」兩方印有極為相似之處，所以可以推定此印應為趙鼎藏有。

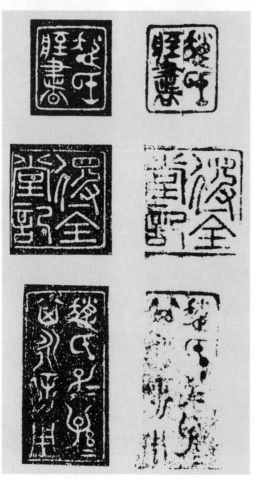

「物外奇寶」（故宮墨蹟本）

趙鼎收藏印　　左：水鏡堂帖　　右：故宮墨蹟本

「物外奇寶」（水鏡堂帖）

96

　　當初看到這段文字的時候，差點笑死我。第一，「物外奇寶」根本和趙鼎的「趙氏藏書」、「趙氏子孫孫其永保用」二印風格完全不同，「物外奇寶」一看就知道非宋印風格，讀者可以自行比較參照。

　　第二，故宮墨蹟本「自敘帖」，事實上全卷上面有兩方「物外奇寶」印，另一方在卷前長達一百三十餘公分的引首右下角，李東陽在這引首長紙上寫著四個大字「藏真自序」。而根據卷後他於弘治十一年（１４９８）所寫的跋文，此卷當時藏於徐溥之手。既然「物外奇寶」印蓋在這張李東陽寫有「藏真自序」的新紙上，此印當在此年之時或之後。

　　到了嘉靖十一年（１５３２），陸修委文徵明父子摹刻上石，號為「水鏡堂帖」，卷首即刻有此印。所以這方「物外奇寶」印出現的時間，上限是一四九八年，下限是一五三二年，嫌疑人有：徐溥、吳儼、陸完與陸修四人。

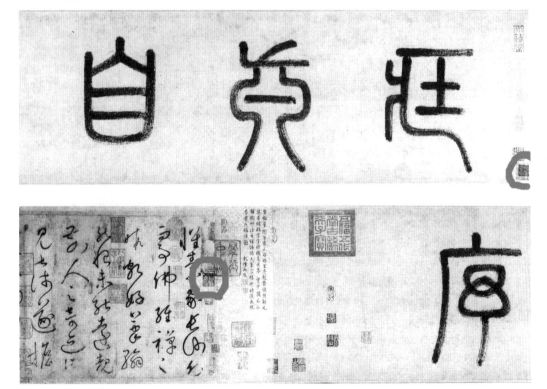

　　李郁周沒有發現引首新紙上還有一枚「物外奇寶」印，於是「推定此印應為趙鼎藏有」，於是「與南宋趙鼎的『趙氏藏書』及『趙氏子子孫孫其永保用』兩方印有極為相似之處」，結果根本與趙鼎毫不相干，相差近四百年，李郁周的文章你還敢相信嗎？

李郁周又說故宮墨蹟本上的「物外奇寶」,「篆法刀法」與「水鏡堂本」相比,「不可同日而語,其偽可知」。我不知道李某的眼睛有什麼問題,可以看出兩印「不可同日而語」,故宮墨蹟本上的「物外奇寶」印「其偽可知」。事實上,故宮墨蹟本上的「物外奇寶」印,是一枚刻得非常漂亮的印,根本不是拓本可以相比的。而且此印絕非宋印風格,李某信口開河,把自己的主觀和偏執置於歷史與事實之上,這種研究方法最可惡也最恐怖。

最關鍵的證據來了!我在寫本書中的〈陸完研究〉一文時,除了利用各種材料,如地方志、族譜、醫案、石刻等,還跑去江蘇陸完的老家「宅前」考察,又跑到北京大學看舉世孤本《先太宰水村集遺稿》,並蒐集曾經陸完收藏過的書畫作品之相關資料,目前仍存在的收藏品,就盡可能找到圖版。

其中找到兩件後有陸完題跋的畫作,其一為北京故宮的名蹟張擇端「清明上河圖」;其一則在台北故宮,是王世杰寄存在故宮的藏品—夏圭「長江萬里圖」。而「長江萬里圖」上就有一方和懷素「自敘帖」上一模一樣的「物外奇寶」白文方印。這方印太重要太重要了,因為它不但推翻了李郁周說此印為宋印的謬論,更證明了一件事,那就是台北故宮所收藏的「自敘帖」就是陸完收藏的那本,也是陸修委託文徵明父子摹刻「水鏡堂帖」的祖本。

換句話說,李郁周寫了兩本書,大力推銷他的千古創見—故宮本不是陸完藏本,而是文彭摹本,故宮本上面的一百多方宋明收藏印都是項子京所偽造云云。經由「長江萬里圖」上的「物外奇寶」印,證明這是一場千古騙局、絕世烏龍。

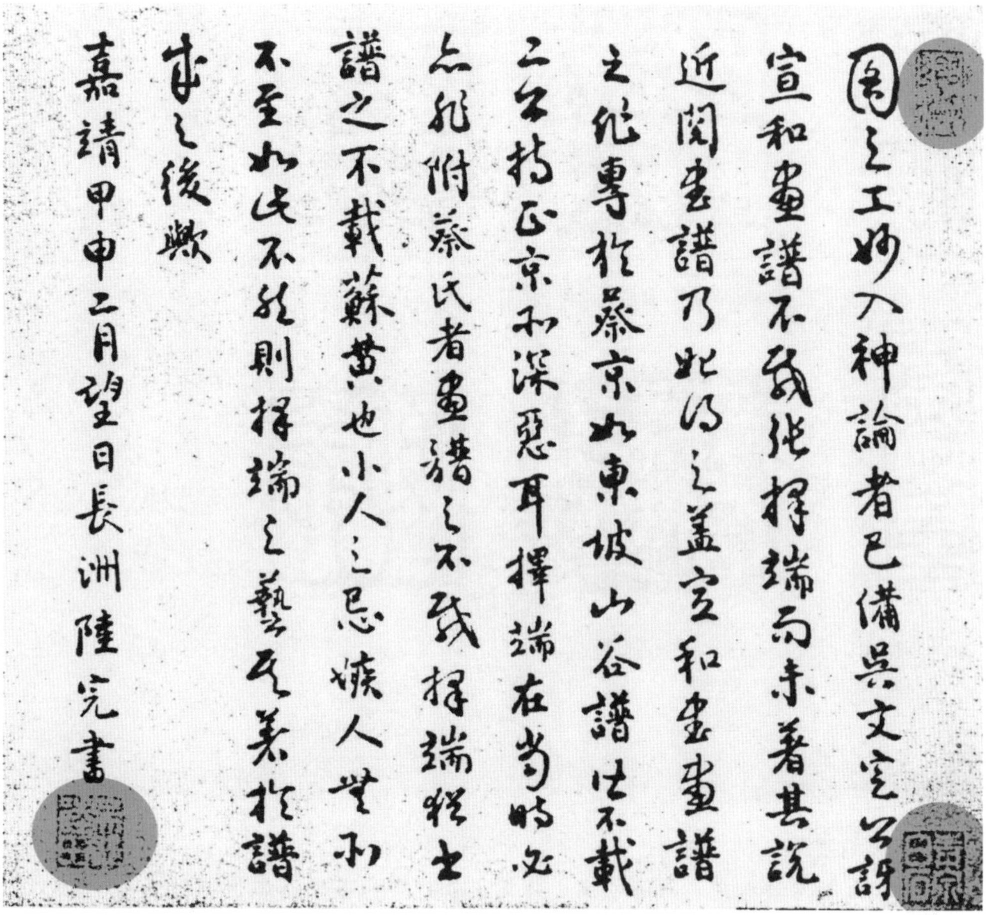

「清明上河圖」 陸完跋文

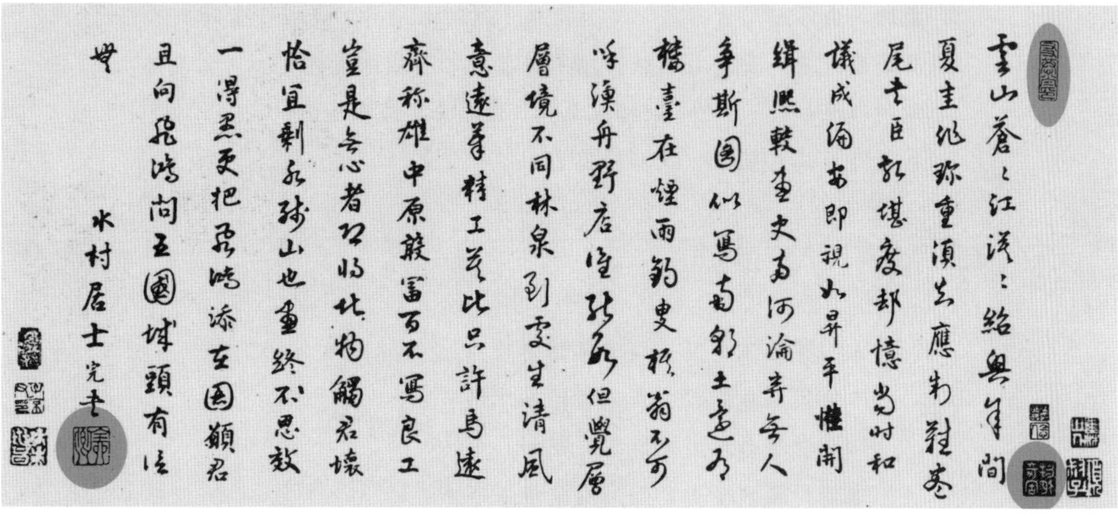

「長江萬里圖」陸完跋文

右上「陳湖」

右下「清泉白石」

左下「吳郡陸氏」(「清明上河圖」)

右上「有恭堂印」

右下「物外奇寶」

左下「全卿」 (「長江萬里圖」)

張擇端「清明上河圖」跋：

> 圖之工妙入神，論者已備，吳文定公訝宣和畫譜不載張擇端，而
> 未著其說，近閱書譜，乃始得之。蓋宣和書畫譜之作，專於蔡京，如
> 東坡、山谷，譜皆不載，二公持正，京所深惡耳。擇端在當時，必亦
> 非附蔡氏者，畫譜之不載擇端，猶書譜之不載蘇黃也。小人之忌嫉，
> 無所不至如此。不然，則擇端之藝，其著於譜成之後歟。嘉靖甲申（1
> 524）二月望日，長洲陸完書。

夏珪「長江萬里圖」跋：

> 雲山蒼蒼江漠漠，紹興年間夏珪作。
> 珍重須知應制難，卷尾書臣字端恪。
> 卻憶當時和議成，偏安即視如昇平。
> 惟開緝熙較畫史，兩河淪棄無人爭。
> 斯圖似寫南朝土，還有樓臺在烟雨。

釣叟碁翁不可呼，漁舟野店誰能數。
但覺層層境不同，林泉到處生清風。
意遠筆精工莫比，只許馬遠齊稱雄。
中原殷富百不寫，良工豈是無心者。
恐將長物觸君懷，恰宜剩水殘山也。
畫終思效一得愚，更把飛鴻添在圖。
願君更向飛鴻問，五國城頭信有無？
水村居士完書。

「長江萬里圖」局部

比對故宮本「自敘帖」與「長江萬里圖」的收藏者，只有兩個人是重疊的，那就是陸完與項元汴，既然「水鏡堂本自敘帖」上已摹刻有「物外奇寶」，此印當然不可能是項元汴所之印。

事實上，故宮墨蹟本上的「物外奇寶」白文方印，許多研究者一直以爲它是項子京的印，從《石渠寶笈》的著錄，到那志良〈項子京及其印章〉（《大陸雜誌》十三卷八期）、鄭銀淑《項元汴之書畫收藏與藝術》與莊嚴等主編的《晉唐以來書畫家鑑賞家款印譜》，都將其劃爲項子京所有。原因就是項子京有兩方印與「物外奇寶」風格極爲相似，一方爲「物外玄賞」，一方爲「世外法寶」，而兩印也都出現在「自敘帖」上。

物外玄賞　　　　　　　世外法寶

而從「長江萬里圖」卷後的陸完題跋與鈐印的位置，「物外奇寶」確定是陸完所有，真相大白。李郁周說此印：

> 與南宋趙鼎的「趙氏藏書」及「趙氏子子孫孫其永保用」兩方印有極爲相似之處，筆者未曾寓目過其真印遺蛻，然而可以推定此印應爲趙鼎藏有。

真是天大的笑話！不可思議到極點，而更不可思議的還在後頭。

「長江萬里圖」卷後的項子京識語

自云得於陸完後人，原值壹百念金。卷上有陸完子陸修藏印「陳湖陸修秘笈書畫」。

長江萬里圖

水鏡堂帖

故宮墨蹟本「自敘帖」

長江萬里圖

　　為了讓李郁周心服口服、為了以免李郁周死不認錯，我特地將故宮墨蹟本「自敘帖」與「長江萬里圖」上的兩枚「物外奇寶」印，送往專門為銀行設計印鑑比對軟體的影像電腦公司，經過該公司人員的比對，確認兩印應為一印。意即如果你拿第一印去銀行開戶，之後再拿第二印去提款，將可以順利領到錢，因為兩印根本就是同一印。這種小印在古代要仿刻到這種程度，幾乎毫無可能。

趙鼎生於北宋神宗元豐八年（１０８５），卒於南宋高宗紹興十七年（１１４７）；夏圭為南宋最後兩個皇帝寧宗、理宗朝時的畫院畫家，更何況王世杰所收藏的「長江萬里圖」被鈴木敬定為摹本，此卷上的「物外奇寶」白文方印絕對與趙鼎無關。

李郁周說：

> 文末再以蘇液本「自敘帖」水鏡堂刻本帖首的「物外奇寶」白文印為例，此印篆法刀法乾脆俐落，與南宋趙鼎的「趙氏藏書」及「趙氏子子孫孫其永保用」兩方印有極為相似之處，**筆者未曾寓目過其真印遺蛻，然而可以推定此印應為趙鼎藏有。**

你不承認故宮墨蹟本「自敘帖」上的「物外奇寶」印是真的，又說沒看過「真印遺蛻」，現在就讓你看「長江萬里圖」上的「物外奇寶」真印。

怪哉！明明就和故宮墨蹟本「自敘帖」上的那兩枚一模一樣！怪哉！真印和你拿來濫用的「水鏡堂本自敘帖」上的卻差異甚大！你說「水鏡堂本自敘帖」的「物外奇寶」印「篆法刀法乾脆俐落」，又說：

> 故宮卷「自敘帖」帖首仿刻的「物外奇寶」白文印，篆法刀法與之相比，不可同日而語，其偽可知。

結果故宮卷「自敘帖」上的「物外奇寶」印和「長江萬里圖」後的陸完真印卻是一樣的，難道此印也是「其偽可知」、「不可同日而語」嗎？李郁周此人根本是信口開河「成癮」。

「長江萬里圖」卷上「物外奇寶」印的發現，可以釐清幾件事。第一，雖然文徵明自誇他「累數月」用古法雙鉤入石的「水鏡堂帖」：

> 點畫形似，無纖毫不備，庶幾不失其真也。

但事實上，「水鏡堂帖」的摹刻效果可能沒那麼樂觀，問題不是出在文氏父子的雙鉤技術，就是在章簡甫的刻石技術。

我在《假國寶─懷素自敘帖研究》一書，就舉過一個「唐摹萬歲通天帖」的例子：

| 墨蹟 | 真賞齋帖 | 停雲館帖 | 三希堂帖 |

「唐摹萬歲通天帖」今藏於遼寧省博物館，此帖曾摹刻於明清幾種叢帖中，如華夏「真賞齋帖」、文徵明「停雲館法帖」與乾隆內府「三希堂法帖」，其中「真賞齋帖」亦為號稱「刻石第一手」的<u>章簡甫</u>所刻；文徵明家的「停雲館法帖」則由<u>章簡甫</u>、溫恕合作鐫刻。

「唐摹萬歲通天帖」後有元朝張雨跋文與鈐印，結果章簡甫竟然把「張雨私印」的「張」字給刻錯了！「三希堂法帖」則無誤。所以我當時就對「刻石第一手」的章簡甫感到懷疑。

再從陸完的「物外奇寶」印來看，此印被章簡甫刻石後，卻走了樣，差異頗大，結果摹刻不實的「物外奇寶」卻被李郁周視爲「物外奇寶」！

所以有人用「水鏡堂本自敘帖」來衝鋒陷陣，以爲所向披靡，只要和無敵「水鏡堂本」有差異，對方一定要倒地陣亡，而故宮墨蹟本「自敘帖」就是被李郁周這樣莫名其妙不明不白搞到陣亡的。更莫名其妙的是李郁周還把摹刻不實的刻帖當寶貝，「一一仔細比對」，拿刻帖中的字「證明」墨蹟的字不扎實、不自然、不乾脆、水準不高，還能拿摹刻不實的刻帖來考證原帖有幾張紙、幾處接縫與紙幅寬度，現在完全證明是天大的笑話！最可悲的則是李某拿自己鬧的烏龍砲火四射，到處攻擊專家，甚至寫黑函攻擊本人與不登他謬文的《故宮文物月刊》編輯部。

經過文徵明的雙鉤與章簡甫的摹刻，陸完的「物外奇寶」印（「長江萬里圖」）大爲走樣。

李郁周把「水鏡堂本」當寶貝，大肆濫用，還說摹刻走樣的印「篆法刀法乾脆俐落」不是很可笑嗎？（李某對假東西有很特別的審美品味，最著名的例子就是對「綠天庵本自敘帖」的大捧特捧。）

防偽功能

我在研究的過程中，一直在想是否有這種可能性存在：即爲什麼刻帖中的印鑑常常被挪移位置？爲什麼未全部藏印皆摹刻？爲什麼摹刻常常不實？原因除了刻帖中，書法才是主角，歷代收藏家的印鑑並不重要；另外我要提出一種前人從未提出的見解，那就是這可能是一種「防偽功能」，意即可能是藏家與摹刻者有意的行爲。

作偽者可以根據刻帖雙鉤出一模一樣的摹本，如何確保藏家的權益？當出現兩件幾乎一樣的書蹟時，最快的判斷方法就是摹本上的歷代收藏印摹刻不實、位置有異以及數量有缺。（若是根據真蹟所做的偽本則無法如此判定。）

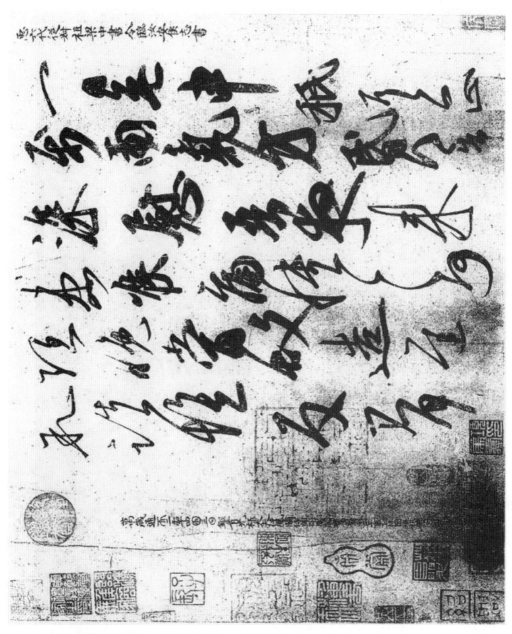

「唐摹萬歲通天帖」　王志「喉痛帖」　草書六行

在「反」字上，鈐有「史館新鑄之印」，此印左上方有「穎川禎」半印，左下角則是南宋「紹興」連珠印。但此帖經章簡甫刻石後，原帖上的鈐印被乾坤大挪移，「史館新鑄之印」移到了左上，「穎川禎」半印在其下方，「紹興」連珠印竟移到了「萬歲通天」一行小字的右邊；「岳浚」和「王芝私印」二印則移到了「萬歲通天」小字的左邊；其他如「王芝」、張雨的「句曲外史」印和賈似道「封」字印，都是從他處移來。

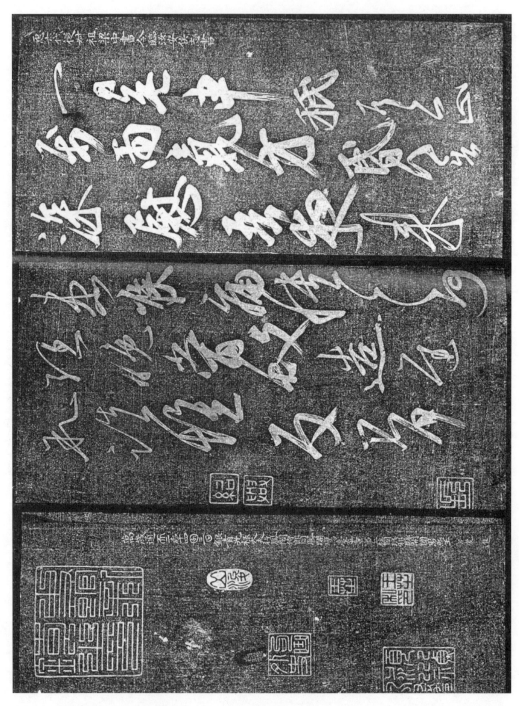

章簡甫所摹刻的「真賞齋帖」

我在《故宮文物月刊》二三一期發表〈懷素「自敘帖」新研〉（二〇〇二年六月），提出數個關於「自敘帖」的新發現，其中之一就是證明故宮墨蹟本上的「得全堂記」、「趙氏藏書」與「趙氏子子孫孫其永保用」三印，乃是南宋初年宰相趙鼎之印。

後來又在二三五期發表〈綠天庵本「自敘帖」偽刻考辨〉（二〇〇二年十月），提出一個另一個重要證據，即我在舊拓「晉唐小楷」中發現多枚趙鼎的「趙氏藏書」印。

可奇了，這枚印竟和故宮墨蹟本「自敘帖」有明顯不同，主要是在「書」字下方的「曰」，但卻和「水鏡堂本」的相符。所以我當時的直覺與判定是認為此印是「故宮墨蹟本真偽問題極為關鍵的證據」。我那時傾向於故宮墨蹟本可能有問題，現在證明我錯了，大家都被「水鏡堂帖」給誤導了。文徵明父子雙鉤、章簡甫摹刻的「水鏡堂帖」並非百分之百忠於原本！

不知道，這是個謎

不知道，這是個謎

但還是令人費解與難以解釋，為什麼章簡甫會把故宮墨蹟本的「趙氏藏書」刻成和「晉唐小楷」上的那方印如此雷同？竟然有那麼巧的事！套句我一個北京朋友的口頭禪：「沒法兒說！」或是電影「莎翁情史」（Shakespeare in Love）中，劇場老闆韓思洛的口頭禪：I don't know. It's a mystery.（不管歷史上或是藝術史上，都有太多無法解釋的事，如果硬要解釋，只會徒惹笑話與自尋煩惱而已。）

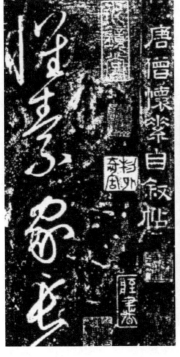

水鏡堂本「自敘帖」上的「趙氏藏書」半印

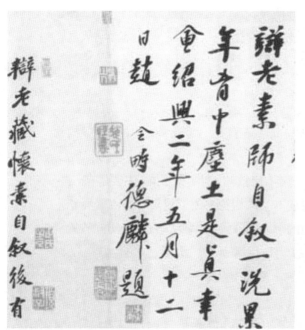

故宮墨蹟本「自敘帖」上的趙鼎「趙氏藏書」印

舊拓「晉唐小楷」上的趙鼎「趙氏藏書」印

「水鏡堂帖」共摹刻兩枚半「趙氏藏書」印，也未必全都一致。李郁周認為墨蹟摹刻成帖，所有鈐印都要與墨蹟完全一模一樣，簡直是痴人說夢、吹毛求疵。

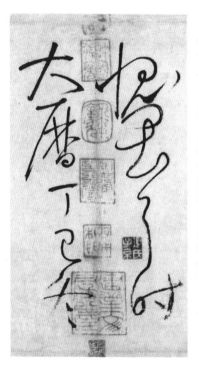
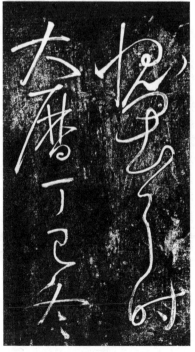

墨蹟本此處接縫有鈐印，但文徵明未摹、章簡甫未刻，原因只有他們才知道。李郁周根據摹刻不實的「水鏡堂帖」來考證原墨蹟本有幾張紙、幾處接縫與紙張寬度，現在證明是天大笑話。

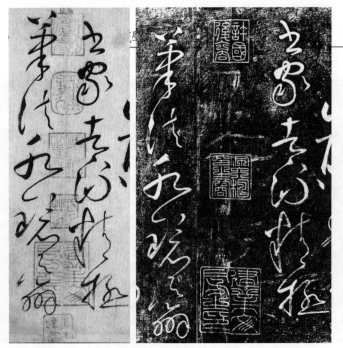

墨蹟本此處接縫鈐有六印，但文徵明、章簡甫只摹、刻三印，原因只有他們才知道。李郁周根據摹刻不實的「水鏡堂帖」來考證原墨蹟本有幾張紙、幾處接縫與紙張寬度，現在證明是天大笑話。

水鏡堂本「自敘帖」全帖無「武功之記」，項子京卻能憑空創造出來到處鈐於故宮墨蹟本，這種情節只有李郁周想得出來。

故宮墨蹟本	合縫處 合縫印記	一	二	三	四	五	六	七	八	九	十	十一	十二	十三	十四
		3 2 5 6 7	2 5 3 6 1 7	3 2 5 6 1 7	2 5 3 4 1 7	3 5 2 6 1 7	2 5 3 4 1 7	7 5 3 2 6 1	7 3 5 2 6 1	7 3 5 2 6 1	7 2 4 3 4 1	7 3 5 2 6 1	7 2 5 3 4 1	7 3 5 2 6 1	7 2 5 3 4 1

水鏡堂刻本	合縫處 合縫印記	一	二	三	四	五	六	七	八	九
		5 4	2 3 1	4 5 1	2 3 1	4 5 1	2 3 1	4 5 1	2 3 1	4 5 1

圖例：
7 趙氏藏書
4 四代相印　　1 建業文房之印
5 舜欽　　　　2 許國後裔
6 武功之記　　3 配六相印之裔

故宮墨蹟本	合縫處 合縫印記位置	一	二	三	四	五	六	七	八	九	十	十一	十二	十三	十四
		第六行後	第十六行後	第二十六行後	第三十五行後	第四十四行後	第五十四行後	第六十四行後	第七十四行後	第八十四行後	第九十四行後	第一〇四行後	第一一一行後	第一一八行後	第一二三行後

水鏡堂刻本	合縫處 合縫印記位置	一	二	三	四	五	六	七	八	九
		第六行後	第十六行後	第三十二行後	第四十七行後	第六十四行後	第八十一行後	第九十六行後	第一〇九行後	第一二〇行後

根據故宮墨蹟本所摹刻的「水鏡堂帖」，爲什麼接縫處減少、鈐印也減少，原因只有文徵明和章簡甫才知道。李郁周根據摹刻不實的「水鏡堂帖」來考證原墨蹟本有幾張紙、幾處接縫與紙張寬度，現在證明是天大笑話。

112

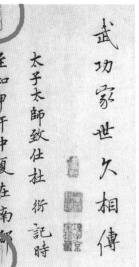

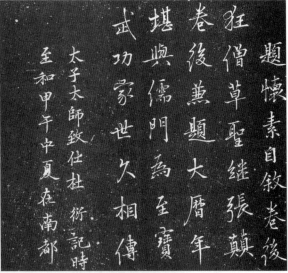

墨蹟本只有一方「邵叶文房之印」,「水鏡堂帖」卻偏要刻三方；墨蹟本的「邵叶文房之印」明明蓋在上方,「水鏡堂帖」卻偏要刻在下方,原因只有文徵明和章簡甫才知道。李郁周根據摹刻不實的「水鏡堂帖」來考證故宮墨蹟本是文彭摹本,現在證明是天大笑話。

此頁劇本作廢（事實上李某的兩本小說都完全作廢）

文末再以蘇液本〈自敘帖〉水鏡堂刻本帖首「物外奇寶」白文印（圖七）爲例，此印篆法刀法之乾脆俐落，與南宋趙鼎的「趙氏藏書」及「趙氏子子孫孫其永保用」兩方朱文印有極爲相似之處，筆者未曾寓目過其真印遺蛻，然而可以推定此印應爲趙鼎藏有。故宮卷〈自敘帖〉帖首仿刻的「物外奇寶」白文印（圖八），篆法刀法與之相比，不可同日而語，其偽可知。從蘇液本〈自敘帖〉前隔水與本紙合縫處的真印「趙氏藏書」半印（圖七），與故宮卷〈自敘帖〉前隔水與本紙合縫處的偽印「趙氏藏書」半印（圖八）對照，蘇液本〈自敘帖〉纔是趙鼎藏篋中的「物外奇寶」，故宮卷〈自敘帖〉是從趙鼎藏本摹出的偽本，非趙鼎原藏本，這是顯而易見的確證。

這件蘇液本〈自敘帖〉水鏡堂刻本孫沐題記本的傳世，使我們窺見蘇舜欽家藏兩本〈自敘帖〉（蘇泌本、蘇液本）的半壁江山，更是證明故宮卷〈自敘帖〉從帖文到宋明人題跋皆爲文彭摹本的最關鍵證物。

【註釋】

1 穆棣撰〈懷素自敘帖中「武□之記」考〉，文刊《故宮文物月刊》第一七三期第一一八頁至第一三三頁，臺北故宮博物院，一九九七年八月。

2 王裕民撰〈懷素自敘帖新研〉，文刊《故宮文物月刊》第二三一期第八十二頁至第七十五頁，臺北故宮博物院，二○○二年六月。

3 西川寧編《昭和蘭亭紀念展》彩色圖版第九頁，日本東京：玄社，一九七三年十二月。

4 朱存理輯《鐵網珊瑚》卷一第四十頁，臺北漢華文化公司，一九七○年七月。

5 米芾撰《書史》第十七頁，文刊《宋元人書學論著》中，臺北世界書局，一九七二年十月再版。

6 李郁周撰〈懷素自敘帖草書基因的比勘〉，文刊《故宮文物月刊》第二三三期第二十四頁至第三十五頁，臺北故宮博物院，二○○二年八月。

7 井上清秀編《精刻懷素自敘帖》，無編頁，日本東京晚翠軒，一九三二年十月。

貳、蘇液本〈自敘帖〉上的兩方騎縫印記

下兩頁是李郁周把「水鏡堂帖」當寶貝，把故宮墨蹟本當文彭摹本時，所做的比較，如今證明「水鏡本」摹刻自故宮墨蹟本，李郁周的鑑識定方法與能力實在是恐怖到極點。

李郁周《懷素自敘帖千年探祕》第四章第三節的「題跋書法比勘」：

杜衍詩跋

故宮墨跡本「題」字「頁」旁中間兩短橫帶筆較細，「懷」字豎心旁橫畫較短，「素」字第一橫收筆太粗，「自」字中間兩短橫帶筆較細，「卷」字捺筆較細，「後」字末捺起筆處偏高。水鏡堂本皆無此現象。

蔣之奇題跋

故宮墨跡本「元」字第一橫較粗，「豐」字左點扁薄，「十」字橫畫右段較短，「月」字豎畫波浪彎曲行筆，「廿」字橫畫起、收筆較細，「五」字長橫末段較粗。水鏡堂本各字書寫水準較高。

邵𩵋觀款

故宮墨跡本「年」字首撇較短，兩個「十」字豎筆較粗，第二個「二」字兩橫較短，「五」字第一橫較細。水鏡堂本點畫比較爽利乾脆。

蔣璨題跋

故宮墨跡本「陽」字「勿」部第一撇較短，「羡」字「欠」部第一撇較粗，「蔣」字長橫收筆較細，「璨」字長捺按筆較細。水鏡堂本書寫水準較佳。

| 杜衍詩跋 | 蔣之奇題跋 | 邵𩵋觀款 | 蔣璨題跋 |

宋喚觀款

故宮墨跡本「之」字上點碰觸挑畫較深，「行」字各橫較粗，「父」字捺末較短，「景」字「小」部帶筆形態呼應較短、「晉」字兩「口」較窄，「同」字。外框向勢，「觀」字左上兩橫較短、「見」部中央兩短橫帶筆黏連、末筆較粗。水鏡堂本書寫比較扎實。

趙令畤題跋

故宮墨跡本「劉」字末兩筆比較靠近，「延」字長捺收筆較平，「辯」字上面三點與「言」部橫畫皆較短，「過」字長捺收筆較高。水鏡堂本皆與前述情形不同。

蘇遲題跋

故宮墨跡本「流」字水旁一、三點較單薄，「傳」字右豎起筆渾淪，「家」字下鉤較粗，「以」字一、二兩筆筆勢不連貫，「於」字右撇彎曲略成左弧（而非右弧）。水鏡堂本皆無此現象。

富直柔觀款

故宮墨跡本「癸」字捺筆較軟、捺末較短，「丑」字上橫左段較短，「月」字撇筆下段較粗，「廿」字橫畫左段較短，「七」字橫末帶筆方向不甚明確，「洛」字水旁第三筆與「各」部第一撇連成一筆。水鏡堂本書寫清晰明亮。

宋喚觀款　　　趙令畤題跋　　　蘇遲題跋　　　富直柔觀款

四、從水鏡堂刻本看故宮卷的書法

故宮卷與水鏡堂刻本的《自敘帖》母本相同，皆據陸完藏蘇液本製作，前者就原本映寫，後者就原本摹刻，兩本《自敘帖》傳本微異處不多，若非故宮卷書法的紙幅與鈐印發生問題，僅概覽其書法，非深識書藝者還真是難定其為真跡或摹本。惟若留神細觀，故宮卷書法的不足之處仍然有跡可尋。茲以點畫線條的運筆、行氣布局的安排與映摹的狀況，就帖內文字舉例說明如次：

（一）按提粗細：「吏部侍郎韋公陟」的「侍」字第一筆，故宮卷按筆動作較輕，撇筆開頭較細；水鏡堂本有明顯的重按，運筆周到美觀。（圖八）

（二）轉折繞圈：「初疑輕煙澹古松」的「輕」字最後兩橫，故宮卷重按折筆，塗擦帶下轉右，筆畫太粗：水鏡堂本繞圈飛白，轉折清晰。（圖九）

（三）行款欹正：「羲獻茲降虞陸相承」的前後數行，故宮卷越寫越偏向右側，行末之字甚至寫到行首之字的正下方之右，行線過分欹斜；水鏡堂本行氣直下貫串，偏側較少。（圖十）

（四）飛白開叉：「奔蛇走虺勢入座」的「入」字首撇，故宮卷下方補描一條細線，使之看起來有如破筆飛白開叉之狀，而起筆處不齊，顯然為粗細兩筆；水鏡堂本是筆鋒開叉的自然飛白筆絲，起筆齊整一筆完成。（圖十一）

（五）紙破墨殘：「尚書司勳郎盧象」的「司」字，故宮卷似為紙張殘蝕破損，致使墨漬漫漶，實際上是故意擦去墨痕，帖中多處這種現象；水鏡堂本連紙張破損的框廓都摹刻標示出來，筆畫斷殘處十分明確。（圖十二）

由於水鏡堂刻本《自敘帖》的合縫印記，呈現《自敘帖》紙幅裱裝相接的實況，使我們了解陸完原藏蘇液本的紙張使用情形；進而明白故宮卷《自敘帖》其紙幅寬度是不合理的，此本為後人摹本，非懷素真跡，此為內在證據。故宮卷合縫上的南唐內府印記與蘇家鑑藏印記，全部是仿刻，無庸贅言；由於是偽印，泥也少用些，鈐蓋時淡一點，以免印文過於清晰而露出破綻；此外，故宮卷書法的雙鉤填墨與映摹，多用乾筆的擦寫技巧，以隱藏偽仿面目，這是外在證據。然而此本能夠將點畫、字形、接筆映帶等粗細、斷連，表達出原帖母本的樣式，摹摹映寫功夫實在精湛，至於帖中有前述無法掩藏的罅漏之處，在所難免，這是潛在證據。

「水鏡堂帖」乃是根據故宮墨蹟本所摹刻，李郁周卻能從行氣、章法、布白、點畫、運筆等一堆主觀的感覺，由後刻的拓本看出原墨蹟本的一籮筐缺點，這種功力真是前無古人後無來者。

李某每次都以「用帶毛的筆寫字」多年的經驗，來告訴吾人怎麼樣叫行氣高妙、什麼叫點畫俐落，事實證明這都是他恐怖的主觀認定，根本不能拿來做論辯的證據。而用書法的專用術語來唬弄讀者也是他最拿手的本事，他那主觀的、抽象的形容，簡直與古代的「龍躍天門、虎臥鳳閣」沒什麼差別，所以我才一再強調李某的著作與小說無異。（李敖老師常笑說他都不願意稱台灣這些人寫的字叫「書法」，而是叫「用帶毛的筆寫的字」，我也如此認為。）

　　李郁周把明朝中葉陸完的「物外奇寶」印「推定」爲南宋初年趙鼎的印，並用恐怖的主觀個人印象，認爲「水鏡堂本」上的「篆法刀法乾脆俐落」、「與南宋趙鼎的『趙氏藏書』及『趙氏子子孫孫其永保用』兩方印有極爲相似之處」；並說故宮墨蹟本上的是「仿刻的」、「篆法刀法與之相比，不可同日而語，其僞可知」。如今證明墨蹟本上的「物外奇寶」印才是真的，李某的「綠帽子式研究法」（全名叫「不是王八偏要作王八研究法」）實在非常恐怖。先認定對方有罪，然後拼命找證據來印證他的「想像」；明明老婆沒偷人，可是老婆不管做什麼都像在偷人，買兩把蔥像準備要偷人，今天心情好更像已經偷過人。先主觀認定是假的、是真的，然後找莫名其妙、無說服力的證據來一步步「落實」，別人相不相信不重要，他自己堅信才最重要，完全活在自己的妄想之中。

　　這個笑話同樣發生在七年前，當我還是一個大學四年級的學生時。當時故宮因爲「某些原因」而懷疑宋朝「周越跋文」的真僞，於是找來一堆資料來做推三阻四，最好笑的就是說其上的「忠孝之家」印「難以比對」、「篆法甚異，非北宋習見之渾厚者」，又說：「本院藏『蜀素帖』，於邵希之跋上方有『忠孝之家』一印，雖然未能考訂爲何人所作，但其篆法即妥貼鄭重。」結果促使我寫了兩篇妙文，因爲我竟然找到故宮最赫赫有名的名畫「谿山行旅圖」上，就有一方模糊的「忠孝之家」印，並考證出「蜀素帖」上的另一方「忠孝之家」印乃是清朝初年高士奇的收藏印！這兩篇文章後來都登在《故宮文物月刊》上，而「周越跋文」經過這數年，已經沒人懷疑它的真實性。

故宮鑑定文件（一）

　　而「忠孝之家」一印，《石渠寶笈續編》著錄以爲係宋錢勰之印，亦難以比對，唯此印篆法甚異，非北宋習見之渾厚者，又本院藏「蜀素帖」，於邵希之跋上方有「忠孝之家」一印，雖然未能考訂爲何人所作，但其篆法即妥貼鄭重。

五、關於「周越跋」上「忠孝之家」一印（附件七），非宋錢勰所有，本院藏「宋賢書翰冊」有錢勰「穆」字印（附件八），就此印之美術水準，遠超「忠孝之家」。收藏家有其一定之品味與欣賞水準，用印印文不同、風格不同，但美術水準，不致有太多差距，以印章爲書畫鑑定之根據，僅能作爲輔助條件。

王文以「宋米芾蜀素帖」上之「忠孝之家」一印，出於高士奇收藏印，並指出「王季詮、孔達合編明清書畫家印鑑」將於「忠孝之家」一印歸爲清乾隆皇爲誤。按該書於「忠孝之家」印右上角，著有「？」（附件九），已表疑問。

再據該書此印鈐蓋於「清董邦達山水」，查高士奇之生卒年爲西元一六四五至一七〇四年，董邦達之生卒年爲西元一六九九至一七六九年。高氏卒時，董氏不過六、七歲，何以高氏收藏印，出現於董氏畫作，其間撲朔迷離，情況至爲難解，此即一例。

故宮鑑定文件（二）

關於「周越跋」上「忠孝之家」一印（附件七），非宋錢勰所有，本院藏「宋賢書翰冊」有錢勰「穆」字印（附件八），就此印之美術水準，遠超「忠孝之家」。收藏家有其一定之品味與欣賞水準，用印印文不同、風格不同，但美術水準，不致有太多差距，以印章爲書畫鑑定之根據，僅能作爲輔助條件。

王文以「宋米芾蜀素帖」上之「忠孝之家」一印，出於高士奇收藏印，並指出「王季詮、孔達合編明清書畫家印鑑」將於「忠孝之家」一印歸爲清乾隆皇爲誤。按該書於「忠孝之家」印右上角，著有「？」（附件九），已表疑問。

再據該書此印鈐蓋於「清董邦達山水」，查高士奇之生卒年爲西元一六四五至一七〇四年，董邦達之生卒年爲西元一六九九至一七六九年。高氏卒時，董氏不過六、七歲，何以高氏收藏印，出現於董氏畫作，其間撲朔迷離，情況至爲難解，此即一例。

榮祖先生，大函捀悉，匯蒙お歉承詢多節，年久已起不起來。忠孝之家「按文義不可能是乾隆之印，爲手民誤入，未加枝G，便多地歉。且千未藏過董氏字畫，明清印鑑爲千季詮時代所元達合編。以仗內真細加的誤多氏種差誤，唯怅之至。

千正未福月，宮守潦草不捷，右希承諒才民事原，順祝之安。

王己千手啟
Oct. 2, 1996

南下為有未但的把余的齊一惕又及。

王己千先生回覆汪榮祖教授的信函：「『忠孝之家』按文義不可能是乾隆之印」，爲手民誤入。」他並自承未收藏過董邦達的「山水堂軸」。

對藝術史的日益鑽研，我後來也知道故宮鑑定文件是哪位「專家」所寫。

150 East 69th Street, New York, N.Y. 10021 (212) 472 1387

蘇州大學學報（哲學社會科學版）　　　　　1995年第3期

中国艺术史一个断层的重建——周越墨迹研究

[台湾]　李 敖

1 四分之一世纪前，台北故宫博物院總商务印书馆涵芬楼影印《石渠宝笈》后，重印此书，在《序》中说：

故宫所藏书画，乾嘉之际，先后编有详细目录二种，其专载彝道之书画者，名《秘殿珠林》，著录一般书画者，名《石渠宝笈》，各有初编、续编及三编。

其中对《石渠宝笈续编》特加说明。

内府所藏法书名画，自乾隆十年完成《秘殿珠林》及《石渠宝笈》之初编后，迄于乾隆五十六年，凡四十余年间，每遇帝后大庆、朝廷盛典，臣工所献古今字画不知凡几，若不重加装裱，恐致舛讹，乃于乾隆五十六年正月开始纂辑《秘殿珠林》、《石渠宝笈》续编，其体例则不分等次，一一详加记载，其叙述体道，分画殿宇，标界朱栏，以清眉目。而在部首，列有总目，取便翻阅，均为初编之所未有，书成于乾隆五十八年长至。

在续编的第二六五至五六页内，详细登录"王著书千文真迹"一卷，全文如下：

王著书千文真迹一卷

[本幅]粉笺本。纵七寸八分，横一丈三十七分。草书周兴嗣千字文。〈见乾清宫所藏草书千字文卷。〉缺杜字。款，王著书。

[引首]

御笔。妙道藏楼，钤宝一。乾隆御笔。

[前隔水]

御题行书。

考古虽然多有矛，临池何碍是其长。一千文抚精神注温，八百年纸尚光彩。初仕成都遇淳化〈续奉智水识欤阳，侍书除会传佳话，尝议宁须论米黄，甲午新正上此，御题，钤宝二。会心不远。德充符。

[后幅]前人并于敏中题跋。

王著初为陈平主簿。太宗皇帝时，著因进书，召轉光禄寺丞修书，橫以章授，仍供职馆阁。太宗

工书，草行飞白，神藏冠世，天格自高，非区下所可伦拟。而著书虽然妍熟，终惭疏慢，及是御前，莫逆下笔，著本临学右军行法，尔后授成院体，今之书诏，淹著之源流。臣越题。

赵宜坦从唐世家征南商，得法书，必以遗其次子，是为宋太宗。即位后，笃意翰墨，遂为一代弥文之盛。淳化阁帖，即其所作，然多命王著临之。恒引米南宫自以为高于著，然太清楼帖，不及秘阁本，盖以米体弈眩其多，乃不知著之郡也。今世间所收内府旧藏文献及六朝人真迹，人双钩，及淳化拓本有可逼真者，宜和皆以七印识之，与真价培，不可复辨，此帖虽著临智永本也，讵见宋思陵临智永千文，与此绝相类云。庐陵欧阳元，跋宣侍御平伯家所见。至正丁丑七月初吉，钤印一。欧阳元卯。

宋王著字知微，自宣唐相石泉公方庆之后，世家京兆渭南。祖贞人赐，遂为成都人，仕翰为主簿，入朝累迁翰林侍书，加殿中传御书、善书、笔意娴熟，颜多家法。太宗尝父从学书〈黄庭经〉，以谓著书笔圆熟，不易得也。今是卷乃其行草书千字文。如官女插花，婉媚对鉴，殊有一般态度。亦其所渐妄然乎？余既藏之，又重宝之。传者无忌赝，古槹李墨林山人项元汴敬述，钤印四。退密。子京所藏。项元汴印。墨林山人。

遂按王著以善书事审太宗为侍书，会命审定淳化阁帖。而著眛于考古，帖中世次爵里，多所讹舛。米黄伯思辈，每窥议之。然摹勒相工，古今刻本。无出其右，则亦未可厚非也。且宋史本传，称著笔迹甚缓。颜有家法。而朱长文云著书所云，列于能品。袁袤评书，谓其追踪永师，远逃二王。推许特甚。盖著在宋时，虽不如蔡苏黄米之各成一家，而结构匀整，功候缜密，亦何可及。今是千文卷，格度和暢，当是著手行之作。西字体笔致，亦与阁帖标题相侔。其为真迹无疑，且北宋至今几八百年，而纸墨完好若此，尤为难得。卷后周越

· 67 ·

120

谿山行旅圖鈐印的新發現—兼談其歷代收藏者

　　北宋范寬的「谿山行旅圖」乃台北故宮博物院所收藏的名畫，此畫完成至今約已將近一千年，但由於畫上的歷代收藏印寥寥無幾，以及歷代著錄資料的缺乏，以致在長達一千年的歲月中，我們對此畫的初期收藏經過可說不甚明瞭。但如今，透過北宋周越「王著千文跋」的出現，我們卻可藉此以填補這段空白，使「谿山行旅圖」的流傳經過更為清楚。

　　關於「谿山行旅圖」上歷代收藏印記的著錄，故宮博物院的數種出版品中出現並不一致的現象，現先說明此一特殊情形。

書　名	出版年代	收　藏　印　記
故宮書畫錄	1956	董其昌款下鈐有宗伯學士、董其昌二印，左方下（應為右方下）有司印半印，又一印漫漶不辨。右方下（應為左方下）有祚新之印、墨農鑑賞、御□之印。右邊幅（應為左邊幅）有蕉林祕玩、觀其大略二印。鑑賞寶璽：三璽全，及乾隆御賞之寶、樂善堂圖書記二璽。
故宮名畫三百種	1959	收傳印記：司印半印、蕉林祕玩、觀其大略、祚新之印、墨農鑑賞、御□之印、清乾隆諸璽。
故宮書畫錄（增訂本）	1965	同故宮書畫錄
范寬谿山行旅	1979	收傳印記：司印半印、□□山房、祚新之印、墨農鑑賞、忠孝之家，左邊幅裱綾有蕉林祕玩、觀其大略二印，詩塘有乾隆御覽之寶大方印一方。鑑藏寶璽：乾隆御賞之寶、乾隆御覽之寶、石渠寶笈、重華宮鑑藏寶、樂善堂圖書記、嘉慶御覽之寶、宣統御覽之寶、宣統鑑賞、無逸齋精鑑璽。
二玄社複製品解說（江兆申）	1980	收傳印記：司印半印、祚新之印、墨農鑑賞、忠孝之家、□□山房、樂善堂圖書記，右邊幅裱綾有蕉林祕玩、觀其大略二印。詩塘有乾隆御覽之寶大印一方、乾隆御覽之寶、石渠寶笈、重華宮鑑藏寶、嘉慶御覽之寶、宣統鑑賞、無逸齋精鑑璽。
故宮書畫圖錄	1989	鑑藏寶璽：三璽全、乾隆御賞之寶、樂善堂圖書記、嘉慶御覽之寶、宣統御覽之寶、宣統鑑賞、無逸齋精鑑璽。 收傳印記：司印半印、祚新之印、墨農鑑賞、御□之印、蕉林祕玩、觀其大略，又一印漫漶不辨。

　　根據上表，可觀察出台北故宮博物院內的研究人員在三十年中（1958～1989），對於「谿山行旅圖」上收傳印記出現了並不一致的看法。在「谿山行旅圖」上的十六方歷代收藏印中，不清楚印文的共有兩方，在最

早的《故宮書畫錄》一書中，記爲「御□之印」和「一印漫漶不辨」，稍後出版的《故宮名畫三百種》則只記「御□之印」，已無「一印漫漶不辨」一辭。但二十年後，亦由故宮出版的《范寬谿山行旅》以及由江兆申先生所撰寫的二玄社複製品解說小冊二書，則將二印釋爲「忠孝之家」和「□□山房」。又過了十年，在故宮新出版的《故宮書畫圖錄》中，卻又將此二印改回「御□之印」和「一印漫漶不辨」。

　　此一歧異，如今藉由周越「王著千文跋」則可獲得解決，因爲在「王著千文跋」上的左下角正鈐有一方和范寬「谿山行旅圖」左下角方

　　著千文跋」上的此印印文可明顯的看出爲「忠孝之家」，在《石渠寶笈續編》「王著千文真蹟一卷」的「收傳印記」一項，亦登錄此印爲「忠孝之家」，①因此如今此公案已可劃下句點，范寬「谿山行旅圖」左下角的不知名印絕非「御□之印」，而是「忠孝之家」無誤。

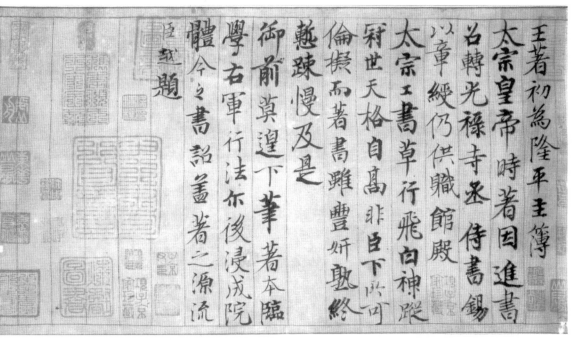

「王著千文」周越跋文

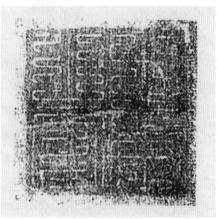

「忠孝之家」印（周越跋文）　　　　　　「忠孝之家」印（谿山行旅圖）

既然已可辨認印文，下一步當然是要考證此印爲何人所有。上述《石渠寶笈續編》一書中，「王著千文真蹟一卷」的「收傳印記」登錄有「忠孝之家」印，下有註文曰：「『忠孝之家』印，亦宋錢勰物，蘇、黃之友，集（《黃庭堅集》）中所稱錢穆父者也。」據作者的考證，「谿山行旅圖」和「王著千文跋」上相同的兩方「忠孝之家」朱文方印確爲錢勰之收藏印，但「忠孝之家」一印印文的使用並非始自錢勰，此中之複雜情形，現考證如下。

錢勰（１０３４～１０９７），字穆父，杭州人，爲吳越王錢俶之曾孫，歷官中書舍人、戶部尚書、翰林學士等，《宋史》有傳。錢氏一家在宋代政治、社會和學術上均佔有重要地位，錢勰本人亦爲宋朝著名書法家之一，今台北故宮博物院藏有其「知郡帖」（上鈐有「穆」字印）和「先起居帖」。

錢勰「知郡帖」與「穆」
字印

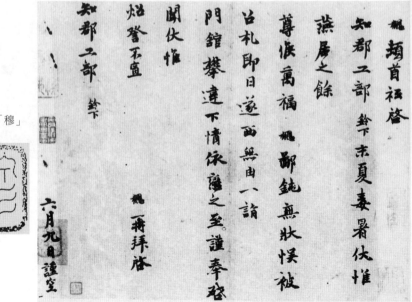

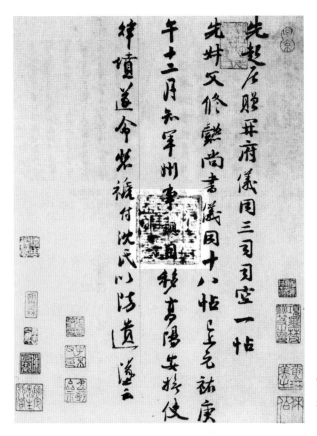

錢勰「先起居帖」(「勰」字上鈐
有「兩浙東路鈐轄司印」)

　　錢氏一門以忠孝承家聞名於當世，宋真宗便曾當著錢惟演說過：「卿
一門忠孝，與常人異，先帝待以殊禮，朕安敢忘。」之語。②宋高宗也曾
御書「忠孝之家」四字賜予惟演之曾孫錢忱。③首先指出「忠孝之家」一
印的爲歐陽修的《集古錄》，其書記有「唐顏魯公帖」一條曰：

　　　　右蔡明遠帖，寒食帖附，皆顏魯公書；魯公後帖，流俗多傳，
　　謂之寒食帖。其後印文曰「忠孝之家」者，錢文僖公自號也；「希聖」，
　　錢公字也。又曰「化鶴之系」者，丁崖相印也；「潤州觀察使」者，
　　錢惟濟也。④

錢惟演（９６２～１０３４），字希聖，謚文僖，杭州人，吳越王錢俶之子。
由以上歐陽修的記載可知，「忠孝之家」印原爲錢惟演所有，鈐於顏真卿「寒
食帖」之上。
　　而在其後的米芾《書史》一書，亦記載了「忠孝之家」一印的使用者，

《書史》:

> 錢氏所收浩博帖云:「臣節分嚴,外無典掌之所,故不薄上而諸位咸有。」法書臨拓甚多。常州使君景湛房下往往為人購去,薛紹彭收肅宗千文是也。上皆有希聖半印、忠孝之家圓錢印、錢氏書堂印。錢勰房下有史孝山出師頌,題作蕭子雲,亦奇古。又有寫白樂天詩一首,是唐人書,亦秀潤。⑤

　以上為米芾記載其好友錢勰(為錢惟演之姪孫)的收藏物,米芾共提及「希聖」、「忠孝之家」圓錢印、「錢氏書堂」三印,希聖為錢惟演之字,可見以上諸帖可能原由錢惟演所收藏,之後才歸錢勰所有。此事可從米芾《書史》中言:「魯公寒食帖,綾紙書,在錢勰處,世多石刻。」⑥獲得證實,因為據上述歐陽修《集古錄》之記載,原稱顏真卿「寒食帖」為錢惟演之收藏,但如今卻在錢勰手上,可見錢惟演卒後,其藏品多歸於其姪孫錢勰。不但如此,錢勰亦沿用了錢惟演的收藏印印文,曰「忠孝之家」。正因為如此,所以我們在見到「忠孝之家」印時,便有其必要考證其真正的所有者,究為錢惟演,抑或是錢勰。
　按大陸中國歷史博物館藏之「宋拓顏柳白米四家法帖」(即越州石氏刻帖),其中有「白居易春遊詩帖」,此帖乃拓自北宋錢勰所刻之石。此帖後有題記觀款四則:

一、為失題之款「癸亥仲夏河陽郡齋題」一行。下鈐「保大軍節度使之印」。

二、為觀款「丁卯仲春許田郡舍又覽」一行。

三、為觀款「白傅真跡,錢氏世寶。□臣曾見。」一行。

四、為題記「白傅墨跡二紙十九行,叔祖文僖公曾題跋二十三字。元祐四年己巳仲春□□□□上石　勰。」

第一、二則為錢惟演所題,第一則中的「癸亥」為仁宗天聖元年(１０２３),時惟演任保大軍節度使,知河陽,與題款所言完全相符,「保大軍節度使之印」亦為惟演所鈐。第二則中的「丁卯」為天聖五年(1027),時惟演「判許州」,即款中所云「許田」。第四則為錢勰所題,錢勰為錢惟演從

弟錢易之孫，故錢勰稱其爲「叔祖」；而惟演諡文僖，故錢勰稱其爲「文僖公」。此題書於元祐四年（１０８９），時錢勰以龍圖閣待制知越州，故錢勰於元祐四年在越州將此帖刻於石上。而由其上所鈐印記可知，此帖亦原爲錢惟演之物，後又歸錢勰所收藏。⑦

此帖應就是米芾《書史》所言錢勰所藏的「白樂天詩一首」，帖後搨有「錢氏書堂」方文印與「忠孝之家」圓錢印，此二印在《書史》一書皆有提及，惟不知二印爲錢惟演所鈐，抑或是錢勰所鈐？

「宋拓顏柳白米四家法帖」上的「保大軍節度使之印」與「忠孝之家」圓錢印

「宋拓顏柳白米四家法帖」上的「錢氏書堂」印

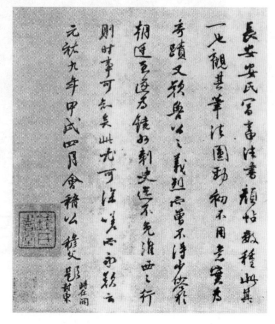

　　日本東京國立博物館藏有「宋
名公翰墨冊」，共宋人書十四帖，其
中有錢勰所書「顏帖題跋」絹本一，
上鈐有一「錢氏書堂」朱文方印，
此印和上述「宋拓白居易春遊詩」
上的「錢氏書堂」方印是一模一樣
的。⑧

　　上海博物館藏有「顏真卿祭濠州伯父文跋」，其中第一跋為錢勰所書，跋文共九十四字，言其於長安安氏家中見此帖云云。⑨按此跋與上述東京博物館所藏「顏帖題跋」的內容、書蹟完全相同，此跋亦為絹本。猜測錢勰於安氏所藏「祭伯父文」作跋之後，又另書於絹本之上獨自收藏，故此本乃獨自流傳，後傳於日本。（因未見到原蹟，故僅為猜測。）據高士奇《江村銷夏錄》之登錄，可知「顏真卿祭濠州伯父文」錢勰在其跋上鈐有三印，分別為「穆」字印和「錢氏書堂」朱文方印，另一方則為其官印「開封尹印」。⑩按此「錢氏書堂」印和上述兩「錢氏書堂」印亦皆完全相同。因此藉由以上諸證據，我們已可證明「錢氏書堂」方印乃錢勰之印，而非錢惟演之印。

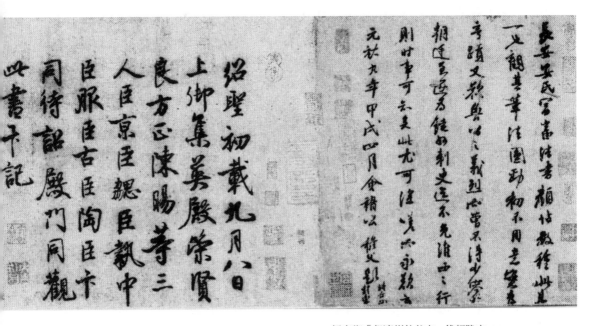

顏真卿「祭濠州伯父文」錢勰跋文

　　宋朝桑世昌《蘭亭考》卷十一記有三本上鈐有「忠孝之家」印的蘭亭拓本，其記載如下：

　　一、豫章　　一本
　　前有忠孝之家方印，後題唐貞觀中石本，後六印作一行，錢形忠孝之家印、黃扉珍玩，又三印字不可辨，末同前方印。

二、七閩　　刻貞觀本

與豫章同，前有忠孝之家方印，後亦同前六印，但第五印在後行，下有漢北平守世家印，印後方題唐貞觀中石本。

三、龍舒　　一本

刻褚書，有篆額蘭亭記作長行，後有黃扉珍玩印，忠孝之家圓方兩印，題貞觀八年褚遂良摹。⑪

由《蘭亭考》一書之記載，我們又可知除「忠孝之家」圓錢印外，尚有「忠孝之家」方印，此方印應該便是周越「王著千文跋」和范寬「谿山行旅圖」二圖左下角所鈐的「忠孝之家」方印。「王著千文跋」左下角的「忠孝之家」朱文方印，方 3.5 公分，文作九疊，佈局勻稱豐滿，正是宋朝印章盛行之風格；而此印不論印色或篆法皆古，確為宋印無疑。作者並無法證明「忠孝之家」錢型圓印的真正所有者，但是作者卻能證明「忠孝之家」方印應為錢勰之收藏印，而非錢惟演。

據作者考證，周越跋「王著千文」的年代應在宋仁宗景祐三年（１０３６）至慶曆三年（１０４３），周越擔任膳部員外郎知國子監書學時。⑫按錢惟演卒於景祐元年（１０３４），且其卒時「王著千文」正收藏於宮廷內府，因此錢惟演絕無可能在此物上鈐下自己的收藏印。「王著千文」原為宮廷收藏，但卻未見錄於《宣和書譜》一書，之上亦無任何宣和之印，但卻有一方「忠孝之家」印，可見「王著千文」在《宣和書譜》成書前，便已流落出宮廷之外了，而其主人便是錢勰。

藉由周越「王著千文跋」上「忠孝之家」方印的考證，我們如今便可填補范寬「谿山行旅圖」明清之前一段空白的流傳經過，錢勰正是「谿山行旅圖」的第一位收藏者，而「忠孝之家」印乃是此名畫上第一個收藏印！而藉由此印的證實，亦為「谿山行旅圖」的斷代提供更有利的證據。

「谿山行旅圖」上另一方不知名印，最早的《故宮書畫錄》登錄為「一印漫漶不辨」，之後出版的《故宮名畫三百種》則完全將此印排除在外。但到二十年後，在《范寬谿山行旅》一書中將此印釋為「□□山房」，書後並附有此印之放大圖片，由圖片中可見此印為一白文印，隱約可見左邊二字為「山房」二字，本人根據二玄社複製品，量得原印方 2.5 公分，鈐於畫之右下角。令人驚訝的是，周越「王著千文跋」上的右下角以及左邊各鈐有一方「東華山房」白文方印，亦為 2.5 見方，而印文左邊的「山房」二

字，竟和「谿山行旅圖」上的「山房」二字完全相符！因此我們如今已可大膽假設范寬「谿山行旅圖」右下角的「□□山房」不知名印，其完整的印文應爲「東華山房」。

 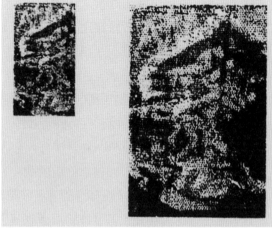

「東華山房」印（周越跋文）　　　　　　　　「山房」半印（谿山行旅圖）

　　「王著千文跋」和「谿山行旅圖」二畫右下角所鈐的「東華山房」白文方印，作者遍索資料仍無法找出此印的所有者，亦尚未發現存世書畫作品上鈐有此印，但根據作者觀察周越「王著千文跋」上累累諸收藏印鈐印情形的判斷，認爲此印應鈐於元朝著名收藏家張金界奴（１２９６～？）所鈐「張氏珍玩」一印之前，意即「東華山房」一印的鈐印年代應在北宋錢勰之後到元朝張金界奴之前。

　　入明之後，「谿山行旅圖」歸於明朝內府所收藏，因爲此畫右下角「東華山房」印之上鈐有「司印」寬邊朱文半印，此印據今人考證，爲明太祖洪武年間內府的勘合印，其原文可能爲「典禮紀察司印」或「紀察司印」，而此印鈐印的年代約於洪武七年（１３７４）到十七年（１３８４）之間。⑬

　　「谿山行旅圖」後流入民間，歸明朝著名書畫家董其昌所有，善於鑑定的董其昌在詩塘題了「北宋范中立谿山行旅圖　董其昌觀」十四字，鈐印二：「宗伯學士」、「董其昌印」。董其昌爲第一個判斷此畫作者爲范寬之人，但他似乎亦不能完全肯定他的判斷，只好用較保守的「董其昌觀」，而非「董其昌鑑定」。

董其昌之後，此畫轉歸兩淮商人江孟明收藏，此乃由顧復《平生壯觀》和吳其貞《書畫記》二書的著錄得知。《平生壯觀》卷七記有范寬此畫，最後記其見於江孟明家，⑭但卻未提及江氏為何許人也。相對於《平生壯觀》，《書畫記》的記載則較為詳細，《書畫記》卷三記有「范中立溪山行旅圖大絹畫一軸」一條，吳其貞亦見此畫於於江孟明家中，吳氏記云：「此十二種書畫（從范中立溪山行旅圖到高士謙竹石圖），過維揚江孟明家觀之。江，歙之南溪人，兩淮大商也，篤好古玩，家多收藏，時壬辰（順治九年，1652）六月五日。」⑮

江孟明之後，此畫為周祚新收藏，畫的左下角鈐有其二印：「祚新之印」、「墨農鑑賞」。周祚新，字又新，貴州人，僑居金陵，崇禎十年（1637）進士，仕為戶部郎。⑯善畫竹，富收藏，今台北故宮博物院所收藏的董源「龍宿郊民圖」亦曾為祚新所藏。

范寬畫上左邊幅裱綾有清初著名收藏家梁清標的「蕉林祕玩」和「觀其大略」二印，可知此畫曾被梁清標收藏過。梁清標（1620~1691），字玉立，一字蒼嚴號棠村，又號蕉林，明崇禎十六年進士，官庶吉士。明末降李自成，順治元年又投清，官至保和殿大學士。

梁氏之後，「谿山行旅圖」進入清宮，著錄於《石渠寶笈初編》之中，有乾隆、嘉慶、宣統諸璽。今則歸台北故宮博物院典藏。

范寬的「谿山行旅圖」乃一國際知名的中國古畫，約成於西元一千年前後，畫上諸收藏印原可考者，最早的為鈐於明朝洪武年間的「司印」半印，但已距畫成時將近四百年，宋元之間的收藏經過完全空白，故宮專家原認為此畫「宋元印章一顆也不見」⑰，但如今透過宋朝周越「王著千文跋」的出現，卻意外的解決了這個中國繪畫史上懸而未決已久的重要問題，一件希世國寶的出世竟能彌補另一件希世國寶的流傳空白，使范寬的「谿山行旅圖」成為一幅更加流傳有緒的曠世名作，豈不是又為中國書畫收藏史平添一段佳話？

註釋

1・國立故宮博物院,《石渠寶笈續編》(台北:國立故宮博物院,1971),頁 2656。

2・(宋)李燾,《續資治通鑑長編》(北京:中華書局,1985),卷 96,頁 2231。

3・(元)脫脫等,《宋史》(北京:中華書局,1977),卷 465,頁 13589。

4・(宋)歐陽修,《集古錄》,卷 7。見《歐陽修全集》(台北:世界書局,1963 二版),
頁 1177。

5・(宋)米芾,《書史》,收錄於《中國書畫全書》第一冊(上海:上海書畫出版社,
1993),第一冊,頁 974。

6・同上,頁 967。

7・關於「越州石氏帖」的討論可參見呂長生,〈宋拓顏、柳、白、米四家法帖〉,《文
物》(1979.8),頁 54~56。顧學頡,〈白居易所書詩書志石刻考釋〉,《文物》(1979.8),
頁 57~64。呂長生,〈越州石氏之謎〉,《書法叢刊》(1994.3),頁 26~35。

8・東京國立博物館,《東京國立博物館圖版目錄》(東京:東京國立博物館,1980,
頁 18。

9・中國古代書畫鑑定組編,《中國古代書畫圖目》第三冊(北京:文物出版社, 1987),
頁 19。

10・(清)高士奇,《江村銷夏錄》(台北:漢華文化事業股份有限公司,1971),卷 2,
頁 185~191。

11・(宋)桑世昌,《蘭亭考》,收錄於《中國書畫全書》第二冊,頁 609。

12・見拙著,〈周越墨蹟研究〉,尚待發表。

13・關於「司印」半印之探討,可見劉九庵,〈朱檀墓出土畫卷的幾個問題〉,《文物》
1972 年第 8 期,頁 64~66。莊申,〈故宮書畫所見明代半官印考〉,《中國畫史研
究續集》(台北:正中書局,1972),頁 1~46。江兆申,〈山鷓棘雀早春與文薈—
談故宮三張宋畫〉,《故宮季刊》11 卷 4 期,頁 13~21。傅申,《元代皇室書畫收
藏史略》(台北:國立故宮博物院,1981),頁 97~ 100。鈴木敬,〈司印散考〉,《故
宮文物月刊》第 97 期,頁 34~39。

14・(明)顧復,《平生壯觀》(上海:人民美術出版社,1962),卷 7,頁 33。

15・(明)吳其貞,《書畫記》(上海:人民美術出版社,1963),卷 3,頁 261。

16・(清)姜紹書輯,《無聲詩史》,卷 4。收錄於《明人傳記叢刊》(台北:明文　書
局,1991),第 72 冊,頁 228。

17・李霖燦,〈范寬谿山行旅圖〉,《中國名畫研究》(台北:藝文印書館,1973),頁

40。

原文登載於《故宮文物月刊》166期（一九九七年一月）

補充資料：

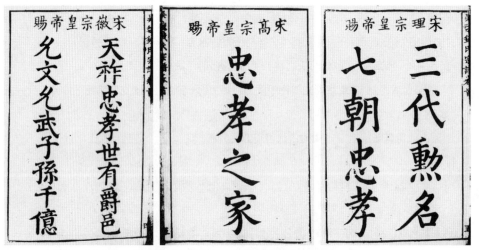

《吳越錢氏宗譜》　在宋朝，「忠孝之家」就是吳越錢氏的代名詞。

　　經過數年後，我對此文的論點有幾點修正：

一、「忠孝之家」方印僅能確定為錢氏家族收藏印。

二、日本日本東京國立博物館所藏之錢鏐「顏帖題跋」，疑為後世臨本。

三、若「谿山行旅圖」右下角的「山房」半印確為「東華山房」，則從二物（「周越跋文」與「谿山行旅圖」）上的「忠孝之家」（左下角）與「東華山房」（右下角）兩印位置推敲，兩印也有可能為同一人所有，我當初疏忽了還有這種可能性。（二○○四年九月）

蜀素帖上的「忠孝之家」印為何人所有考

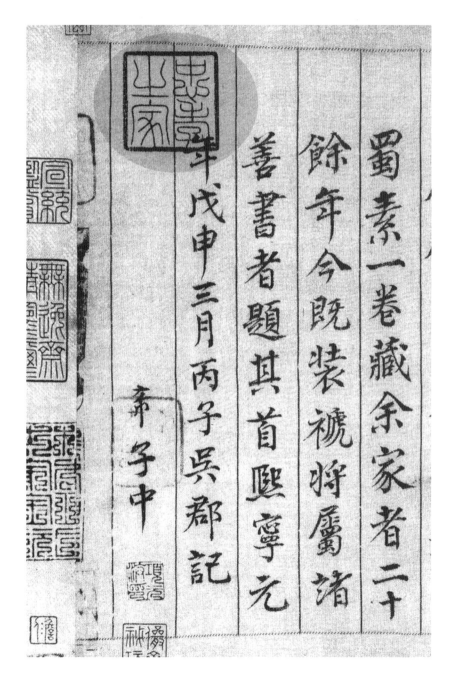

蜀素一卷藏余家者二十餘年今既裝褙將屬諸善書者題其首煕寧元年戊申三月丙子吳郡記

希子中

　　米芾的「蜀素帖」是台北故宮博物院所收藏的重要名蹟之一，全卷書於特殊的「烏絲欄」上，凡七十一行，共五五六字，乃米芾書於宋哲宗元祐三年（１０８８），時年三十八歲。歷經元明數百年的流傳，歷代收藏大家如項元汴、董其昌、高士奇皆曾收藏此帖，帖後並有沈周、祝允明、文徵明、董其昌等書法家之題跋。直到乾隆四十七年（１７８２）才進入清宮，並登錄在《石渠寶笈續編》中，而今則藏於台北故宮博物院。關於「蜀素帖」的書寫、流傳經過一直為人所津津樂道，而此卷的書法風格以及其特殊之處亦皆為人所廣知。但本文所要探討的並非以上諸點，而是要對一方從清朝乾隆到現今都誤認的收藏印提出翻案。

　　在「蜀素帖」卷末林希題記之上，鈐有一方「忠孝之家」朱文方印，造型優美，印色鮮豔，《石渠寶笈續編》中的「收傳印記」中著錄有此印。但當時編纂《續編》一書的宮廷專家似乎將此印認為乃明末收藏大家項元汴之收藏印，因為根據「收傳印記」的的登錄，從一開始的「天籟閣」、「神品」、「項元汴」……一直到「子京」、「宮保世家」等諸印皆為項元汴之印，其中便包括「忠孝之家」印，可見他們確實將此印歸為項氏之下。①除了「蜀素帖」外，以下尚會提到其他著名書畫作品，在《石渠寶笈》諸編亦有同樣之情形。

　　不但乾隆時代的宮廷專家將此印認為是項元汴之印，直到今日的故宮博物院仍延續此一看法。據故宮所出版的《宋米芾墨蹟（中）》一書，後所附的說明中稱此帖上鈐有「項元汴收藏印三十六方。」②據作者的計算，若將「忠孝之家」排除在外，則「蜀素帖」上的確定為項元汴的收藏印共有三十五方，可見故宮專家亦將「忠孝之家」印歸於項元汴之下。

　　又二十年前，台大研究生鄭進發所撰寫的碩士論文《米芾蜀素帖》，在〈收藏與流傳經過〉一節中，詳細記載了「蜀素帖」上的鈐印情形，其中亦包括項元汴的收藏印。文中依帖上項氏鈐印位置的前後順序，一一著錄了項氏收藏印共三十六方，其中第二十五方便是「忠孝之家」朱文方印。③

　　然查諸多印譜，唯有王季銓、孔達所編的《明清畫家印鑑》一書登錄有此「忠孝之家」印，但卻列於清高宗乾隆名下。④

　　由以上諸書的記載可知，從乾隆時代的宮廷專家到今日研究中國藝術史者，⑤在長達兩百年的歲月中，一直對這方「忠孝之家」印的所有者有所爭議，從明朝的民間收藏大家項元汴到清初宮廷的乾隆皇帝，都有人主張。但事實上，根據作者的考證結果卻顯示出，此印的所有者絕非項元汴，

更非乾隆，而是清朝的高士奇！

　　且經更進一步的研究，卻發現一件饒有趣味的秘密，即此印並非一般的收藏印記，而是具有某種特殊的含意。而當初高士奇便是故意抱著混淆視聽的心態以戲弄世人，但沒想到高氏的惡作劇，竟然果真愚弄了當時宮廷專家，而直到兩百年後的學者專家亦步其後塵。但今日，此公案已水落石出，作者不但考證出此印的真正所有者，並進一步試著解釋此印背後所隱含的特殊意義。

	宋·米芾 (蜀素帖)	傳唐·盧鴻 (草堂圖)	五代·胡瓌 (卓歇圖)	北宋·范寬 (秋山蕭寺圖)	傳宋·李公麟 (蜀川圖)	南宋·龔開 (駿骨圖)	宋人 (鹽手觀花圖)	宋拓 (蘭亭續帖)	宋搨 (朱巨川告身)	明·董其昌 (大唐中興頌)
歷代收藏者	林希	(蘚林向氏)	:	:	:	楊維楨	:	:	:	宋大業
	:	方楷	北宋內府	**高士奇**	王穉登	倪瓚	**高士奇**	王世貞	祝允明	**高士奇**
	汪宗道	趙孟堅	:	清宮	顧汝和	**龔**	陸費墀	朱鴻猷	吳偉	清宮
	項子京	崔深	王時		董其昌	陳深		**高士奇**	陳淳	查瑩
	顧從義	華夏	:		王思延	俞焯		陸恭	張鳳翼	黃鉞
	增城	金陵楊氏	吳龍		陳所蘊	楊耑		汪毅	許之漸	潘正煒
	吳廷	袁興之	**高士奇**		**高士奇**	謝晉		胡家懋	**高士奇**	葉德輝
	董其昌	丹陽孫氏	高勴山		清宮	劉益		顧崧	高岱	周湘雲
	王衡	嚴嵩	清宮			魏文忠		蘇州潘氏	清宮	
	陳之閶	項子京				項子京				
	陳㦂	張丑				李日華				
	高士奇	張觀宸				李肇亨				
	王鴻緒	張孝思				**高士奇**				
	傅恆	**高士奇**				安岐				
	福隆安	清宮				清宮				
	清宮									
現藏地	台北 故宮博物院	台北 故宮博物院	北京 故宮博物院	日本 阿形邦博物館	美國 佛利爾博物館	日本 大阪博物館	天津 藝術博物館	上海 上海博物館	台北 故宮博物院	香港 盧白齋

表一

　　本人認爲「忠孝之家」方印真正的所有者爲高士奇，所根據的理由見下列諸點：

　　1・表一所列十幅存世書畫碑帖上皆有一方完全相同的「忠孝之家」印，其歷代收藏者中只有一人是完全重複的，即清初著名的書畫收藏家—高士奇。

　　2・本人推測「蜀素帖」上的「忠孝之家」印和高士奇有關的另一項鐵證，乃是現藏於天津市藝術博物館的宋人「盥手觀花圖」。據高士奇於畫後跋文自言其得到此畫時：「絹素僅尺餘，零落破碎」，因此「重加裝潢，惜舊跋無存，因書記卷尾，復賦二詩，以永其傳。」高士奇自承此畫得手時乃破絹一塊，便重新裝裱此畫。因此今日我們見到此畫時，除了卷前的絹畫外，畫後並裱上了新紙。而高士奇則在新紙上寫下跋文，並賦詩二首，但在跋文開頭的右上方卻有一方「忠孝之家」印亦鈐在新紙上，因此我們幾乎已可確認此印爲高士奇所有。❻

　　3・王季銓、孔達所編的《明清畫家印鑑》將「蜀素帖」上的「忠孝之家」印列於清高宗乾隆名下，但事實上絕不可能。因爲如果「忠孝之家」確爲乾隆璽印的話，爲何連當時編纂《石渠寶笈初編》、《續編》的宮廷專家亦不知此事，而將之列於「收傳印記」之下，而非「鑒藏寶璽」之下？由此並可知，「蜀素帖」、「草堂圖」、「卓歇圖」、「蜀江圖」、「駿骨圖」、「秋山蕭寺圖」、「宋搨告身」、「大唐中興頌」等八幅書畫在進入清宮前，其上便鈐有「忠孝之家」印了。（「盥手觀花圖」及「宋拓蘭亭續帖」並未進入清宮！）又皇帝何來「『忠』孝之家」？

　　4・《石渠寶笈》初編、續編、三編之編者認爲「忠孝之家」印爲明代收藏大家項子京之印，按此說亦不可能。因爲以上十幅書畫碑帖中，項子京只收藏了三幅；且由「盥手觀花圖」更可明確知道此印根本和項子京毫無關聯。

　　經由以上諸點的判斷，已足以認定「蜀素帖」、「草堂圖」、「卓歇圖」、「駿骨圖」等著名書畫作品上的不明印鑑「忠孝之家」乃是清初高士奇的收藏印。但爲什麼從乾隆時的宮廷專家到今日的書畫研究者皆未能察覺出此印的真正所有者，以致此印被誤認長達將近兩百年？根據作者進一步的研究卻發現，高士奇本就不欲讓他人知道此印爲其所有，而「忠孝之家」印對高士奇本人則具有某種特殊的標示意義。以下便是作者對此印背後所隱藏的含意所做的考證。

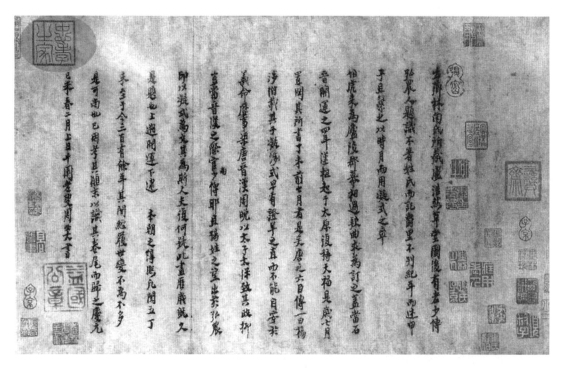

（傳）盧鴻「草堂圖」

（傳）李公麟「蜀江圖」

（傳）范寬「秋山蕭寺圖」

一從雲霧降乙關空冬
先朝十二閑二月為淮憐
駿骨夕陽沙岸影如山
經言馬肋貴細而多凡
馬僅十許肋過山即駿
足惟千里馬多至十有
又肋假之肉中畫骨渠
能使十五肋現于外非
瘦永可因宋山相已表
千里之興尪劣非瓜諦也
淮陰龔開水木孤清五

龔開「駿骨圖」

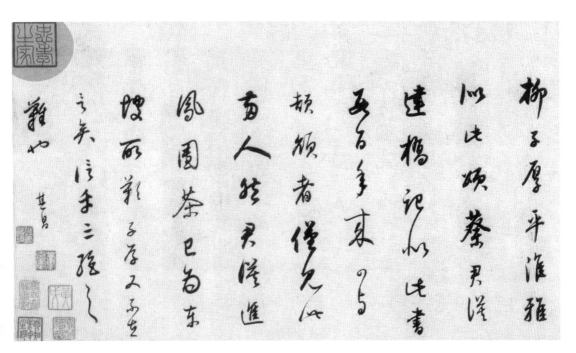

董其昌「大唐中興頌」

宋拓「蘭亭續帖」

「盥手觀花圖」及高士奇跋文

向在都下浮小畫藏題唐周昉盥
手看花畫絹素僅尺餘棗落破碎
人棄我取藏弆笥篋三十年來所
見周昉遺蹟如楊妃出浴春宵秘戲
春遊上馬等圖咸非文房雅鑒所畫
人物既大又無布景惟演樂蓋景小
而佳此物左列湖石上有細白花叢開
石根尘有寺草石平安金博山香
爐中設髹漆案、頸查具一鏡臺一桮
匜脂粉盒各一文半截古瓶插白花
一枝瓶下襲以羅巾正見閩閫氣味棄
前朱方几古銅觚中牡丹三朵緋紅軟

142

書 畫 名 稱	題跋日期	出 處	類 別
宋搨朱巨川告身（一）	15、7、15	三編 2769~2770	
趙孟頫（絕交書）（一）	24、5	初編 1187~1188	自題上等
王羲之（臨鍾繇千文）	26、秋	續編 2603~2606	永存秘玩
王翬（江鄉草堂圖）	27、2、15	三編 2177~2179	自怡手卷
王紱（萬竹秋深圖）（一）	28、6	初編 1017~1020	自題上等
王羲之（袁生帖）	28、冬	續編 2601~2602	永存秘玩
文徵明（桃源問津圖）（一）	29、2、27	續編 1046~1047	自題中等
文徵明（桃源問津圖）（二）	29、2、28	續編 1046~1047	自題中等
董其昌（煙江疊嶂圖）（一）	29、5、20	續編 1641	董文敏真跡
董其昌（江山秋霽圖）（一）	29、8、16	續編 2018~2019	送字號
米友仁（雲山得意圖）	29、8、26	續編 304~306	永存秘玩
王紱（萬竹秋深圖）（二）	29、11、27	初編 1017~1020	自題上等
趙孟堅（白描水仙）（一）	30、1、19	續編 3190~3191	自題上等
方從義（雲林鐘秀）	30、1、20	三編 1680	永存秘玩
何澄（陶潛歸去來辭圖）（一）	30、3、15	三編 2701~2705	永存秘玩
王翬（夏山煙雨圖）	30、5	續編 2094	
董其昌（書白居易琵琶行）（一）	30、5	三編 2048~2049	董文敏真跡
阮郜（女仙圖）	30、5、27	初編 957~958	永存秘玩
牟益（搗衣圖）（一）	30、閏7、1	續編 2730~2733	永存秘玩
馬琬（幽居圖）（一）	31、12、25	續編 379~380	自題中等
楊補之（雪梅）（一）	31、12、25	初編 563~566	自題上等
楊補之（雪梅）（二）	31、12、25	初編 563~566	自題上等
楊補之（雪梅）（三）	32、1、25	初編 563~566	自題上等
董其昌（雜書）（一）	32、1、29	續編 434~437	董文敏真跡
宋高宗（書馬和之畫豳風圖）（一）	32、1、25	續編 2035~2036	
董其昌（金剛經）	32、2、16	初編 51~52	
楊補之（雪梅）（四）	32、3、14	初編 563~566	自題上等
楊補之（雪梅）（五）	32、4、10	初編 563~566	自題上等
姚綬（寒林鴝鵒）	32、9、21	續編 2793~2794	
董其昌（書張旭郎官壁記）（一）	32、10、4	續編 1075	自題中等
懷素（自敘帖）	32、11、8	續編 2625~2630	
董其昌（臨諸家帖）	32、11、10	初編 979~980	董文敏真跡
趙孟堅（白描水仙）（二）	32、11、28	續編 3190~3191	自題上等
楊補之（雪梅）（六）	32、12、2	初編 563~566	自題上等
李公麟（瀟湘臥遊圖）（一）	32、12	初編 1203~1205	永存秘玩
董其昌（臨月儀帖）（一）	33、1、5	三編 3137~3138	董文敏真跡
馬琬（幽居圖）（二）	33、1、5	續編 379~380	自題中等
趙雍（竹西草堂圖）（一）	33、1、23	續編 991~994	永存秘玩
沈周（寫生）	33、1、24	續編 1984~1987	無跋收藏
王蒙（琴書自娛圖）	33、1、24	三編 1633	自題中等

李公麟（蜀川圖）（一）	33、2、3	初編 1198~1202	永存秘玩
王淵（桃竹春禽）	33、2、10	續編 3554	
何澄（陶潛歸去來辭圖）（二）	33、2、19	三編 2701~2705	永存秘玩
董其昌（書白居易琵琶行）（二）	33、4、18	三編 2048~2049	董文敏真跡
董其昌（臨月儀帖）（二）	33、5、11	三編 3137~3138	董文敏真跡
錢選（秋江待渡圖）	33、7、3	續編 963~965	永存秘玩
牟益（搗衣圖）（二）	33、7、4	續編 2730~2733	永存秘玩
董其昌（江山秋霽圖）（二）	33、9、24	續編 2018~2019	送字號
宋高宗（書馬和之畫豳風圖）（二）	34、1、26	續編 2035~2036	
董其昌（書畫合璧）（一）	34、5、24	三編 3323~3328	董文敏真跡
董其昌（書畫合璧）（二）	34、6、9	三編 3323~3328	董文敏真跡
董其昌（臨李邕大照禪師塔銘）（一）	34、11、22	續編 2012~2013	董文敏真跡
董其昌（書畫合璧）（三）	35、6、3	三編 3323~3328	董文敏真跡
董其昌（臨李邕大照禪師塔銘）（二）	36、1、8	續編 2012~2013	董文敏真跡
楊補之（雪梅）（七）	36、9、16	初編 563~566	自題上等
李公麟（瀟湘臥遊圖）（二）	36、9、27	初編 1203~1205	永存秘玩
李公麟（蜀川圖）（二）	36、9、27	初編 1198~1202	永存秘玩
趙孟頫（絕交書）（二）	36、9、30	初編 1187~1188	自題上等
盧鴻（草堂圖）	36、12、26	續編 1493~1496	永存秘玩
陳汝言（喬木山莊圖）	36、12、28	續編 1017~1018	自題中等
關仝（秋山平遠圖）	37、1、21	初編 954~955	自題手卷
陳琳（寫生花卉）（一）	37、1、25	初編 1041	自怡手卷
董其昌（書皮日休桃花賦）（一）	37 新筍	續編 3297~3299	董文敏真跡
董其昌（書張旭郎官壁記）（二）	37、3、12	續編 1075	自題中等
董其昌（書皮日休桃花賦）（二）	37、4、4	續編 3297~3299	董文敏真跡
范寬（秋山蕭寺圖）	37、4、6	續編 2647~2648	無跋收藏
董其昌（雜書）（二）	37、6、25	續編 434~437	董文敏真跡
董其昌（書白居易琵琶行）（三）	37、6、25	三編 2048~2049	董文敏真跡
龔開（駿骨圖）	37、6、27	續編 3191~3195	永存秘玩
李成（群峰霽雪圖）	37、7	續編 1508	進字號
董其昌（臨李邕大照禪師塔銘）（三）	37、7、7	續編 2012~2013	董文敏真跡
宋人（盥手觀花圖）	37、7、25		自題上等
董其昌（煙江疊嶂圖）（二）	37、秋	續編 1641	董文敏真跡
董其昌（臨柳公權書蘭亭詩）	37、8、14	續編 1664~1668	董文敏真跡
董其昌（書大唐中興頌）	37、8、15	⑦	董文敏真跡
董其昌（別賦舞鶴賦）	37、9、19	續編 3312~3315	董文敏真跡
董其昌（書白居易琵琶行）（四）	37、9、20	三編 2048~2049	董文敏真跡
胡虔（卓歇圖）（一）	37、9、22	續編 287~289	永存秘玩
宋搨王羲之雜帖（一）	37、11、15	三編 2747~2749	
胡瓌（卓歇圖）（二）	37、12、27	續編 287~289	永存秘玩
文徵明（畫竹）（一）	37、12、9	續編 1996	自題中等

宋搨王羲之雜帖（二）	38、1、20	三編 2747~2749	
夏珪（長江萬里圖）（一）	38、3、6	續編 2720~2721	無跋藏玩
陳粲（寫生花卉）（二）	38、7、1	初編 1041	自怡手卷
沈粲（千文）（一）	38、7、1	初編 538	自怡手卷
刁光允（寫生花卉）	38、7、4	續編 1500~1502	
董其昌（書皮日休桃花賦）（三）	38、7、19	續編 3297~3299	董文敏真跡
邢侗（草書古詩）	38、7、21	續編 1642~1643	自題中等
趙孟堅（落水蘭亭詩序）	38、閏7、7	續編 551~554	
錢選（三蔬圖）（一）	38、8、5	續編 3552	
錢選（三蔬圖）（二）	38、8、19	續編 3552	
李公麟（蜀川圖）（三）	38、10	初編 1198~1202	永存秘玩
朱德潤（秀野軒圖）	38、11、16	續編 3227~3230	永存秘玩
趙雍（竹西草堂圖）（二）	38、11、16	續編 991~994	永存秘玩
董其昌（書張旭郎官壁記）（三）	38、12、5	續編 1075	自題中等
董其昌（臨樂毅論）	38、12、28	續編 2844~2845	進字號
董其昌（煙江疊嶂圖）（三）	39、1、10	續編 1641	董文敏真跡
董其昌（書皮日休桃花賦）（四）	39、1、22	續編 3297~3299	董文敏真跡
夏珪（長江萬里圖）（二）	39、2、25	續編 2720~2721	無跋藏玩
楊一清（自書詩）	39、3、6	三編 1803~1805	自怡手卷
宋高宗（書馬和之畫豳風圖）（三）	39、3、17	續編 2035~2036	
宋搨朱巨川告身（二）	39、4、2	三編 2769~2770	
宋搨朱巨川告身（三）	39、4、6	三編 2769~2770	
夏珪（長江萬里圖）（三）	39、5、29	續編 2720~2721	無跋藏玩
歐陽詢（夢奠帖）	39、7、18	三編 469~473	自題上等
文徵明（畫竹）（二）	40、5、16	續編 1996	自題中等
宋搨朱巨川告身（四）	40、6、3	三編 2769~2770	
湯煥（遊西山詩）	40、7、10	三編 2025~2026	自怡手卷
沈粲（千文）（二）	40、12、4	初編 538	自怡手卷
陳洪綬（梅石）	41、6、25	三編 2109	自怡手卷
陸居仁、楊維楨書	41、12、15	三編 2707~2709	自題上等

表二

　　上表乃是《石渠寶笈》初編、續編、三編等書中，高士奇在清宮收藏
品上的題跋（宋人「盥手觀花圖」除外），根據題跋日期前後所做的表格。
第四欄則是《江村書畫目》中，高士奇本人對其收藏品的所自定的等級，
按書中，高氏將其收藏品大致分爲九類：進字號、送字號、無跋藏玩、無
跋收藏、永存秘玩、自題上等、自題中等、自怡手卷、董文敏真跡等。

　　由上表可知，鈐有「忠孝之家」印的高氏收藏品的題跋，最早的乃是

康熙三十六年九月二十七日的「蜀川圖」第二跋，但事實上此印並非始自於此跋，容後說明。第二則是盧鴻的「草堂圖」，作者認為此畫才是真正第一幅鈐有「忠孝之家」印的高氏收藏品。

現先說明此印的來由。康熙三十六年七月一日，高士奇上疏請求回鄉奉養老母，⑧而七月四日，康熙便准許了高氏「回籍終養」。⑨之後，高氏便由河路回鄉，八月三十日由潞河舟行；⑩九月二十七日過夏鎮，⑪十月二十一日到平湖。⑫惟不知高氏何時抵達故里，但可以肯定的是，至遲在十二月二十六日，高氏便已在其浙江老家了，此由盧鴻「草堂圖」後的高氏題跋可知。而「忠孝之家」收藏印便是在高士奇回到家鄉之後所刻製的。

高氏為什麼要刻製這方「忠孝之家」方印呢？「忠孝之家」方印又代表了什麼含意呢？這正是本文所要解開的一個謎題。

由上表我們可以發現「忠孝之家」一印的出現最早始於康熙三十六年年底，即高士奇上疏奏請回鄉奉養老母之後，這對高士奇而言豈不是所謂的「孝」嗎？又高氏一生以阿諛奉承之術受寵於康熙，而對於一個封建時代的臣子而言，何人敢說對於皇帝不忠呢？所以對高氏而言，他當然是更不吝於自稱「忠」的。故「忠孝之家」在此時對於高士奇是絕對受之無愧的。

除了「抒發心志」，「忠孝之家」印的背後，事實上更隱藏了一段不為人所知的秘密，即此印對於高士奇的私人收藏品中還具有某種特殊的意義。在表一中共列有十幅鈐有「忠孝之家」朱文方印的存世書畫碑帖，其中八幅後有高士奇附有日期的題跋，最早的始於康熙三十六年十二月（盧鴻「草堂圖」），最晚的則為三十九年或四十年（宋搨「朱巨川告身」二三四跋），這八幅今散落於世界各地博物館的名畫，其題跋日期都是在高氏告老還鄉之後。而我們從表二高氏收藏品的題跋，可以發現這八幅書畫碑帖在高氏於回老家後的收藏品題跋中，都屬於高氏私人收藏書畫中的一流極品。若要更具體的說，即這八幅書畫碑帖都是「價碼高」者，按高氏私人收藏品的清冊《江村書畫目》記載：范寬「秋山蕭寺圖」價五十兩，龔開「駿骨圖」價七十兩，胡瑰「卓歇圖」價五十兩，李公麟「蜀川圖」價二百兩，「蜀素帖」更高達白金五百兩。（據帖後高氏識語自言。）

而由鈐印位置觀之，「忠孝之家」一印在十幅書畫碑帖上亦有其共通性，「蜀素帖」鈐於卷尾林希題記上方；「草堂圖」鈐於卷尾周必大題跋上方；「卓歇圖」鈐於原畫的最尾端上方；「秋山蕭寺圖」鈐於原畫的最尾端

上方;「蜀川圖」鈐於卷首上方;「駿骨圖」鈐於卷尾龔開自題詩上方;「盥手觀花圖」鈐於畫尾與高士奇自跋的中間上方;「宋拓蘭亭續帖」鈐於帖首上方;「大唐中興頌」鈐於卷尾上方。十幅書畫碑帖上的「忠孝之家」朱文方印不是鈐於卷首最上方,就幾乎鈐於卷尾最上方,均鈐於明顯的位置。可見高士奇本來便要後人可以清楚的看到此印,但有趣的是,高士奇又故意讓人不清楚此印的真正所有者,所以此印的鈐印位置和帖上其他高氏收藏印的鈐印位置完全令人無法聯想在一起,以致兩百年來無人能明確判定此印的真正所有者。至於高士奇爲什麼要如此做,這恐怕只有精明的高氏本人才知道真正的答案。

前面雖已討論「忠孝之家」印的特殊性,但仍有幾點需要補充說明:

1・作者在前面之所以認爲「忠孝之家」印並非首鈐於李公麟「蜀川圖」高士奇第二跋,乃是因高士奇第二次跋「蜀川圖」的當日,即康熙三十六年九月二十七日,高士奇亦在同爲李公麟的「臥遊瀟湘圖」寫下了第二跋,據高氏跋文中自言此時他本人坐舟「過夏鎮」,於舟中爲兩畫寫跋。而據《江村書畫錄》之記載可知「蜀川圖」和「臥遊瀟湘圖」二幅名畫各值二百兩,但我們從《石渠寶笈初編》的登錄卻可發現,「蜀川圖」上鈐有「忠孝之家」印,但「臥遊瀟湘圖」卻沒有,其原因便是「忠孝之家」印的刻製乃在高氏回鄉之後;而在刻製此印後,高氏又於康熙三十八年十月在「蜀川圖」之後又寫了第三跋,作者猜測高士奇便是在此時鈐下「忠孝之家」一印,但「臥遊瀟湘圖」卻在高氏回鄉之後都未曾展卷,以致此畫上並無「忠孝之家」印。

2・或許有人會問:在高氏回鄉之後寫下跋文的眾多收藏物中,跋於康熙三十九年七月十八日的歐陽詢「夢奠帖」不是亦屬於希世之珍嗎?但爲什麼今日藏於遼寧省博物館的「夢奠帖」上卻沒鈐有「忠孝之家」印呢?答案很簡單,因爲此帖在《江村書畫目》上,高士奇記其價爲「二十四兩」,在高氏收藏品中並非特別高價者,故高氏可能認爲此帖還「不夠資格」鈐下此印!

3・除了表一提到的十幅存世書畫碑帖上鈐有「忠孝之家」印之外,根據《石渠寶笈》諸編的著錄可知,尚有一些今日下落不明但上面鈐有此印的高氏收藏品,即董其昌「楷書皮日休桃花賦」、趙孟堅「落水蘭亭詩序」等二帖。我們可以發現到,此二帖的題跋日期亦皆在康熙三十六年年底高氏回鄉之後。因此,作者相信若此二帖仍存於世上,其上必有一方和

「蜀素帖」上一模一樣的「忠孝之家」朱文方印。安岐《墨緣彙觀》記有董其昌「法虞永興、徐季海書冊」，此即高士奇所收藏的「楷書皮日休桃花賦」，據安岐著錄此帖「後鈐忠孝之家朱文大印」，[13]由此可證作者所言不虛矣。

4・前面已提及在眾多印譜中，唯有孔達、王季銓（後改名王己千）所編的《明清畫家印鑑》一書登錄有此「忠孝之家」朱文方印，但卻歸之於清朝乾隆皇帝之下，書中並註明此印的出處來自於王季銓本人所收藏，清朝宮廷畫家董邦達的「山水堂軸」。按高氏卒時（１６４５～１７０４），董邦達（１６９６～１７６９）年方九歲，故「忠孝之家」印若是高氏之收藏印，則絕無可能鈐於董氏的畫上。根據此項矛盾之處，作者特別託美國維吉尼亞州立大學東亞史教授汪榮祖先生，向現定居於美國紐約，已九十高齡的王己千老先生詢問《明清畫家印鑑》一書的著錄是否有誤？得到的答案則是令人興奮的，王老先生自承他並未收藏過董邦達的「山水堂軸」，此乃手民之誤；而王老先生亦贊同「忠孝之家」的 印文「不可能是乾隆之印」。因此，「忠孝之家」印為高氏所有，至此已完全定案矣！

經由以上的考證，一方原本不知究為何許人也所擁有的收藏印，至此可說已真相大白，「忠孝之家」朱文方印確為高士奇的收藏印，乃是高氏於康熙三十六年（１６９７）年底，以奉養母親為名告老還鄉之後所刻製的。而此印除了「表明心志」外，事實上，此印在高氏的眾多收藏印中，具有特殊的意義，乃是一種「符號」。鈐有此印的高氏收藏品，代表了其乃高氏回鄉之後曾題跋過書畫中的上上極品，而此印的鈐印位置亦有其規律性。種種跡象都顯示此印對高士奇本人而言，具有非常重要的意義。如今，在整整三百年後的今日，此公案獲得解決，豈非巧合乎？

註釋

1・國立故宮博物院編,《石渠寶笈續編》(台北：國立故宮博物院,1971),頁 1523。

2・國立故宮博物院,《宋米芾墨蹟(中)》(台北：國立故宮博物院,1985 三版),頁 16。

3・鄭進發,《米芾蜀素帖》(台大歷史研究所中國藝術史組 1975 年碩士論文),頁 44~46。

4・王季銓、孔達合編,《明清畫家印鑑》(台北：商務印書館,1988 六版),頁 584。

5・除鄭進發之論文外,另莊申〈唐盧鴻草堂十志圖卷考〉一文在討論盧鴻「草堂十志圖」時,亦將其上的「忠孝之家」一印歸於項子京之下。見《中央研究院歷史語言研究所集刊》第 30 本下冊(1959),頁 642。

6・關於「盥手觀花圖」的圖片,可見中國大陸書畫鑑定組編,《中國古代書畫圖目》第九冊(北京：文物出版社,1992),頁 18。

7・董其昌「書大唐中興頌」一帖上鈐有「乾隆鑑賞」、「三希堂精鑑璽」等清宮收藏印,但卻未著錄於《石渠寶笈》諸編之中。

8・同註一,「董其昌臨李邕大照禪師塔銘」高士奇跋文自云。頁 2013。

9・見《清實錄・聖祖實錄》(北京：中華書局,1985),卷 184,頁 969。蔣良騏,《十二朝東華錄》(台北：文海出版社,1963),卷 13,頁 33。

10・同註八。

11・國立故宮博物院編,《石渠寶笈初編》(台北：國立故宮博物院,1971),「宋李公麟瀟湘臥遊圖」,頁 1205。

12・同註八。

13・安岐,《墨緣彙觀》(江蘇：江蘇美術出版社,1992),頁 128。

原文登載於《故宮文物月刊》175 期(一九九七年十月)。圖版則重新編排。

補充資料：

一、高士奇的藏印有數枚與康熙皇帝所賜匾額與題字有關，可見高士奇馬屁功夫之細膩。

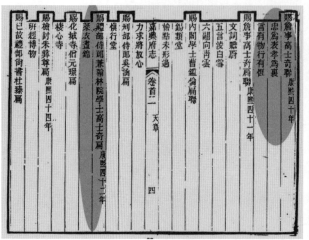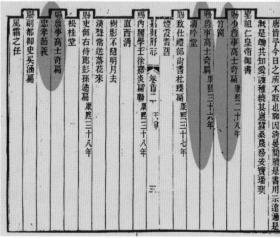

《嘉興府志》（光緒三年刊本）

賜號竹窗

竹窗

清吟堂

高氏清吟堂鑒藏書畫

一鄉看侍老萊衣

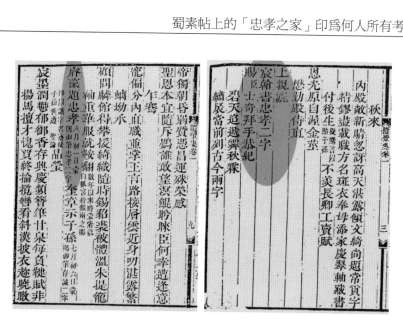

高士奇的文集《隨輦集》，記康熙十六年八月一日，皇帝寫了「忠孝」二字賜給他。

高士奇的文集《清吟堂集》卷九〈疏請歸養紀恩并序〉十首

最後一首的最後兩句爲：「忠孝兩經兼抱愧，南陔北闕鎮相望。」

　　二、我在文中曾說：「尙有一些今日下落不明但上面鈐有此印的高氏收藏品，即董其昌『楷書皮日休桃花賦』、趙孟堅『落水蘭亭詩序』等二帖。……作者相信若此二帖仍存於世上，其上必有一方和『蜀素帖』上一模一樣的「忠孝之家」朱文方印。」結果一年半後，赫赫有名的「落水蘭亭」重現江湖，上面果然有這方高士奇的「忠孝之家」印。見《趙孟堅落水蘭亭詩

序》（新竹市：唐石出版社，一九九九年五月），不過該書編者誤把此印定為「後唐吳越錢氏之印」。（二〇〇四年九月）

三、孔達、王季銓（王己千）所編之《明清畫家印鑑》，將「忠孝之家」歸於乾隆皇帝，並註明此印的出處來自於王季銓本人所收藏的董邦達的「山水堂軸」。

這篇文章的寫作緣由，是有次我與李敖老師在討論這方印，李老師拿起印譜邊翻閱邊講話，我則站在旁邊。李老師翻得很快，突然有一枚印閃過我眼前，我就趕緊請李老師翻回去，一頁一頁的翻，赫然就看到「忠孝之家」朱文方印，再查印主，竟是乾隆皇帝。李老師跟我都覺得「忠孝」兩字不可能與皇帝有關，他本人才是所有人「忠」的對象。

於是我一方面開始蒐集資料，李老師則委請在美國的汪榮祖教授，寫信向王己千老先生詢問。王老先生回信說他並未收藏過董邦達的「山水堂軸」，是手民之誤，而他亦認為「忠孝之家」的「按文義不可能是乾隆之印」。當初《你不知道的故宮博物院—周越墨蹟研究》出版時，李老師曾與我討論是否要印出此信，我認為不太妥當，所以就沒出現在書裡。如今王老先生已逝，所以在此公布這封信。

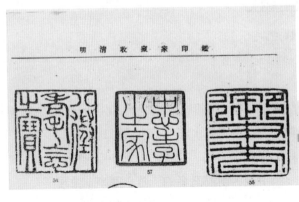

152

石揚休本「自敘帖」與石氏家族

　　故宮墨蹟本「自敘帖」卷後，有曾紆於紹興二年（１１３２）寫的跋文，指出北宋流傳的「自敘帖」共有三本：

　　　　藏真自敘世傳有三，一在蜀中石陽休家，黃魯直以魚箋臨數本者是也；一在馮當世家，後歸上方；一在蘇子美家，此本是也。

曾紆所提及的第一本「自敘帖」，在蜀中石陽休家（為石揚休之誤），但因史料的缺乏，因此前人研究「自敘帖」時，每每只能引用曾紆的說法，點到為止，無法深究此本的下落，因此本文即是對於這個研究不足的區塊稍做填補。

　　事實上，黃庭堅已自承見過「自敘帖」，《山谷集・別集》卷十，「跋懷素千字文」云：

　　　　予嘗見懷素師自敘，草書數千字，用筆皆如以勁鐵畫剛木。此千字用筆不實，決非素所作，書尾題字亦非君謨書，然此書亦不可棄，亞栖所不及也。

這是唯一一則黃山谷與「自敘帖」有直接關連的第一手史料，不過他沒說是在何處看到的。而照曾紆的說法，黃庭堅被貶謫到宜州時，於徽宗崇寧二年（１１０３）途經湖南零陵，親口向他說在紹聖年間，曾在石揚休家中見到「自敘帖」，諦觀數日、臨摹數本，於是頓悟草法。曾紆為曾布之子，黃庭堅晚年與曾紆有極密切的關係，甚至將家人託付給曾紆，自己獨赴宜州貶所，因此曾紆的說法並無可質疑之處。

　　石揚休，字昌言，眉州眉山人，與蘇軾同鄉，與司馬光同年，累遷至工部郎中，《宋史》卷二九九與《東都事略》卷六十四有傳。根據范鎮所撰〈石工部揚休墓誌〉（宋杜大珪編《名臣碑傳琬琰集》中集卷十六），知其卒於嘉祐二年（１０５７），年六十三。子二人：令伯、康伯；孫三人：夷庚、夷清、夷吾。

石揚休與司馬光（１０１９～１０８６）、梅堯臣（１００２～１０６０）等人相善，故兩人的文集中收有很多應酬詩作，〈石工部揚休墓誌〉言石揚休亦有著作，可惜今日皆無傳。

石揚休家族所收藏的「自敘帖」，除了黃庭堅看過以外，司馬光與梅堯臣二人也是可能人選。在司馬光的文集《傳家集》卷三中，有〈和梅聖俞詠昌言五物〉詩，「昌言」即石揚休之字，司馬光的這五首詩，分別歌詠石揚休所藏的「括蒼石屏」、「淡樹石屏」、「白鶻圖」、「懷素書」與「縛虎圖」五物，其中〈懷素書〉詩云：

> 上人工書世所稀，於今散落無復遺；
> 君從何處獲數幅，敗絹蒼蒼不成軸。
> 雲流電走何縱橫，昏醉視之雙目明；
> 烈火燒林虎豹慄，疾雷裂地龍蛇驚。
> 須臾掛壁未收卷，陰風颯颯來吹面；
> 祇疑神物在闇中，寶祕不令關俗眼。
> 嗟余平生不識書，但愛意氣豪有餘；
> 欲求數字置座側，安得滿斗千金珠。

既然此詩名為〈和梅聖俞詠昌言五物〉，可見是梅堯臣先寫了歌詠五物的詩，於是翻閱其文集《宛陵集》六十卷，但未見該詩，不過卻收於《全宋詩》卷二五三，詩名為〈賦石昌言家五題〉，五詩詩題分別是〈括蒼石屏〉、〈白石寒樹屏范景仁醉題與其上〉、〈白鶻屏得黃荃事於景仁〉、〈懷素草書蔡君謨臨之絕佳〉與〈蜀虎圖何濟川云：蜀人至今不名，呼孫生〉。朱東潤《梅堯臣集編年校注》則將此詩訂為皇祐四年（１０５２）作。（此詩在今存於日本的嘉定十六年殘宋本孤本《宛陵文集》中可見到，但中國流傳的明刻本卻未收錄，見上書〈梅堯臣集的版本〉。）

從五首詩的詩題與詩文，可知前四者皆為屏風，第五物是否為屏風則不明。「括蒼石屏風」、「白石寒樹屏風」與「白鶻屏風」上皆有圖畫，第二物上且有范鎮（１００７～１０８８）題字，第三物則為黃荃所畫，而梅堯臣此詩極為有趣，必須結合范鎮著作的記載，才能知其意。因可補畫史，故於此略談之。

〈白鶻屏得黃荃事於景仁〉詩云：

雙睛射空眼角聳，筋爪入節轟條垂。

翅排霜刀毛綴甲，雪色愁突秋雲披。

當時始得不知價，朝發海東夕九嶷。

世為奇俊玩不足，奪質移神歸畫師。

而今推尚深堂上，燕雀屏絕寧來窺。

畫師黃荃出西蜀，成都范君能具知。

范云荃筆不取次，自養鷹鸇觀所宜。

毸毛植立各有態，剝奇剔怪乃肯為。

尋常飼鷹多捕鼠，捕鼠往往驅其兒。

其兒長大好飛走，其孫賣鼠迭又衰。

范君語此亦有味，欲戒近習無他移。

景仁即范鎮之字，詩題〈白鶻屏〉下有一行小字，註云：「得黃荃事於景仁。」得西蜀畫家黃荃什麼事於范鎮呢？見范鎮《東齋記事》卷四：

> 　　黃荃、黃居寀，蜀之名畫手也，尤善為翎毛。其家多養鷹鸇，觀其神俊以模寫之，故得其妙。其後，子孫有棄其畫業，而事田獵飛放者，既多養鷹鸇，則買鼠或捕鼠以飼之。又其後世有捕鼠為業者。其所置習不可不慎。人家置博弈之具者，子孫無不為博弈；藏書者，子孫無不讀書，置習豈可以不慎哉！予嘗為梅聖俞言，聖俞作詩以記其事。

黃荃與黃居寀父子，為了觀察禽鳥的神態，所以在家裡養了很多鷹鸇飛禽，後來其子孫未繼續從事作畫，而從事於「田獵飛放」；從事「田獵飛放」後，又得買鼠或捕鼠以餵食飛禽，所以其子孫又有以捕鼠為職業者。於是范鎮感嘆說，家裡擺置什麼物品，對子孫有極大影響，家中有賭博用具，子孫就會賭博；家中藏書，子孫就會讀書。所以不得不謹慎。范鎮為成都人，故能知黃荃之事。（「畫師黃荃出西蜀，成都范君能具知。」）

　　范鎮這則關於黃荃父子後人的記載，與梅堯臣〈白鶻屏〉這首詩的背景，就是從石揚休家所藏其上有黃荃畫白鶻的屏風而來。此事此詩後來也被《宣和畫譜》卷十六所引用。

梅堯臣第四詩〈懷素草書蔡君謨臨之絕佳〉：

往在河南佐王宰，王收書畫盈數車。
我於是時多所閱，如今過目無遜差。
石君屏上懷素筆，盤屈瘦梗相交加。
蒼纏入雲不收尾，卷起海水秋魚蝦。
毫乾絹竭力未盡，山鬼突鬚垂髿髿。
牽纏回環斷不斷，秋風枯蔓連蒂瓜。
縱橫得意自奔放，體法豈計直與斜。
客有臨書在屏側，豪強奪騎白鼻騧。
超塵絕跡莫見影，競愛此家忘彼家。
賞新匿舊世情好，射殺逢蒙亦可嗟。

司馬光與梅堯臣所歌詠的「懷素草書」，從其詩文中完全不知為何物。由「石君屏上懷素筆」，可知懷素此書被裝在屏風上。但司馬光的詩中又云：「君從何處獲數幅，敗絹蒼蒼不成軸。」以及「須臾掛壁未收卷」，石家所藏懷素書應不止一件。而從「蔡君謨臨之絕佳」與「客有臨書在屏側」兩句，又知蔡襄曾臨過懷素此書。

司馬光的詩，「雲流電走何縱橫」、「疾雷裂地龍蛇驚」；與梅堯臣的詩，「盤屈瘦梗相交加」、「蒼纏入雲不收尾」、「牽纏回環斷不斷」，綜合這些詩句所營造與描述的意象，縱橫、奔放、瘦、纏、迅疾，或是龍蛇、雷電之類的抽象形容，與後人對「自敘帖」的觀感是極為類似的。但蔡襄、司馬光、梅堯臣與范鎮所看到的石揚休家藏懷素草書，是否就是黃庭堅所看到的三本之一的「自敘帖」，還是無法確知。

除了曾紆的跋文與司馬光、梅堯臣的詩作外，尚提及石家藏有懷素草書的，還有米芾的著作。《寶章待訪錄》中的「目睹」第三十七則：

李邕「多熱要葛粉帖」
右白麻紙，真蹟，上有唐氏雜蹟字印、陳氏圖書字印、勾德元圖書記字印，紫微舍人石揚休物，今在其孫前宿州支使夷庚處。前一帖與「光八郎謝惠鹿帖」真蹟，余過甬上，於夷庚處購得之。

第三十八則：

> 懷素草書「祝融高座帖」
>
> 右絹書，兩行，此字入神，石紫微嘗刻石，有六行，今不見前四行，問夷庚，云在王洙參政家，此亦為其子弟購去矣。

從第三十七則的內容可知：李邕「多熱要葛粉帖」原為石揚休所藏，後傳於其孫石夷庚，米芾過「甬上」時，於石夷庚處購得之。

而從第三十八則的內容可知：懷素「祝融高座帖」亦為石揚休所藏，原有草書六行，石揚休曾經將其上石。米芾只見到後面兩行，問石夷庚前四行之下落，答云由王洙後人所購去。米芾之後則在《書史》中推崇此帖「是懷素天下第一好書」。

米芾何時曾過「甬上」？答案是元祐二年（1087）！見《寶晉英光集》卷六：

> 李邕帖贊并序
>
> 右唐秘書李邕字泰和書，光王琚，元宗皇帝之子；濮王嶠，太宗皇帝之曾孫，故紫微舍人石昌言所藏。元祐丁卯過甬上，遇紫微孫夷庚字坦夫，以張萱六畫、徐浩二古帖易得。尚有屬少府求地黃帖，白麻紙，在石氏；坦夫，幼安長子，書畫號翰苑林，蘇子瞻為之序。此帖飄縱，後帖嚴謹，予欲此帖，坦夫惜不與，幼安程夫人於戶間使以歸余焉。六月甲申，南都舟中裝。

此則著錄的是李邕書「光八郎帖」，和「多熱要葛粉帖」皆為石家所藏。從這則記載，知石夷庚字「坦夫」；「幼安」則為石康伯之字，石揚休次子，石夷庚之父，蘇軾曾為他寫了一篇〈石氏畫苑記〉。

元祐丁卯，米芾過「甬上」，甬上即今日浙江寧波，遇到石夷庚，米芾以張萱六畫和徐浩二古帖與之換得「光八郎帖」。《寶章待訪錄》則云「購得」。此則文意，似乎是說這筆交易原來石夷庚並不同意，而是他的母親程夫人所促成的。

根據《寶章待訪錄》的序言，米芾此序乃是寫於元祐元年（1086）八月，後人也以為此書成於此年。可是從這則發生於元祐二年（1087）

的記載，推翻了這種說法，可見《寶章待訪錄》根本不是完稿於元祐元年。

米芾所見到石家所藏的懷素「祝融高座帖」兩行，原有六行，此帖應是「橫行帖」的殘帖，北宋潘師旦所刻的「絳帖」有收全帖。而懷素此帖爲石揚休舊藏，爲絹書，不知是否即爲屏風上的懷素草書。

石揚休有子二人，石令伯與石康伯。石康伯（１０２０～１０８５），字幼安，未任官職，與同鄉蘇軾相善，元豐三年（１０８０）蘇軾曾爲其撰〈石氏畫苑記〉：

> 石康伯，字幼安，蜀之眉山人，故紫微舍人昌言之幼子也。舉進士不第，即棄去，當以蔭得官，亦不就，讀書作詩以自娛而已，不求人知。獨好法書、名畫、古器、異物，遇有所見，脫衣輟食求之，不問有無。居京師四十年，出入閭巷，未嘗騎馬。在稠人中，耳目謖謖然，專求其所好。長七尺，黑而髯，如世所畫道人劍客，而徒步塵埃中，若有所營，不知者以為異人也。又善滑稽，巧發微中，旁人抵掌絕倒，而幼安淡然不變色。與人遊，知其急難，甚於為己。有客於京師而病者，輒舁置其家，親飲食之，死則棺斂之，無難色。凡識幼安者，皆知其如此。而余獨深知之。幼安識慮甚遠，獨口不言耳。今年六十二，狀貌如四十許人，鬚三尺，郁然無一莖白者，此豈徒然者哉。為亳州職官與富鄭公俱得罪者，其子夷庚也。
>
> 其家書畫數百軸，取其毫末雜碎者，以冊編之，謂之石氏畫苑。幼安與文與可遊，如兄弟，故得其畫為多。而余亦善畫古木叢竹，因以遺之，使置之苑中。子由嘗言：「所貴於畫者，為其似也。似猶可貴，況其真者。吾行都邑田野所見人物，皆吾畫笥也。所不見者，獨鬼神耳，當賴畫而識，然人亦何用見鬼。」此言真有理。今幼安好畫，乃其一病，無足錄者，獨著其為人之大略云爾。元豐三年十二月二十日趙郡蘇軾書。

石康伯將其家藏書畫數百軸著錄造冊，謂之「石氏畫苑」，而他與蘇軾、文同友善，故其家藏中亦多二人畫作。

在蘇軾文集中，則收有「與石幼安一首」尺牘：

> 某啟。近日連得書札，具審起居佳勝。春夏服藥，且喜平復。某

近緣多病，遂獲警戒持養之方，今極精健。而剛強無病者，或有不測之患。乃知羸疾，未必非長生之本也，惟在多方調適。病後須不少白乎？形體外物，何足計較，但勿令打壞「畫苑記」爾。呵呵。因王承制行，奉啟，不宣。

石康伯死後，蘇軾又撰〈祭石幼安文〉：

　　嗟我去蜀，十有八年。夢還故鄉，親愛滿前。覺而無有，淚下迸泉。竄流江湖，隻影自憐。聞人蜀音，回音粲然。矧如夫子，又戚且賢。憂樂同之，義不我捐。我行過宿，子病已纏。顧我而笑，自云少瘥。念子仁人，壽骨隱顴。攜手同歸，相視華顛。孰云此來，拊膺號天。同驅並馳，俯仰而邅。行即此路，皇分後先。哀哉若人，令德世傳。才子文孫，森然比肩。天不吾欺，後將蟬聯。永歸無憾，舉我一籩。嗚呼哀哉。

在宋拓「西樓蘇帖」中，則收有兩封蘇軾寫給石康伯的信函，其一：

　　軾啟。前日急足還，領手教，具審起居佳勝，眷愛各佳安，至慰！至慰！軾此與賤累並安。知令子九月末方還，侍下未敢奉書。杭州接人猶未到，□到便行，不出此月末起發，十月上旬必到也。乍此遠別，豈勝依戀，新涼，惟若時加愛。舍弟未及奉啟，不宣。再拜幼安□兄。

　　　　油兩餅封全，充□不訝輕瀆。
　　　　　　　　八月十一日
　　貴眷萬福
　　洋州令子必安。見報，與可已有替人，莫是別有美命否？賤累並安。軾又上。

其二：

　　軾啟，向者人還，領手字，具審起居佳安，眷愛各寧謐。軾此與賤累共無恙。凶歲之餘，流殍盜賊無虛日，凡百勞心。近頗肅靜，吏民稍見信，漸向無事，幸不憂及。楊元素處書信不知收得未？□□及餘信物幸早為覓便附去。先人今次封贈，此已納錢訖，更不煩幹致，惟告說與□院人吏令早附去也。春向晚，拜見無由，每念契闊，未嘗□□□而□也。惟萬萬自重不宣。軾再拜幼安表兄閣下。三月□□日。

蘇軾在〈石氏畫苑記〉中稱「幼安與文與可遊，如兄弟，故得其畫爲多。」
此事可證於「西樓蘇帖」中他寫給文同的信：

　　軾啟。郡人還，疊辱書教。承尊候微違和，尋已平愈，然尚未甚
美食。又得蒲大書云：尊貌頗清削。伏料道氣久充，微疾不能近，然
未免憂懸，惟謹擇醫藥，痛加調練，莫須燃艾否？軾近來亦自多病，
年老使然，無足怪者。蒙寄惠偓竹，真可為古今之冠，謹當綴黃素其
後，作十許句贊。蓋多年火下，不可無言也。呵呵。聞幼安父子共得
卅餘軸。謹援此例，不可過望。所示，當作歌詩題之。軾作此乃莫大
之幸，日夜所願而不得者。今後更不敢送浙物去矣。老兄恐嚇之術，
一何疏哉。想當一大噱。別後亦有拙詩不餘首，方令人編錄，以求斤
斧，後信寄去。老兄盛作，尚恨見少，當更蒙借示，使劣弟稍稍長進。
此其為賜，又非須墨惠竹之比也。冗中奉啟，不盡言。軾再拜與可學
士親家翁閣下。正月廿八日。

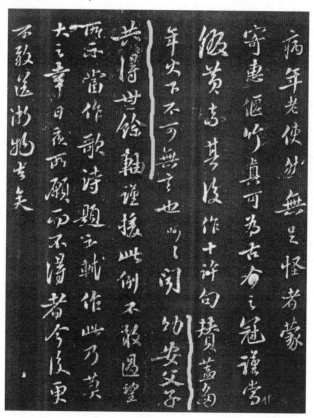

石康伯之名，因蘇軾而傳；其子石夷庚，則因米芾而傳，屢見於《寶章待訪錄》與《書史》二書，從二書可知石夷庚字坦夫，曾做過「宿州支使」。而由米芾的記載，恰可解蘇東坡之詩。

蘇軾詩集中有〈留別叔通元弼坦夫〉一詩：

> 田三昔同寮，向我每傾倒，當年或齟齬，反覆看愈好。
> 寇三我部民，孝悌化鄰保，有如袁伯業，苦學到衰老。
> 石生吾邑子，勁立風中草，宦遊甑生塵，菽水媚翁媼。
> 我窮交舊絕，計拙集枯槁，三子尤見存，往復紛紜縞。
> 迎我淮水北，送我睢陽道，願存金石契，凜凜貫華皓。

清朝查慎行撰《蘇詩補註》，此詩註云：「田三即叔通，寇三即元弼，石生即坦夫也。……惟坦夫不可考。」坦夫即石夷庚也，可見蘇軾與石康伯父子皆有往來，至於蘇軾是否看過其家藏的懷素「自敘帖」，則令人充滿無限想像了。

附：黃庭堅與石家藏本「自敘帖」小考

　　黃庭堅對錢勰所言心有不平，紹聖年間始觀懷素「自敘帖」於石揚休家族、締觀、臨摹數日，頓悟草法，然後知錢勰之言不誣一事，見於南宋三書，內容大同小異，按成書先後分別是胡仔《苕溪漁隱叢話》後集（自序作於乾道三年，１１６７）卷三十二：

　　　　涪翁嘗言：元祐中，與子瞻穆父飯寶梵僧舍，因作草數紙，子瞻賞之不已，穆父無一言，問其所以，但云恐公未見藏真真蹟，庭堅心竊不平。紹聖貶黔中，得藏真自序于石揚休家，諦觀數日，恍然自得，落筆便覺超異，回視前日所作，可笑也。然後知穆父之言不誣，<u>且恨其不及見矣</u>。

次為曾敏行《獨醒雜志》（曾卒於淳熙二年，１１７５；淳熙十二年楊萬里序，１１８５）卷二：

　　　　元祐初，山谷與東坡錢穆父同游京師寶梵寺。飯罷，山谷作草書數紙，東坡甚稱賞之，穆父從旁觀曰：「魯直之字近於俗。」山谷曰：「何故？」穆父曰：「無他，但未見懷素真蹟爾。」山谷心頗疑之，自後不肯為人作草書。紹聖中謫居涪陵，始見懷素自敘於石揚休家，因借之以歸，摹臨累日，幾廢寢食。自此頓悟草法，下筆飛動，與元祐已前所書大異，始信穆父之言為不誣，<u>而穆父死已久矣。故山谷嘗自謂得草書於涪陵，恨穆父不及見也</u>。

最後則為王明清《揮塵錄》第三錄（自跋言始作於紹熙五年，１１９４；慶元元年修成，１１９５）卷二：

　　　　外祖跋董令升家所藏真草書千文，略云：「崇寧初，在零陵見黃九丈魯直云：『元祐中，東坡先生、錢四丈穆父飯京師寶梵僧舍，因作草書數紙，東坡賞之不已。穆父無一言。問其所以，但云恐公未見藏真真跡爾。庭堅心切不平。紹聖貶黔中，始得藏真自序於石揚休家，

諦觀數日，怳然自得，落筆便覺超異。回視前日所作可笑，然後知穆
父之言不誣也。』」

三則記載，時間有的作「元祐初」，有的作「元祐中」；地點則一致，爲「寶
梵寺」或「寶梵僧舍」；主角也一樣，是蘇軾、錢勰與黃庭堅三人；黃庭堅
觀石揚休本「自敘帖」的時間，有的作「紹聖」，有的作「紹聖中」。

最大的差別，則是成書最晚的《揮麈錄》第三錄，反而寫出此事乃是
記於原董弅所藏懷素草書「千字文」後的曾紆跋文，而此事是在崇寧二年
黃庭堅被貶到宜州時，途經湖南零陵時，親口對曾紆所說的。曾紆是作者
王明清的外祖父，該書中也多處提及空青老人曾紆言行。

這三則相似的記載，其最原始的出處應就是曾紆跋文，王明清的記載
最清楚，也最爲可信。而王明清所記，結尾爲黃庭堅知錢勰所言不誣，到
此爲止。（是否仍有下文未記，不得而知。）可是胡仔與曾敏行的記載則多
了兩個情節，即黃庭堅有此感嘆後，但恨錢勰「不及見也」，因爲他「死已
久矣」。有的學者以錢勰逝世的時間（１０９７），想考證黃庭堅見到石家
所藏「自敘帖」的時間，甚至推翻黃庭堅自云「紹聖」年間的說法，這種
考證是值得商榷的。（陳志平在《書法研究》上所發表的〈黃庭堅書事二考〉一文，根本是
在史料未蒐集全的情況下亂考，尤其另一考關於周越的文字，更是離譜，臆測也不負責任，看到
史書中說周越「素貪濁」三個字，就說這是周越草書俗氣的原因，這種推論簡直讓人吐血。又說
周越在「治平四年（１０６７）應該也有六十多歲，餘年不多了。」而這年二十三歲的黃庭堅「因
吏部試留京師，可能於此間問學於周越。」周越的哥哥周起生於西元九七０年，卒於一０二八年，
在一０六七年周越不知已經死了多少年了，而黃庭堅也沒跟過周越本人學過書法。目前可考的周
越史料，都在一０五０年以前。關於周越研究，詳見李敖與本人合著之《周越墨蹟研究—你不知
道的故宮博物院》，一九九七年出版。）

馮京本「自敘帖」研究

　　《宣和書譜》所著錄的懷素書蹟一百零一帖中，其一為「自敘帖」，此即曾紆所說的馮京藏本「自敘帖」：

> 　　藏真自敘世傳有三，一在蜀中石陽休家，黃魯直以魚箋臨數本者是也；一在馮當世家，後歸上方；一在蘇子美家，此本是也。

這是唯一一則提到馮京擁有一本「自敘帖」的史料，至於何時「歸上方」，曾紆沒說，是在他身前，抑或是在他身後，也完全無法得知。可以確定的是，在徽宗朝之時或之前已進入北宋內府。

　　南宋陳思《寶刻叢編》卷一轉引趙明誠的《諸道石刻錄》（已失傳）：

> 　　唐懷素草書自敘
> 　　僧懷素撰並書，大曆十二年十月。石在將作監。

於是愛濫用史料的李郁周提出兩大胡扯，第一個大胡扯是他偶然發現馮京做過「將作監丞」，於是《諸道石刻錄》所記「石在將作監」的「石」就是馮京於皇祐元年（１０４９）擔任「將作監丞」以後所刻的。

　　第二個大胡扯，是李某原先用來與故宮墨蹟本比對「基因」的綠天庵本，被我考證出是清朝乾隆初年所偽刻的叢帖，李某死不認錯，硬要找台階下，一下子說綠天庵本可能是「佛家傳本」，一下子又說是「馮京本的孑遺」，高興怎麼附會就怎麼附會，兒戲十足，混蛋至極。

　　更好笑的是，因為李某誤信元朝袁桷的記載，以為蘇家本「自敘帖」在南宋初年曾被董逌上獻給宋高宗，因此之後孝宗於淳熙年間所刻的「淳熙秘閣續帖」，其中的「自敘帖」便是從「蘇家本」而來，馮京本則不見了。但根據我的〈宋朝內府只有一本「自敘帖」—袁桷《清容居士集》的誤記〉一文，卻發現是袁桷記錯了，董逌上獻的是「千字文」，而非「自敘帖」，宋朝內府自始至終都只有一本「自敘帖」，那就是馮京本，所以「淳熙秘

閣續帖」中所刻的懷素「自敘帖」，就是馮京本，李郁周一下子說綠天庵本可能是「佛家傳本」，一下子又說是「馮京本的孑遺」，而事實上馮京本就是今日所可見的「契蘭堂本自敘帖」（根據「淳熙祕閣續帖」所摹刻），所以李郁周可以再找其他門路附會。

至於馮京本「自敘帖」為什麼上有蘇舜欽跋語云云，那是另一個要深究的問題，那就是北宋流傳的三本「自敘帖」，到底有幾本是真的？幾本是根據真蹟所摹的？此點徐邦達已粗略談到，而此事當另撰一文以研究之，而我認為馮京本可能是根據蘇家本所摹的。

對於李郁周第一個大胡扯的不負責任想像，我要提出幾個質問：

第一，你李某有何證據證明一個年輕的新科進士在考上進士前後便已收藏了「自敘帖」？

第二，你李某有何證據證明一個菜鳥官僚可以把他的收藏刻在政府單位？

第三，你李某有何證據證明這塊在將作監的「自敘帖」就是馮京本？

第四，你李某知不知道蘇舜欽的祖父蘇易簡也做過將作監丞？（《宋史》）蘇舜欽的兒子蘇泌做過將作監主簿？（歐陽修〈湖州長史蘇君墓誌銘〉）蘇舜元的兒子蘇洞也做過將作監丞？（蘇軾〈劉夫人墓誌銘〉）照你李某的邏輯，吾人是否也可以說這塊石刻是他們擔任將作監職務時所刻的蘇家藏本？

第五，你李某知不知道馮京的弟弟馮奕做過將作監主簿？（王珪〈永壽郡太君朱氏墓誌銘〉）照你李某的邏輯，吾人是否可以說這塊石刻是他擔任將作監職務時所刻的？

你李某如果提不出證據，就不該如此公然胡扯。

事實上，李郁周一向在濫用史料，這就是他最為人詬病與最讓人唾棄的研究方法，完全不負責任的亂加臆測，在史料不足的情況下大肆附會，一定要「一個蘿蔔一個坑」，把目前可見的所有史料硬串在一起。你李某有沒有想過，還有多少史料被歷史所淹沒？還有多少不為人知的祕密是旁人與後人所不知的？怎麼可以這樣對歷史不負責任？莫名其妙與可惡至極的研究方法。李郁周寫的文章大概只能說服他自己一個人，自己在他的那個小圈圈裡自我意淫而已。

　　※　　　　※　　　　※　　　　※　　　　※　　　　※

　　趙明誠《金石錄》卷八：

　　　　第一千五百二十七
　　　　唐僧懷素自敘
　　　　大曆十二年十月。草書。

這和《諸道石刻錄》所記的是同一物，不過在這本著作裡，趙明誠未提及
此石刻藏於何處。

　　我翻閱整本《寶刻叢編》，發現陳思所轉引的《諸道石刻錄》，就在「唐
懷素草書自敘」的前四則，尚有一則「石在將作監」的記載：

　　　　東方先生畫贊
　　　　晉夏侯湛撰，永和十二年書與王敬仁，世以為王右軍書，碑石舊
　　　在丁文簡家，今在將作監。諸道石刻錄

丁文簡即丁度，其子為丁諷。

　　米芾《書史》：

　　　　王右軍書家譜在山陰縣王氏。右軍東方朔畫贊，糜破處歐陽詢補
　　　之，在丁諷學士家，歸宗室令時，劉涇以僧繇畫梁武帝像易去。

米芾說此本傳王羲之書「東方朔畫贊」，原在丁家，後歸趙令時，又歸劉涇。
趙明誠則說此帖有碑石，舊在丁家，今在將作監。所以在此要質問李郁周
的第六點，就是你李某可否發揮你無比的想像力，告訴吾人這個「石在將
作監」的「東方朔畫贊」，又是哪位「將作監丞」所刻的？哪位曾做過「將
作監丞」的人收藏過「東方朔畫贊」？

　　根據趙明誠的記載，文意是說丁家有碑石，後來此石進入將作監。依
此線索，不知何人所刻、何人所藏的「自敘帖」石碑，也極大可能後來進
入將作監，與何人擔任將作監丞無關。所以李郁周根本在胡說八道。

167

歐陽修《集古錄跋尾》卷八：

唐僧懷素法帖　大曆十二年

右懷素唐僧字藏真，特以草書擅名當時，而尤見珍於今世。予嘗謂法帖者。乃魏晉時人施於家人、朋友，其逸筆餘興，初非用意而自然可喜，後人乃棄百事而以學書為事業，至終老而窮年，疲弊精神而不以為苦者，是真可笑也，懷素之徒是已。治平元年八月八日書。

歐陽修見到的這件「懷素法帖」拓本，從時間「大曆十二年」來看，應即是「自敘帖」。歐陽修也未云他所見到的拓本是否有碑？碑在何處？

這則史料才是目前所見最早的「自敘帖」史料，不過似乎未見前人重視。今日台北故宮仍藏有四則歐陽修親書的「集古錄跋尾」，亦皆書於治平元年（１０６４）。

右漢西嶽華山廟碑文字尚完
其述自漢以來云高祖初興改秦淫
祀太宗承循各詔有司其山川在諸
侯者以時祠之孝武皇帝脩封禪之
禮巡省五嶽立宮其下宮曰集靈
殿曰存僊殿門曰望僊門仲宗之世
使者持節歲一禱而三祠後不承前至
亡新寖用丘虛孝武之元事舉其中
禮從其省但使二千石歲時往祠自
以來百有餘年所立碑石文字磨滅延
熹四年弘農太守袁逢脩廢起頓易
飾闕會遷京兆尹孫府君到欽若
業遂而成之孫府君諱璆其大略
此其記漢祠四嶽事見本末其集
宮他書皆不見惟見此碑則余於
錄可謂廣聞之益矣
治平元年閏五月十六日書

歐陽修「集古錄跋尾」（1064）

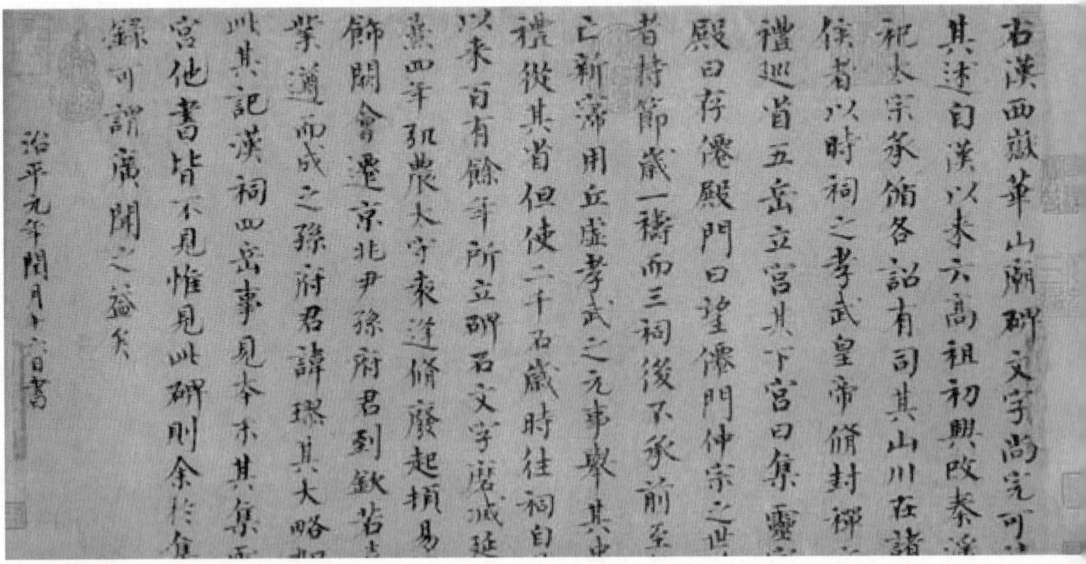

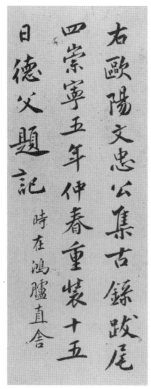

「集古錄跋尾」後的趙明誠跋文（1106）

　　※　　　　※　　　　※　　　　※　　　　※　　　　※

　　事實上，李某所犯最荒謬、最可笑的錯誤，不是以上諸點，而是他根本搞不清楚宋朝複雜的官制，因而顛倒黑白、胡說八道。

　　馮京於皇祐元年（１０４９）考上進士，且是狀元，按照宋代初期的習慣，通常以進士第一名擔任「將作監丞」，但這個官職是個文臣「寄祿官階」，就是用來表示官員等級與寄寓俸祿，並無實際職掌的官銜。換句話說，狀元的「將作監丞」，並不是真的負責將作監業務，而是表示他擁有將作監等級的「從八品」品階與俸祿。

　　馮京的「正職」不是將作監，而是「通判荊南府」(荊南府的副首長)！見《名臣碑傳琬琰之集》下卷十六的「馮文簡公京傳」：

　　　　皇祐初，舉進士，自鄉舉至廷試皆第一，以將作監丞通判荊南府。
　　　　召試遷太常丞，直集賢院、判吏部南曹、三司磨勘司，同修起居注。

《宋史·馮京傳》亦云：

> 出守將作監丞、通判荊南軍府事。還，直集賢院、判吏部南曹，同修起居注。

為什麼叫「還」？就是馮京不在首都，而是在荊南府做官。至於何時「還」？何時升官？見《宋會要輯稿》選舉三一「召試除職」：

> （皇祐）五年八月七日，學士院試祕書郎馮京，賦三上，詩三下。著作佐郎沈遘，賦、詩三上。詔並為太常丞，京直集賢院，遘充集賢校理。

經過升等考試後，這時馮京的寄祿官階從「將作監丞」升為「太常丞」，正職（差遣官）則是從地方的「通判荊南府」，變成中央的「判吏部南曹、三司磨勘司」，「直集賢院」則是館職、貼職。

李郁周說《諸道石刻錄》所記「石在將作監」的「石」，就是馮京於皇祐元年（１０４９）擔任「將作監丞」以後，將他所藏的「自敘帖」刻於將作監。事實上，馮京並沒有真的做過實質的「將作監丞」，所以此事根本是天方夜譚，全是李郁周不明宋代官制與妄想症發作以後的狂想曲，我真是受夠了李郁周的胡扯。

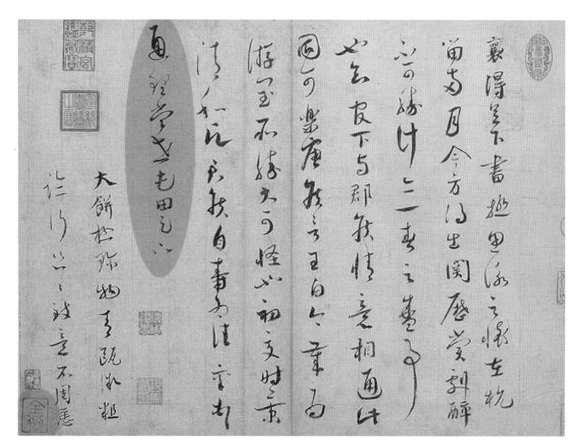

蔡襄「思詠帖」

此帖為蔡襄於皇祐三年（１０５１）四月離開杭州當日寫給馮京的告辭信，這時馮京擔任「荊南府通判」，根本不是在中央當「將作監丞」。（此帖曾經陸完收藏，見左下「全卿」印）

　　襄得足下書，極思詠之懷。在杭留兩月，今方得出關。歷賞劇醉，不可勝計，亦一春之盛事也。知官下與郡侯情意相通，此固可樂。唐侯言：王白今歲為游閣所盛，大可怪也。初夏時景清和，願君侯自壽為佳。襄頓首。通理當世屯田足下。大餅極珍物，青甌微粗。臨行匆匆致意，不周悉。

「知官下與郡侯情意相通」，就是「知道你跟荊南府知府相處還不錯」。

171

※　　　※　　　※　　　※　　　※　　　※

曾紆說：「一在馮當世家，後歸上方。」到底「歸上方」的時間爲何？我倒認爲是在宋徽宗時的可能性比較大，因爲宋朝只有兩個愛寫書法又向臣子強索收藏的皇帝，一個是宋徽宗，一個是宋高宗。關於宋高宗的例子，請參看本書〈袁桷《清容居士集》的誤記—宋朝內府只藏有一本「自敘帖」〉一文，本文則論宋徽宗的惡行。

愛好藝術的宋徽宗對於蒐羅（搜刮）文物不遺餘力，除了書畫外，金石、鐘鼎、玉器亦在範圍以內。關於書畫，最好的證明就是可以拿米芾《寶章待訪錄》、《書史》、《畫史》去和《宣和書譜》、《宣和畫譜》作個比對，看看原來藏於士人百姓的書畫，有多少進入了徽宗內府。換句話說，如果宋徽宗即位早個二三十年，恐怕米芾寫不了《寶章待訪錄》、《書史》與《畫史》等書。

蔡京之子蔡絛所撰《鐵圍山叢談》卷四：

> 及即大位，於是酷意訪求天下法書圖畫。自崇寧始命宋喬年直御前書畫所。喬年後罷去，而繼以米芾輩。殆至末年，上方所藏率舉千計，實熙朝之盛事也。吾以宣和歲癸卯，嘗得見其目，若唐人用硬黃臨二王帖至三千八百餘幅，顏魯公墨蹟至八百餘幅，大凡歐、虞、褚、薛及唐名臣李太白、白樂天等書字，不可勝會，獨兩晉人則有數矣。至二王破羌、洛神諸帖，真奇殆絕，蓋亦為多焉。

葉夢得《避暑錄話》卷下：

> 宣和間，內府尚古器，士大夫家所藏三代秦漢遺物，無敢隱者，悉獻於上。而好事者，復爭尋求，不較重價，一器有值千緡者，利之所趨，人競搜剔，山澤發掘塚墓，無所不至。

這些都是當時士人的記錄，但都說得很保留，以下則是我所蒐集的個案史料。

書法。《鐵圍山叢談》卷四：

> 長沙之湘西，有道林、岳麓二寺，名剎也。唐沈傳師有道林詩，
> 大字猶掌，書於牌，藏其寺中，常以一小閣貯之。米老元章為微官時，
> 遊宦過其下，艤舟湘江，就寺主僧借觀，一夕張帆攜之遁。寺僧亟訟
> 於官，官為遣健步追取還，世以為口實也。政和中，上命取詩牌而內
> 諸禁中，亦傚道林而刻之石，遍賜群臣，然終不若道林舊牌，要不失
> 真。

此物即《寶章待訪錄》「目睹」第二十條所記「唐禮部尚書沈傳師書道林詩」：

> 右在潭州道林寺四絕堂，以杉板薄，略布粉，不蓋紋，故歲久不
> 脫。裴休書杜甫詩，只存一甫字。某嘗為杜板行，以紀其事。沈牌。
> 某官潭，借留書齋半歲搨得之，石本為撫石，僧希白務於勁快，多改
> 落，筆端直無復縹眇縈回飛動之勢。

米芾只稱「借留書齋半歲」，可是從蔡絛的記載可知，他向寺方借觀以後，
竟想佔為己有而遁去，寺僧向地方官告狀，官方才派人追回。

文玩。呂大臨《考古圖》卷八：

> 按東坡〈洗玉池銘〉：「維伯時父，弔古啜泣。道逢玉佩，解驂推
> 食。劍璏鍼柲，錯落其室。」《復齋漫錄》云，李伯時石刻謂：「元祐
> 八年，伯時仕京師，居紅橋，子弟得陳峽州馬臺石，愛而置之山中。
> 一日，東坡過而謂曰：『斷石為沼，當以所藏玉時出而浴之。具刻其
> 形于四旁，予為子銘其唇，而號曰洗玉池。』所謂玉者，凡十有六雙，
> 琥、璏三，鹿盧帶鈎琫珌璜璩杯水蒼珮螳蜋帶鈎佩刀柄珈瑱拱璧是
> 也。」伯時既沒，池亦湮晦，徽宗嘗即其家訪之，得於積壤中。其子
> 碩以時禁蘇文，因潛磨其銘文以授使者，十六玉惟鹿盧環從葬龍眠，
> 餘者咸歸內府矣。

石頭。杜綰《雲林石譜》卷上，「臨安石」：

頃歲，錢塘千頃院有石一塊，高數尺，舊有小承天法喜堂徒弟授衣鉢，得此石，價值五百餘千，其石置方斛中，四面嵌空，嶮怪洞穴委曲，於石罅間植枇杷一株，頗年遠。岩竇中嘗有露珠凝滴，目為醜石。元居中有詩，略云：「人久衆所憎，歲久衆所惜，為負磊落姿，不隨寒暑易。」政和間取歸內府，此石之尤者。

研台。王明清《揮塵錄·餘話》卷二：

陳公密縝未達時，嘗知端州，聞部內有富民蓄一研奇甚，至破其家得之，研面世所謂熨斗焦者，成一黑龍，奮迅之狀可畏，二鸜鵒眼以為目，每遇陰晦則雲霧輒興。公密沒，歸於張仲謀詢。政和間，遂登金門，祐陵置於宣和殿為書符之用。

研山。周密《雲烟過眼錄》卷四：

米氏研山，後歸宣和御府，今在台州戴覺民家。

碑刻。桑世昌《蘭亭考》卷六：

定武蘭亭序，熙寧中薛師正為帥，其子紹彭竊歸洛陽，斷損湍流帶右天數字以惑人，宣和間歸御府。

《寶刻叢編》卷六：

周穆王吉日癸巳

諸家所記皆言在趙州州廨，石林跋乃以政和五年歸內府矣，其說為信，因錄之以廣異聞。

「石林跋」為葉石林（夢得）跋文

繪畫。宋范公偁《過庭錄》：

忠宣舊藏一江都王馬，往年自慶赴闕，李伯時自京前路延見求觀。忠宣云：「某非吝，但道路難為檢尋，俟至闕未晚。」李日夕懇之甚力，尋出，李見之稱嘆失措，借歸累日，用意模寫，竟不能下手，復還之，但以粉牌牓其上云：「神妙上上品，江都王馬云。某看之累日，不能下筆，聊留數字，以見歸向之意。」

時米元章作郎，每到相府求觀，不與言，唯遶屋狂叫而已，不盡珍賞之意。然絹地朽爛為數十片，無能修之者。李因薦一匠者，酬傭直四十千，就書室背之。乃以畫正湊於卓上，略無邪，側用油紙覆，微灑水，以物研之，著紙上，毫釐不失，然後用絹托其背，遂為完物。崇寧初，歸上方矣。

「忠宣」是范純仁，作者為其曾孫。「江都王」是李緒，唐太宗之姪。

從以上諸例，可以發現徽宗朝時，在皇權的統治下，民間的大量收藏，「無敢隱者，悉獻於上。」在徽宗以前的北宋諸帝，從仁宗、英宗、神宗到哲宗，沒有一個對書畫如此有興趣，也未見如同以上的的案例史料。而探討再多案例，也無直接證據證明馮京家所藏的「自敘帖」就是在徽宗朝時進入內府的，但卻能證明李郁周在胡扯。

一、某「自敘帖」刻石在將作監（趙明誠《諸道石刻錄》）
二、馮京擔任將作監丞（《宋會要》、《東都事略》）
三、馮京本「自敘帖」後歸上方（曾紆跋文）

李某把這三條未必相關的史料串聯在一起，然後變成他的新發現：馮京收藏一本「自敘帖」、馮京做過將作監丞，所以在將作監官庫的「自敘帖」刻石，就是馮京考上進士做「菜鳥將作監丞」時，（問題是馮京根本沒有真的做「將作監丞」！）他那已死十一年且擔任小小武職「左侍禁」的父親馮式（《東都事略》卷八十一）其家「甚貧」（馮京母親朱氏的墓誌銘，《華陽集》卷五十五），然後其家甚貧的「菜鳥將作監丞」馮京，把他收藏的「自敘帖」刻在政府單位將作監裡……。

李郁周的小說式論文就是這樣寫出來的，不多找些資料，不考慮時空背景和歷史事實，抓到史料就根據己意來曲解濫用、來自我意淫，寫出全

世界只有他自己才會相信的論點。就因為這種充滿想像又不負責任的研究方法，我才一直強調李郁周此人和其研究方法實在是非常可惡的，都快六十歲的老頭了，研究方法與態度還如此輕率、輕忽、輕佻，很讓人瞧不起。

※　　　※　　　※　　　※　　　※　　　※

曾紆跋文中說：

> 藏真自敘世傳有三：
> 一在蜀中石陽休家，黃魯直以魚箋臨數本者是也；
> 一在馮當世家，後歸上方；
> 一在蘇子美家，此本是也。

石陽休為石揚休之誤，黃庭堅於紹聖年間在其孫處見到石家本「自敘帖」，但曾紆仍說「一在蜀中石陽休家」。曾紆跋蘇家本「自敘帖」，已轉了數手，蘇舜欽、蘇泌、邵叶至呂辯老，但曾紆仍說「一在蘇子美家」。此皆為舉其原收藏者家族中著名者而已，「一在馮當世家」亦當如此看待。李郁周死腦筋的把曾紆的跋文「一在馮當世家，後歸上方」想像成：馮京收藏自敘帖，在其考上進士後數年之間，此本於此時「歸上方」。李郁周的論點毫無根據，也毫無說服力，完全只是學問做得茶到極點的李某個人的妄想與狂想。

沒真的做過「將作監丞」的狀元「將作監丞」馮京，曾收藏過一本「自敘帖」，但並無法證明北宋末趙明誠所記「在將作監官庫的自敘帖刻石」有任何關連！李郁周別再捏造歷史了！

附：馮京的收藏

《寶章待訪錄》：

> 老子西昇經，褚遂良書，閻立本畫。
> 右在觀文殿學士洛陽馮京處

《書史》：

> 一、馮京家收懷素絹上詩一首，張伯高少時絹上草書兩幅。張書今歸薛紹彭。
>
> 二、馮京家收唐摹黃庭經，有鍾法，後有褚遂良字，亦是唐一種偽好物。
>
> 三、老子西昇經，裴度、柳公權跋，為褚公書，與閻立本畫圖，同在馮當世家。吾見之皆非也，是唐初書，畫與柳跋是真跡，二君亦不能鑒耳。
>
> 四、唐太宗書竊類子敬，公權能於太宗書卷辯出而復誤連右軍帖為子敬，公權知書者乃如此，其跋馮氏西昇經，唐經生書也，乃謂之褚書者同也，蓋能書者未必能鑒。

《畫史》：

> 一、道德經一卷，出相間不知何人畫，絹本，字大小不勻，真褚遂良書，在范相堯夫家，與馮京當世家西昇經不同，雖有裴度、柳公權跋，非閻令畫、褚筆，唐人自不鑒爾
>
> 二、王球夔玉收西域圖，謂之閻令畫、褚遂良書，與馮京家同，假名耳。蔣長源字永仲家周昉三楊圖，馮京當世家橫卷，皆入神。
>
> 三、西昇經，馮京當世託王定國背，西昇經其古絹紙背四五分透，別裝作一卷。

《寶晉英光集》卷七，「跋羲獻帖」：

柳誠懸得大令之書於太宗卷首連於大令之後，可以鑒矣，復得右軍兩行，反謂又一帖，是誤以羲之為獻之。又嘗見跋馮當世「西昇經」，實非顏褚，能書未必能別，猶歐虞之於唐，以書名天下而不任識書，魏鄭公無書名，乃同褚遂良為貞觀書證，凡經貞觀收者，後世以為無偽識者，以此為鑒。癸未玉堂竹齋，太常博士米芾記。

董逌《廣川畫跋》卷四，「書阿房宮圖」：

宣徽南院使馮當世得阿房宮圖，見謂絕藝。紹聖三年，其子詡官河朔，攜以示。

魏良臣跋本「自敘帖」

明曹昭著，王佐、舒敏增補《新增格古要論》卷三：

懷素自序

懷素草書，宋蘇舜欽補一帖，後有魏良臣跋，有建業文房印。在耀州三原縣。

唐羽林大將軍臧懷亮碑

李邕行書，道媚圓健可愛。

已上二碑俱在耀州三原縣臧氏墓上。

曹昭，字明仲，撰《格古要論》，三卷，書成於洪武二十年（１３８７）。《四庫全書總目題要》：

凡分十三門：曰古銅器、曰古畫、曰古墨蹟、曰古碑法帖、曰古琴、曰古硯、曰珍奇、曰金鐵、曰古窯器、曰古漆器、曰錦綺、曰異木、曰異石。每門又各分子目，多者三四十條，少者亦五六條。

曹昭原來的三卷本《格古要論》並無以上「懷素自序」碑刻的記載。而是出現在七十餘年後，天順三年（１４５９），由王佐、舒敏增補的十三卷本《新增格古要論》。（之所以強調此點，是要請讀者去看看愛妄想以及作學問粗糙的李郁周在他的小說集《懷素自敘帖千年探祕》頁五七至五八是怎麼搞砸這條史料的。）

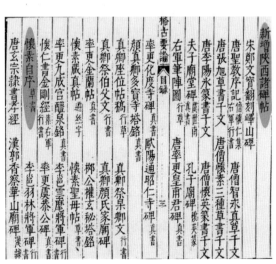

179

趙均《金石林時地考》（萬曆二十三年，１５９５，趙氏自序）卷下：

> 懷素自序帖草書，前六行蘇舜欽補，有魏良臣跋、建業文房印。
> 三原縣

屠隆（萬曆五年進士，１５７７，官至禮部主事）《帖箋》：

> 自敘帖懷素草書，宋蘇舜欽補一帖，後有魏良臣跋，有建業文房
> 印。石在陝西耀州三原縣臧氏墓上。

孫克弘（萬曆二十六年進士，１５９８，官至漢陽府知府）《古今石刻碑帖目》卷下「陝西西安府」：

> 懷素自敘帖草書，前六行缺，宋蘇舜欽補，有魏良臣跋，有建業
> 文房印。在三原縣臧氏墓。

這幾則關於在陝西耀州三原縣有魏良臣題跋的「自敘帖」碑刻之記載，都是到了明朝中後期才突然出現，在之前的其他文獻未曾見過。而在明修或清修的《三原縣志》、《耀州志》，也找不到此碑的蹤影。

魏良臣，字道弼，《宋史》無傳。秦檜死，紹興二十五年十一月至次年二月，魏良臣任參知政事，繼秦檜而參大政。根據元朝《至大金陵新志》卷十三下之上，知其爲宣和三年（１１２１）進士，卒年六十九。根據《建炎以來繫年要錄》卷一百九十九，知其卒於紹興三十二年（１１６２）四月。

上述記載，有的記此碑在「三原縣」，有的則記在「陝西耀州三原縣臧氏墓上」。「臧氏墓」指的是唐朝贈工部尙書臧懷恪的家族墓，其中「臧懷恪碑」爲顏眞卿所書，「臧懷亮碑」爲李邕所書，「臧希忱碑」爲韓澤木所書……等等，臧氏墓在三原縣九陂城。（《金石文字記》卷四、《金石文考略》卷十一、《六藝之一錄》卷一一一）有魏良臣跋的「懷素自敘帖」似乎沒有在臧氏墓的可能。

到底這方在陝西三原縣，有南宋初年魏良臣跋、前六行蘇舜欽補、建業文房之印的懷素「自敘帖」碑刻，源於何本？又刻於何時？又是一個令

人頭痛的問題。

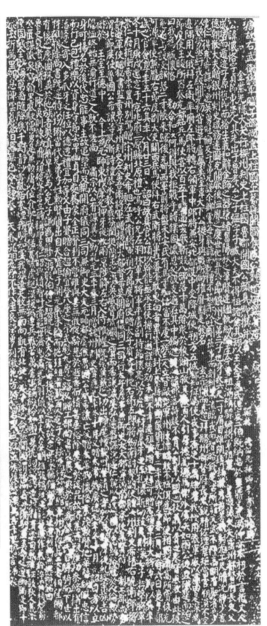

顏真卿書「臧懷恪碑」

西安碑林

清朝中期，宗績辰所修纂之《永州府志》卷十八上，〈金石略〉：

> 嘗見三原刻本，雄勁中有古意，觀此刻有聖凡之別。其題識大都
> 後人所增，或傳是南渭故藩所刻，而不實志模刻年月，使庵僧冒唐刻
> 之名，殊不可解也。

可見宗績辰看過這個「三原刻本」（聖）。所謂「觀此刻有聖凡之別」，乃是
與清初所偽刻的「綠天庵本自敘帖」（凡）相比。他認爲「綠天庵偽帖」是
之前當地的「南渭故藩」所刻，加上偽款偽印，然後叫重建於康熙初年的
「綠天庵」裡的和尙，冒稱是「唐刻」。

一則南宋的自敘帖史料

「自敘帖」諸本的相關史料，除了北宋米芾與蘇家本「自敘帖」後的南宋初年（高宗紹興）跋文外，整個南宋幾乎看不到任何蹤跡，一直要到元代文人的著作，才突然冒出許多相關記載，而且是屢屢可見，如胡祇遹就說他看過五六本「帖出一筆」的「自敘帖」。我在南宋的文集中，發現一則關於「自敘帖」的紀錄，見樓鑰（１１３７～１２１３）《攻媿集》卷七十五：

> 跋章達之所藏虞書孔子廟堂碑
>
> 此本雖無大周二字，比余所藏為多又精彩，殊勝。聞天台有真跡，在餘生恨不得見之，得見此本斯可矣。
>
> 又心經
>
> 虞書石刻雖不盡有，尚多見之，心經精妙，始見此本。章貳卿自言家藏已百餘年矣。栁誠懸蘇浩夫人志銘，此本奇甚，只一疊字，真欲照人，小字難於寬綽而有餘，不如此不足為楷法。戶籍李公誠之示以大父參政文肅公草堂所藏懷素自敘，嘉定元年閏四月丙子同觀於道山堂，有疑為臨本者，然亦妙矣，未易輕議。

跋中的章達之、章貳卿為章良能，淳熙五年進士；「戶籍李公誠之」為李訦（１１４４～１２２０），字誠之，號臞菴；「大父參政文肅公草堂」為其祖父李邴（１０８５～１１４６），字漢老，號雲龕居士，崇寧五年進士，官至參知政事，著《草堂集》百卷，《宋史》卷三七五有傳。

嘉定元年（１２０８）閏四月丙子，李訦在祕書省的道山堂中，向樓鑰展示了他家藏的懷素「自敘帖」，但有人懷疑是臨本，不過樓鑰認為「亦妙矣」，所以不做批評。

但在同書的卷七十一，另有一則「跋蘇子美詩」的記載：

> 嘗見滄浪補懷素草書至不可辨，雖天才豪逸，自謂信手縱筆，何嘗留意，然非水墨積習，亦未易至此。

可見樓鑰看過蘇舜欽補書的蘇家本「自敘帖」，至於是不是李訐家藏的那本，不得而知。（這就是我跟李郁周做學問最大的不同，在史料不足的情況下，只能存疑；而李郁周只會三分史料說十分的話，妄加附會，編造劇情，讀者當明辨之。）

趙鼎（1085～1147），李邴（1085～1146），兩人時間幾乎完全重疊。南宋桑世昌《蘭亭考》中記有一本「唐刻蘭亭」，後有李邴寫於政和七年（1117）與建炎二年（1128）的兩則題跋，文云：

> 頃在彭門，見醫者田務本家蕭生取蘭亭圖，風神蕭洒，不類塵俗中物，為題其後云。田生以余賞之，輒秘其畫，然畫實奇手也。適道姓于，出蘭亭古帖，見伯父舍人公跋其尾，謂所見三本此本最真，伯父蓄此帖，當增九鼎之重矣。適道其寶之，勿輕以示人，他日隨銀杯羽化，當思僕言。政和丁酉五月朔，雲龕小隱書。

> 此帖本濟北于氏舊物，余頃跋其後，戒其勿輕以示人，意謂于氏不能有也。後十二年，而當建炎二年，余自山陽來嘉禾，道過丹徒，帥守遜叔侍郎出以示余，觀伯父手澤并舊題，恍然如隔世，其間得喪存沒事亦何限，而余亦老矣，且知于氏果不能有也。感物化之無常，悼歲月之遷流，為之增慨。十一月三日，巨野李邴漢老書。

「唐愨通本」自敘帖的笑料

李郁周在其小說創作集的第一部曲《懷素自敘帖千年探祕》的第二章〈懷素「自敘帖」傳本〉中，除了天外冒出一本「王鞏本」，還天外冒出一本「唐愨通本」，李某說道：

> 六、唐愨通本
>
> 黃伯思（字長睿，一〇七九－一一一八）《東觀餘論》記有一老輩名唐愨通者，攜懷素「自敘帖」來求其題跋，於是為寫「跋江南藏真書後」，時當徽宗政和五年（一一一五）三月下旬：
>
> > 頃見江南後主錯金書，題藏真書「千字」曰：「戴叔倫詩云：詭形怪狀翻合宜」，誠哉是言。今見藏真「自敘」，乃有叔倫全章。此卷真跡，豈亦江南集賢所畜書乎？
>
> 蘇舜欽本「自敘帖」有「建業文房之印」，唐愨通本「自敘帖」無南唐內府藏印，讀黃伯思跋語可知。黃氏耳聞或目遇蘇本「自敘帖」，遂以懷素帖文詩句「詭形怪狀翻合宜」相同，而以唐氏藏本也可能經南唐內府寶藏。此為安慰唐愨通的俗套話，非黃伯思本意。

→李某所根據的《東觀餘論》版本

李某左一個「唐愨通」，右一個「唐愨通」，但宋朝根本沒有「唐愨通」這個人！而只有一個叫「唐愨」，字「通叟」的人！李某發生如此烏龍的原因，是因為他把黃伯思《東觀餘論》書中的「唐愨通叟所寶求予題跋」，誤讀成「一老輩（叟）名唐愨通者，攜懷素『自敘帖』來求其題跋」。

185

這個笑話很像我大學時所舉發前台大藝術史研究所所長陳葆真在其謬誤甚多的論文〈藝術帝王李後主（一）〉中，將清人「吳非三唐傳國編年圖」搞成「吳非三作《唐傳國編年圖》」，並說此書已經失傳一樣好笑。（應是吳非〈三唐傳國編年圖〉，「三唐」是指唐朝、後唐與南唐，「三唐傳國編年圖」是文章篇名，非書名，吳非寫的書叫做《三唐傳國編年》，陳葆真搞錯成吳非三寫了《唐傳國編年圖》這本書，難怪找不到，還胡說這本書「已失傳」。）田

由《湖廣通志》卷三十二的「選舉志・進士」，可知唐惷是湖南零陵人，和懷素是同鄉。故宮墨蹟本「自敘帖」後有文徵明識文，文氏說：

> 而黃長睿東觀餘論，有題唐通叟所藏自敘，亦云南唐
> 集賢所畜，則此帖又嘗屬唐氏。而長睿題字，乃亦不存，
> 以是知轉徙淪失，不特米、薛、劉三人而已。

如果李郁周好好讀這篇識文，就不會把「唐惷通叟」搞成「唐惷通 叟（老頭兒）」，因爲文徵明已經告訴他這個人叫「唐通叟」。又文徵明的意思是故宮墨蹟本就是唐惷請黃伯思題跋的那本。根據蘇轍於故宮墨蹟本的跋文，可知紹聖三年（１０９６）三月時，此帖在「前新昌宰邵叶」手中。接下來的線索則是曾紆於南宋高宗紹興二年（１１３２）的題跋，此時在呂辯老手中。所以在一０九六年到一一三二年之間的空檔，此帖是否爲唐惷收藏，並於一一一五年請黃伯思題跋，這是不無可能的，至少文徵明如此解讀。紹興三年（１１３３）蘇轍兒子蘇遲的跋文亦說：

> 辯老藏懷素自敘，後有先人題字，蓋紹聖三年謫居高
> 安時爲邵叶稽仲書也。不知流傳幾家，以至於辯老。

喜歡照自己意思竄改與誤讀古人著作的李郁周又說：「此爲安慰唐惷通的俗套話，非黃伯思本意。」因此把這條著錄又斷爲是另一本「自敘帖」，我不知道李郁周的說法對不對，我只知道如果有人和李郁周持不同的說法，最好相信那個人，因爲李

郁周這傢伙太會幻想與瞎掰了。

「蘇舜欽本『自敘帖』有『建業文房之印』，唐惗通本『自敘帖』無南唐內府藏印，讀黃伯思跋語可知。」事實上這是李某的過度聯想，此卷有無南唐印從黃伯思的跋語完全不可知，他只是從另一個角度來切入此卷與南唐的關係，即他以前看過某本懷素所書「千字文」，上面有李後主的題識，寫著：

戴叔倫詩云：「詭形怪狀翻合宜」，誠哉是言！

後面四個字「誠哉是言」也是李後主說的，李某斷句錯誤。胡仔《苕溪漁隱叢話》後集卷三十二記載：

藏真又有千字文真蹟，舊蓄於江南李氏，紙尾有後主錯金書題云：「懷素僧草聖，戴叔倫詩云：『詭形怪狀翻合宜。』宜哉是言。」其後此真蹟又轉蓄於董令升家，紹興間歸天上矣。

黃伯思看到唐惗所帶來的「自敘帖」中有戴叔倫全詩：「心手相師勢轉奇，詭形怪狀翻合宜。人人欲問此中妙，懷素自云初不知。」於是他判斷「此卷真跡，豈亦江南集賢所畜書乎？」他都已經明說此卷是「真跡」了，你李某還說：「此為安慰唐惗通的俗套話，非黃伯思本意。」這不是厚誣古人嗎？李某又說：「黃氏耳聞或目遇蘇本『自敘帖』。」這又是不負責任的胡亂臆測。

根據《建炎以來繫年要錄》卷三十一與三十二，唐惗這個人出現在歷史上的最後一次蹤影是在高宗建炎四年（１１３０），當時他知荊南府，金人打來，結果他棄城逃掉了。在一〇九六年至一一三二年之間，蘇家藏本「自敘帖」是否藏於唐惗之手，在資料不足的情況下，只能存疑；完全否定，並以為唐惗藏本是天外飛來北宋另一本「自敘帖」，是武斷的說法。

註釋：見王裕民撰〈哇，所長ㄟ！─台大教授學術水準之研究一〉與〈哇，所長ㄟ！─台大教授學術水準之研究二〉。

陶廣本「水鏡堂帖」

　　既然透過「長江萬里圖」上的陸完「物外奇寶」印，確定故宮墨蹟本「自敘帖」在前，「水鏡堂帖」在後。在今日這個印刷術發達的時代，到處可用廉價買到故宮墨蹟本的精美印刷品，李郁周視爲天外飛來不知道已經第幾筆的「水鏡堂帖」，被他用來當成機關槍到處掃射，現在行情完全崩盤，在學術研究上毫無幫助。李郁周花了十餘年功夫，蒐羅海內外關於「水鏡堂帖」的圖版，並到處吹牛說大陸國寶級的大師都沒看過「水鏡堂帖」，只有他看過云云。如今牛皮戳破，不管曲水、直水、彎水或是歪水題記的吹牛初拓本都一樣，無法改變結局。

　　李某寫了三四十篇文章捍衛他的幻想，竟是如此下場，真不知該說可笑還是可悲，其慘痛教訓可作爲喜歡信口開河的研究者一個警惕。

　　我原本蒐集大批史料準備駁斥李某關於「水鏡堂帖」的謬論，但後來發現「長江萬里圖」上的「物外奇寶」印，一切的文字都屬無謂。在此僅提供我所找到的另一種版本的明拓「水鏡堂帖」，因爲它擁有其他版本所缺的李東陽題跋。（此本摹拓線條不精，明顯爲翻刻本。）

　　此拓本封面寫著「懷素自敘　磐園藏本」，鈐印二：「陶廣」與「思安」。陶廣（1888～1951），字思安，湖南醴陵人，曾入北京憲兵學校與南京江南講武堂。一九二六年任北伐軍第八軍二十六團團長，後歷任旅長、師長與中將軍長。對日抗戰時，升任第十集團軍副總司令、第三戰區第一游擊區總指揮兼二十八軍軍長。抗戰勝利後退役，隱居於杭州。一九五一年八月病逝於西湖智果寺。「磐園」則在長沙南門外。

第一與第二頁題著九個大字「明拓唐僧懷素自敘帖」，以及「磐盦藏本」四字，款署「熊湘」，為傅熊湘所題。此本從「自敘帖」正文到宋明題跋皆全，缺最後的文徵明小楷跋文與文彭釋文。

後接傅熊湘「自敘帖」釋文，共四頁，鈐印「鈍安」；題跋亦四頁，文云：

> 右懷素「自敘帖」一卷，思安吾兄得之都梁，以校永州石本，不翅有上下牀之別。諦案卷末朱字跋語，為萬曆壬子珍藏帖者所題，則此拓本又不知先於萬曆幾何年也，其為明拓何疑。萬曆為明神宗年號，至民國初元凡五閱甲，距今蓋三百十六年，紙墨之壽如此，誠可寶也。既為書釋文於卷末，因並識以歸之。民國十有七年戊辰立秋節後三日，鈍安漫記。

鈐印二：「傅熊湘印」與「鈍安」。傅熊湘（1882～1930），字文渠，又字君劍，號鈍安、鈍根，湖南醴陵人。歷任湖南中山圖書館館長、省議員、沅江縣長。一九一八年創「湖南日報」、與「天問週刊」，著有《鈍安

遺集》二十二卷。

　　傅熊湘題跋之後，有兩行小字：

　　　　此拓紙墨精良，元神宛然，鈍安定為明搨，誠然甚可寶貴也。辛
　　　　未季春，東池記。

這則題記爲傅紹巖所寫，下鈐有「傅紹巖印」，字梅根，湖南寧鄉人，著有
《東池精舍詩集》。之後另有長沙徐楨立題跋與陶廣自跋，文長不錄。此本
收藏者與題跋者皆爲湖南聞人。

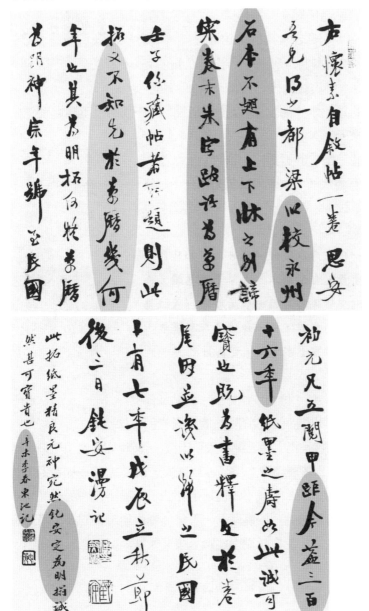

傅熊湘此跋寫於一九二八年，根據傅熊湘編、劉鵬年續編《傅鈍安先生年譜》，可知此年陶廣任第三十五軍第三師師長，而傅熊湘做他的師部機要。《年譜》云：「陶好文事，有儒將風，尤禮重先生。軍務之暇，常請益焉。」同年八月，傅熊湘出任湖南省立中山圖書館館長。

跋文中說：「諦寀卷末朱字跋語，為萬曆壬子珍藏帖者所題。」這段朱字跋語寫在帖文「十月廿有八日」的左下角，因為寫在拓本上，所以字不清，但仍可看到「萬曆壬子」（四十年，１６１２）四字。在吳寬之後，另有一則朱字跋語。

值得注意的是，傅熊湘說：「以校永州石本，不翅有上下牀之別。」永州石本即「綠天庵本」。

安思遠所藏宋拓「群玉堂帖」第四卷「懷素大草千文」，帖後有清代著名收藏家吳榮光道光十七年（１８３７）題跋：

> 藏真名重一代，唐以後假託其書，不知凡幾。無論近世所傳聖母、自敘絹本、大草千文墨蹟，為後人臨本。即湘中綠天庵專帖，皆屬贗蹟。蓋藏真之書轉折綿密，無一直筆，無一踈筆。求其真者，惟西安律公三帖及停雲小字千文，實為得之。

吳榮光都說「求其真者」，惟西安「律公」三帖及停雲小字「千文」，李郁周還睜眼說瞎話，說吳榮光所稱的「皆屬贗蹟」應該是指「綠天庵本大草千文」。又說如果吳榮光把「綠天庵本自敘帖」當成「皆屬贗蹟」，那吳榮光當時一定「未曾仔細看過《湖南通志》嘉慶舊志的記載。」我不知道這是哪門子的論辯方法。

吳榮光是最有資格看到刊於嘉慶二十五年《湖南通志》的人，因為他於道光十一年（１８３１）擔任湖南巡撫，後又兼署湖廣總督。

《湖南通志》卷二〇五,〈金石六〉:

> 案「自敘帖」在零陵縣東門外綠天庵,似是近代人重模本,不及文氏釋文版本之精。且綠天庵石刻首題「綠天庵懷素自敘」七篆字,末題「唐大曆元年六月既望懷素書」,與文本全不合。而案其所刻千字文後亦題此十二字,未知何據?

《永州府志》卷十八上,〈金石略〉:

> 嘗見三原刻本,雄勁中有古意,觀此刻有聖凡之別。其題識大都後人所增,或傳是南渭故藩所刻,而不實志模刻年月,使庵僧冒唐刻之名,殊不可解也。

徐樹鈞《寶鴨齋題跋》的「明刻懷素自敘帖」條下則云:

> 懷素自敘帖傳世有三本,空青老人論之詳矣,此明嘉靖文氏壽承刻石,神采飛動,蟬翼初搨,與世傳聖母帖、藏真帖、苦筍帖,同一超妙。……真蹟明時歷數相臣家,有力者以八百金買去,本朝乾隆間入內府,同治間潘伯寅大司寇在懋勤殿猶及見之。此所謂下真蹟一等,視永州綠天庵刻本,不啻倍蓰爾。光緒十六年庚寅上元日。

舊拓「聖母帖」,後有清末著名金石收藏家吳雲跋文曰:

> 素師遺蹟以聖母碑為第一,此帖刻本以元祐戊辰刻於西安府學為最佳,淳熙祕閣續帖亦以真本上石,似少肥少骨健之氣。明寶賢堂刻軟弱無力,至湖南綠天庵刻,則誤兩殊甚。

陸增祥《八瓊室金石補正》,卷一百〇五「唐懷

素聖母帖」條云：

> 永州綠天庵亦有此帖，近今以此本鉤模者。又有自敘帖、千字文、
> 論書帖、杜工部秋興詩、李太白贈歌，皆近人所為，悉置勿錄。

我將蒐集到資料一路排列下來，就是告訴大家一個事實：那就是整個清朝到現代，「沒有一個」金石家與收藏家，把清初突然出現在湖南永州零陵「綠天庵」偽刻的叢帖當一回事，也從來沒有一句好的評論。但玄之又玄，只有二十一世紀初的台灣李郁周敝帚自珍，把它當成「天外飛來」的寶貝，甚至拿來與故宮墨蹟本「比對」，用各種主觀的觀感，什麼行氣、什麼布白、什麼章法、什麼點畫、什麼基因，全都是他自己在講著爽。從他把根據故宮墨蹟本「自敘帖」所刻的「水鏡堂帖」，拿來「比勘」故宮墨蹟本，講得口沫橫飛，一寫再寫，大寫特寫，故宮墨蹟本「自敘帖」變成章法不佳、行氣不順、點畫不自然的「文彭摹本」，結果搞到最後，根本是烏龍一樁，你還敢相信李郁周的書法評論與考辨嗎？嚇死人也！

吳榮光跟他意見不一樣，他說那是因為吳榮光沒仔細看過《湖南通志》嘉慶舊志的記載；花了六年編纂《永州府志》的宗績辰，在書中說「綠天庵本」跟「三原刻本」比起來「有聖凡之別」，他又說宗績辰沒眼力；啓功、徐邦達和他意見不一樣，他說那是因為他們沒仔細看過「水鏡堂帖」。我一再拿出證據證明「綠天庵本自敘帖」是加上偽印偽款又臨寫不實的偽刻，他說根據他的書法審美標準，「綠天庵本自敘帖」比故宮墨蹟本「自敘帖」多了幾十項優點，所以不可能是偽刻的。怪哉！你認為阿匹婆是美女，舉出一百０八條阿匹婆的優點，然後說別人都錯了，別人沒眼光，人間竟有這種不講道理的人。我跟李郁周打筆仗實在覺得很無奈，這種感覺大概就像記者遇到許純美的那種無奈感一樣。

你可以舉出「你認為」的優點，別人也可以舉出「他認為」的缺點，問題是根本不能拿這種主觀的、自以為的「觀感」來做學術論辯。更好笑的則是你的「觀感」事後證明總是錯的，從「水鏡堂帖」、故宮墨蹟本「自敘帖」到文徵明的「重修蘭亭記」，一路錯到底，你還好意思再拿你的「觀感」當證據，別人看了都覺得不好意思了。我一再提醒快六十歲的李某寫文章要拿出證據來，不過他還是執迷不悟、依然故我，三分證據說十分的話，甚至沒有證據也能講出十分的話來，太扯了！

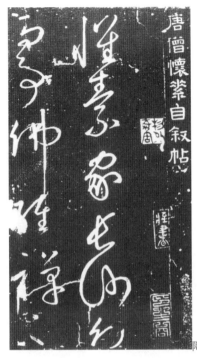

陶廣本「水鏡堂帖」（翻刻本）

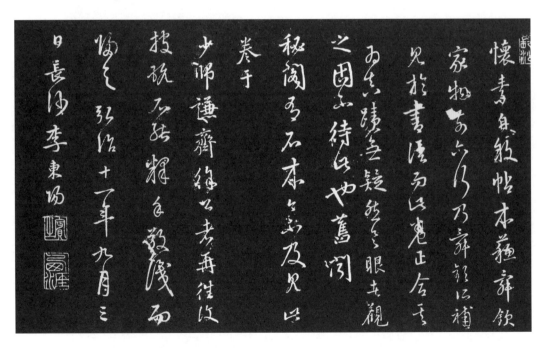

首次曝光的「水鏡堂帖」李東陽跋文拓本

「壯陶閣帖」中的「自敘帖」

　　清末民初之人裴景福，於民國元年輯有「壯陶閣帖」三十六卷，分元亨利貞四集，其中在第六卷「元六」中刻有「唐浮圖懷素書」，內文即懷素「自敘帖」。值得注意的是，此帖前六行未刻，而是從第七行開始，究竟是裴景福根據的版本即缺前六行，抑或是他認爲前六行非懷素親書，所以未刻，都不得而知，這是研究者值得注意的。其二是接縫處未刻鈐印，而是集中刻在帖尾處，只有五印，分別是「建業文房之印」、「佩六相印之裔」、「許國後裔」、「舜欽」與「四代相印」。

　　裴氏根據何帖摹刻？從帖中的裴氏序言看不出端倪。可以排除「契蘭堂帖」，因爲該帖只刻有「建業文房之印」，「壯陶閣帖」也未摹刻蘇舜欽跋尾。也可以排除清初僞刻「綠天庵帖」，因爲該帖未刻以上諸印。也可以排除「故宮墨蹟本」，因爲民國初年以前，該卷一直藏於清宮，裴氏不可能見到並據以摹刻。

　　所以最大的可能是根據「水鏡堂帖」，（或是該帖的翻刻本，但是幾乎字字的點劃與粗細都與「水鏡堂帖」有所差異，不知是摹刻的精細不同，還是經過該帖刻手的重新詮釋，甚至可能是根據其他吾人尚未發現的版本？眾多疑點都是無法給予確切解釋的，只能存疑以待將來更多相關史料的被發現，或許才能有令人滿意的解答，這才是正確的研究態度。如果像李郁周那樣強加附會與想像，硬要一個蘿蔔一個坑，編造劇情提出瞎說來自我催眠，但卻無法說服眾人，這種不負責任的論述方式與癡人妄想，都是令人鄙視並應遭到唾棄的。

　　裴景福《壯陶閣書畫錄》卷四，「宋黃山谷書東坡大江東詞卷」：

　　定國謂公元祐間書不工……今欲知定國之謂不工，須取吾帖內藏真「自敘」細參之，自得神解。

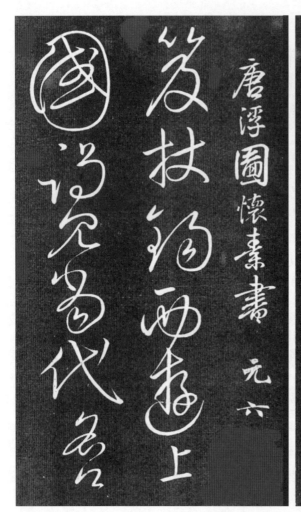

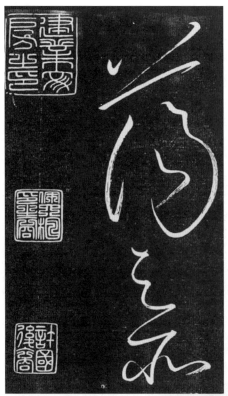

壯陶閣帖

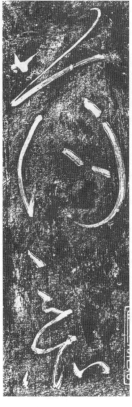

（左）故宮墨蹟本

（右）水鏡堂帖

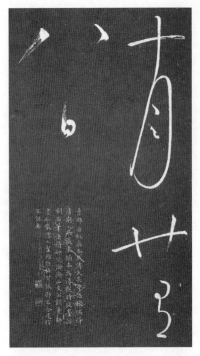

契蘭堂帖

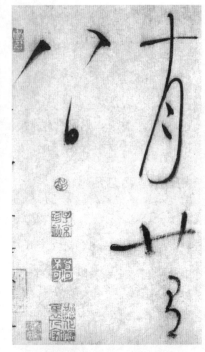

故宮墨蹟本

壯陶閣帖

水鏡堂帖

壯陶閣帖　　　　　　　故宮墨蹟本　　　　　　　契蘭堂帖　　　　　　　水鏡堂帖

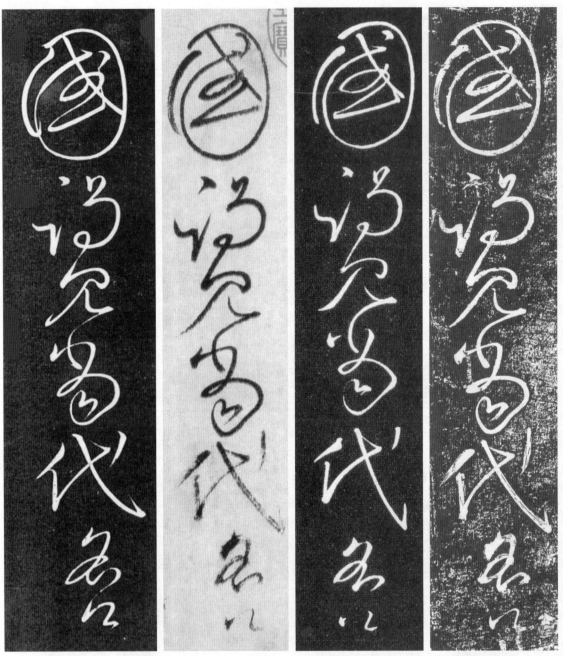

壯陶閣帖　　　故宮墨蹟本　　　契蘭堂帖　　　水鏡堂帖

宋人題跋的比勘

　　「自敘帖」後，自杜衍以下，共有宋人題跋與觀款共十則，書風各有不同，但都極爲精彩逼真，看不出有任何後人摹寫的可能性，一個人臨摹出十種風格不同的字跡，又不露一絲造作破綻，如此自然，書畫史上還看不到這種書法天才或造假高手。但李郁周死咬文彭不放，除稱「自敘帖」全卷草書皆爲其摹寫外，之後的宋人與明人（吳寬、李東陽）題跋亦出於文彭之手。事實上這全是李某的幻想、妄想與狂想，文彭的能力被想像力豐富的李某所高估，才會寫出這種全世界只有他一個人相信與主張的謬論，並藉此謬論大肆吹捧自己與攻擊兩岸專家。

　　以下便是針對宋人題跋與存世書蹟所做的比勘，可以看出兩者的風格是一致的。

一、杜衍題詩

　　故宮墨蹟本「自敘帖」之後的宋人題跋，第一則爲杜衍（９７８～１０５７）於宋仁宗至和元年（１０５４）之題詩：「狂僧草聖繼張顛，卷後兼題大曆年；堪與儒門爲至寶，武功家世久相傳。」書法線條瘦勁，極具特色。杜衍現存另一墨蹟是草書「珍果帖」，帖後另有行楷一行。據徐邦達考證，此帖應書於嘉祐元年（１０５６）。

題懷素自敘卷後

狂僧草聖繼張顛

卷後薰題大曆年

堪與儒門為至寶

武功家世久相傳

太子太師致仕杜衍記時

至和甲午中夏在南都

珍果帖

二、蔣之奇題跋

　　杜衍題詩之後爲蔣之奇於元豐六年（１０８３）的短跋：「草書有妙理，惟懷素爲得之。元豐六年十一月廿五日，蔣之奇書。」

　　蔣之奇（１０３１～１１０４）存世墨蹟尚有二，一爲「北客帖」（北京故宮），一爲「辱書帖」（台北故宮）。據徐邦達《古書畫過眼要錄》考證，前者爲早年所書（未逾四十），後者則爲晚年之筆；「自敘帖」之跋文當介於兩者之間。

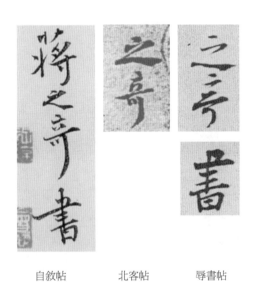

自敘帖　　　　北客帖　　　　辱書帖

北客帖

辱書帖

三、蘇轍題跋

世傳懷素書，未有若此完者，紹聖三年三月，予謫居高安，前新昌宰邵君出以相示，予雖知其奇，然不能盡識其妙。予兄和仲，特喜行草，時亦謫惠州，恨不令一見也。眉山蘇轍同叔記。

「自敘帖」後的蘇轍題跋，與存世多封尺牘的書風是一致的，與其兄蘇軾極為類似。此外，蘇轍寫字，愈寫愈往左偏，亦是一大特色。

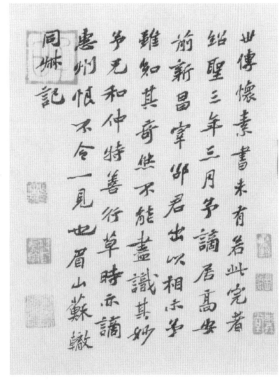

四、邵𩅣觀款

邵𩅣，字仲恭，神宗熙寧六年（１０７３）進士，曾學書於蔡京，見蔡京之子蔡絛所撰《鐵圍山叢談》卷四：

> 當是時，神廟喜浩書，故熙豐士大夫多尚徐會稽也。未幾棄去，學沈傳師。時邵仲恭遵其父命，素從學於魯公，故得教仲恭亦學傳師，而仲恭遂自名家。

李之儀《姑溪居士前集》則稱其書「字秀有餘而老不足。」此則觀款題於徽宗崇寧二年（１１０３）。現存邵𩅣墨蹟有二，一爲「到京帖」，一爲「真教帖」，據徐邦達《古書畫過眼要錄》考證，兩帖皆爲早年之筆，「自敍帖」之後觀款則爲晚年之書。

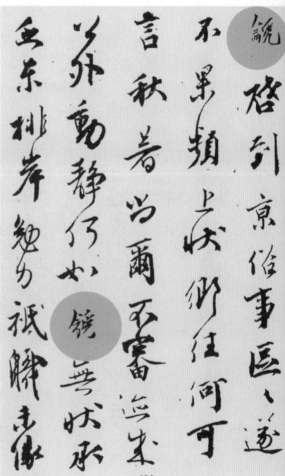

到京帖

今陝西西安碑林有「游師雄墓誌銘」，銘文即是邵𩨔所書，寫於紹聖四年（１０９３），小楷數千字，亦可供比對。

五、曾紆題跋

　　曾紆（１０７３～１１３５），字公袞，亦作公卷，晚年自稱空青老人，南豐人，曾布之子。

　　故宮墨蹟本「自敍帖」後有空青老人曾紆於紹興二年（１１３２）寫的跋文，明確指出當時流傳的「自敍帖」共有三本。除此以外，可供比對的曾紆墨蹟尚有李公麟「五馬圖」後的跋文，寫於紹興元年（１１３１），兩者只相差一年，字體與風格完全相符。

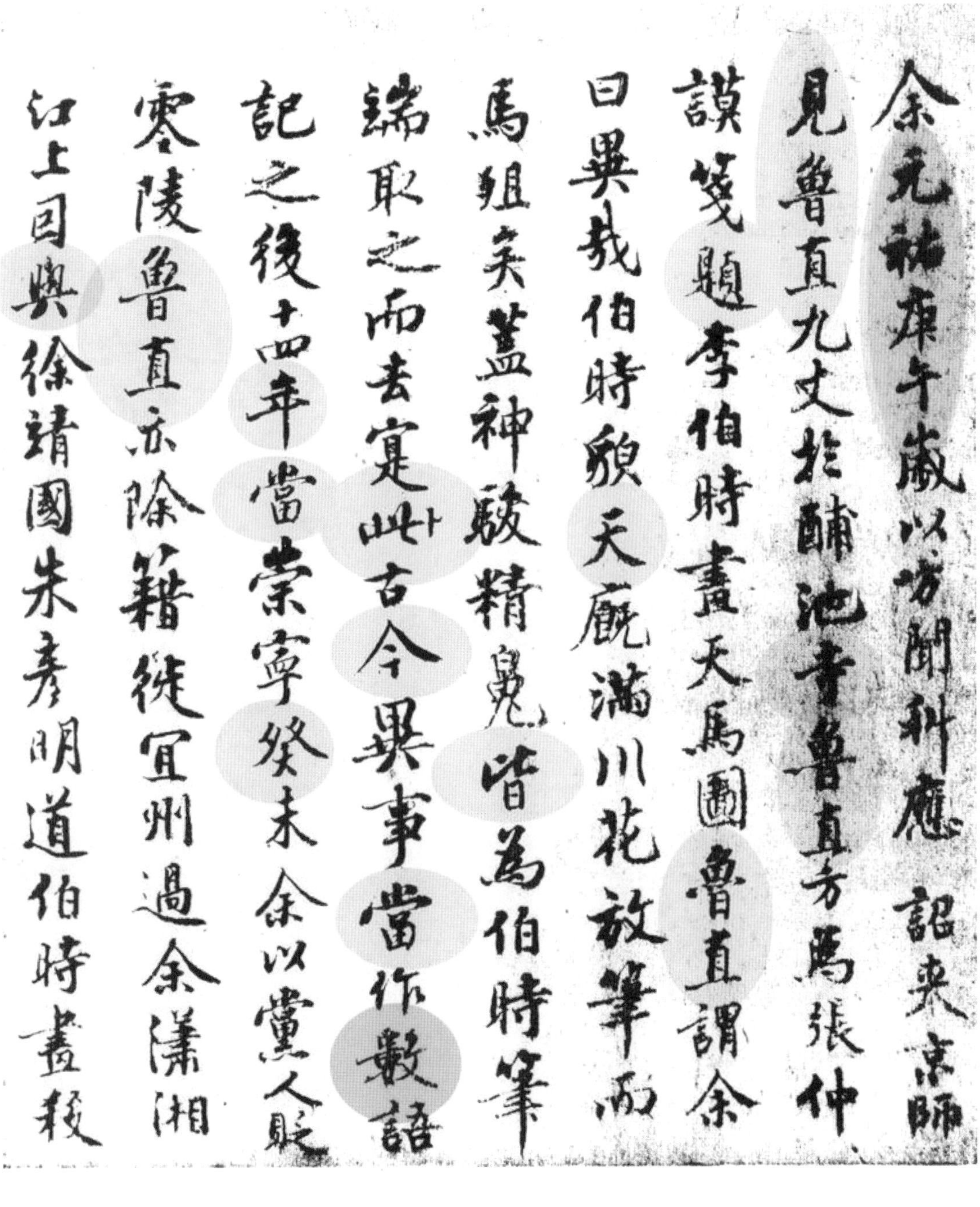

余元祐庚午歲以防閒科應詔來京師
見魯直九丈於酺池寺魯直方為張仲
謨箋題李伯時畫天馬圖魯直謂余
曰異哉伯時貌天厩滿川花故筆而
馬殂矣蓋神駿精魄皆為伯時筆
端取之而去寘此古今異事當作數語
記之後十四年當崇寧癸未余以黨人貶
零陵魯直亦除籍徙宜州過余瀟湘
江上司與徐靖國朱彥明道伯時畫殺

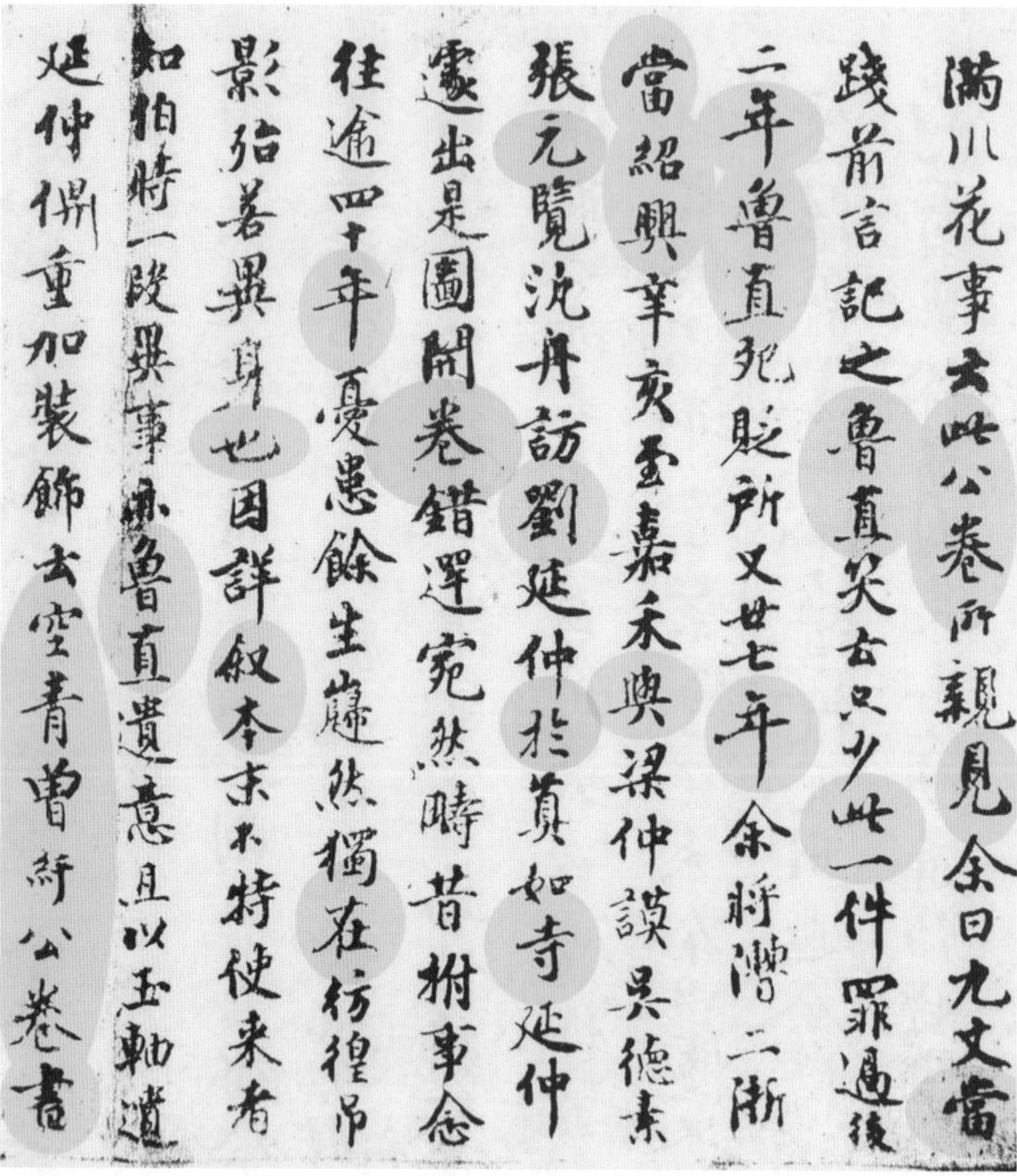

滿川花事去此公卷所親見余曰九文當

踐前言記之魯直突去只少此一件罪過後

二年魯直死貶所又世七年余將攜二所

當紹興辛亥盂嘉禾與梁仲謨吳德素

張元覽沈舟訪劉延仲於箕如寺延仲

遽出是圖開卷錯愕宛然疇昔拊事念

往途四十年憂患餘生嶷然獨在彷徨吊

影殆著異身也因詳叙本末木特使来看

如伯時一段異事亦魯直遺意且以玉軸道

延仲偶重加裝飾去空青曾紆公卷書

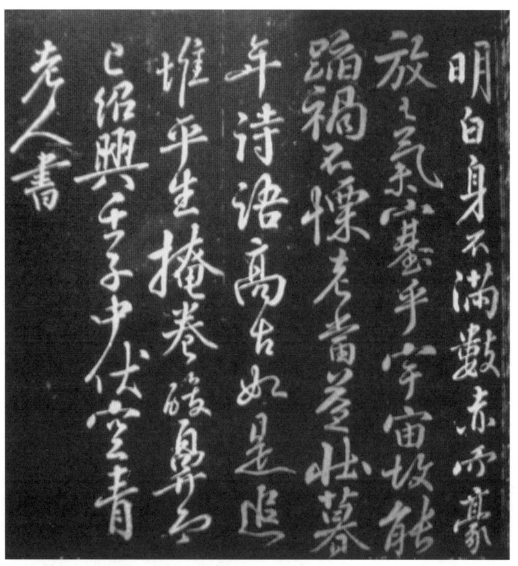

洪覺範「與蕭郎論詩」　曾紆跋文（鳳墅續帖）

六、蔣璨題跋

　　辯老方艱難時，流離轉徙江湖閒，猶能致意於此，可見志尚。又
獲觀　伯考少師品題，併以嘉歎。紹興二年仲春廿三日，陽羨蔣璨。」

蔣璨（1085～1159），頗有書名，現存墨蹟尚有二，一為「沖寂觀
二詩帖」，一為「睢陽五老圖」後之題跋。「沖寂觀二詩帖」書於紹興十四
年（1144），「睢陽五老圖」題跋為紹興五年（1135），「自敘帖」
之題跋則為紹興二年（1132）。

沖寂觀二詩帖

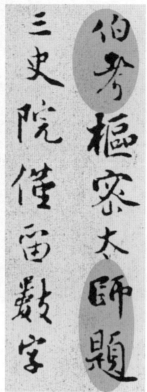

「沖寂觀二詩帖」與「自敘帖」題跋中所提到的「伯考」，乃是指蔣之奇。

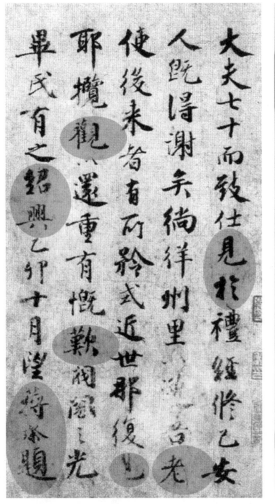

「睢陽五老圖」題跋

自敘帖

七、趙令時題跋

　　趙令時，字德麟，爲宋代宗室。《古書畫過眼要錄》:「令時書法學蘇東坡，很有功力，晚年往往行款傾斜特甚。」除自敘跋文外，趙令時墨蹟有二帖可供比對，一爲「雨濕帖」，一爲「賜茶帖」，三者最大的特色就是愈寫愈往左偏。

　　「賜茶帖」曾摹刻於「三希堂法帖」，但原本墨蹟傾斜的情形，刻於帖上卻被導正，完全直行而下，此種例子甚多，刻帖常會出現與墨蹟不符的狀況。

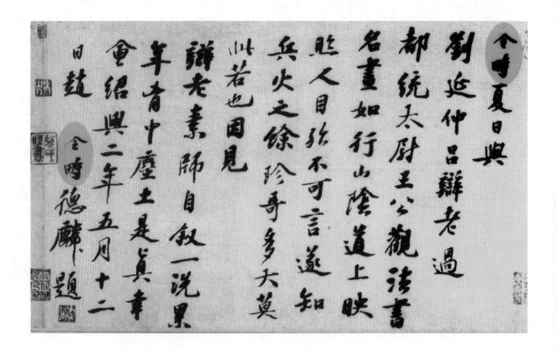

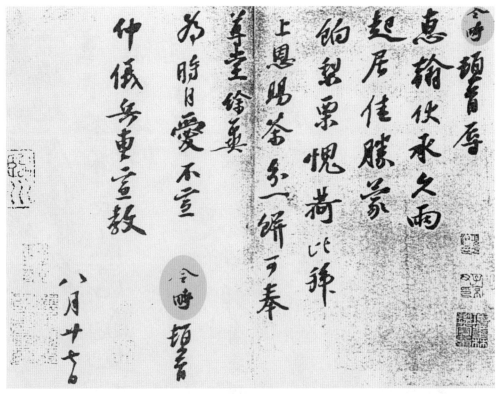

賜茶帖

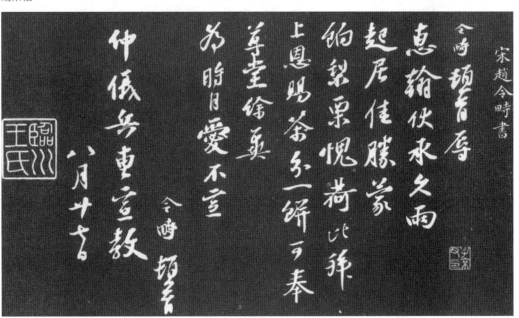

賜茶帖（三希堂法帖）

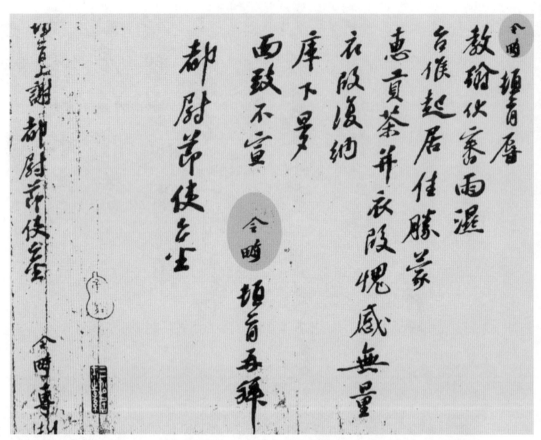

雨濕帖

218

八、富直柔觀款

此則觀款書於紹興三年（１１３３）。富直柔現存墨蹟有一尺牘，可供比對。

歷代臨摹自敘者

懷素「自敘帖」是草書鉅蹟，也是歷代草書學習者的臨摹範本，我之所以要盡可能找出各種「自敘帖」的臨本著錄與實物，用意有二：一是欲藉由這些臨摹者所根據的版本，或真蹟或刻帖，作為追蹤宋代蘇家藏本「自敘帖」的線索。

其二則是我在研究「自敘帖」的過程中，發現一個奇怪的情形，那就是故宮墨蹟本「自敘帖」後，無任何元人的題跋與藏印，此卷在元代的收藏史是一片空白，可是在元人的文集中，卻出現許多關於「自敘帖」的記錄，甚至光是有蘇子美補字的就有數本之多。而我所找到元人臨「自敘帖」的紀錄便有四人，但皆不存。

在元朝短暫不到百年的歷史中，就有那麼多人臨寫過「自敘帖」，這個「密度」是非常大的。所以要探究的問題就是：為什麼在南宋的文獻中，「自敘帖」幾乎失去蹤影，也未見南宋人臨寫「自敘帖」的紀錄，故宮本「自敘帖」的宋人題跋則集中於南宋高宗紹興年間；可是到了元朝，卻冒出了那麼多本號稱蘇家藏本的「自敘帖」，也有那麼多的書法名家臨寫「自敘帖」，原因為何？

在書法史上，元朝事實上是個草書大興的時代，但這點卻是被研究者所忽略的，最大的原因是因為書蹟與史料的缺乏。而這項草書熱潮，一直延續到明初，元朝至明初出現許多草書大家以及不甚知名的小書家，可是他們的作品流傳下來的很少，以致於這段草書史被埋沒了。

故宮本「自敘帖」，除了在元朝的收藏過程無考外，明初也是空白，一直到明中葉，才突然出現在徐泰手上，從南宋初年到明朝中葉這段時間，毫無下落。目前我所發現的明代臨寫「自敘帖」記錄，從明初洪武十七年（１３８４）的宋廣臨本，一跳就到了成化十四年（１４７８）的吳寬臨本，墨蹟本「自敘帖」重出江湖後，臨寫的紀錄才不斷出現，從吳寬、文徵明、文彭至董其昌等。意即有了實物的流傳與流通，才出現許多臨寫記錄。所以真蹟與臨本的關係，有助於吾人進一步向上探索「自敘帖」的流傳經過。

一、宋・蘇舜欽

王鏊《震澤集》卷三十五，「跋蘇子美臨懷素自敘帖」：

> 懷素自敘帖憶嘗見之吏部侍郎吳公座上，天下奇蹟也，今不知所在。忽觀此卷，爽然神明，復還舊觀，其為滄浪翁之作無疑。或云此卷末題云：「舜欽親裝。」殆非子美作乎？而予終以為子美者，亦以其用筆超妙，不涉畦徑，縱而法、勁而潤、古而奇，其他予所不知也。

此卷末題：「舜欽親裝。」所以未必是蘇舜欽所臨。元人袁桷《清容居士集》卷四十七，「跋懷素自敘」：「自敘墨蹟，俱有蘇子美補字，凡見數本。」也許是這類的後人臨本。

《清容居士集》卷五十，「跋懷素揮翰帖」：

> 懷素書，多才翁兄弟所書，至明昌諸賢尤競習此體，余在都下所見凡數十卷，皆偽贗可考，獨此是宣和舊物，審為非臨模者。

袁桷提出後代所傳的懷素書蹟，大多為蘇舜欽、蘇舜元兄弟所作，這項論點是值得注意的。

事實上早在南宋的趙孟堅（1199～1264），甚至提出「自敘帖」乃是蘇舜欽所為的說法。明朝汪砢玉所撰的《珊瑚網》卷二十三下，收有「趙子固書法論」，趙孟堅說：

> 草書雖連綿宛轉，然須有停筆，今長沙所開懷素自序，乃蘇滄浪輩書，一向裊擢無典，則北方有一正本，不如此或歇或連乃為正當，草極難於拙，蘇草不及行。

「長沙所開」四字不知何解。趙子固認為「或歇或連」才是正當，以此判定是否為懷素親書，有待商榷。徐邦達則認為故宮墨蹟本「自敘帖」是宋人臨本，甚至可能是蘇舜欽所臨。

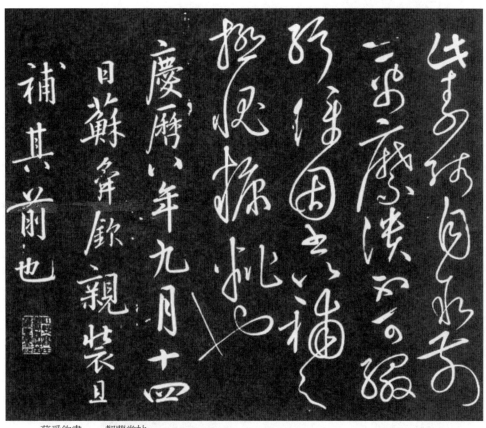

蘇舜欽書　　契蘭堂帖

此素師自敘，前一紙糜潰不可綴緝，僕因書以補之，極愧糠秕也。

慶曆八年九月十四日，蘇舜欽親裝，且補其前也。

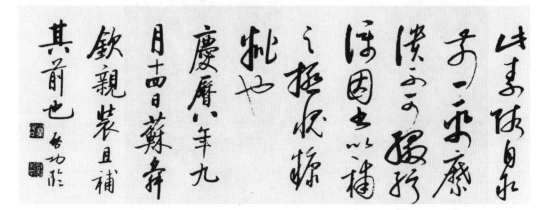

啓功臨（《啓功書法作品選》）

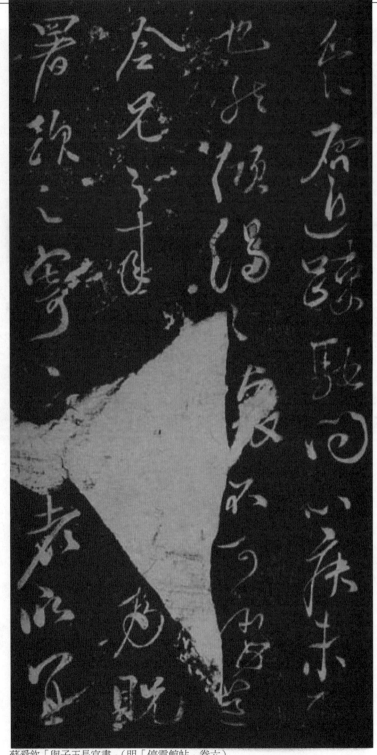

蘇舜欽「與子玉長官書」（明「停雲館帖」卷六）

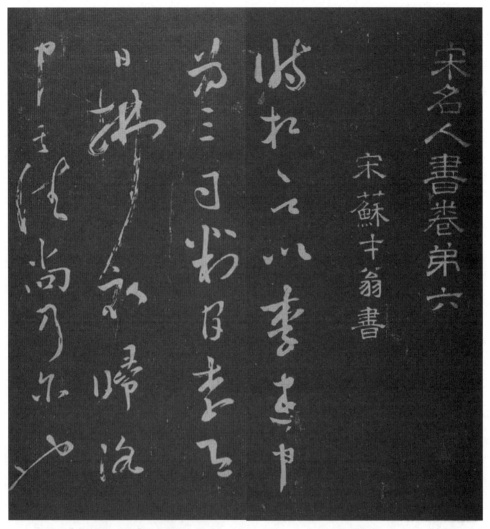

蘇舜元「時相帖」（明「停雲館帖」卷六）

二、宋・蘇沂

　　米芾《書史》：「（蘇沂）又摹懷素自敘，嘗歸余家，今歸吾友李錞，一如真跡。」此卷早已無下落可尋，卻被李郁周妄加附會與利用。

三、宋‧黃庭堅

故宮墨蹟本「自敘帖」後，曾紆跋云：

> 藏真自敘世傳有三，一在蜀中石揚休家，黃魯直以魚箋臨數本者
> 是也。

黃庭堅曾觀賞過「自敘帖」，一般皆轉引曾紆之說，事實上在黃庭堅的文集
中，他已自承此事，見《山谷集‧別集》卷十「跋懷素千字文」：

> 予嘗見懷素師自敘，草書數千字，用筆皆如以勁鐵畫剛木，此千
> 字用筆不實，決非素所作書，尾題字亦非君謨書，然此書亦不可棄，
> 亞栖所不及也。

但黃庭堅「以魚箋臨數本」之事，只見曾紆之記載，未見任何關於山谷臨
「自敘帖」的作品著錄。目前所見黃山谷大草書中，受懷素影響最深的是
藏於北京故宮的「諸上座帖」，卷後的吳寬跋文甚至直指「涪翁此卷摹懷素
書」。

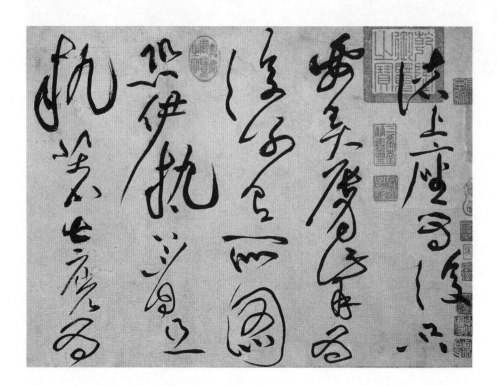

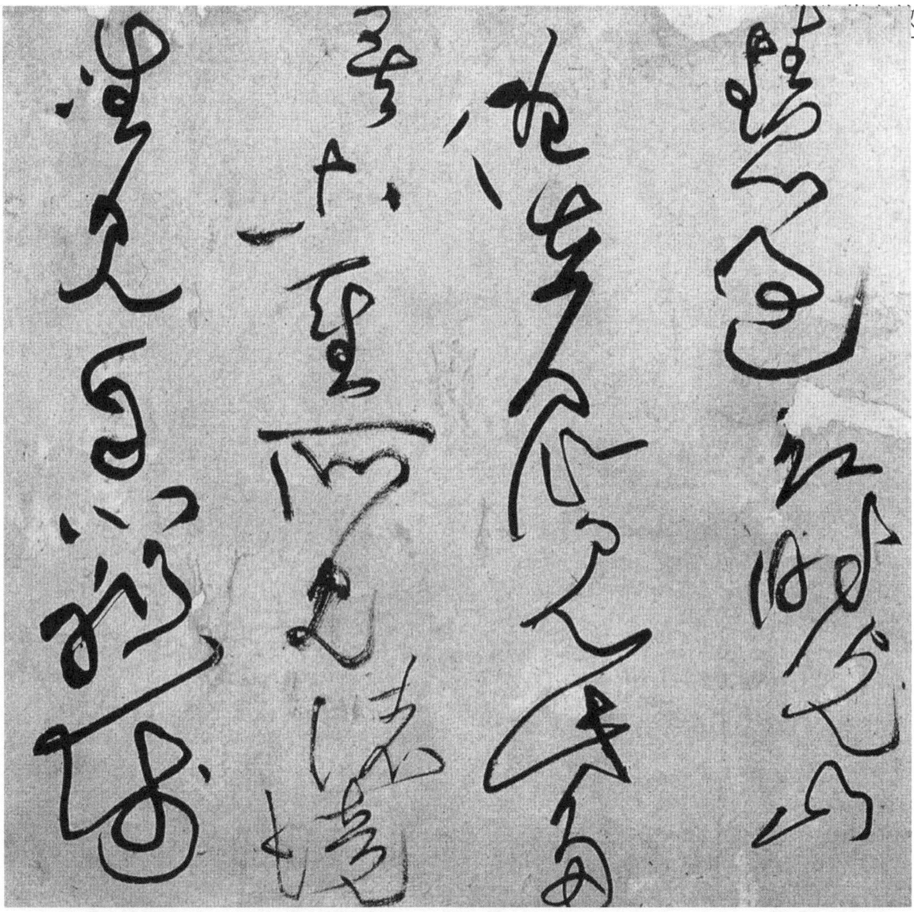

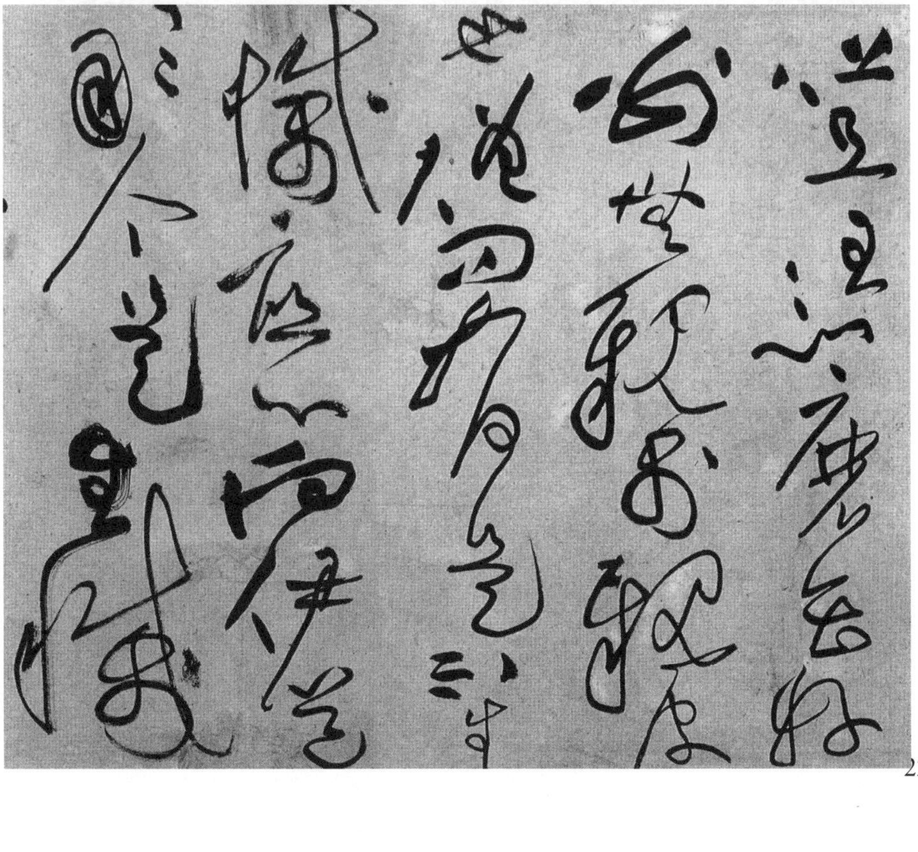

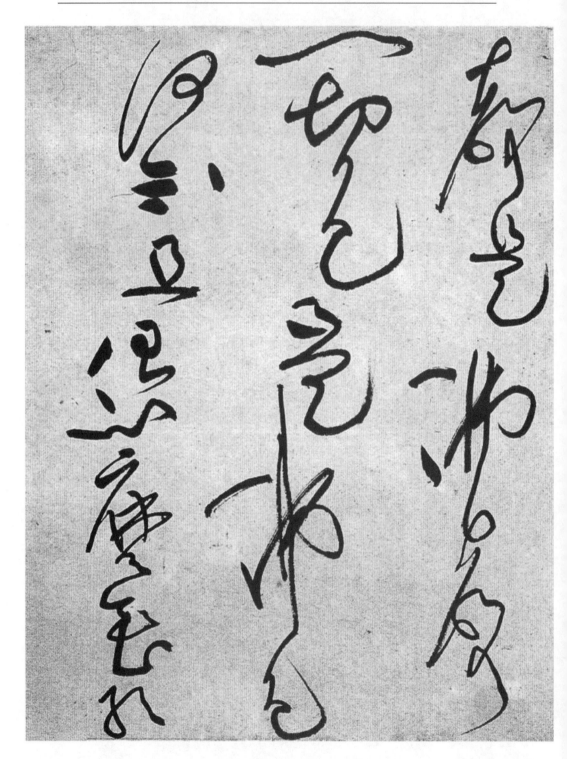

四、元・李倜

袁桷《清容居士集》卷四十七,「跋懷素自敘」:

> 自敘墨蹟俱有蘇子美補字,凡見數本,董逌進德壽殿者為第一。然子美所補皆同,殆不可曉,善鑒定者終莫能次其後先。今觀員嶠所書,貴耳賤目之士願加詳焉。

「今觀員嶠所書」,員嶠為李倜,從跋文來看,此跋應為「跋李倜書懷素自敘」。

五、元・王惲

王惲《秋澗集》卷七十一,「跋手臨懷素自敘帖」:

> 世傳懷素自敘帖有數本,劉御史文季云:「昔吾從祖河東君所藏本最佳,後有蘇才翁跋云:『前紙糜潰,親為裝褙,且為補書,不自媿其糠粃也。』有杜祁公題云:『狂僧草聖繼張顛,卷後兼題大曆年;堪與儒門為至寶,武功家世久相傳。』後又有山谷楷書釋文,蔡無可家故物也。

> 北渡後,觀金城韓侯及祕府所收,俱無蘇、杜二公題跋,似亦非長沙真筆。至元辛未秋九月晦,余謁左轄姚公,出示太保劉公家藏帖,前三十三字亦云子美補亡,按玩之餘,令人仿像意韻,盤礡於胸中者累月,冬十月甲午,是日極暄妍可愛,乘筆墨調利,喜為臨此,拙惡非所慮,庶幾見其典刑云耳。監察御史汲郡王某仲謀甫題識。

六、元・康里巎巎

清初《式古堂書畫彙考》卷十七，「庫庫正齋臨懷素自敘卷」：

> 草書懷素自敘
> 草書不可識，卿字少於即；草書不可知，叔字少於其；草書不可
> 道，於字何曾草；所貴者筆圓，所上者筆老。獻之答謝安云，世人那
> 得知耳。

「紙本，高一尺餘，長一丈，內項氏諸印，不錄。」庫庫正齋亦即康里巎
巎（１２９５～１３４５），字子山，號正齋，元朝著名書家。陶宗儀《書
史會要》稱其：「刻意翰墨，正書師虞永興，行草師鍾太傅、王右軍，筆畫
遒媚，轉折圓勁，名重一時。」他的草書多是字字獨立，不相連屬。

明萬曆年間詹景鳳《東圖玄覽編》卷三，「康里子山臨懷素草書一卷」：

> 其語云：「草書不可識，卿字少於即；草書不可知，甚字少於其；
> 草書不可道，於字何曾草；所貴者圓實，所尚者筆老。獻之答謝安云，
> 世人那得知耳。」子山既臨，復自跋而記時日云：「右懷素臨草書帖，
> 前於秘府中見之，點畫雄邁，神妙無方，故記其語而臨之，豈能得其
> 萬一也。泰定四年正月廿九日。」

此處只稱「臨懷素草書」，但從卷後的自題「所貴者圓實，所尚者筆老」云
云，可知即爲「臨懷素自敘」。書於泰定四年（１３２７），從文中可知康
里巎巎亦曾觀賞過內府所收藏的「自敘帖」。

顧復《平生壯觀》卷四亦著錄一本康里巎巎「書懷素自敘」，可能亦是
同一本。「白宋紙，草書兼行，字可徑寸，無款，後有墨池二字圖書。」

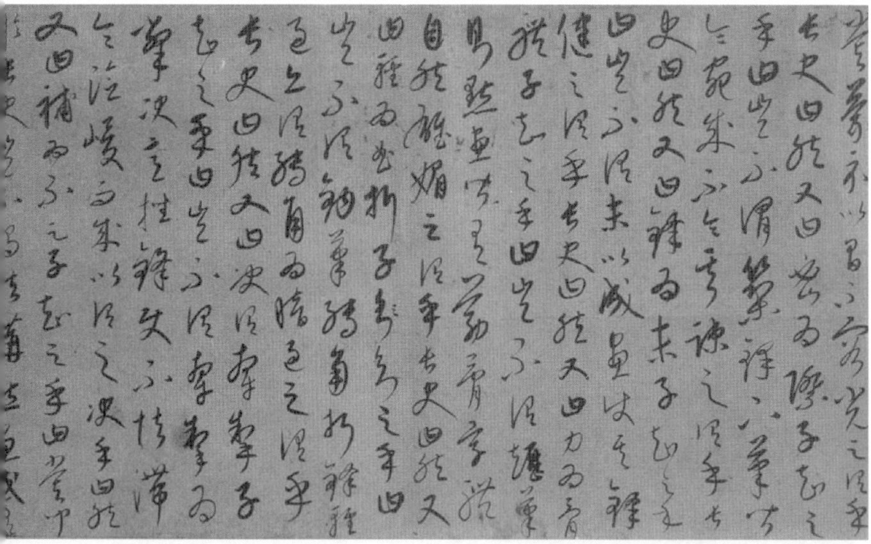

述筆法

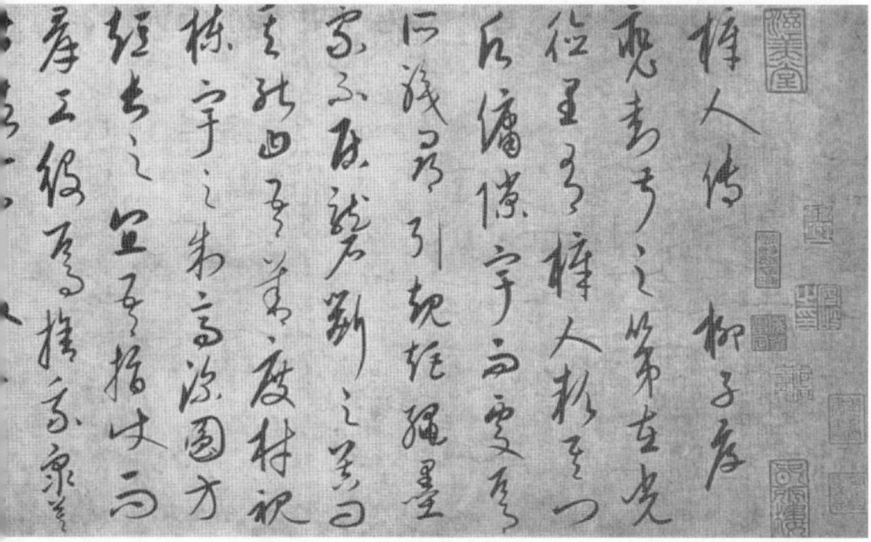

柳宗元梓人傳

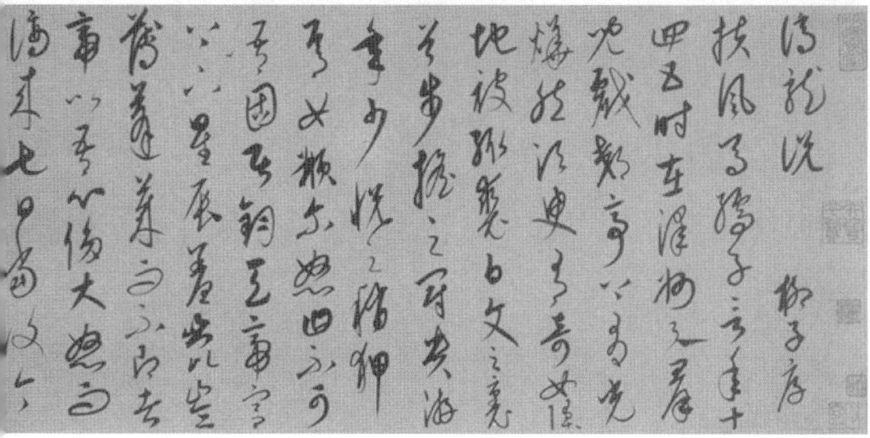

柳宗元謫龍說

七、元・鮮于樞

　　清初吳升《大觀錄》中著錄有「僧懷素自敘帖」，不但帖文全部抄錄，其後的宋明文人的題跋與觀款也無一不缺，極為詳盡。吳升且云：

> 余往曾見紙本一卷，乃鮮于太常所臨，紙素筆墨不逮遠甚，而王
> 止仲、姚斯道二跋真跡。

　　鮮于太常即鮮于樞，元代可與趙孟頫齊名的大書法家。王止仲與姚斯道則為明初的王行與姚廣孝。這卷的真假可能有問題。

　　從鮮于樞所書「杜甫魏將軍歌」卷，明顯可看出此卷受「自敘帖」狂草的影響極深。

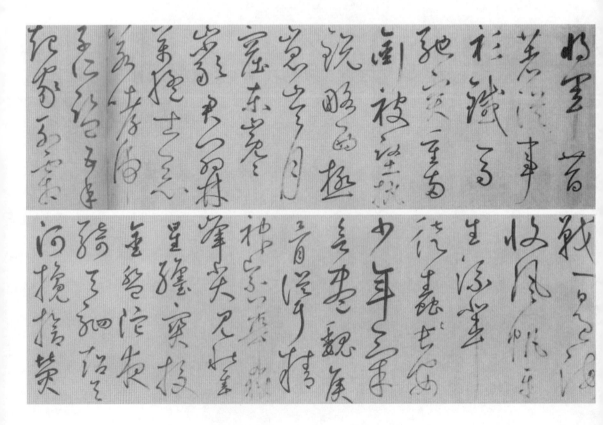

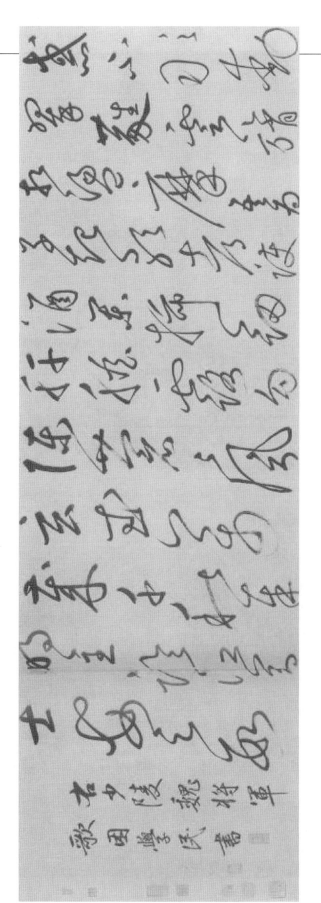

八、明・宋廣

宋廣，字昌裔，書法與明初宋克、宋璲合稱「三宋」。《續書史會要》：「草書宗張旭、懷素，章草入神。」陸鈇跋「吳寬臨懷素自敘帖」云：

> 懷素自敘帖，余嘗見宋昌裔所臨一本，然多自出己意，吾疑其相遠，及得原博先生所摹，逶迤曲折，具得禿翁之意，於是益知宋之不類也，豈臨書家非才參力及，有不可以易致歟。

宋廣臨「自敘帖」，今日可見一件，現藏於遼寧省博物館，書於洪武十七年（１３８４），款署「東海漁者」，是目前所見最早的「自敘帖」全臨本。顧復《平生壯觀》卷五亦著錄一本，不知是否即此本。

其連綿不絕的筆勢，以及轉折的「圓」，和故宮本基本上是一致的，可見宋廣臨摹懷素書曾花了很大心力，但《續書史會要》卻評其：「每作字相聯不斷，非古法耳。」宋廣平日臨摹的範本是墨蹟或是碑帖，是一個值得關注的問題。

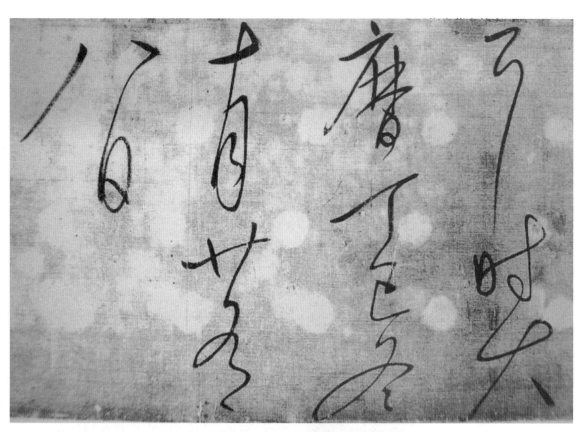

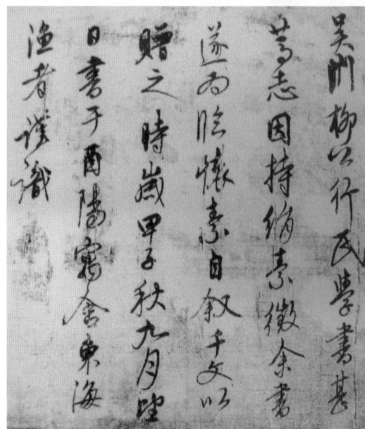

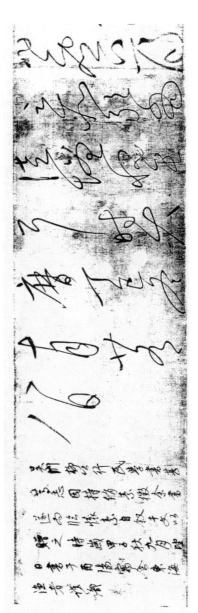

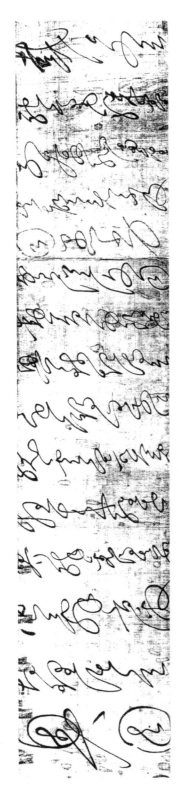

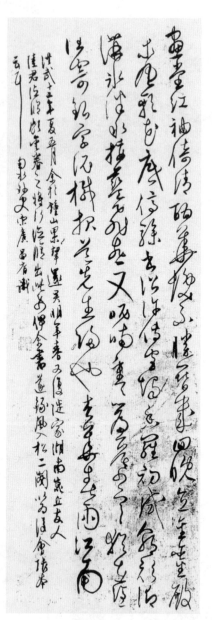

宋廣「草書太白酒歌」（北京故宮）　　　宋廣「草書風入松詞」（北京故宮）

九、明·吳寬

《鐵網珊瑚》卷一，「匏菴臨懷素自敘帖并題」：

> 荆門守徐君泰以所得此帖見示，賞玩累日，既為題數語於後矣。
> 將持去，欲摹一過，恐浣其真，輒以乾筆彷彿大略，雖形神氣韻索然
> 相遠，然時出覽之，亦或有似人之喜也。成化十四年四月望日，吳寬
> 在醫俗亭書。

「自敘帖」於明代中葉「重出江湖」，第一個可考的收藏者就是徐泰，根據
吳寬此則自跋，可知故宮墨蹟本「自敘帖」重出的時間下限是成化十四年
（１４７８），吳寬見到此帖的時間也極有可能是此年。

　　徐泰將其收藏展示給吳寬看，吳寬為其寫跋於後，並且臨摹一遍，但
「恐浣其真」，於是「以乾筆彷彿大略」。可是今日「自敘帖」後並無此跋，
而是吳寬於弘治六年（１４９３）為下一個收藏者徐溥所題。前跋全文見
於正德三年（１５０８）的吳氏家刊本《匏翁家藏集》中，跋中稱「今為
荆門守徐君得之」，但現在所見則是「今為宮傅謙齋先生徐公所藏」，其餘
文字皆同。兩跋相差十五年，徐溥為什麼將前跋割除？吳寬為什麼同樣跋
文寫了兩次？這是「自敘帖」研究眾多疑點的其中之一。

兩年後（成化十六年），吳寬又在他自己的臨本寫了一跋，《家藏集》卷五十，「再題所摹懷素自敘帖」：

蘇黃門題此帖時，恨不令吾兄一見，後東坡得見之，則曾空青所謂馮當世家本也，偶得坡翁跋語。而山谷觀于石陽休家，又得其說於名臣言行錄，因具錄於後，見蘇黃為一代書宗所以評自序者如此，以為博古者之助耳。

再跋載於其文集，初跋卻未見。此臨本吳寬亦曾展示給其徒文徵明閱覽，墨蹟本「自敘帖」後的文氏跋文云：

先師吳文定公嘗從荊門借臨一本，間示徵明曰：「此獨得其形似耳，若見真跡，不啻遠矣。」蓋先師歿二十年，始見真跡，回視臨本，已得十九，特非郭填，故不無小異耳。

吳寬臨本後藏於陸釴（字鼎儀，天順八年進士），其跋文云：

懷素自敘帖，余嘗見宋昌裔所臨一本，然多自出己意，吾疑其相遠，及得原博先生所摹，逶迤曲折，具得禿翁之意，於是益知宋之不類也，豈臨書家非才參力及，有不可以易致歟。米元章書史載蘇沂所摹自敘帖一如真迹，不知於吾原博者何如？惜余不得而竝觀之也。庚子歲正月坐日色中展玩因書之，崑山陸釴。

此跋書於成化十六年正月，吳寬再跋則是於正月二十五日，可見吳寬再跋其臨本時，此帖在陸釴手中。之後則由顧璘（字華玉，弘治九年進士）所收藏，《顧華玉集》卷九，「書吳文定臨懷素自敘帖後」：

文至莊、詩至太白、草書至懷素，皆兵法所謂奇也，正有法可循，奇則非神解不能。及觀文定所臨懷素此書，用筆結體譎詭恍惚，幾不可為象矣，若真蹟不知又當何如耶？令人遐想無已。

吳寬此帖今日無傳，他的草書作品也是難得一見。

十、明・文徵明

　　《石渠寶笈》卷三十一，著錄有「明文徵明臨懷素自敘帖一卷。」未見。

　　上海博物館藏文徵明於正德十五年（１５２０）所書七言律詩四首，是文氏難得一見的大草書，跌宕縱橫，似受懷素狂草影響，不過此年文徵明應尚未見過陸家收藏的「自敘帖」。（肯燕翼認為此卷「應是文彭所書」，姑存此說。此年文彭才二十三歲。）

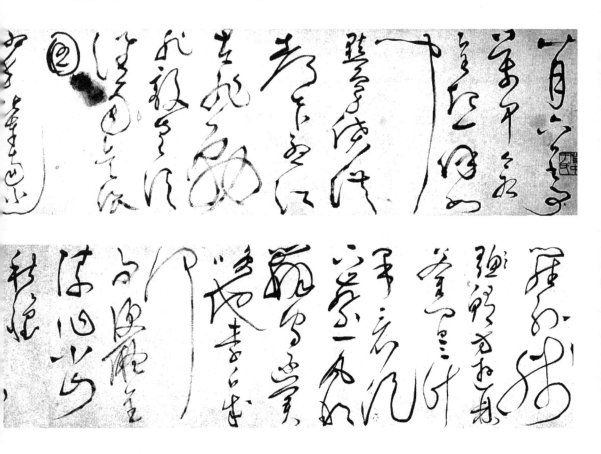

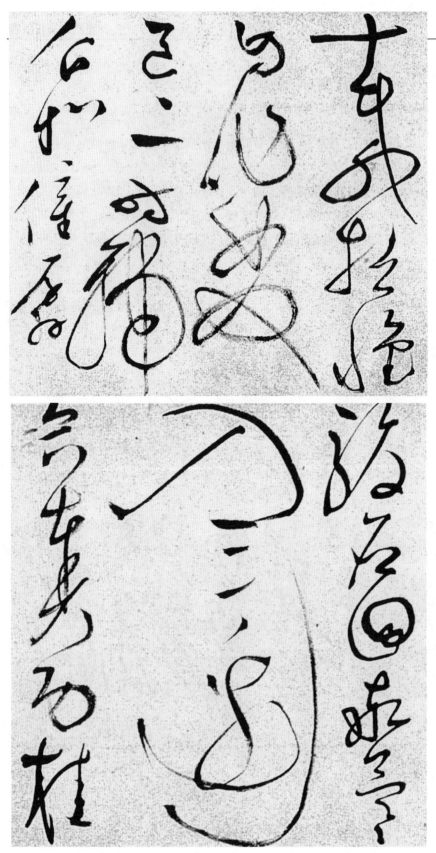

十一、明・文彭

《石渠寶笈》卷三十一，著錄有「明文彭臨懷素自敘帖一卷次等閏一」：

素牋本，款識云：偶得宋刻自敘帖，戲臨一過。三橋文彭。

承蒙北京故宮副院長肖燕翼慨允，我在故宮庫房中看到了此卷，雖號稱「臨宋刻自敘帖」，但全是祝允明的風格，如同詹景鳳評文彭書「幾參祝步」，墨濃、不「圓」，和石刻本與墨蹟本「自敘帖」都相差極大。（因肖副院長說：「我院規定未曾發表過的文物不便向外界提供圖版。」故無圖片。在此再次向肖副院長致謝。）

事實上，文彭的能力被李郁周高估到離譜，其草書也比較類似祝允明，懷素的影響不大，而且有點俗氣。故宮墨蹟本「自敘帖」從頭到尾皆為三十三歲（１５３０）的文彭所摹，從草書正文到宋明諸人題跋，各體兼備，毫無破綻，更是天方夜譚的狂想曲，文彭根本無此能力，我只相信李某的瞎掰功力絕對超過文彭臨摹能力百倍。

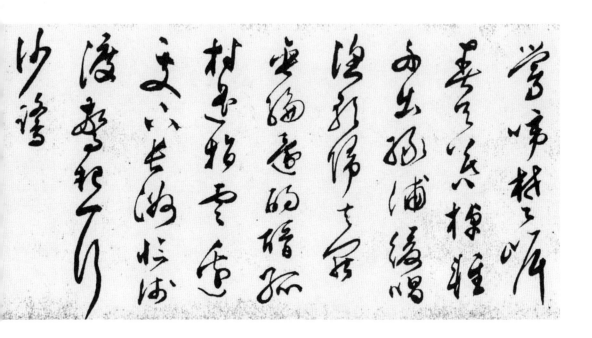

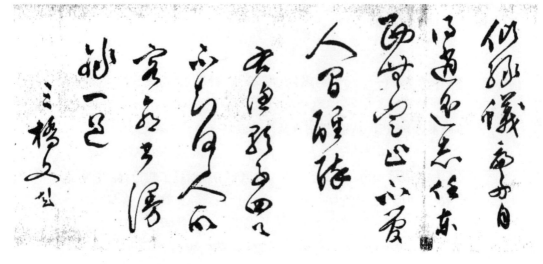

文彭「漫臨一過」的草書「漁歌子四首」（北京故宮）

「臨懷素自敍帖」亦類似此風格，全是祝允明的路子，與懷素毫不相干。

十二、明・董其昌

見下文〈董其昌臨自敍〉。

十三、明人·無款

藏於四川大學，即啓功文章中所稱：「四川大學藏竹紙臨本半卷，與蓮池本一類。」

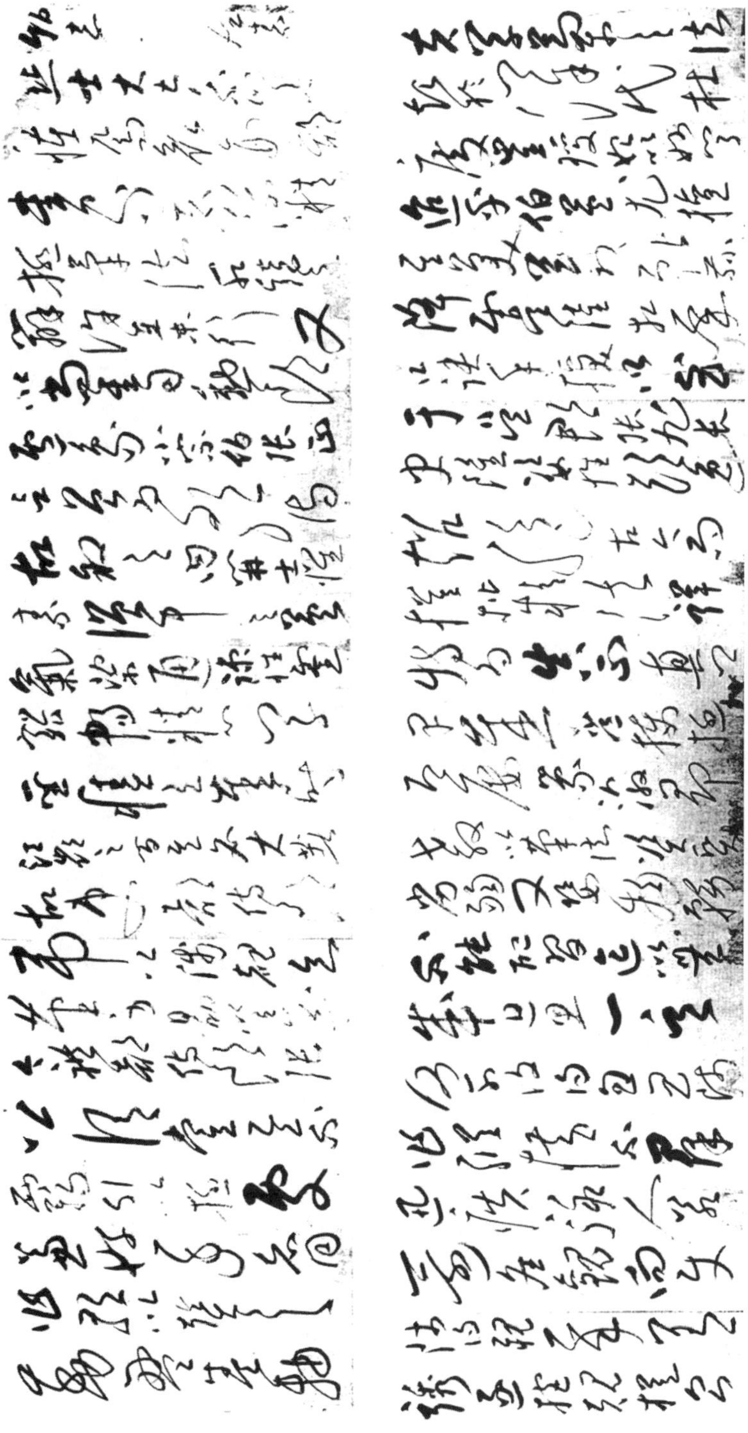

十四、啟功

臨於一九七四年，全卷見榮寶齋出版社《啓功臨懷素「自敘帖」》。

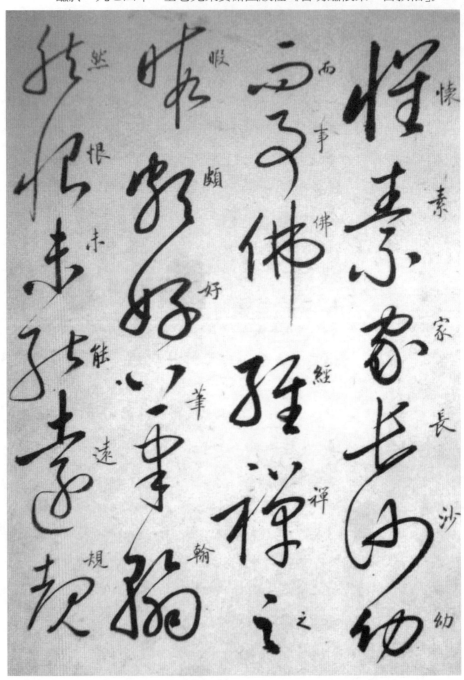

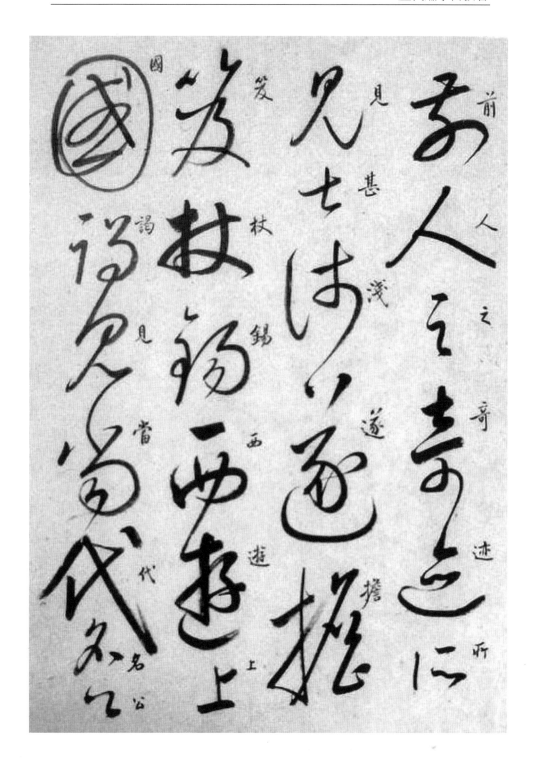

前人之奇述所
見甚淺遂擔上
發杖錫西遊擔
詢見當代名公
國

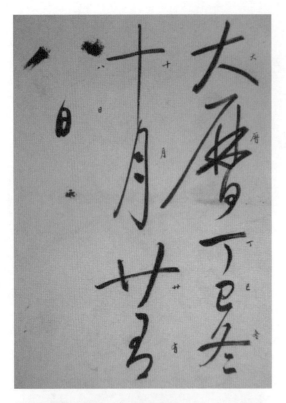

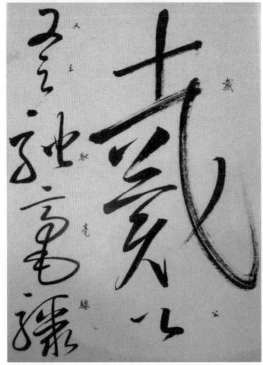

董其昌臨自敘

　　董其昌（１５５５～１６３６）一生臨寫過許多次懷素「自敘帖」，可是大多出於己意，並非完全忠於原書，且多是節臨本，目前所見的全臨本皆為刻帖。以下便由文獻、墨蹟與刻帖等三方面來探討懷素草書對董其昌的影響。

一、文獻

董其昌《容臺集・別集》「題跋」卷二：

　　懷素自敘帖真蹟，嘉興項氏以六百金購之朱錦衣家，朱得之內府，蓋嚴分宜物沒入大內後，給侯伯為月俸，朱太尉希孝旋收之。其初吳郡陸完所藏也，文待詔曾摹刻停雲館行于世。余二十年前在檇李獲見真本，年來亦屢得懷素他草書鑒賞之，惟此為最。

　　本朝素書，鮮得宗趣，徐武功、祝京兆、張南安、莫方伯各有所入，豐考功亦得一斑，然狂恠怒張，失其本矣。余謂張旭之有懷素，猶董源之有巨然，衣鉢相承，無復餘恨，皆以平淡天真為旨，人目之為狂，乃不狂也。

　　久不作草，今日臨文氏石本，因識之。

董其昌記項元汴以六百金購「自敘帖」，可是項元汴卻在故宮墨蹟本「自敘帖」後寫著「其值千金」，所以不是董記錯，就是項灌水。此處董其昌則交代了「自敘帖」在項元汴前的一段收藏過程，先是在陸完之手、後來陸家委託文氏父子摹刻上石，後歸權臣嚴嵩，嚴被抄家後，此帖暫時在明朝內府，後又歸朱希孝。董臨「自敘帖」所依據的乃是「石本」，可能即是「水鏡堂帖」。

　　《容臺集・別集》卷二：

岑嘉州「輪臺行」，以醉素書書之，亦「自敘帖」筆法。此卷真跡，至今猶在檇李項氏，其值千金，未有好事家過而問者，但文氏曾刻石傳於世耳。予為諸生時，館於嘉禾，與項元汴交善，屢得借臨。因知本朝解學士、張南安僅得形骸之似，惟徐武功庶幾十三。蓋懷素雖放縱不羈，實尺寸古法，如「聖母碑」與右軍相去不遠也。芷水黃門屬書，聊以請正。

這裡又記「其值千金　」。由此跋可知董其昌在年輕時，即在項元汴家看過故宮墨蹟本「自敘帖」，並「屢得借臨」。

《容臺集‧別集》「題跋」卷四：

藏真書，余所見有「苦筍帖」、「食魚帖」、「天姥吟」、「冬熱帖」，皆真蹟，以澹古為宗，徒求之豪宕奇怪者，皆不具魯男子見者也。<u>顏平原云</u>：「<u>張長史雖天姿超逸，妙絕古今，而楷法精詳，特為真正。</u>」吁！此素師之衣鉢，學書者請以一瓣香供養之。

董其昌在二十餘歲時就看過項子京購藏的「自敘帖」，而上則題跋觀其文意，絕非年少時所書，但他只云「苦筍帖」、「食魚帖」、「天姥吟」、「冬熱帖」皆真蹟，不知是否隱含他已認為「自敘帖」非懷素真蹟。

《容臺集‧別集》「題跋」卷三：

余每臨懷素「自敘帖」，皆以大令筆意求之。黃長睿云：「米芾見閣帖書稍縱者，輒命之旭。」旭、素故自二王得筆，一家眷屬也。<u>旭雖姿性顛逸，超然不羈，而楷法精詳，特為正真。</u>學狂草者，從此進之。

《畫禪室隨筆》卷一，「書自敘帖題後」則云：

余素臨懷素「自敘帖」，皆以大令筆意求之，時有似者，近來解大紳、豐考功狂恠怒張，絕去此血脉，遂累及素師，所謂從門入者，不是家珍見過于師方堪傳授也。

252

二、碑刻

I 一六〇七全臨本

　　余每臨懷素「自敘帖」，不能書意，今日乘興為此，皆以大令筆意求之。黃長睿云：「米芾見閣帖草書稍縱者，輒命之旭。」旭、素故自二王得筆，一家眷屬也。此法大壞于黃涪翁，謬種流傳，為解大紳、豐人翁，所謂高閑而下，但可懸之酒肆。味「自敘」中語有云：「旭雖姿性顛逸，超然不羈，而楷法精詳，特為真正。」學狂草者，請從此入。因臨倣及之。丁未冬十月廿六日，董其昌識。

此董其昌書「自敘帖」全臨本，共刻在十方碑石上，於文化大革命後出土，置於上海市松江區的方塔園之「其昌廊」牆上。李郁周誇稱他看過拓本，「要早、要精、要清晰」，但他竟不知原石仍存，還在那裡吹牛皮，充分顯現他的無知。李郁周是個很有自信的人，不過他的自信來自於無知和沈迷於自己的幻想。

　　此書臨於萬曆三十五年（1607），之後的自題明顯與上述《容臺集‧別集》有所重疊，可知文集所錄遭到刪減。

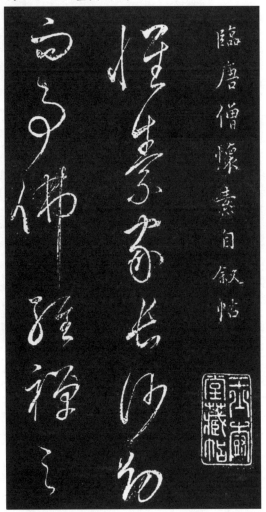

上：方塔園　　下：其昌廊　　　王裕民攝

Ⅱ一六一〇全臨本

民國初年，上海文明書局曾出版《董文敏臨懷素自敘》，此冊亦爲全臨本，書於萬曆三十八年（１６１０），據卷後董其昌自題，可知臨自項子京家藏的真跡。

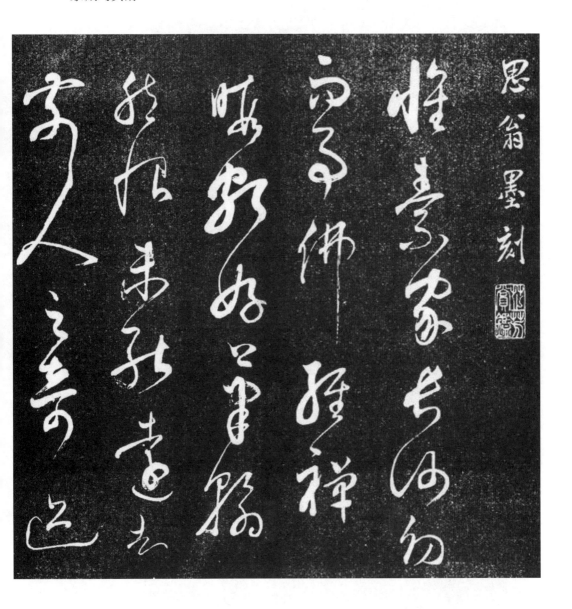

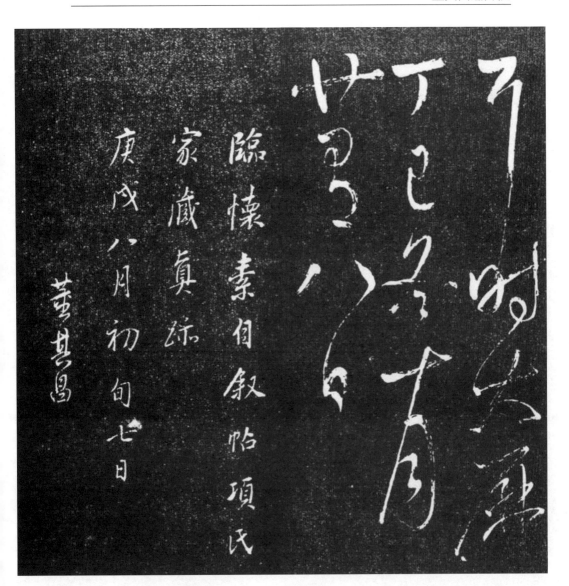

臨懷素自敘帖頃氏
家藏真跡
庚戌八月初旬七日
董其昌

Ⅲ 節臨本

　　清嘉慶二十五年（１８２０），斌良、撰集錢泳摹勒之「裘沖齋石刻」
十二卷，其中第七冊收有兩卷董其昌節臨「自敘帖」，其一書於崇禎壬申（五
年，１６３２），時七十八歲；其二則未書年代。

　　夫草藁之作，起于漢代，崔瑗、杜度……（原文順序則是「杜度、崔瑗」）

揽札废如以 妙冲电手 伯英尤善至 姜姜□新书 泽室张旭 承作以误笔 揽以□□ 张旭□史难

姿性气逸超 超古今为楷 楷精深妙为 笔□□手来 草满昌书以 笔法难资赏 孤为□□约

弱不胜罗绮 逸以世书迥 里□□□逸 以兽类脱□ 气概与□ 惊奇神妙 都举□□觌 向来所未覩

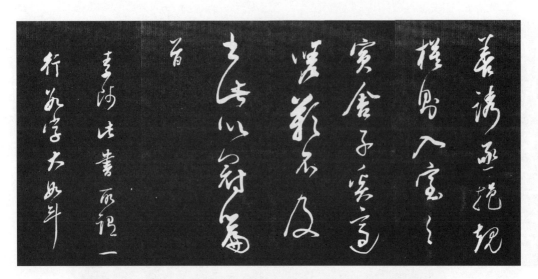

夫草稿之作，起于漢代……聊書此，以冠諸篇首。

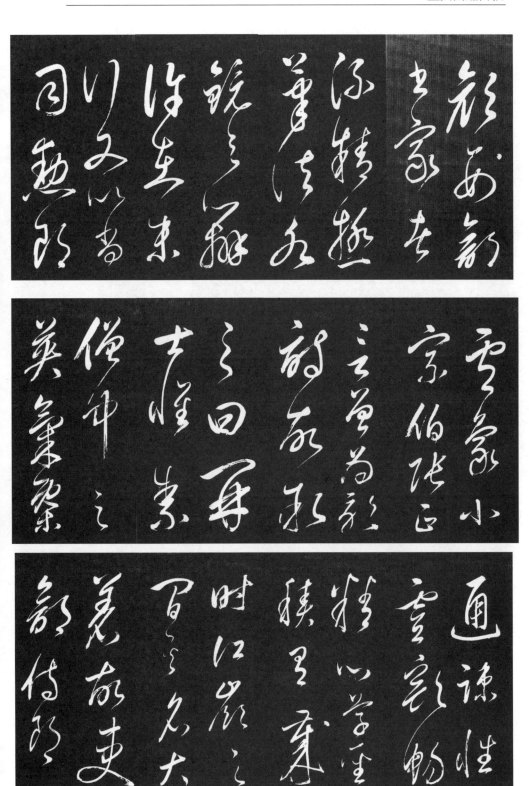

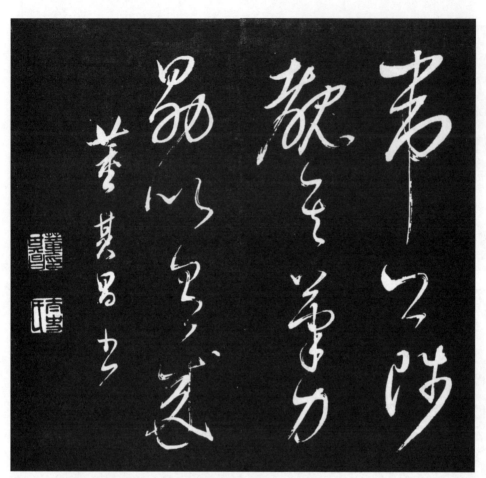

顏刑部，書家者流……覩其筆力，勖以有成。

三、墨蹟

目前存世所見的董臨「自敍帖」墨蹟皆爲節臨本，但並非據實依照刻帖或眞跡臨寫，而是出於己意，不求形似，董其昌憑著他的記憶力和過人的自信心，抽取段落來寫，但常有錯字、漏字或更改語句，而這正是董臨古帖時的一大特色。

《容臺集・別集》「題跋」卷二：

> 余性好書，而懶矜莊，鮮寫至成篇者。雖無日不執筆，皆縱橫斷續，無倫次語耳

這就是今日存世如此多董臨「自敍帖」的原因。除了不求形似、漏字漏句、節臨本多幾個特色外，董臨古帖的另一個特色是臨寫完後，會在卷尾抒發心得，第一部分關於董其昌論「自敍帖」的文獻記載，即皆爲臨帖後對於原蹟的記事與評論。今日存世董其昌墨蹟甚多，而這類臨古帖的跋尾才是精華所在。

何創時基金會藏

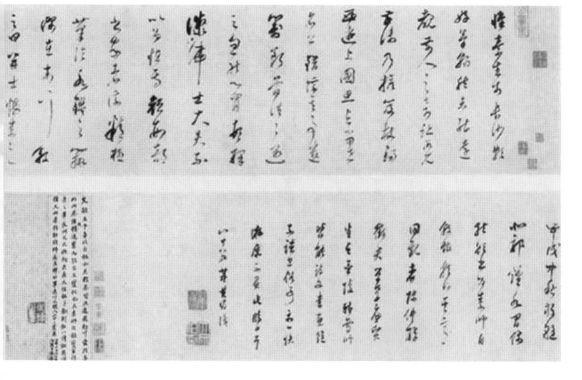

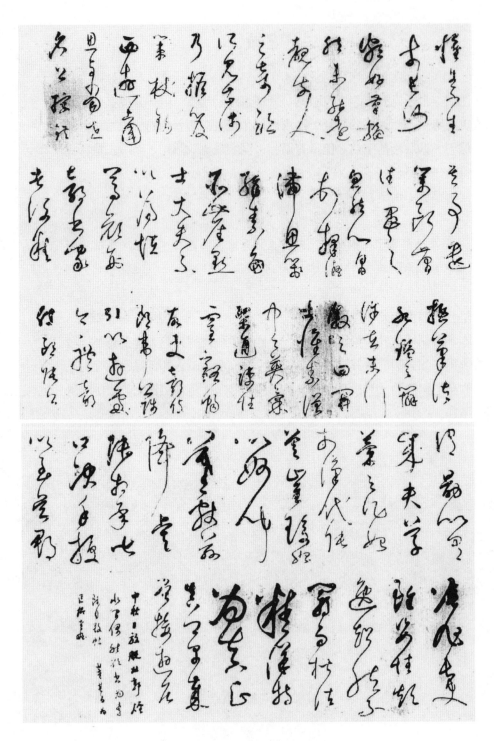

山東省濟南市文物商店藏（《中國古代書畫圖目》第十六冊）

何創時基金會本於二〇〇〇年出現在拍賣場，從卷首「懷素生于長沙」寫起，原文應是「懷素家長沙」，但董其昌每每記成如此。其後的董其昌識語云：

> 甲戌（1634）中秋，放艇北郭煙水間，偶然欲書，為素師自敘帖，頗得其意，同觀者陳仲醇徵君、單孝廉質生與金陵聽雪師，皆能詩文書畫，絕不談世俗事，亦一快遊，庶不負此勝日耳。

山東省濟南市文物商店藏本則云：

> 中秋日，放艇北郭煙水間，偶然欲書，為素師自敘帖。

兩則跋語如此雷同，實在可疑。傅申在〈董其昌書畫船—水上行旅與鑑賞、創作關係研究〉（《美術史研究集刊》第十五期）一文中把兩件都當成真的，並說：

> 此則題記可助吾人推論該卷《草書懷素自敘卷》之書寫情境，因正值崇禎七年甲戌（1634）秋高氣爽的中秋佳節，此年董氏詔加太子太保致仕，退休閒居故鄉松江，文中並無夜晚燈下等字眼，故可設想他們本準備在舟中賞月，卻提前於白日開始放艇舟遊，等待晚間月出之前的時光，可以在舟中享受作書或觀賞揮毫之樂。

此何等語？簡直是小說家之言，想像力豐富。

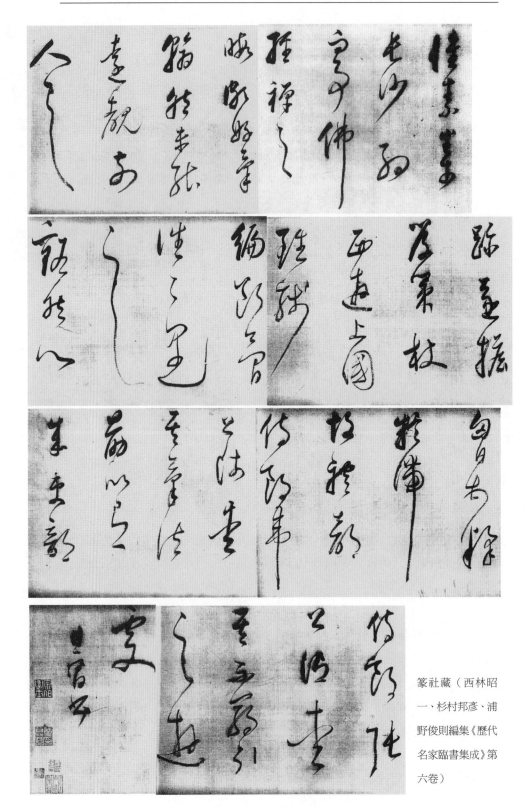

篆社藏（西林昭一、杉村邦彥、浦野俊則編集《歷代名家臨書集成》第六卷）

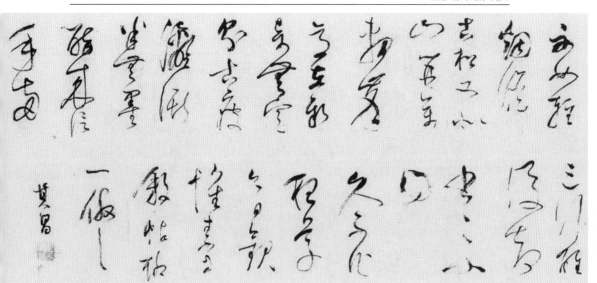

初如輕烟澹古松，又似山開萬軔峰。

意在新奇無定則，古瘦灕澌半無墨。

醉來信手兩三行，醒後卻書書不得。

久不作狂草，今日觀懷素自敘帖，聊一仿之。其昌。

初疑輕烟澹古松，又似山開萬仞峰。

奔蛇走虺勢入座，驟雨旋風聲滿堂

志在新奇無定（則）……

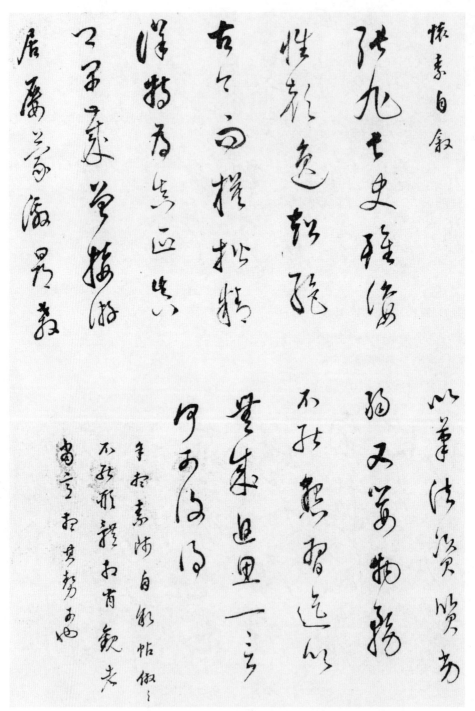

私人藏（《歷代名家臨書集成》第六卷）

張旭長史，雖姿性顛逸，超絕古今，而模法精詳，特爲真正。真卿早歲，常接遊居，屢蒙激昂，教以筆法。，資質劣弱，又嬰物務，不能懇習，迄以無成。追思一言，何可復得。

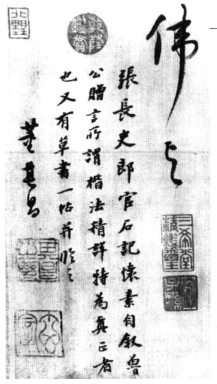

草書「張旭郎官壁記」卷後自跋（底特律美術館藏）

董其昌常引用顏真卿的這段話：「張旭長史，雖姿性顛逸，

超絶古今，而楷法精詳，特爲真正。」（黃惇認爲此卷爲僞，

姑存此說。《故宮文物月刊》一四二期。）

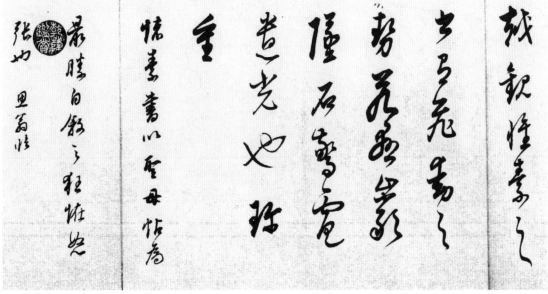

董其昌「雜書冊」（台北故宮博物院）

此卷後爲臨懷素帖，上圖爲臨「律公帖」周越跋文。

董自跋云：「懷素書以『聖母帖』爲最，勝『自敘』之狂怪怒張也。」

　　另根據《中國古代書畫圖目》，可知上海博物館藏有董其昌「草書臨懷素自敘帖」卷（滬1－1427），綾本。天津市藝術博物館亦藏有兩卷，津7－0312與7－0313，但無圖版可參考。

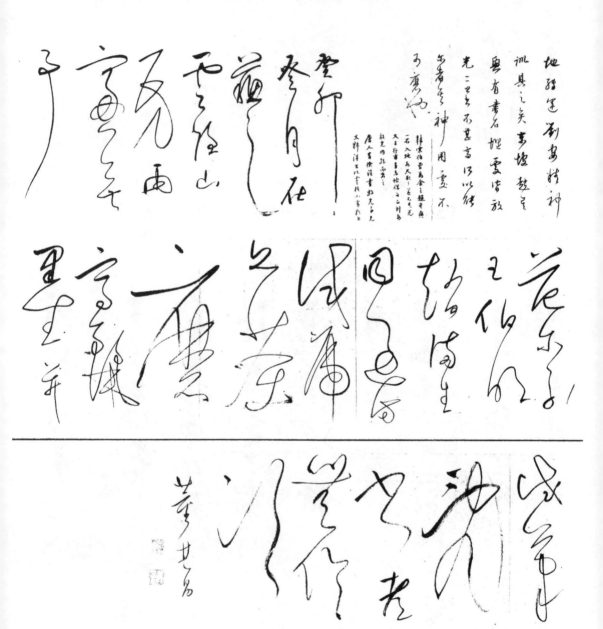

「行草書卷」（東京國立博物館藏）1603年書

卷後自跋云：「試筆亂書，都無倫次。」董其昌臨寫「自敘帖」無數次，但惟有此書可以媲美。

陸完研究

《陸氏世譜》中的陸完畫像與像贊

一、前言

故宮墨蹟本「自敘帖」，自明代中葉開始，其收藏者歷經徐泰、徐溥、吳儼等人，後至陸完手上，其後人陸修委託文徵明父子摹刻上石，號爲「水鏡堂帖」。所以陸氏家族在「自敘帖」的流傳過程中，是極爲關鍵的角色，但今日的研究者卻因史料的不足，而連陸完與陸修的關係都無法釐清，爲突破此一困境，本文透過之前研究者從未引用過的族譜、地方志、孤本文集與石刻拓本，甚至實地走訪陸完家鄉，盡可能解決所有相關疑團。

陸完，字全卿，號水村，江蘇長洲人。父陸溥(１４３６～１４７７)，字宗博，卒年四十二，事見吳寬〈陸宗博墓誌銘〉與李東陽〈贈文林郎廣西道監察御史陸君墓表〉。

母華氏（１４３５～１５２１），年八十七，生子三人：陸完、陸宜、陸宇，王鏊撰有〈陸冢宰母太夫人華氏墓誌銘〉。而根據此文，得知陸溥與華氏有孫七人：陸仙、陸价、陸仕、陸侔、陸修、陸係與陸倬。

成化二十三年（１４８７），陸完舉進士，歷任監察御史、江西按察使、右僉都御史、左僉都御史、兵部侍郎、兵部尚書與吏部尚書等職。陸完在兵部時，因平定劉六、劉七之亂而有大功；又後世稱吏部尚書爲「冢宰」，故時人提及陸完多稱「陸冢宰」。

陸完未考取進士時即已嶄露頭角，《明史‧陸完傳》：

> 爲諸生，中官王敬至蘇，以事庭曳諸生，諸生競起擊之，完不與。惡完者中之，敬遂首列完名上聞。巡撫王恕極論敬罪，完乃得免。

太監王敬到江蘇爲非作歹，諸生因而聯合起來毆打他，陸完根本沒參與，結果與他有過節的人，誣指他爲主事者，王敬就將陸完上報，後來巡撫王恕極言此事是王敬自己咎由自取，所以陸完才逃過一劫。

賜進士題名記

成化二十三年榜

徐溥　撰

陸完與吳儼均為此榜進

士。碑上共刻有連續三位

「自敘帖」收藏者之名。

　　《明史・陸完傳》云其：「有才智，急功名，善交權勢。」《明儒學案》則稱陸完「喜權術」。明武宗正德十四年，宗室寧王宸濠造反於江西，後被王陽明所平。陸完被查獲與宸濠往來之書信，因而被下獄，全家則被收押，家產亦被查抄。武宗班師回朝時，陸完等罪犯被裸身示眾，身上插著白旗，極盡屈辱。叛亂之罪原應被處極刑，但陸完因曾平定劉六、劉七之亂有功而免於一死，被發配到福建泉州靖海衛，數年後卒於福建。

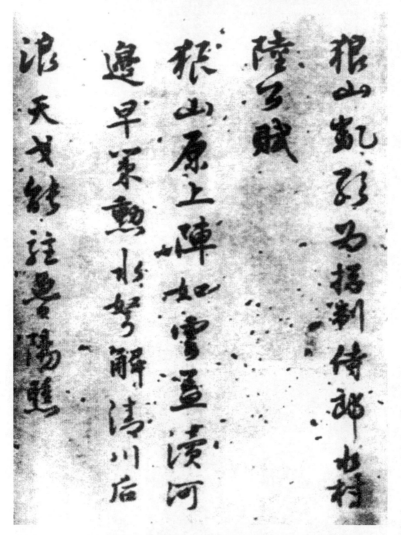

楊慎　書〈狼山凱歌爲總制侍郎水村陸公賦〉七言絕句十首，作於正德七年（１５１２），此帖則是嘉靖二十九年（１５５０）所寫。《升菴集》卷三十五的詩題改爲〈狼山凱歌〉，此爲第一首：「狼山原上陣如雲，孟瀆河邊早策勳。水弩解清川后浪，天戈能駐魯陽曛。」

二、陸完與陸修為父子關係

　　根據王鏊爲陸完母華氏所撰的〈陸冢宰母太夫人華氏墓誌銘〉，可得知陸溥與華氏有孫七人：陸伷、陸价、陸仕、陸俸、陸修、陸係與陸倬，委託文徵明父子摹刻其家藏「自敍帖」於水鏡堂即爲陸修。以往論及陸修其人，總因史料不足而不知他與陸完之間的確切關係，如今我根據兩本「甫里地方志」，找到了陸修確爲陸完之子的證據。

　　一般所見史料中的陸完傳記，從《明史》以降，到《罪惟錄》、《國朝列卿紀》、《國朝獻徵錄》、《續藏書》、《紀錄彙編》、《弇州山人續稿》、《列朝詩集小傳》、《本朝分省人物考》、《橫雲山人集》、《明詩紀事》等書都稱陸完爲「長洲人」，但翻閱明清兩朝所修的《長洲縣志》，卻都找不到任何關於陸修此人的記載。

　　破解陸完與陸修關係的關鍵，是有次我無意間翻閱以往蒐集而來的各種陸完史料，在乾隆十八年所修《長洲縣志》卷二十四中的「陸完傳」，忽然看到該傳寫著：「陸完，字全卿，甫里人。」於是我搜尋甫里的地方志，共找到了兩本，一本是清人陳維中纂修的《吳郡甫里志》十二卷抄本，另一則是清人彭方周纂修《吳郡甫里志》二十四卷刻本，在兩書中都找到了陸修的蹤影，並明言其爲陸完「次子」。

　　在抄本《吳郡甫里志》卷八「冑監」中記載：

> 陸仕，字子可，號小村，長洲人，以蔭授中書舍人。進士完子
> 陸修，字子慎，號海濱，長洲人，以蔭授中書舍人。完次子

在刻本《吳郡甫里志》卷十二「國學生」中記載：

> 陸仕，字子可，號小村，元和人，以蔭授中書舍人。
> 陸修，字子慎，號海濱，元和人，以蔭授中書舍人。

兩書稍有小異，一記「長洲人」，一記「元和人」，而只有前者交代了陸完與陸修的父子關係，至此「自敍帖」的疑團頓失。

　　又根據陸深《儼山集》卷六十五的〈朱夫人秦氏墓誌銘〉，文云：「女

二，長適都察院檢校張，次適中書舍人陸修。」可知陸修娶朱恩次女。

甫里，即今江蘇省吳縣的「甪直」，是個只有一平方公里的水鄉小鎮，鎮上遍布湖泊、河流與現存的四十座古橋，唐朝的陸龜蒙與近代的王韜都是甫里人。一般提到陸完家族，常云「陳湖陸氏」，因為陸完的老家就在陳湖旁的「宅前」。（抄本《吳郡甫里志》卷四「古蹟・第宅」記載：「陸少保完宅，在宅前。」）

趙寬〈沈石田畫古樹為陸全卿題〉：「甫里客有天隨風，家藏毫素多古雅。」（《半江集》卷三）顧清〈陸水村母淑人壽八十〉：「甫里仙人姑射姿，平湖樓閣自瑤池。」（《東江家藏集》卷十一）

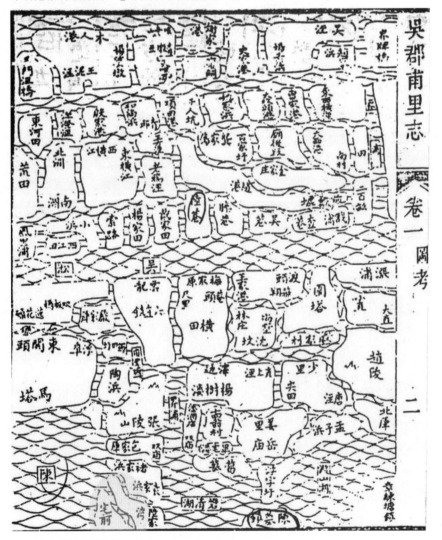

↑↑↑陳湖與宅前

三、珍貴孤本《先太宰水村集遺稿》

《明史》的「藝文志」中著錄陸完有《水村集》二十卷，之前遍尋無方，以為此書已失傳，只找到一冊《在懲錄》抄本，並首次在《假國寶—懷素自敘帖研究》一書中公布，該書內容則為陸完被謫戍至福建之後，生命最後數年所寫的文章、書信與詩詞。

此本《在懲錄》曾經清代著名藏書家金檀（字星軺）文瑞樓收藏，卷首有其「真意」朱文圓印、「文瑞樓」白文方印、「結社溪山」朱文方印、「家在黃山白岡之間」白文方印、「金星軺藏書記」朱文長方印。卷後則有「能忍自安知足常樂」朱文長方印、「我思古人實獲我心」朱文方印、「當怒讀則喜當病讀則痊恃此用為命縱橫堆滿前」朱文方印。

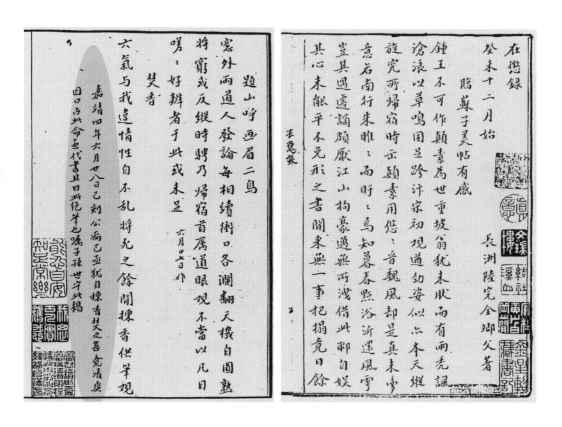

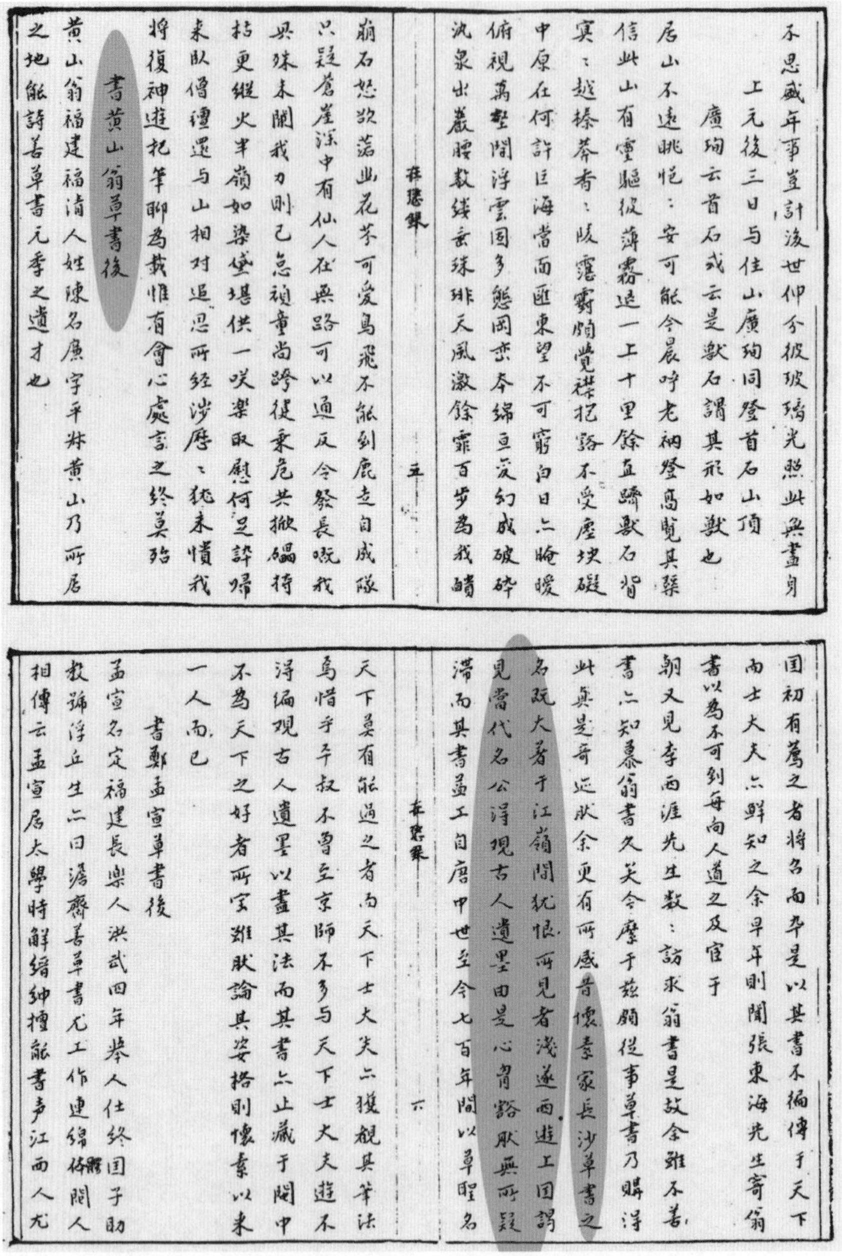

不思盛年事豈計後世仰分彼玻璃光照此無盡身
上元後三日与住山廣珣同登首石山頂
廣珣云首石或云是歙石謂其形如歙也
居山不遠眺恺：安可能令晨吟老衲登高覽其築
信此山有靈驅彼薄霧退一上十里餘直躋歙石背
寞：越榛莽香：歧蹊霧悄覺碟圮路不受塵块礙
中原在何許巨海當面匯東望不可窮白日亦晻曖
俯視萬壑間浮雲因多態岡峦齊錦亘变幻成破碎
汎泉出巖腰數綫飛珠琲天風激餘霏百步為我續
在懲錄　五
崩石怒欲落幽花芬可愛鳥飛不能到鹿走自成隊
只疑蒼崖深中有仙人在無路可以通反令發長嘯我
與殊未闌我力則已怠稚童尚跨徙秉危共撤偏持
枯更繼火半嶺如染螢堪供一哄樂取慰何足辭歸
来臥僧禪還与山相对追思所經涉歷：猶未慣我
将復神遊把筆聊為截惟有會心處言之終莫殆
書黃山翁草書後
黃山翁福建福清人姓陳名廣字平疇黃山乃所居
之地能詩善草書元季之遺才也

国初有薦之者将名而卒是以其書不徧傳于天下
而士大夫亦鮮知之余早年則聞張東海先生寄翁
書以為不可到每向人道之及宦于
朝又見李西涯先生數：訪求翁書是故余雖不善
書亦知慕翁書久矣今摩于茲頗從事草書乃購得
此真是奇迹欣然余更有所感昔懷素家長沙草書之
名既大著于江嶺間猶恨所見者淺遂西遊上国謁
見當代名公得觀古人遺墨由是心胸豁然無所疑
滯而其書益工自唐中世至今七百年間以草聖名
在懲錄　六
天下莫有能過之者而天下士大夫亦獲觀其筆法
焉惜乎平叔不曾至京師不多与天下士大夫遊不
得徧覌古人遺墨以盡其法而其書亦止藏于閩中
不為天下之好者所宝雖然論其姿格則懷素以来
一人而已
書鄭孟宣草書後
孟宣名定福建長樂人洪武四年舉人仕終国子助
教號浮丘生亦曰澹齋善草書尤工作連綿游絲間人
相傳云孟宣居太學時鮮縉紳擅能書聲江西人尤

《在懲錄》「書黃山翁草書後」:「昔懷素家長沙，草書之名既大著于江嶺間，猶恨所見者淺。遂西遊上國，謁見當代名公，得觀古人遺墨，由是心胸豁然，無所疑滯，而其書益工。自唐中世至今七百年間，以草聖名，天下莫有能過之者，而天下士大夫亦獲觀其筆法焉。」「懷素家長沙」即「自敘帖」一開頭的五個字；「西遊上國，謁見當代名公」亦是「自敘帖」辭句；「心胸豁然，無所疑滯」，「自敘帖」則作「豁然心胸，略無疑滯」。

案《明史‧藝文志》的編纂，乃是以清初著名藏書家黃虞稷的《千頃堂書目》為藍本，亦即《明史‧藝文志》中所提到的書籍大多為黃虞稷「千頃堂」所有，於是我查詢《千頃堂書目》，果真在「別集」中發現了陸完《水村集》的蹤影。我又想：黃虞稷所處年代距今不過三百餘年，《水村集》此書應該還存於世才是。於是我翻閱各大圖書館的善本書目目錄，果然在北京大學圖書館找到陸完著作，但書名則著錄為《先太宰水村集遺稿》，難怪之前遍尋不著。

此書未曾印行，要看只能到北大看，於是我親赴北京一趟，總算看到了這本珍貴孤本《先太宰水村集遺稿》。該書為明抄本，並未分卷，從書名與書中的「陳湖世家」印，此書應是陸氏後人所抄，書法不佳，且有兩種字跡，非高級知識分子所書，抄於數種不一的紙張之上，前半部大多是將背面已有印刷字體的廢紙翻過來書寫，極為克難與節儉，但也造成閱讀的困難。

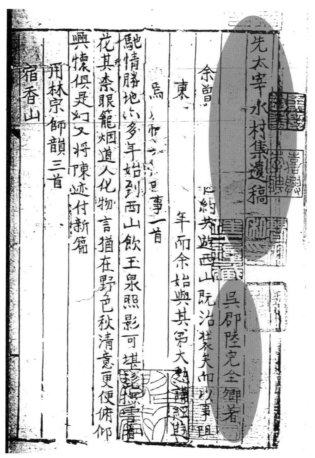

收藏印記則有曹溶「曹溶私印」與「潔躬」二印、汪士鐘「汪士鐘藏」白文長方印、李聘「嘉興李聘」朱文方印、黃錫蕃「黃錫蕃印」白文方印，以及李盛鐸的「麟嘉館印」，可知此書歷經清代的多位著名藏書家之手。卷後則有**錢謙益跋**，文云：

> 完，字全卿，長洲人。成化丁未進士，拜御史。正德七年，以都御史都察院討賊，廢之于狼山，殲焉。拜兵部尚書，改吏部。武宗崩，追論宸濠復護衛事，下獄，謫戍鎮海，卒于泉州。旅次多暇，自次其詩文，為水村集二十卷。少保才氣雄傑，江海殲渠，勛在社稷，而不克以功名終，博雅好古，精于賞鑒。余得其所次集草稿，惜其遂無傳也，為略存之。牧齋題。

此跋亦見於錢謙益所撰的《列朝詩傳小傳》中，只有數字稍異。王士禛則對錢謙益稱陸完「功在社稷」極為不滿，《池北偶談》卷七：

> 錢宗伯牧齋作《列朝詩傳》，本仿《中州集》，欲以庀史，固稱淹雅；然持論多私，殊乖公議。略舉一二：如徐有貞、陸完，以桑梓之故，一則稱其文武兼資；一則舉其功在社稷。欲以一手揜萬古人耳目，可乎哉？

卷八亦云：

> 吳中士人，多私其鄉之先達，時有曲論。如陸完黨於逆濠，最為姦邪，有某者送錢牧齋宗伯入朝，作古詩數篇，歷述吳中先賢，致期望之意，陸與焉。此詎可欺天下萬世乎？

《在懲錄》篇目

　　《在懲錄》不分卷，時間從一五二三年十二月，至一五二五年六月，是陸完生命最後一年半的著作，包含詩作、題跋、書信、序記等四類，其順序乃是依照撰寫時間而下。

　　而找到了《先太宰水村集遺稿》，才知道《在懲錄》是該書其中的一部分，時間則大約由一五二一年十月開始，兩書比較，《先太宰陸水村遺稿》比《在懲錄》多了九十餘首詩作與四十餘篇雜文尺牘。不過，很遺憾地，在《先太宰水村集遺稿》一書中，並無關於「自敘帖」的任何蛛絲馬跡，該書可能只對研究陸完其人有所助益，尤其是他晚年謫戍至福建後生活狀況與心境變化。

　　〈水村集序〉：

> 　　予從戍鎮海，旅次多暇，檢篋中
> 得舊所綴詩文叢稿，讀之固蕪陋無足
> 取，然亦有可以考見當時，而不欲盡
> 棄者。乃分類以錄之，蓋於詩去其
> 半，雜著十去二三，書十去七八，而
> 於題奏則不論得旨與否，一切存之，
> 共二十卷，名之曰《水村集》。……
> 嘉靖改元季夏三日，水村居士書。

　　一般明人文集，開頭的前幾卷通常都是為官時的奏議疏論，《水村集》應有二十卷，但今日所見的《先太宰水村集遺稿》卻未分卷，也無奏議，可見這個抄寫本並不全，而且內容都是陸完被貶後所寫的。

　　〈焚舊稿記〉：

> 　　予錄舊作，雜著十去二三，書十

去七八，詩去其半，將悉焚舊稿，書、雜著既焚矣，取詩之當去者讀之，則有……。復自疑曰：「此亦頗有興趣，與存者相去幾何，而取舍頓殊耶？」既而曰：「本不足傳，雖所存者，終亦不傳，又復奚咨？可悉焚之。」而記其略云爾。

〈書手書水村集後〉：

> 此本所載詩與雜文，有誤存者三十餘首，今皆以「羨」字圖
> 書識之，別本有〈奉王介石先生書〉、〈亡妻郭氏墓誌〉、〈訟斷腸
> 草文〉、〈祭大江神文〉，此皆失載。別本題奏以年月為序，亦與此
> 不同，當以別本為定耳。而此乃予老年所書，不欲毀，亦存之。
> 嘉靖二年二月望日記。

由上文可知《水村集》還有兩種版本，一個可能是陸完被貶前的集本，
所以文章較全，其中包括他自己所寫的〈亡妻郭氏墓誌〉，郭氏是陸完
的第一任太太，後來陸完又娶了華氏。

〈憶和卿弟三首〉與〈憶亡弟長卿五首〉二詩。陸溥與華氏生有三
子：陸完、陸宜、陸宇。陸完，字全卿，從以上兩詩，可知陸完在謫戍
福建時，尚有一弟和卿存，另一弟長卿已身故。陸完在〈三惜對〉一文
中說：「一弟死於獄中，婢僕死者復數人。」〈自咎賦〉一文則云：「季
弟捐生乎，囹圄際風波之將定兮！」陸完因牽連宸濠之叛而全家下獄，
不但老母華氏因此身亡，從上述二文可知陸完的幼弟亦卒於獄中，因此
案而死的還有陸家奴僕數人。由季弟、長卿等關鍵字，可推斷陸宜字和
卿，陸宇字長卿。

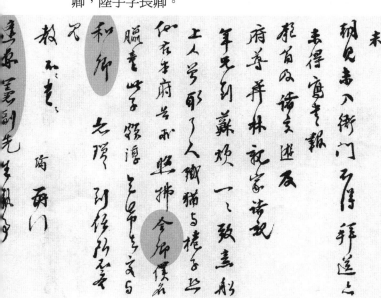

陳璚（陳淳祖父）寫
給「逢源憲副」的信
函，信中提到「全卿」
與「和卿」。

上海博物館所藏之傳虞世南「汝南公主墓誌銘」，此帖曾經陸完收藏，後有李東陽於正德十一年所寫的跋文：

> 今太宰水村陸公，嘗見于吳中，購之不得，越三十餘年，未始不往來於懷，比屬其弟長卿，購至京師。

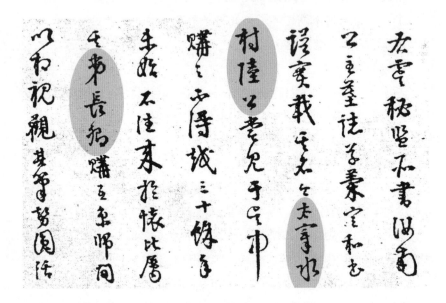

〈與華子宣進士書〉：

> 處此幸無大病，只是熱甚，兩目益昏，遂為廢人矣。其得生還與否，俱未可料。……其有可以為我生還之地者，尤望加之意焉。幸甚！幸甚！

〈與顧孔昭書〉：

> 處此幸無大病，只是熱甚，兩目愈昏，已為廢物矣。不知可得生還，一望見顏面否？若有可以為之地者，幸加意焉。千萬！千萬！

〈與顧逢源書〉：

> 僕今寓此，體中亦無大病，只是目昏，已
> 為廢物矣。然亦仰有天恩放還故鄉，得復奉見
> 顏面，但未知何時耳。

華子宣為華金，顧孔昭為顧潛，顧逢源即陳瓛尺牘
的對象「逢源憲副先生」。這三封信的內容大同小
異，曾為吏部尚書的陸完，在被謫戍福建後所寫給
友人的信，一方面自憐自嘆已為廢人廢物，一方面
在發出求助之聲，從陸完晚年寫的詩文，都透露出
他最大的夢想就是有朝一日能返回故鄉與家人相
見，可惜這個願望始終未實現。

〈與華子宣進士書〉：「回祿之餘，但存四壁，
先人遺業，念及淒然。」〈憶和卿弟三首〉其一：

百年遺構付洪爐，汝創新居知更劬；
但取堪供晚境足，應須多為後人圖。
先治竹院兼松檻，仍作瓜疇與芋區；
兄弟相攜真可樂，未知今歲得歸無。

從寫給華金的信函，與懷念弟弟的詩作，可知陸完老家曾發生回祿之
災，對於陸家可說是雪上加霜。

與顧孔昭書

夏初曾有一束奉謝當已得達遂未想益康泰尊大翁棄事定於
何時某遠隔數千里但馳情耳昨家奴來知小孫出痘既安闞繢之
望豈貴在於此然非尊親家庇護何可得哉追思昔業事感刻益深僕
憂此幸無大病只是熱甚兩目愈昏已為廢物矣不知可得生還一望
見顏回否若有可以為之地者幸加意為千萬。前見即報有德篇
者雖執事不以為意而人自不能捨公秉彝好德之良心也須聞令

四、陸完與水鏡堂

I. 水鏡堂記

　　文徵明與文彭父子受陸完之子陸修之託，摹刻其家藏「自敘帖」，名爲「水鏡堂帖」，因爲「水鏡堂」爲陸家之堂名，此從今故宮墨蹟本「自敘帖」後的「嘉靖壬辰六月廿又二日長洲陸氏水鏡堂藏石」與「嘉靖壬辰夏五月望文彭書於水鏡堂」兩行小字可知。

　　但「水鏡堂」之堂名，原先並非陸家之堂名，而是陸完於擔任吏部

尙書之職時，所增建的吏部官署之堂名。毛澄《三江遺稿》中有一篇〈水鏡堂記〉，記述此事緣由，文云：

水鏡堂記

吏部左廂之東有屋數楹，為冢宰公退食之所，每夏月居之輒苦煩熱，敞隘故也。正德乙亥冬，文選司火，詔重建焉。既訖，有餘材，冢宰長洲陸公始採官屬議改作之。選地于部之東南隅，規畫深高廣，下酌厥中而要諸永久。

爰命文選郎中劉志道、員外郎蘇民董其事。工且半，其用坐竭，公以己貲相于成。中為堂，三楹，南向，徙置故屋，左右偏為兩廂，繚以周垣，而門於西，便出入也。始事丙子七月九日，閱八旬而畢。是役也，志道坐司務繁，第總其大而始終躬其勞者，民也。

於是少宰南陽王公偕澄入賀，□□平引，中庭廓如，艾乂之餘，古槐獨存，登堂而望，則他曹之茂樹森列牎中，切雲之飛鳥翔翔天際，所以通燕閒而醒心目者皆不期，而集地之勝，信因人而成耶。

方坐啜茗，公顧澄等曰：「吾欲揭法語一二楣間，時以自考，二公何以示我？」王公曰：「鴻儒聞之，知人則哲，能官人。史稱司馬徽清雅有知人之鑒，龐德公目為水鏡，請以『水鏡』名堂。」公曰：「善。」屬澄記之。

粵稽古唐虞之際，世既泰和，野無遺賢，而當時君臣猶以知人為難，豈非警戒無虞之心所不敢忽乎？三代而下數千百年間，人才治效隆替，相因後先若一，誠以天下之事、天下之人為之，非其人也，適償厥事。是故官人者不可以不慎，為國圖得人而思盡知人之哲，斯掌邦治者所宜用心也。居是堂也，苟專務獨樂而不以天下為憂，豈吾君付託之意哉？夫以天下為憂，則必于天下之人求可以安吾民者舉焉，其足以償事者去焉。推其所自庇者以大庇天下，而所謂知人者其本也。水鏡之云，自公視之，其猶古贊御之箴、師工之誦于以防情慢而助憂勤乎者？

今夫水之不污也，澄之益清；鏡之無垢也，刮之益瑩。心也者，吾身之水鏡也，智慮增于多學，而設施繫於所養。斥華偽者，

> 素貞公方之望；抑文雅者，世以寡陋為訾。矧夫自公退食之地，
> 正君子以禮制心之時，仲尼之徒所謂仕優而學，必慎其獨、誠其
> 意者也，是德之所由以日新也，而其明有不盛哉！
>
> 　　公之明，亦奚不足之患，而必有待於韋弦之警哉！正以澄不
> 污之水、刮無垢之鏡，使之益清益瑩，而急大臣以人事君之先務
> 者也。故因王公之說，推其意如此，思盛際泰和之世，歎人中水
> 鏡之難斯文也，蓋有不盡言者矣。

正德十年多天，文選司發生火災，皇帝下詔重建。《明武宗實錄》卷一百三十二，正德十年十二月癸酉，記此事云：

> 　　吏部文選司火，郎中萬鏜、員外郎蘇民、主事馬理鑾及巡風
> 主事余寬等，俱下鎮撫司獄。尚書陸完、侍郎毛澄、王鴻儒令具
> 實以聞。既而完等伏罪，各奪俸三月，鏜等贖杖還職，仍奪有差。

一場大火不但讓一干官員下獄，連吏部尚書陸完和左右侍郎毛澄與王鴻儒都被罰薪三個月。

　　文選司重建完成之後，尚有部分餘材，於是陸完便取來在吏部的東南側搭蓋屋舍，作為其公餘休息之所。工期從正德十一年七月九日始，經八十天完成，即十月底、十一月初之際。落成之後，他的兩個副手吏部侍郎王鴻儒與毛澄一同來祝賀。

　　李郁周在其小說創作集《懷素自敘帖千年探祕》頁八十七云：「侍郎王鴻儒與禮部侍郎毛澄相偕往賀。」李某是根據《明史》卷一百九十一的「毛澄傳」，傳中說他「歷禮部侍郎」，但李某竟沒看到該書後面所附的「校勘記」，記中明明說道：「武宗實錄卷一五〇正德十二年六

月壬戌條、世宗實錄卷二六嘉靖二年閏四月己酉條都作『吏部侍郎』。」《明史》的校勘人員還忘了提上述的《明武宗實錄》卷一百三十二，毛澄當時的確是「吏部侍郎」，而非「禮部侍郎」，所以文選司發生火災，他才會與陸完與王鴻儒等人被奪俸三月。《明史》寫錯，李郁周跟著錯，我也一再提醒大家，李郁周這個人完全沒有考證史料的能力，他只有根據一點資料就瞎掰胡扯的功力，若相信他的文章根本是自尋死路。

方坐下喝茶，陸完對二人說：「吾欲揭法語一二楣間，時以自考，二公何以示我？」王鴻儒答曰：「鴻儒聞之，知人則哲，能官人。史稱司馬徽清雅有知人之鑒，龐德公目為水鏡，請以『水鏡』名堂。」因此以「水鏡」為堂名是王鴻儒出的主意。陸完聽了很滿意，於是請毛澄寫記，這便是「水鏡堂記」一文的由來。

毛澄像
「滄浪亭五百名賢像」（清道光七年刻）

毛澄在陸完所收藏的傳虞世南「汝南公主墓誌銘」後所寫的跋文

　　過了一兩月，正德十二年正月一日，陸完的兩個副手王鴻儒與毛澄又來祝賀，原因則是長官陸完年屆六十，而這次則換成王鴻儒寫了一篇〈壽太宰陸公六十序〉（《王文莊公集》卷五），文中稱其：

> 至陳甲兵於原野，誅兇宥善；懸水鏡於宰路，黜幽陟明。澤及生民，功在社稷，其為仁也至矣。

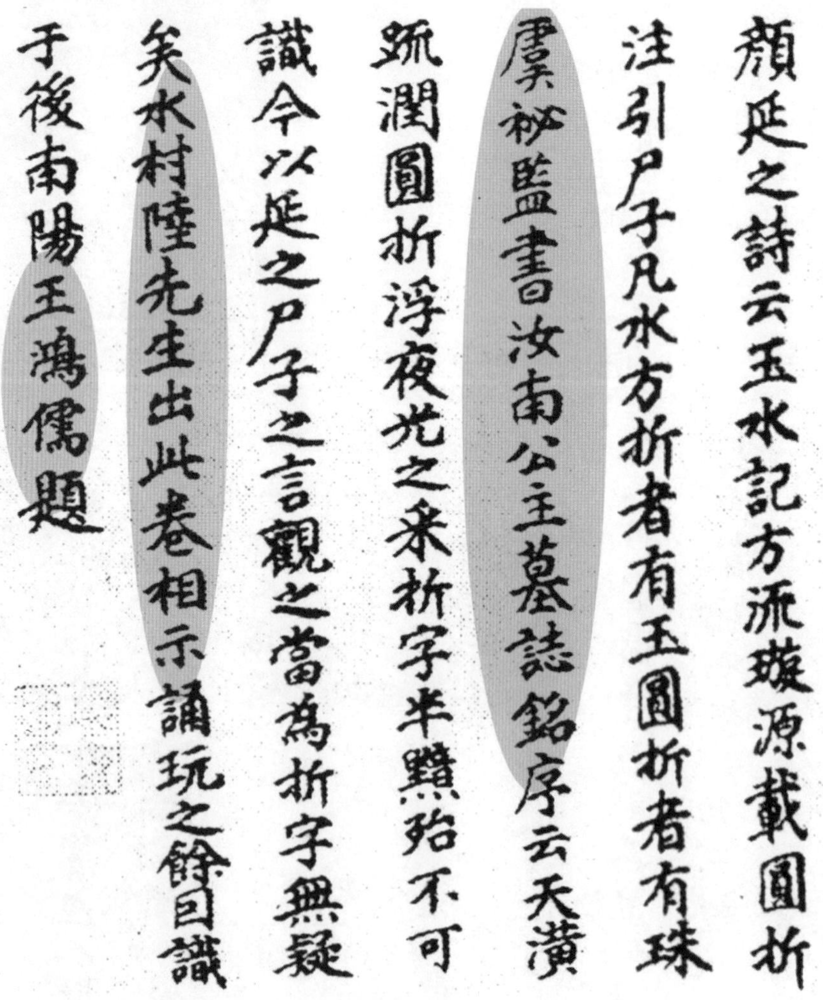

顏延之詩云玉水記方流璇源載圓折
注引尸子凡水方折者有玉圓折者有珠
虞祕監書汝南公主墓誌銘序云天潢
疏潤圓折浮夜光之采折字半黯殆不可
識今以延之尸子之言觀之當為折字無疑
矣水村陸先生出此卷相示誦玩之餘曰識
于後南陽王鴻儒題

王鴻儒在陸完所收藏的傳虞世南「汝南公主墓誌銘」後所寫的跋文

Ⅱ. 水鏡堂二三事

羅欽順《整菴存稿》卷十九中有詩一首，詩題云：

> 五月四日朝辭後，過部中告辭，白崑太宰留酌于水鏡堂。已
> 而移坐花間，同石潭少宰聯句為贈，余亦賦短章留別。

從此詩前後與詩題，可知作於嘉靖元年（１５２２）五月四日，離陸完去職才一年半，題中所言的「白崑太宰」為喬宇，時任吏部尚書；「石潭少宰」為汪俊，時任吏部左侍郎。

中央研究院傅斯年圖書館藏有一碑拓，名為「水鏡堂警語」，碑高兩米，從「水鏡堂警語」五字及其內文，可知此大碑原豎立於水鏡堂前，藉以警示官員。碑文寫於萬曆九年（１５８１）孟春，署名者為王國光、趙賢、王篆三人。

王國光，嘉靖二十三年進士，字汝觀，山西陽城（濩澤）人，《明史》卷二二五有傳；萬曆九年時任吏部尚書。趙賢，嘉靖二十三年進士，河南汝陽人，時任吏部左侍郎。王篆，湖廣夷陵人，時任吏部右侍郎。

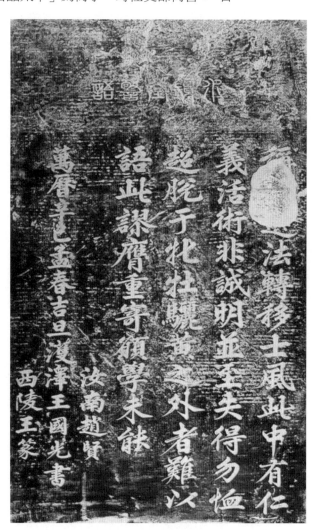

到了清初，梁清遠《雕丘雜錄》卷三記載：

> 吏部有水鏡堂，冢宰長洲陸公所建，而毛少宰澄為之記，今
> 之南大火房是也。

此亦見於于敏中等人編纂的《日下舊聞考》卷六十三「官署」的「吏部」
中。而與梁清遠同時的陳廷敬，在其《午亭文編》卷十四中有詩一首，
詩題云：

> 鄉人王疎菴先生為太宰時，構水鏡堂於署後之東南隅，余在
> 翰林以事曾一至焉。今謬繼公後，瓦礫茂草，故處不可復問，冬
> 夜宿署中感而有作。

詩云：

水鏡堂曾到，遺蹤悵莫尋；鳥栖荒署蚤，葉落短垣深。
黯澹題名字，蒼茫啟事心；夜寒霜月白，猶照古藤陰。

詩題中的王疎菴，即是寫有「水鏡堂警語」的王國光，但是陳廷敬搞錯
了，搭建「水鏡堂」的並非王國光，而是陸完。

從《雕丘雜錄》記「水鏡堂」成為「火房」，或是《午亭文編》記
其「瓦礫茂草」，可見到了清初，吏部尚書用來休憩的「水鏡堂」已成
為廢墟。

Ⅲ. 李郁周對於水鏡堂的胡扯

李郁周在其小說創作集《懷素自敘帖千年探祕》頁八十九云：

> 正德十六年四月，陸完定罪前後，其母已出獄而卒於北京吏
> 部尚書官舍（水鏡堂），年八十七歲。

毛澄〈水鏡堂記〉一開頭即寫：「吏部左廂之東有屋數楹，爲冢宰公退
食之所，每夏月居之輒苦煩熱，歊隘故也。」何謂「退食之所」？亦即
公餘休憩之所。結果李某在解讀這篇文章的時候，一再指稱這是吏部尚
書的「寓所」、「官舍」，亦即把「水鏡堂」視爲陸完的「官邸」，於是他
的陸完的母親華氏會卒於「水鏡堂」，這完全是鬼話。第一，水鏡堂不
是陸完的官邸，王鏊《震澤集》卷十五〈貴州鎮守公署記〉：

> 弘治戊午冬十月，貴州鎮守公署成，初署直子城之西南隅，
> 負山瀕河，河流湍激奔注，屢築而圮，既費且勞。歲丙辰，某來
> 鎮，……覽境內得隙地曰東園，剗阜爲夷，端景相方，或因或創，
> 經營未幾，顯構嶷然。前爲鎮邊之廳以出令也，中爲萬年之閣以
> 祝釐也，後爲退食之堂以即安也。

從王鏊爲貴州鎮守公署重建寫的序中，便可知官員的「退食之所」絕對
不等於官邸，退食之所通常仍在官署中，是官員辦公之餘用來休息之
處。第二，我於《假國寶—懷素自敘帖研究》一書中，即說過：

> 王鏊爲陸完之母華氏所寫的〈陸冢宰母太夫人華氏墓誌銘〉，
> 稱華氏乃出獄後，「卒於長安之官舍」，但《明史‧陸完傳》卻
> 記載華氏「竟死獄中」。根據最可靠也最直接的第一手史料《明武
> 宗實錄》卷一九三，也稱華氏「竟死于獄」，所以王鏊應是爲華氏
> 避諱。

華氏卒於正德十六年四月，陸完的吏部尚書做到正德十五年十一月被下
獄，之後繼任之人爲王瓊，我就想不透，罪人陸完的母親怎麼還會在隔

年四月卒於王瓊的「官邸」？（如果「水鏡堂」真的是吏部尚書官邸的話。）所以李郁周根本是鬼話連篇。此外，六部官署是辦公之處，六部官員的家屬是不可能住在裡頭的。

李郁周在其小說創作集《懷素自敘帖千年探祕》頁八十九又云：

> 陸完發戍福建時，陸家或將「水鏡堂」匾額收存，或自北京攜回長洲故里，此人應是陸修。

想像這個情節：罪人陸完被發配到福建，罪人之子跑到政府中央六部之一的吏部官署去，把吏部尚書王瓊用來休憩的場所「水鏡堂」的匾額拆下帶回老家⋯⋯。我不知道李郁周的這番鬼話又是怎麼想出來的，令人匪夷所思。

羅欽順要離職，吏部尚書喬宇在水鏡堂招待他喝幾杯；到了萬曆九年，吏部尚書王國光又在水鏡堂前立了個大碑，在其上書寫「警語」，證據在在顯示陸完之後，「水鏡堂」仍存，李某的陸修摘匾之說根本是小說家之詞。

李某書中又說：「陸完貶福建後，陸修或仍任中書舍人，職官雖微，大約尚能處理一些家族細事。」這個笑話跟「將作監丞馮京」完全如出一轍，馮京沒真的幹過「將作監丞」，陸修也沒真的幹過「中書舍人」，事實上他什麼都沒幹過，也沒什麼學問，因為這個「中書舍人」是虛銜，老爸做了大官，政府給兒子的福利「以蔭授官」，在明朝富人甚至可以花錢買來過癮。李某的歷史程度差勁到極點，才會一直把歷史搞成小說。

之所以提到這些，就是讓大家知道李郁周有一個老毛病，那就是每次他為了合理化他的謬說，總是喜歡亂加附會，或是想像情節，結果只要進一步蒐集史料，便可拆穿他的胡說八道與鬼話連篇。

五、留名藝術史與醫案史的陸完妻

I. 陸完有二妻

李郁周的小說創作《懷素自敘帖千年探祕》頁八十八：

> （正德）十五年十一月，陸氏被執下獄，其母華氏、**妻郭氏**
> 及子女並被收押，家物被封。

李某稱「妻郭氏」，乃是根據《家藏集》卷六十二，吳寬爲陸完之父陸
溥所撰的〈陸宗博墓誌銘〉，該文云：「子三人，曰完，郡學生，娶郭氏。」
（1478）但宸濠之變後，於一五二〇年隨著陸完被收押的妻子，卻
不是郭氏，而是華氏，李某所言謬矣，其書果真是本小說集。

　　吳寬《家藏集》卷六十八尚有一篇〈郭母徐氏墓誌銘〉，云：「子男
三，長即忱，娶雲南按察使張公汝振女；……女一，適監察御史陸完，
贈孺人。」（1496）從文中的「贈」字，便可以清楚知道此時郭氏
已經逝世，所以當然不可能在一五二〇年被「收押」，李某文中「收押」
的可能是郭氏之鬼魂。而由此篇墓誌銘，可知陸完的第一任太太是郭汝
文的女兒。

　　隨著陸完下獄的陸夫人爲誰？答案是華氏！程敏政《篁墩文集》卷
四十五〈華守正妻呂孺人墓碣銘〉云：「孫女六，適鄒炯、鄒魯、陸完、
鄒翊、完舉進士，餘三在室。」（1488）又該書卷五十的〈華處士
傳〉文云：「子二人，曰祐、德；孫男二人，從智、從仁；孫女多適名
族，其適今監察御史陸完，封孺人者，德之少女也。」（1494）所
以被收押的陸夫人是華德的女兒**華氏**。

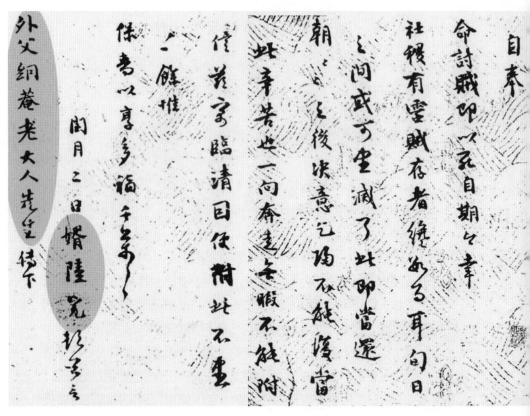

「與外父絅菴書」

此信為陸完在平劉六劉七之亂時，寫給岳父郭汝文（號絅菴）的信。

吳寬寫給陸完的信，祝賀他去年冬天有「生子之喜」。

II. 藝術史中的陸夫人

研究「清明上河圖」的文章中，總會提及明人文集或筆記中的各種傳聞記載，其一就是李日華的《味水軒日記》，該書云：

> 余昔聞分宜相柄國，需此圖甚急，而此卷在全卿家，全卿已捐館，夫人雅珍秘之，諸子不得擅窺。至縫置繡枕中，坐臥必偕，無能啟者。有甥王姓者，善繪性巧，又善事夫人，從容借閱。夫人不得已，為一發藏，又不欲人有臨本，每一出必屏去筆硯，令王生坐小閣中，靜默觀之，暮輒厭意而去。如此往來兩三月，凡十數番閱，而王生歸輒寫其腹記，即有成卷。都御史王忬迎分宜旨，懸厚價購此圖，王生以臨本售八百金，御史不知，遽以獻。分宜喜甚，發裝潢匠湯姓者易其標識。湯驗其贋，索賄四十金於王，為隱其故。王不信，吝予。因洗刷露其新偽，嚴大嗛王，因中之法，致有東市之慘。

嘉靖年間，嚴嵩柄國，權傾朝野，與其子嚴世蕃大肆蒐羅書畫古玩珍寶，「清明上河圖」就是對象之一。而此時「清明上河圖」仍在陸家，陸完的夫人將此圖縫於繡花枕內，不論到哪裡都帶著枕頭。陸夫人有一外甥王某，長於繪畫，又善於討好陸夫人，於是趁機會便向陸夫人要求看畫，陸夫人勉強答應，允許王某坐在一間沒有筆墨的小閣中觀看此畫，如此凡十餘次，王某默記在心，後來竟畫出一幅摹本。這時都御史王忬想要迎合嚴嵩，就以八百兩銀子的高價向王某購買此畫，但不知王某是以摹本騙之，於是王忬便以此畫獻於嚴嵩。嚴嵩府中的湯姓裝裱工在裝裱時發現此畫是假貨，便以此向王忬勒索銀四十兩，但王忬不予理會。湯某惱羞成怒，將圖上做舊的顏色洗掉，嚴嵩才知道王忬送給他的「清明上河圖」是贋本，於是記恨在心，不久以後便藉機害死王忬。王忬就是王世貞的父親。

事實上此說應是傳言，並非事實。根據文嘉的《鈐山堂書畫記》所云：

> 圖藏宜興徐文靖家，後歸西涯李氏，李歸陳湖陸氏，陸氏子

負官緡，質于崑山顧氏，有人以千二百金得之。

「清明上河圖」原藏徐溥之手，他也曾收藏「自敘帖」；之後歸於李東陽，李東陽在「清明上河圖」與「自敘帖」上都有題跋；接著歸於陸完。陸完死後，陸氏後人因負債，便將此畫質押於崑山的顧鼎臣。所以「清明上河圖」若是在流傳過程中發生戲劇性情節，就是在顧鼎臣到嚴嵩這段期間之內。《味水軒日記》稱陸完夫人將「清明上河圖」縫於繡花枕內一事，實屬無稽。（詳見拙著《假國寶—懷素自敘帖研究》的〈懷素自敘帖與清明上河圖〉一文。）

「清明上河圖」陸完題跋

寫於嘉靖三年（１５２４）二月，當時陸完仍在福建貶所。

Ⅲ. 醫案史中的陸夫人

明代薛己（字立齋，1488～1558）的《薛氏醫案》卷三十一：

> 陳湖陸小村母，久患心腹疼痛，每作必胸滿嘔吐，手足俱冷，
> 面赤唇麻，咽乾舌燥，寒熱不時，月餘竟夕不安。其脈洪大，眾
> 以痰火治之，屢止屢作。迨乙巳春，發頻而甚，仍用前藥反劇，
> 此寒涼損真之故，內真寒而外假熱也。且脈息洪弦而有怪狀，乃
> 脾氣虧損，肝木乘之而然。當溫補胃氣，遂用補中益氣湯，加半
> 夏、茯苓、吳茱萸、木香，一服，熟寐徹曉，洪脈頓斂，怪脈頓
> 除，諸症釋然。

只有透過《吳郡甫里志》，才能知道陸小村即陸完之子陸仕。「醫案」是
十六世紀以來興起的醫學文獻體典籍，內容是中醫的臨床個案記錄，上
述一則即是江蘇吳縣的名醫薛立齋，於嘉靖二十四年（1545）春天
診治陸夫人華氏的病歷與治療方法。此醫案亦載於明代王肯堂的《證治
準繩》卷六十、《婦人良方大全》卷七與清代魏之琇的《續名醫類案》
卷二十四。
　　更為一絕的是，《薛氏醫案》卷一中還收錄有一篇陸夫人另一子陸
仙的「感謝函」：

> 家母久患心腹疼痛，每作必胸滿嘔吐厥逆，面赤唇麻、咽乾
> 舌燥、寒熱不時而脈洪大，眾以痰火治之，屢止屢作。迨乙巳春，
> 發熱頻甚，用藥反劇，有朱存黙氏謂服寒涼藥所致，欲用參朮等
> 劑。余疑痛無補法，乃請立齋先生以折中焉。先生診而嘆曰：「此
> 寒涼損真之故，內真寒而外假熱也。且脈息弦洪而有怪狀，乃脾
> 氣虧損肝脈乘之而然，惟當溫補其胃。」遂與補中益氣，加半夏、
> 茯苓、吳茱、木香，一服而效，家母病發月餘，竟夕不安，今熟
> 寐徹曉，洪脈頓斂，怪脈頓除，諸症釋然，先生之見蓋有本歟。
> 家母餘齡皆先生所賜，杏林報德沒齒不忘，謹述此乞附醫案，諒
> 有太史者采入倉公諸篇，以垂不朽，將使後者觀省焉。嘉靖乙巳
> 春月吉日，陳湖眷生陸仙頓首謹書。

六、謫戍福建

I 下獄始末

宸濠之變是正德末年發生的一件大事，而此叛亂事件使得一個英雄人物王守仁因而興起，一個「前」英雄人物陸完也因此沒落。

朱宸濠是明太祖第十七子寧王朱權的四世孫。洪武二十四年，朱權被封爲「寧王」，之後就藩大寧，大寧是邊境巨鎮，當時朱權擁有精銳武裝部隊，《明史》稱其「帶甲八萬，革車六千，所屬朵顏三萬，騎兵皆驍勇善戰。」朵顏即蒙古騎兵。朱元璋死後，在「靖難之役」時，寧王的兵權被明成祖所收，後來寧王被移封至江西南昌。

天順年間，朱權之孫因獲罪被削奪護衛。根據明初制度，親王可置護衛甲士，少則三千人，多則一萬九千人，隸屬兵部。(《明史》卷一一六) 到了弘治十二年，朱宸濠嗣寧王位。

武宗正德初年，劉瑾專權，政治腐敗，民怨沸騰，於是朱宸濠開始心生篡位之計，首要工作就是恢復寧王府的護衛，以擴充武裝力量，而此事有賴於朝廷大臣的幫助。正德二年四月，朱宸濠派人帶了兩萬兩白銀至北京，欲賄賂劉瑾，結果成功恢復了被削奪五十餘年的護衛。可是到了正德五年八月，劉瑾垮台，寧王的護衛又被革除。

陸完於成化二十三年（１４８７）考上進士以後，於正德初年曾經做過江西按察使，就在這時候認識了朱宸濠。之後陸完因平定劉六、劉七之亂有功，在正德八年出任兵部尚書（國防部長）。於是朱宸濠積極交結陸完，對其餽贈不斷，並寫信給他，希望兵部能再次恢復寧王府的護衛。陸完則回信給朱宸濠指點，認爲他應該援引明太祖的《祖訓》，從這個角度切入才比較有可能成功。

後來朱宸濠又勾結上武宗身旁的寵臣臧賢與錢寧等人，並透過他們疏通賄賂朝中大臣。後來在這些受惠大臣的暗助下，寧王再次被批准恢復其護衛，而這個過程極爲戲劇化，陸完在其中的角色則是個謎。

和陸完同爲成化二十三年進士，且是此榜狀元的費宏，乃是江西人，此時他擔任文淵閣大學士兼戶部尚書，他早已看出寧王心懷不軌，因此拒絕賄賂，並且阻止恢復寧王護衛最力。結果在正德九年三月十五

日，朝廷舉行會試廷試，內閣大臣們都在東閣批閱考卷，費宏亦在其中，於是錢寧等人就趁費宏不在朝中之際，趁虛謀事，把要求恢復寧王府護衛的奏疏趕緊發到內閣，就這樣批准了這項建議。在恢復寧王府護衛的整個計畫中，陸完參與多少？是否受賄？這是第一個關鍵。

朱宸濠成功恢復其護衛之後，積極擴張武裝勢力，招兵買馬，除了招降各路各派的民間武裝部隊與江洋大盜，並購置兵器、火炮，持續打通朝廷大臣的關節，還派了許多密探偵察朝廷動靜，以準備推翻明朝最昏庸的正德皇帝。到了正德十四年，朱宸濠圖謀不軌之異志已眾所皆知，許多大臣都上疏提醒明武宗寧王將要謀反，可是此時陸完仍稱寧王不可能造反，只是誤傳。朱宸濠在恢復護衛後，準備起兵推翻武宗一事，陸完是否隱藏事實，作為其內應？這是第二個關鍵。

正德十四年六月十四日，朱宸濠正式起兵謀反，因為在前一日，他已接獲密報，朝廷將派人來抓他赴京治罪，所以只好先發制人，殺了巡撫與按察使，宣布革去正德年號，散發討武宗的檄文，派兵攻佔南康與九江，他計畫要奪取南京，建立政權，與北京對峙。可是就在朱宸濠親自帶軍攻打安慶時，南贛巡撫王守仁與吉安知府伍文定所號召集結的明軍部隊，卻從後面攻破了朱宸濠的根據地南昌，而朱宸濠久攻安慶不下，在進退失守的情況下，兵敗如山倒，到了七月二十六日，朱宸濠被俘，整個叛亂活動結束，前後只有四十三日。

明武宗身旁的寵臣分為兩派，一派以錢寧為主，一派以江彬為主，兩派鬥爭激烈，劉瑾垮台後，錢寧遞補了這個位置，因此被朱宸濠大力籠絡賄賂，而朝中文武百官為了在正德朝「豹房政治」下能順利施行政事，也幾乎不得不依附這些豹房寵臣，陸完則被劃為錢寧派。朱宸濠叛亂失敗，錢寧與他勾結的事跡敗露，數月之後，被下獄抄家，江彬則取而代之。

正德十五年十一月，《明武宗實錄》卷一百九十三：

> 庚申。吏部尚書陸完有罪執赴行在。完自為江西按察使，時與宸濠相比，既去任，常以贈遺致慇懃濠之乞復護衛也。完在兵部，先為游說內閣柄事者，既乃援祖訓覆奏，實陰為之地。護衛既復，濠逆謀益起，人皆歸罪於完。及在吏部，濠貽書欲有所黜陟，輒從之。完常對眾稱濠賢，有之官江西者，每密諭意，令無

> 與濠忤。初聞濠反，時完猶言王必不反，乃傳者誤。及濠既擒，
> 太監張永至江西搜閱簿籍，得完平日交通事，奏之。上還至通州，
> 乃傳旨執完，并收其母妻子女，封識其家。班師日，完裸體反接，
> 揭白幟雜俘囚中。以入，將置之極刑，會上晏駕，今上即位，屢
> 下廷臣讞，完祈哀不已，乃比依交結朋黨、紊亂朝政律以請，詔
> 宥完死，謫戍福建靖海衛。妻子得釋，時母年已九十餘，竟死于
> 獄。完以脂韋致顯位，前後納濠餽不計其數，獄辭僅以金臺盞一、
> 綵段四坐之，蓋法官曲為之庇云。

朱宸濠起事以後，明武宗藉機打著御駕親征的名義，趁機欲遊幸江南，結果沒想到半路殺出個程咬金王陽明，才四十幾天就把叛亂平定，武宗還沒出發，朱宸濠被俘的消息已傳到北京，但他把消息壓下來，不讓大臣知道，還是依照計畫親征，就這樣假打仗真遊幸，從臨清、濟寧、徐州、淮安、揚州、儀真，一路玩到南京，歷時一年。期間武宗曾派人去江西，搜捕宸濠餘黨與搜閱簿籍信函，結果發現陸完與朱宸濠的往來信件，在從南京回北京的路上，於正德十五年十一月，到了離北京不遠的通州時，武宗下令逮捕陸完，其老母妻兒兄弟奴僕亦牽連下獄，其家遭查封。

十二月，武宗班師回朝。《明武宗實錄》卷一百九十四：

> 甲午，上還京，文武百官迎於正陽橋南。是日，大耀軍容，
> 俘諸從逆者及家屬數千人陳輦道東西，陸完、錢寧等亦皆裸體反
> 按，以白幟標姓名於首，死者懸首于竿，亦標以白幟，凡數里不
> 絕。

陸完等罪犯，兩手被反綁在背後，上半身裸露，身上插著大書姓名罪狀的白旗，極盡屈辱。而全家大小在被關了五個多月以後，陸完的老母華氏去世，他的弟弟陸宇以及數名奴僕也都死於此次獄事，陸完則因曾平定劉六、劉七之亂有功，按照明朝法律規定，可免於一死，被關了十一個月後，於正德十六年十月十三日出獄，被謫戍至福建泉州靖海衛。

宸濠失敗以後，陸完全家被抄家下獄，是否是遭政敵陷害？這些在當時就引起極大爭議，史書記載亦不一，至少在陸完晚年的著作與書信

中，一再堅稱他是被「權姦」所陷。

　　根據上述《明武宗實錄》卷一百九十三的記載，陸完之罪有三：一是接受寧王朱宸濠賄賂，在兵部尙書任內，助其恢復護衛；二是在吏部尙書任內，助其排除異己；三是朱宸濠謀反時，陸完竟還宣稱是消息誤傳。以上是官方說法。

　　查繼佐《罪惟錄》列傳卷十九：

　　　　及尙書兵部，濠潛書復護衛，完以祖訓辭。濠乃走賄賂臧賢。……中官盧明傳諭：「只請楊師傅詣東閣，諸不必動勞。」有旨：「王奏缺人使，護衛屯田，准與營業。」言官交章，不聽。按此，非止完一人主爲之矣。

　　查繼佐認爲當初朱宸濠寫信給兵部尙書陸完，要求恢復護衛一事，陸完的回信中提到朱元璋的《祖訓》，是陸完以《祖訓》推辭，所以朱宸濠轉而賄賂臧賢（以《祖訓》辭）；但依照《明實錄》與其他史書，卻是陸完要朱宸濠援引《祖訓》，來向中央要求恢復護衛。（以《祖訓》爲詞）

　　又當初通過這項奏疏前，皇帝只見大學士楊廷和，之後就恢復寧王府的護衛。所以他認爲並非陸完一人的力量可促成。此外，皇帝身旁的寵臣錢寧，可能才是此事最大的推手。

　　陸完死後，他的下屬丁奉寫了〈冢宰陸公誄〉：

　　　　值佞倖江彬與爭進者，誣以寧賊之黨，尋爲公論所白，以貶，卒年六十九。竊念予同年進士許逵素號忠勇，公一日謂予曰：「寧賊不軌，吾表許逵爲江西兵備，可當一面。」未幾，逵即抗賊而死，觀此一端，亦足以見公禦賊之心，豈浮言所得陷邪？

　　丁奉爲陸完辯白，認爲陸完被錢寧的死對頭江彬所誣陷，並以他的進士同年許逵爲例證，說明當初陸完確有「禦賊之心」。

　　至於陸完個人的說法，可見於《先太宰水村集遺稿》中的〈三惜對〉一文：

　　　　江西變起，僕非不知渠欲傾陷，自念雖存宦彼而無私交。奏

復護衛，僕有兩疏，言不可復，而先朝內批與之，罪不在我。縱使不免，當無大咎。且結怨已久，以賄請免，恐蹈危機，又料渠驕亢已極，勢不久安，屈體結之，或可免於目前，而不免於後日。是以輾轉經年，卒不為動，寧持正而斃，毋為斜以危，僕之志也。

陸完說當時他曾兩次上疏，言寧王護衛不可恢復，但武宗仍批准，所以罪根本不在他。他在文後又說是「權姦」以「納賄污之」。

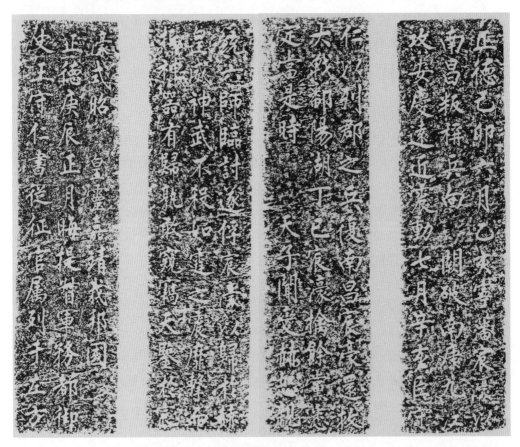

王守仁 書「平定宸濠紀功碑」（正德十五年正月三十日刻）

正德己卯六月乙亥，寧藩濠以南昌叛，稱兵向闕，破南康、九江，攻安慶，遠近震動。七月辛亥，臣守仁以列郡之兵復南昌，宸濠擒，餘黨悉定。當此時，天子聞變赫怒，親統六師臨討，遂俘宸濠以歸。於赫皇威，神武不殺，如霆之震，靡擊而折。神器有歸，孰敢窺竊，天鑒於宸濠，式昭皇靈，嘉靖我邦國。正德庚辰正月晦，提督軍務都御史王守仁書，從征官屬列於左方。

「平定宸濠紀功碑」石刻（江西廬山秀峰寺側）

李詡《戒庵老人漫筆》卷三，「悼陸全卿詩」：

　　人悼陸全卿冢宰坐寧黨詩曰：「子規聲裏夕陽微，何事先生懶見幾。雲夢竟成韓信縛，鱸魚空待季鷹歸。功名到此分成敗，史筆憑誰定是非。寂寂朱門春去也，楊花燕子任爭飛。」或謂唐伯虎作。

II 查抄家產

正德十四年十月，《明武宗實錄》卷一百九十二：

> 庚戌。上至通州，兵部尚書王瓊往迎見，瓊亦與宸濠交通者，時京師喧傳有旨收吏部尚書陸完及瓊。二家懼，每夜以私藏散寄之鄰舊。及上將還，瓊假公務以往，因求捄于江彬，事得釋。未幾，彬引薦，遂代完位。

在十一月陸完被下獄前，北京已盛傳吏部尚書陸完與兵部尚書王瓊都與朱宸濠有所勾結，兩人將被治罪，於是兩家每到了夜晚，就趕緊把值錢的家當藏在親友家，以免抄家時被政府沒收。可是王瓊先求於新貴江彬，所以最後陸完全家下獄，王瓊卻沒事，還繼任吏部尚書。

陸完被抄家，結果兩大珍品「自敘帖」與「清明上河圖」後來仍在陸家，可見《明實錄》的記載可信。

陸完下獄後，禮部右侍郎顧清被幾個御史彈劾，說他與陸完的弟弟是親家，所以陸完在被抓前，曾將銀兩藏在顧家，於是顧清寫了「辯明誣罔奏」，舉證歷歷說他根本與陸家無任何關係，所以此事是誣告。見《東江家藏集》卷三十三：

> 具官臣某謹奏為辯明誣罔事。臣賦性愚拙，任真率理，知所當敬者，天地君親；所當重者，人倫行檢。此外令色足恭違道干譽之事，委是不能。……近者忽聞有御史黎龍、蕭淮、何鰲等，劾臣與見禁吏部尚書陸完弟陸和卿結親，交通請託，陸完事敗之後，將銀兩寄在臣家。……即不曾有與陸完各房結親者。陸完以正德十五年十一月初六日被拏，比時門戶隨已封閉，不知前項銀兩段匹，何處得出？何日何人送來？何人知見付受數目？黎龍此際尚未到京，前項事情必不親見，不知得自何人？乞加根究，即見虛實。

米芾「苕溪詩卷」（左）與夏圭「長江萬里圖」（右）後的項子京題語

此二物原經陸完收藏，項卻仍購於陸完後人，可見抄家並不徹底，也不成功。

七、陸完之卒

　　陸完之生卒年，《明人傳記資料索引》云「１４５８～１５２６」，即明英宗天順二年至明世宗嘉靖五年。而根據該書所列之史料，可提供訊息者有二：一為王鴻儒所撰〈太宰陸公六十壽序〉，寫於正德十二年（１５１７）元月；二是丁奉〈冢宰陸公誄〉，謂其卒時「年六十九」。

　　根據《在懲錄》鈔本，此書是陸完被貶至福建後，生命最後數年的紀錄，從嘉靖二年十二月到嘉靖四年六月，該書最後有其「焚香」絕命詩一首：「六氣與我違，情性自不亂；將死之餘閒，揀香供筆硯。」並有他人之記載云：

　　　　嘉靖四年六月廿八日巳刻，公病已亟，猶自揀香焚之，甚覺清爽，因口占此，命吾代書，且曰：「此絕筆也，囑子孫世守此稿。」

因此《明人傳記資料索引》資料有誤，陸完乃是卒於一五二五年才是。陸完的卒日則為七月二日，事見《漳州府志》卷五十「紀遺下」：

　　　　嘉靖初，吏部尚書陸完坐通逆藩謫戍鎮海衛。四年七月二日，卒于漳開元寺之碧玉堂。陸自知死日，言於郡人；至期，觀者駢闐。初無疾苦，俄端坐而逝。有登太武山歌大書刻石，筆墨甚偉。

　　　　白石林魁有弔陸水村詩：「深山聞訃淚空流，中立終非為國謀；獨有狼山風捲海，可憑青史照千秋。」又云：「謂公負國則不可，謂公忠國又難言；千秋太武山頭月，惟有登臨一愴然。」

殘存的鎮海衛古城

《在懲錄》只記六月廿八日「公病已亟」,《漳州府志》則更進一步記其在七月二日逝世在建於唐代的名寺「開元寺」,且當日竟然還觀眾聚集。

關於陸完身卒的逸聞尚有《明史·陸完傳》所記此事:

> 初,完嘗夢至一山曰「大武」。及抵戍所,有山如其名,歎曰:「吾戍已久定,何所逃乎!」竟卒於戍所。

陸完謫戍福建後,確實到過大武山,因《先太宰水村集遺稿》中有〈書太武山頂石上〉一詩。(「大武」應作「太武」,即今日漳州龍海市的「南太武山」)為陸完寫弔詩的則是福建人林魁,號白石山人,弘治十五年進士。

開元寺

陸完死後,他的親家顧潛寫有〈祭陸水村文〉(《靜觀堂集》卷十四):

> 惟公湖山毓秀,詩禮名家,早掇科甲,晚位公孤。語顯榮則出將入相,語博雅則左書右圖,凡此皆若飛鳥之遺好音,浮雲之過太虛矣。顧惟剪平劇盜之功,素簡在於當寧,附結狂藩之罪,實搆成於群邪。公是公非,蓋棺論定,而奚容於毀譽也。
>
> 若夫出之燕獄之下,置之閩海之隅,使形骸保全,獲免於東市,志慮明潔超悟。夫南華則賴聖明之念者舊,天道之祐純良者為不可誣。
>
> 某嘗與公同官內臺,復締姻聯,意誼弗渝,中異其逢,朝野懸殊,傷今感昔,有如晨晡。茲聞公之歸窆,想神遊於清都,聊寫哀於祖奠,其來舉乎子杯。尚饗。

丁奉則寫有〈冢宰陸公誄〉（《丁吏部文選》卷八）：

> 公諱完，字全卿，號水村，世為蘇之長洲人。歷仕大明憲、孝、武三朝，其志忠、其功大，古之名將相不是多矣。惜乎國事所倚，不獲早歸，值佞倖江彬與爭進者，誣以寧賊之黨，尋為公論所白，以貶，卒年六十九。竊念予同年進士許逵素號忠勇，公一日謂予曰：「寧賊不軌，吾表許逵為江西兵備，可當一面。」未幾，逵即抗賊而死，觀此一端，亦足以見公禦賊之心，豈浮言所得陷邪？予以母氏姻婭，知公素悉，乃哀而誄之。其詞曰……

陸完於嘉靖三年（1524）元月，在福建貶所曾寫有〈生別歎〉一詩：

> 背有所負手有攜，有兒在抱夫隨妻。
> 其後送者五六人，中一老翁醉若泥。
> 醒者曳之不得前，掩口如訴還如啼。
> 行者回頭與眾別，有淚無淚皆含嚖。
> 問知貧徙他鄉去，親戚相送過此谿。
> 就中醉者是其父，臨老別子情更悽。
> 我從前年別家來，情已割斷不復迷。
> 天晴偶出忽見此，頓覺風日皆淒淒。
> 誰謂人生所至恨，生別只與死別齊。

從吏部尚書變成階下之囚，從平定叛亂到疑涉叛亂，謫戍福建與親人「死生從此各西東」，魂喪異鄉，陸完的一生實在很戲劇化。

八、陸完收藏

　　王世貞《弇州山人續稿》卷一四七，稱陸完「好集法書名畫之類」；錢謙益《列朝詩集小傳》亦稱其「博雅好古，精於鑑賞」。張應文《清秘藏》記載明朝書畫賞鑑家三十人，陸完爲其一。根據文獻，陸完是一位收藏家，但他在中國藝術史上卻一直被忽略。

　　驗之今日所見中國古代書畫，陸完的確是一位擁有豐富收藏品的收藏大家，除了「自敘帖」，尚有北宋張擇端「清明上河圖」、蘇軾「前赤壁賦」、米芾「苕溪詩卷」、「法華台詩帖」、「道林詩帖」、「砂步詩帖」、「扁舟詩帖」、蔡襄「思詠帖」、薛紹彭「雜書卷」與馬遠「水圖」等等。

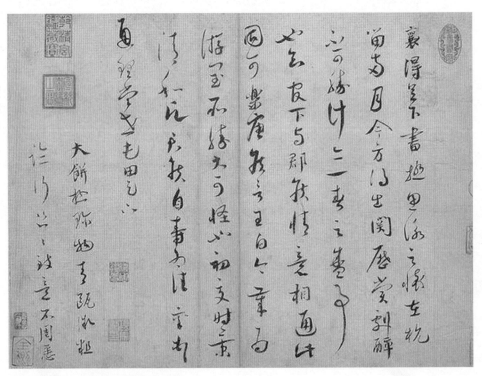

蔡襄「思詠帖」（左下角有「全卿」印）

　　台北故宮所藏（傳）王維「江干雪意圖」卷中，後有明末顧從德一跋，云：

　　唐王右丞江干雪意卷，乃妻大父陸太宰水村家物也，向與懷
素自敘帖、周文矩文會圖、劉松年四畫同寶藏。曾經裱工目，皆
言於有力者奪取，惟此卷與張長史濯煙帖未經重裱，人未獲睹，
故尚存，從德以四十錠得之。嘉靖丙寅秋，武陵顧仲子記。

「妻大父陸太宰水村」乃指陸完，嘉靖丙寅爲西元一五六六年。「劉松年四畫」爲「西湖圖」、「九老圖」、「陽關圖」與「出塞圖」。「自敘帖」、周文矩文會圖和劉松年四畫後來都進了嚴嵩之家，嚴嵩被抄家後，以上書畫都被著錄在文嘉的《鈐山堂書畫記》一書中。

　　又顧從德提到「張長史濯煙帖」，則見於顧清《東江家藏集》卷二十四，有「書張長史草書後」題跋，乃是顧清在陸完家所見。

　　吳寬《家藏集》中，記其爲陸完所藏米芾「雪景」、劉松年「香山四老圖」、趙千里「臥雪圖」、張擇端「清明上河圖」與蘇子美「草書老杜絕句」作跋。《清河書畫舫》著錄一本董源「溪山風雨圖」，亦云其爲「陸全卿太宰故物」。

　　《石渠寶笈》中則著錄馬遠「豳風圖」，後有陸完正德十二年一跋；錢選「五君詠圖」後有陸完正德十三年一跋；顏真卿「書朱巨川誥」，則有陸完正德十二年近千字長跋。此帖曾刻於「停雲館法帖」與「三希堂法帖」之中。陸完之後則藏於陳繼儒，見其《筆記》。(《四庫全書總目題要》言《筆記》一書：「惟所載陸完『跋顏書朱巨川告身』一篇，爲《鐵網珊瑚》、《清河書畫舫》諸書所未收，亦可以備參考。」)

陸完收藏統計

名稱	資料來源	鈐印	附註
王羲之「大熱帖」、「此月帖」	王世貞《弇州四部稿》卷一三〇		
（傳）懷素「自敘帖」	《石渠寶笈》續編	物外奇寶	
顏真卿「朱巨川誥」	《石渠寶笈》續編	吳郡陸氏、全卿珍賞、回俗亭	有跋文
張旭「濯煙帖」	顧清《東江家藏集》卷二十四		
虞世南「汝南公主墓誌銘」	王世貞《弇州四部稿》卷一三〇		
褚遂良「倪寬贊」	文嘉《鈐山堂書畫記》		文嘉所見三本之一
吳彩鸞「切韻」	《清河書畫舫》卷五上		
蔡襄「思詠帖」	《石渠寶笈》初編	全卿	
蘇軾「前赤壁賦」	《石渠寶笈》初編	全卿、全卿珍賞	
米芾「苕溪詩卷」	《石渠寶笈》初編	全卿、全卿珍賞、回俗亭、子孫保之	
米芾「法華台詩帖」、「道林詩帖」	《石渠寶笈》初編	全卿	
米芾「砂步詩帖」、「扁舟詩帖」	《石渠寶笈》續編	全卿	
米芾小楷「寶章待訪錄」冊	《石渠寶笈》初編		有跋文
蘇子美「草書老杜絕句」	吳寬《家藏集》卷五十三		
薛紹彭「雜書卷」	《石渠寶笈》三編		
趙孟頫「紈扇賦」	吳寬《家藏集》卷五十二		
陳廉「草書」	陸完《先太宰水村集遺稿》		有跋文
鄭定「草書」	陸完《先太宰水村集遺稿》		有跋文
（傳）王維「江干雪意圖」	「江干雪意圖」顧從德跋文	長洲陸完、吳郡陸氏	
「摹古畫卷」‧王維「奕碁圖」	王世貞《弇州四部稿》續稿卷一六八		
李思訓「春山圖」	《清河書畫舫》卷四上		
周文矩「文會圖」	「江干雪意圖」顧從德跋文 吳其貞《書畫記》卷二		
周文矩「蘇若蘭話別會合圖」	《清河書畫舫》卷六下		

董源「溪山風雨圖」	《清河書畫舫》卷六下		
范寬「秋溪釣隱圖」	陸完《先太宰水村集遺稿》		有題詩
蘇軾「斷山叢篠圖」	《清河書畫舫》卷八下		
米芾「雪景」	吳寬《家藏集》卷二十六		
李公麟「孝經圖」	《書畫題跋記》續題跋記卷四 《先太宰水村集遺稿》		有跋文
李公麟「陽關圖」	《清河書畫舫》卷八上		
勾龍爽「葛洪移居圖」	《秘殿珠林》初編		有跋文
趙伯駒「臥雪圖」	吳寬《家藏集》卷二十五		
張擇端「清明上河圖」	吳寬《家藏集》卷五十三	陳湖、吳郡陸氏、青泉白石	有跋文
宣和所藏「揭鉢圖」	王世貞《弇州四部稿》續稿卷一五六		
劉松年「西湖圖」、「九老圖」、「陽關圖」、「出塞圖」	「江干雪意圖」顧從德跋文		
夏珪「長江萬里圖」	《式古堂書畫彙考》卷四十四	物外奇寶、吳郡陸氏、水村居士、長洲陸完、子孫保之、全卿、有恭堂印	有跋文
馬遠「闔風圖」	《石渠寶笈》初編		有跋文
馬遠「水圖」	《石渠寶笈》初編	無收藏印	
宋人「瑞應圖」	吳寬《家藏集》卷五十五		
王冕「墨梅」	《御定歷代題畫詩類》卷八十四		有題詩
錢選「五君詠圖」	《石渠寶笈》續編	陳湖、長洲陸完、水村居士、吳郡陸氏	有跋文
趙雍「白衣大士像」	《秘殿珠林》初編	水村陸氏家藏	
朱玉摹「揭鉢圖」	王世貞《弇州四部稿》續稿卷一五六		
戴進「七景圖」	王世貞《弇州四部稿》卷一三八		有跋文
李在「郊居讀書圖」	陸完《先太宰水村集遺稿》		有跋文
仇英「蓮社圖」	《秘殿珠林》初編		有跋文

戴進「七景圖」跋：

> 歲乙亥（１５１５）七月寒疾，盧院判宗尹愈之，未有以報，而盧君素輕阿堵物，乃舉以遺之，選事稍暇，當為君每景賦一詩，以寄興然。

顏真卿「書朱巨川誥」跋：

> 此唐德宗建中三年六月，給授中書舍人朱巨川告身符，年月職名之上用「尚書吏部告身之印」，計二十九顆，世傳為顏魯公書。按唐式，書符，令史事也。代宗之喪，魯公以吏部尚書為禮儀使，楊炎惡其直，換太子少師，領使事；及盧杞，益不容，改太子太師，併使罷之。是時適在閒局，而其忠義書法，巍然為天下望。巨川欲重其事，特求公書，亦如今世士大夫得請誥勅封贈，多求善書者操筆，同一意也。
>
> 米元章《書史》載，朱巨川告，顏書，其孫灌園持入秀州崇德邑中，余以金梭易之，劉涇得余顏告，背紙上有五分墨，裝為秘玩。王詵篤好顏書，遂以韓馬易去，此書今在王詵處。《宣和書譜》載顏書亦有朱巨川告，今卷中並無宣和印記，獨存梁太祖御前之印，前後押縫有宋高宗乾卦、紹興印耳，豈舊藏御府，靖康之亂散落人間，南渡收訪，應募者截去本朝璽跋耶？然五代時既入御府，則宋時不應在灌園處，豈王詵所得乃別本耶？不可得而知矣。
>
> 此卷作字雖小，而與東方朔贊用筆同，其為顏書無疑。告中細書不知出何人，唐制惟侍中中書令為真宰相，其曰同中書門下平章事，雖行宰相事，而未為真。中世以後，藩鎮節度多授中書令，故勅後細書首行云「太尉兼中書令臣在使完」。是年四月，盧杞忌張鎰，出之鳳翔，故第二行云「守中書侍郎同中書門下平章臣張使」。其第三行云「守給事中臣關播奉行」，杞愛播和柔易制，是年十月即同平章事矣。
>
> 牒後細書首行云「侍中關」，第二行云「守門下侍郎同平章事杞」，即盧杞也。又吏部正員，尚書一人、侍郎二人，其屬有四，

日吏部、司封、司勳、考功；吏部郎中一人，掌文官階品朝集祿賜告身；尚書左右丞各一人，掌辨六官，吏、戶、禮，左丞總焉；兵、刑、工，右丞總焉。故牒尾尚書侍郎左丞俱云缺，而云「判吏部侍郎范陽郡開國公翰」者，盧翰也。

後此二年為興元元年，正月亦進同平章事。符後書云「判郎中滋」者，劉滋也。貞元二年正月，遂從吏部為左散騎常侍，末後書令史不名，益可驗此告非令史筆矣。一展閱間，而唐之典故，歷歷可考，且魯公書，得其背紙墨蹟，尚裝為祕玩，況真蹟耶？宜何如其寶愛之也。正德丁丑（1517）五月望日，陸完跋。

馬遠「豳風圖」跋：

都尉樊公處見李龍眠一卷，又聞沈石田亦收一卷，此卷舊以為馬遠畫，而高宗書皆筆意超絕，而婦女容態自有國有家者，以至田野紡織，莫不端莊靜雅，無一毫邪僻意思，望之令人肅然起敬。若此者，要非遠不能，中間二三節，筆力差拙，豈其失去而取諸別本以補足耶？其書則出當時內夫人手，而用乾卦垃御書印耳，知書者自能辨之。正德丁丑（1517）七月六日，水村居士陸完書。

米芾「寶章待訪錄」跋：

祕閣寶章待訪錄，大米小楷真蹟，秀潤圓勁，固足壓倒蘇黃，尤是用筆妙處，極得右軍樂毅論法，平原陸完僭評，善書者必能深辯。丁丑（1517）九日，燕市重裝謹題。

錢選「五君詠圖」跋：

顏延年作五君詠，錢舜舉為之圖而書顏詩於後，五君狀貌，類與不類且不必論，但肆意酣暢之態，宛然在目，雖親遊竹林，所見殆亦爾爾，舜舉繪事之精乃至此耶？正德戊寅（1518）六月七日，風雨不出，展閱書此。完。

夏珪「長江萬里圖」跋：

雲山蒼蒼江漠漠，紹興年間夏珪作。
珍重須知應制難，卷尾書臣字端恪。
卻憶當時和議成，偏安即視如昇平。
惟開緝熙較畫史，兩河淪棄無人爭。
斯圖似寫南朝土，還有樓臺在烟雨。
釣叟棋翁不可呼，漁舟野店誰能數。
但覺層層境不同，林泉到處生清風。
意遠筆精工莫比，只許馬遠齊稱雄。
中原殷富百不寫，良工豈是無心者。
恐將長物觸君懷，恰宜剩水殘山也。
畫終思效一得愚，更把飛鴻添在圖。
願君更向飛鴻問，五國城頭信有無？
水村居士完書。

夏珪「長江萬
里圖」（局部）
與陸完跋文

李龍眠「孝經圖」跋：

　　龍眠居士圖孝經，雖曰隨章摭其一二，然自天子以至於庶人威儀動作之節，與夫郊廟之規模、閭里之風俗、器物之制度、畜產之性情，亦略備矣。東坡謂其神與萬物交，其智與百工通者，覽之可想。雖然龍眠畫贊者多矣，至於書史稱妙絕，而見者不多，今睹其筆勢，若清廟既陳，而君子佩玉趨蹌於其間，清和簡肅，猶有晉宋間人氣韻，當時以書名者，未必能如此也。吾得此卷，不徒愛其畫，而尤愛其書，特珍藏之。每紙壓縫有雙龍團印，末有紹興字、喬氏私印，蓋曾入南宋御府而又為喬仲山所藏云。水村居民陸完。

張擇端「清明上河圖」跋：

　　圖之工妙入神，論者已備，吳文定公訝宣和畫譜不載張擇端，而未著其說，近閱書譜，乃始得之。蓋宣和書畫譜之作，專於蔡京，如東坡、山谷，譜皆不載，二公持正，京所深惡耳。擇端在當時，必亦非附蔡氏者，畫譜之不載擇端，猶書譜之不載蘇黃也。小人之忌嫉，無所不至如此。不然，則擇端之藝，其著於譜成之後歟。嘉靖甲申（１５２４）二月望日，長洲陸完書。

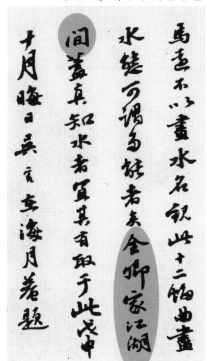

吳寬為陸完所收藏的馬遠「水圖」（北京故宮）所寫跋文。此畫無陸完收藏印。

陸完收藏印

全卿　　　　全卿　　　　陳湖　　　　回俗亭　　　　清泉白石

全卿珍賞　　　吳郡陸氏　　　長洲陸完　　　子孫保之

有恭堂印　　　物外奇寶　　　全卿　　　　水村居士

吳郡陸氏　　　　　長洲陸完

九、陸完墨蹟

　　題跋二。一為「清明上河圖」，寫於嘉靖三年二月，時陸完被發配到福建泉州，正是帶罪之身，又曾經歷抄家，竟還有如此珍寶隨身，實是耐人尋味。由此可證，經過抄家之難，「自敘帖」卻仍在陸氏後人之手，也絕非偶然。另一為「長江萬里圖」。

　　書札四：「致牛江札」（北京故宮），是寫給趙寬的信；「致戒軒札」（北京故宮）；「與外父綱菴書」、「喑顧尊舅書」。

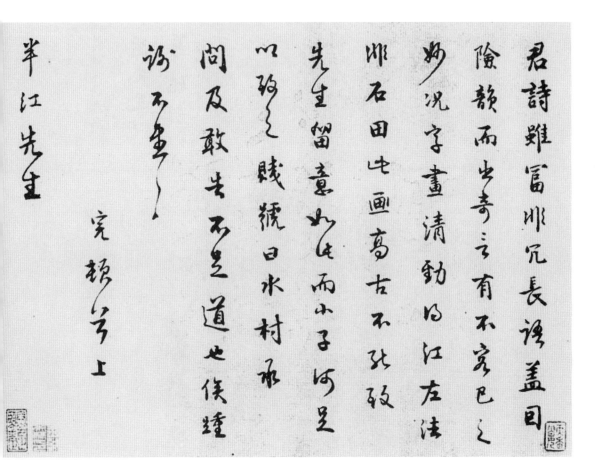

致牛江札

致戒軒札

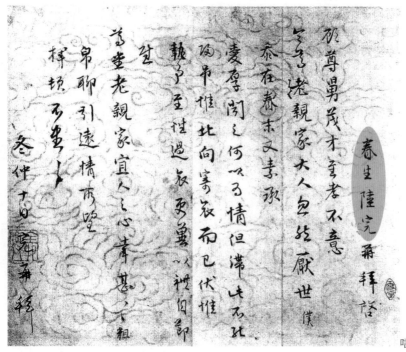

唁顧尊舅書

北京故宮所藏明人「行書詩卷」，其中收有陸完書四首七言詩，應爲早期墨蹟。

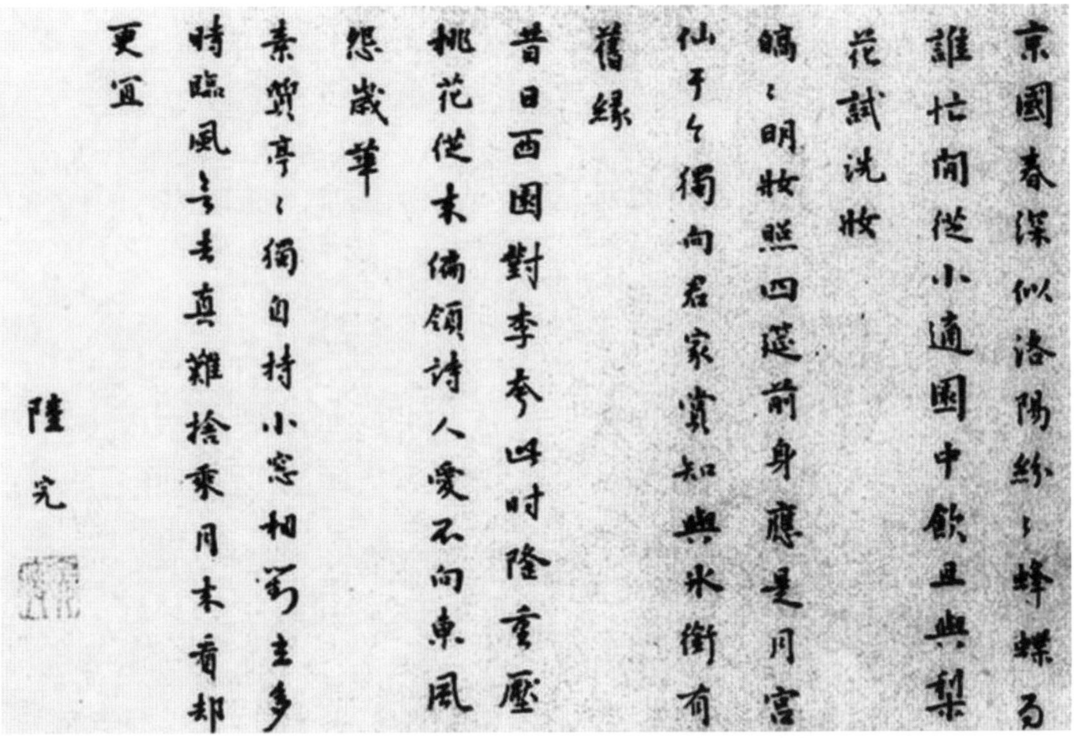

京國春深似洛陽紛紛蜂蝶る
誰忙閒從小通國中飲亞與梨
花試洗妝
鍋々明妝照四逐前身應是月宮
仙于々獨向君家實知與米衡有
舊緣
怨歲筆
昔日西園對李季呼時隆重壓
桃花從未偏領詩人愛不向東風
素質亭々獨自持小窻相寫主多
時臨風言去真難捨棄月末看都
更宜

陸完

十、結論

因為研究陸完，我不但前往北京大學去看舉世孤本《先太宰水村集遺稿》，甚至還跑到江蘇長洲的陸完老家實地考察，而一切的辛勞，都在找到另一枚陸完的「物外奇寶」印得到補償。一方藏印的鐵證勝過千言萬語的駁斥，粉碎了李郁周所有關於「水鏡堂帖」與「文彭摹本」的謊話與笑話，李某所做的醜事也得到了報應。所以最後我必須感謝陸完，不過我想他也會感謝我的，因為從來沒有人把他研究得那麼徹底，並為他辯白申冤。人間冥冥之中是有公理存在的，不過這個公理是要靠自己的努力才能討得回來的。

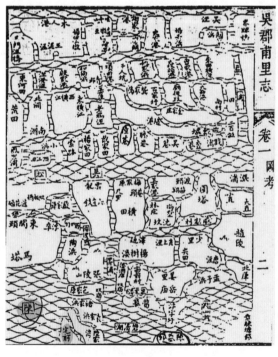

↑清刻本《吳郡甫里志》

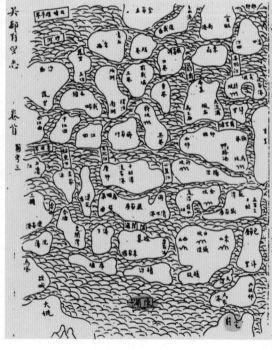

清抄本《吳郡甫里志》↑

陳湖行—尋找陸完

　　宸濠之亂被平定一年三個多月以後，陸完才在正德十五年十一月六日遭逮捕入獄，原因是他和造反的寧王朱宸濠有所勾結（官方說法），從八十幾歲的老母，到家裡的奴僕也全部跟著進了大牢。所有財產則被政府查抄沒收，不過事前早已風聲洩漏，所以陸家早已把值錢的家當藏匿起來，因此十二年後，他的兒子陸修可以委請文徵明與文彭父子摹刻其父所藏的「自敘帖」；數十年後，大收藏家項子京可以從陸家購藏米芾的「苕溪詩卷」；陸完下獄後，御史黎龍等人會指控顧清，稱陸完曾將銀兩寄藏在他家云云，在在透露出這次的抄家是不成功的。相對於同樣被抄家的豹房寵臣錢寧，卻是「得玉帶二千五百束、黃金十餘萬兩、白金三千箱」。

　　次年，即正德十六年的十月十三日，陸完蒙恩出獄，此時已換了新皇帝，荒唐一生的明武宗崩於三月，世宗即位。他的老母華氏、他的弟弟陸宇，以及數名奴僕都死於此次獄事，而他剛入獄時，想要絕食以死，三日以後，心想一家百口皆繫於他一人，於是才放棄絕食。

　　此次獄事，對陸完而言應該算是冤獄，他是武宗身旁兩派寵臣鬥爭下的犧牲品，被勝利的江彬誣爲失敗的錢寧之黨羽，並受賄以暗助寧王朱宸濠謀反。錢寧後來受到殘酷的「磔刑」（分裂肢體），但陸完卻能活著出獄，因爲根據刑法的「八議」（親、故、賢、能、功、貴、勤、賓八種人所享有的法律特權），陸完曾平定劉六、劉七之亂，屬於八議中的「議功」，所以免於一死，僅被謫戍至福建泉州鎮海衛。

　　於是陸完一路南下，先回到長洲甫里老家，於次年（１５２２）初才赴福建，他的好友顧潛以二詩爲他送行，〈送陸水村赴閩壬午〉：

　　　　高爵輕捐望愈尊，向來功罪底須論。
　　　　梅花細雨江南路，荔子清風海上村。
　　　　仗劍已忘蛇蜥手，賜環行喜鳳啣恩。
　　　　牙籤縹帙藏書在，計日東還課子孫。

明時不復歌離騷，雌黃之口從兒曹。

昔年勳庸在鍾鼎，此日行邁揮旌旄。

萬安橋下月波靜，九曲山前嵐翠高。

先朝遺事史未備，閒邊記錄煩霜毫。

直到一五二五年七月二日，陸完卒於泉州名寺開元寺，他都無緣再回到江蘇長洲與家人相會。今年有個因為研究懷素「自敘帖」而認識陸完的年輕人，從台灣渡海來到了陸完位在陳湖旁的老家「宅前」。

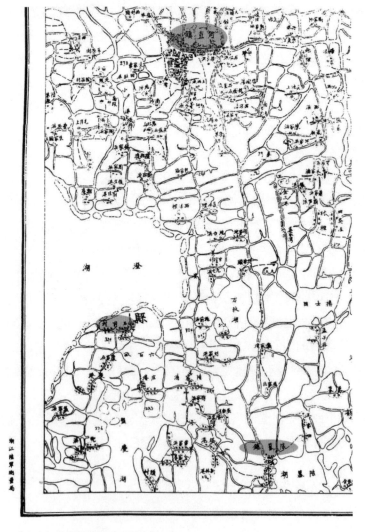

1920年的軍事地圖（五萬分之一）

「宅前」後來改名為「石前」，今又改名為「南前」。

　　　　　※　　　　※　　　　※　　　　※　　　　※　　　　※

　　因為得知陸完為長洲縣甫里人，並進而找到清人所修的《吳郡甫里志》，書裡記載陸完老家在「宅前」。經過調查後，甫里即今江蘇省吳縣的「角直」，是個只有一平方公里的水鄉小鎮，鎮上遍布湖泊、河流與現存約四十座古橋，唐朝的陸龜蒙、明朝的高啟與陳淳，以及近代的王韜都是甫里人，陸龜蒙的文集即名為《甫里集》或《甫里先生集》。

　　二〇〇四年七月初，我欲赴陸完老家「甫里」蒐集資料，因為我樂觀地以為這個小村莊會像其他江南古鎮一樣，仍保有明清時的風貌，甚至或許能夠找到陸氏後人，以及關於陸完的任何蛛絲馬跡。

　　我先抵達上海，然後電詢角直鎮的文化單位人士，才知道「宅前村」現已不屬「角直鎮」管轄，而是歸於「錦溪鎮」，於是次日我坐著巴士前往錦溪鎮。「錦溪」舊名「陳墓」，此因南宋孝宗時，攜寵妃陳妃途經此地，陳妃去世，水葬於五保湖中，孝宗因此將錦溪改名為「陳墓」，今日則又改回原名，有「中國民間博物館之鄉」的美稱。

　　到了錦溪鎮以後，問了當地人士，「宅前」已改名為「南前」，離此約有二十分鐘車程，而所謂的「車」，則是機動三輪車。頂著大太陽，滿懷希望，一路顛簸，終於到了最終目的地「南前村」。

在湖中的陳妃之
墓（王裕民攝）

錦溪古鎮　　王裕民攝

　　　※　　　　※　　　　※　　　　※　　　　※　　　　※

　　一般提到陸完家族，常云「陳湖陸氏」，因爲陸完的老家就在陳湖旁的「宅前」。（抄本《吳郡甫里志》卷四「古蹟・第宅」記載：「陸少保完宅，在宅前。」）前往南前村，途經「陳湖」，我下車遠眺，簡直像汪洋，一望無際。

　　到了南前村以後，請司機用蘇州土話代我向村人詢問當地是否有姓陸人家，而小村落一有外人到來，甚至聽到是從台灣來的，幾乎全村的老弱婦孺都聚集在一起，對我的問題議論紛紛，而眾目所指，都指向一戶當地已沒落的陸姓大戶。（南前如今只有陸姓兩戶，爲親戚關係。）我又問大家是否有聽過陸完此人，並說明他在明朝中期曾擔任極大的官職。結果沒有一個人聽過，令我覺得匪夷所思。

　　我隨著村人到了這戶人家，殘破的房子裡坐著一位上身赤裸正在休息的老翁，他一頭霧水，透過鄰居婦人大聲的解釋，有嚴重耳背的他才清楚怎麼一回事。經由眾人的解說，我才知道從很久以前，當地就這戶陸姓是全村最大戶，擁有大批田地，在清朝還做過官，不過沒落已久。而眼前的這位老朽，在當地被視爲聰明人，沒唸過幾天書，但卻靠著自修而會看書寫字，旁人因此建議我透過筆談向他詢問，不過他講的話我還是需要鄰婦的翻譯。

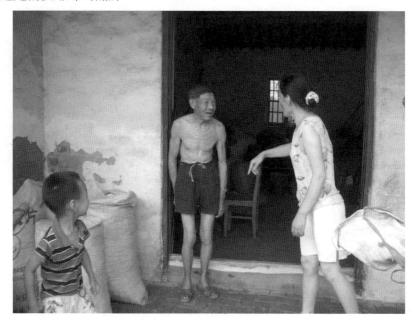

　　我先請問他是否有聽過陸完？他搖搖頭。我問他家裡是否還存有家譜或族譜？他也搖頭，並說就算有，也在文化大革命時燒掉了，他只記得父親與祖父的名字。我又問他記不記得小時候家裡有掛著堂號匾額？他說不記得了。然後說數十年以前他曾拿了家裡一塊白銅器物去典當，結果老闆問他哪來的。他回答是祖傳的，於是老闆說這是做官的人才有的東西。

　　他又向我提了一件父親從小告訴他的故事。清朝時，他們陸家有人做官，結果被強盜給砍了腦袋，於是家人用黃金打造個頭顱與無頭屍一起埋葬。不過我問他人名，他回說他也不清楚。

　　就這麼兩條線索，還是無法確定他是否爲陸完後人，接著就換我這個來自異鄉的異客開始談古道今。把陸完的生平簡略的說了一遍，展示帶來的圖片與書籍，並強調他是一個大收藏家，今日台灣故宮最有名的「自敘帖」和北京故宮最有名的「清明上河圖」都曾是他的藏品。村人沒聽過什麼是「清明上河圖」，不過一聽到「國寶」兩字，眼睛立刻一亮，並對他們小村莊在古代竟有這號人物而感到不可置信。

　　眼看毫無進展，我詢問眾人村中年代最久的老屋在何處？又眾目所指，就是陸家這一戶，於是我問老翁此屋歷史，結果他說只有五六十年，這次輪到我感到不可置信。因爲附近的著名景點，如周庄、甪直、錦溪等處，今日都仍保有明清古屋，甚至宋元古橋，但是宅前的老舊東西卻被清除得一乾二淨，連歷史記憶都是一乾二淨的。

　　無計可施又一籌莫展，只好在南前村繞了一圈拍照留念。往陸家屋後走去，是一大片農田，村人向我透露田中的那位農夫也是他們陸家的人，不過已經分家。農夫走過來笑著跟我說，我所看到的農田全都是他家的。

　　陸家距陳湖才一百多米，站在湖邊的我心想：當初自號「水村」的陸完，離開宅前到各地時，不知是否就在此處坐著小船前往的。我只知道，當我離開南前時，心情是很沈重的，不是因為沒蒐集到一點有用的資料，而是在陸完之後五百年，竟由一個研究他的台灣人，跑來他魂牽夢縈卻歸不得的老家，向他的村人與「疑似後人」訴說他的故事。

陳湖岸

村人說這座橋是全村最「舊」的東西，不過年代有多久，沒人清楚。司機大哥主動找了條石泥船（這裡的船是石泥做的）帶我遊河。經過橋時停下來照相，結果他發現橋墩上有刻字，趕緊呼我來看，我往石刻上潑水，竟然就是當時搭建石橋的題刻，時間是光緒三十三年（1907），捐資者有九人，其中姓陸的有二人，分列首尾。

結論

一、明人的看法

從本書的〈對詹景鳳《東圖玄覽編》的誤讀〉一文，應可確定文徵明父子並未偽造另一本「自敘帖」，而事實上他們父子三人與沈碩都知道摹刻上石的陸家藏本「自敘帖」是「跋真帖偽」的一件「偽好物」。

此外，著名文人王世貞在《藝苑卮言》亦言：「其書筆力遒勁，而形模不甚麗，以故覽者有楓落吳江之嘆，而吳人至今剌剌以為非真。」范大澈《碑帖紀證》則云：「文壽承摹刻陸水村水鏡堂自敘，人多稱賞，余獨知其墨跡之贋。」可見自從明代中期，「自敘帖」重現江湖後，已不少專家認為今日故宮墨蹟本並非懷素真跡。

二、朱家濟、啟功與徐邦達的看法

一九三七年，朱家濟即撰寫〈關於鑑別書畫的問題〉一文，首次提到了詹景鳳《東圖玄覽編》中有關「自敘帖」的記載，但他轉引文章後，只說：「由此說來，此卷本身也不無問題。」

啟功於一九八三年在《文物》第十二期發表〈論懷素「自敘帖」墨蹟本〉，他從清嘉慶六年謝希曾重摹之「契蘭堂帖」中的「自敘帖」拓本（重摹自唐荊川所藏之南宋淳熙刻本），推論今故宮墨蹟本為後人細筆描摹和乾筆擦抹而成的摹本，原因如下：一、拓本有蘇舜欽跋語，墨蹟本卻無。二、兩本之南唐邵周、王紹顏押尾題署與北宋蘇耆、李建中之題記順序不符，墨蹟本顯然不合常理。三、墨蹟本筆畫軟弱勉強。四、前六行所謂「蘇舜欽補書」，字跡風格與全卷一致，顯出一手。五、墨蹟本文徵明與高士奇題跋語句含混閃爍，極為可疑。

因此他認為：

> 這個偽蘇本的製造，必在真跋寫完之後。真跋最後一個紀年
> 是紹興三年癸丑（１１３３年），那麼重摹蘇本的時間，至早不會
> 早於這一年。

在一九九一年的修改文中，啓功又說：

> 大約在文徵明以前，有人分割蘇本後宋人各跋，裝在今天這
> 個墨蹟大卷之後，以提高他的聲價。

因此綜合啓功的論點是：自卷首至邵周與王紹顏跋皆出鉤摹、宋人跋
真、真跋裝摹本的上限是１１３３年、下限則在文徵明以前。

徐邦達則於一九八七年在《書譜》發表〈僧懷素「自敘」辨偽〉云：

> 杜衍以下這些宋人跋則全真，應是後世移裝在此臨本之後而
> 非原配。

徐邦達認為故宮墨蹟本「無一筆有做作的弱點」，所以此本是「對
臨」出來的產物，「方能達到字字不見『做作』的痕跡，所欠缺的則是
整個風度魄力。」

總結徐邦達的論點是：「自敘帖」本文是宋人臨本，可能是蘇舜欽
所臨寫；若非，下限則為南宋淳熙刻石以前。題跋為真，但南唐邵、王
與北宋初蘇耆、李建中二跋為偽。

徐邦達的「臨本說」和啓功的「摹本說」是相左的，但他說：「不
管是臨是摹總非真跡，這一點是無庸爭議的。」

事實上，徐邦達早在一九七九年就已撰寫〈古摹懷素「食魚帖」的
發現〉一文（《文物》第二期），其中提到七個字：「宋人臨本自敘帖。」
徐氏後來在《重訂清故宮舊藏書畫錄》，也稱故宮本「自敘帖」是：「宋
臨本，跋有真有偽。」

三、李郁周的看法

李郁周寫的是小說，鬧的是烏龍，二十幾年來，對於「自敘帖」的研究從頭到尾沒有一項論點是對的，讓人覺得匪夷所思。老是把真的當假的，假的當真的，真假不分，完全沈迷於自己的想像，除了用筆名寫了兩本小說自吹自擂，還匿名寫了三篇黑函自彈自唱，吹捧自己並攻擊王裕民與退他稿的《故宮文物月刊》編輯部。拿想像的論點大肆攻擊一票兩岸專家學者。一路走來，脫線到底，是千年難得一見的奇葩。我建議想像力豐富又老是喜歡信口開河的李郁周，可以考慮改行寫寫小說或當宗教大師；或者是聽嘿嘿嘿嘿呂秀蓮的話，移民到中南美洲。

四、幾枚可疑印的探討

如同另一件千古笑談鮪魚肚扁槍擊案的調查，我在此提出幾項從未有人提及的可疑細微證據，以協助「自敘帖」研究的破案。

1 · 卷首半印

「自敘帖」前隔水與帖文間有一殘存大印，高約六點五公分左右，今只可以看到左邊三分之一到二分之一，上方又破損，所以無法辨識。（此大印上方又有一不明印，兩者重疊）此印的粗框，直覺讓人想到有元印的風格；而印文如此粗的線條，我幾乎沒見過，元印中也未見。我看了那麼多的收藏印，只覺得有一印似乎和這方大印有點關連，但並不確定，那就是台北故宮所藏的另一名蹟孫過庭的「書譜」。

「書譜」的前隔水與帖文間也有一方粗框大印，高度也約六公分多（難以正確知道高度，因沾泥不勻，框有粗有細）。這方印的著錄是「漫漶不能辨」，但隱約還是可以看到右邊的印文。

若「自敘帖」和「書譜」上的這兩印是一印，結合「書譜」的右半印和「自敘帖」的左半印，這方印或許有一日可以破解。若非同一印，

則只能透過殘印左下角的粗線條印文來尋找。

再提出一個假設，如果這方印是元印，前隔水的金章宗「群玉中祕」左框線卻蓋在其上，實在有問題。我在〈懷素自敘帖新研〉一文中，曾首次質疑這方「群玉中祕」，因為違反常見「明昌七璽」的鈐印位置，我現在對此印仍保持這個看法。誠如徐邦達所言的：「宋『宣和』、金『明昌』內府七璽，如果離群（除因重裝時原綾、絹拆換失掉了些外）或不合其部位……這不是書畫本身有問題，就是這些藏印為僞的了。」

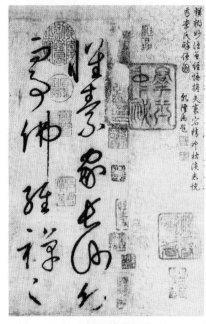

2‧葫蘆半印

　　「自敘帖」事實上還有兩方從來沒人談過的藏印，那就是在卷後蔣之奇與蘇轍題跋之間。上方那印完全無法辨識，但下方的葫蘆半印，則可以隱約看到它的「曲線」，我曾比對目前可見宋元兩朝收藏家的葫蘆印，但未有一印符合。在印文不明的情況下，透過它的葫蘆曲線或許有朝一日可以破解。

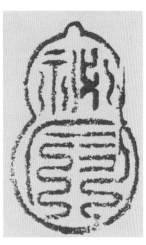

| 自敘帖 | 賈似道「悅生」 | 史彌遠「紹勳」 | 明昌「祕府」 |

3‧趙鼎之印

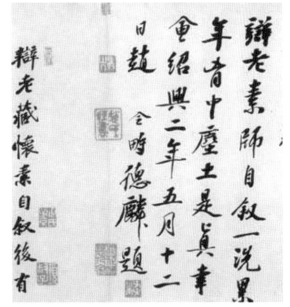

　　我在〈懷素自敘帖新研〉一文，證明「得全堂記」之印主為南宋初宰相趙鼎（1085～1147），而卷上的「趙氏藏書」與「趙氏子子孫孫其永保用」等印亦是，可知「自敘帖」在呂辯老之後歸趙鼎所藏。

　　如今又證明「水鏡堂帖」乃是根據故宮墨蹟本所摹刻，所以「水鏡堂帖」已毫無比對價值。但我在〈綠天庵本「自敘帖」偽刻考辨〉一文，又提出安思遠所藏舊拓「晉唐小楷」上的多枚「趙氏藏書」印，其印文卻與故宮墨蹟本「自敘帖」的有明顯不同。所以在目前可以辨識的印鑑中，趙鼎的藏印就有很重要的關鍵性。因為「自敘帖」的每個合縫處都鈐有此印，如果此印為真，這卷墨蹟本的時代可以早到北宋；如果此印為偽，則很明顯的此卷是南宋之後的產物。在目前的情況下，我傾向於後者，但我會再繼續尋找相關證據。

「自敘帖」　　　　　　　　　　　　　　　　舊拓「晉唐小楷」

　　至於有兩個頭腦不清的台大藝研所學生說趙鼎「不無可能」擁有兩方「趙氏藏書」印，並舉了數位歷代著名收藏家一種藏印卻有好幾印以作為例證，所以兩印也有「可能」都為真的，因此不能做為證據。

　　我不知道這種「想當然耳」的「李郁周式」言論如何能作為論辯之用。你舉了十個一種印文好幾印的例子，我也可以舉出一千個一種印文只有一印的例子。「天下沒有打不敗的敵人！」你可以自己講著安慰自己，你的敵人也可以這樣講。如果沒有證據，就不要「想當然耳」的說有這種「可能」來自我催眠，否則我也可以「想當然耳」的說有那種「可能」。

　　《北史‧魏本紀》：

　　　　九月，賀騣飢窮，率三萬餘人寇新市。甲子晦，帝進軍討之。

338

太史令晁崇奏曰：「不吉。」帝曰：「何也？」對曰：「紂以甲子亡，
兵家忌之。」帝曰：「周武不以甲子勝乎？」崇無以對。

甲子這天，皇帝要帶軍征討賀驎，太史令晁崇奏曰：「這一天不吉祥。」
皇帝問爲什麼不吉祥呢？他說：「商紂亡於甲子，所以兵家忌諱這一天。」
可是皇帝說：「周武王不是在甲子這一天勝利的嗎？」所以這些呆頭學
生的論辯方式與思考模式，有成爲李郁周第二的雄厚潛力。

　　我在此另提出我所找到的幾枚趙鼎的「得全堂記」。王世杰寄存在
故宮的藏品中，有一幅唐人「溪山雪霽圖」卷，其卷尾就有一方「得全
堂記」，但與「自敘帖」的不同。而根據《藝苑遺珍》的說明文字，可
知左下角還有半印，只剩「趙氏」二字，但在圖版中無法看到，有待向
故宮當局申請圖版進一步比對。

　　又美國大都會博物館藏有一傳五代人畫「揭鉢圖」，其卷尾上方亦
有一方「得全堂記」，此印爲粗框，明顯與前二者不同。而學者也公認
此畫是後代摹本，其上的項子京收藏印都是僞印，亦有學者直接將此畫
的年代訂爲十八世紀末。（樂愕瑪〈「揭鉢圖」卷研究略述〉《美術史研
究》一九九六年第四期與一九九七年第一期。）

自敘帖　　　　　　　溪山雪霽圖（不明）　　　　　揭鉢圖（僞印）

　　葉恭綽的《遐菴清祕錄》中另著錄一卷「宋宣和內府藏揭缽圖卷」，卷上亦有一方「得全堂記」，不過此卷目前不知下落。從這些物證看來，趙鼎似乎是個不為人知的收藏家，還有人偽造其藏印。而研究趙鼎的藏印真偽，也是探討故宮墨蹟本「自敘帖」摹於何時的一個關鍵切入點。

元人畫趙鼎像（The Asian Art Museum of San Francisco）

五、幾項說明

　　除了從書法與印鑑兩方面來探索「自敘帖」外，刻帖亦是一項線索。原本我要在此書做一個關於南宋「淳熙祕閣續帖」的專題研究，但因時間不及，所以有待日後。（眾人對「淳熙祕閣續帖」根本認識不清、人云亦云）我想先說的是曾紆所說的北宋三本「自敘帖」（蘇舜欽家、馮京家、石揚休家）之間的關係，在現有的線索下，完全無法釐清。到底三本皆真跡？皆後人摹本？或一真二摹？或是蘇家藏有南唐內府本，而另摹兩本傳世？到底是不是只有一本有蘇舜欽跋尾？還是不只一本？有那麼多種的可能，但我們卻無法確定，前頭都一頭霧水了，後頭更是一團迷霧，不但連釐清都不可能，連要做個「合理」推斷都十分困難。

明朝永樂十四年，宗室周憲王朱有燉摹刻「東書堂集古法帖」十卷，根據容庚的《叢帖目》，可知第十卷刻有「懷素自敘」。我花了一番功夫找到以後，卻發現不是「自敘帖」！而是一般所稱的「藏真帖」（後總是接「律公帖」，西安碑林有石刻。）因爲此帖的帖文是「懷素字藏真生於零陵」云云，所以「東書堂集古法帖」將此帖定名爲「懷素自敘」。這讓我學到一個教訓，就是若在文獻中看到「懷素自敘」或「懷素自敘帖」，可能未必絕對是指故宮墨蹟本這類的長卷「自敘帖」，這是要加以注意的。

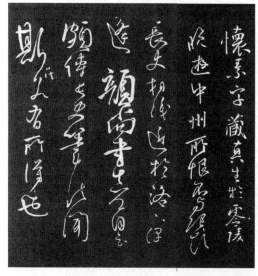

這也是「懷素自敘」

清康熙二十九年，內府摹刻「懋勤殿法帖」二十四卷，據《叢帖目》，知第十四卷有懷素的「自敘」。「懋勤殿法帖」傳世極少，難得一見，所以不知這又是何種「自敘」？案故宮墨蹟本在此時還未進入清宮，所以不可能是摹刻自故宮本。

除了南宋孝宗時的「淳熙祕閣續帖」，和明朝中嘉靖年間所摹刻的陸家「水鏡堂帖」，我竟然又發現還有一種。著有《水東日記》的明初文人葉盛（１４２０～１４７４，江蘇崑山人），另有《葉氏菉竹堂碑目》一書傳世，此書卷三記載：

懷素自敘帖崑山　大曆丁巳　天順元年八月夏昶跋

明英宗天順元年爲一四五七年，而根據該書內容，應是指碑刻在崑山，

而非拓本在崑山。夏杲字仲昭，亦爲崑山人，是畫竹的名家。
這個早於「水鏡堂帖」七十年的「自敘帖」碑刻，到底又是
哪種版本，實在讓人傷透腦筋。（我希望我發現的新資料不會又被李某
拿去濫用，清初僞刻的綠天庵帖，一下子被李某說可能是「佛家傳本」，一下子
說可能是「馮京本」，我不知道李某下次又要附會爲哪個版本，所以先提醒大家
小心，他是我看過最富想像力的學術研究者。我希望李某真有本事的話，就自己
去開發新史料與新證據，不要老是撿便宜，拿人家的新發現去編造劇情。）

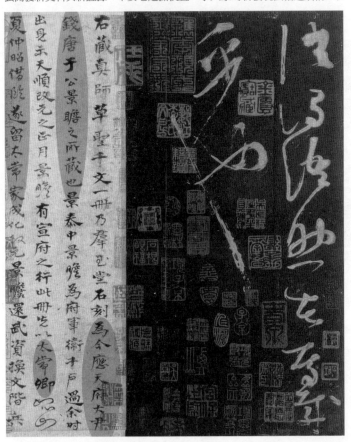

《葉氏菶竹堂碑目》另著錄有懷素「群玉堂帖千文」，碑刻在崑山，有夏杲在天順八年三月的跋。

今日傳世的宋拓「群玉堂帖懷素大草千文」，後有時正的跋文，稱此拓本原爲應天府大尹于景

瞻所藏；于景瞻即于冕，明代名臣于謙之子，電影「龍門客棧」就是描述于謙仇家要對其子

女于冕等人斬草除根的故事。這則跋文透露在天順元年，這本千文拓本被夏杲借去，直到成

化年間才歸還給于冕。所以《葉氏菶竹堂碑目》所著錄有夏杲天順八年題跋的「群玉堂千文」，

應是夏杲根據于家藏本所翻刻的。不知「自敘帖」是否亦爲翻刻，或是根據他自己的藏本所

摹刻？這個從未發現的版本是值得進一步追究的。

342

「太常寺卿崑山夏公」即指夏昶

　　我於〈懷素自敘帖新研〉一文中，曾首次提及在台北故宮所藏（傳）
王維「江干雪意圖」，卷後有明末顧從德一跋，云：

> 唐王右丞江干雪意卷，乃妻大父陸太宰
> 水村家物也，向與懷素自敘帖、周文矩文會
> 圖、劉松年四畫同寶藏。曾經裱工目，皆言
> 於有力者奪取，惟此卷與張長史濯煙帖未經
> 重裱，人未獲睹，故尚存，從德以四十錠得
> 之。嘉靖丙寅秋，武陵顧仲子記。

　　「妻大父陸太宰水村」即陸完，嘉靖丙寅為西元一
五六六年。顧從德在此透露了一個重要訊息，即「有
力者」欲奪取陸完身後所傳下來的懷素「自敘帖」
等物，「有力者」乃是指嚴嵩的爪牙胡宗憲。

　　如今我又找到一則類似的記載，見吳其貞《書
畫記》卷二所著錄之「周文矩文會圖大絹畫」：

> 此圖是翼明兄以七百緡購於嘉興項氏，其匣蓋上董思白題
> 云：「此畫原陸太宰以千金購之，後為胡宮保宗憲開府江南，屬項

> 少參篤壽購此圖以遺分宜；分宜敗，歸內府，朱太尉希孝復以侯
> 伯俸准得之；太尉沒，項於肆中重價購歸。」

「周文矩文會圖」即顧從德跋文中所提之物，根據董其昌在匣蓋上的題字，可知此圖與「自敘帖」的流向完全一模一樣：原為陸完所藏，陸完卒後，「有力者」胡宗憲「奪取」（強迫有錢人購買），以獻嚴嵩；嚴嵩垮台後，被政府沒收財產，後作為宗室俸祿，歸於朱希孝；朱希孝死後，項子京在市場上重價購回。

　　我在本書的〈還文徵明父子清白─對詹景鳳《東圖玄覽編》的誤讀〉，澄清了一個誤解，那就是明朝中期根本沒有「自敘帖」被掉包的事情，整個研究也因此變得單純化。而從〈從物外奇寶到物外活寶─故宮墨蹟本「自敘帖」的真相大白〉一文，確定故宮墨蹟本「自敘帖」就是陸完當年藏本，也曾歸於權臣嚴嵩之手。而從明中葉「自敘帖」重現江湖以來，一直就是這本在遞傳，大家別再自尋煩惱，把問題複雜化了。

六、書法部分

　　我在本書之所以搜尋歷代各種「自敘帖」臨摹的文獻記載與現存書蹟，也是想透過這些資料，來了解他們究竟是根據何種拓本或真跡來臨寫，這是另一個研究「自敘帖」真偽的切入點。目前所見最早的全臨本是明初「三宋」之一的宋廣臨本（遼寧省博物館藏），而他目前存世的書法作品極少。

　　我在整個研究過程發現一個很弔詭的情形，關於「自敘帖」的相關史料，除了北宋米芾與蘇家本「自敘帖」後的南宋初年跋文外，整個南宋幾乎看不到任何蹤跡，結果到了元代，如雨後春筍，突然冒出許多記載，出現無數本「自敘帖」，卻一本都沒有流傳下來，但我總認為元代在「自敘帖」的研究中，是一個關鍵時期。

　　元代到明初有許多的草書名家，如今卻能只在文獻中看到其名，而看不到他們的書法作品，最明顯的例子，就是在《續書史會要》中，記錄明初許多書法家「草書宗懷素」、「從懷素自敘帖中流出」，但有大半我們不知他是如何「宗懷素」、如何「從自敘帖中流出」。在《古今圖書集成》中的「理學彙編・字學典」，亦記載不少明初沒什麼名氣的書法家，「草書深得懷素自敘法」、「草書學懷素」、「精懷素草書」、「工懷素草法」、「上逼懷素」，甚至有個叫馬一龍的「自謂懷素後一人」。

　　再往上追溯，少數民族的政權，如元朝、金朝，亦有不少草書好手，但只有少數有名的書法家之作品傳到今日。袁桷《清容居士集》卷五十「跋懷素揮翰帖」：「懷素書，多才翁兄弟所書，至明昌諸賢尤競習此體。」卷四十九「題姚雪齋右丞草」：「金源諸賢皆師懷素。」我們也完全沒機會看到這些「明昌諸賢」、「金源諸賢」的草書是何水準。元朝著名文人郝經《陵川集》云：「金源氏趙渢、趙秉文，皆稱草聖。」上述袁桷所提到的「姚雪齋」（姚樞）也是個學懷素草書有名的人，但這三個人的草書我們今日亦無緣看到。

　　我的意思是在書法實物那麼缺乏的情況下，眾人的研究又大多集中在少數名家身上，研究者如何重建真正的、全面的書法史？一個「自敘帖」的研究是如此疑雲重重，甚至要在每個環節都做出合理解釋也極為困難。

七、結語

上述是個無奈又無法解決的困境,但還有更無奈卻可以解決而不解決的現況,那就是藝術史研究人士對史料的「怠惰」與「無能」。翻翻人名索引、找些前人已經發現並整理好的史料,加上不知所云的主觀觀感與不負責任的大膽推論,這就是大部分我們今日所看到的藝術史研究論著。當你研究一位古人,請勤奮點,把同時代的所有叫得出名號的文人文集翻一遍,尋找所有版本的地方志,善用各種族譜、家譜,甚至進一步深入開發各種史料,如碑刻或官方檔案,才會有異於前人、超越前人的研究成果,否則只會人云亦云、沿襲錯誤,這種例子我看得太多了。

而為了改善這種令人不滿的現況,我只好出他們洋相,逼他們拿出證據與史料來研究中國藝術「史」。很荒謬的,這些缺乏掌握古代文獻史料能力的所謂學者,卻壟斷了藝術史的研究。我是念歷史出身的,歷史研究與藝術史研究雖然屬於同一個領域,但我卻發現講究用史料來說話的歷史研究界,與藝術史研究界根本是兩個世界。第一是這個領域的人大部分欠缺掌握史料的能力,第二是他們會用自己的意思去幫史料說話。我曾參加過幾次中國藝術史的學術研討會,我簡直懷疑我是在參加小說發表會,我不知道他們憑什麼可以講那麼大膽的話。為什麼研究藝術史就有特權,可以如此不尊重史料?可以三分史料講七分的話,甚至沒有史料也可以講十分的話?

故宮專家說宋朝周越跋文上的「忠孝之家」印不是宋印,「篆法甚異,非北宋習見之渾厚者」;並說米芾「蜀素帖」上的「忠孝之家」印比較像宋印,「篆法妥貼鄭重」。結果被我考證前者的確是宋印,而且全世界只有兩件書畫作品鈐有此印,另一件就是故宮最赫赫有名的畫作—范寬「谿山行旅圖」。而後者被我考證出乃是清初高士奇之印,根本不是宋印。

李郁周說故宮本「自敘帖」上的「物外奇寶」白文方印是假印,而「水鏡堂帖」才是根據真印摹刻,而此印「篆法刀法乾脆俐落」,與南宋趙鼎的印「極為相似」,所以他認為原印是南宋初年趙鼎的收藏印。結果被我考證出根本是明代中葉陸完的收藏印,而且是真印。

李郁周寫了一輩子書法,鬧了一堆烏龍,甚至竟然看不出故宮本「自

敘帖」卷後的宋人題跋絕對不可能出於一人之手，但他用他恐怖的自我主觀觀感，認定全是文徵明兒子文彭摹寫的。而現在確認「水鏡堂本」乃是根據故宮墨蹟本「自敘帖」所摹刻的，但他之前卻完全把兩者顛倒，用複製品（「水鏡堂帖」）來挑剔原件（故宮墨蹟本「自敘帖」），並指出原件的一缸子「不合理」之處，現在真相大白，你不覺得這種研究方法實在是可笑到極點嗎？

現藏於東京國立博物館的（傳）北宋蘇舜欽「南浦詩帖」，寫的明明是王安石的詩，而他寫這首詩的時候，蘇舜欽早死了，所以這件東西是百分之百的假貨，也與蘇舜欽無關。故宮墨蹟本「自敘帖」並非當年蘇舜欽藏本，所以前六行也不是他補寫的。可是傅申的學生陳瑞玲卻說兩者能看出「蘇舜欽特別掌握住懷素綿長而圓轉的書法風格」，你不覺得很恐怖嗎？

曾做過中央研究院院長的王世杰，收藏了一堆假東西，他曾印製精美巨冊《藝苑遺珍》與《藝珍別集》，書中大部分是他的收藏，根本是假貨圖錄。其中有號稱南宋夏圭的「長江萬里圖」，現在公認是後人摹本，但王世杰當時在書中說：「古人作畫，于其得意之作，往往自寫數本。」他曾在國內外看過三卷夏圭「長江萬里圖」，他認為「三卷俱真」。可以看到偽物收藏家口出小說家之言，如此的自我催眠。當年張大千說台北故宮所藏的（傳）米芾「春山瑞松圖」是假畫，印也是假的，但王世杰卻認為是真的，並與張大千爭辯不下，張大千最後只好無奈的說：「這種不依事實的主觀爭論，真令人『氣極生笑』。」看到當前這些藝術史研究人士如此不依事實，全賴不可靠的主觀認定，同樣讓人「氣極生笑」，無奈不已。

下面數頁，是一個從來沒人注意過與研究過的明初小書法家，活了九十一歲，對他的事蹟了解甚少，晚年都在老家隱居，完全成謎。這是今日所見唯一一件他的書法作品，當我看到原件的時候，心頭一震，他完全掌握了「自敘帖」的精髓與筆法，甚至與故宮本相比也毫不遜色，雖然他的臨寫並未筆筆形似。沒人知道這號人物！我之所以沒把這件作品放在本書的〈歷代臨摹自敘者〉一文，而把它單獨提出來放在結論最後，就是因為這名極具功力的小書法家和這件作品，以及這個實例，太有意思了。每次推論一件無款書畫的作者，都是往名家身上附會，難道中國藝術史就靠這些名家而建構的嗎？我們目前知道的藝術史只是真

正藝術史的一角而已，但卻如此大膽又不負責任的做推論，這是不對的。

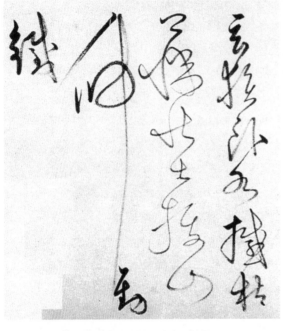

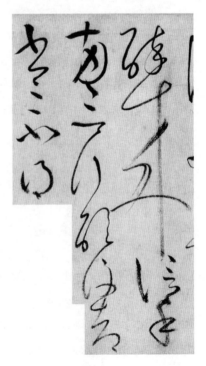

寒猿飲水撼枯藤，壯士拔山伸勁鐵。　　明初某人　　　　　故宮墨蹟本「自敘帖」

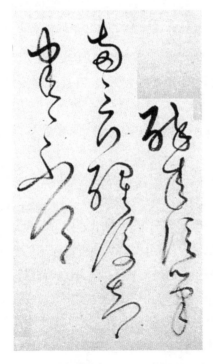

醉來信手兩三行，醒後卻書書不得。　　明初某人　　　　　故宮墨蹟本「自敘帖」

348

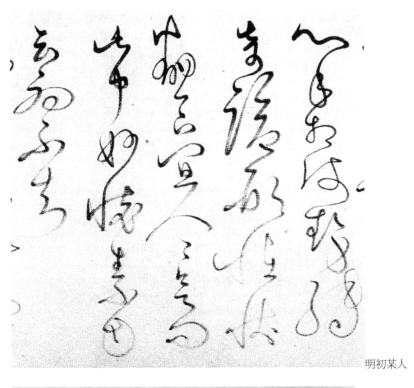

明初某人

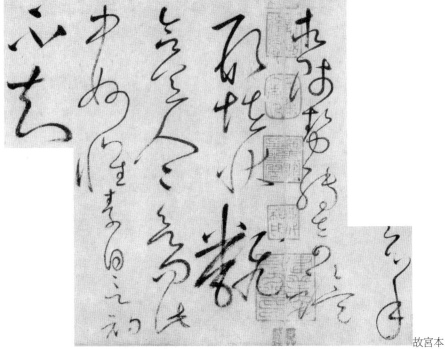

故宮本

心手相師勢轉奇，詭形怪狀翻合宜。人人欲問此中妙，懷素自言初不知。

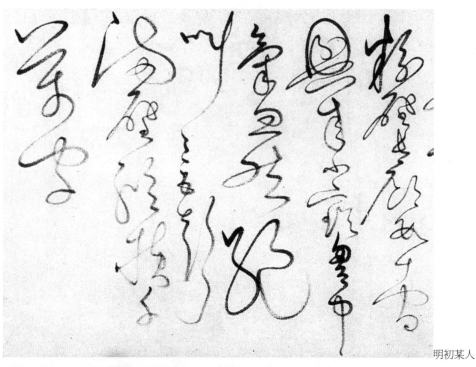

明初某人

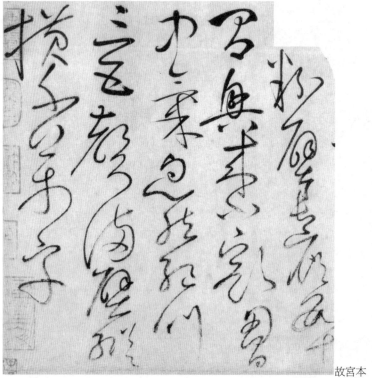

故宮本

粉壁長廊數十間，興來小豁胸中氣。忽然絕叫三五聲，滿壁縱橫千萬字。

 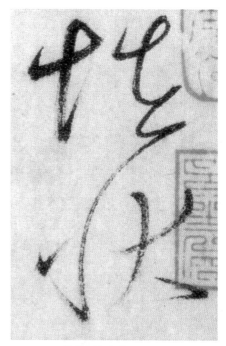

明初某人　　　　　　　　　　　　故宮墨蹟本「自敍帖」

明初某人　　　　　　　　　　　　故宮墨蹟本「自敍帖」

明初某人　　　故宮本　　　　　　　　明初某人　　　　故宮本

明初某人　　　　　　　　　故宮本

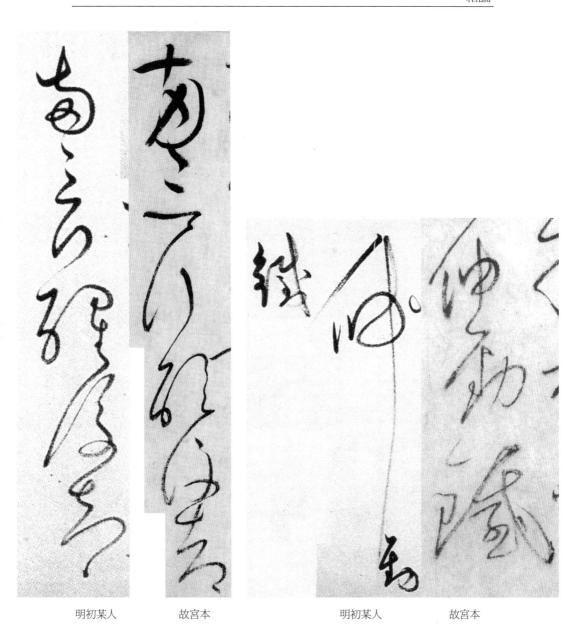

明初某人　　　　故宮本　　　　　　明初某人　　　　故宮本

353

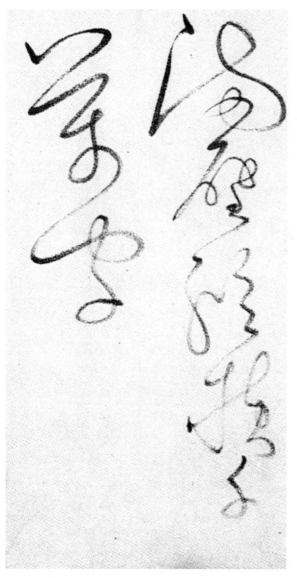

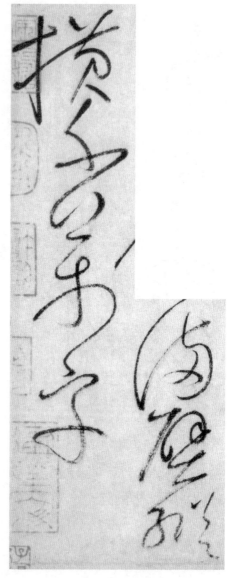

明初某人　　　　　　　　　　　　　　　　故宮本

　　故宮墨蹟本「自敘帖」，卷後的宋人的題跋爲真跡無疑，但是否代表卷尾紙上的收藏印都無問題？「自敘帖」帖文出自後人臨摹也逐漸成爲共識，但究竟爲何時所臨所摹？在目前的證據下，只能確定其下限在明代中葉成化年間（十五世紀中，徐泰收藏時）；而上限要定爲北宋？南宋？或是元代至明初？有待衆人進一步發掘更多史料來驗證了。

談李郁周〈談文徵明書「重脩蘭亭記」〉所鬧的

學術大烏龍

　　一九九九年六月，大陸的滄浪書社舉辦「蘭亭序國際書法研討會」，該社請了李郁周去發表論文，李某寫了一篇〈談文徵明書「重脩蘭亭記」〉。就如同一九九三年大陸舉行「趙孟頫國際書學研討會」，李某所寫的〈趙孟頫「朱子感興詩」墨跡考述〉一樣，這篇文章同樣是鬧了天大的烏龍，世傳文徵明所書的「重脩蘭亭記」根本是個假貨。

　　我實在爲大陸書法研究界叫屈，李某唯二受邀去發表的論文，事後進一步驗證，都是禁不起考驗的，丟臉丟到大陸去。我很確定我這次拒絕參加「懷素自敘帖與唐代草書學術研討會」是正確的決定，因爲李郁周絕對會把學術研討會搞成小說發表會，而他所寫的論文，我也百分之百可以預測將會是個笑話與烏龍。

　　〈談文徵明書「重脩蘭亭記」〉一開始就誣賴了大陸研究文徵明首屈一指的專家周道振，李郁周的烏龍論文說道：

　　　　一九八五年，北京人民美術出版社印行周道振《文徵明書畫簡表》亦未收錄此記。

但是《文徵明書畫簡表》頁二三五明明有收錄此記：

　　書《重修蘭亭記》
　　《古今碑帖考》著錄，在會稽，小楷大碑各一，文見集。

宋人朱長文所撰《墨池編》，後被明人增補，亦記載：

　　重修蘭亭記
　　文徵明撰并書，在會稽，小楷大碑各一。

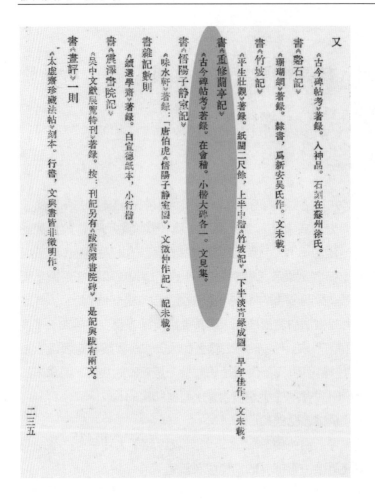

又

《古今碑帖考》著錄。入神品。石刻在蘇州徐氏。

書《谿石記》

《珊瑚網》著錄。隸書，為新安吳氏作。文未載。

書《竹坡記》

《平生壯觀》著錄。紙闊二尺餘，上半中楷《竹坡記》，下半淡青錄成圖。早年佳作。文未載。

書《重修蘭亭記》

《古今碑帖考》著錄。在會稽。小楷大碑各一。文見集。

書《悟陽子靜室記》

《味水軒》著錄：「唐伯虎《悟陽子靜室圖》，文徵仲作記」。記未載。

書雜記數則

《續選學齋》著錄。自宣德紙本，小行楷。

書《震澤書院記》

《吳中文獻展覽特刊》著錄。按：刊記另有《跋震澤書院碑》，是記與跋有兩文。

書《畫評》一則

《太虛齋珍藏法帖》刻本。行書，文與書皆非徵明作。

一二三五

《四庫全書總目提要》：「又此本『碑刻門』末載宋碑九十二通，元碑四十四通，明碑一百十九通，皆明萬曆中重刊時所增。」

李郁周寫這篇烏龍論文的起源，是他說他高二時看到《歷代碑帖大觀》中一張文徵明書「重脩蘭亭記」的插圖，於是他朝夕魂牽夢縈，希望有朝一日能看到全帖，但是三十多年來「芳蹤杳然」。後來他得知日本西東書房在大正元年（１９１２）有印本，於是託人在日本找，總算在東京國會圖書館找到，於是李某文興大發，寫了這篇謬文，然後跑到大陸去發表。李某在文末自云：「少年情懷積澱胸臆三十年，蘭亭史跡追索海外八千里。」

我不知道李郁周在發什麼神經，「重脩蘭亭記」印本明明在離你家幾公里處的國家圖書館台灣分館就藏有兩本，「海外追索八千里」代表你能力有問題或是吃飽閒閒，無病呻吟什麼？

356

〈談文徵明書「重脩蘭亭記」〉（《蘭亭論集》蘇州大學出版社）：

> 　　至於通判姓名，文徵明原稿留白未書，《甫田集》與《文徵明
> 集》均落實於「蕭奇士」。乾隆五十七年（一七九二）刊印之《紹
> 興府志》，則以「蕭彥」在嘉靖二十七年接「周相」而為通判，至
> 二十九年「王淮」繼任時離職。若果如此，嘉靖二十八年文徵明
> 撰文時，不應不知，因為同知俞憲最後至，已列名其上，通判早
> 就在官，何以缺名？按《明史》有蕭彥傳，彥於穆宗隆慶五年（一
> 五七一）始成進士，故此蕭彥不可能在嘉靖二十七年即任紹興府
> 通判；且《明史・蕭彥傳》載蕭氏成進士後除「杭州」推官，不
> 是「紹興」推官，更不是紹興「通判」。因此，《紹興府志》記載
> 蕭彥於嘉靖二十七年任紹興通判，若非其人為同姓同名者，則是
> 誤載。至於《甫田集》與《文徵明集》以「蕭奇士」為當時通判，
> 衡之「彥」名，其字「奇士」可通，而《明史》所記蕭彥字「思
> 學」，並非「奇士」；至於文徵明定稿時是否即「通守蕭君奇士」？
> 難以確指。除非當時真有前後兩蕭彥，否則今傳本《甫田集》與
> 《文徵明集》所載均不無可疑；畢竟「通判」在府內官居第三順
> 位，一時出缺而未補是可能之事，文徵明撰文當時之所以留白，
> 可能確實不知通守姓名，也可能紹興府通判正好出缺，《紹興府志》
> 所載「通判蕭彥」則失其實矣。

這一段近五百字可算是李氏論文的「經典」！轉來轉去，廢話一堆，質
疑這個質疑那個，可能這樣可能那樣，從時間和字號明明一看就知道是
兩個不同的蕭彥，李某卻像後來研究「自敘帖」一樣，自己「想太多」，
把問題「複雜化」，然後自尋煩惱開始「想像情節自圓其說」，什麼「可
能紹興府通判正好出缺」、「一時出缺而未補是可能之事」，最後懷疑《紹
興府志》、《甫田集》與《文徵明集》等書可能記載不實云云。吾人觀此
論文，才會明瞭後來李某為什麼會寫出幾本小說式論文的緣由，本人並
藉此告訴眾人，李某這個人的論文實在不能相信，恐怖到了極點。（以
上黑體字部分，就是李某研究「自敘帖」的精髓所在。）

看看李某自己發現的相關資料：

（一）《明史・蕭彥傳》：隆慶五年（一五七一）進士，字思學，成進士後除杭州推官。

（二）《紹興府志》與《甫田集》：嘉靖二十七年（一五四八）至二十九年擔任通判，字奇士。

明明是兩個不同的蕭彥，豈有可能擔任通判後二十餘年再去考進士？為什麼李某的腦袋會想那麼多，跟《明史》的蕭彥扯在一起，並進而去質疑當地地方志的記載不實，並為其想像通判可能出缺等，真的是挺無聊又神經兮兮的。

現在本人就露一手「玩」史料的能力，以印證李郁周這傢伙做學問到底有多茉，寫文章到底有多扯。

《明文海》卷三一五，收有一篇明代著名文人羅洪先所寫的〈跋蕭奇士「宣平勸農圖」〉，文云：

> 吾邑蕭君奇士令宣平，嘗春行勸農，人即異之，至有繪圖以頌者。夫天下事，習則忘、異則傳，蕭君特稍舉其職耳，而宣平遂有所傳，又可怪也。使天下皆文裏，則蕭君必無此圖；使天下皆召伯，則文裏之事應不復傳。傳者眾，則行者益寡，吾是以邑邑矣！雖然稍舉職，而民頌之，則知不能舉而加戕焉者。民之怨咨，未嘗忘也，知頌已矣。又為之圖，極其聲容之盛，以張大其事，而懷怨嗟者，不過誹於腹議於巷而已矣。未有數犯訕上之誅以白其狀者，是何治民者之處其薄，而民之自處其厚也。蕭文裏里人，其存此圖，蓋將以自警云。

羅洪先，江西吉水人，嘉靖八年狀元，有《念菴文集》傳世。從「吾邑蕭君奇士令宣平」這一句話中可以發現一些線索，第一，「吾邑」，所以蕭奇士和他是同鄉，皆為吉水人；第二，「令宣平」，以及文章篇名中的「宣平勸農圖」，所以蕭奇士曾經治理過宣平。

跋蕭奇士宣平勸農圖　羅洪先

明文海　卷三百十五

詩有之散蓋甘棠勿翦勿伐古者自天子達于諸侯卿大夫非農事無郊行也然即其茇舍觀之與馬僕從之不繁供億傾勞之不備雖無所考可逆而知矣家之守令署必蒞觀農則猶儆羊之意而今制大夫甚多問及土俗者則鮮矣況肯以身勞阡陌我或諸浙篤而為規警何其親且切也余自知事以來接諸以他漫行越俗則里正沿門戶驟呼集丐什謹候懈夜府咸驚變奔竄術哭為罪听過禾黍踐敗雞犬蕭然達旦不休至則鉦鼓瑝旗舟車岩蝐田野人素不識官以不速去為憾於乎無變今俗雖鄉置田畯月歌幽頌何益乎常聞周文襄巡撫揪州攜一老隸裊數日概乘羸馬往來田間相水道餓則就餇者易食日且暮投古寺宿明旦命老隸自炊旦食已任乘馬去以是盡得民隱而治行稱最今去文襄固非三代之遠邈也而俗已埔異如此可怪也吾邑蕭若奇士令宣平嘗春行勸農人即異之至有繪圖以頌者大天下事習則忘興則偶

於是查《吉水縣志》（道光五年周樹槐等人修），果然在卷二十「舉人」部分，查到蕭彥為嘉靖十年（１５３１）舉人，「進士」部分則未有其名。

再查浙江《宣平縣志》，結果嘉靖二十五年（１５４６）的版本就是蕭彥擔任縣尹時所修的，書中鄭禧寫的〈重修宣平縣志序〉開頭即云：「吉水東沼蕭侯彥知宣平之六年……。」

《宣平縣志》卷三則記縣尹蕭彥的資料：

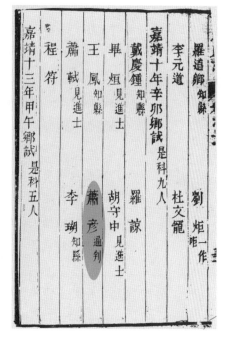

蕭彥，字奇士，江西吉水人。由舉人初任宿松縣教諭，以文學兩應湖廣、廣東考試官聘。嘉靖二十年，擢知本縣，清謹自持，明公兼濟，乃古之循良也，士民安之。

所以蕭奇士就是蕭彥，江西吉水人，嘉靖二十年至二十六年，做過宣平縣令六年，嘉靖二十七至二十八年重修蘭亭時的通判就是這個蕭彥。（只有嘉靖二十五年修的《宣平縣志》版本可得知蕭彥之字與任官時間）

再看《明史》的蕭彥，卷二二七：「蕭彥，字思學，（安徽）涇縣人。隆慶五年進士，除杭州推官。」所以很明顯是不同的兩個人，不知道李郁周東扯西扯在亂扯什麼。

〈重脩蘭亭記〉最後一段敘述此事之參與者：

> 是役也，侯首捐俸入以倡，而一時僚案，若通守蕭君奇士、推郡王君慎徵，咸有所助；貳守俞君汝誠最後至，復相厥功，於法皆得書，因著之。侯名墾，字子由。

「貳守俞君汝誠」指的是俞憲，他著有《是堂學詩》，黃虞稷《千頃堂書目》記此書二十四卷，但今傳本只有九卷，分別是《轂下集》一卷、《當奕集》一卷、《鸂鳴集》四卷、《金陵集》一卷、《去楚集》一卷、《蓬萊集》一卷。（台北故宮博物院圖書館藏嘉靖刊本）其中《蓬萊集》便是俞憲任職於紹興府時所作的詩集，該書中有〈築蘭亭成覽而樂之〉詩：

> 茲亭幾興廢，空爾想人琴，山色還娛客，水聲時洗心。
> 我來新構愜，春至野棠深，寂寂岩林下，誰攀絕代音。

這是重修蘭亭當事人的第一手史料。

詩集中尚有〈七夕同府僚蕭君暨龍溪八山梅東內山鶴亭諸縉紳讌集雲門寺紀興一首〉，「府僚蕭君」指的應該就

蕭褒字奇士江西吉水縣人由舉人均任宿松縣教

諭以文學兩應湖廣廣東考試官聘嘉靖二十年

擢知本縣靖謹自持明公燕濟乃古之循良也十

民安之 自李忠以下皆彙採新脩府志所錄者

宣平縣誌肇修於成化之甲辰迄今六十有餘年矣比國當道檄取之以僃考求之舊梓壞毀者半委命工而續刻之凡諸風僿山川各物地產之類別則舊誌已僃夫奚庸贅若名宦若鄉賢祠焉

嘉靖二十五年歲次丙午七月既望文林郎知宣平縣事吉水東沼蕭褒書

是蕭彥。

〈談文徵明書「重脩蘭亭記」〉：

標題「重脩蘭亭記」最下方，有項元汴以「千字文」編號之
收藏書畫編目第九九七字「焉」字，文氏此作大約是項氏較晚期
之藏品。

李某這個人最可惡的一點，就是他寫文章都是靠個人主觀猜測而寫的，
每次都說「可能如何如何」、「大約怎樣怎樣」，輕率不負責任到極點，
可能和這個人的個性輕率與輕浮有關，什麼人寫什麼文章。快六十了還
屢屢匿名寫文章攻擊跟他打筆仗和不登他文章的人，這種行徑、這種修
養、這種人格，如何為人師表？如何寫出好毛筆字？書法界長期縱容這
種人寫這種禁不起審查的文章，你們就是共犯。

項子京的收藏品，有的有千字文編號，但並非根據收藏先後而編
號，這個說法翁同文在一九七九年早已經寫了〈項元汴千文編號書畫目
考〉（《東吳大學中國藝術史集刊》第九期）一文證明，他經由大規模蒐
集有千字文編號的著錄與實物，而得到如此結論：

　　可是項氏並非依照收藏時序編號，竟將為時最晚的兩件編在前面，其他較早之件反落在後面。這種沒有時間觀念的胡亂編法，使我們無從憑有年月之件看出他在某年到某年間的收藏量與內容，自然未免讓人失望。

所以第九九七字的「焉」字，並不能證明「文氏此作大約是項氏較晚期之藏品」，李某無知矣！進而胡扯矣！

　　最扯的還在後頭，李某用四五百字介紹「重脩蘭亭記」印本上的收藏印，除了一方印文不明的印鑑，其他都是大收藏家項子京的收藏印，共十方，分別是卷首的三個半印：「子京」葫蘆印、「墨林祕玩」、「項叔子」；全印則有：「天籟閣」、「墨林山人」、「墨林子」、「項翰墨印」、「寄敖」、「若水軒」、「項元汴印」。

　　《歷代碑帖大觀》和《書道史大觀》上所引用的「重脩蘭亭記」圖片，在這五字以下明明鈐有一個「天籟閣」朱文長印（印文「天」與帖題「記」重疊），從印本可知，但日人川谷尚亭《書道史大觀》所用的圖版，「天籟閣」一印竟然被淡化或去除掉了，所以看不到。

　　李某對項子京這十方印的處理態度，只說與蘇軾「前赤壁賦」、黃庭堅「松風閣詩卷」、米芾「蜀素帖」上的印記「大小一致」。我不知道李某是否有進一步比對印文，還是比對以後故意忽略不談，因為我詳細比對「重脩蘭亭記」上的項氏諸印，卻發現大有問題，與傳世可靠書畫作品上的項氏收藏印完全不一致，其中還有幾方的印文離譜到極點。

　　以下就是我將這幾方印放大後，與印譜以及其他書畫作品上的項氏收藏印所做的比較。（除了參考印譜外，另根據手邊三四十種歷代書畫印本上的項氏鈐印。）

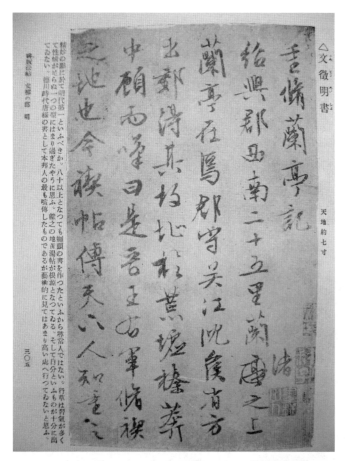

《書道史大觀》的圖版看不到「天籟閣」印

「若水軒」印比較

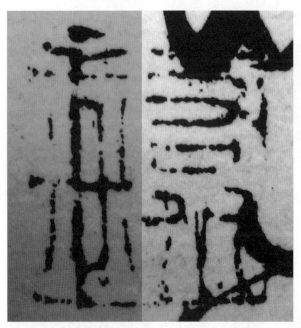

「重脩蘭亭記」　　　　　　　　　　　　「軒」字修補復原圖

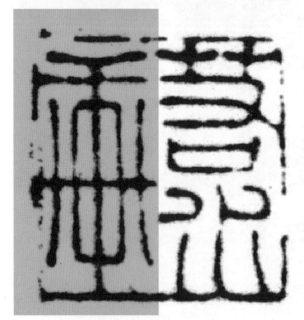
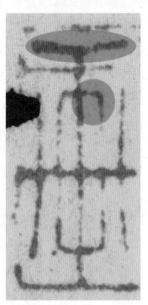

錢選「浮玉山居圖」　　　　　　　黃庭堅「經伏波神祠詩卷」

「若水軒」的「軒」字「車」旁，刻錯已經到達離譜的程度。

「項元汴印」比較

「重脩蘭亭記」　　　　　　　　　　　　蔡襄「虹縣帖」

左印最大的破綻，在於所見書畫上的「項」字「頁」偏旁最下一橫爲直
線。

「項叔子」印比較

「重脩蘭亭記」　　　　　　　　　趙孟頫「送秦少章序」

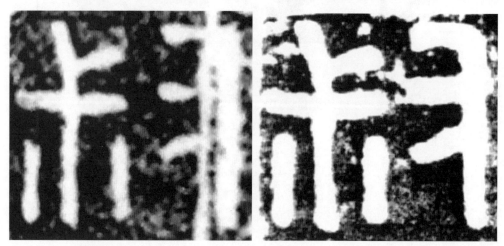

「叔」字放大比較

此白文印線條較「肥」，左印太「瘦」

經伏波神祠詩卷

「寄敖」印比較

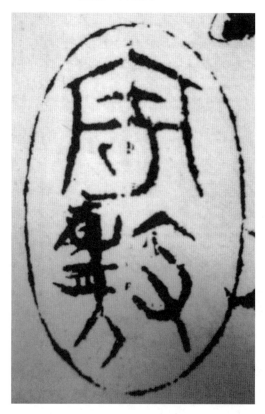

「重脩蘭亭記」

錢選「浮玉山居圖」

「重脩蘭亭記」

錢選「浮玉山居圖」

蔡襄「虹縣帖」

「天籟閣」印比較

 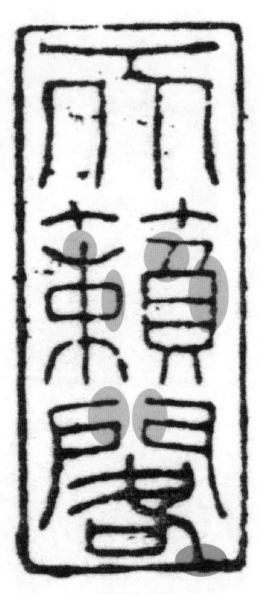

「重脩蘭亭記」　　　　　　　　歐陽詢「夢奠帖」

此印項氏不只一方，但未見如左印者。

「墨林祕玩」印比較

「重脩蘭亭記」　　　　　　　　　　　　　趙令穰「秋塘圖」

左印的「祕」字，完全無其他項氏「墨林祕玩」與之相同。（未發現有「示」和「必」相連的
例子；「必」字長豎也有問題。）

米芾「蜀素帖」　　　　懷素「論書帖」　　　　蔡襄「澄心堂紙帖」

「項翰墨印」比較

「重脩蘭亭記」　　　　　　　　　　　　　「趙氏一門法書冊」

「墨林山人」印比較

「重脩蘭亭記」

錢選「浮玉山居圖」

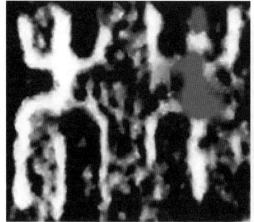

褚摹蘭亭

黃庭堅「經伏波神祠詩卷」

楊凝式「夏熱帖」

傳世書畫作品上的「墨林山人」印，「山」字中間一豎都是成直線。

　　李郁周在文中還以此草稿和文徵明的文集做比對，他用來對照的範本是四庫全書中的《甫田集》和周道振標點的《文徵明集》，其中前兩者的字詞比對，李某所做表格如下：

行序 （表一）	63	62	61	49	43	35	30	29	23	19	18	17	16	16	10
原稿	汝成最後至	咸有所助	通守□君□	文物雍容	國有廢興	其施置功烈	告會稽王	郡人之和已	開倉振饑	己酉之□月	戊申之□月	墨沼鵝池	檳棟輝奐	視舊加飾	時其羸訕
〔甫田集〕	汝成最後至	咸有所助	通守蕭君奇士	文雅雍容	國有興廢	而功列施置	若會稽王	郡人之和已	開倉賑饑	己酉之八月	戊申之七月	墨池鵝沼	檳棟輝奐	視舊加飾	時其□訕

可是我找來四庫全書本《甫田集》來一一比對，卻發現李某在十五處中有六處是在胡扯，錯誤率高達百分之四十，我不知道李某是在僞造證據還是老眼昏花？

結 論

　　世傳文徵明所書「重脩蘭亭記」草稿，從其上的項子京收藏印皆偽，可知這件東西根本是個假貨，而草稿書跡是最容易讓人上當的，觀者會被其塗抹、改易的痕跡而迷惑。這個例子與蘇軾「黃州定惠院月夜偶書二詩草稿卷」極為相似，此卷世傳兩本，一本藏於重慶博物館，另一在北京故宮，皆被徐邦達判定為偽蹟。其中前者鈐滿了項子京的收藏印，也全部都是假印，因此徐邦達認為此卷「真跡可能原為項氏藏本」，「重脩蘭亭記」亦可能如此，是「明清之際好手半臨半摹成之，極不易辨其非真。」李郁周沒有辨別真偽的能力，又沈迷於少年時的夢想，上當了！

　　我後來請教兩位大陸專家，一位的鑑定結論是：「不可靠！是一位功力不高者寫的，筆力弱，多側鋒，項氏印也不好。」另一位副院長級的專家則認為：「可能是個臨本，但有名無實，距文徵明相去甚遠，印也不好。」（因此我把圖片全印出來，讓大家好好看個清楚。）

　　李郁周「少年情懷積澱胸臆三十年，蘭亭史跡追索海外八千里」的文徵明書「重脩蘭亭記」草稿是個假東西，真是天大的笑話。更大的笑話是他以此寫了篇從頭胡扯到尾的論文跑到大陸發表，後來還一魚二吃發表在台灣的《故宮文物月刊》上。這種一輩子寫的論文都屢鬧烏龍的貨色還有臉跟人打筆仗。

沈𤋮像

「滄浪亭五百名賢像」，清道光七年刻。

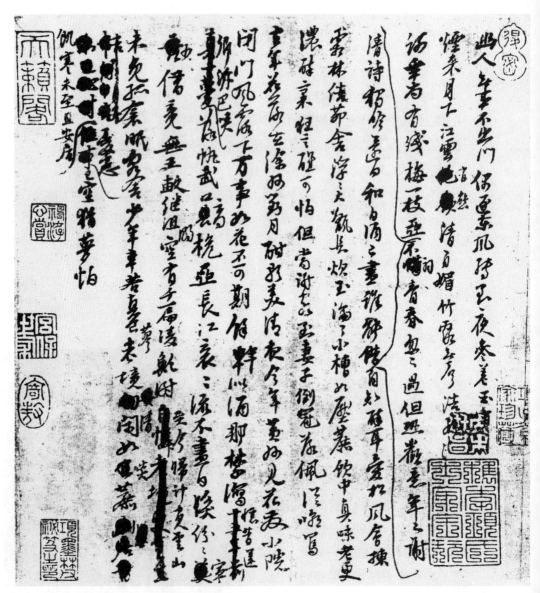

重慶博物館藏本

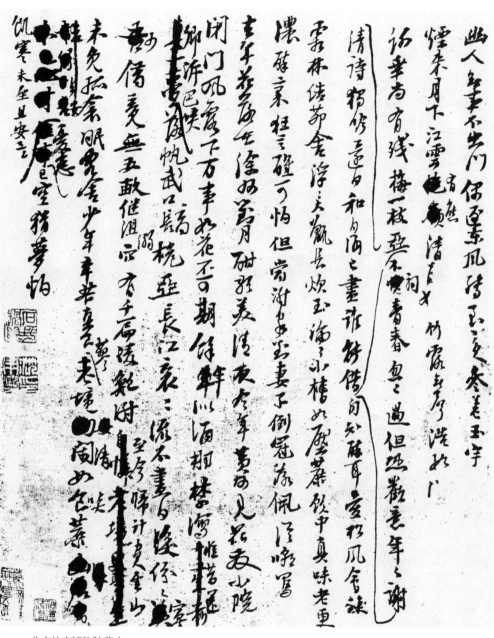

北京故宮博物院藏本

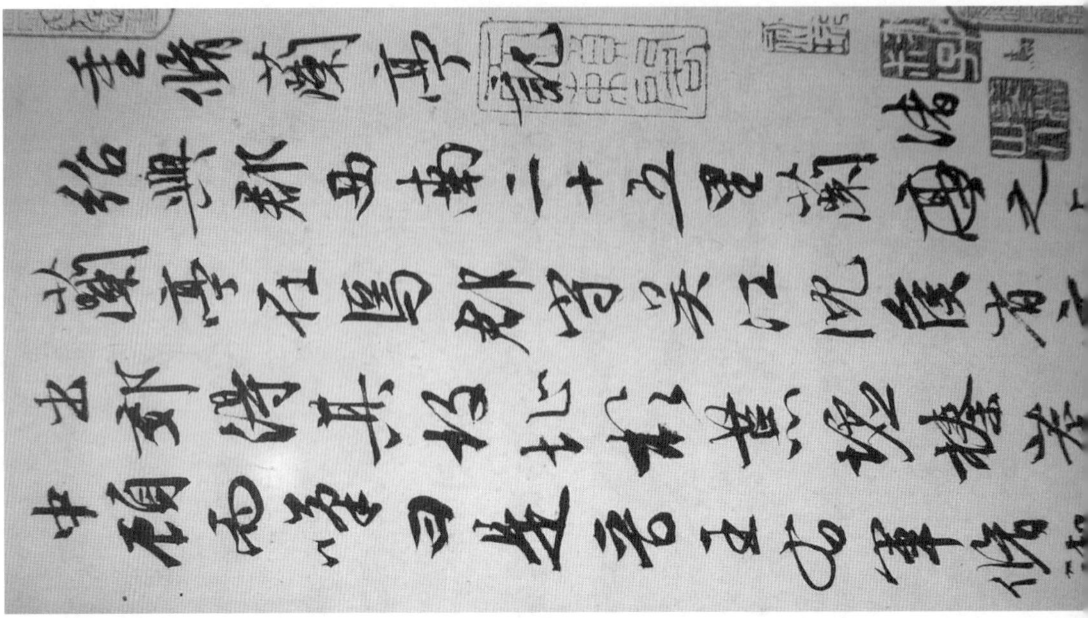

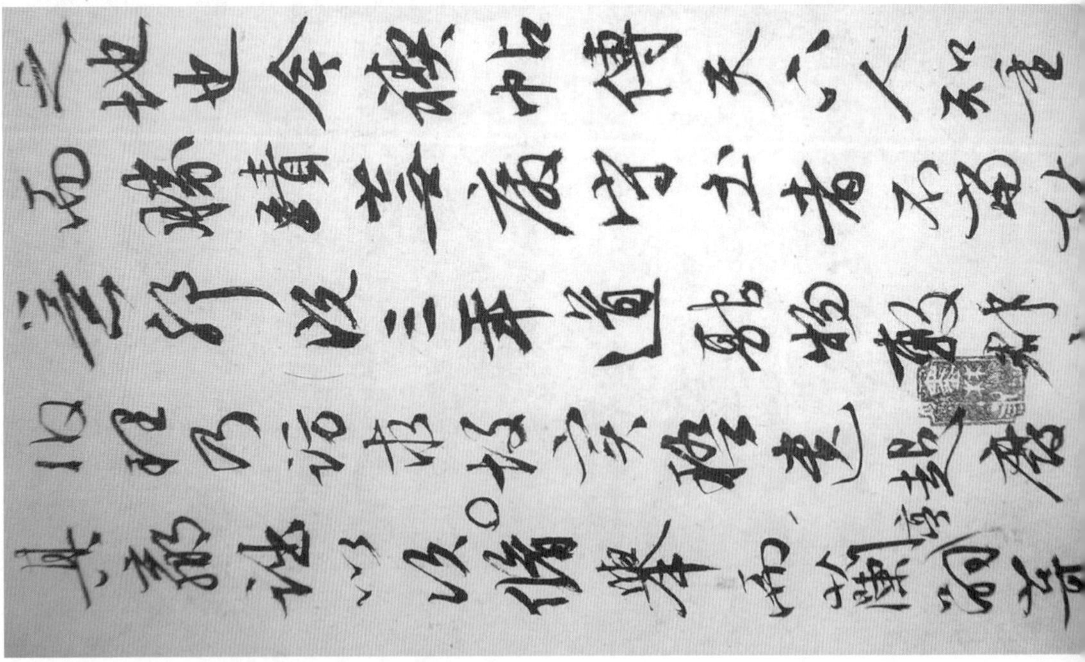

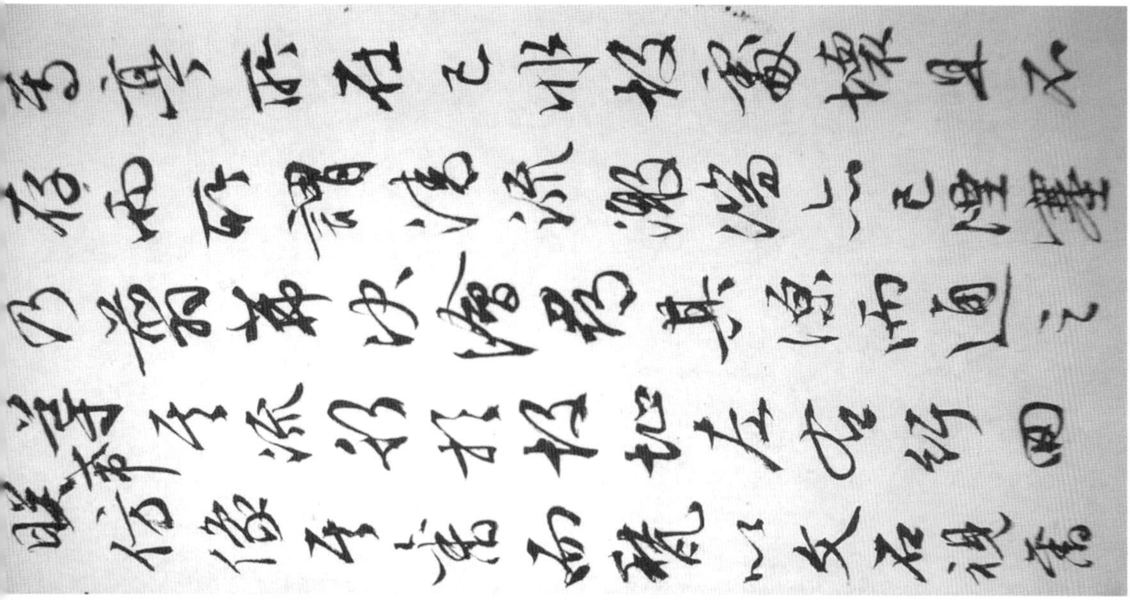

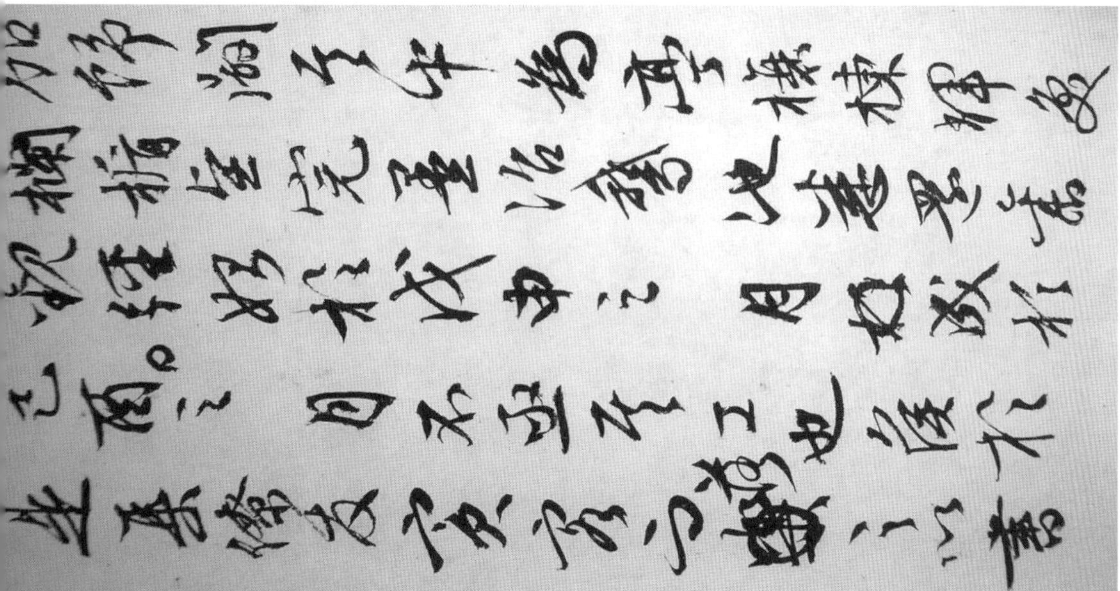

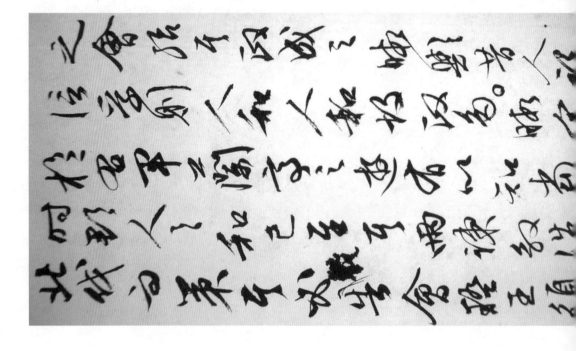

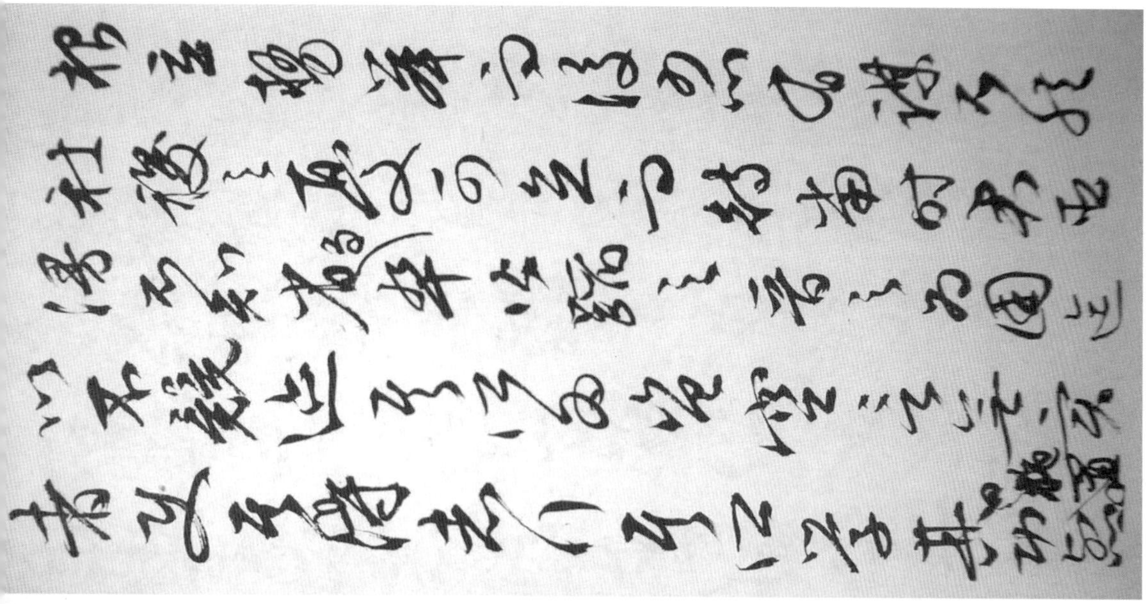

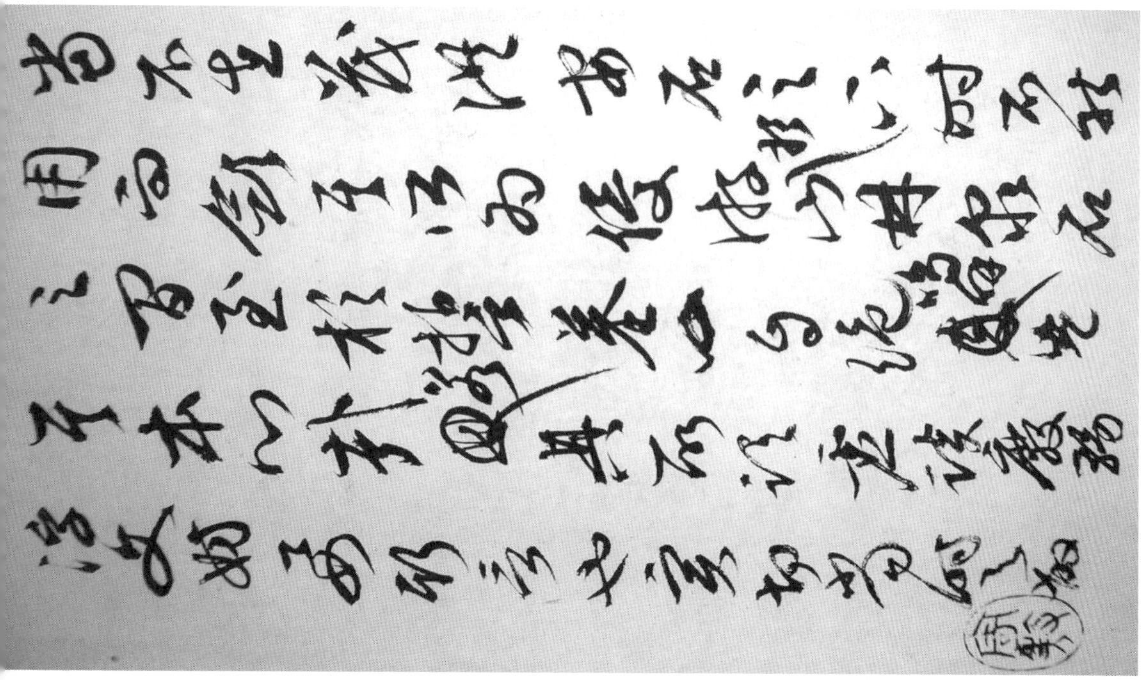

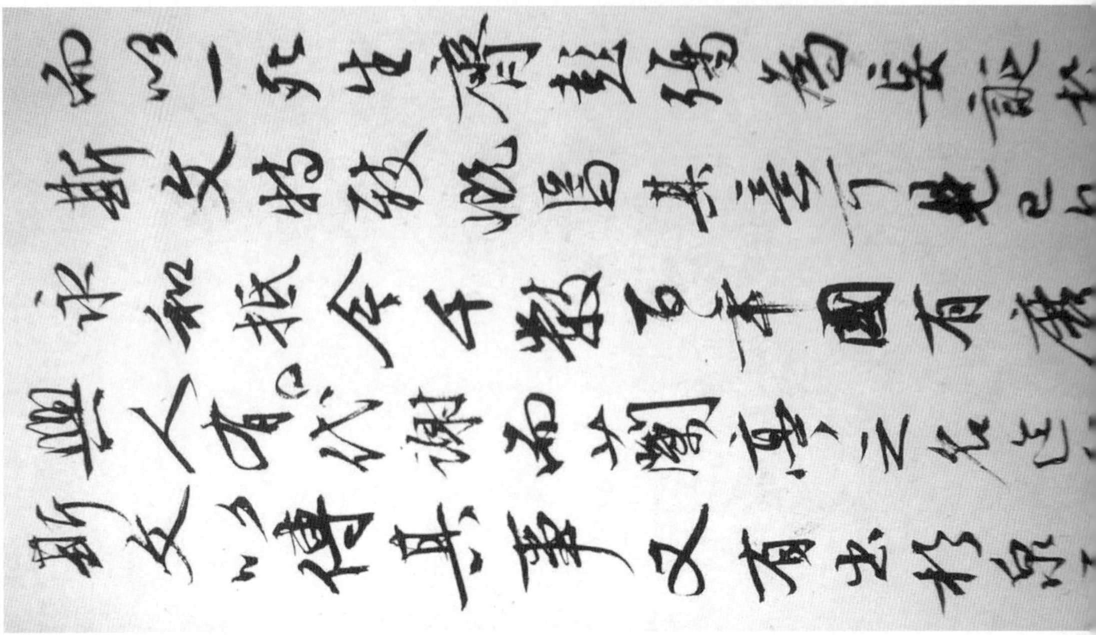

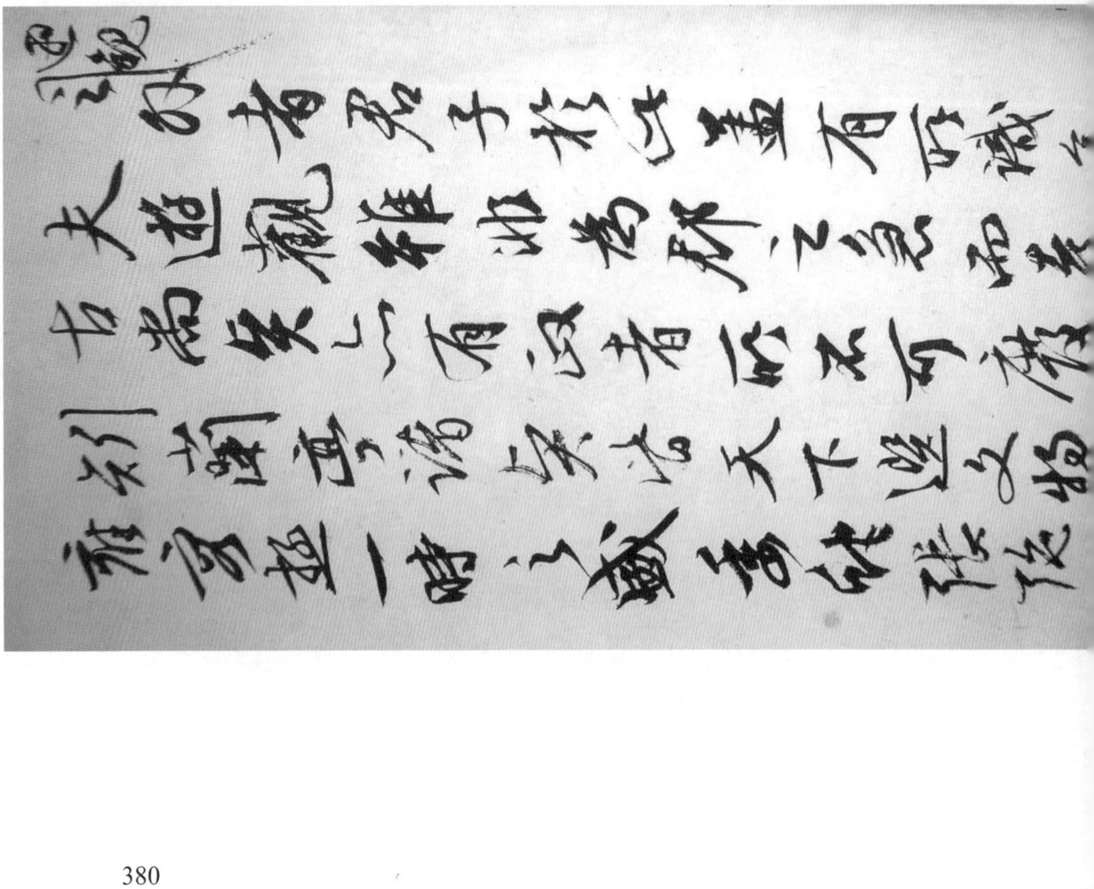

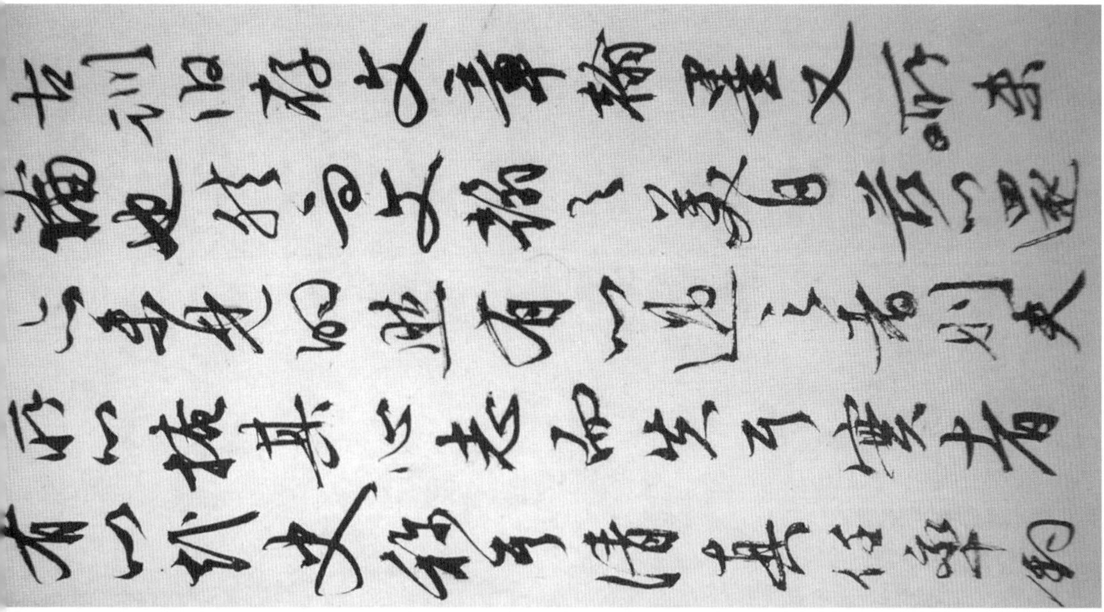

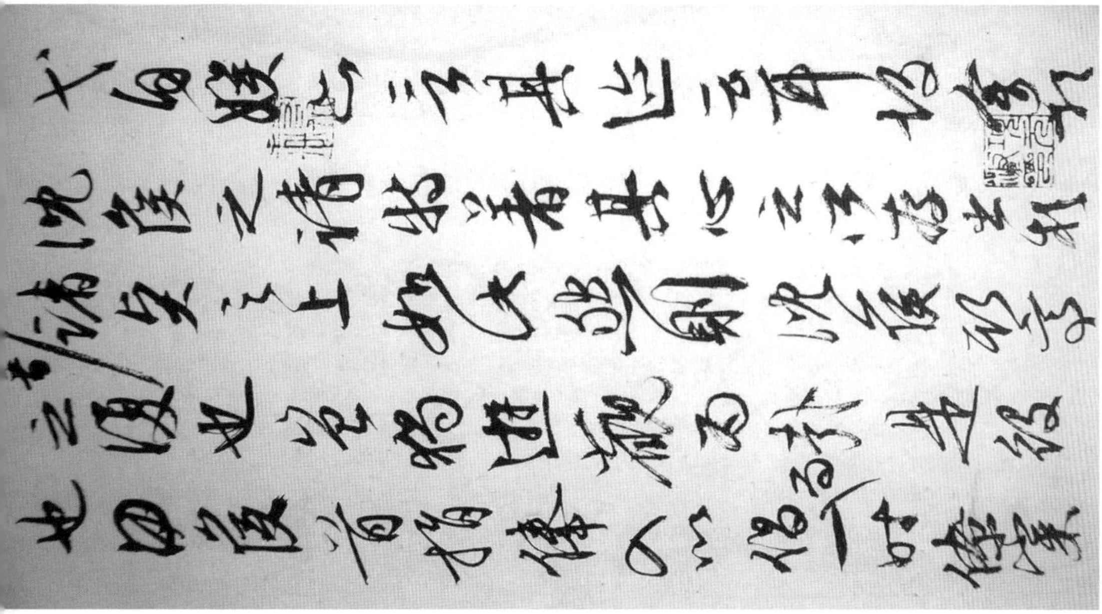

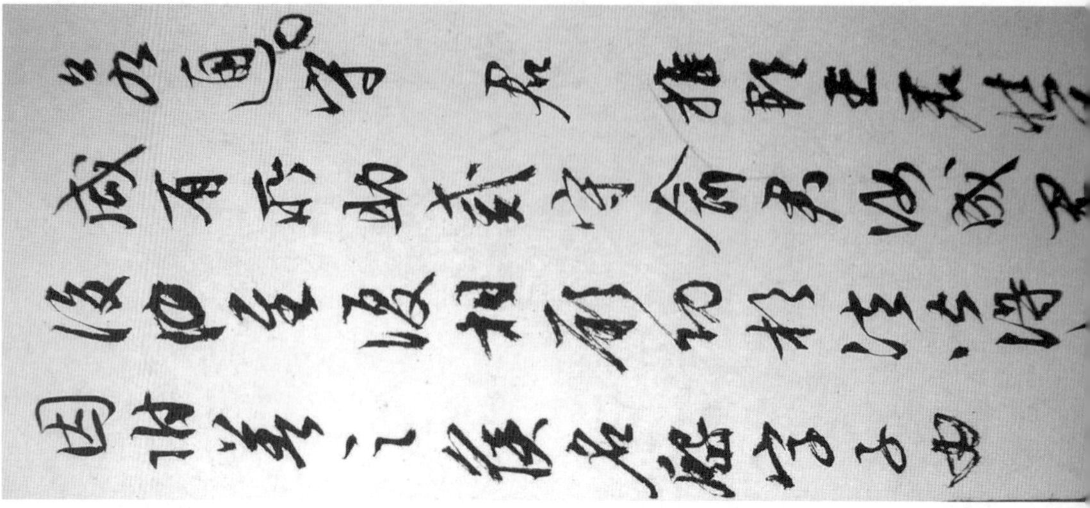

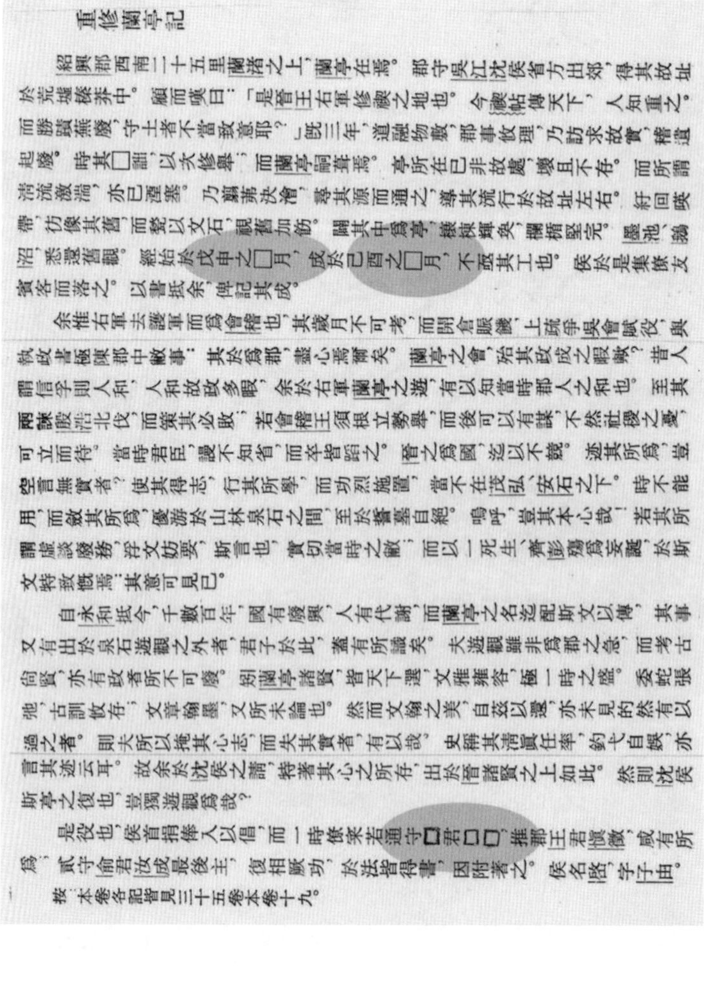

粗糙與欺騙

民國七年有正書局出版的《初拓懷素草書自敘帖》，後有清末唐翰題一跋（右圖），文云：

……越二年，容齋過訪于淮安郡丞公廨，攜其所藏本見貽。

「容齋」為何人，李郁周在他的大作中突然冒出一個人名，不做解釋與交代，就直指是「周爾墉」。李氏文章寫著：

十六、周爾墉本〈自敘帖〉（一八六二）

唐翰題在獲得曲水本〈自敘帖〉的前一年，周爾墉（字容齋，浙江嘉善人，一七九二─一八六二尚在世）持其所藏水鏡堂本〈自敘帖〉相贈，唐氏外祖父沈銘彝贈本則於兩年前遺失。

從這個例子，可以看到李郁周做學問是多麼的荼與多麼的恐怖！案唐翰題的齋名叫做「唯自勉齋」，他有一本著作，著錄有他所收藏的文物，此書名為《唯自勉齋長物志》。書中提及「容齋」此人十餘次，其中一次為「陳容齋」，另有一次為「容齋孝廉」，此人常常贈送一般書畫給唐翰題，而該書「蕉雪積雪第二圖卷」條下，則有如此文字：

容齋避亂至江北，訪余於淮安郡城公廨，既歸予寄儲名蹟，復分舊藏種種見贈，此其一也。書以誌感。

此段文字可與《初拓懷素草書自敘帖》後的唐翰題跋文相互對照。而周爾墉則是道光五年舉人，官至戶部郎中，所以唐翰題屢次提到的「容齋」絕非周爾墉，而是一個姓陳的小人物。

刻者耶　翰題舊藏此本乃道光壬辰外大父益廬老人所貽本者手書考證并敘得失之由甚詳晰庚申四月以兵俠于桐溪越二年容齋過訪于淮安郡丞公廨攜其所藏本見貽今對此本回念舊事如昨日事耳能無慨然越十一月翰題記于南通州試院公廨

383

　　李郁周竟然不仔細考證，隨便找個字「容齋」、寫毛筆字稍有名氣的清人，就來指鹿爲馬，這種學術能力與學術誠信，簡直是荒謬到極點。不只如此，李郁周搞錯了人，還可以將錯就錯，錯用唐翰題跋文中「陳容齋」的資料，將路人甲的周爾墉定爲「一八六二尚在世」，如此輕率的欺騙讀者。

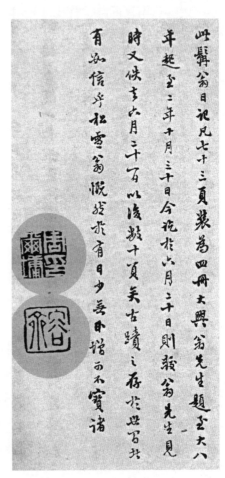

（左）唐翰題《唯自勉齋長物志》中所提及的「陳容齋」與「容齋孝廉」，只是個小人物，根本不是字「容齋」的周爾墉，李郁周信口開河。

（右）元朝郭畀《郭天錫手書日記》後的周爾墉題跋與鈐印。（「周爾墉印」與「容齋」）

　　李郁周曾經兩次被大陸「誤邀」去發表論文，一次是一九九三年的「趙孟頫國際書學研討會」，一次是一九九九年的「蘭亭序國際書法研討會」，兩次發表的論文都是烏龍論文，一路烏龍到底，關於〈談文徵明書「重修蘭亭記」〉的天大笑話，詳見前文。至於前者所發表的論文〈趙孟頫「朱子感興詩」墨跡卷考述〉，也是一路脫線到底，充斥不負責任的論述，我在《假國寶—懷素自敘帖研究》一書已有揭發。書寫完以後，我再把文章看了一遍，發現這篇文章根本不是論文，而是一篇短篇小說。

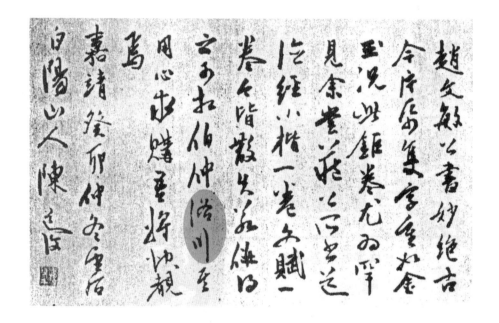

　　台北故宮所藏的趙孟頫「朱子感興詩」，卷後有明代陳淳題跋，跋中提到：「洛川其用心求購，吾將快覩焉。」結果李郁周又隨便抓了個「號洛川」的范惟一，告訴大陸的書法界學者，他就是陳淳跋中的「洛川」。而范惟一的傳記說他「作文、談藝、吟詩、留意著述」，所以李郁周說他「故能得趙書墨妙」。

　　我看了這種文字，簡直想噴飯！什麼鬼扯淡？我上大學以後，第一次看到這種做學問那麼粗糙，完全靠自我想像、主觀意識與信口開河來寫學術論文的「學者」，研究歷史，卻高興怎麼附會就怎麼附會，完全不尊重史料與罔顧歷史事實，而台灣學術界竟然長期縱容這種貨色，我必須要拆穿這個人的真面目與假面具。

工。中歲斠酌二米，高尚書意，寫意而已。其於花鳥，尤有深趣。正書初從文氏，欲取風韻，遂成媚側。行書出楊凝式、林藻，老筆縱橫可賞；而結構多疎，亦南路之濫觴也。」陳跋在嘉靖二十二年，卒前一年。

道復跋文中有「洛川其用心求購，吾將快覩焉」之句（圖三），「洛川」乃范惟一字號也。

范惟一，字于中，初號洛川，已而更號中方，為范仲淹十六世孫，世居洛中，識無忘也。上海松江人。生於明正德五年（公元一五一〇年），家貧授經，儼然師道。成嘉靖二十年（公元一五四一年）進士，初知鈞州，繼遷濟南判官；徵授工部員外，歷郎中。出為廣東僉事，改湖廣僉事，分部荊西，捕治土豪，一方僭息；潛洧隄潰，漂溺廬舍，下令弛徵，發粟賑貧。擢山東參議，督漕事；轉浙江提學副使，甄拔多雋才。晉河南參政，旋陞浙江按察使，督文武試事；遷江西布政使，釐革隱弊，審詳徭法。召拜南京太僕寺卿。約於隆慶三年（公元一五六九年）致仕。（《明史·七卿年表》記楊博覆允，因推定范惟一致仕應在此年前後。）萬曆十二年（公元一五八四年）卒，享年七十五歲。有《掘文堂集》、《范太僕集》傳世。

何三畏《雲間志略·范太僕中方公傳》稱范惟一「官歷三十年，所至慷慨任事，以諒直稱；第亦未能悉展其蘊負。居常留意著述，涉獵諸史百家，為文能自成一體；而詩取中唐，晚出入元白間。」陸樹聲《范惟一墓誌銘》謂其「公暇，進諸生談藝。蓋公於文學、吏事兼長，若此久之。……致仕，公歸闡嘯園，創天游閣，偕郡中縉紳名輩，夷猶泉石，嘗晤終日，意迫然適也。」陶、何二人所記，

二三三

捌、趙孟頫《朱子感興詩》墨迹卷考述

范惟一作文、談藝、吟詩，留意著述，故能得趙書妙蹟。

書理書迹研究

范氏得《朱子感興詩》，陳之於前輩書家陳淳；時嘉靖癸卯二十二年，范年三十四，陳年六十。道復觀後跋尾，期其能求購另二卷曾為道復所藏之趙書《道德經》與《文賦》，俾併得之而快覩焉。洛川是否購得此二書而遂陳淳之願，吾人固不得而知之。

二三四

李郁周不做任何考證，就說「『洛川』乃范惟一字號也」。

李郁周的腦袋不知道在想什麼？每次都一定要一個蘿蔔一個坑，他難道沒想過書畫題跋中所提到的人名字號，很多都是不知名的小人物？結果他都任意附會、隨意配對，毫不尊重歷史，也不尊重讀者，有嚴重欺騙之嫌。

白陽集　七言律

七夕園遊呈洛源洛川二難

滕地城南路豈逢　遊僧周匝漫僧寮　投閒咲我常
占欄貫葉後人不忍橋　長日坐來真似歲　萬緣消
盡欲同超門前卓馬應無數蹄過　紅塵未許招
逃暑雜家一老身　隨身書劍自忘貧　誰知送旅逢
佳節家喜名園接故人　白石清泉環曲徑　苔松翠
竹遠蕭疎　頻年不到因何事　今日重來跡未陳

其二

自識圍中有好山　年來多事少躋攀　扁舟後造灘
如故短褐迎將已　自閒數日逡迴形跡外　幾四漆
倒詠篛間明朝卻恐西風急吹飽蒲帆送我還

　　陳淳有文集《白陽集》，其中有「七夕園遊呈洛源洛川二難」七言詩兩首，「二難」指兄弟，即「洛源」與「洛川」兩兄弟，而一看就知道這是「字」不是「號」。又范惟一小陳淳二十六歲，一個長輩對晚輩詩題會用「呈」這個字嗎？而陳淳的文集也看不到他跟范惟一有交情。所以趙孟頫書「朱子感興詩」後，陳淳跋文中的「洛川」，絕對不是范仲淹的十六世孫范惟一！從范惟一的傳記與墓誌銘，可知他是老大，有兩個弟弟，一個叫范惟丕，一個無子早逝，他還把自己的兒子過繼給弟弟。所以李郁周實在是信口開河成癮，做學問粗糙到不可想像、不可理喻的地步，把書法研究學者和讀者當白癡。

「礎」字印

元僧梵琦「楚石」印

趙孟頫書「朱子感興詩」卷上有「礎」字印（或釋為「楚石」），李郁周翻了翻印譜，又說這個印一定是偽印，並且是根據元僧梵琦「楚石」印所仿刻的。而梵琦跟趙孟頫認識，所以這卷趙孟頫書蹟「曾經梵琦之手，自屬合理，原跡鈐有『楚石』印，亦當理之當然，而故宮墨跡卷所鈐之『礎』字印自屬偽刻，此印恰反證墨卷非趙之手筆。」

這就是我所說的「綠帽子式研究法」，他主觀認定是假的，看什麼東西都有嫌疑；先認定有罪，再來找證據「落實」。最恐怖的一種研究方法！以前國民黨偽政府在台灣抓「匪諜」就是這樣幹的，結果搞出一堆冤獄。李某的文章通常只能說服自己，寫著讓自己爽，沒人會信服的。

這明明是兩方不同的印，要偽刻也不會偽刻成那樣！而且我認為《石渠寶笈》的編者把這方印釋為「礎」字印是正確的。李某自己妄加附會到元僧梵琦頭上，指稱梵琦收藏過此卷，「自屬合理」；所以卷上沒有梵琦的「上楚下石」印，「理之當然」是假的。鬼扯淡！

台北故宮所藏的趙孟頫書「朱子感興詩」，大陸研究趙孟頫的第一把交椅王連起在他的文章中認為是真蹟。我可以偷偷告訴大家一個辨別書法真偽的訣竅，那就是如果李郁周說真的，那就是假的；如果李郁周說假的，那一定是真的。真的！

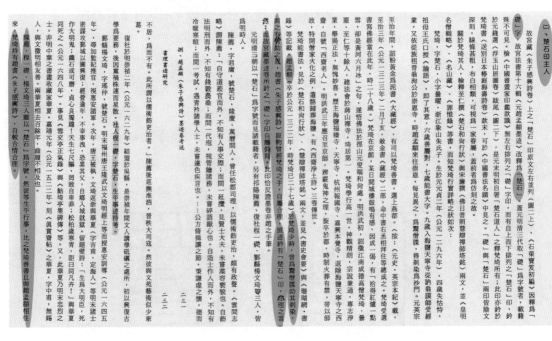

只能說服自己的小說情節

學術阿米巴─我變我變我變變變

阿米巴原蟲（amoeba），即俗稱的變形蟲，屬於原生動物門肉鞭動物亞門肉足總綱根足綱變形目(Amoebida)變形蟲科的一屬。蟲體柔軟，可向各個方向伸出偽足，以致體形不定。

李郁周二十幾年來，對於台北故宮博物院的「自敘帖」，立場一變再變，不過很諷刺，沒有一次是對的，真是奇蹟！

一、魂牽夢縈濫情期

一九八〇年二月二十二日，「中央日報」，李郁周〈遊目「故宮歷代法書全集」〉

每到故宮博物院，總要去探望唐朝懷素的自敘帖。

前年深秋，登上巍峨的古典建築，在右側二樓的展覽室，十餘行字徑數尺的連綿狂草，從整面素潔的大壁映入眼簾時，我的心魄第一次被震攝。兩小時凝視一壁五十餘字的大草書，細品懷素揮筆縱橫，線條飛動，時斷時續，濃淡相及，潤渴互發的墨蹟，我的眼界大開，從來沒有過的經驗：我在心底焚香膜拜。熱愛書法，渴望以古人為師、與古人為友，面對著懷素的自敘帖，懷著朝聖的心情，我買下「故宮歷代法書全集」。……

自敘帖，展示在故宮博物院的大壁上；數年前，日本大阪舉行世界萬國博覽會，中國館展出

389

的懷素自敘帖，此時正陳列在外雙溪。這件「書」、「辭」俱佳的作品，連綿的運筆，迅疾的行筆，瘦勁的線條，中鋒的駕馭，以氣使筆、以氣馭墨的酣暢造境，是唐代草書的壓卷之作。懷素用他人的讚美詩句，寫入自傳中，與其狂縱變化的書法相生相發，詩的意義和筆畫的飛舞融合為一，在舊風格中注入新生命。……

今夜，我情不自禁的遊目此處：有線有面的線條、乍潤乍渴的筆畫、忽濃忽淡的墨色、亦疾亦澀的行筆，宛轉飛動，清淳豪邁，表現了寬度、高度、深度、速度的四度空間美。佇聽寒風揚松韻，靜觀細雨灑芭蕉。我讀出了懷素種蕉萬株，以葉當紙的揮灑情形；更讀出了平沙落雁，流水淙淙。自敘帖如許引人入勝，如許撩人遐思。

看到李某三十二歲寫的這種濫情文章，難怪晚年寫的文章水準也不高。

＊　　　＊　　　＊　　　＊　　　＊　　　＊

一九八二年三月，《中華文化復興月刊》十五卷三期，李郁周，〈懷素及其自敘帖〉：

自敘帖是懷素狂草典型代表作，中鋒運筆，來去縱橫，轉折圓勁，奔放流暢，神彩動盪，雖狂怪怒張，而點畫波發，瘦勁婉通，飛動中見圓轉之妙，豪邁中具淳穆之氣，用筆極盡變化，而幾無毫髮遺恨。前六行是蘇子美補書，故用筆較拘，結構較鬆，氣勢較弱。

李某該文用大篇幅逐條指出故宮本「自敘帖」的書法要點，以讚揚懷素書法，並以一堆不知所云的抽象之詞做形容，如「述形似」條云：

不僅詩好，字更好，驟雨旋風聲滿堂，自敘帖的神韻正有強烈的旋律性和運動感，其字大小相間，濃淡相配，真如一首節奏

明亮、旋律輕快、聲調優美的樂曲。又古松、枯藤、勁鐵、盤龍，正指出線條有剛勁、古拙、樸實、力量的表現。古人說書法是「無聲之音，無形之相。」自敘帖是一個例子。

「敘機格」條云：

> 懷素追求新奇的用筆和結構，自抒機括，風格獨具。筆畫有陰陽向背，有深度和厚度，有立體感，鋒面轉折周全；結字鬆緊自如，意到筆隨。日本人善草書，但是往往僅有線條繚繞之美，而無鋒面轉折之富。懷素自敘帖則以此兩者見長。

「語疾速」條云：

> 懷素學書，蕉葉盤板，功夫深邃，以這個基礎寫草書，必可迅疾天真，毫無疑滯。也因其迅疾，故氣勢貫串，動人心絃。懷素興來執筆吐長虹，長虹橫天貫日月，可以想像。

「目愚劣」條云：

> 素師狂草成就，打破世俗格律限制，流露人間真性，故能遠、能高、能虛、能狂、能來去自如。

最後李氏則是又追加了六種「立體連綿法」來進一步讚美「自敘帖的草法可以說是草書的極詣」，分別是「中心移動連綿」、「省略連綿」、「傾斜連綿」、「變形連綿」、「空中筆意連綿」與「立體連綿」。

第五屆社會組第一名：
作者／林經隆
作品／穆軒詞
同屆組第二名：
作者／李文珍
作品／九成宮醴泉銘
同屆組第三名：
作者／邱芳昌
作品／正楷中堂

第六屆社會組第一名：
作者／徐新泉
作品／節臨九成宮
同屆組第二名：
作者／詹吳法
作品／節臨褚遂良聖教序
同屆組第三名：
作者／李文珍
作品／九成宮醴泉銘

國父紀念館舉辦「全國青年書法、國畫、水彩畫寫生比賽」愈寫名次愈差，第七屆沒看到名字，不知是沒得名還是不爽參加了。

二、誤用清初偽刻「綠天庵帖」時期

「一九九五年書法論文學術研討會」，李郁周發表〈懷素「自敘帖」墨跡本的書法—從綠天庵刻本看故宮墨跡本〉，用清初偽刻的「綠天庵帖」來打擊故宮墨蹟本，李某轉而認為「帖偽跋真」。他以大篇幅逐條指出故宮本「自敘帖」的「不當」之處，如「空格不寫，行氣中斷」、「行間布白，挪讓不當」、「字間布白，穿插不當」、「行中心線往右移動過多，行款偏側」、「起筆、收筆頹鋒枯鈍」、「行筆輕率、怯弱、遲滯」、「連筆提按不分，粗細不別」、「點畫筆勢的呼應承帶不當」、「筆畫方向傾斜不正」，經過李氏的一番「基因比對」與「基因檢驗」，故宮本「自敘帖」成為一件破綻百出、「唐突訛謬」的劣等摹寫本書蹟。

十餘年間，故宮本「自敘帖」的基因並未「突變」，但李某對同一書蹟的欣賞與評論能夠如此懸殊，從「瘦勁」變成「怯弱」，從「點畫波發」變成「點畫筆勢的呼應承帶不當」，從「用筆極盡變化」變成「穿插不當、粗細不別、傾斜不正」，此種研究方式實是讓眾人開了眼界。

李某在〈懷素及其自敘帖〉一文中，提及宋人董逌評懷素書曰：「懷素於書，不減張旭。素雖馳騁繩墨外，而回旋進退莫不中節。」李某因而說道：「狂草書法，行筆快速，難免失誤，於是筆不從心或畫不盡意時，往往筆畫狼籍，結構變形，張旭或有此病，而懷素則能夠筆筆適意，氣勢與法度配合無間。……懷素的草書正是狂放恣肆而有條有理。」但到了十三年後，對同一句話的解讀卻變成了「**從故宮墨跡本『自敘帖』的草書看來，顯然大不相符。**」

這時期的謬文還有〈懷素「自敘帖」草書「基因」的比勘〉與〈綠天庵本「自敘帖」是摹本傳刻〉，分別登在《故宮文物月刊》二三三與二三八期。李某對於故宮本「自敘帖」書法風格的評論，甚至所謂的「基因比對」，實在是恐怖到極點。而他一再拿摹刻不實的拓本來與墨蹟本比較、比對、比勘，根本是無聊到極點。

綠天庵刻本「自敘帖」後的懷素偽款與偽印

三、濫用明代中期摹刻不實的「水鏡堂帖」時期

　　自從我發現美國安思遠所藏之舊拓「晉唐小楷」中有數枚趙鼎的「趙氏藏書」印以後，災難開始降臨。李某根據這方印，認定故宮墨蹟本非陸完藏本，也非摹刻「水鏡堂帖」時的祖本，而是文彭摹本，連卷後十餘則的宋明題跋與題記都是文彭摹的。如今由我這個發現「趙氏藏書」印的人，又發現一枚「物外奇寶」印，拆穿李郁周兩年來的所有幻想與謊言，結束李某這場烏龍鬧劇。李某下一步不知道又會想出什麼情節？可能會加入一點「奈米科技」或是「兩顆子彈」之類的，我想。

兩本書從小說集變成笑話書

第八屆「全國美術展覽會」
李郁周（本名李文珍）一招「九成宮醴泉銘」行走江湖前三名加上佳作六名，都沒李郁周的份。李某不但沒研究書法史的才氣，連寫書法也毫無才氣可言。沒那個屁股卻硬要拉那個屎，就會讓自己變成個笑話。

從「鬥陣俱樂部」走向「美麗境界」

—李郁周的黑函

「中華民國書法教育學會」的刊物《書法教育會訊》水準日益低落，成為李郁周匿名抹黑他人的洩恨工具，以及收留《故宮文物月刊》退稿者的避難場所。

《書法教育會訊》第七十六期（二〇〇三年元月）刊登「聞真」所寫的〈揭開懷素「自敘帖」五百年來之秘—與李郁周對談側記〉，後來我查出作者「聞真」就是原名「李文珍」的李郁周。匿名寫文章吹捧自己、攻擊他人，如同黑函一樣可恥。自己與自己「對談」並「側」記，我不知道李郁周是在演「鬥陣俱樂部」還是「美麗境界」，怎麼會有人把筆仗搞那麼髒的？這個人還當過小學校長、還是寫毛筆字的、還快六十歲了，可見書法未必能陶冶性情。（一個書法刊物被一個有妄想症之嫌的烏龍學者搞成這樣，其他寫毛筆字的會員竟還悶不吭聲縱容，一起向下沈淪。）

李郁周後來將匿名文章收在他的著作裡，不過已刪除「與李郁周對談側記」八字。

可李郁周還沒完，被《故宮文物月刊》退稿後，「聞真」又來了，在第八十期（二○○三年七月）發表〈故宮本「自敘帖」在台灣解碼〉，攻擊該刊物編輯部拒登李郁周的文章，是因為怕被他揭發故宮墨蹟本是摹本而「院面無光」，所以這種「鴕鳥行徑」，「相當值得同情」。我實在懷疑李某可能有被迫害妄想症，事後證明《故宮文物月刊》編輯部是對的，否則他們會跟著李郁周鬧下千古笑談。延續上一篇的風格，化身為「聞真」的李郁周，同樣在文章中自導自演、自彈自唱、自吹自播與自我意淫。

根本沒人承認他那「文彭摹本」的謬說，都是他自己在寫著爽，別人不承認就是鴕鳥。

《故宮文物月刊》從來沒有發生過文章「待刊」而又拖拉稽延以至「不刊」的情事，這次的烏龍事件，主要的因素是李郁周的四篇論文皆直陳該院收藏的懷素名下〈自敘帖〉為摹本，是文彭的摹本，不是真跡，證據歷歷在目，無所遁逃。而該院所藏的唐朝書法代表大名作，只有孫過庭的〈書譜〉、顏真卿的〈祭姪稿〉與懷素的〈自敘帖〉三件，其中懷素〈自敘帖〉更是長卷鉅作；如今，這件懷素鉅作被驗定為「明代」文彭的摹本，「唐朝」書法江山去掉三分之一；而且故宮博物院把摹本當真跡收藏，沒有自己去發現是摹本的事實，「院面」無光，遂因收藏立場而不得不終止刊出李氏論文的承諾。掩遮。「事實」就不存在，這種鴕鳥行逕，相當值得同情。有些研究書法的行家，對這件傳藏自大清帝國經清末鑑藏家潘祖蔭、徐樹鈞判定為真跡的名作，竟然落難到被「臺灣」書家解碼，驗定為摹本，敏死在臺灣，他們無法置信、無法釋懷，覺得情何以堪！其實，李郁周具備這種解碼能力，是有跡可尋而且自然不過的事情。現居美國紐約的中國渡臺

不願接受這個事實；如近期《故宮文物月刊》（二○○三年十月第二四七期），有臺北故宮人員撰文仍稱的註釋見「待刊文」的情形發生。其後該刊主事人員以「一本雜誌連續刊登同一主題之文章不宜太多」為理由，中斷登載的承諾。其實是摹者考定故宮卷〈自敘帖〉為文彭摹本，衝擊太大，故宮保守的心態故宮卷〈自敘帖〉原為元代內府藏品；元朝內府能夠收藏明人摹寫的書法作品，吾人只好以「關羽大戰秦瓊」視之。

（左）李郁周最新小說集《懷素自敘帖鑑識論集》「卷首語」

李郁周每次刮別人鬍子前，都忘了先刮自己的鬍子，看看他的「關羽大戰秦瓊」！〈懷素「自敘帖」墨跡本的書法—從綠天庵刻本看故宮墨跡本〉：

明代項穆在其《書法雅言·中和》文中，曾有如下的判斷：「世傳〈自敘帖〉殊過枯澀，不足法也。」只的正是如故宮收藏的墨跡本，項穆想必未曾見過綠天庵刻本〈自敘帖〉。」

我在〈綠天庵本「自敘帖」偽刻再辨〉一文中，已考證出綠天庵本「自敘帖」是刻於清朝乾隆初年。處於明朝中葉以後的項元汴之子項穆，竟然要穿越時空，看到刻於乾隆年間的綠天庵偽刻「自敘帖」？李某有一堆很恐怖的論辯方式，此為一例。

故宮本〈自敘帖〉在臺灣解碼

文◎聞真

一九九五年十月，李郁周從比較書法學的角度，以綠天庵刻本〈自敘帖〉為檢驗標準，將故宮墨跡本〈自敘帖〉的草書基因加以解碼，驗定故宮墨跡本〈自敘帖〉，發表〈故宮墨跡本〈自敘帖〉的草書寫法〉一文。這篇文章直接以草書寫法的比較為藍本，突破歷來以著錄、印記來看過去綠天庵刻本〈自敘帖〉的論證模式，開啓歷史與書法學術界肯定的態度；然而有些人體驗不出李氏論點，遂採不同意李氏論點的態度。有不出綠天庵刻本〈自敘帖〉的檢驗標準加以校實，遂無法對另一條捷徑，鼓文發表以來，書法界與書法學術界持肯李氏提出的檢驗標準加以校實，遂無法對此其至當看過綠天庵刻本的論點，只在心理想：「故宮博物院收藏的墨跡本〈自敘帖〉是真跡，不可能是摹本。

二〇〇一年九月，李郁周又持綠天庵刻本〈自敘帖〉，將之與故宮墨跡本〈自敘帖〉詳細比勘，從紙帖、題跋書法、收藏印記等方面，把故宮本〈自敘帖〉「完全」驗定為明代文彭的摹本。今年四月，李氏所撰〈懷素自敘帖千年探秘〉一書問世，綜觀這次的研究成果，超越歷來出現前後的重要事件，詳指其來龍去脈，題列近現代研究的所有謎題。就件件墨本出現而論其正觀與謬誤，讀者一讀，恍然大悟：「原來如此！」完全證實李氏自一九九五年以來持綠天庵刻本論定故宮本〈自敘帖〉為摹本的說法。

其實，李氏在八年前以綠天庵刻本〈自敘帖〉比勘故宮墨跡本時，曾經細膩的對照兩本〈自敘帖〉的草書寫法，凡有差異之處皆加以圈定，例如第六行前兩字「茇杖」與第七行兩字「茇杖」（附圖，故宮本「見」字末筆起筆處「尖筆」，沒故宮本七行前兩字「茇杖」（附圖，故宮本「見」字末筆起筆處「尖筆」，沒

篇論文：

〈懷素自敘帖千年探秘〉一書之前，已經先完成四

二〇〇二年九月，李郁周從書法研究之所以有一些成績，許多人的激勵與對張隆延先生的眼光，佩服之分。

別以爲李郁周那麼容易罷手，他後來已經進入「忘了我是誰」的「忘我」境界，第三次變身爲「聞真」，攻擊起大陸的國寶級鑑定大師，又在第八十期寫文章自己爽，名爲〈書法學界的「問題人物」李郁周〉。

不僅如此，二〇〇四年三月出刊的上海書畫出版社《書法研究》雙月刊第一百十八期，李郁周居然發表〈談啓徐蕭三人對懷素自敘帖的論述〉一文，指出啓功、徐邦達、蕭燕翼三人未曾看過蘇液本〈自敘帖〉水鏡堂刻本，昭告中、日、韓、美等世界各地喜愛中國書法的人士，指啓徐蕭三人不識水鏡堂刻本〈自敘帖〉，好悲慘，眞是可恨哪！

這位三十歲的青年早已警告過李郁周，提到「啓功和徐達兩人是中國大陸國寶級的鑑定大師，蕭燕翼是北京故宮博物院副院長；而李郁周只是臺灣一個小小書法老師而已，不知道自己的斤兩有多少，就拿機關槍去向大砲掃射，丟盡臺灣藝術史研究的臉。」李郁周就是聽不進去，在臺灣地區把啓功等人丟臉也就算了，還把他們丟臉丟到中國大陸去，更丟臉丟到全世界各地去，看來誰被這位三十歲的青年捧場到，奉承阿腴到，誰就倒楣，不只啓功、徐邦達、蕭燕翼，連清代吳榮光與宗續辰也一起挨李郁周的悶棍，眞是背啊！

不過那也是沒有辦法的事，到二〇〇四年四月爲止，全世界只有李郁周這個「無知、沒常識、死腦筋、荒唐透頂、抹黑他人」的傢伙，纔了解蘇液本〈自敘帖〉水鏡堂刻本的來龍去脈，點點滴滴。二〇〇四年四月出刊的上海書畫出版社《書法》月刊第一百七十五期，李郁周又發表〈蘇舜欽家藏兩本懷素自敘帖〉一文，來呼應上文的研究。中國大陸不同的著名老牌書法雜誌，連續兩個月登出李郁周對〈自敘帖〉縱橫談的文章，讓所有研究故宮卷〈自敘帖〉的學者專家黯然失色，甚至顏面無光。因此，大砲被機關槍推毀是司空見慣的事情，不值得大驚小怪。啓徐蕭三人不識水鏡堂刻本〈自敘帖〉，並不可恥，就如他們錯鑑、錯買索靖〈出師頌〉，也不影響他們是中國大陸的國寶級鑑定大師和北京故宮博物院副院長的頭銜啊！

大頭症發作的時候，會忘了我是誰。

再這樣搞下去，我預測有一天「聞真」會撰文擁護並勸進李郁周出來選立委或是當故宮院長。當初大陸發生「蘭亭論辯」時，毛澤東寫信給郭沫若，說道：「筆墨官司，有比無好，未知尊意如何？」筆墨官司的確是有比無好，但像李郁周搞成那麼髒，那就很不好。而最後他也得到報應，一方「物外奇寶」拆穿了這個「物外活寶」。

書法學界的「問題人物」李郁周

文◎閔真

二〇〇三年四月，李郁周的著作《懷素自敘帖千年探祕》出版，根據明代文徵明鉤摹鐫刻的蘇液本《自敘帖》，從紙帖遺摹度、帖文書法、題跋書法與收藏記名等四方面，論定臺北故宮博物院所藏懷素名下草書《自敘帖》是摹本，是明代文彭所書的。

二〇〇一年七月，一位自望爲「六十歲以下的研究者無人可以比肩」的三十歲青年，以自稱是「中國藝術史研究方法的一個示範」的《懷素自敘帖千年探祕》一書的謬誤百出，可以棄而不論，這位青年藝術史研究者的不論、暗諷、挖苦、嘲諷、死腦筋、荒唐透頂、語無倫次、抹黑專家⋯⋯等等，將至李郁周批評得體無完膚，一文不值。罵聲繞梁，三日不絕，使人讀來痛快絕倫，真是可恨，真是可惡，有位書法界人如魚得水，如魚忘筌。

臺灣有一位碑帖拓本收藏家，提供水鏡堂刻本，也提供其他收藏《自敘帖》的翻刻拓本，給李郁周增強古代文獻史料的蒐集能力，是藝術史研究不可缺，正是蘇液示摹本的再摹本，確定出彭文彭。

士賢告他：「你提供拓本資料給李郁周看，不怕惹毛另一位自稱『我獨步當代』的人寫文章修理你嗎？」這位收藏家竟然說：「我這老頭兒，對拓帖有利，對刻帖有利，軍火越用越有價值，對拓越有利」呀！胡說什麼千年解祕也！不懂探祕而已！唉照這位自稱無霸書籍專業名下草書照這位青年的說法，李郁周又在《無影電視新聞報導》《歷史與古物探奇》，文在《無影錄來》、哇！沒辦法，忍不住！巨無霸宣傳車開進來，不懂如此！⋯⋯

中場休息時，一位與會人士指著李郁周開玩笑的說：「你這成爲問題人物」的考證，有如指著周玩笑的說：「你這成爲問題人物」的考證，有如指著周八道、荒唐透頂、話該被砍殺，李郁周念頭一想，自想越有「利」，高雄師大美術系硏討會念頭一想，自已用越有「利」，高雄師大美術系硏討會上謂「學問探祕」。

蘇液本《自敘帖》水鏡堂刻本，昭告中、韓、美等世界各地著愛中國書法的人士，好也悟，指啓徐蕭三人不識水鏡堂刻本，好也悟，指啓徐周居然發表《書法研究》雙月刊二〇〇四年三月一百四十八期的上海書畫出版社《談啓徐蕭三人對懷素自敘帖的論述》去找「古代文獻史料」，只死打翻文彭的指示，好好《自敘帖》，窮看，真是「死腦筋」，沒常識，可是他似乎文章對一點小動作都沒有《懷素名鑑來》二〇〇四年三《自敘帖》又出版，指出故宮卷《自敘帖》一書，指出故宮卷《自敘帖》一斤兩看多少，就拿機關掃去向大觀掃�><

啓功和徐邦達是北京故宮博物院的專家之一只是看圖一個小書法帖而已，而李郁周也只是看圖一個小書法帖而已，而李郁周這位三十歲的青年早已看透啓蕭周，提到「誰能倒掉一不只啓功，連奉承阿諛不管徐邦達、蕭燕翼，連奉承阿腴清代吳榮光與宋績阪也一起挨李郁周的悶棍，真是背時！

不過那也是沒有辦法的事，到二〇〇四年四月爲止，全世界只有李郁周懂個「無」，沒常識、死腦筋。《荒唐透頂》、抹黑他人，一竿打翻蘇液本《自敘帖》水鏡堂刻本的來俠伏，誰都被機關檢掃文章，讓所有研究故宮卷《自敘帖》縱橫談的文章，毫無餘地無光。因此，大陸被機關檢掃他們最痛苦的事情。啓功蕭三人不識水鏡堂刻本《自敘帖》並不可恥，也不影響中國大陸的學者專家的來威去脈，他們都投啓功到北京故宮博物院副院長的張席！

然而，更荒謬的是：李郁周說明指這位三十歲的《鬥陣俱樂部》示範，從朱自世曾自道過三、兩天的書論，他說得很無聊，沒有練過三、兩天的論，他說「看來荒唐」、居然以名導優的大放厥詞。⋯⋯一個歷史學門出身的人，竟然歪曲史實，將採採一個歷史學門出身的人，還指控「僞造、荒謬」的假冒。

青年的但是譯的《中國藝術史研究方法的一個示範》，從朱自世曾自道過三、兩天的書論，他說「看來荒唐」、居然以名導優的大放厥詞。⋯⋯他說他手中論及懷素《自敘帖》探祕，胡說十道的李郁周指《基本立論點》，或《笑死人也》的大笑話，這樣的巨著，成爲「荒謬絕倫」胡說八道的大笑話，這樣的巨著，成爲「荒謬絕倫」在蒐集問題，胡說十道的開講《自敘帖譯蔡神功》，刊用水鏡堂本《自敘帖》圖片，共有十四種，其中四種選用原刻刻本。另外四種選用翻刻拓本，筆者還能夠從他的藏書中再增補兩種拓本《出題圖》圖片的書法功能，共十六張。一藤原鵡來編智書法字典《書源》一書，蘇液本《自敘帖》水鏡堂本《自敘帖》的書法圖卻是東京西出土書房《唐摹懷素自敘帖》水鏡堂的跋影，非常不幸，到處碰網之魚，確實如此！

本翻刻本
〈圖二〉

二〇〇四年三月出版的《懷素自敘帖鑑識論集》一書，富然又說九道！胡說實證，胡說說他八道《懷素自敘帖千年探祕》本，加說十道，胡說實證，胡說說他八道。難怪找得出不知道！真是「問題」之道。

二〇〇四年四月二十八日

399

鬥陣俱樂部（**Fight Club**）

劇中布萊德彼特（左）是愛德華諾頓（右）自己幻想出來，兩人不但可以交談還可以打架。

美麗境界（**A Beautiful Mind**）

劇中的室友（左）是數學家羅素克洛（右）所幻想出來的，後來又幻想出室友的女兒。所以有一天我被匿名爲「聞真之乾媽」或「聞真的八叔公的五姨媽的在電話亭撿到的女兒」撰文攻擊，我也不會太意外。

傅申悔過書墨跡的臨床診斷

—「傅申前妻說他是個賊」與「傅申說他是個壞小子」考

　　這是篇追求真理、喚回公理與彰顯天理的學術論文。

　　傅申老頭兒（１９３７～）一輩子結過三次婚，每個家世背景都比他好。第一任太太叫王妙蓮（Marilyn Wong），是出生於夏威夷的美籍華裔，原籍廣東，移居夏威夷的第四代。

　　自 Mount Holyoke College 畢業後，於一九六六來台學中文和古琴，還在當年六月十四日，穿著「白底黑花旗袍」在懷恩堂與幾個老外舉行古樂演奏會。之後兩年短暫服務於台北故宮，與一九六五年從「中國文化研究所藝術學門」畢業而進入故宮工作的傅申結識。兩人在一九六八年結婚，後來同時赴美，在普林斯頓大學中國藝術及考古系攻讀博士。結果傅申在一九七五年完成博士學位，王妙蓮則在直到與傅申離婚後，一九八三年才得到學位，此年傅申則再婚。她的博士論文為 Hsien-yu Shu's calligraphy and his "admonitions" scroll of 1299（鮮于樞的書法和他的「御史箴卷」），後來也成為一個藝術史研究者，近已退休。

彈古琴的王妙蓮

　　為什麼一個博士讀了十五年？因為曾中斷過，有一說是因為協助剛到美國，英文能力尚差的傅申撰寫與翻譯論文，所以最後連自己的學位都未得到。

> **Finally I thank my wife Marilyn Wong Fu, also a student of Professor Fong, without whose help the English version of this dissertation would not be the same, nor finished this year.**

傅申在他的博士論文 Huang t'ing-chien's calligraphy and his "Scroll for Chang Ta-t'ung"（黃庭堅的書法和「張大同卷」）的「前言」，最後一段說：最後我感謝我太太王妙蓮，她也是方聞教授的學生，如果沒有她幫忙這本論文的英文版，這本論文就不會像現在這樣，也不會在今年完成。

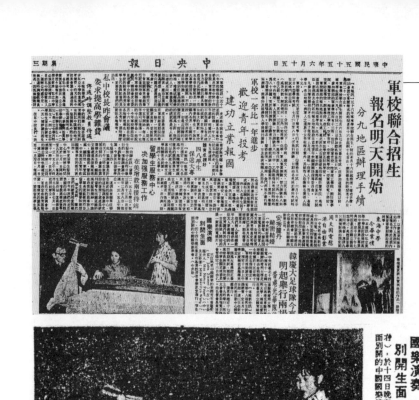

軍校聯合招生
報名明天開始
分九地區辦理手續

國樂演奏
別開生面

三位熱愛中國國樂的美國青年崔麟安（Mr. John Ziemer）（左）、文金擢夫人（Mrs Nancy Paper）（中）及王莎漢（Miss Marilyn Wong）於十四日晚在臺北市基督教倡會德恩堂舉行一項生面別開的中國國樂演奏會。（中央社）

國立故宮博物院
第二十四次學術演講

主講人：傅申先生

講題：互然存世畫蹟之比較研究

歡迎聽講

北越部隊大量滲透
企圖攫取越中高原
美機羣對越寮柬邊界附近地區
實施飽和性空中攻擊加以阻止

非軍事區以南地區
連日戰事慘烈
北越軍又滲入西貢北郊

國民黨人員
在大陸活躍

傅申自中國文化學院研究所（文化大學前身）畢業後，進入故宮擔任副研究員，認識了第一任老婆；第二任婚姻期間發生的婚外情之對象，也是在故宮服務（故宮可真是個好地方），不過後來傅申卻因張大千假畫事件把故宮搞得灰頭土臉。

一九六八年五月三十日「中央日報」第三版

　　傅申在故宮發表什麼小型演講一點都不重要，重要的是演講後兩天發生轟動一時的**高成器與吳純純的「殉情」命案**。看完整則報導你會一頭霧水，在台灣三十歲以下的人，大概只有我還知道這件事。因為是國民黨黨報，所以死者父親的名字完全沒提到，男性死者的父親是誰？正是當時的台北市長高玉樹！

　　高成器和吳純純交往快十年，感情美滿，男方家裡有錢有勢，雙方家長也從未反對他們，但他們卻在陽明山上六百坪的豪宅裡，男的穿全新的西裝，女的穿白色小禮服，玫瑰花瓣灑在兩人身旁，留下「中、英文遺書」，服毒自殺。

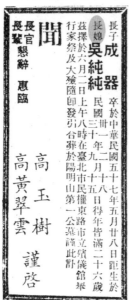

　　為什麼要談這件奇案？當時雙方家長都搞不懂他們為什麼要自殺，直到現在，高玉樹仍想不透他的長子是因為什麼理由而想不開，甚至還寫有英文遺書！原因只有高成器和吳純純知道，就像「自敘帖」的研究過程一樣，出現一堆無法解釋的情形。也像我怎麼也想不透，快六十歲又寫書法又當過小學校長的老人，還會如此沒格調，打筆仗打輸了、被退稿了，結果竟然匿名寫文章攻擊人，甚至一連寫了三四十篇烏龍文章，只能用不可思議與匪夷所思來形容。

一九六八年六月二日「中央日報」頭版
因為辦了「冥婚」，所以稱吳純純為「長媳」！

傅申的第二任太太叫<u>曹秉祺</u>，家境不錯，一九八三年九月十五日在法院公證結婚。後來她「宣稱」傅申在婚姻期間曾與有夫之婦通姦，發生不倫婚外情，對象是台灣藝術界小有名氣的女畫家，其老公則在另個領域小有名氣。結婚兩週年，在一九八五年九月十五日，被抓包的傅申，用毛筆寫了一冊「悔過自白書及保證書」向老婆大人認錯懺悔，祈求老婆大人原諒，「我傅申壞小子再也不敢了」，五十歲的傅申自承是個 Bad Boy，真是淘氣極了！

兩人後來為了爭產而在美國打離婚官司，曹秉祺除了出示傅申親筆所寫的「悔過書」給法院，還寫了一篇近萬字的〈傅申博士騙取張大千大師圖章揭秘〉一文，揭發傅申如何在巴西八德園竊取張大千印章、如何又藉此成為張大千專家的祕密。這篇文章同時也是曹秉祺的「悔過書」，她自承是傅申「行騙行竊」的幫凶，因此公布傅申的種種行徑，以示「贖罪」。

壞小子傅申墨寶「悔過自白書及保證書」

壞小子傅申果然是研究中國藝術史的，連「悔過書」都是用毛筆寫在空白線裝書上。

傅申博士騙取張大千大師圖章揭秘

傅秉祺

　　我是傅申博士的妻子付秉琪。傅申博士是一位美術史家,現任美國華盛頓斯密斯森尼亞國家搏物院(Smithsonian Institution)隸屬的佛利爾美術館(Freer Gallery of Art)和沙可樂美術館(Arthur M. Sackler Gallery)的中國美術部主任(Senior Curator of Chinese Art).我因爲婚後親眼目睹了丈夫的一系列詐騙和偷竊行爲,一直在三從四德和誠實信用不偷不盜道兩種道德准則的矛盾中痛苦地生活,如今已經到了忍無可忍的地步,因此決定將傅申博士的一些丑行予以揭露.此文主要講述在我們一九八九年三月十六日到二十六日的巴西八德國之行中傅申博士不擇手段地騙取張大千大師的圖章的詳細過程、這些圖章對于傅申博士研究張大千大師偽作所起的決定性作用、以及就我所知的傅申博士日後進一步利用這些圖章的陰謀計劃.

　　傅申博士和我于一九八三年九月十五日在法院公證結婚,也就在那個時候,他打算研究一代大師張大千的畫作,因爲張大師在美術界被一致譽爲"五百年來一大千".當時,傅申博士還只是斯密斯森尼亞博物院的一位普通職員,他很想通過學辦張大千的畫展來提高自己的知名度.當時市場上有許多假冒張大千大師的畫作,傅申博士希望通過學辦畫展使自己成爲鑒定真假張大千大師作品的權威.盡管以後傅申博士在與別人的談話中總是吹噓早年在台灣時就有意研究張大千大師的畫,那只是有目的地故意拉長時間界限而已.他真正決定研究張大千大師的畫作是在一九八三年.不過,有一點倒是真的,那就是他在年輕時就很想與張大千大師攀上關系,但多次遭到冷遇.這使他懷恨在心.通過辦畫展使自己成爲研究張大千大師的權威,也是間接地報復張大千大師的一種方式.

　　我在婚後一直幫助傅申博士各種研究,接觸過包括張大千大師畫作在內的許多名畫,自然也注意過這些畫上的各種印章圖案.張大千大師去世以後,傅申博士曾因畫展之事與散布在世界各地的張氏家族聯系.在我們與他們的廣泛接觸中,最重要的是一九八九年的巴西八德國之行.就在第一次旅行中傅申博士獲得了張大千大師畢生收藏的一整箱圖章.在得到這批圖章之前,傅申博士研究張大千大師的工作并沒有任何突破性的進展,爲此他經常嘆息:"六年的青春白花了,毫無價值".而在得到張大千大師的圖章之后,他便石破天驚,大膽而迅速地作出了張大千大師偽冒古人的結論.只有知道內幕的人清楚:這一切并非來自藝術家的靈感或天才的火花,而是出于騙子的無恥和陰謀家的處心積慮.

　　一九八九年三月十六日,傅申博士和我去巴西聖保羅市張大千大師的故址八德園爲張大千大師的畫展開收藏工作.我們從美國華盛頓區起飛,在邁阿密轉機后直飛巴西,第二天中午時分抵達聖保羅市.張大千大師的女婿李先生在機場迎接我們,然后去頂先訂好的旅館Holliday Inn.稍事休息后,李先生夫婦便爲我們接風并破費.在陪的有孫家勤教授.孫教授曾是張大千大師的叩頭第子.他說第二天要帶我們去拜會張大千大師的一位女弟子,名Judy.我們約定第二天先由孫教授陪同去參觀博物館.

　　十八日上午,我們和孫教授按計劃去到博物館,但是博物館關門,于是便去孫教授家,稍座,爾后用午餐.下午,孫教授帶我們去拜訪了Judy.Judy的先生也姓李(爲了避免與張大千大師的女婿李先生混淆,以下稱這位李先生爲"Judy的先生").在做古董生意.我們觀看了他們夫婦的一些收藏,晚間由孫家勤教授夫婦作東,請吃巴西著名的全牛大餐.席間尚有李氏夫婦.

　　十九日上午,孫家勤夫婦和Holliday Inn接我們去看珠寶批發市場.本來李夫人(張大千大師的女兒)要陪我去逛珠寶店,因傅申博士不來,我就罷逛了.我們看了珠寶市場,吃了中飯.那天正好有一個

曹秉祺〈傅申博士騙取張大千大師圖章揭秘〉一文,是另一種形式的「悔過自白書」。

　　除了竊取張大千在南美洲老家的東西,壞小子傅申也涉嫌竊取了北美洲老美的東西,可見壞小子傅申的技術與膽識都屬一流。曹秉祺說:

> 　　詐騙張大千大師的圖章并非一個孤立的事件,它只是傅申博士一系列行竊行騙行為中的一小部分。他曾多次利用職務之便將斯密斯森尼亞博物院的文物偷回家(有照片為證);在去國會圖書館的中國部門的書庫查找資料時,他曾多次將有關的文章從書中撕下來偷回家。

有老婆還偷人老婆，然後在「悔過書」罵跟他通姦的女人是「賤婦」、「淫婦」、「老賤婦」、「老淫婦」、「老賊婆娘」就算了，還把人家老美博物館與圖書館的東西偷帶回家，也不打聲招呼，**Bad Boy** 傅申真是淘氣極了！他當時一定是想起了「八國聯軍」時列強掠奪中國文物的國仇家恨。

被罵「賤婦」、「淫婦」的可憐女人！最可憐的是她老公，被傅申稱為「X 淫婦的烏龜頭　戴綠帽子的」，「戴」原寫成「帶」，後塗掉重寫。

　　為什麼要竊取張大千的印章，因為張大千偽造了一堆假畫，假畫上蓋了一堆歷代收藏家的假印，若是擁有假印實物，拿去比對有問題的古畫，若符合，那當然是出自天才張大千之手，道理就那麼簡單。

　　一九八九年三月，傅申竊取了張大千印章，同年九月他就在香港英文刊物《Orientation》上，發表了 Chang Dai-chien's the Three Worthies of Wu and His Practice of Forging Ancient Art（〈張大千「吳中三賢圖」及其偽作古畫的能力〉）一文，指出數幅張大千偽作的隋唐五代及宋朝古畫，震

驚學術界。

三 期 星

國建會海外代表傅申建議
加強古蹟維護的教育
重視藝術品失竊案件

竹仔故宮博物院研究員、美國普林斯頓大學研究員、耶魯大學副教授的傅申說，近代歐美各國對藝術品的競賦十分熱烈，光在義大利第二次大戰後藝術品被竊案就有四萬四千件案子，所以在義大利、奧地利、英國、法國、瑞士等國已有受訓成專門處理美術品盜竊案件的刑警，美國於十五年前也成立了專門小組。

前國內近一兩年內，國立歷史博物館、鹿港民俗文物館、林家花園都有失竊，但卻破不了案，此外在寺廟中，也時常發生神像被竊的情事，例去年十二月兼中南縣鹿山寺一月臺南縣鹿山寺的觀音像失竊，今年六月鹿港龍山寺的釋迦大帝像失竊，以上失竊案中，龍山寺觀音像的保生大帝竟於今年四月時在香港的古董店出現。

他認為這一類盜竊者與一般盜竊私有財產者情形不同，因為他們損害蒙求公有的和國家的文化財產，應該以嚴刑重罰。但依照目前「文化資產保存法」的罰則規定只有「五千元以下」的罰金，他表示，即使是五萬元，恐怕也難生不了阻嚇的作用。他指出以上的意見，希望有關單位能夠多方

參考。

本報記者林淑蘭

國立斯密森博物佛利爾美術館中國部主任傅申，今天在國建會文化資產小組研討會上，將對「如何加強文化資產之保護與發揚」提出報告，並擔任三項討論主題的主席。

昨天，傅申在國建會主題操出了他的看法，在開初步調查期他比主題操出了他的看法，在古蹟方面，他認為古蹟指定的原則，宣寬不宜嚴，即使有許多不上是古跡的，在廿年後也可能就是古蹟。在檔案資料方面，他希望主管單位商請有關專家儘速設計一套統一的古蹟圖錄卡片，並規定每一式填寫三、四份，分存各級機構，對於重要的古蹟有完整的史料和精細的測驗，以及詳盡的照片，而對破損越多的古蹟，應優先記錄，對重要而失修破損越的古蹟。

的古蹟，應搶先修護，對無法修復的古蹟，應及時加以記錄和調查。

他建議，多拿些古蹟的攝影比賽，藉以提高民眾對古蹟的重視。各古蹟的管理單位，也可藉此保存一些高水準的照片，作為將來編印古蹟圖錄之用。

文建會主任委員陳奇祿曾提過，日本小學生常在老師帶領下到附近的寺廟賣去擦地板，傅申表示這是一種多方面的活教育，教用很大。他建議國內各地區的中小學教師，多辦地方上古蹟的歷史，影響深遠。向學生們多解本地的中小學生，生不了阻嚇的作用。他表示，文化資產保存法的罰則，去清理古蹟的環境，無形中養成學生們愛護古蹟及公共環境的習慣，培養國民愛鄉愛國和民族意識。

一九八二年七月二十一日「中央日報」

我個人響應「中國人不偷中國人，中國人能偷美國人」運動！

一九九一年十一月，美國華府沙可樂美術館（Sackler Gallery）主辦「血戰古人─張大千回顧展」（Challenging the Past：Paintings of Chang Dai-chien），由中國部主任傅申籌畫並撰寫畫展圖錄。

傅申於圖錄第三Ｏ八與三Ｏ九頁，列出二十三幅藏於世界各地，由張大千所僞造的古畫，但卻未提出直接證據與理由。其中五幅爲台北故宮博物院藏品，是張大千逝世後，家屬遵照其遺命，所捐贈給故宮博物院的七十五件大風堂書畫中的五件。所以此事傳回台灣後，在當時引起極大的震撼，讓以爲擁有兩幅稀世隋朝佛畫的故宮灰頭土臉，名譽掃地，因爲故宮竟分不出真僞與年代，一幅畫可以一差差到一千四百年，還列名全院二十件限展書畫之中。傅申則從此一炮而紅，成爲所謂的「張大千專家」。

傅申於同年十二月，在台灣《雄獅美術》第二五Ｏ期，發表〈血戰古人的張大千〉一文。傅申於結尾得意忘形地寫道：「大千血戰古人。我，血戰大千？」竊取死人遺物來血戰死人，不知是哪門子的「血戰」？毫無天理可言，這時的 Bad Boy 傅申真是淘氣到極點！（台灣烏龍學者李郁周常常在他的小說中用到「天外飛來」四個字，可能是科幻片看太多，或是個飛碟迷；傅申則常在他的論文中提到「血戰」兩個字，如張大千「血戰」古人、傅申「血戰」張大千、董其昌「血戰」趙孟頫，可能是警匪槍戰片看太多，或是個武俠小說迷。）

此事轟動一時，一九九二年一月九日晚上，中視還製作一個小時的節目，透過越洋衛星連線，讓在美國的傅申現身說法，由現在還在中視播新聞的姜玲主持。不過傅申還是沒有提出直接的證據，推說是因爲「沒有時間也沒有篇幅詳論」、「這需要專題研究」。

梅丁衍〈仿作? 創作? ─看張大千的「僞畫」談臨摹的藝術價值〉（《雄獅美術》二五四期，一九九二年四月）：

> 由於策劃展覽的負責人傅申先生在其發表的目錄簡介中，過度著力於鑑別張大千繪畫「真僞」的功勞，以致於普遍讓人感覺策劃展覽的意圖，頗有「踏屍邀功」之嫌疑。

成陀羅造釋迦牟尼像　　　　　　　成陀羅造觀世音像

張大千逝世後，家屬遵照其遺命捐贈給故宮博物院的七十五件字畫中，時代最久遠的兩幅。

　　竊取張大千印章的壞小子傅申，在美國爆料說這兩幅號稱隋朝畫作根本是張大千偽造的。曾在故宮服務的傅申把故宮當局搞得灰頭土臉，**最大的受害者則是故宮研究員**，也是台**灣當時有名的敦煌專家蘇瑩輝**，因為他曾寫了好幾篇論文，用各種敦煌資料，從畫面、色彩、絹料等方面考證此畫「百分之百是隋朝作品」、「確實出自敦煌石室的真蹟」，瞬間成為難堪的笑話。當時已退休的書畫處處長吳平也出面，說這五幅遭傅申指控的古畫不可能為張大千所造，「不應該妄下斷語」。

　　這個笑話也發生在十三年後，李郁周提出北宋蘇家有兩本「自敘帖」、一本是「蘇液所藏蘇沂摹本」等謬論，結果現在被我證明蘇沂小了蘇液兩輩，根本不可能有這本「蘇液所藏蘇沂摹本『自敘帖』」。李某又說故宮墨蹟本是文彭摹本，結果一枚「物外奇寶」印拆穿他的謊話，李某瞬間成為台灣學術界最大的笑話。不過和蘇瑩輝不同，李某的下場全是他咎由自取。

第二號受害者　擔任傅申第三次婚姻證婚人的秦孝儀

　　傅申博士話鋒直指台北故宮博物院的收藏，一是為了他出己出人頭地，因為只有轟擊富有名望的博物院才能使他一舉成名；二是為了報復秦孝儀院長。傅申博士是個心胸極其狹隘的人，當年故宮博物院的前院長蔣復璁先生卸職時，傅申博士曾與秦孝儀先生同時作為候選人競爭院長一職。當時傅申博士信心十足，認為自己有美國的美術史博士學位，其他候選人都沒有，院長一職非他莫屬。想不到蔣夫人直接命名秦孝儀先生任院長，傅申博士對此極為不滿，他說：「秦孝儀什麼都不懂，憑什麼當院長？他只是個在蔣家管帳的，是蔣家的一條狗，狗仗人勢，我君子報仇十年不晚。」如今不到十年，傅申博士似乎已經抓到了把柄，以故宮博物院的畫為題大肆攻擊，以證明秦孝儀院長的外行與無能。(曹秉祺〈傅申博士騙取張大千大師圖章揭秘〉)

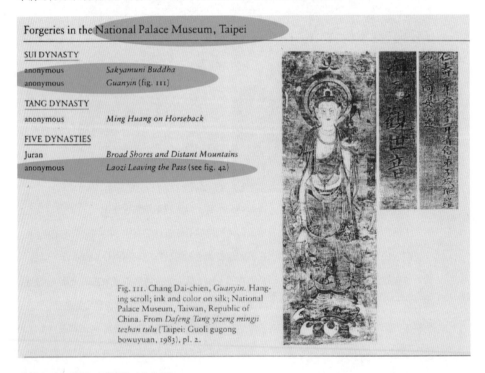

Forgeries in the National Palace Museum, Taipei

SUI DYNASTY

anonymous　　　Sakyamuni Buddha
anonymous　　　Guanyin (fig. 111)

TANG DYNASTY

anonymous　　　Ming Huang on Horseback

FIVE DYNASTIES

Juran　　　　　Broad Shores and Distant Mountains
anonymous　　　Laozi Leaving the Pass (see fig. 42)

Fig. 111. Chang Dai-chien, Guanyin. Hanging scroll; ink and color on silk; National Palace Museum, Taiwan, Republic of China. From Dafeng Tang yizeng mingji tezhan tulu (Taipei: Guoli gugong bowuyuan, 1983), pl. 2.

「張大千回顧展」圖錄第三〇九頁

傅申列出五幅台北故宮所收藏的張大千偽造古畫，卻未提出直接證據。其中第五幅為五代無款「太上渡關圖」，傅申在書中僅說畫裡的「老子臉孔近似張大千」。這才是此次展覽最大的笑話！傅申提出了一種令人耳目一新的中國藝術史研究方法。

民生報

14 文化新聞

文化減免稅　由稅法訂定
文化資產保存法修正草案
增列大型工程維護古蹟的規定

記者 黃士榮／報導

●行政院會昨天修正通過文建會所提的「文化資產保存法」修正草案，其中增列條文規定，國內大型工程規劃時，應先調查工程範圍內有無古蹟、自然文景觀等資產，工程施工中發現上述資產時，應即暫時停工；同時院會附帶決議，由財政部及文建會共同研商的文化資產徵認所應予的稅則減免，於現行的相關稅法中加以修訂。

行政院會昨天在審查「文化資產保存法」修正草案時，財政部及文建會曾針對修正草案第55條：「為獎勵依本法辦理文化資產之保存、保管、維護及宣揚，應依有關稅法規定，減免營業稅、地價稅、房屋稅或贈與稅」進行討論。

財政部主張，文化資產保存應予獎勵母讀實疑，但可在相關稅法中規定即可，不須在本法增列此須條文；建議廢除此條條文。

行政院會最後決議，採納財政部意見刪除這項條文；但也對帶決議，要求財政部會同文建會，在相關稅法中，對文化資產的保存、保育、維護及宣揚，檢討有關減免規定，來落實政府獎勵保存文化資產的意旨。

其他相關重點包括：增列文建會設文化資產機構，授受內政部、教育部、委會等處開委託，從事文化資產之保存、研究、維護及宣揚等工作。

越洋談畫

●「大千世界」是首次以衛星越洋對談文化話題的節目

記者 楊海光／攝影

中美媒

傅申研究有發現　中美媒體議論多　透過衛星說分明
越洋談畫　話題大　事關古今

〈新聞幕後〉
張大千血戰古人
越洋話題來龍去脈

記者 黃寶萍／報導

●美國華盛頓特區沙可樂美術館目前舉行大規模張大千畫展，展覽專畫人傅申昨天越洋「現身說法」，說明張大千的真假觀畫。

這項標題為「張大千血戰古人」的展覽，主要內容為張大千華古、仿古、為古的成果，自11月24日開幕以後，引發各種討論和反應，展覽所在地的美國報紙指稱張大千是「假畫大師」（Master of Forgery）而由於傅申在目錄中列舉台北故宮收藏的大風堂與國畫作，部分為張大千仿畫，更引起各方議論。美國新聞報導因此才安排了昨天的衛星對談，透過電星，傅申在美國細談所見，而台北的學者、媒體也可直接觀對談。

傅申籌辦這項展覽花費甚多心力，此際張大千血戰古人偽作的了命而更的所空，此種探

記者 嶺素鈴／報導

●美國華盛頓沙可樂美術部中國藝術部主任傅申昨天透過衛星是聯線與台北的學者、媒體記「面對面」座談，仍一再強調張大千華古、仿古是他對古人特別著力研究的副產品，全面研究張大千，不能忽略這個環節。

疑為仿古作　還待再闡明

傅申答覆本報記者黃寶萍提出的疑問時表示，儘管華盛頓地區有報紙以「假畫大師」稱呼張大千，但只是標題為了吸引人，整篇評論仍對張大千有正面評價，至於其他還有不少偽稱也認為張大千技法欠實，的確是近代史方面最有成就的大家，他並不擔心有誤稱大眾認為張大千只是偽華古畫罷，提及張大千展覽原意之濃。

傅申昨天共未對他的畫展

一九九二年一月十日「民生報」

五代無款「太上渡關圖」

傅申在書中僅說畫裡的「老子臉孔近似張大千」，所以是張大千偽造。還好傅申沒說是那頭牛的「臉孔近似張大千」。

411

遺囑

立遺囑人張爰(字大千)緣余年屆八十,深念涯水天麻,得畢生浸潤於書畫,雖有成就,誠恃自己。惟余不善治生產,負債甚鉅。

立遺囑以示後人。余之全部遺產為(一)余自作之書畫,(二)余收藏之古人書畫文物,(三)台北士林臨溪路二段三四二巷二號之房屋及基地,茲分為(甲)特留分、(乙)遺贈部分如下:

(甲)特留分:

余自作之書畫全部分為十六份,其中之十五份由余之繼承人妻徐雯波,子心智,心一,心玉,心珏,心澄,心夷,心健,心印,暨女心瑞,心慶,心聲,心嫻,心沛,心聲十五人各分之。余所作書畫,價值難估,在繼承開始時由遺囑執行人與各繼承人協商分配之。倘協商不獲結果,則由遺囑執行人決定分配之。誠望各繼承人珍視其所遺澤,勿予斥於其價值,則甚慰余心。

大千 (第二頁)

(乙)遺贈部分:

(1)上開余自作書畫之十六份之一遺贈余姬人楊宛君。

(2)余所遺之古人書畫文物遺贈於我政府之國立故宮博物院。(3)余所遺之台北士林臨溪路二段三四二巷二號之房屋及基地遺贈於我政府主管文化藝術機構,均請遺囑執行人如理。

大千 (第三頁)

余身後所需費用由遺產中扣除之。

余請摯友王新衡先生暨李祖萊先生為遺囑執行人,各需之費用或報酬由遺產中扣除之。

四、有關之遺產中扣除之。

五、余最後之遺囑,交由蔡六乘律師保管,其於不便保管時,得交由遺囑執行人保管之。

深望各繼承人善體余意,誠怡遵行,有厚望焉。此囑。

中華民國七十年四月十二日立於台北市

立遺囑人:張大千爰

代筆人兼見證人:唐英傑

(第三頁)

見證人:張群

見證人:王新衡

見證人:李祖萊

見證人:蔡六乘

大千 (第四頁)

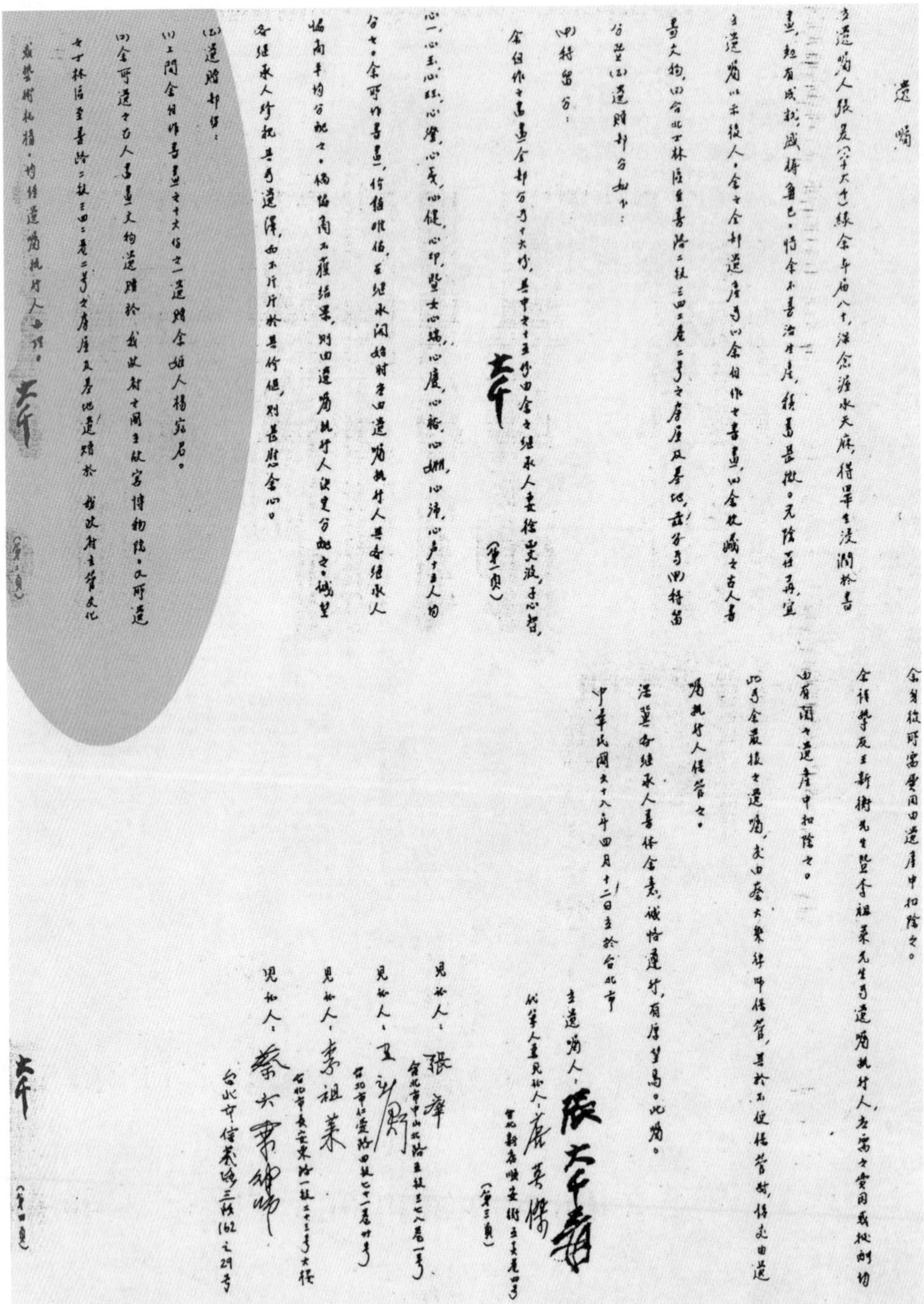

張大千的遺囑

「(乙)遺贈部分」答應將其所藏「古人書畫文物」遺贈給台北故宮博物院。

＊　　　＊　　　＊　　　＊　　　＊

竊取張大千印章一事，到底是不是曹秉祺所杜撰，以用來攻擊傅申？本人經過研究與考證，發現此事不止曹秉祺揭發過，尚有其他人的旁證，所以可以還傅申一個清白，他真的有從張大千在巴西住了十餘年的老家八德園幹走一批印章。

根據文化大學畢業，後來移居巴西的許啓泰所撰《張大千的八德園世界》（二〇〇三年台灣商務印書館出版），第八章「張大千八德園興廢史的最後一幕」云：

　　一九八九年四月筆者因事前往聖保羅市，順途探訪一位多年為見的老友，蒙其見告：「去看看八德園吧！已經成了一片傷心地。」

　　這位老友多年前即知悉，筆者有意撰寫一系列張大千的八德園時期的專文，並曾代為多方留意相關資料，不過那天印象深刻的是他頗為遺憾的一攤手：「現在什麼都沒有了，美國方面來了三批人……」。後來筆者由側面得悉，包括華盛頓國立佛利爾美術館的中國部主任傅申，都專程由美國來八德園，蒐尋有關張大千的珍貴史料。

許啓泰很衰，他晚了傅申一個月到八德園，這時八德園已經變成「一片傷心地」、「什麼都沒有了」，因為有個人帶著老婆從美國華盛頓到巴西聖保羅市，偷偷帶走一批張大千的遺物。

這章事實上是改寫自許啓泰更早的著作《甜河隨筆》中的一部分，原來的敘述比較直接：

　　不過他隨後又一攤手：「現在什麼都沒有了，美國方面來了三批人，最後由旅美的藝評家傅申，抱了一大堆有關張大千的資料走了。

所以新書中的「……」，就是舊書中的「最後由旅美的藝評家傅申，抱

了一大堆有關張大千的資料走了」。

許啓泰又說：

> 我翻了一下地上的信函，全都是各方人士向大千居士求畫
> 的，據說：此外尚有部分有關大千買賣古畫的經過、價格、經手
> 人……等往來重要函件，則已由先前來人所得，帶回美國。

結果一比對舊書，卻發現原文是：

> 我翻閱了地上的信函，全是各方人士向大千居士求畫的，據
> 說：此外尚有部分關於大千居士買賣古畫的經過、價格，經手
> 人……等往來函件，則已由傅申收為資料，帶回美國。

新書中的「先前來人」，就是舊書中的「傅申」！除了張大千的一箱印
章外，就連他「買賣古畫的經過、價格、經手人」等重要資料都被傅申
給拿走了，難怪傅申可以「血戰」張大千！可以洩張大千的老底！

《甜河隨筆》這本書在台灣找不到，我是轉引自一九九三年出版的
《我的朋友張大千》，作者為王之一，一九二〇年出生，「巴西華僑日報」
創辦人，是張大千在巴西時期的記者好友。

又根據曹秉祺的敘述，他們
夫婦到了巴西後，接待人之一有
孫家勤夫婦。孫家勤是張大千的
叩頭弟子，他的爸爸赫赫有名，
每個人在歷史課本中都讀過的北
洋軍閥孫傳芳。

孫家勤教授近年已移居台
灣，並在文化大學美術系與師大
美術系任教，也在台灣舉行過畫
展。他是傅申夫婦竊取張大千印
章的證人，並曾「看過一眼」這
批珍貴印章。

張大千與四個入室弟子攝於八德園（最左為孫家勤）

晚傅申一個月到達八德園的許啓泰，所拍攝的「現在什麼都沒有了」的殘破張大千畫室。

孫家勤繪「八德園全景」

張大千模仿懷素所做的「筆冢」

416

悲劇

一九九一年十一月，美國華府沙可樂美術館主辦「血戰古人—張大千回顧展」，由竊取張大千印章與買賣古畫資料的傅申籌畫並撰寫畫展圖錄，畫展期間，張大千兒子張葆蘿與傅申的合照。張葆蘿萬萬沒想到跟他握手並以揭發他老子偽造假畫而一炮而紅的傅申，是跑到巴西他們父子的老家竊取重要資料的人。這種行徑在我看起來跟弒父仇人沒什麼兩樣，我要幫張大千討回一點公道、為人世間討回一點公理。

＊　　＊　　＊　　＊　　＊

得到張大千的印章和買賣古畫的資料，到底有哪些好處？讓我們聽聽傅申本人是怎麼跟曹秉祺說的。〈傅申博士騙取張大千大師圖章揭秘〉：

> 得到了張大千大師的這批圖章之後，傅申博士躊躇滿志，對我說：「我六年的心血總算沒有白費。」接下來他跟我講了他的具體計畫。
>
> 第一，通過這批圖章與目前市場上許多久成疑案的畫作上的印章的比較，很容易確定哪些是張大千大師的冒古偽作。
>
> 第二，通過舉辦張大千大師的畫展，先使自己成為真假張大師作品的權威鑑定人，進而控制張大師作品的市場；而對張大師假冒古人作畫的揭露將會進一步奠定他的權威地位。
>
> 第三，掌握了這批圖章，他也可以如法炮製，像張大師那樣冒充古人作假畫，魚目混珠，高價出售；一旦被證偽，也可以說這些都是張大師所為，栽贓給他。
>
> 第四，這批圖章是張大師畢生的收藏，本身就有很高的價值，到一定的時候，還可以將圖章賣出，每枚至少可得數百至數千美元，一整箱圖章的收入將是十分可觀的。
>
> 最後，對張大千大師冒古偽作的揭露，也報了以前遭其冷遇的一箭之仇。傅博士還說他的畫展題為「張大千血戰古人」，而他則血戰張大千。

好處都被壞小子傅申佔盡，擁有張大千畫作的人請自求多福。

曹秉祺又說：

> 這裡有幾點需要說明。第一，傅申博士在得到張大千大師圖章之前從未想到更不敢說張大師假冒古人作畫。只是在得到圖章以後才敢大膽地下此結論，因為將圖章與一些作品上的印一比較就能知道張大師作偽作。也就是說，傅申博士是先有了張大千大師作偽作的結論，然後才去作所謂的「專題研究」，從畫法及圖案

上找些根據，拼拼湊湊，寫一些文章，一則可以將他從圖章上直接得到結論的事實隱瞞起來，二則可以達到名利雙收的目的。

　　第二，傅申博士話鋒直指台北故宮博物院的收藏，一是為了他出己出人頭地，因為只有轟擊富有名望的博物院才能使他一舉成名；二是為了報復秦孝儀院長。傅申博士是個心胸極其狹隘的人，當年故宮博物院的前院長蔣復璁先生卸職時，傅申博士曾與秦孝儀先生同時作為候選人競爭院長一職。當時傅申博士信心十足，認為自己有美國的美術史博士學位，其他候選人都沒有，院長一職非他莫屬。想不到蔣夫人直接命名秦孝儀先生任院長，傅申博士對此極為不滿，他說：「秦孝儀什麼都不懂，憑什麼當院長？他只是個在蔣家管帳的，是蔣家的一條狗，狗仗人勢，我君子報仇十年不晚。」如今不到十年，傅申博士似乎已經抓到了把柄，以故宮博物院的畫為題大肆攻擊，以證明秦孝儀院長的外行與無能。

看傅申「悔過書」的口出惡言還不如看這種「悔過書」的波濤洶湧

＊　　　＊　　　＊　　　＊　　　＊

　　除了罵秦孝儀「是蔣家的一條狗」外，傅申還罵張家的人都是「膽小怕事之輩」，以及他的老師，也是在美國研究中國繪畫史的龍頭方聞「懂個屁」。〈傅申博士騙取張大千大師圖章揭秘〉：

> 　　我於是規勸傅申博士，「這樣做對不起張家，張家人出來怎麼辦？而且張大千老伯與畢加索齊名，揭露他有損於我們中華民族的形象。」他說，「管他呢！他既然是國際公認的大師，與畢加索相提並論，我也是藝術家，也能畫，我能把他擠垮，就證明我超越了他，我就是這一行中的最高權威。至於張家那邊，都是膽小怕事之輩，厲害的只有張保羅一人，保羅也快百年了，等他一死，我還怕什麼呢？再說，第二天就洩洪了，八德園已是一片汪洋，他們以為東西全被洪水沖走了，不會懷疑到我。」我說，「成為最高權威不可能，你在普林斯頓大學的方聞教授才是你們這行的權威人士，他德高望重，人品很正，我非常敬佩他。」他說，「他懂個屁，比起我來差遠了，在鑒定方面很多事情他都要請教我，我說了才算數，你佩服他，你去嫁給他好了。」至此，我才開始後悔當初不該幫助他騙取這批圖章，但已經悔之晚矣。

PREFACE

Without Professor Wen Fong, this dissertation would not exist. It was he who encouraged me to study for a Ph.D. in art history, and through various foundations--mainly the JDR 3rd Fund--helped me to finish the formal program requirements at Princeton University under him. The subject of this dissertation, the Scroll for Chang Ta-t'ung

壞小子傅申在他的普林斯頓博士論文「前言」，一開始就感謝「懂個屁」的方聞，如果沒有「比起我來差遠了」的方聞，這本論文將不會存在。

＊　　　＊　　　＊　　　＊　　　＊

曹秉祺〈傅申博士騙取張大千大師圖章揭秘〉：

　　晚間傅申博士打電話給楊宗元教授，請他第二天上午送我們去機場。楊教授很高興地答應了。當晚，傅申博士因為圖章的意外收獲而樂得睡不著覺，我則覺得有愧於張氏家族，很是內疚。

　　二十三日上午，楊宗元教授夫婦將我們送到機場，在機場上楊宗元教授還拿出自己的九幅虛谷的畫給傅申博士看，請教他是否真品。傅申博士一邊看，一邊聊天，問楊教授這些畫是怎麼來的，哪兒來的，是否買的，價錢多少，要不要賣，要賣多少，等等。這是傅申博士的一種慣用手法，以此可以探測對方是否懂畫，懂多少。

　　看完畫，傅博士對楊教授說，「這些畫猛一看很像是真的，但也有可能是假的，以假亂真。」楊宗元教授聽了，臉上出現了失望的表情，就想將畫收回去。傅申博士連忙說，「有一兩幅可能是真的，我可以拿回去研究研究。」並問楊教授願不願意賣。楊教授表示願意，傅申博士就把畫收了起來，我在邊上插嘴說，「楊教授不如拿到紐約的蘇富比拍賣行去拍賣，可以賣到高價。」傅申博士一聽，趕忙用腳踢了我一下以作暗示。楊教授聽了我的話有些動心，便問，「從巴西去紐約的路太遠，傅兄能否幫此一忙？」傅申博士說，「我哪來這麼多時間？我還要上班呢。這樣吧，我幫你把畫帶回去，研究研究，找找買主。」楊教授說，「好。」

　　一上飛機後，傅申博士就把我狠狠地罵了一通，說，「以後類似這種事你別多嘴，免得壞了我的事。」我問他，「這些畫到底是真還是假的？」他說，「當然是真的，我一眼就看出來了。」後來由楊宗元教授之畫引出的一系列糾紛，在此就不詳述了。類似的情況不勝枚舉，傅申博士作這類事是老手，他還以找不到買主為理由壓低畫的價格，而以後真正的買主往往就是他自己，只是用別人的名字而已，比如我母親的名字就被他用過多次。

曾經委託傅申鑑定過書畫的人請自求多福。

*　　　*　　　*　　　*　　　*

偷人老婆、偷張大千印章、偷斯密斯森尼亞博物館的文物，與偷撕
國會圖書館的書籍，曹秉祺對傅申的指控還沒完，尚有一樁更駭人，並
涉及兩百萬美金的的謀財事件。曹秉祺說云：

> 我現在已經明白，他當初與我結婚，并不是出于愛情，而是
> 為了得到我的財產，尤其是我的父母給我的二百多幅古畫，據以
> 前傅申博士自己估計，這些畫的價值在二百萬美元以上。一九九
> ○年五月，傅申博士安排我去 Florida 參加一個培訓班，在我不
> 在家的期間他將這些字畫及我們婚後用我母親的錢和名字購買的
> 許多字畫連帶所有的存根證據、每年的收入開支和報稅資料、以
> 及我的一些貴重手飾，全部拿走，然後到法院起訴離婚，倒打一
> 耙，說我偷了他的字畫，要我賠償。

曹秉祺說壞小子傅申侵佔她雙親所留給她的兩百多幅古畫，當初據壞小
子傅申估計，至少價值兩百萬美金以上。除了字畫，還有她的首飾與其
他重要文件證明，都被壞小子傅申「全部拿走」，並且先到法院訴請離
婚。整件事可說駭人聽聞。（事實上還有更還駭人的，我在此先保留。）

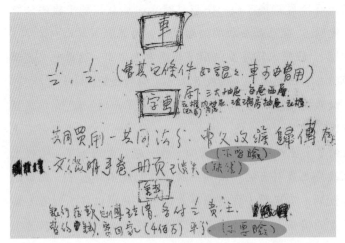

曹秉祺父親留給她的收藏品，分財產時傅申竟全要據爲己有；曹秉祺家的四百萬財產，傅申
則要求平分；「文徵明手卷、冊頁」，竟然宣稱「已遺失」！難怪曹秉祺罵他「不要臉」、「缺
德」，還要打官司，因爲好處都被壞小子傅申佔盡。

電影「造雨人」（The Rainmaker）中，菜鳥律師麥特呆蒙與家暴受害者的對話

在台灣你遇到被男人欺負的女人，可以問她：「你有像李敖或王裕民這種有 LP 的朋友嗎？」

*　　　*　　　*　　　*　　　*

一九九四年五月，壞小子傅申向他所服務的佛利爾&沙克樂美術館「提出辭職」，之後回到台灣，於台灣大學藝術史研究所任教。按壞小子傅申於一九七九年進入該美術館工作，並於一九九一年底爲美術館舉辦轟動一時的「張大千回顧展」，並靠著竊取來的張大千印章與買賣古畫的資料，成爲著名的「張大千專家」。但「當紅炸子雞」傅申卻於一九九四「黯然辭職」，離開任職十五年的美術館，回到待遇差很多的台灣，此中有何「玄機」？爲什麼傅申的老友陳瑞庚會說他回台以後「心情落寞」？「看他門也不出，電話也不接的」？（一九九六年六月十九日「中國時報」）按照搞民粹主義搞到發瘋的民進黨僞政府的標準，傅申絕對不是因爲「愛台灣」、「爲台灣打拼」而回台灣的。

一九九八年三月六日，我在電話中故意和壞小子傅申提及我手上有曹秉祺的文章，結果壞小子傅申很錯愕，立即勃然大怒地對我吼說：

那對姦夫淫婦害我在美國丟了工作，混不下去！

壞小子傅申真的可算是台灣「口出惡言界」的翹楚！（當時我聽到這話差點從椅子上跌下來，我後來跟李敖老師轉述，李老師的第一個反應是問我錄音沒？）傅申對台大我的某教授亦如此宣稱，說是他老婆偷人，然後在美國鬧得他雞犬不寧。教授後來請我在台大側門對面的巷子裡吃日本料理，因爲他被傅申請託來勸我不要管這件私事。我則跟他說：「你被傅申騙了，我手上還有傅申寫的悔過書影本呢！」（根據這本「悔過書」，台灣的婦女團體應該向台大校方提出嚴重抗議，用那麼多下流的詞彙來形容與他通姦的有夫之婦，這種言行的這種人竟然可以在台大教書！）

一九九八年九月，爲紀念張大千百歲，中國時報系舉辦「張大千的世界」展覽，這些人還不知道傅申在美國已經灰頭土臉，仍委由在美國「混不下去」而回到台灣的傅申，主持展品選件與目錄撰寫。不知若是「大千地下有知」，知道傅申竊取他的遺物，揭發他造假畫，成爲所謂的「張大千專家」，會作何感想？（傅申後來在一九九二年二月二十一日的「中央日報」發表〈「隋代」佛畫，非大千而誰？〉，文章最後一句，

傅申說：「大千地下有知，當必掀髯頷首乎？！」等你傅申也到地下，就知道張大千是怎麼想的。）

「傅申專家」王裕民

（本文的題目來自於傅申此次研討會的論文題目「懷素自敍墨跡卷的臨床診斷」）

保管巴西八德園並事前叮嚀不准拿張大千遺物的「李先生」即李先覺（李子章之子）。

附：李敖〈王八過敏症〉（一九八四）：

在國民黨查禁「四男五女」的第二年裏，忽然發生了火爆新聞。原來七月十九日李翰祥在桃園夏威夷飯店拍片時，劉家昌趕去，把李翰祥揍傷了，揍了人後，劉家昌下午就招待記者，抱著四歲小兒子，當場大哭，說李翰祥給他當了王八，他忍不了這口氣，所以要揍李翰祥，並且把江青休了，要離婚了事。在劉家昌放聲大哭之際，他的兒子在旁邊參觀，手中拿著冰淇淋，正吃得痛快。……

這件事發生後，我和影劇圈內深知李翰祥的導演們、朋友們，都堅信李翰祥給劉家昌戴綠帽之說，是絕不可能的，這件事，全是劉家昌疑神疑鬼的鬧劇。因此我告訴劉家昌以李翰祥不可能偷你老婆的種種證據，我說了半天，劉家昌若有所悟，但是最後大聲說：「但是，敖之，我不是王八，這怎麼成？我已經招待記者，當眾宣佈我是王八了！」我聽了，大笑，我說：「難道非做王八不可嗎？難道非做王八不樂嗎？難道要做錯了王八還要為了面子錯到底嗎？難道非說你老婆偷人，你才變得理直氣壯嗎？家昌啊！何必自尋煩惱啊！」

王蒙筆力能扛鼎
六百年來有大千
—大千與王蒙—

傅　申

一、前言

當己未年（一九一九年）大千先生剛從日本遊學歸國不久，時才二十一歲，拜在曾農髯（熙）和李梅盦（瑞清）兩位書法名家門下習書作畫。是年秋，他隨侍二師前往當時上海的書畫大收藏家狄平子的平等閣觀畫，看了一百數十幅宋元明清的作品。這些作品，直至二十餘年之後，大千居士的記憶猶新，他說：「皆一時妙絕之尤物，王叔明青卞隱居尤為驚心動目！」（一九四五年題自倣南唐顧閎中鬬鷄圖，見張大千遺作選）可見這一幅被董其昌評定為「天下第一王叔明」的畫，對青年時期的張大千先生的確產生過難以忘懷的震撼力。這一震撼，雖然沒有對大千先生的學習途徑即時得到強烈的反響，但隱伏持續，待到三〇至四〇年代，才發展至學習和臨倣王蒙作品的高潮。

對於一個生活在二十世紀的中國畫家而言，可以取資和學習的近人和古人，往往數倍、甚至於數十倍于古人。從正面來說，其滋養極其豐富；而從負面來說，則其包袱異常沉重！包袱愈重，就愈不能脫出古人的牢籠。當然，有許多畫人，置古人優秀的傳統於不顧，自我作古，根基淺薄，所造不深。也有許多畫人，孜孜一生，學習前人，因未得法，往往不得其門而入！入且不能，談何能出？因此，豐富的傳統，對近代畫家而言，往往也造成了很大的壓力和矛盾。

大千先生是畫家中的史學家，其所師承的古人，雖然不能說罄竹難書，但絕對超過畫史上的任何畫家。筆者正全面搜集資料，並將分別撰文。較早，筆者曾做過大千與清初四僧：石濤、八大、石溪、弘仁的研究，已發表的只有「大千與石濤」（雄獅第147期）。石濤可以說是大千先生致力最深的明清時代畫家，而在元代畫家中，大千居士喜好，推崇並學習的畫家雖不少，但除了趙子昂之外，能夠列入他所酷

大千先生是畫家中的史學家，其所師承的古人，雖然不能說罄竹難書，但絕對超過畫史上的任何畫家。筆者正全面搜集資料，並將分別撰文。

壞小子傅申的中文程度非常非常常有問題！「罄竹難書」這四個字事實上可以用在他自己身上。

426

傅申「敬書孫中山嘉言」墨寶　　　　傅申「富里珍珠米」墨寶

傅申夫婦曾擔任花蓮富里「珍珠米大使」，傅申在發表會上說：「用富里珍珠米煮出的飯，一次可以吃三碗。」在此建議食慾不錯又喜歡「血戰」的傅申，下次可以幫坪林包種茶代言，順便也可以寫寫曾演出兩顆子彈槍擊案的國際知名演員，鮪魚肚扁的嘉言：「坪林包種茶，扁扁一片片，浸在水中間，越陳茶越香。」或是「荔枝如中央，果肉如統籌款。」（那荔枝皮是什麼？）

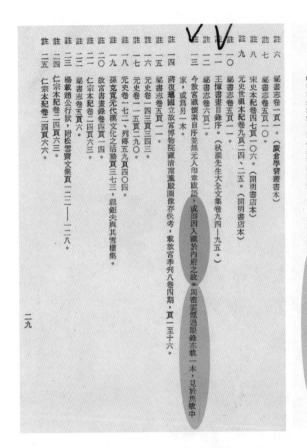

圖版柒陸：唐懷素自敘帖（部份） 國立故宮博物院藏

此卷自金章宗、賈似道後直至明中葉，收藏不明，王惲在元秘書監所見自敘當即此也。

註一三 今故宮藏懷素目序並無元人印章跋語，或即因入藏於內府之故。周密雲煙過眼錄亦載一本，見於焦敏中家，或為另一本。

註一二 王惲書畫目錄序。《秋潤先生大全文集卷九四一九五。）

註一一 祕書志卷六頁二。

註一〇 祕書志卷五頁一一。

註九 祕書志卷一頁一。（廣倉學窘叢書本）

註八 祕書志卷五頁一〇。

註七 宋史本紀卷四七頁一〇六。（開明書店本）

註六 元史世祖本紀卷九頁一二四、一二五。（開明書店本）

註一四 將復遼國故宮博物院藏清南薰殿圖像存佚考，載故宮季刊八卷四期，頁一五七六。

註一五 祕書志卷五頁一一。

註一六 元史卷一四三頁三三三。

註一七 元史卷一四五頁二九〇。

註一八 元史卷一七二、列傳五九頁四〇四。

註一九 孫克寬元代漢文化之活動頁三七三；碧鋸夫與其雪樓集。

註二〇 故宮書畫錄卷四頁一四。

註二一 仁宗本紀卷一四頁六三。

註二二 仁宗本紀卷五頁六三。

註二三 楊載趙公行狀，附松雪齋文集頁一二一—一二八。

註二四 仁宗本紀卷一四頁六三。

註二五 仁宗本紀卷一四頁六六。

二九

王惲（1227～1302）曾進入元朝內府觀看藏品，記錄在其《秋潤大全集》中，他說秘府所收藏的自敘帖「無蘇、杜二公題跋」。今日故宮墨蹟本「自敘帖」並無元朝內府收藏印，但有杜衍題詩，所以根本不可能是王惲當時所看到的那本。

傅申在其四十四歲出版的《元代皇室書畫收藏史略》，頁二十九說故宮本「或即因入藏於內府之故」，頁二〇九說「王惲在元秘書監所見自敘當即此也」，都是睜眼說瞎話，信口開河。（見王裕民〈懷素自敘帖新研〉《故宮文物月刊》二三一期。收入《假國寶－懷素自敘帖研究》。）

元代皇室書畫收藏史略 傅申 著

傅申在註釋十三又說：「周密雲煙過眼錄亦載一本，見於焦敏中家，或為另一本。」結果我找了老半天，才發現傅申講的是孫過庭的「書譜」，莫名其妙的一條註釋。（《雲煙過眼錄》卷一：「焦達卿敏中所藏……唐孫過庭書譜，真跡，上下全，徽宗滲金御題，有政和、宣和印。」）

懷素的＜自敘帖＞在北宋時即有石陽休、馮當世、蘇子美家藏等三本，[21]隨著時間推移，摹寫、臨仿的本子當更多。到了元初，在大都就流傳著許多件所謂懷素的＜自敘帖＞。首先，在王惲記錄覽觀北運南宋內府文物的《書畫目錄》中，即記載了一件，此件後來隨著其他南宋文物藏在秘書監。王惲另外在《秋澗大全集》卷七十一的＜跋手臨懷素自敘帖＞中，則提到了至少四件懷素的＜自敘帖＞，其中的「秘府所收」本極可能為藏在秘書監者；除此之外，還有劉郁(活動於 13 世紀中晚期)從祖故藏本、「金城韓侯」所收本，而王惲好友劉秉忠(1216-1274)的家中亦藏有一本。[22]其中各件的題跋、裝裱狀況各不相同，有的前有蘇子美所補寫的部分，有的沒有；有的後有北宋諸人的題跋，有的沒有。版本狀況顯得複雜而渾沌不

---

20 卞永譽，前引書，總頁 162。
21 見台北故宮本＜自敘帖＞後的曾紆跋。國立故宮博物院編，《故宮書畫錄》增訂本(台北，國立故宮博物院，1965)，卷一，頁 30-31。
22 王惲，《秋澗大全集》(元人文集珍本叢刊本，台北，新文豐出版公司，1985)，卷七十一，頁 2 下-3 上。傅申在關於元代內府所藏書畫的研究中，認為台北故宮的墨蹟＜自敘帖＞即為王惲當時所見到的，而且此卷自南宋末到明中葉收藏不明，極可能是因為經過元、明內府遞藏的緣故。然而，據王惲的描述，「秘府所收」本並無蘇才翁與杜衍的題跋，和現存台北故宮本不符，其間的版本問題錯綜複雜，值得進一步的考證。傅申，前引書，頁 91。

79

盧慧紋《元代書家康里巎巎研究》(台大藝研所碩士論文，一九九六) 也發現了傅申的這個烏龍，但因為傅申是她的指導教授，所以她講得很保留。(這本論文從頭到尾發生上千個錯誤，因為她把元朝書法家康里巎巎，都寫成康里巙巙！當事人的簽名都是寫成康里巎巎，很多書提到他都寫錯，包括《元史》。

《元史》的點校者後來在書中加了一條註釋說：

《類編》云：「《正字通》云：『巎音撓，俗作巙者誤。』」

見楚默〈康里巎巎書法評傳〉《中國書法全集》第四十六冊。

第三章　蔡襄的書蹟——行楷書與草書

著名的書蹟〈自敘帖〉【圖四十】在北宋時期即有石揚休（995-1057）、馮京（1021-1094）、蘇舜欽（1008-1048）等三個版本流傳。[25]其中馮京和蘇舜元的弟弟蘇舜欽都是蔡襄非常要好的朋友，而根據米芾的記載，蘇舜欽精於懷素書風，甚至還曾補書懷素〈自敘帖〉【圖四十一】的前面六行，[26]從〈自序帖〉以及其所寫的〈南浦詩帖〉【圖四十二】的確可以看到蘇舜欽特別掌握住懷素綿長而圓轉的書法風格。

蔡襄與蘇家兄弟素來交好，蘇舜欽的書法風格以及曾經為他所藏的〈自敘帖〉對蔡襄而言想必不陌生。由〈京居帖〉和〈自敘帖〉的

傅申所指導的另一本碩士論文：陳瑞玲《蔡襄書法研究》（一九九七），她哥哥叫陳德馨，被我告過。

陳瑞玲在書中提到蘇舜欽的「南浦詩帖」（現藏於東京國立博物館），並說此帖可以看出「蘇舜欽特別掌握住懷素綿長而圓轉的書法風格。」活見鬼了！「南浦隨花去，回舟路已迷，暗香無覓處，日落盡橋西。」這首「南浦」詩是王安石（1021～1086）晚

年寫的，而蘇舜欽卒於 1048 年，他死的時候，王安石還沒寫這首詩，所以其偽可知。（見王裕民〈懷素自敘帖新研〉《故宮文物月刊》二三一期。收入《假國寶—懷素自敘帖研究》。）這件東西可能是明朝中後期所造的假東西，與蘇舜欽完全無關，「的確可以看到蘇舜欽特別掌握住懷素綿長而圓轉的書法風格」猴犀利！

陳瑞玲又說「蔡襄與蘇家兄弟素來交好」，所以蘇家所藏的「自敘帖」對蔡襄而言「想必不陌生」，所以陳瑞玲在書中用蔡襄的草書與「自敘帖」來比對，以證明蘇家的「自敘帖」對蔡襄有所影響。我每次看到這種「想當然耳」的論述方式就一肚子火，尤其是李郁周的文章都是充斥這種東西，通常老外學者和跟留美派的假老外學者最會搞這一套，因為他們無法「玩」史料，所以每每在史料不足的模糊空間任意想像；李郁周沒留美也沒受老外污染，他是台灣本土產生的稀有種。每次只要經過進一步蒐集資料，往往能證明這種想當然耳、一廂情願的不負責任的言論是錯誤的。

「自敘帖」在北宋有三本，另兩本在石揚休與馮京兩家，我也可以拿出證據來，證明蔡襄與兩人的友好關係，見本書〈石揚休本「自敘帖」與石氏家族〉和〈馮京本「自敘帖」研究〉二文。

圖版陸肆：宋楊士賢赤壁圖卷　美國波士頓美術館藏
此畫後上段方有「宣文之寶」印，此印既無，起疑，印不亦佳。

(三)、其他

1. 楊士賢赤壁圖卷【圖版陸肆】，美國波士頓美術館藏。（文人畫粹篇董源巨然冊52圖）此畫上有「宣文之寶」一印，此印既無著錄，印亦不佳，如果也算作是宣文閣時代的印，則也應當是偽印。

2. 郭忠恕比干圖

3. 宋徽宗畫

以上二則，見於元史里巎巎傳中：「（順帝）假日欲觀古名畫，巎巎即取郭忠恕比干圖以進，因言商王受不聽忠臣之諫遂亡其國。帝一日覽宋徽宗畫稱善，巎巎進言：徽宗多能，惟一事不能，帝問何謂一事？對曰：獨不能為君爾！」由此，見當時內府所藏，不見於著錄，不傳於後世者尚多。

傅申在其四十四歲出版的《元代皇室書畫收藏史略》，頁７４、１９２與１９３說美國波士頓美術館收藏的（傳）宋朝楊士賢「赤壁圖卷」上的「宣文之寶」大方印，「既無著錄」、「印亦不佳」，應該是元朝內府宣文閣的「偽印」。我看愈多傅申的文章與著作，愈懷疑他可能是「李郁周第二」！此印是清朝康熙皇帝的璽印！跟元朝的「宣文閣」毫無關係。傅申把清印當元印，相差三四百年，還說無著錄，看到「宣文」就開槍「血戰」，此等眼力難怪需要「獲取」張大千印章來辨別假畫。（不過此印有可能是仿刻的假印，因為原印為正方，此印則高比寬約多一公分，待考。）

晉人「曹娥誄辭卷」上的「宣文之寶」康熙璽印

431

「赤壁圖卷」

晉人「曹娥誄辭卷」上的康熙跋文與璽印（遼寧省博物館）

126 赤壁図巻
筆者不詳（旧伝 楊士賢）

元～明 14世紀(?)

卷子裝　1卷
絹本墨画淡彩　30.9×128.8cm
キース・マクラウド基金　59.960

画面の左上に「宣文之宝」と読める大きな印章がある。これは有名な「宣文閣」印と関係がある可能性もある。明時代初期(14世紀末)の宮廷の官印である「司印」半印が画面の右下に押捺されている。他にも多くの印章が図巻の左右の端にあるが、ほとんどは巻末の偽の題跋を作った贋作者による模造である。落款は巻頭近くの岩の部分にある。四字のうち僅かに姓の「楊」と最後の字「筆」だけが認められる。その書風と墨調から判断すれば、落款は後世に書かれたものと思われる。

波士頓美術館東方部設立百年紀念所出版的圖錄中，東方部主任吳同所撰寫的解說文字。他將此畫的年代定爲元至明，並說畫上的「宣文之寶」和元朝內府的「宣文閣」可能有關，此說正是受到傅申著作的誤導（見該書註釋），並因此將此畫上限定爲元朝，可見傅申的烏龍有多大影響。此畫的年代可能要重新確認，若「宣文之寶」是僞印，搞不好是清初的假畫。（吳同在文中也說此圖卷前卷後僞印累累。）

（左）張英《文端集》卷三十九
（右）《石渠寶笈》卷一

3.唐玄宗書鶺鴒頌卷，今藏故宮博物院。卷尾後隔水絹上有一「奇篆」印，可能是行書體的八思巴文印。（見故宮法書六輯七頁）。【圖版玖貳】

4.黃庭堅書苦笋賦，今藏故宮博物院，紙尾左上角有一「奇篆」印，與玄宗鶺鴒頌上者完全相同。（見故宮法書十輯上35頁）。【圖版玖叁】

5.黃庭堅書李白憶舊遊詩卷，今藏日本藤井有鄰館，有一奇篆印在元貞乙未（一二九五）張鐸跋後左下角，（見二玄社書跡名品32冊38頁）此印風格與山谷苦笋帖上者相似，但不是同一印。【圖版玖肆】

圖版玖貳：唐玄宗書鶺鴒頌（部份） 國立故宮博物院藏

後隔水上方，有元八思巴文印一。

一二七

傅申在其四十四歲出版的《元代皇室書畫收藏史略》，頁96、227、228與229說唐玄宗「鶺鴒頌」、黃庭堅「苦笋賦」與「李白憶舊遊詩卷」上的「奇篆」印是元朝八思巴文印，結果被大陸的八思巴文專家推翻。傅申好像跟李郁周一樣，把論文當小說在寫。

至于傅氏所指其它几方印，包括唐玄宗《鶺鴒松卷》、黃庭堅書《苦笋賦》、黃庭書《李白忆旧游诗卷》的"奇篆印"，其印均不是八思巴字，特此说明。

照那斯圖〈「步輦圖」上的兩顆元國書鑒藏印譯釋〉，北京《故宮博物院院刊》一九九九年第一期。

433

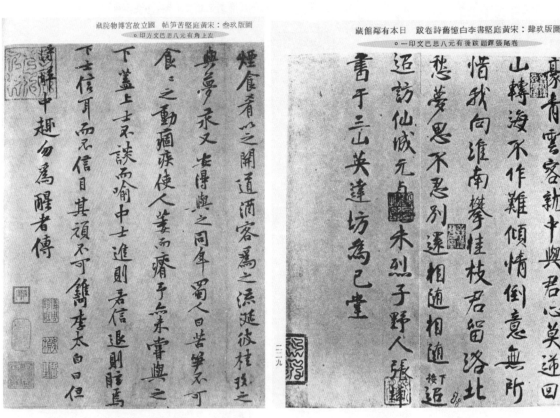

《元代皇室書畫收藏史略》頁228　　　　《元代皇室書畫收藏史略》頁229

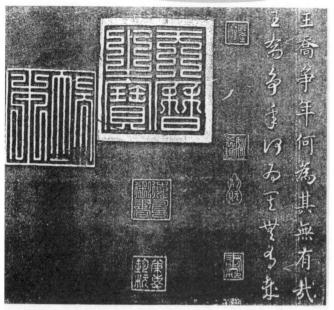

帖法堂希三　論生養康秸書眞草宗高宋：柒陸版圖

或，異小法篆印睪標與，印一∟本端　∣然；印眞爲應∟寶之曆天∟後卷
○改擅手刻摹爲或，印僞爲

傅申在其四十四歲出版的《元代皇室書畫收藏史略》，頁１９７認爲「三希堂法帖」中所刻的宋高宗書「嵇康養生論」上的元朝內府「端本」印，「或爲僞印，或爲摹刻手擅改。」傅申的兩項論點都錯，我不曉得傅申在想什麼，你認爲「天曆之寶」是真的，卻懷疑「端本」是假的，不是無聊嗎？結果宋高宗書「嵇康養生論」於西元兩千年重現江湖，後來被上海博物館以九百九十萬人民幣買回，墨蹟本上的「端本」印沒問題。

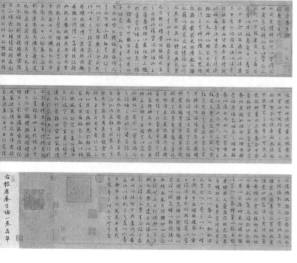

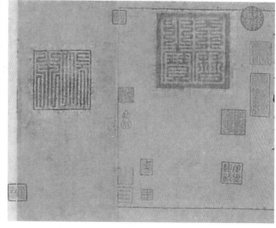

435

傅申「悔過自白書及保證書」書法賞析

這件墨寶當從書法史的角度來研究，古人的信函被後人當成墨寶收藏，「悔過書」書法則千年難得一見，發自內心的懺悔，自然而不造作，更是珍貴百倍！出版社可以考慮將此出版成「字帖」供書家臨寫之用。傅申在台灣每次參加何創時基金會「傳統與實驗雙年展」，寫的怪東西都沒這精彩。而除了做爲「字帖」，還能作爲「悔過書」的範本，以後本書女性讀者的老公偷人，可以做爲參考之用，其中審問對白讓人拍案叫絕，感覺在看《七俠五義》或《包公案》。

悔過自白書及保證書

　　我傅申自從與老婆結婚起，我就存心要矇蔽我老婆我與□□賤婦的姦情，我心理更懷不軌。一九八四年六月底，把□□賤婦帶到家裡來（她（□淫婦）打電話要求來），以為這樣，以後就可以公開的來往。她（□賤婦）來時，各方面表現的非常卑視我老婆，我則無形中，也表露了與□□賤婦的親暱表現。

　　在這期間，我曾答應我老婆不再見她（□□淫婦），可是在同年十一月底，我回台灣時，我又背著老婆和她（□淫婦）來往（是（□□賤婦主動來找我親熱的）。我老婆寬宏大量，什麼都沒有表現出來，一直到一切證據齊全，才對我公佈。當我一回家時，我老婆將我的私情都抖了開，我既驚訝又恐慌更害怕，我在惶惶恐恐驚慌失措的心情下心裡想，我老婆怎麼會知道這許多？老婆曾對我說：人贓俱在，可有冤枉你？我答辯是□□（淫婦）主動來找我的，老婆說：要洗我清白，我們對質去。但是我怕醜態張揚，百般支唔及編造袒護自己的謊言想矇騙一切，但是我老婆把我編織的謊話漏洞一一提出質詢烤問，我無以作答，自知理虧和羞愧，造成家庭的不和，和老婆身心的不愉快，老婆對我的人格信心大大全失。

　　我自知與□□（淫婦）偷情是姦夫淫婦的不軌勾當，□□（淫婦）對我的甜言蜜語，我本以為真，這件事被揭發後，我曾背著我太太寫信給她（□淫婦），懇求她（老賤婦□□）幫忙，結果她（□老淫婦）表現的，對我既無情也無義。我後悔被她（□老淫婦）玩弄，我現在才想清楚，她（老賤婦）和我在一起只是完全為了解決她（□老淫婦）在性方面的不滿足。她（老賊婆娘）曾對我說過和□□□（□淫婦的烏龜頭，戴綠帽子的）的婚姻並不是為了感情，真正愛的是我，我心裡想也可能（我自己美得冒泡心花怒放也自作多情），否則她（老賊婦）為什麼還來找我，所以我們每次見面都有性的交易。她（□淫婦）更瞞騙□□□，我則光明堂皇的出入□家，事經多年平安無事。與老婆婚後存心想以同樣的方法泡製，邪總不勝正，姦夫淫婦的不正當行為被揭穿了。

　　□□淫婦面孔被撕破後，在外大肆罵我癩蛤蟆想吃天鵝肉，企圖矇騙第三者，好似我單方面勾引她。我聽了之後一笑置之，心裡想，天知

地知，你知我知，我老婆知道，你（□）確實跟我在你（□淫婦）婚姻期間有肉體上面的姦情，是我自己沒骨氣，所以才一直和□□淫婦勾搭往來。為了要挽救這個家，一切的家庭失和都由我個人造成，我保證以後我絕不背著老婆在外不正當地與女人來往，我絕不做沾花惹草的事，我不敢再臭美，不隱瞞老婆，事事與老婆商量，不再欺騙老婆。我愛我的老婆，我此生只要求能與老婆平平靜靜地和諧生活，同甘共苦，同心協力，創造幸福的生活，此外無求。我將永遠愛我老婆，此生不渝。

只要我真誠的實踐我的諾言，我老婆願意給我最後一次機會，我們重新再開始。我知道我曾給予我老婆心靈上嚴重的創傷，間接的也影響了她精神上的痛楚，我要付出極大的愛心、忍耐力及努力，來恢復我老婆原來的對我的信任與尊敬和愛心。這些都是我衷心至誠的心聲，如有違反所述，可將此書公開並接受任何處分，包括掃地出門，不得帶任何東西走，每月固定收入按時請老婆笑納。如藉故離婚，應付每月收入之百倍，另加其他。

今年十月，應台北故宮之邀請，參加六十週年慶祝大會，本應陪同愛妻回國參加，但我私下則因怕與□□賤婦姦情公諸於報章，毀了自己的前程，所以不敢前往。經我自己對老婆大人的坦供，自認各方面有愧於愛妻，請求老婆大發慈悲，千不看萬不看，看在夫妻的情份上，我傅申壞小子再也不敢了，請老婆大人千萬不要在今年帶我回國當眾出醜。老婆大人的大恩大德，我傅申小子永誌在心，不敢怠忘，我將以此生，生生世世與我老婆愛妻共進退，再也不要製造任何枝節讓我老婆生氣。我要保證讓我愛妻與我生活愉快和諧，我特此保證我倆白頭偕老，愛河永浴，同心開創光明的前途。

傅申為老婆秉祺賢妻，立此悔過自白書及保證書，此書完全出乎自動自發，毫無怨言。一九八五年九月十五日。夫傅申敬具於美國阿靈頓愛的小屋。

（裕民案：全文據實照錄，除了和傅申發生婚外情的有夫之婦名字改為□□外。）

曹秉祺的「悔過自白書」

頁一

頁二

頁三

頁四

頁五

頁六

不過,傅申博士做任何事情都是處心積慮、周密安排的.目前,他正在按照他的計劃行動.我寫這些,既是要警告那些善良的人們不要上當,同時也是爲了自己心靈的解脫.在詐騙張大千大師圖章的整個過程中,盡管我和傅申博士的動機不同,客觀上却是同案犯.如果說傅申博士是個凶手的話,我就是一個幫凶;傅申博士是主犯,我至少也是個從犯.以上在揭露傅申博士行騙行爲的同時,我也交代了自己的所作所爲,并承擔我應當承擔的責任,這也是對自己良心的一種贖罪.作爲一個佛教徒,我相信善有善報,惡有惡報不管這場官司的最終結果怎樣,公理自在人心,惡人是不會有好下場的.

頁七

傅申博士騙取張大千大師圖章揭秘

　　我是傅申博士的妻子付秉祺。傅申博士是一位美術史家，現任美國華盛頓斯密斯森尼亞國家博物院（Smithsonian Institution)隸屬的佛利爾美術館(Freer Gallery of Art)和沙可樂美術館（Arthur M. Sackler Gallery）的中國美術部主任（Senior Curator of Chinese Art）。我因爲婚后親眼目睹了丈夫的一系列詐騙和偷竊行爲，一直在三從四德和誠實信用不偷不盜這兩種道德准則的矛盾中痛苦地生活，如今已經到了忍無可忍的地步，因此決定將傅申博士的一些丑行于以揭露。此文主要講述在我們一九八九年三月十六日到二十六日的巴西八德園之行中傅申博士不擇手段地騙取張大千大師的圖章的詳細過程、這些圖章對于傅申博士研究張大千大師僞作所起的決定性作用、以及就我所知的傅申博士日后進一步利用這些圖章的陰謀計劃。

　　傅申博士和我于一九八三年九月十五日在法院公證結婚。也就在那個時候，他打算研究一代大師張大千的畫作，因爲張大師在美術界被一致譽爲「五百年來一大千」。當時，傅申博士還只是斯密斯森尼亞博物院的一位普通職員。他很想通過舉辦張大千大師的畫展來提高自己的知名度。當時市場上有許多假冒張大千大師的畫作，傅申博士希望通過舉辦畫展使自己成爲鑒定真假張大千大師作品的權威。盡管以后傅申博士在與別人的談話中總是吹噓早年在台灣時就有意研究張大千大師的畫，那只是有目的地故意拉長時間界限而已。他真正決定研究張大千大師的畫作是在一九八三年。不過，有一點倒是真的，那就是他在年輕時就很想與張大千攀上關系，但多次遭到冷遇。這使他懷恨在心。通過辦畫展使自己成爲研究張大千大師的權威，也是間接地報復張大千大師的一種方式。

　　我在婚后一直幫助傅申博士作各種研究，接觸過包括張大千大師畫作在內的許多名畫，自然也注意過這些畫上的各種印章圖案。張大千大師去世以后，傅申博士曾因畫展之事與散布在世界各地的張氏家族聯系。在我們與他們的廣泛接觸中，最重要的是一九八九年的巴西八德園之行。就在那一次旅行中傅申博士獲得了張大千大師畢生收藏的一整箱圖章。在得到這批圖章之前，傅申博士研究張大千大師的工作并沒有任何突破性的進展，爲此他經常嘆息：「六年的青春白花了，毫無價值。」而在得到張大千大師的圖章之后，他便石破天驚，大膽而迅速地作出了張大千大師假冒古人的結論。只有知道內幕的人清楚：這一切并非來自藝術家的靈感或天才的火花，而是出于騙子的無恥和陰謀家的處心積慮。

　　一九八九年三月十六日，傅申博士和我去巴西聖保羅市張大千大師的故址八德園爲張大千大師的畫展展開收集工作。我們從美國華盛頓特區起飛，在邁阿密轉機后直飛巴西，第二天中午時分抵達聖保羅市。張大千大師的女婿李先生在機場迎接我們，然后去預先訂好的旅館 Holiday Inn。稍事休息后，李先生夫婦便爲我們接風并破費。在陪的有孫家勤教授，孫教

授曾是張大千大師的叩頭弟子。他說第二天要帶我們去拜會張大千大師的一位女弟子，名Judy。我們約定第二天先由孫教授陪同去參觀博物館。

十八日上午，我們和孫教授按計劃去到博物館，但是博物館關門，于是便去孫教授家，稍座，爾后用午餐。下午孫教授帶我們去拜訪了Judy。Judy的先生也姓李（爲了避免與張大千大師的女婿李先生混淆，以下稱這位李先生爲「Judy的先生」），在做古董生意。我們觀看了他們夫婦的一些收藏，晚間由孫家勤教授夫婦作東，請吃巴西著名的全牛大餐，席間尚有李氏夫婦。

十九日上午，孫家勤夫婦來Holiday Inn接我們去看珠寶批發市場。本來李夫人（張大千大師的女兒）要陪我去逛珠寶店，因傅申博士不樂，我就謝絕了。我們看了珠寶市場，吃了中飯。那天正好有一個古董展覽（antique fair），Judy的先生也在那里占了一個攤位。我們看了一個下午，晚餐由楊宗元教授夫婦作東。**楊教授與孫教授同事，也是傅申博士以前的同學。楊教授還請我們去他府上看畫，傅申博士因爲覺得楊教授收入微薄，不願與他來往，所以婉言謝絕。**

二十日上午，李先生來車接我們去他府上看畫。與我們同車前往的還有孫家勤教授。Judy夫婦與我們同行，但他們自己開車。Holiday Inn在市區，李先生的府上和張大千大師的八德園都在郊區。我們的車行走了約兩個小時才來到李先生的府上。畫很多，我們邊看邊談，一直到晚上十點多才離開李府。

二十一日上午我們自行活動。下午孫家勤教授請我們去他府上觀賞他的收藏，然后回旅館。晚上李先生夫婦設宴款待我們。席上尚有他們的女兒、孫家勤教授夫婦、和Judy夫婦。李先生決定第二天帶我們去參觀八德園。

二十二日上午，李先生來Holiday Inn。我們分乘兩部車，孫家勤教授和我們夫婦乘李先生的車，Judy夫婦駕駛自己的車，一行六人駛往李府。到達李府稍事休息，李夫人（即張大千大師的女兒）親手爲我們做了張大千老伯生前的拿手點心--擔擔面。用過點心，我們驅車從李府去八德園參觀。路不遠，二十分鐘就到了。

八德園地處低窪，二十三日將要泄洪，屆時這里將是一片汪洋。也就是說，我們去的二十二日是八德園可供參觀的最后一天了。但在洪水到來之前，一切卻依然是那樣地寧靜。園地大部份是樹林，主樓隱藏在林地的深處，遠處群山隱現，林內還有一個人工湖，可謂依山傍水。據說，張大千大師當年選購這片土地，就是因爲它具有中國江南的風光。爲了一飽眼福，我們將車停在外面，決定步行去到主樓。**林地的入口處有一上鎖的門，李先生開了鎖，隨即回過頭來叮囑我們：「請不要拿里面的任何東西，除非得到我的許可。」大家點著頭，同聲說「好」。**進了門，我們沿著一條林間的石子路走向樹林的深處，頗有曲徑通幽之感。聖保羅市由于其特殊的地勢，四季常春。八德園林地的樹木以柿子樹爲多，遮天蔽日，郁郁葱葱。

我們走了一段，右邊出現一片湖面，左邊對湖有一幢平房。孫家勤教授告訴我們，那是他當年跟張大千大師學畫時的住所。我們在湖邊逗留片刻，照了幾張相，便繼續往前走。再穿過一段樹林地帶，就來到了我們此行的目的地--八德園主樓。張大千大師有生之年的大批精心之作，就是從這里誕生的。

　　八德園主樓是一幢二層的中國式建築，雖然主人已離去多年，外觀倒還不顯陳舊。入門前傅申博士悄聲囑咐我注意觀察，發現有價值的東西及時告訴他。李先生開了門，我們一行六人先參觀樓的一層。里面的東西很雜亂，都是當年張大千大師遷居時的遺留物，七零八落。多年無人居住，地上和每一件物品都積了厚厚的灰塵。李先生給我們講述這棟樓的每一個角落、當年的景象和和活動情況，講得栩栩如生。上二樓要通過一排狹長的「U」形樓梯。走上二樓，便是一個大廳，那是張大千大師及其弟子們當年作畫的地方。我在樓梯口注意到靠左邊第一間房內的書架上有一排古書，看起來與家父的藏書相同。人多，不便說話，我隨著大家繼續往前走，找了個機會跟傅申博士說了古書的事，傅申博士跟我回到那兒，看了看，說不要，還是要家父的那一套。這時 Judy 的先生也跟過來了，他見我們不要那套古書，就說他要了。他跟李先生一說，李先生同意了，于是就安排我們停在樹林外面的汽車開進來裝書。

　　傅申博士折回二樓的大廳，與眾人一起觀看各種零星物品。我滯留在那間小房間內，翻翻各種舊雜志。無意中看見牆角內有幾個紙箱，其中最里邊靠牆角的是一個大紙箱，寬高各約 60 公分，長約 90 公分，上面蓋著幾張陳舊發黃的報紙，報紙上厚厚的一層灰塵。我過去掀開報紙一看，只見滿滿的一箱圖章，排得整整齊齊。原來紙箱沒有蓋，所以才用報紙遮著。顯然，這是搬家時遺忘的。我取出幾枚一看，上面的圖案似乎在以前爲傅申博士作研究時看過的畫上見過。于是我迅速將圖章放回原處，又將報紙蓋上，就去大廳通知傅申博士。傅申博士聞訊立即跟隨我返回那間小房間。我們的行動引起了眾人的注意，他們隨后尾隨而來。傅申博士走得快，掀開報紙一看是滿箱的圖章，迅即將報紙蓋上，嘆道：「我六年的心血總算沒有白費。」說著，撿起旁邊的一些舊雜志，以極其敏捷的動作，將雜志塞在紙箱的上面和四周。這時，李先生一行四人也到了。傅申博士對李先生說，「這些雜志對你們沒用，扔在這里也是廢品，我拿回去也許可以找到一點參考資料，反正你們也不是學這行的。」李先生是個厚道人，雖然有點懷疑，卻不好意思去伸手檢查，只是說，「好吧，如果是雜志的話，你就拿去吧。」于是傅申博士招呼我幫他把紙箱抬下去。孫家勤教授和李先生看我一個女人抬這麼大的紙箱，都要過來幫忙。傅申博士堅決拒絕，說是和老婆倆人抬即可。這麼大的箱子，裝滿了圖章，雖然圖章大都是木質的，只有少數是石的或玉的，我還是不堪重負。每下兩級樓梯，就要停下來喘兩口氣。終于挪到樓下，出了樓門，汽車已經停在樓前了。那是爲了載運 Judy 夫婦所要的古書的，也爲我們所用了。我使盡全身的力氣幫傅申博士將紙箱搬上車。因爲 Judy 夫婦的古書還沒有裝上去，汽車的后蓋不能馬上蓋上，我和傅申博士站在一邊等著

Judy 夫婦裝書。這時孫家勤教授過來翻看我們紙箱內的雜誌，傅申博士很緊張，想過去阻攔，我拉住了他。這時，孫教授已掰開邊上的雜誌，看到了下面整齊排列的一箱圖章，他恍然大悟，「噢」了一聲，便來到傅申博士的身邊，悄聲說道：「印一份給我。」傅申博士不語。

Judy 夫婦將書裝上車后，我們就驅車返回李府。車上，我悄聲問傅申博士，「這樣拿了人家的東西不太好，是不是應該跟李先生說一聲？」傅申博士說，「你說了，他絕不會讓我拿。」接著，傅申博士向人打聽附近有沒有賣箱子的地方。Judy 的先生對傅申博士說，「你不用買了，我家里有一個紅的舊皮箱，可以送你裝雜誌。」車子到了李先生的府上，李先生留吃晚飯。傅申博士推說與另一個朋友有約，而且明天就要回美國，謝絕了李先生的邀請，將紙箱挪上 Judy 夫婦的車子，便與李先生道別。本來按原計劃應由李先生送我們去機場，李先生也堅持要送，但傅申博士一并謝絕，使人家感到莫名其妙。我事后問傅申博士為什麼，他說，「萬一機場海關檢查，打開箱子讓李先生看見了圖章，那就完蛋了。」

我們與 Judy 夫婦、孫家勤教授一行五人回到 Holiday Inn。Judy 夫婦說回家去給我們拿箱子來。孫家勤教授想留下來，想上去到我們房間坐坐。傅申博士推說累了要休息。孫教授快快離去。一小時后，Judy 的先生將一個紅色的大皮箱拿了來，從 lobby 打電話給我們說，因停車不方便，不能上來了，箱子留在下面，祝我們一路順風。我和傅申博士下去取了箱子，上來裝圖章，裝了滿滿的一箱，還剩一些裝不下，就裝在我們自己帶來的旅行箱里。就在我們裝圖章的時候，孫家勤教授帶了他的中學生兒子突然來訪，從 lobby 打電話上來，說他馬上來，要談一談。傅申博士馬上說，「別上來，我們馬上下去。」接著掛斷了電話，不給對方繼續說話的機會，同時拉了我就下樓。傅申博士問孫教授有沒有吃過飯，孫教授說吃過了。傅申博士說，「我們沒有吃過，該吃飯了。」說著，逕自往餐廳走去，我們其余三人只好尾隨其后。到了餐廳，孫家勤教授要傅申博士印圖章給他，傅申博士裝著不懂，問怎麼印。孫家勤教授甚是不解，說：「你是搞這一行的，怎麼會不知道？弄一張百貨商場的透明包裝紙，一些紅顏料，圖章沾上紅顏料蓋在透明紙上，把這張透明紙寄給我就行了。」傅申博士說，「好好好。」席間傅申博士極力回避再談及圖章之事，還常故意與孫教授的兒子談話，問他在中學里的一些事情。傅申博士吃過晚飯，孫家勤教授希望上去坐坐，但傅申博士推說明天要回國了，行李都沒有准備，而且他覺得很累，以后再見吧，等等。孫家勤教授只好離去，臨走時還看了我一眼，那眼神好像在說，「你這個老公可真厲害呀。」我們來到房間，我問傅申博士為什麼不讓他上來。傅申博士說，「我還沒那麼傻，絕不會把圖章全部印給他的。如果他上來看到一些重要的圖章，我以后不印給他就難辦了。」

晚間傅申博士打電話給楊宗元教授，請他第二天上午送我們去機場。楊教授很高興地答應了。當晚，傅申博士因為圖章的意外收獲而樂得睡不著覺，我則覺得有愧于張氏家族，很是內疚。

　　二十三日上午，楊宗元教授夫婦將我們送到機場，在機場上楊宗元教授還拿出自己的九幅虛谷的畫給傅申博士看，請教他是否真品。傅申博士一邊看，一邊聊天，問楊教授這些畫是怎麼來的，哪兒來的，是否買的，價錢多少，要不要賣，要賣多少，等等。這是傅申博士的一種慣用手法，以此可以探測對方是否懂畫，懂多少。看完畫，傅博士對楊教授說，「這些畫猛一看很像是真的，但也有可能是假的，以假亂真。」楊宗元教授聽了，臉上出現了失望的表情，就想將畫收回去。傅申博士連忙說，「有一兩幅可能是真的，我可以拿回去研究研究。」并問楊教授願不願意賣。楊教授表示願意，傅申博士就把畫收了起來。我在邊上插嘴說，「楊教授不如拿到紐約的蘇富比拍賣行去拍賣，可以賣到高價。」傅申博士一聽，趕忙用腳踢了我一下以作暗示。楊教授聽了我的話有些動心，便問，「從巴西去紐約的路太遠，傅兄能否幫此一忙？」傅申博士說，「我哪來這麼多時間？我還要上班呢。這樣吧，我幫你把畫帶回去，研究研究，找找買主。」楊教授說，「好。」

　　一上飛機后，傅申博士就把我狠狠地罵了一通，說，「以后類似這種事你別多嘴，免得壞了我的事。」我問他，「這些畫到底是真還是假的？」他說，「當然是真的，我一眼就看出來了。」后來由楊宗元教授之畫引出的一系列糾紛，在此就不詳述了。類似的情況不勝枚舉，傅申博士作這類事是老手，他還以找不到買主為理由壓低畫的價格，而以后真正的買主往往就是他自己，只是用別人的名字而已，比如我母親的名字就被他用過多次。

　　中午時分，我們飛離巴西去阿根廷旅遊。二十四日旅游車游智利境內的一座雪山；二十五在阿根廷我們下楊處的市區游覽；二十六日返回美國。

　　回來之后，我們即刻整理，買來了小的軟刷子，將圖章一枚枚刷干淨，并把它們放在我們的后院曬太陽。我們曬得很小心，因為大部分圖章是木質的，中午的太陽太強烈，我們就在上午九點到十點半，下午三點到五點半左右的時間里曬。這樣連續曬了整整一個星期，曬干燥后將圖章整整齊齊地裝在裝復印紙和幻燈片的盒子里。傅申博士將它們編了號，并且照了相，還將所有的圖章印了一份作為存根。同時，他也印了一些打發孫家勤教授。自然，那都是一些不太重要的、對他日后的研究沒有競爭威脅的圖章。他對我說，「不能給孫家勤印得太多，我沒那麼傻。」

　　同年八月，我們去台灣參加國建會，住在圓山飯店，見到了孫家勤教授，我邀請他來美國時到東部做客。孫教授說他早有此意，并且已經有了具體的計劃。他把到達華盛頓特區的日期說了，問傅申博士有沒有空。傅申博士明知有空，卻推說不清楚，要問問秘書。回來后傅申博士就責怪我不該擅自邀請別人來家做客。我說我們去巴西人家這麼熱情，為什麼不請他。傅申博士說，「他無非是為了圖章的事，我不想跟他接近。」后來孫家勤教授果然如期到華盛頓特區，并來我們家看望我們。我們給他接風。席間孫教授先生取出一枚寶石給我，說是他夫人送我的。我不好意思接，就乘孫教授去洗手間的時候，問傅申博士怎麼辦。傅申博

士冷笑著說，「哼！你以為他是白送給你的？還不是為了圖章的事。他給你就拿著。」晚飯以後，我們回到家里談了一會，傅申博士還是極力避免談及圖章的事。我請孫家勤教授留宿，可是傅申博士插口說第二天一早有事。孫教授也看出來了，于是就要走。我們送他到地鐵站時，已經將近午夜十二點了。我叫傅申博士下去陪他等車，如果沒有車了，就回家去。傅申博士有些不奈煩了，說，「他一個男人家，怕什麼，不需要陪。」孫家勤教授看到傅申博士這個樣子，就叫我們先回家，說是如果沒車，他可以乘出租車回去。

得到了張大千大師的這批圖章之後，傅申博士躊躇滿志，對我說：「我六年的心血總算沒有白費。」接下來他跟我講了他的具體計畫。第一，通過這批圖章與目前市場上許多久成疑案的畫作上的印章的比較，很容易確定哪些是張大千大師的冒古偽作。第二，通過舉辦張大千大師的畫展，先使自己成為真假張大師作品的權威鑒定人，進而控制張大師作品的市場；而對張大師假冒古人作畫的揭露將會進一步奠定他的權威地位。第三，掌握了這批圖章，他也可以如法炮制，像張大師那樣冒充古人作假畫，魚目混珠，高價出售；一旦被證偽，也可以說這些都是張大師所為，栽贓給他。第四，這批圖章是張大師畢生的收藏，本身就有很高的價值，到一定的時候，還可以將圖章賣出，每枚至少可得數百至數千美元，一整箱圖章的收入將是十分可觀的。最后，對張大千大師冒古偽作的揭露，也報了以前遭其冷遇的一箭之仇。傅博士還說他的畫展題為「張大千血戰古人」，而他則血戰張大千。

聽了他的計劃，我感到害怕，我原來以為，這批圖章既然有很高的學術價值，我們拿的時候如果實說了又拿不出來，就只好先騙出來，做一件虧心事，待傅申博士作完學術研究，再還給人家。這樣，對美術研究也是一種貢獻，這種貢獻多少可以補償因為當初的欺騙行為而產生的內疚感。如今一看，傅申根本不是這樣想的，而是有著他的一整套損人利己的計劃和步驟。我于是規勸傅申博士，「這樣做對不起張家，張家人出來怎麼辦？而且張大千老伯與畢加索齊名，揭露他有損于我們中華民族的形象。」他說，「管他呢！他既然是國際公認的大師，與畢加索相提并論，我也是藝術家，也能畫，我能把他擠垮，就證明我超越了他，我就是這一行中的最高權威。至于張家那邊，都是膽小怕事之輩，厲害的只有張保羅一人，保羅也快百年了，等他一死，我還怕什麼呢？再說，第二天就泄洪了，八德園已是一片汪洋，他們以為東西全被洪水沖走了，不會懷疑到我。」我說，「成為最高權威不可能，你在普林斯頓大學的方聞教授才是你們這行的權威人士，他德高望重，人品很正，我非常敬佩他。」他說，「他懂個屁，比起我來差遠了，在鑒定方面很多事情他都要請教我，我說了才算數，你佩服他，你去嫁給他好了。」至此，我才開始后悔當初不該幫助他騙取這批圖章，但已經悔之晚矣。

一九九一年底，傅申博士在美國華盛頓特區的沙可樂美術館舉行「張大千血戰古人」的畫展之後，他石破天驚，公然指稱大風堂捐贈給台北故宮的古畫中，有十二件所謂的未署名

真跡是由張大千大師用印或題識的。（見《世界日報》民國 81 年 1 月 10 日第 8 版）。不過正如《世界日報》的報導中所指出的，「傅申博士始終未再提出證據」。接著，傅申博士通過衛星與台北的學者作了交談。對此，《世界日報》的同篇報導作了這樣的陳述：

> 傅申博士 9 日并未對他于畫展目錄的附錄中所提出的疑爲張大千仿古的多件作品提出直接的證據。他表示，附錄只提出名單而未作出闡述，是因爲沒有時間也沒有篇幅詳論。他說：「我當然要負責就每一件作品解說爲什麼我認爲這些古畫是張大千所作，台北故宮博物院的二幅隋畫及三件唐、五代作品，我會從畫及畫法提出證明，但這需要專題研究。」

這里有幾點需要說明。第一，傅申博士在得到張大千大師圖章之前從未想到更不敢說張大師假冒古人作畫。只是在得到圖章以后才敢大膽地下此結論，因爲將圖章與一些作品上的印一比較就能知道張大千作僞作。也就是說，傅申博士是先有了張大千大師作僞作的結論，然后才去作所謂的「專題研究」，從畫法及圖案上找些根據，拼拼湊湊，寫一些文章，一則可以將他從圖章上直接得到結論的事實隱瞞起來，二則可以達到名利雙收的目的。第二，傅申博士話鋒直指台北故宮博物院的收藏，一是爲了他出己出人頭地，因爲只有轟擊富有名望的博物院才能使他一舉成名；二是爲了報復秦孝儀院長。傅申博士是個心胸極其狹隘的人，當年故宮博物院的前院長蔣復璁先生卸職時，傅申博士曾與秦孝儀先生同時作爲候選人競爭院長一職。當時傅申博士信心十足，認爲自己有美國的美術史博士學位，其他候選人都沒有，院長一職非他莫屬。想不到蔣夫人直接命名秦孝儀先生任院長，傅申博士對此極爲不滿，他說：「秦孝儀什麼都不懂，憑什麼當院長？他只是個在蔣家管帳的，是蔣家的一條狗，狗仗人勢，我君子報仇十年不晚。」如今不到十年，傅申博士似乎已經抓到了把柄，以故宮博物院的畫爲題大肆攻擊，以證明秦孝儀院長的外行與無能。問題是，如果沒有騙到張大千大師的圖章，你傅申博士在這個問題上能比秦院長高明嗎？你的高明之處主要在騙術，而不在學術。如此而已。第三，傅申博士現在之所以不把圖章拿出來直接證明張大千大師的僞作，還有以下三個方面的原因。

首先，在學術地位上向上爬，他還需要一些「時間」和「篇幅」（見《世界日報》傅申博士語）。從時間上說，從一個無名小卒一夜之間蹦上權威的位子是不可能的，因爲人們還沒有心理准備，難以接受。所以就需要經過一段時間。在這段時間中，傅申博士可以寫些「篇幅」來提高知名度，使人們在心理上能逐漸地接受他。傅申博士寫文章本來就慢，時間對他來說是必要的。從篇幅的角度看，要爬上權威的地位，就必須發表有分量的文章。而傅申博士至今還沒有這類東西。現在掌握了張大千大師的圖章，結論已有，傅申博士就可以在畫和畫法

上進行大膽的探索，提出大膽的看法，一鳴驚人。圖章暫時是不能出示的，這樣才可以故弄玄虛，否則你就只有考古發掘的功勞，決無鑒定字畫的天才。只有當他就字畫本身實在無法充分地證偽，而就某一幅古畫真偽的爭論又已達到了白熱化的地步時，他才會通過某種方式將圖章示眾，以證明他在前面所作的一系列天才性的分析、推理和鑒定是完全正確的。因此，當傅申博士在《世界日報》上說他還「沒有時間也沒有篇幅詳論」時，「時間」和「篇幅」二詞可謂他內心的真實表白，不打自招。

其次，只要張保羅還活著，傅申博士也難以將圖章公開地亮出來，即使按照他的計劃這些圖章的價值進行了充分的利用之后，要把它們賣出去，也只能在私下里偷偷地做，否則人家找上門來追問你圖章怎麼來的，向你要怎麼辦？

最后，我的存在對傅申博士實施他的計劃也是一個威脅。我了解許多內幕，目前正在和傅申博士打離婚官司，法院已經口頭判離，但尚需簽字才能最后生效。在整個訴訟過程中及此以前，傅申博士所做的一系列見不得人的卑鄙行為，實在是一言難盡。案子還將繼續上訴，難以最后定論。婚姻關系發展到今天這個地步，主要是由于傅申博士人品和道德上的問題引起的。詐騙張大千大師的圖章并非一個孤立的事件，它只是傅申博士一系列行竊行騙行為中的一小部分。他曾多次利用職務之便將斯密斯森尼亞博物院的文物偷回家（有照片為證）；在去國會圖書館的中國部門的書庫查找資料時，曾多次將有關的文章從書中撕下來偷回家，而這樣做對他的唯一好處僅僅是省下了復印的時間和每頁二十五美分的復印費。在我們結婚以后，他依然有很多婚外情，其中關系最深的是一位叫□□的有夫之婦（□□現在在台北故宮博物院器物組工作，有傅申博士自己的親筆自白書為證）。我現在已經明白，他當初與我結婚，并不是出于愛情，而是為了得到我的財產，尤其是我的父母給我的二百多幅古畫，據以前傅申博士自己估計，這些畫的價值在二百萬美元以上。一九九〇年五月，傅申博士安排我去Florida 參加一個培訓班，在我不在家的期間他將這些字畫及我們婚后用我母親的錢和名字購買的許多字畫連帶所有的存根證據、每年的收入開支和報稅資料、以及我的一些貴重手飾，全部拿走。然后到法院起訴離婚，倒打一耙，說我偷了他的字畫，要我賠償。他把事情做得這樣絕，自然會怕我揭他的老底，要防我一著。很久以前，他就放出風聲，說我有神經病，會亂說話，不可信的；甚至捏造證據，誣陷我有婚外情等，企圖把我徹底搞臭，以至沒有人會相信我的話。而在把我徹底打垮之前，傅申博士在實施有關張大千大師圖章的計劃時顯然也是有所顧忌的。此外，打官司用腦過度，也分散了他的許多精力。

不過，傅申博士做任何事情都是處心積慮、周密安排的。目前，他正在按照他的計劃行動。我寫這些，既是要警告那些善良的人們不要上當，同時也是為了自己心靈的解脫，在詐騙張大千大師圖章的整個過程中，盡管我和傅申博士的動機不同，客觀上卻是同案犯。如果說傅申博士是個凶手的話，我就是一個幫凶；傅申博士是主犯，我至少也是個從犯。以上在

揭露傅申博士行騙行竊的同時，我也交代了自己的所作所爲，并承擔我應當承擔的責任，這也是對自己良心的一種贖罪。作爲一個佛教徒，我相信善有善報，惡有惡報，不管這場官司的最終結果怎樣，公理自在人心，惡人是不會有好下場的。

（裕民案：全文據實照錄，除了和傅申發生婚外情的有夫之婦名字改爲□□外。）

傅申正在解釋他不是在畫 LP，他寫的是做人要有良心的「心」字。（王裕民虛構）

和你有性關係的枕邊人才是最了解你的人

每次某人犯罪，記者訪問其友人、鄰居與親人，他們都會說「他絕對不是這種人」、「我不相信他會幹這種事」云云。事實上講這種混話的人，和把艾爾帕西諾與蜜雪兒菲佛演的 Frankie & Johnny 翻譯成「性、愛情、漢堡飽」的人一樣，都應該抓起來槍斃。就算你是他兒子、他姊姊、或是他八叔公的五姨婆的外孫女，你也不曉得他會幹什麼事。所以講這種情緒性、感覺性的話都是屁話，完全不能相信。和你有性關係的枕邊人才是最了解你的人，才知道你的性情、癖好和祕密。所以那些自以爲了解他老師而偷襲人、亂咬人的是非不明惡狗，簡直該抓起來槍斃五次。

藝研所三流菜鳥學生張世昀說傅申的書法：「這麼爛」！

　　早在一九九九年，我就做了一個「你不知道的台大藝研所」網站，公布以上資料。網站開放後，我便在網路 BBS 上遭到兩名台大藝研所研究生的匿名攻擊，「混蛋一」且說藝研所的課業是如此如此的辛苦，「把關相當嚴格，因此有品質保證的學生。」

　　之後馬上就來了一個有「品質保證」的「混蛋二」，利用網路的匿名性，在台大椰林 BBS 站上公然胡扯與對我攻擊，她以為連上台大工作站，在網路上發表文章罵了就跑，沒人知道她是誰，所以可以為所欲為。但很不幸的，她的身分還是被我查出來了，這個人叫做「張世昀」，是台大藝研所的菜鳥研究生。

　　張世昀先用台大學生帳號連到台大計算機中心的工作站，然後再連到台大椰林 BBS 站，因為這樣在網路上發表文章時，看不出原始上站 IP，張世昀就是以為這樣可以在網路上發表不負責任的攻擊文章而不被查出。

　　可是很遺憾的，只要電腦常識比較豐富，並且也有台大帳號，就可以連到工作站查出是某人。張世昀在網路上罵我時，我當時在台大宿舍就看到了，立即連到同一個工作站，查到一個研究生帳號 **r7141002**，我那時對台大學號非常瞭解，一看學號就知道何年入學、哪個院、哪個系。「r」是指研究生，「7」是八十七年入學，「1410」是文學院藝術史研究所的系所代號。所以我在看到文章後的一個小時以內，就揭發這種只敢偷偷在網路上寫黑函攻擊人的無恥貨色，並針對他的言論提出駁斥。

　　但更好笑的在後頭，被我在網路上揭發和反駁後，張世昀竟連上另外一個工作站，用另外一個代號，在網路上發表文章。張世昀當初被拆穿，死得不明不白的，我這次利用此書的出版賞她個痛快，讓她知道怎麼一回事。

　　張世昀不曉得我還是個網路高手，我從工作站上對她的動靜一清二楚，她連到哪個大學的 BBS 站，我都能知道。從工作站中，我可以知道她此時在台大研究生宿舍（國青）上網，而連她在寢室中換台電腦上網，我都曉得，因為 IP 只差一個序號。（而只要去問國青宿舍的網管，或是利用其他方法，就連張世昀住哪間、室友為誰都一清二楚。）電腦

白癡又愛在網路幹下流勾當的張世昀，可能以爲她的電腦被監視，或是她的台大椰林 BBS 帳號被破解，所以換室友的電腦上網。

張世昀用寢室的另一台電腦連上另一個工作站，再連到台大椰林 BBS 站，然後用另一個 BBS 帳號在網路上發表「回應文章」，當起「路人甲」，一開始劈頭就說：「嗯！藝史所的事我沒什麼興趣……。」然後大肆批評「台大椰林 BBS 的安全措施是怎麼作的」之類的蠢話。

我連到工作站之後，發現還是同一個人，還是同一個台大學生帳號，於是又在網路上揭穿張世昀的「精神分裂症」，以及無知愚蠢的言行。（張世昀的室友就是他姊姊，就讀社會所的張世佩 國青1020室。）

張世昀被揭穿後，既羞且怒，便跑到站長室（SYSOP）去哭訴，說什麼台大 BBS「居然任憑使用資料外洩」、「任憑註冊資料曝光」，要站長給她一個交代等等，繼續再耍白癡。我則在我的網站上新添這則新笑料，從此張世昀乖乖閉嘴。

我實在對張世昀的無知感到好笑與可悲，惡女先告狀，先是匿名發表胡扯一通的黑函攻擊我，然後跟李郁周一樣「一人扮演二角」，一個人跑到網路上唱雙簧，人間還有那麼離譜的事。

此事也讓吾人上了一課震撼教育，發覺藝研所的學生真是有「品質保證」，不但是「作學問的能力」有品質保證，連在網路上幹下三濫的偷雞摸狗行爲都有品質保證。「張世昀事件」是那時我親身遇過最荒謬最可笑的一件事，我現在想起來，還一直想「怎麼會那麼好笑」？「怎麼一個堂堂台大研究生可以幹出那麼無恥的事」？

我要在此書再次公布張世昀的惡行，這就是利用網路匿名誹謗與惡意攻擊他人的代價。

```
[ccsun50]/users/ntu/cl/
Login name: r7141002                    In real life: r7141002
Directory: /users/ntu/ah/r7141002       Shell: /usr/local/bin/tcsh
Last login Sun Dec 20 15:54 on pts/31 from f116.g4.ntu.edu.
Mail last read Sun Feb 28 16:41:44 1999
```

```
[ccsun70]/users/ntu/cl/
Login name: r7141002                    In real life: r7141002
Directory: /users/ntu/ah/r7141002       Shell: /usr/local/bin/tcsh
Last login Wed Mar   3 09:34 on pts/24 from f115.g4.ntu.edu.
Mail last read Sun Feb 28 16:41:44 1999
```

張世昀（r7141002）連到台大計算機中心工作站 ccsun50 與 ccsun70 的上站記錄，可以看出她上線的宿舍網路 IP，有時在 f115，有時在 f116。

450

張世昀在台大椰林 BBS 站，匿名發表文章說：

我先提出傅申博士的反證

第一篇是傅申博士的悔過自白書

傅申博士是享譽國際的書法家

那種拙劣的字體　分明是位沒受過書法訓練的人寫的

隸書無隸法　行楷亦無法度

大家對照一下幾十年前故宮學術季刊上傅博士 title 便可得知

我很懷疑　一個寫周越墨跡研究的人

居然會拿這麼爛的字來當作是傅博士的字

對風格一點概念都沒有的人　所寫的書法專文(周越墨跡研究)可以信任嗎！

他提的証據可以相信嗎！

傅博士 1964 年便在台灣電視公司主持書法教學節目　有可能寫出這種字嗎！

一個書家字跡優劣必有一定的範圍　不致如此拙劣！

若說他欲以拙劣字跡書寫悔過書　也不盡情理

照悔過書的內容來看　這應該是一個愛情的保証

試問以人之常情判斷　會用這麼草率的字去寫一份愛情的保証嗎！

第二篇是關於傅秉祺文章內容

文中提出傅博士於 1983 年仍是斯密斯森尼亞博物院的研究員

然而傅申博士於 1979 年秋天就已擔任了佛利爾東方美術館中國美術部主任

詳情請參照第 250 期雄獅美術

再者　文內提到傅博士欲以研究大千來提升自己聲望　然而，

以文中提及所謂「五百年來有大千」來推崇張大千先生者別人，

正是傅申博士，在此我要嚴屬的糾正你王某人，想要提出「證據」

誣陷別人的同時，請先看看這些證據的真偽，在此你犯了一個大錯，

錯在不僅未留意到此語係出自於傅博士之學術學論，

更錯在連引用都發生與原文不符的誤謬，

本句推崇之詞是「六百年來有大千」

寫這種匿名不負責任誹謗文章的這種頭腦不清楚混蛋，不修理實在沒什麼天理可言。以下就是我當時在網路上回覆她的重點。

「悔過自白書及保證書」是不是傅申的字，直接問傅申便行了，當事人都沒有出來否認了，張世昀不知道在鬼扯什麼？不知道在激動什麼？又不是說妳老公偷人。傅申的字有沒有享譽國際我不太清楚，我只知道對我而言，連享譽廁所可能都有問題。

按照匿名攻擊人的菜鳥張世昀之「眼力」，她對傅申的書法評論是：

一、那種拙劣的字體，分明是位沒受過書法訓練的人寫的。

二、隸書無隸法，行楷亦無法度。

三、王裕民居然會拿這麼爛的字來當作是傅博士的字。

四、一個書家字跡優劣必有一定的範圍 不致如此拙劣。

張世昀這樣說傅申「享譽國際」的毛筆字，希望傅申節哀。

==

張世昀的程度真的不是普通的爛：

一、「佛利爾美術館」隸屬於「斯密斯森尼亞博物館」群。

二、曹秉祺文章中說的是「普通職員」，不是「研究員」。

三、六十年前，徐悲鴻就推崇張大千是「五百年來一大千」，這是形容張大千最有名的話，誰在跟妳「有大千」？

四、張世昀不知是腦子有問題還是眼睛有問題，曹秉祺文章中明明寫的就是「五百年來一大千」， 誰跟妳說「六百年來有大千」？真是個二百五。傅申在《雄獅美術》的原文是：

> 張大千是中國全部畫史上最愛好朋友、最得人緣、也是最會運用人際關係和 新聞媒體的畫家，因此生前生後享譽之隆、報導之多，何止是「五百年來第 一人」，實是千古一人而已……。

傅申在此推崇的是張大千的「手腕」，而不是「畫藝」！

結論：張世昀是個頭腦不清、是非不明的三流貨色，在網路上寫這種顛倒黑白、睜眼說瞎話又謬誤百出的辯護文章，惡狗跳出來護主，混蛋至極，她唯一說對的反而是對傅申書法的評論。

記一個無恥的藝研所畢業生余慧君

這篇也是當時「你不知道的台大藝研所」網站的文章，公布於一九九九年八月六日。

==

我在公布「你不知道的台大藝研所」網站後不久，便在網路上遭到兩名藝研所學生的匿名攻擊。關公面前耍大刀已經夠可笑了，關公背後射暗箭更是可恥可惡。其中之一的三流菜鳥新生張世昀，在撰文之後數小時便在網路上被我拆穿，揭發其醜行。而另外一個混蛋（代號為「TUTTO」，暱稱為「大傻」），從其上站 IP(ipc99.ihp.sinica.edu.tw)只知是從中央研究院連出，而暫時逃過一劫，未被我揪出。

而此混蛋有鑑於張世昀的慘狀，怕被我查出，因而不敢再用此代號上站，但我對此混蛋則一直念念不忘、耿耿於懷。不過老天果然有眼，一個半月後，此混蛋卻意外被我查出是誰，這個混蛋正是藝研所畢業的三十歲大 X 女余慧君！

此意外發現之經過頗為戲劇化，特此一書，以彰顯人間冥冥之中存在的公理與正義。三月初的某一天，我與一位將要出國留學的友人在咖啡館聊天，後談至留學考試等問題，他竟無意中提及最近在台大的 BBS 站上出現一篇文章，文章的作者自稱托福連六百都不到，結果還是被普林斯頓大學錄取，而且申請的研究所好像與藝術有關。經他這一說，我回到家後立即上網察看相關文章，果然發現的確有個豬頭在台大 BBS 站上的「留學版」發表這篇文章：

發信人：kcchang@Palmarama (kc)，信區：AdvancedEdu
標題：PRINCETON 要我了
發信站：台大計中椰林風情站 (Sun Feb 28 00:16:47 1999)

今天收到 PRINCETON 的信，非常優渥的條件，免學費外加每年 10000 美元的生活費，而且給 5 年，算一算比公費留學還好，覺得自己有在雲端的感覺。其實我的托福只有 **580**，gre 大概 **1700** 左右，都不高，不過我的推薦信很有力，而且讀書計劃寫得頗詳盡，是延續我碩士論文的研究範圍。另外，我也

把曾經發表過的 paper 都寄去了，雖然都是中文的，但老美似乎有認真考慮過這些 paper。

--

父權主義底下快要窒息的小囉囉

☆ [Origin:椰林風情] [From: h38.s254.ts31.hinet.net] [Login: **] [Post: 76]

於是我便查了一下「kcchang」此代號，發現他最近一次上站的 IP 為 **ipc102.ihp.sinica.edu.tw**：

kcchang (kc), 已上線 628 次, 發表過 80 篇文章.

最後上線來自 **ipc102.ihp.sinica.edu.tw**, 時間為 Tue Mar　2 17:03:36 1999

但我查出「**kcchang**」以前所有發表過的文章，其上站 IP 則皆為 **ipc99.ihp.sinica.edu.tw**。換句話說，「**TUTTO**」和「**kcchang**」正是同一人！而這兩台電腦的 IP（**ipc99** 與 **ipc102**）都來自於中央研究院（**sinica**）歷史語言研究所(**ihp**)的研究室。意即此人在以前都以研究室的 **ipc99** 電腦上網，但後來則改以 **ipc102** 電腦上網。

　　於是我便註冊一個新代號，寫信給「kcchang」，問他有關申請普林斯頓的經過，「kcchang」果然上鉤，以下便是他回信的內容：

From: kcchang (kc)

Date: Wed Mar　3 10:01:44 1999

(略)

事實上,台大藝研所很多學生申請到名校，但是托福都沒有到 **600** 分。

(略)

我的推薦一位是論文指導教授，一位是我目前的老闆，是中研院院士，一位是我論文的審查委員，三位都是在我研究領域中具國際知名度的學者，而且我去年畢業後，就在中研院工作，我想這些條件都是 princeton 會考量的。

--

父權主義底下快要窒息的小囉囉

☆ [Origin:椰林風情] [From: ipc102.ihp.sinica.edu.tw] [Login: **] [Post: 81]

From: kcchang (kc)

Date: Wed Mar　3 13:31:57 1999

我是研究中國考古美術史，論文寫春秋時期楚國的青銅器風格發展。

--

父權主義底下快要窒息的小囉囉

☆ [Origin:椰林風情] [From: ipc102.ihp.sinica.edu.tw] [Login: **] [Post: 81]

套到「去年畢業」和「論文寫春秋時期楚國的青銅器風格發展」兩條線索後，我便立刻跑到台大圖書館去查資料，果然查到一本資格完全相符的碩士論文《淅川下寺器群研究：楚系青銅器區域風格及其成因》（1998），研究生名為余慧君，指導教授為陳芳妹。

至此真相大白，在網路上匿名惡意攻擊我的「TUTTO」就是「余慧君」，而「kcchang」也是她！我後來則查出「kcchang」乃是余慧君男友張建X的英文縮寫。

在此要另外補充的則是，根據余慧君在網路上發表的文章，可知她的 TOEFL 和 GRE 成績都考的極爛，所以沒被芝加哥大學等四所學校錄取，唯有普林斯頓大學的美術與考古研究所錄取了她！但不要臉的余慧君得了便宜還賣乖，後來還在網路上問說：「同樣的申請文件，同樣的推薦信與讀書計劃，為什麼 princeton 收我，還給獎學金，而其他四所學校卻全部拒絕了我？」我想原因很簡單，那就是普林斯頓大學一時失察，讓一個下三濫不小心溜進了校門。

余慧君自稱她被普林斯頓錄取的原因是因為「推薦信很有力」！而寫推薦信的有三個人：「一位是論文指導教授，一位是我目前的老闆，是中研院院士，一位是我論文的審查委員。」所謂的「指導教授」就是陳芳妹，所謂的「老闆」則是陳芳妹的丈夫、史語所的所長杜正勝。所以若是以後余慧君在普林斯頓又幹了什麼齷齪下三濫的事，這兩個人要負完全的責任。

余慧君在網路上得意忘形的透露說，她將於八月六日啟程前往美國。為懲罰這個自以為罵了王裕民還可以逍遙法外的混蛋，本人特地撰寫此文，公開的、具名的譴責余慧君。並將此文翻譯成英文，寄給普林斯頓大學的教授，而余慧君坐在飛機上作著她的留學夢的同時，也正是此文正式公布的時間，以作為那些喜歡用下三濫手段的混蛋一個警戒。

附錄一：余慧君之人格分析

在查出攻擊我的「TUTTO」就是余慧君後，又得知她在網路上的另一個常用代號是「kcchang」，我便一直暗地裡蒐集了所有余慧君在網路上所發表的文章，而每一篇爛文都已被我拷貝存檔。在此便利用這些當事人「口供」，來分析余慧君此混蛋女人的人格特質。

1・只敢躲在暗處寫黑函！

關於此點，以上已詳述，在此僅建議普林斯頓大學校方，未來幾年貴校若發生學生黑函之攻擊事件，第一個要懷疑的便是余慧君，因此人已有前科在案！此女雖然念的是「藝術史」，但她的下三濫行徑根本不像學「藝術」的，而其不提出證據便隨意攻擊他人，則又不像學「歷史」的！

2・自以為有「精神潔癖」，其實根本是「精神分裂」！

余慧君在網路上攻擊我時，順便自誇她有「精神潔癖」，而在「電影版」所發表的文章，她也說自己有「精神潔癖」。第一次看到有人如此愛把「精神潔癖」放在嘴巴講的人，但可笑的是，自稱有「精神潔癖」的人，卻幹出最卑鄙可恥的行徑，所以我懷疑余慧君事實上可能是「精神分裂」，而非「精神潔癖」！在此建議普林斯頓大學校方，日後最好按時對余慧君作精神檢查，以免她的「精神潔癖」又幹出最骯髒的勾當！

3・嬌生慣養，不耐吃苦！脾氣不好，極愛抱怨！

余慧君曾在「旅遊版」發表一篇文章，自承是「一個享樂主義者」，但事實上，還不只如此。余慧君之嬌生慣養，真是我前所未見，看看以下她在網路上向人述說台大藝研所學生之辛苦的混話便可略知一二：「……願意為學術研究犧牲世俗的享受，寒冷的多天，半夜仍然得在研究室準備明天的報告，有時候還會被那些老師們海批一頓，讓你覺得努力是白費的……。」真是夠可笑的了，小小一點苦便鬼叫成這樣，哪個作學問的人不是吃苦受罪走過來的？受的苦難比妳余慧君多的比比皆是，只有妳在無病呻吟，真是混蛋至極！這種下三濫貨色和爛英文程度，卻靠著台大的招牌和指導教授和她老公的「有力」，順利進了中央

研究院和普林斯頓大學。

關於余慧君的英文程度之爛，在此有一個證據：

標題　請問[社區營造]的英文名稱?

時間　**Tue May 11 10:35:14 1999**

可以翻譯成 BUILDING COMMUNITY 嗎?

--

☆ [Origin:椰林風情] [From: ipc102.ihp.sinica.edu.tw]

「社區營造」翻成「building community」，這種英文程度竟然可以進普林斯頓的博士班，看來以後我們對普林斯頓大學的博士不能指望太高。

余慧君在碩士論文的「謝詞」中如此描述自己：「過於浮躁自傲的個性」、「脾氣不好且沒有耐性」，事實上也是如此。余慧君的愛抱怨也是難得一見的，除了以上的作學問的辛苦外，余慧君不論到旅行社買機票、到醫院作健檢、到大陸蒐集資料，事後無一不在網路上抱怨連連，好像全世界都對不起她一樣。

4·個性刻薄，忘恩負義！

余慧君的碩士論文研究的是大陸出土的青銅器，所以曾三次到中國大陸蒐集資料，但事後她在論文中，不但不感激大陸方面所提供的協助，反而在網路上發表以下忘恩負義的文章：

發信人：kcchang@Palmarama (kc)，信區: TourAbroad

標　題：Re：在大陸過年的話

發信站：台大計中椰林風情站 (Sat Jan 16 11:41:28 1999)

勸你千萬別在過年前後在大陸轉換城市，很可怕的，即使是平時，他們也是很亂的，尤其是各省城的火車站。大陸內陸的人都往沿海城市工作去，過年前返鄉人潮比台灣可怕多了，像螞蟻一樣。因此如果你想從北京到西安去，我看是凶多吉少了。

治安不佳，交通訊息很差，再加上共產國家的服務品質…除非你有門路買到火車票，而且有體力擠上烏煙瘴氣的火車，最好還是個看起來不想觀光客的壯漢，否則…我已經去了三趟了，每次都待 20 天左右，而且轉換不同的城市，

說實在的，如果不是爲了論文收集資料，我是不

會到這個鬼地方的，因爲每次回來都想台獨…

--

父權主義底下快要窒息的小囉囉

☆ [Origin:椰林風情] [From: ipc99.ihp.sinica.edu.tw] [Login: **] [Post: 69]

從以上文章，便可完全看出余慧君的刻薄程度。我會將這篇文章寄給大陸的相關博物館和海協會，若是余慧君以後又到大陸蒐集資料，請他們務必對她好好關照一下才是。

附錄二：余慧君上站記錄

TUTTO (大傻), 已上線 7 次, 發表過 1 篇文章.

最後上線來自 **140.109.138.99**, 時間爲 **Wed Jan   27 13:20:20 1999**

信箱中的信件都讀過了. 〔已通過身份確認〕 目前不在線上

沒有名片檔.

TUTTO (大傻), 已上線 8 次, 發表過 1 篇文章.

最後上線來自 **ipc102.ihp.sinica.edu.tw**, 時間爲 **Sun Jan   31 17:16:27 1999**

信箱中的信件都讀過了. 〔已通過身份確認〕 目前不在線上

TUTTO (大傻), 已上線 9 次, 發表過 1 篇文章.

最後上線來自 **7pc111.ihp.sinica.edu.tw**, 時間爲 **Tue Feb   9 14:30:03 1999**

信箱中的信件都讀過了. 〔已通過身份確認〕 目前不在線上

TUTTO (大傻), 已上線 10 次, 發表過 1 篇文章.

最後上線來自 **ipc102.ihp.sinica.edu.tw**, 時間爲 **Tue Feb   24 13:42:14 1999**

信箱中的信件都讀過了. 〔已通過身份確認〕 目前不在線上

TUTTO (大傻), 已上線 11 次, 發表過 1 篇文章.

最後上線來自 **ipc102.ihp.sinica.edu.tw**, 時間爲 **Tue Mar   3 15:19:47 1999**

信箱中的信件都讀過了. 〔已通過身份確認〕 目前不在線上

===

kcchang (kc), 已上線 **628** 次, 發表過 80 篇文章.

最後上線來自 **ipc102.ihp.sinica.edu.tw**, 時間爲 **Tue Mar   2 17:03:36 1999**

信箱中的信件都讀過了. 〔已通過身份確認〕 目前不在線上

沒有名片檔.

kcchang (kc), 已上線 **637** 次, 發表過 81 篇文章.

最後上線來自 **ipc102.ihp.sinica.edu.tw**, 時間爲 **Wed Mar   3 15:19:47 1999**

信箱中有新的信件. 〔已通過身份確認〕 目前不在線上

余慧君在台大椰林的常用代號是「kcchang」，她為了攻擊我，特地註冊一個新代號「TUTTO（大傻）」發表文章，鑑於張世昀的被我揭發，這個代號從此不敢發表文章，所以從頭到尾只有「發表過 **1** 篇文章」。這個代號十幾天才會偶而上站一次，最後則是都不用了，最後自然被系統殺掉。

但服務於中央研究院歷史語言研究所的余慧君，事實上是一天到晚上 **BBS** 站上的，從一九九九年三二日到三月三日，不到二十四個小時，上站「十次」之多！還在網路上發表八十多篇文章，時間還大多在上班之時。除了屢屢在「留學版」一直問申請學校的問題，還在「藝術版」洩漏她的工作內容：

發信人：kcchang@Palmarama (kc)，信區: Art

標　題：如何規劃一個新的博物館?

發信站：台大計中椰林風情站 **(Tue Nov 26 09:59:31 1998)**

我現在的工作是籌備一個小型 500 坪左右的研究性博物館,整個展示的大方向和展品的選擇都是老闆決定好了,不過老闆們都是做學術研究的,並不懂一個博物館的誕生過程,而我是學藝術史而不是學博物館的,所以大家都沒有經驗,目前已經到了與設計師簽好約的階段,我最大的困難是不知該如何與設計師溝通,雖然我努力的提供各種視覺上的資料給他,但是他好像沒有回應,而且我的授權不大,做起事來無法開展,老闆怕我弄得太後現代,如何突破這種困境呢?有沒有網站是把一個博物館誕生過程的工作日誌或溝通過程公佈出來的呢?問一些辦過展的學長姐們似乎也沒有用處,因為故宮或史博館的櫃子是固定好的,而我的 case 是一個全新的博物館.初出茅廬的我擔此大任,我真擔心把 **6000** 萬的預算搞砸了.不知網友們是否可以提供訊息?

--

父權主義底下快要窒息的小囉囉

☆ [Origin:椰林風情] [From: ipc99.ihp.sinica.edu.tw] [Login: **] [Post: 46]

發信人：kcchang@Palmarama (kc)，信區: Art

標　題：**Re: 如何規劃一個新的博物館?**

460

發信站：台大計中椰林風情站 (Tue Nov 27 09:37:38 1998)

所謂研究性質的博物館,到底應該是何種模式,我也摸不清我老闆的意思,所以

（略）

其實把工作上的困擾貼出來,**是因為這整個大計劃竟然只有兩個人在作軟體規劃,而且軟體規劃的時間不到一年**,所以我需要找人討論,刺激一下我的想法.

--

父權主義底下快要窒息的小囉囉

☆ [Origin:椰林風情] [From: ipc99.ihp.sinica.edu.tw] [Login: **] [Post: 49]

經由余慧君的現身說法，我們才知道在杜正勝當所長的時候，史語所所籌畫的「歷史文物陳列館」竟是這樣「規劃」來的：總共兩個人，其中一個是不專業的菜鳥、運用六千萬元的納稅人辛苦血汗錢、軟體規劃不到一年，真是可惡到極點。

歷史文物陳列館所陳列之「請勿停車」重要文物資產

附錄三：兔子比狐狸還有狼厲害

這篇學術寓言，據聞是由外國文章所翻譯而來，版本眾多，轉引如下：

兔子是名研究生，正在寫論文，可是常常看到他到處蹦蹦跳跳的。有一天被一隻狐狸抓到了，要吃掉他，可是兔子說：「你不能吃我，因為我正在做研究，題目是「兔子比狐狸還有狼厲害」。而根據我的研究顯示，兔子確實比狐狸還有狼厲害，所以你不能吃我。」狐狸當然不相信，兔子就說：「不信的話，你跟我回去看看我的論文就知道了，狐狸就跟著兔子回去了。過了幾天，兔子還是仍舊到處蹦蹦跳跳，而狐狸卻不見了。

過了幾天，兔子又被狼捉到了，同樣的，狼也要吃兔子，兔子一樣把他的觀點提出來，狼當然也不相信，可是又不能懷疑科學的證據，也跟兔子一起回去看看他的論文。過沒多久，又看到兔子到處蹦蹦跳跳的，一副很優閒的樣子。

後來他碰到另外一隻兔子。另外一隻兔子問他：「你最近在做些什麼啊？」兔子說我在寫論文，題目是「兔子比狐狸和狼還厲害」。這隻兔子當然也不相信，就跟著研究生兔子回到他的窩，進去他的窩，是個標準的研究生宿舍，小小的空間，擺了張床，書桌上一台電腦，四處散滿了各種書籍跟資料，旁邊堆了兩堆骨頭，一堆是狐狸，一堆是狼。在骨頭的後面，坐了一隻獅子，脖子上掛了一張牌子，上面寫著：「指導教授」。

結論是：「你的論文題目是什麼並不重要，重要的是，你的指導教授是誰。」

後記

我在當年三月就查出了余慧君是在網路上誹謗我的另一個人，但我一直忍到八月六日，當余慧君正在飛機上作著她的留學大夢時候，才公布證據。我還請友人翻譯一篇英文摘要，寄給普林斯頓大學中國藝術及考古系的所有教授，這就是我對付這種寫黑函人士的方法—「公開的、具名的修理你」！

妙事還沒完，公布余慧君的惡行在網站後不久，收到一個人的來信，這個人就是余慧君的男朋友，我在上述文章中提到的「張建X」。為什麼我會如此神通廣大，知道余慧君男朋友的姓名呢？余慧君可能當年也是一頭霧水，利用此書，也賞她個痛快，讓她知道以後最好不要再匿名寫黑函攻擊人了。

因為我查出余慧君是師大國文系畢業的，然後我再去師大圖書館翻畢業紀念冊，結果在生活照中，看到一個男同學摟著余慧君，我再一看大頭照，這個男同學的照片就在余慧君旁邊！

畢業那麼多年，又怎麼知道這個男同學是不是還是在摟著余慧君呢？我又一查余慧君的碩士論文，在「謝詞」中，余慧君提到了「建建」這個人：

> 而四年來，建建所受的委屈最多了，常常要傷腦筋與我討論問題，還提供我大量心靈上的、經濟上的援助。而脾氣不好且沒有耐心的我，總是辜負他的好意。即使再多的言詞，都不足以表達我對他的感謝。

所以我知道「受害者」還是「建建」。（可憐的「建建」！）

「建建」真是個好男人！因為他竟然寫了一封長信給我，代余慧君向我道歉。「建建」你很偉大，不過你可以忍受這個女人那麼多年，我卻完全不行，所以我還是要修理這個女人。

妙事到此可還沒結束！過了一年多，時間來到了二○○一年一月二十日，中午十二點三十分，在服役的我，趁著放假到台大附近的網咖上網，上到一半，進來一個女顧客，我一瞄，竟是余慧君！！！這個女人

可能是放寒假回到台灣，她穿著白上衣與黑色牛仔褲。更妙的是我身上帶著相機，於是我拍了這張照片以資紀念。余慧君一輩子也沒想到，在網路上匿名攻擊我，竟然會遭受如此多的報應。

雙手放在頸子後面，正在看電腦銀幕的余慧君。希望她當時不是又在網路上匿名攻擊人。

　　繼無恥的張世昀和余慧君兩個研究生的匿名攻擊，我在二〇〇三年又遭到筆名「聞真」在《書法教育會訊》的第三次黑函攻擊，後來經我調查，幕後黑手竟然是跟我在《故宮文物月刊》打筆仗打輸，快六十歲、教授書法的副教授李郁周（原名「李文珍」），不得不讓人感嘆世風日下，道德敗壞，從事藝術研究的人還盡幹這些見不得人的下流勾當，真是可悲到極點。我一直堅信一件事：這些人格有問題的人、這些俗辣，通常學問也不可能做得好。

464

　　為什麼我會那麼氣憤？因為當時我只是一個大學生，我對我寫的任何東西都負完全責任，也無一不是拿出證據，然後動筆寫出，公開的、具名的幹。結果兩名莫名其妙的研究生，竟然在網路上匿名鬼扯，偷偷摸摸的的躲在暗處傷人，被我罵的台大教授不出面，反而是下面的兩條惡狗出來狂咬，然後咬了之後就跑。我真搞不懂這這些台大研究生怎麼會如此人格低劣？會如此腦袋不清楚？我的恩師李敖，以及我，無論在作學問的程度上和追求真理的勇氣上，都是這些爛咖所遠遠不及的。

　　我還不認識李敖老師的時候，看他的著作總會懷疑怎麼會有那麼多莫名其妙、光怪陸離、匪夷所思的事「都」發生在他身上。後來我年紀愈長，發現就是那麼邪門，這些離譜的「災難」真的會突然從天而降，奇聞、奇情、鳥人與鳥事會不斷的撲面而來，就像電影「大智若魚」（Big Fish）一樣。而這本書就是一個三十歲年輕人遇到的鳥人鳥事真實記錄。

王先生：

　　您好，我是□□□，正是余慧君的男友，也是　您在文中所指的張建X。看到　您的文章，深對　您的仔細感到佩服，也為慧君的無知感到抱歉。在此向　您說聲對不起，希望　您大人大量，能有關公收黃忠之氣度（雖然慧君無黃忠之英武，然莽撞卻是有過之而無不及），望　您高抬貴手，放她一馬，敝人在此代慧君向您道歉。此外本人亦已將此文列印，交予慧君，以為日後時時警惕。

　　想　王兄少年英才，所作研究功夫至為紮實敝人深表佩服，若能將此心力，用於解決千古之謎，定當多有大用。然　兄之所言，敝人以為尚有幾許不妥之處，在此提出，望　兄諒察：首先以「大醜女」稱代「慧君」，恐是太過，想情人眼裡出西施，至少敝人並非作如此想，且　兄將其照片公諸於網路上，此一做法若傷我心。其二，kcchang 並非本人姓名縮寫，想　兄才高，對於英文拼音自當了然，有此失誤，恐是盛怒所致。其三，慧君為文批評大陸社會，此為其親身經歷，他人未經，恐難了解，且其未因此否定大陸學者之功，並於隨文註中提及感謝曹錦炎先生之語，恐　兄倉促之間並未發現。

　　想　兄貴為　李教先生高足，對於慧君之前所為，定當不齒，然其罪雖不可恕，但其情可憫。想　尊師若為他人攻擊，　兄自當挺身相護。若由此想，則　兄自當了然於胸，若以此毀其求學之路，此亦非美事。所謂得饒人處，且饒人，凡事以和為貴，慧君能赴美進修，雖言其幸運，然其背後所付出之努力，亦非全如　兄之言。想一個不努力的人，又如何得到師長的青睞？想　兄所以為　李教先生所識，亦在於　兄之聰穎機敏，好學不息，其背後努力，又何足以為外人道？

　　慧君小小蚍蜉，怎能撼動大樹？敝人於此卑辭以對，尚祈　兄看吾人薄面，准予寬量，且吾人保證慧君此後定當噤口，定勿擅道是非，千萬抱歉，尚祈海涵。

　　上述乃為敝人於 BBS 上見後之言，今又上　兄之網站觀覽，敝人有幾許肺腑之言，欲供　吾兄參考，若有冒犯之處，望兄海涵。吾觀　兄之著作目錄，當為讀書種子，若假以時日當能大成，時無需耗力費時於批駁某一系所，或某一個人之上。人生匆匆不過百年，何需因樹，而放卻森林？敝人以為此甚為不智。再者，敝人以為，學術本無權威，亦無所謂定論、高下可言，其歸結乃在論者是否專心致力，若僅以此為登龍之途，自當不取。然學術著作，

謬誤之處多所難免，想孔聖春秋之筆，尚有「罪我」之言，況一般學者？且歷史真相究竟為何，學者所言恐只若管中窺豹，各取一隅罷了。然 李敖先生為俠之大者， 兄自當為少俠。俠者，懲奸除惡快意恩仇，自當人人稱快。

　　貴網一遊，提出區區鄙見，望 兄海涵，想小弟與慧君微薄之力，實無以與 兄抗衡。若有冒犯，多多海涵，千萬拜託，高抬貴手。　　敬頌

　　　　　時祺
　弟 □□□　敬上
99.8.14

馬克吐溫：「我喜歡別人的批評，但它必須依照我的方式。」我的方式就是請你們拿出證據來，有 **LP** 的、公開的、具名的、據實的批判別人，不要搞一些不入流又齷齪的無恥伎倆。

==

馬克吐溫說：「大家意見如果都一致，賽馬場豈不關門大吉？」王裕民說：「對美女而言，最痛苦的事就是醜女說她很醜；對智者而言，最痛苦的事就是蠢蛋跑來說教。」與建建共勉之。

諸暨陳章侯劄子〉[143]得知，許友知道陳洪綬（1598-1652）其人而心生仰慕，至少是在1640年之後，父親許豸對陳洪綬不但喜愛亦苦心收藏，然當時陳洪綬「宦中，不得識」，可推得其時間是崇禎庚辰（1640）至崇禎癸未（1643）之間，陳洪綬入貲為國子監生的時候，後來似乎也沒有機會見面。[144]

〈與諸暨陳章侯劄子〉云：「古心如織，秀色如波。披復有左右手，如蘭枝蕙葉，乃有此奇光冷響也。」[145]，頗為推崇，周亮工讀畫錄中錄楊龍猶語：「予辛卯（1651）役於入閩，定交樾園，酒闌燈池，抵掌天下人物，未嘗不首推章侯也…」。[146]陳洪綬於閩地確實具有相當的地位，許友文中不但推許陳洪綬的藝術成就，更欲為之提水侍硯，可見其崇慕之情。

[143] 其文曰劄子，卻是極為奇特的事情，所謂的劄子，是「唐人奏事，非表非狀者…今謂之劄子。」或「宰相治事之地，曰政事堂…其所下書曰堂帖…劄子，猶堂帖也。」可見其帶有極為濃厚的政治表章意味。文集中共收了三篇劄子，除與陳洪綬之一篇外，尚有與趙壐、曹山俱二人各一篇，許友一生從未任官職，趙壐與曹山俱二人也皆是與許友有詩文往來的友伴，以劄子為文體，確令筆者不解。

（六）箬蘭室及米友堂

許友有兩個常用的堂號，顏其堂曰米友，黃仲霶又不喜君。登其堂曰：小子遂敢友米耶？君復更米室曰箬蘭。」[147]這樣的紀錄，許多的文獻資料也都記載著許友「慕宋米芾為人，構米友堂名之。」[148]可見許友「慕米」是極為有名的。而箬蘭室的由來，則可見於《文集》中〈箬蘭志〉一文。文中因與李雲谷前往濤園尋印，得一蘭，忽覺其中有可師之處，回家後，便將家屋改成上豐下瘠狀。屋外除梧桐循竹外，仍不忘置「慕米」石一片。其狀定與其他屋舍大異其趣，於是有「客有過者，詫謂此

[143] 其文曰劄子，卻是極為奇特的事情，所謂的劄子，是「唐人奏事，非表非狀者…今謂之劄子。」或「宰相治事之地…其所下書曰堂帖…劄子，猶堂帖也。」可見其帶有極為濃厚的政治表章意味。文集中共收了三篇劄子，除與陳洪綬之一篇外，尚有與趙壐、曹山俱二人各一篇，許友一生從未任官職，趙壐與曹山俱二人也皆是與許友有詩文往來的友伴，以劄子為文體，確令筆者不解。

台大藝研所畢業生張佳傑的碩士論文《明末清初福建地區書風探究：以許友為中心》頁五十五，他對許友文集中有三篇「劄子」感到「不解」，並認為「極為奇特」，因為他以為「劄子」是政治性的表章之類的東西。

這個蠢研究生讀了四年「藝術史研究所」，竟然不知道「劄子」就是「尺牘」，他的指導教授傅申也不知道在搞什麼東西，讓學生在論文裡鬧這種荒唐的笑話，這種台大研究生的水準差勁到極點，絕對超出你的想像。

mofasar (亂馬)，已上線 410 次，發表過 12 篇文章。
最後上線來自 ccsun56.cc.ntu.edu.tw，時間為 Wed Mar 3 18:18:52 1999
信箱中的信件都讀過了。〔已通過身份確認〕目前不在線上
名片檔：

我是小摩
我不是別人
我就是小摩

[ccsun56]/users/ntu/cl/
r6141004 pts/9   140.112.142.130 Wed Mar 3 18:45 - 18:45 (00:00)
h2505021 pts/9   140.112.142.130 Wed Mar 3 18:30 - 18:45 (00:14)
artcy   pts/8   140.112.142.130 Wed Mar 3 00:09 - 00:10 (00:00)

張佳傑在1999年時也插花演出，因情節較輕，所以當時放他一馬。左圖為張佳傑於1999年3月3日在台大藝研所辦公室，不用研究生帳號，而是用大學時的造船系帳號先連到工作站 ccsun56，再連往台大椰林 BBS 站，代號為「mosfasar」，暱稱叫「亂馬」。(工作站和BBS站的設定時間有十二分鐘的落差。)

我所見宋代名人尺牘書稱劄子的，最早一通是南宋趙鼎的《郡齋帖》，《墨緣匯觀》《石渠寶笈續編》著錄。《宋人法書冊》中的一頁，原故宮博物院藏，書云：

則北宋早期之所謂"劄子"，是中書省所下之公文，至北宋末、南宋初開始把尺牘也稱為劄子了。

徐邦達〈鑑古瑣記〉(《學林漫錄》二集)

後記二：文徵明與章簡甫的摹刻技術

　　文徵明與章簡甫合作的刻帖，除了陸家的「水鏡堂自敍帖」外，尚有文家自己的「停雲館帖」。以下以帖中顏真卿書「朱巨川告」的元朝鄧文原「巴西鄧氏善之」印為例，與**摹刻最為真實**的「**三希堂法帖**」，以及**鄧氏原印**相比，讀者可以發現文徵明父子鈎摹、章簡甫刻石的刻帖，事實上並非很理想的，而他們把「趙氏藏書」刻走樣也不是偶然的。

| 停雲館帖 | 三希堂法帖 | 鄧文原「臨急就章」 |

「巴西鄧氏善之」印比較，**注意右下角的「鄧」字**。更妙的是**此印是白文印，**「**停雲館帖**」**卻刻成朱文印**

這兩篇妙文是我大學末期所寫，也曾公布於「你不知道的台大藝研所」網站，並列印成冊散發給所有台大文學院教授，李敖老師並曾在他的節目「笑傲江湖」連播四集談論此事。現在略做文字刪修（只刪不補），重新發表。由於撰寫這兩篇文章，使得南唐史亦是我的強項之一，這幾年來我仍不斷蒐集資料，但一直沒時間繼續對陳葆真的其他南唐史論文做糾謬，否則照我現在的能力，我保證可以找到 N 條錯誤。如果藝研所學生再上網匿名亂咬人，我會考慮出一本南唐研究專書。

哇，所長ㄟ！一台大教授學術水準之研究一

斯斯有兩種，台灣大學的爛教授也有兩種：一種是佔著毛坑不拉屎，卡著位子佔盡便宜；另一種則是佔著毛坑偶而拉點屎，但卻拉出又臭又爛的屎！雖然俗話說的好：有拉總比沒拉好。但不好好拉屎還是有錯！

前者，因為不拉屎，所以直接點名即可；後者，必須證明他不好好拉屎，故本文便是要來證明不好好拉屎的台大教授！

前言

國立台灣大學藝術史研究所代理所長陳葆真教授，連續三年在所內期刊《美術史研究集刊》上發表〈南唐烈祖的個性與文藝活動〉（第二期，民 84）、〈南唐中主的政績與文化建設〉（第三期，民 85）、〈藝術帝王李後主（一）〉（第四期，民 86）等三文，以介紹南唐三主。三文雖長篇大論，但事實上卻聊無新意沿襲舊說，且忽視前人的研究成果。更嚴重的是，三文發生諸多荒謬的錯誤，已達「瑕能掩瑜」的地步。基於知識份子尋求真理的原則下，故撰本文以辨誤糾正之，最後並作評論。

烈祖部份

辨誤一

頁 29 云：

後主二度派徐鉉入汴求太祖緩兵。徐鉉力辯南唐事宋殷懃，毫無過失。但宋太祖乾脆回答：「不須多言，江南亦有何罪？但天下一家，臥榻之側，豈容他人鼾睡？」17

註 17 云：

太祖回徐鉉這段話，不見於馬令，《南唐書》，而見於王稱，《東都事略》（台北：中央圖書館重印，1990），冊 1，卷 23，李煜傳，頁 402。

據本人檢索宋代史料，目前發現最早記載宋太祖的名言：「臥榻之側，豈容他人鼾睡？」，乃是北宋初年楊億（974~1020）的《楊文公談苑》（大陸學者李裕民所輯本）。而王稱上《東都事略》乃於南宋淳熙十三年（1186），引用史料孰優孰劣當可自知！

辨誤二

頁 30 云：

太平興國三年（978）七月七日，太宗遣人祝賀後主四十二歲生日，賜酒，以牽機藥酖殺後主，葬之於洛陽北邙山，並追封為吳王。南唐舊臣徐鉉奉太宗之命為後主寫了墓誌銘。19

註 19 云：

銘文見徐鉉，《騎省集》，四庫全書，冊 1085，卷 29，〈大宋左千牛衛上將軍追封吳王隴西公墓誌銘並序〉，頁 221～223。

「陳文」稱李後主被宋太宗毒死於七月七日，史料來源則是徐鉉為李後主所撰的墓誌銘，但事實上，墓誌銘並不是這樣說的。其原文是「太平興國三年秋七月八日遘疾，薨於京師里地，享年四十有二。」所以，徐鉉墓誌銘明明寫著李後主死於七月八日，且是因疾而死！

陳氏在〈後主〉一文亦稱後主「慘遭酖毒」（頁 44）、「被酖而死」

（頁47）、「慘死」（頁48）。按李後主死亡原因有二說，一是病死，二是被太宗毒死。記前者的有不但有南唐舊臣徐鉉寫的墓誌銘，還有北宋龍袞的《江南野史》和馬令的《南唐書》；後者則始自南宋王銍的筆記小說《默記》（成書於紹興年間）。對於這兩種說法，阮廷卓早就撰〈李後主之死〉一文詳辨之，認爲李後主被宋太宗毒死乃不可信之事。又大陸學者任爽《南唐史》一書，亦對此事有所探討，同樣亦採此說。事實上，由各種角度及史料來分析，後主病死之說是較爲可信且合理的，亦爲一般學界所接受；而野史之說謬誤處甚多，故不可採信。

辨誤三

頁30提及南唐白鹿洞「書院」時云：

> 其次再看書院的設立，以廬山的白鹿洞書院爲代表，根據畢沅的記載……22。

註22云：

> 畢沅，《續資治通鑑》，卷9，太平興國五年（980）事，頁250。

「陳文」屢次提及南唐時廬山設有「白鹿洞『書院』」，這是不正確的。按烈祖昇元四年（940）在白鹿洞所設立的，乃是由政府所創辦並任命官員主持，以及設置學田供給學生的官學，當時稱爲「廬山國學」或「白鹿國庠」，是和國子監具有同樣性質的學校。

南唐「廬山國學」是宋朝「白鹿洞書院」的前身，但正式稱作「白鹿洞書院」則大約遲自南宋時，所以在「陳文」論及南唐時的「廬山國學」時，不該屢屢以「白鹿洞書院」稱之，因爲兩者的性質上並不相同。

又首先提及南唐設有「廬山國學」的，據史料記載乃是北宋陳舜俞的《廬山記》（作於神宗熙寧五年，1070）。之後亦多見於宋人作品，如朱熹〈白鹿洞牒〉與王應麟《玉海》等，而「陳文」卻捨此不用，引用清人作品，實屬不當！（對於白鹿洞書院的探討，文章及專書甚多，與以上有關的主要可參見李才棟，〈關於白鹿洞書院史實的若干質疑〉，《江西教育學院學刊》1983年第一期，頁15~21；李弘祺，〈精舍與書院〉，《漢學研究》第十卷第二期，頁307~332。）

辨誤四

頁 32，註釋 28 云：

> 關於烈祖的出身，有兩種說法：一般都說他是江蘇徐州人，如鄭文寶，馬令，陸游，司馬光等人，見前揭書，但另一說，以為他是湖州安吉人，本姓潘，見《吳越備史》；又有後人懷疑他本不姓李，是為冒唐朝王室之後才冒姓李等等，詳見夏承燾，《南唐二主年譜》（臺北：文海出版社，1974 重印），頁 1～2。此處延用鄭文寶，《江表志》，四庫全書，冊 464，卷 1，頁 132 所記。因鄭文寶為南唐舊臣，對於史實應較明瞭。

按關於烈祖的籍里，並非只有兩種說法，而是三種！即《舊五代史》所記載的：「李弁。本海州人。」南唐烈祖是海州人的說法，乃是諸說中最為可信的一種，原因一是《舊五代史》成書極早，取材多自實錄，薛氏此說大概便是來自《南唐烈祖實錄》；原因二則由《江南餘載》、《江南野史》及《釣磯立談》所記載的幾事可證：

《江南餘載》云：「烈祖嘗以中秋夜翫月延賓亭，宋齊丘等皆會。時御史大夫李主明面東而坐，烈祖戲之曰：『偏照隴西。』主明應聲曰：『出自東海。』皆以帝之姓為諷也。」

《江南野史》云：「初有禪代之志，忽夜半寺僧撞鐘，滿城皆驚。逮旦召問，將斬之，云：『夜來偶得月詩。』先主令白，乃曰：『徐徐出東海，漸漸入天衢，此夕一輪滿，清光何處無。』先主聞之，私喜而釋之。又天祐中，諸郡童謠云：『東海鯉魚飛上天。』東海，徐氏之望；鯉與李姓音同也。天時人事，冥符有如此者也。」

李主明、寺僧與童謠所說的「東海」，即「海州」另稱！故烈祖的籍里當以《舊五代史》最為可信。

「陳文」認為「鄭文寶乃南唐舊臣，對於史實應較明瞭。」故採用《江表志》之說，以李弁為徐州人，此種論點根本不能成立！按徐鉉與鄭文寶同為南唐舊臣，為何兩人之書記烈祖之世系，會有不同的說法？（前者記其為「唐憲宗子建王恪之裔」，後者則記其為「唐高祖子鄭王元懿之裔」，但事實上，兩者皆是不可信的！何以如此？臣為君諱是也！）

由上可知，「陳文」以為南唐烈祖李弁的籍里只有兩種，然後又以

錯誤說法當作真正史實，而其所漏掉的說法反而是正確的說法，豈不可笑？（對於南唐烈祖的身世與籍里，任爽《南唐史》一書之〈李氏家世之謎〉有詳細考證。）

辨誤五

頁37，據《資治通鑑》所作之烈祖大事年表云：

後晉高祖天福二年（937）：十月，齊王徐誥即皇帝位于金陵，改元昇元，國號唐。……。（卷281，頁9182。）

後晉高祖天福四年（昇元三年，939）：正月，唐祖復姓李，立唐宗廟，不上尊號，又不以外戚輔政，宦者不得預事。此皆他國不及之策。（卷282，頁9197～98。）

《資治通鑑》記載徐知誥改國號為唐早於復姓李，兩事並相隔兩年之久，這是非常不合常理的。按馬令《南唐書》及《新五代史》二書皆云徐知誥於昇元二年復李姓，然後再改國號為唐。

1952年，江蘇揚州西郊出土南唐姚嗣駢墓誌，現藏於江蘇揚州博物館，並收錄於《隋唐五代墓誌匯編—江蘇山東卷》。由誌文第二十一行之「（昇元）二年，上以運復宗枝，禮成郊祀」一句可知徐知誥復李姓，稱國號為唐皆發生於昇元二年，所以《資治通鑑》記載兩事不但年代錯誤，並且順序顛倒！（見李之龍，〈南唐姚嗣駢墓誌初考〉，《東南文化》1995年第一期。）

辨誤六

頁43，論及烈祖時南歸之士云：

又我們根據馬令和陸游的《南唐書》諸列傳資料，歸納得知當時來歸江南的人，最多是來自江北，包括山東、河南、陝西和山西；此外也有四川、福建和廣東地區的人。來自山東的譬如潘處常、史虛白、劉彥貞、高越、盧文進、孫忌、韓熙載、潘佑和李廷珪父子；來自河南的包括王彥儔、朱元、李平、張延翰；來自陝西的有常夢錫；來自山西的有張易；來自四川的有陳曙；來自福建的有陳覬、江文蔚、游簡言；來自廣東的

則有陳陶等人。

　　此段謬誤之處甚多，以下一一指出：

1・潘處常和潘佑父子爲河北人，非山東人！

　　潘處常和潘佑乃父子，是幽州人（河北），並非山東人！不論陸游《南唐書》，或是《全唐詩》、《全唐文》、《全五代詩》、《十國春秋》皆已明言之。

　　陸游《南唐書》卷13云：「潘佑，幽州人，祖貴，事劉仁恭爲將，守光殺之。父處常，脫身南奔，事烈祖爲散騎常侍。」潘佑祖父劉貴事劉仁恭爲將，後被其子劉守光所殺。按劉守光於後梁乾化三年（913）爲晉軍被俘，次年被斬，故潘處常南奔至晚不超過此年，時距烈祖代吳自立（937），尚早二十四年之遙！

　　又馬令與陸游二人之《南唐書》皆云潘佑三十六歲卒，而歐陽修《新五代史》則記潘佑卒於宋太祖開寶六年（973），故潘佑當生於南唐烈祖昇元二年（938），且出生於揚州當地，是故晁公武《郡齋讀書志》卷18才會稱潘佑爲「金陵人」。

　　由以上考證可知，潘氏父子爲河北幽州人，非山東人；而潘佑之父潘處常早在烈祖代吳前二十餘年便已經南奔，且潘佑更是出生於南唐當地，並未「來歸」！（有關潘佑籍貫之探討，參見吳在慶，《唐五代文史叢考》，頁85。）

2・江文蔚爲山東人，非福建人！

　　馬令《南唐書》記江文蔚爲「許人」；陸游《南唐書》則稱其爲「建安人」。按徐鉉《徐公文集》卷18有〈翰林學士江簡公集序〉一文，乃是徐鉉爲江文蔚文集所作的序文，序中言「濟陽江公」，故江文蔚應爲山東人才是，並非福建人！

3・高越爲河北人，非山東人！

　　馬令《南唐書》、鄭文寶《南唐近事》記「燕人」；陸游《南唐書》則記「幽州人」。

4・盧文進爲河北人，非山東人！

馬令《南唐書》、吳任臣《十國春秋》記「范陽人」；陸游《南唐書》則記「幽州人」。

5・陳陶為福建人，非廣東人！

馬令《南唐書》記「世居嶺表」；《釣磯立談》與吳任臣《十國春秋》記「劍浦人」；龍袞《江南野史》記「嶺表劍浦人」。陸游《南唐書》記「嶺南人」。

6・劉彥貞其父時便已南歸吳國！

劉彥貞為吳國功臣劉信之子，早在吳太祖時便已南歸。

7・游簡言其父時便已南歸吳國！

游簡言為吳臣游恭之子，早在吳國初年便已南歸。

8・李平在中主時才南歸！

見馬令《南唐書》卷 19；陸游《南唐書》卷 13；《十國春秋》卷 24。

9・朱元在中主時才南歸！

見馬令《南唐書》卷 19；陸游《南唐書》卷 12；《十國春秋》卷 24。

10・陳曙與陳貺皆非烈祖時來歸，亦非「人才」！

陸游《南唐書》記陳曙「唐末避地淮南」；記陳貺云「隱於廬山四十年」。兩者皆非烈祖時南歸之士。且二人皆為隱士，和來歸江南的人才有何關係？

11・吳國時便已南歸之士

史虛白、韓熙載、高越、盧文進、江文蔚、孫忌、常夢錫、王彥儔、張延翰、劉彥貞等人都是在吳國時便已南歸！

由以上證據可證明，「陳文」這部份根本是在瞎掰與胡扯！不但搞錯多人籍貫，亦不細辨以上諸人的來歸時間，大部份早在吳國時便已來歸江南，有的則是在南唐中主時才南歸，有的更是出生在南唐時。事實

上，檢視史料，以上等人確實在南唐烈祖時南歸的只有張易、陳陶等人而已！

辨誤七

頁 **43**，引《全唐文》中的〈旌張義方直言詔〉，以證明烈祖對來歸人才的取捨。

按張義方，陸游《南唐書》卷 10 有傳，然稱其「不知其所以進」，而檢視諸史料，亦不可考其籍貫。既不能證明其為來歸之士，故陳文以此詔為例，應屬不當！

中主部份

辨誤一

頁 60 云：

至於與契丹的外交，雖然保持友好，甚至還可能結過姻親；81 但是兩國的關係卻被後周的反間計所破壞。保大十二年（955），契丹派使者到南唐，回程路上，被後周派刺客謀殺，嫁禍南唐。從此，契丹與南唐外交斷絕。82 因此，當保大十四～十五年（957～958）南唐與後周交兵正激烈時，雖然中主兩度派人渡海求契丹支援，但是契丹都未相助。83

註 82 云：

見陸游，《南唐書》，列傳卷 15，頁 84；又見司馬光，《資治通鑑》，卷 294，頁 9606。

註 83 云：

見司馬光，《資治通鑑》，卷 292，頁 9541；卷 293，頁 9562。

保大十二年為西元 954 年，非 955。又註 83 引《資治通鑑》二事，皆發生於後周顯德三年，即保大十四年（956），非 957～958。

按南唐與契丹因後周離間而斷交一事所發生的年代，司馬光《資治通鑑》與陸游《南唐書》有所出入，「陳文」既引用二書，當已發現此中差異。但「陳文」不但不加以辨析，反而採用錯誤說法，將此事倒果為因，實屬荒謬，現考辨如下。

陸游《南唐書》記契丹使者被後周派人暗殺一事於南唐保大十二年（954）；但司馬光《資治通鑑》卻記此事發生於後周顯德六年（959）十二月。兩者相差四年之久，故不可不辨。

《資治通鑑》卷294，頁9606云：

> 契丹主遣其舅於唐，泰州團練使荊罕儒募客殺之。唐人夜宴契丹使者於清風驛，酒酣，起更衣，久不返，視之，失其首矣。自是契丹與唐絕。罕儒，冀州人也。

《南唐書》卷18，頁84則云：

> 保大十二年，述律遣其舅來，夜宴清風驛，起更衣，忽仆于地，視之失其首矣。厚賞捕賊不得，久乃知周大將荊罕儒知契丹使至，思遣客刺之以間唐。

欲解決此一迷團，唯有從其他線索下手。《資治通鑑》云「泰州團練使荊罕儒」，《南唐書》云「周大將荊罕儒」，則荊罕儒為後周大將明矣，但泰州乃屬南唐之地，何來「泰州團練使荊罕儒」？

事實則是泰州一地在保大十四年（956）二月才淪陷於周人之手，三月南唐復之，但到了隔年（957）十二月又失之。故保大十二年是不可能出現「後周泰州團練使荊罕儒」的，後周顯德六年才有可能！《宋史·荊罕儒傳》亦明確記載荊罕儒於顯德五年（958）三月任命為泰州團練使，由此可知，《資治通鑑》的記載才是較有根據的。

此外，宋朝葉隆禮的《契丹國志》一書，亦記載此事，同樣記為後周顯德六年之事。

若按照「陳文」之說法，南唐與契丹兩國在保大十二年「外交完全斷絕」，何以南唐在保大十四年還要兩次向契丹求援？這豈不自相矛盾？

又「陳文」云：「南唐與後周交兵正激烈時，雖然中主兩度派人渡海求契丹支援，但是契丹都未相助。83」註釋83則記其史料來源為《資治通鑑》卷292與293。

經查原書，卻發現事實根本不是如此。卷292記載：「唐主遣人以蠟丸求救於契丹。壬辰，靜安軍使何繼筠獲而獻之。」明明是說南唐遣使以蠟丸向契丹求援，但使者與蠟丸卻被後周軍隊所獲，何來「契丹都未相助」之語？

辨誤二

頁66，註釋117云：

參見臺靜農，〈書宋人畫《南唐耿先生煉雪圖》之所見〉，《中外文學》，1975，3卷8期，頁8～17。據臺先生所述，此圖今藏台北故宮博物院，但作者遍查《故宮書畫錄》而未得。然就風格而言，此畫似應為明代以後畫家作品。

按此畫明明著錄在《故宮書畫錄》（1956），中冊，卷五，頁121。以及增訂本（1965），第三冊，卷五，頁133。不知陳老師為何「遍查而未得」？又此畫圖版可見於《故宮書畫圖錄》（1989），第三冊，頁51。

辨誤三

頁66，論及李璟文章云：

中主的文章傳世的有十二篇，收於清嘉慶十九年（1814）敕編的《欽定全唐文》中。

註釋119云：

見《欽定全唐文》，冊3，卷128，頁1613～1617。又據謝世涯在他的《南唐李后主詞研究》（上海：學林出版社，1994），頁8中指出管效先的《南唐中主文集》中收了17篇。但因作者不曾見過管書，因此無法在此論辨，姑存此記。

我也沒見過管效先的《南唐中主文集》，但我卻知道他的十七篇從

何而來！按清朝陸心源曾為《全唐文》做過補編，即《唐文拾遺》，刊刻於光緒 14 年（1888）。其卷 11 便收錄了南唐中主李璟的五篇遺文，分別是〈賜陳況手札〉、〈賜周繼諸金鋤手札〉、〈答喻儼等手札〉、〈讓太子表〉、〈賜宋齊丘書〉。

辨誤四

頁 67，說明《全唐文》中，所收錄中主文章的行文時間時云：

〈謝遣王崇質等歸國表〉，〈請令鍾謨歸國表〉都成於保大十四年春正月。

按〈謝遣王崇質等歸國表〉作於保大十四年（956）三月，見《十國春秋》卷 16；〈請令鍾謨歸國表〉作於顯德五年（958）八月，見《資治通鑑》卷 294 與《十國春秋》卷 16。

辨誤五

頁 74 云：

盧山國學又稱白鹿洞學館，設於烈祖昇元四年（940），為當時講學、授徒、和作育人才的書院。163

註 63 云：

據劉承幹，《南唐書補注》，卷 15，頁 6a～b。……。

錯誤原因同烈祖部份之辨誤三，一為不該稱作書院，二是引書不當。

辨誤六

頁 75 記南唐科舉一事云：

中主時期選拔人才最重要的措施之一，便是在保大十年（952）正式開始舉行貢舉，此後定期舉行，直到南唐滅亡那一年（975）為止。在此之前已有初步的考試方法，施行於烈祖時代和中主早期。那便是獻書和考試這兩種方法合用。

　　按南唐初年時所採取的取士之法，並非如「陳文」所說的，只有先上書言事，然後再加以考試的方法，尚有明經與明法等科，此見陸游《南唐書》〈徐鍇傳〉：「昇元中，議者以文人浮薄，多用經義、法律取士，鍇恥之杜門不求仕進。」由此可知，烈祖時常以經義與法律等科來取士，所以不只有上書言事再考試的管道！

　　雖然據《資治通鑑》與《續資治通鑑長編》等書得知南唐真正有制度性的施行科舉，乃是在元宗保大十年（952）。但事實上，在此之前南唐應該便已開始舉行，此由〈徐鍇傳〉所言烈祖昇元中以經義、法律取士可作為旁證，因為這即是科舉眾多科目中的明經科與明法科。

　　馬令《南唐書》記李徵古：「昇元末，第進士。」記郭昭慶之父郭鵬：「保大初進士。」陸游《南唐書》記陳起：「昇元中，以進士起家。」《十國春秋》記汪煥：「開國時第進士」對以上史料的判讀，學者皆認為南唐初年時已有科舉之設，但對於其內容則有不同看法：任爽《南唐史》肯定南唐烈祖時已經設置科舉，但無深論；鄭學檬《五代十國史研究》認為烈祖時的科舉尚未制度化，而上書言事則類似「制舉」，亦即兩者為不同的科目；伍伯常〈南唐進士科考述〉一文則認為上述的南唐初登第進士，其來源便是因上書言事再考試的文人，亦即這種考試方法便是科舉項目中最重要的科目「進士科」。

　　無論如何，南唐初年的取士之道都不止「陳文」所云的，只有上書考試之法而已！而既然科舉之設置乃是南唐歷史上極為重要的課題，就當有所深論，而不該只是沿襲舊說，誤導讀者！（關於南唐的科舉，可參見〈南唐進士科考述〉一文。）

辨誤七

科舉終於在南唐實行。此後，一直到南唐滅亡的二十二年之間（953～975），總共舉了十七次貢舉，選舉進士九十三人。174 在這種情況下選拔出來的南唐較有名的進士，在中主朝有江為、郭昭慶、何喬、張洎、宋貞觀、和徐鍇；後主朝則有舒雅和丘旭等人。175

註釋174云：

進士人名，據《江南通志》載十名，《江西通志》載七名，見劉承幹，《南

唐書補注》，卷 3，頁 22a～b，及卷 15，頁 8～11a；南唐又設有童子科，見同書。又參見無名氏，《南唐史》，頁 181～196，〈貢舉條〉。

註釋 175 云：

諸人傳記，見馬令，《南唐書》卷 14，頁 59～62；卷 22，頁 88；卷 23，頁 93。

此段謬誤頗多，以下逐一說明。

1・南唐正式實行貢舉乃是在中主保大十年（952），後罷一年，至十二年（954）才又開始舉行，直至開寶八年（975）為止，故共有二十四年。（扣掉停止一年則為二十三年。）

2・以上原始史料出自《續資治通鑑長編》卷十六，「陳文」註釋引用不當。

3・江為並非進士！

按馬令《南唐書》卷 14 明明記載江為：「……乃詣金陵求舉，屢黜于有司，為怏怏，不能自己。欲束書亡越，而會同謀者上變，按得其狀，伏罪。」此事亦見陸游《南唐書》卷 15 與《江南野史》卷 8，江為屢次應舉受挫，後以謀叛而被誅。故根據史料，何來江為乃中主時進士？「陳文」謬矣！

4・郭昭慶非進士！

馬令《南唐書》卷 14 云：「昭慶博通經史，擬《元經》作《唐春秋》三十卷，著《治書》五十篇，皆引古以勵今。獻之，為左右所沮，俾就舉進士，昭慶不平，復上書曰：『臣所述皆先聖之遺旨，以懲勸褒貶為任，其餘摘裂章句，補綴雕蟲，臣自少恥而不為。』因得召對，補揚子尉，不受，復歸禾川。」

郭昭慶傳亦見陸游《南唐書》卷 15 與《十國春秋》卷 28。根據上文語意，乃是郭昭慶獻書於元宗，但為左右所阻止，並叫他去參加貢舉，但昭慶卻以考試乃「餘摘裂章句，補綴雕蟲，臣自少恥而不為」，因而大感不平並上書抗議，才得到中主的召見。是故郭昭慶根本未參加過貢舉，亦非進士！

5．是「伍喬」，非「何喬」！

見馬令《南唐書》，卷 14；陸游《南唐書》，卷 15。

6．徐鍇疑非進士！

馬令《南唐書》記徐鍇「與兄徐鉉有大名於江左，鍇第進士。」陸游《南唐書》則云其：「昇元中，議者以文人浮薄，多用經義、法律取士，鍇恥之杜門不求仕進。鉉與常夢錫同直門下省，出鍇文示之，夢錫賞愛不已，薦於烈祖，未及用而烈祖殂。元宗嗣位，起家秘書郎。」

前者指其第進士；後者則云不求仕進，中主即位時才「起家秘書郎」。按南唐率以秘、校之職授予非經科舉應第的士人，徐鍇既以秘書郎起家，故應不是由科舉入仕才是。（對於徐鍇是否中第一事，參見伍伯常，〈南唐進士科考述〉，《漢學研究》第十五卷第一期，頁 135～137。）

辨誤八

頁 82，引吳任臣《十國春秋》，卷 15 云：

昇元二年（938）……是歲契丹主之弟東丹王亦遣使以羊馬入貢……八月契丹王遣梅里衲盧來聘……於是翰林院進《二丹入貢圖》。詔中書舍人江文蔚作贊以美之。

按《十國春秋》的原文乃是：

八月戊寅，升洪州瀟灘鎮為清江縣，不隸州。丁亥，契丹主遣梅里衲盧來聘。

九月……。冬十月……。十二月……。是歲，契丹主之弟東丹王亦遣使以羊馬入貢，別持羊三萬口、馬二百匹來鬻，以其價市羅紈茶藥。於是翰林院進二丹入貢圖，詔中書舍人江文蔚作贊以美之。

故由上可知，陳教授將此文任意「排列組合」，擅改史書！

後主部份

辨誤一

頁 43~44，引元朝楊維楨〈正統辨〉一文，引文來源據註釋 3 云：

文見周在浚，《南唐書注》（1695 序），嘉業堂刻本，卷 4，附錄，頁 21a。

　　按楊維楨（1296~1370）有文集《東維子集》，但不論元刻本或明刻本皆無收錄〈正統辨〉一文（作於至正三年，1343），直至清初編《四庫全書》時才將此文收入文集。但此文最早乃見於元末陶宗儀（1316~1403）的《輟耕錄》卷 3，以及明初貝瓊（？~1379）為其所作的〈鐵崖先生傳〉（《貝先生文集》卷 2）。是故若要引用楊維楨此文，當以引此二書為佳。（可參見王德毅，〈從宋史質談到明朝人的宋史觀〉，《台大歷史學報》第四期，頁 221~234；以及饒宗頤，《中國史學上之正統論》一書。）

辨誤二

頁 **44** 云：

楊維楨和陳霆的這種看法，影響了明、清之際的史家如吳非三、李清、丘鍾仁等人。他們都認為南唐才是承繼大唐的正統皇朝。6

註釋六云：

吳非三（山賓）作《唐傳國編年圖》；李清（映碧）作《南唐書年世總釋前論》；丘鍾仁作《南唐承唐統論》。他們都以南唐為正統。可惜這些書都已失傳。此據周在浚，前引書，凡例部份所引。又見劉承幹，《南唐書補注》（序：1795），嘉業堂刻本，卷 17，頁 33a。

　　此處「陳文」鬧了大笑話！是「吳非」而不是「吳非三」；他所寫的是《三唐傳國編年》，而不是《唐傳國編年圖》！這本書也未失傳，收於《叢書集成續編》（貴池先哲遺書）之中！陳教授誤將周在浚《南

《唐書注》中引的的「吳非三唐傳國編年圖」斷成「吳非三，唐傳國編年圖」，然後又說此書失傳，一錯再錯，實在有愧古人。

又吳非〈唐傳國編年圖〉、李清〈南唐書年世總釋前論〉與丘鍾仁〈南唐承唐統論〉，三文都是文章篇名，非書名！三文在周在浚《南唐書注》一書中的附錄部份都有轉引，不知「陳文」何來「可惜這些書都已失傳」之語？

明末李清曾著《南唐書合訂》一書，〈南唐書年世總釋前論〉便是收錄在此書之中。此書因乾隆編《四庫全書》時被查禁銷毀，故罕見刊本，但今日北京圖書館、北京故宮博物院圖書館，以及杭州大學圖書館等皆仍藏有此書。此外，《清代禁書知見錄》的作者孫殿起亦見過此書。所以此書根本未「失傳」！（見《北京圖書館古籍善本書目》與〈故宮藏禁毀書錄〉，《故宮博物院院刊》1997年第3期，以及《杭州大學圖書館善本書目》。）

又註釋最後一句「又見劉承幹，《南唐書補注》（序：1795），嘉業堂刻本，卷17，頁33a」亦錯，應該是「卷18，頁4a」！

陳教授將「吳非」誤作「吳非三」，然後將文章篇名誤作書名，又將明明存世的著作說成已經失傳，最後連引用書籍的卷數頁數都搞錯，一條註釋錯那麼多，實在令人佩服！

辨誤三

頁46云：

> 據陸游的記載：後主「廣顙豐頰、駢齒、一目重瞳子」。他的畫像當時已有多種，多出於南唐著名的院畫家之手，其中周文矩曾畫過他的三幅肖像。南唐亡後，這些肖像全部沒入北宋秘府收藏。宋神宗曾見過一幅。據說神宗當時很感動，後來皇后有孕，生下徽宗，即為李後主轉世。15

註15云：

> 此為宋人報應觀，參見周在浚，《南唐書注》，前引書，卷3，頁35b。

怪哉！既言宋徽宗乃李後主轉世之說出於宋人報應觀，卻引清朝人的著作來證明？事實上，此說確是出於宋人之報應觀，因為在宋朝人的著作，如《貴耳集》與《養痾漫筆》等筆記小說便已出現。「陳文」捨

此不用，亦屬不當！

辨誤四

頁 50 云：

> 為表竭誠及慎重，後主幾度派自己的弟弟入貢：開寶元年及四年（968，971）二度派從謙貢宋。四年，再度派從善使宋。……開寶七年（974），他又派從鎰入貢。

按後主第一次派從謙使宋，並非開寶元年，而是開寶二年！此錯誤亦出現在頁 54 的「後主入貢北宋簡表之中」。據此條簡表所稱的文獻來源乃是夏承燾《南唐二主年譜》，再檢夏書，確有此條（開寶元年六月己丑），其下註史料來源則為李燾《續資治通鑑長編》。再檢李書，卻發現此事《長編》明明記載於開寶二年六月己丑，故夏書錯，「陳文」也跟著錯！（《宋會要》蕃夷七之三，頁 7841，亦載此事。）

「陳文」一再引用現代人的著作，卻忽略時代最早的史料，這正是「陳文」最大的荒謬之處。

辨誤五

頁 51～52 言中主與後主入貢一事云：

> ……這種作法開始於中主時期。個人檢視史料，得知中主入貢後周六次，而後主入貢北宋則至少也有二十次，謹在此列表說明如下：

A. 中主時期

單次	時間	使臣	性質	物品	文獻
1.	956 保大十四年 二月	鍾謨 李德明	1.奉表入貢 2.稿軍	1.金器千兩 銀器五千兩 錦綺紋帛二千匹 御衣犀帶茶藥 2.牛五百頭 酒二千石	陸游《南唐書》2:12 （以下簡稱陸書） 夏承燾《南唐二主年譜》33 （以下簡稱夏譜）
2.	956 保大十四年 三月	孫晟 王崇質	入貢	金一千兩 銀一萬兩 羅綺二千匹	同上
3.	958 中興元年 交泰元年三月 （五月改元顯德五年）	陳覺	入貢	方物	陸書2:13 夏譜:32
4.	958 顯德五年八月	1.馮延巳 2.徐遼	1.稿軍 2.貢策	1.銀十萬兩 絹十萬匹 錢十萬貫 茶五十萬斤 米二十萬石 2.金器五百兩 銀器五千兩 銀鞍一座 銀鼎二隻 錦綺千匹 紬馬二匹	陸書2:13 夏譜33 陸書2:13 周在濬《南唐書注》引用世宗實錄 夏譜:33
5.	960 建隆元年三月	不詳	朝貢	不詳	陸書2:14 夏譜:36
6.	960 建隆元年七月	龔慎儀	入貢	象與服飾	同上

按中主入貢後周，並不止六次！根據「個人檢視史料」，結果得知至少
應有十四次之多！此外，「陳文」所製作的表格亦多有錯誤及應補充之
處。現列表如下：

	時間	使臣	性質	物品	文獻
1	保大十四年二月 956	鍾謨 李德明	入貢 犒軍	1.金器千兩 　銀器五千兩 　錦綺綾羅二千匹 　御衣犀帶茶藥 2.牛五百頭 　酒二千石	舊史 116：1542 通鑑 292：9539--40 陸書 2：12 十國 16：224
2	保大十四年三月 956	孫晟 王崇質	入貢	金一千兩 銀十萬兩 羅綺二千匹 （A）	舊史 116：1543 通鑑 293：9545—46 陸書 2：13 十國 16：225
3	交泰元年三月 958	陳覺	犒軍	羅縠紬絹三千匹 乳茶三千斤 香藥犀象 （B）	舊史 118：1569 通鑑 294：9580--81 陸書 2：13 十國 16：229
4 （C）	交泰元年三月 958	馮延巳 田霖	入貢	銀十萬兩 絹十萬匹 錢十萬貫 茶五十萬斛 米麥二十萬石	舊史 118：1571 通鑑 294：9582 十國 16：229—230
5 （D）	交泰元年三月 958	徐遼 尚全恭	買宴	錢二百萬	舊史 118：1571 通鑑 294：9582 十國 16：230
6 （E）	顯德六年六月 959	從善 鍾謨	入貢	不詳	通鑑 294：9599 十國 16：232
7	建隆元年三月 960	不詳	入貢 （賀登極）	（F） 絹二萬匹	會要 7840 陸書 2：14

				銀萬兩	長編 1：10
			（賀長春節）	御服、金帶	宋史 1：5—6
				金器一千兩	十國 16：233
				銀器五千兩	
				綾羅錦綺一千匹	
8 （G）	建隆元年七月 960	不詳	入貢 （賀平澤潞）	白金	長編 1：20 宋史 1：6—7 十國 16：233
9	建隆元年七月 960	龔慎儀	入貢	乘輿服飾	會要 7840 陸書 2：14 長編 1：20 宋史 1：7 十國 16：233—34
10 （H）	建隆元年八月 960	不詳	入貢 （賀平澤潞）	金器五百兩 銀器三千兩 羅紈千匹	會要 7840 宋史 1：7
11 （I）	建隆元年十一月 960	嚴續	犒師	不詳	陸書 2：14 長編 1：28 宋史 1：8 十國 16：234
12 （J）	建隆元年十一月 960	從鎰 馮延魯	朝貢買宴	金玉、鞍勒 銀器、兵器	陸書 2：14 長編 1：28 宋史 1：8 十國 16：234
13 （K）	建隆二年一月 961	不詳	入貢 （賀長春節）	御衣、金帶 金銀器皿	會要 7840 長編 2：39
14 （L）	建隆二年閏三月 961	不詳	入貢 （謝恩賜生辰）	金器二千兩 銀器萬兩 錦綺二千段	會要 7840 長編 2：42 宋史 1：9

⊙疑第八次與第十次重複。

A‧《舊五代史》、《資治通鑑》、《十國春秋》皆云「十萬兩」。陸游《南唐書》則無載此數字。

B‧《舊五代史》卷118，頁1569記載。

C‧馮延巳入貢一事，《舊五代史》、《資治通鑑》、《十國春秋》、陸游《南唐書》皆記作交泰元年三月之事，「陳文」作八月謬矣！據「陳文」引史料來源爲「陸書2：13」與「夏譜33」，但經查原書，「陸書」亦記三月，「夏譜」則無載月份，故不知「八月」如何而來？

D‧馮延巳和徐遼入貢皆在交泰元年三月，但非同日，一爲「丙午」，一爲「辛亥」，故算作兩次。

E‧「陳文」未記。

F‧《十國春秋》卷16，頁233記載

G‧「陳文」未記。

H‧「陳文」未記。

I‧「陳文」未記。

J‧「陳文」未記。

K‧「陳文」未記。

L‧「陳文」未記。

上表採用資料：

舊史—薛居正，《舊五代史》（中華書局標點本）

通鑑—司馬光，《資治通鑑》（中華書局排印本）

長編—李燾，《續資治通鑑長編》（中華書局點校本）

陸書—陸游，《南唐書》（四部叢刊本）

宋史—脫脫等，《宋史》（中華書局標點本）

十國—吳任臣，《十國春秋》（中華書局標點本）

辨誤六
頁 51～52 的後主入貢北宋簡表

按後主入貢北宋亦不止二十次！此外，「陳文」所做簡表亦有所錯誤。

補充處：

1．乾德二年十二月有一次，見《宋史》，卷 1，頁 18。

2．乾德三年十月有一次，見《十國春秋》，卷 17，頁 244。

3．乾德四年五月有一次，見《宋史》，卷 2，頁 24；《續資治通鑑長編》，卷 7，頁 170。

4．乾德四年七月有一次，見《宋會要》，蕃夷四之六三，頁 7745。

5．開寶八年十月有一次，見《宋史》，卷 3，頁 45；《續資治通鑑長編》，卷 16，頁 348。

錯誤處

1．第 1 條，應爲「九月」，非「八月」！見《宋會要》，蕃夷七之一，頁 7840；《續資治通鑑長編》，卷 2，頁 53。

2．第 11 條，應爲「開寶二年」，非「元年」！見辨誤三。

3．第 14 條，應爲「三月」，非「月不詳」！見《續資治通鑑長編》，卷 12，頁 263。

4．第 18 條，應爲「茶二十萬斤」，非「白金二十萬斛」！見《宋會要》，蕃夷七之一，頁 7841。

5．第 19 條，應爲「錢五千貫」，非「錢五百萬」！見《宋會要》，蕃夷七之一，頁 7841。

辨誤七

頁 56 云：

宋太祖攻伐南唐，本是師出無因。不論南唐十多年來再怎麼小心翼翼地服侍北宋，也無濟於事。正如王稱在《東都事略》中所記：當宋兵圍金陵，南唐危急時，後主派徐鉉入汴京求緩師，但宋太祖卻明言：「天下一家，臥榻之側，豈容人鼾睡？」60

註 60 云：

見王稱，《東都事略》（台北：中央圖書館重印，1990），冊 1，卷 23，頁 402。

謬誤處見「烈祖部份」辨誤一。

綜合評論

　　南唐雖只是五代十國時期的一個地方政權，且只有短短三十九年歷史，但在中國歷史上卻有著一定的歷史地位。以往南唐因傳統史學的正統觀念而不受史家重視，故其研究一直是中國歷史上較弱的一個環節。不過，近十餘年來，大陸地區已有部份學者致力於南唐史的研究，無論在政治方面的人物介紹與黨爭，或是文化方面的教育與藝術，多已有專文討論，填補了以往的空白。其中以任爽用力最多，不但已發表多篇論文，更在１９９５年出版了《南唐史》一書，對南唐歷史有全面性與系統性的探討。

　　但很遺憾的，陳葆真教授似乎對大陸地區的南唐史研究動向不太清楚，以致在其一年一篇的力作中仍犯下許多謬誤。而綜合陳教授已發表的三篇南唐史論文，個人覺得在研究方法方面，陳教授亦有不少可議之處：

1．忽略其他重要史料，如成書最早的《舊五代史》，以及《宋會要》、《新五代史》、《續資治通鑑長編》、《宋大詔令集》、《全宋文》等書，由此可見作者掌握與運用史料的能力有待加強。

2．忽略大陸以發表的專著與相關論文，可見作者之閉門造車。

3．文中許多史事的來源，竟然大量引自清人周在浚《南唐書注》、劉承幹《南唐書補注》，甚至時人夏承燾的《南唐二主年譜》，而不引用最早的史料，以致才會發生以上諸書錯，「陳文」亦跟著錯的事例。

4．對涉及的南唐史事未做進一步的深論，而沿襲舊說，從烈祖之籍里到後主之死因，以及科舉、書院等事皆是。

5．對於相關史書未做比對的功夫，不能辨別史料，以致竟引用錯誤史料。

感 想

1 · 台灣大學藝術「史」研究所的史學訓練似乎嚴重不足！歷史系所科班出身的陳葆真都如此了，更遑論雜牌出身的傅申、石守謙二人！由此可見，所謂的台大藝術史研究所，只有「藝術」沒有「史」！

2 · 老師的水準都如此了，如何要求學生？曾聽聞藝研所學生抱怨老師要求很嚴，怪哉！老師程度都不好了，如何有臉嚴格要求學生？反言之，又有何人來嚴格要求老師？我只好來跳火坑了！

3 · 這種毫無創見、謬誤連連的論文，卻能年年刊登於藝研所自家刊物《美術史研究集刊》之上，這代表了《美術史研究集刊》審稿不嚴（審稿人的水準亦極差，搞不好連審都沒審，所謂審查只是幌子！），刊物水準亦可想而知了。台灣學術刊物品質參差不齊，學術研究水準日益低落，原因之一就是有太多專刊自家人爛文章的自家刊物！

4 · 據陳葆真〈後主〉一文預告，其後主研究仍有其他單元將「依次陸續刊登」（頁 46），還沒寫完就已保證會刊登，這個馬腳可真明顯！

主角簡介

　　陳葆真，台灣大學藝術史研究所專任教授，代理所長。１９６８年畢業於台大歷史系；１９７３年畢業於台大歷史所；普林斯頓大學博士。

　　本名陳腰，後改名陳葆真，與清末名臣陳寶箴同音，但和其孫—民國以來第一大史家陳寅恪相比，歷史研究程度實有天淵之別。

哇，所長ㄟ！─台大教授學術水準之研究二

前言

國立台灣大學藝術史研究所所長陳葆真教授，連續四年在所內研究刊物《美術史研究集刊》上發表〈南唐烈祖的個性與文藝活動〉（第二期，1995）、〈南唐中主的政績與文化建設〉（第三期，1996）、〈藝術帝王李後主（一）〉（第四期，1997）、〈藝術帝王李後主（二）〉（第五期，1998）等四文，以介紹南唐三主。

四文雖長篇大論，但事實上卻沿襲舊說聊無新意，更嚴重的是，四文發生諸多荒腔走板的謬誤，已達「令人噴飯」之地步。關於前三文，本人在今年初已撰〈哇，所長ㄟ─台大教授學術水準之研究一〉，提出二十二項辨誤糾正之，但陳教授「毅力驚人」，仍然於今年年中發表〈藝術帝王李後主（二）〉一文。

本人有感於陳教授「犀牛皮」精神之可貴，故當仁不讓捨我其誰地也撰〈哇，所長ㄟ！─台大教授學術水準之研究二〉，同樣再提出二十二項辨誤，以糾正陳教授論文中的謬誤處。

辨誤一

頁42云：

> 《雜說》的內容，根據徐鉉的序，曾包括〈演樂記〉、〈論享國延促〉、〈論古今淳薄〉和〈論儒術〉等等共一百篇，分為三卷，而三卷之中又分上下篇。

按「陳文」所稱的《雜說》篇目根本是無中生有，胡扯一通！

徐鉉為李煜《雜說》所撰的〈御制雜說序〉，其原文是：

> ⋯⋯以為百王之季，六樂道喪，移風易俗之用，蕩而無止，

> 惱心堙耳之聲，流而不反，故演樂記焉。堯舜既往，魏晉已還，
> 授受非公，爭奪萌起，故論享國延促焉。三正不修，法斁無舊，
> 甘心于季世之偽，絕意于還淳之理，故論古今淳薄焉。戰國之後，
> 右武賤儒，以狙詐為智能，以經藝為迂闊，此風不革，世難未已，
> 故論儒術焉。

故演樂記焉、故論享國延促焉、故論古今淳薄焉、故論儒術焉，以上諸句明顯可知為敘述李煜文章的內容大要，並非文章篇名。而《樂記》為中國古代的音樂著作，其中十一篇後收入於《禮記》一書，故李煜「演《樂記》」之「演」，為推演、推廣之意，其意就如同「文王演周易」。

此外，在徐鉉為李煜所作的墓誌銘中則云後主：「洞曉音律，精別鄭雅，窮先王制作之意，審風俗淳薄之原，為文論之，以續《樂記》。」可見李煜曾作文以演、以續《樂記》，絕非李煜此文之篇名即為〈演樂記〉。

陳氏不明《樂記》之意，而誤以為李煜曾作〈演樂記〉一文，並將徐鉉所稱的內容大要誤作文章篇名，實在是荒謬至極！

辨誤二

頁42云：

除此之外，後主又曾作〈雅〉、〈頌〉、〈文賦〉共三十卷，由徐鍇作序。8 可惜這些書久已失傳。

註釋8云：

並見徐鉉，〈御制《雜說》序〉，載《徐騎省集》，卷18，頁141-143。

由以上「陳文」的文句標點，可知陳氏的國文程度有待加強！

按徐鉉〈御制雜說序〉的原文是：「又若雅頌文賦，凡三十卷。」有點中文程度的人，都知道雅、頌、文、賦，乃是文體之稱，但陳氏竟然將之變成篇名。而「文」與「賦」又為兩種不同文體，陳氏竟又將文賦並稱，真不知這是哪國的標點方法！

辨誤三

頁 42 云：

其實當時南唐朝臣也多博學之士，比較著名的如沈彬、高遠、高越、李
建勳、常夢錫、鍾謨、宋齊丘、孫魴、孫晟、蕭儼、韓熙載、徐鉉、徐
鍇、潘佑、張洎、李善夷、陳喬、江文蔚、江為、湯悅（殷崇義）等人。
他們在歷史、文學和藝術方面的著作在北宋中期，當歐陽修、王洙、和
王堯臣等人合編《崇文總目》
（1041）時還見過。

　　按江為不但不是「南唐朝臣」，而且還是「叛國之民」！

　　馬令《南唐書》卷 14〈江為傳〉云：「江為，其先宋州人，避亂建
陽，遂為建陽人。遊廬山白鹿洞，師事處士陳貺，居二十年，有風人之
體。時金陵初復唐制，以進士取人，為有〈題白鹿寺詩〉云：『吟登蕭
寺旃檀閣，醉倚王家玳瑁筵。』元宗南遷，駐於寺，見其詩，稱善久之。
為由是傲肆，自謂俯拾青紫，乃詣金陵求舉。屢黜於有司，為怏怏不能
自已，欲束書亡越，而會同謀者上變，按得其狀，伏罪。」同事亦見陸
游《南唐書》與龍袞《江南野史》諸書。

　　綜合以上諸書記載，得知江為應舉卻屢為有司所黜，故憤而夥同鄉
人，欲投靠吳越，但因有人密告而被逮捕，最後伏誅。但陳氏卻將叛國
之民誤作「南唐朝臣」，實在可笑！

　　更令人不解的是，陳氏在 1996 年發表的〈南唐中主的政績與文化
建設〉一文中，指稱江為乃是「南唐較有名的進士」之一，此一謬誤，
本人早在〈哇，所長ㄟ─台大教授學術水準之研究一〉一文中便指出，
江為並非進士，但陳氏竟然視若無睹，在此文又將江為說成是「南唐朝
臣」，陳氏一錯再錯，且愈錯愈離譜，不知悔改，實在不值得原諒！

辨誤四

頁 43 云：

後主在推行儒學方面，最值得注意的是科舉制度。南唐科舉制度始於中
主時期。
13 後主在這方面也力行不輟，雖內憂外患，而貢舉未曾罷行。

註釋 13 云：

參見陳葆真，〈南唐中主的政績與文化建設〉，頁 74-77，「設學與貢舉」部分。

按南唐的科舉，應早在烈祖時便已開始舉行，但正式有制度性的施行，則始於元宗保大十年（952），關於此點，本人在〈哇，所長ㄟ一台大教授學術水準之研究一〉中已有所澄清，希望陳氏也能徹底搞清楚，以免貽笑士林。至於陳氏的〈南唐中主的政績與文化建設〉一文中的「設學與貢舉」部分，在拙作中已指出其錯誤百出，故不太值得「參見」！

此外，「陳文」中說後主時貢舉「未曾罷行」，此話亦毫無根據。自中主保大十年（952）正式舉行科舉，到開寶八年（975）二月最後一次，二十四年間共舉行了十七次，換言之，即停辦七次之多。據伍伯常〈南唐進士科考述〉一文中指出：「大概是中途經歷了朝臣反對、兵興和國喪等原因而舉辦數次所致。」

據史料只可得知，在元宗保大十一年（953），曾因朝臣反對而停辦一次，其他六次停辦時間則不得而知。陳氏不明此，即大膽認定後主時貢舉「未曾罷行」，未免失之武斷！

辨誤五

頁 43 云：

甚至到開寶八年（975）二月，也即是宋兵攻下金陵城關的四個月之前，後主仍命伍喬主持貢舉，取進士三十八人。總計「南唐自保大十年（952）開貢舉，迄乎是歲（開寶八年，975），凡十七榜，放進士及第者九十三人。」15

註釋 15 云：

劉承幹，《南唐書補注》（1795 序），嘉業堂刻本，卷 3，頁 22a。至於南唐科舉考試科目的內容是詩文或經義，尚待他日查證，此處暫略。

按此條資料最早出現於宋人李燾的《續資治通鑑長編》卷 16。

陳氏在一系列的文章屢屢引用清人著作，而不直接引用原始史料，實屬不該！關於陳氏的處理史料不當，本人亦早已在〈哇，所長ㄟ一台

大教授學術水準之研究一〉中有所討論。我一直懷疑陳氏在台灣大學歷
史系與歷史所就讀期間，其史學方法論到底是怎麼唸的？

關於南唐科舉的考試內容，可參考伍伯常〈南唐進士科考述〉一文，
不需陳氏再「尚待他日查證」！

辨誤六

頁43云：

> 雖然南唐以科舉取士，較可全面性地選拔來自各方面的人才；但是隨即
> 也產生負面的影響，那便是難以避免的朋黨之爭。由於負責貢舉的官員
> 有機會趁選拔人才的過程中，與新進人員結成一黨，造成自己的勢力；
> 各勢力之間也因此相互爭權。這種情形在中主時期已經形成。最明顯的
> 是藉由科舉出身的韓熙載、江文蔚、和徐鉉合成一派，對抗當時的權臣，
> 人稱「五鬼」的宋齊丘、馮延巳、馮延魯、陳覺、魏岑、和查文徽等人。

按此段陳氏根本是憑空想像、信口開河！

<u>謬誤1：</u>

南唐的黨爭事實上早已肇始於烈祖代吳前的吳國末年，兩黨分別以
宋齊丘與孫晟為首；而在南唐建國後，兩黨的黨爭也仍然持續著。而兩
黨的成立與區別也與科舉毫無關係，故陳氏所言根本毫無根據。

關於南唐的黨爭，大陸學者早已有數篇論文發表。根據任爽的〈南
唐黨爭試探〉一文指出：兩黨的區別乃在於「地域不同」，亦即一派是
外來的僑寓人士，以孫晟為首；另一派則是當地的土著人士，以宋齊丘
為首。但之後另外一位學者杜文玉則撰〈南唐黨爭評述—與任爽同志商
榷〉，提出不同的意見：他認為兩黨的區別乃是在於「政治觀點的歧異」。

不論是因地域不同或是因政治觀點不同，兩位學者都未提出南唐黨
爭和科舉有任何的關係，因為兩黨的黨爭早在就烈祖時代 （甚至可說
是在吳國末年）便已開始了，無論根據史書記載或是學者研究，都可明
顯發現此事。但陳氏卻獨創「新說」，認為南唐的黨爭和科舉有關，陳
氏此說最明顯的馬腳便在於：南唐「正式」舉行科舉是在中主保大十年，
故若是黨爭和科舉有關，則南唐的黨爭豈不開始於保大十年之後？但這
根本與事實不符！

謬誤2：

「陳文」說：「科舉出身的韓熙載、江文蔚、和徐鉉合成一派」。根本是笑話！

按以上所指三人，韓熙載與江文蔚確實是科舉出身，但卻不是出身於「南唐」的科舉，而是出身於「後唐」！中原才子韓熙載是後唐莊宗李存勗同光四年（926）的進士，江文蔚則是後唐明宗長興三年（932）的進士，兩人的共通點都是由北方南歸的人士，亦即任爽所說的「僑寓人士」。

至於徐鉉，則根本不是科舉出身的！根據《徐公文集》後所附的〈徐公行狀〉（不署撰人）與〈徐公墓誌銘〉（李昉撰）可知：徐鉉之父徐延休在吳國任官，九歲時父亡，十六歲時則以父蔭入官，任校書郎，直宣徽北院。故徐鉉不是因參加科舉而進入官場，而是因父蔭的關係！

謬誤3：

陳氏認為主持科舉的官員，會利用這個選拔人才的機會結黨營私，「這種情形在中主時期已經形成。最明顯的是藉由科舉出身的韓熙載、江文蔚、和徐鉉合成一派……。」這話實在好笑！因為南唐「正式」開始舉行乃是在中主保大十年（952），主持這一次貢舉的則是江文蔚（見《資治通鑑》卷290與陸游《南唐書》），而之後不久江文蔚便過世，得年五十二。換言之，中主保大十年，江文蔚主持第一次科舉，亦卒於當年，他如何利用科舉來結黨呢？陳氏誣古人之手法也未免太拙劣了！

辨誤七

頁44云：

雖然南唐朝廷因科舉制度而得以選取許多人才；但是，卻由於朝臣之間結黨對立，互相傾軋，以致政爭不斷。此風已形成於中主一朝，後主也無力阻止，甚至在困擾不明中，誤殺潘佑。

見辨誤六。

辨誤八

頁 44 註釋 18 云：

> 張洎與張佖二人隨從後主赴汴，入仕北宋。張佖忠信，時常暗訪後主、照料南唐遺臣；後主去世後，每逢忌日還上墳祭拜，並且照顧後主遺眷，其事見周在浚，《南唐書注》，卷3，頁 13a-28b。

　　經查周在浚《南唐書注》卷3，才知道陳氏在胡扯！書中提及張佖的部分只有頁 13a、13b 與 28b 三頁，而非「頁 13a-28b」。更誇張的是原文是：「宋別史曰：『佖官河南，每清明，親詣後主墓於北邙，哭甚哀。李氏子孫陵替者，分奉贍之。』」明明是說「清明」，但陳氏偏偏要改成「忌日」，陳氏之粗心由此可見！按後主死於七月八日，與清明相差數月之久，故不可不辨之。

辨誤九

頁 46 云：

> 此外，朝臣野因皇室信佛而蔚為風氣：素食、為名剎題記刻碑、出資建塔等等活動，不勝枚舉。其中比較值得注意的是名將林仁肇和史家高越兩人。他們曾出資重建位在金陵郊外東北方的棲霞寺舍利塔。

　　按高越並非史家！馬令《南唐書》卷13云：「高越，燕人也，少舉進士，清警有才思，文價藹於北土。……是時，越與江文蔚俱以辭賦知名，故江淮士者品論人物，皆以越為首稱。」陸游《南唐書》則稱高越「精辭賦……與江文蔚俱以能賦擅名江表，時人謂之江高。」而由其他史料，皆可知高越乃是以辭賦著名，為文學家，並無史著傳世，故絕非「史家」！

　　事實上，南唐時代最著名的史家是「高遠」，他是高越兄長之子，曾擔任南唐史館修撰，著有《南唐烈祖實錄》、《南唐元宗實錄》與《吳錄》等書，陸游《南唐書》有傳。

辨誤十

頁48云：

在反間僧侶中，最有名的是號為「小長老」的江正。小長老在開寶二年（969）左右南來，因長於論辯而深得後主信任。……最後金陵終於淪陷，這時後主才知小長老之詐。傳說後主曾下令酖殺小長老。但實際上，在兵慌馬亂中，小長老已趁機脫逃，並趁南唐亡國之際奪取皇室的許多圖籍。41

註釋41云：

……小長老入宋後為安陸刺史。他本身富於藏書，在得南唐及後來吳越亡國後的收藏，總數共達萬卷，後散佚；到北宋神宗朝的翰林學士鄭毅夫作《江氏書目》時，還登錄其收藏文集數百卷，參見王明清，《揮塵後錄》，四庫全書，1038冊，卷5，頁468-9，〈樊若水〉條。

　　按鄭毅夫所撰，乃是〈江氏書目記〉，而非《江氏書目》！而此記亦未「登錄文集數百卷」！「陳文」短短兩句話，卻犯了四個錯誤，令人不可思議！

　　《揮塵後錄》的原文是：「鄭毅夫為〈江氏書目記〉，載文集中云：『舊藏江氏書數百卷，缺落不甚完。予凡三歸安陸，大為搜訪，殘帙遺編，往往得之閭巷，間無遺矣，僅獲五百十卷，通舊藏凡千一百卷，江氏遺書具此矣。』」由此可知，鄭獬乃是作〈江氏書目記〉，云其對江正藏書大為搜訪之後，加舊藏共得一千一百卷，而非「數百卷」！此外，鄭獬亦未明言這些書的內容全是「文集」，且更未「登錄」這一千一百卷藏書，而是只提及此一大略數字而已。故「陳文」此條註釋完全是不符史實，憑空捏造之言。

　　關於江正與其藏書，相關史料除《揮塵後錄》所載鄭獬〈江氏書目記〉外，尚有周必大〈跋江氏舊書〉與魏了翁〈眉山孫氏書樓記〉等文。近人研究則見潘美月《宋代藏書家考》與劉兆祐〈宋史藝文志所未收宋代目錄類（經籍之屬）史籍二十八種考錄〉等。

　　若是陳氏細讀史料及參閱近人相關研究，便不致發生如此笑話！

辨誤十一

頁 50 云：

總之，南唐由於三主都篤信佛教，因此朝野信佛蔚為風氣，除了後主的四叔景易和朝臣徐鉉外，無一不深受佛教影響。

　　按陳氏又在胡說八道！隨便翻閱史料，就可知道陳氏所言不實。

　　南唐雖然佛教最為盛行，但事實上，道家勢力亦極大。本人至少可舉出四位好老莊之說或神仙之術的南唐宗室與朝臣：烈祖四子景達、潘佑、李平、沈彬。

1．烈祖四子景達

　　馬令《南唐書》卷 7〈齊王景達傳〉：「好神仙修鍊之事，記室徐鍇獻〈述仙賦〉以諷，遂絕所好。」

　　陸游《南唐書》列傳卷 13〈齊王景達傳〉：「初景達好神仙道家之說，記室徐鉉獻〈述仙賦〉以諷，行于世。」

2．潘佑與李平

　　陸游《南唐書》列傳卷 10〈潘佑傳〉：「酷喜老莊之言。」

　　馬令《南唐書》卷 19〈李平傳〉：「平本好神僊之事，而動多怪妄，自言僊人神鬼常與之通接。潘佑亦好仙，平因與親善之。」

　　陸游《南唐書》列傳卷 10〈李平傳〉：「潘佑好老莊，平少為道士，習其說因相與遊。」

　　《宋史‧潘佑傳》：「平好神仙修養之事，動作妖妄，自言常與神接。佑亦好神仙，遂相善。二家皆置淨室，圖神像，常被髮裸袒處室中，家人亦不得至。」

3．沈彬

　　徐鉉《稽神錄》卷 5：「吳興沈彬，少而好道，及致仕，歸高安，恒以焚修服餌為事。」

　　馬令《南唐書》卷 15：「彬學方外之術，迄無所異。

　　陸游《南唐書》列傳卷 4：「好神仙。」

辨誤十二

頁 50 云：

後主的文、賦類作品，又可以依內容的性質再分為文集、雜論、官方文書、祝禱文、與抒情文等五種。關於第一種「文集」方面，根據徐鉉的後主〈墓誌銘〉，其中說後主「鴻筆藻麗，玉振金相，曾作有：雅、頌、文賦凡三十卷」。51

註釋 50 云：

見徐鉉，《騎省集》，卷 29，頁 222。

註釋 51 云：

同上註。

按：「陳文」此段根本是鬼扯！徐鉉爲李後主所撰的〈墓誌銘〉明明只有說：「所著文集三十卷，雜說百篇，味其文知其道矣。」故註釋五十一所引絕非出自〈墓誌銘〉！事實上，「陳文」註釋五十一所引，乃出自徐鉉另一文〈御制雜說序〉，但原文卻被陳氏所竄改！

〈御制雜說序〉的原文是：「又若雅頌文賦，凡三十卷，鴻筆麗藻，玉振金相。」但「陳文」卻改成：「鴻筆藻麗，玉振金相，曾作有：雅、頌、文賦凡三十卷」陳氏引用史料，卻任意顛倒史料詞句，實在令人覺得不可思議！

辨誤十三

頁 50~51 云：

這三十卷文集的前面，並有徐鍇的一篇序。可惜這三十卷的文集到北宋仁宗慶曆元年（1041），當歐陽修、王洙、和王堯臣等人編修《崇文總目》時，已只剩《李煜集》十卷與《李煜集略》十卷了。53 更可惜的是《李煜集》十卷後來也已失佚，因此，對於原來文集的內容更無從知曉。

註釋 53 云：

參見歐陽修等，《崇文總目》，前引書，頁 315，357。

按今日所見宋朝《崇文總目》，乃是由後人所輯的不全本，其中最常見的是清朝嘉慶年間錢東垣等人所輯釋的輯本，其中集部為秦鑑所輯。

錢東垣等人所輯的《崇文總目》，集部中雖出現《李煜集》十卷與《李煜集略》十卷兩條，但秦鑑於《李煜集略》條下釋曰：「鑑按：此條重出，多一略字，《通志略》同。」因此，很明顯的，李後主的著作並無《李煜集略》一書，但陳氏引用史料時，卻未注意到秦鑑的釋文，以致鬧了笑話！

辨誤十四

頁 51 云：

> 第二種是他的雜論，最重要的是他的《雜說》數萬言，現今也已失傳。現在只能靠當初徐鉉所作的〈御制雜說序〉來瞭解此書的篇目。它們包括〈演樂記〉、〈論享國延促〉、〈論古今淳薄〉，和〈論儒術〉等，總共有一百篇左右，共分為三卷。這在前面已經討論過了，在此不再贅述。

李煜《雜說》之篇目絕無「陳文」所稱的，有〈演樂記〉、〈論享國延促〉、〈論古今淳薄〉和〈論儒術〉等篇，完全是陳氏斷章取義、無中生有，謬誤處已在辨誤一指出。

此外，陳氏〈藝術帝王李後主（二）〉一文，所引用的李煜文章皆出自清朝嘉慶年間所敕編的《欽定全唐文》一書，但陳氏卻忽略了之後陸心源為此書所作的補編，即《唐文拾遺》一書。此缺點本人早在〈哇，所長ㄟ—台大教授學術水準之研究一〉一文中便已指出，但陳氏竟又再犯，以致遺漏了《唐文拾遺》所補收的後主文共四篇之多，學者之不求長進，莫此為甚！

遺漏的後主文四篇，其中有一篇〈書述〉可列入陳氏所稱的「雜類」。此文為李煜討論書法理論的作品，乃是陸心源從南宋陳思的《書苑精華》所輯出，為中國書法史的重要論文，研究中國藝術史的陳氏竟然忽略此文，實在令人難以理解。

除《唐文拾遺》所補的〈書述〉外，《欽定全唐文》之中明明還有另外一篇書法論文〈書評〉，亦被陳氏所遺漏。兩篇李後主最重要的書

法著作，卻未被「陳文」所引用與討論，真不知陳氏是如何研究中國藝術史的！

辨誤十五

頁 51 云：

第三種為官方文書。後主現存最著名的官方文書有三件，分別為〈即位上太祖表〉（961）、〈乞緩師表〉（975），及〈不敢再乞潘慎修掌記室手表〉（976 或 977）。

「後主現存最著名的官方文書有三件」乃是鬼扯，《唐文拾遺》又補了三篇，分別是：〈遣吳越王書〉、〈答張泌諫書手批〉與〈批韓熙載奏〉。

〈遣吳越王書〉：「今日無我，明日豈有君？一旦明天子易地賞功，王亦大梁一布衣耳！」

〈答張泌諫書手批〉：「古人讀書，不止為辭賦口舌也。委質事人，忠言無隱，斯可謂不辱士子矣。朕纂承之始，德政未敷，哀毀之中，知慮荒亂，深虞布政設教，不足仰付民望。卿居下位，首進讜謀，十事煥美，可舉而行。朕必善初而思終，卿無今直而後佞，其中事件，亦有已于赦書處分者。二十八日。」

〈批韓熙載奏〉：「言偽而辨，古人惡之。熙載奉有常秩，錫賚尚優，而謂廚無盈日，無乃過矣。」

辨誤十六

頁 54~55 云：

後主詩作原本必然相當多，但至今留存下來的，可能百不及一。依《欽定全唐詩》所收，內容完整的只有十八首。分別是……。另外有殘句十六對。72

註釋 72 云：

以上諸詩皆見清聖祖敕編，《欽定全唐詩》（1706），四庫全書，冊 1423，卷 8，頁 158~160。

　　按《欽定全唐詩》一書中，所收的李煜詩並不止卷 8 的十六首！在卷 866 仙鬼神類中，另收有一首李煜之〈亡後見形詩〉，不過內容荒誕不稽，非真李煜詩。《文史》第二十四輯，陳尚君〈《全唐詩》誤收詩考〉一文中有所考證。

　　最荒謬的是，「陳文」有長達八頁是討論李後主的詩，但陳氏所依據的史料只是一本清朝編的《欽定全唐詩》。若陳氏翻翻之前歷代詩話類書籍，絕對可以再找到更多的李後主完整或殘缺的詩作。但最簡單的方法，則是參考近代學者對《欽定全唐詩》所作的補遺。如童養年的《全唐詩續補遺》與陳尚君的《全唐詩續拾》等書（以上兩書皆收入大陸出版的《全唐詩補編》三冊之中），都又補充了數首或數句李煜之詩。此外，亦有不少相關論文發表在期刊中，如曹汛〈《全唐詩續補遺》訂補剩稿〉（《文史》33、34 期）。

　　因此，從這裡就可以看出爲何陳氏論文爲何會寫的爛的原因：閉門造車！嚴重忽略近人相關研究成果，而由於研究藝術的陳氏想像力豐富，故又常自以爲是的自創妙（謬）論。所以我一直覺得陳氏這四篇有關南唐研究的論文，若在三十年前發表，一定是好論文；但若以今人眼光觀之，則實在是不及格！

辨誤十七

頁 59 云：

詠物類的〈書琵琶背〉是後主為大周后的燒槽琵琶所寫的詩：

　　佚自肩如削，難勝數縷條；

　　天香留鳳尾，餘煖在檀槽。

大周后的琵琶得自中主的賞賜。後主作這首詩的時間很可能是在與大周后成婚（954）後不久。

　　按陳氏根本是睜眼說瞎話，這首詩非常明顯的是一首悼亡詩！

　　馬令《南唐書》：「後主昭惠后周氏，小字娥皇，大司徒宗之女。甫十九歲歸於王宮，通書史，善音律，尤工琵琶。元宗賞其藝，取所御琵琶，時謂之燒槽者賜焉。……后生三子皆秀嶷，其季仲宣，儇寧清峻，

后尤鍾愛，……忽遘暴疾，數日卒。后聞之哀號顛仆，遂至大漸，……以元宗所賜琵琶，及常背玉環，親遺後主，又自爲書請薄葬。越三日，沐浴正衣粧，自內含玉，殂於瑤光殿之西室，時乾德二年十一月甲戌也，享年二十九。明年正月壬午，遷靈柩於園寢。後主哀苦骨立，杖而後起，自爲誄曰……。每於花朝月夕，無不傷懷，如……〈書琵琶背〉云：『侁自肩如削，難勝數縷條；天香留鳳尾，餘煖在檀槽。』觸物寓意類如此。

　　而根據諸書，皆多認爲此詩乃是寫於大周后死後（964），李後主在睹物思人的情況下所寫的，屬於「陳文」中所分類的「懷舊類」，但陳氏卻不明所以的將之歸爲「詠物類」，且認爲「後主作這首詩的時間很可能是在與大周后成婚（954）後不久」，可笑至極！

辨誤十八

頁 64 云：

〈臨江仙〉

櫻桃落盡春歸去，蝶翻金粉雙飛，

子規啼月小樓西，畫簾珠箔，惆悵卷金泥。

門巷寂寥人去後，望殘煙，草低迷。

宋人認為此詞是李後主作於金陵被圍的那年（975）。98 全詞充滿無力感，用字如「惆悵」、「寂寥」、「殘煙」、「低迷」等，顯現他心情之低沈。

註釋 98 云

見夏承燾的考證，《南唐二主年譜》，頁 138-9。

　　按李煜此詞乃是頗受爭議的一首作品，從作者、字句，到創作時間都引起學者的討論，但坊間相關著作大多又據宋朝陳鵠的《耆舊續聞》，補入末尾三句：「爐香閒裊鳳凰兒，空持裙帶，回首恨依依。」

　　另外值得一提的是，大陸的知名書法家兼學者啓功，在其《啓功叢稿》一書中，有一文〈李後主臨江仙詞〉，從董其昌的書法臨本來考證此詞，不論史料或見解都有獨到之處，值得氣量狹小又孤陋寡聞的陳氏注意！

辨誤十九

頁 66-67 云：

<u>達觀的蘇軾在理性上雖然可以了解後主因「遭罹世故」，因而詩中多「神</u>
<u>仙隱遯之詞」；但是，在感性上卻不能同情後主纏綿的感情，特別對後</u>
<u>主〈破陣子〉詞中「最是倉皇辭廟日，教坊猶奏別離歌，揮淚對宮娥」</u>
<u>的情景，提出強烈的批評。他認為後主那時應當慟哭於九廟之外，以贖</u>
<u>亡國之罪，豈可揮淚對宮娥？！</u>
<u>蘇曰：……。105</u>

註釋 105 云：

<u>見蘇軾，《東坡志林》，四庫全書，冊 863，卷 7，頁 640。四庫標題誤</u>
<u>作「跋陳後主詞」；又，夏承燾誤以為蘇軾評語出自《東坡志林》卷 4；</u>
<u>同時，夏承燾引《甕牖閒評》，以為該詞非後主所作，見《南唐二主年</u>
<u>譜》，頁 80。</u>

　　按：並非夏承燾「誤以為」，而是陳葆真「誤以為」！在此為陳教
授上一課。

　　蘇軾的《東坡志林》（或稱《東坡手澤》），早在宋代就出現不同的
版本，不論內容或卷數都有所出入。據學者研究，直至今日，其通行的
版本約有三種：一卷本、五卷本與十二卷本。

　　一卷本的為宋左圭的《百川學海》本；五卷本的為明趙開美刊本，
《學津討原》、《涵芬樓叢書》與《叢書集成》皆從此本；十二卷本的為
明商濬《稗海》本，文淵閣《四庫全書》亦為十二卷本。故夏承燾《南
唐二主年譜》一書所引用的是五卷本，而「陳文」引用的是十二卷本，
所以蘇軾此語確實記載於五卷本的卷四！陳氏孤陋寡聞由此可見矣！

辨誤二十

頁 70 云：

<u>後主詞最早結集刊行於何時，已難確知，在北宋學者歐陽修、王洙、與</u>
<u>王堯臣等人所編的《崇文總目》（1041）中並未專刊他的詞集，而只列</u>
<u>出《李煜集》及《李煜集略》各十卷。</u>

見辨誤十三。

辨誤二十一

頁 71~72 云：

二十世紀以來，研究後主詞的中文和外文論著很多，可以分為：專書、
年譜、和論文等三大類。

A. 專書

先就專書類而言，據作者所見，比較重要的專書，在中文方面，有以下
的十二種（依出版時間順序）：

1. 王國維校補，《南唐二主詞》（收在《展風閣叢書》，卷 16，……

6. 蔣勵材，《李後主詞傳》（台北：中華叢書編委會，1962）

9. 高蘭、孟祥魯，《李後主評傳》（濟南：齊魯書社，1985）118

10. 付正谷、王沛霖，《南唐二主詞析釋》（天津：古籍出版社，1988）

11. 田居儉，《李后主新傳》（長春：吉林文史出版社，1991）

12. 謝世涯，《南唐李后主詞研究》（上海：學林出版社，1994）

B. 年譜

在年譜方面，比較重要的有以下四種（依時間順序）：

……

4. 詹幼馨，《南唐二主詞研究》（武漢：武漢出版社，1992）119

註釋 118 云：

此項書目資料蒙王國瓔教授賜告，謹此致謝。

註釋 119 云：

此為王國瓔教授賜告。由於作者未曾讀過該書，在此不敢妄評。

按此段出現不同形式的小錯誤：

指正 1：應為《晨風閣叢書》。

指正 2：蔣勵材的《李後主詞傳》（1962），後經增訂，易名為《李後主
　　　　詞傳總集》，在前書的基礎上，又大量補充了資料，故比前書
　　　　更值得注意。

指正 3：應為「傅」正谷，非「付」正谷。

指正 4：應為《李「後」主評傳》，非《李「后」主評傳》！（「陳文」

中的繁簡字體應該前後一致，不該一下繁體，一下簡體。）

指正5：謝世涯的《南唐李後主詞研究》（1994 上海出版），事實上原作乃是其 1973 年的台大中文所的碩士論文《南唐後主李煜詞研究》！

指正6：詹幼馨的《南唐二主詞研究》，在中央研究院的文哲所就有！若是陳氏多跑圖書館、多使用工具書、多查電腦，就不用王教授來「賜告」了！

辨誤二十二

頁 72 云：

關於論文類方面，則為數更多，不勝枚舉：從 1924 到 1978 年之間，至少已有專論 42 篇。120

註釋 120 云：

參見《中國歷代皇帝文獻目錄》（東京：國書刊行會，1979），頁 79-82。

怪哉！1998 年發表的論文，竟然還在引用日本人 1979 年的統計數據？真不知陳氏為何不根據台灣彰化師範大學國文學系所編的《詞學研究書目》（1912～1992），書中所列有關李後主詞的論文就多達兩百多篇之多！由此可見，陳氏引用工具書的能力也亟需加強！

結論

如果我的一篇學術論文出現如此多的錯誤與笑話，我會選擇切腹自殺以謝學界。

本人在發表〈哇，所長ㄟ！—台大教授學術水準之研究一〉後，陳葆真教授便找上本系系主任要求要「嚴懲」本人，又在課堂上大罵本人。若照陳氏這種搞法，我豈不是應該去找台大校長，要求「解聘」這種學術水準如此差勁，心胸如此狹窄，喜歡利用權力亂整學生，又浪費納稅人血汗錢寫爛論文的教授？

後記

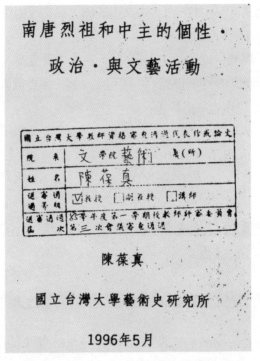

南唐烈祖和中主的個性·
政治·與文藝活動

國立台灣大學教師資格審查消遊代表作或論文
院　系　文學院藝術　系(所)
姓　名　陳葆真
送審　類別　☑教授　□副教授　□講師
通過
送審通過　83學年度第一學期後教師評審委員會
區　水　第三次會議審查通過

陳葆真

國立台灣大學藝術史研究所

1996年5月

今年九月我才知道這幾篇南唐史論文竟是陳葆真的教授升等論文。天啊！

　　當時我寫完這兩篇文章並在文學院散發後，陳葆真找上本系系主任李東華要求要「嚴懲」本人。真是奇聞！一個學問做得棒的教授找上一個不做學問的教授嚴懲一個學問做得連李敖都讚賞的學生。就像當年敖師就讀台大歷史研究所時發表的著名文章〈老年人和棒子〉所說的，一些不學無術的教授，不但不交棒，「反倒可能在青年人頭上打一棒」！

　　李東華根本沒什麼臉懲罰我，他一輩子發表的學術論文寥寥可數，是一位很怠惰的教授，老只會寫文章懷念方豪。我當時在網站幫他做個統計，從一九八一年自台大歷史所博士班畢業後，一直到一九九八年，他在台灣期刊上所發表的「專業學術論文」，只有「兩篇」！

　　學術上毫無成就的李東華，後來系主任和所長當不夠，出馬選文學院院長，到處拉票，結果不幸當選。我後來問系上某老教授李東華幹得怎樣？教授跟我說：「沒人理他！做得很辛苦！」我問他為什麼，教授說台大文學院院長通常都是德高望重，或是在學術上為一方之霸才「罩

得住」。所以對我而言，這個「文學院院長」對李東華反而是一輩子的恥辱與笑話。我當時在網站還轉引了「聯合報」的一篇文章：

> 大學法中規定系所主管三年一選，實際上造成行政領導學術，使喜歡權力的人有自由了，學術失去了自由。無獨有偶，在配套的教育人員任用條例中，規定了教師的資格。有學問卻不合格的人進不了大學。有博士學位，在學術上尚未起步，或頂著博士頭銜卻不學無術的人都有決定系所領導方向的權力，甚至可以被選為系所主管。（也行，〈學術領導的衰微〉《聯合報》1999.1.16）

國立台灣大學教職員工薪津清單　撥存日期 83年12月30日 84年1月份

姓　名		單位	文學院	帳號		郵局 23 支局 號	實發金額 82489
應發金額	薪　俸 36285	工作補助費 0	學術研究費(一) 45660		學術研究費(二) 0	特　支　費 19930	
	超支鐘點費 0	實物代金 566	交　通　費 540		勤務津貼	兼任鐘點費	應發小計 102981
應扣金額	所　得　稅 5951	借　款	鮮　奶　款 675		眷屬保險費 0		
	福利互助金 63	銀行貸款 0	購物貸款 0		優利存款 10000		
	保　險　費 1143	醫藥互助金 300	中央住宅 2360		其　他 0		應扣小計 20492

您的薪津已存入您的帳戶內請詳加核對，謝謝您的辛勞與貢獻!!

十年前台大文學院教授的「薪資單」

一個月領十萬元高薪，還不好好寫論文，形同公務員失職，而身為學術研究者，則是失德。

台大圖書館的「教職員著作」專區，這三排屬於歷史系，結果沒有一個李東華專屬的檔案架。（2004.9）

謝明良的學術笑話

台大藝研所研究陶瓷的謝明良，在《故宮文物月刊》第１９０期（１９９９年１月），發表〈清異錄中的陶瓷史料〉一文。我看了第一頁就差點笑倒在地！謝明良寫道：

> 然而，早在明末文人之間已經存在對《清異錄》之成書年代或真偽問題的爭議。……擇要言之，有正反兩造的意見，明末胡應麟認為是書命名造語皆頗任入工，「恐非穀不能」；但同為明代人的陳振孫卻又以為該書「語不類國初人，蓋假託也」。（註四）……即本文同意明人陳振孫所指出的，該書係假託陶穀之名的偽書。

> 註釋四云：（明）陳振孫，《直齋書錄解題》，收入：《國學基本叢書》（台北：台灣商務印書館，一九六八），頁三二八。

在台大藝術「史」研究所任教的謝明良，竟然不知道歷史上大名鼎鼎的藏書家陳振孫乃是「南宋人」？真是令人感到不可思議！謝明良屢屢在文中稱陳振孫是「明人」，又引《直齋書錄解題》原書，但卻能搞錯著者的年代，光是這點，就值得我們這些後生晚輩豎起大拇指！（不過是朝下比！）

又陶穀是五代宋初人，謝明良也知道，所以文章一開始就介紹其人。好笑的是，謝明良說：「但同為明代人的陳振孫卻又以為該書『語不類國初人，蓋假託也。』」既然陳振孫已經說了「國初人」三字，就是代表兩人是同一朝代，所以才會稱陶穀是「國初之人」，怎會「明朝人」說「宋朝人」是「國初人」呢？但謝明良到此還是搞錯，此等中文程度又值得吾人再豎起大拇指也！

連陳振孫生存時代都搞不清楚的謝明良，卻能大剌剌的指出《清異錄》「係假託陶穀之名的偽書」，大概沒人敢相信。而從謝明良這篇文章，可看出他以前所發表的論文應該也有不少「可觀之處」才是。

謝明良和石守謙被告時的出庭照片（台北地方法院，最左為謝明良，中間背對頭禿者為石守謙。本書漏談石守謙，是因為我要用整整一本書來談這傢伙。）

王汎森說中國沒有「政和」年號

史語所所長王汎森，今年中研院的新科院士。我不認識他，也毫無過節，不過幾年前我看到這篇文章時，簡直快吐血。王汎森應該不屬於「三流學者」，不過我還是一直想不透他怎麼會發生這種烏龍。更扯的是審稿者也沒發現。（我沒在七月選院士前公布此文，王汎森應該要感謝我。）

新史學六卷四期
一九九五年十二月

明代後期的造偽與思想爭論
——豐坊與《大學》石經

王汎森*

本文是藉明代後期思想界的一個小人物豐坊及他所偽作的石經《大學》來探討當時思想界的爭論。由這一部書的出現，以及它能迅速吸引大量第一流思想家的注意，可以看出當時思想界對程朱、陸王的聚訟，以及《大學》文本之爭的深刻焦慮。此外，透過這一本偽書及它的支持者們所作的詮釋，也可以襯出當時一段修正王學的思想動向。

豐坊在編造石經《大學》出土過程時，還有意無意留下一點破綻，讓人知道這是他偽造的。他故意露出一些線索，讓有學術素養的人知道他與這份重新出世的文獻關係並不單純。這條線索便是「政和石經」這個名字。凡稍熟悉中國年號的人，都知道有「政始」無「政和」。而凡熟悉石經之歷史者，也知道在所有石經中，並沒有政和石經，而且政始石經中也沒有《禮記》[38]。也許我們可以說因為明人不讀書，以上的漏洞並不易被察覺，不過豐氏如果真想欺人，大可不必造一個一戳即破的名字。他顯然故意弄錯，以引導人們知道這是他的作品，以炫耀他的博學、聰明和技藝。他既想騙過時人，又要故露破綻；這有點像張大千自己偽造古畫而又由自己來解破的心態。能偽造古書到了亂人耳目的地步便是一件讓人嘖嘖稱奇的事，而當別人分不清楚真假時，由自己出面扮演辨偽者的角色，一一點破作偽者的破綻。如此一來一往，聲譽自然鵲起，也就「本立而道生」了。豐氏雖然不曾親自出面點出自己的破綻，不過，他顯然故意留置了線索。

豐坊偽造所謂的「政和石經」，就是故意將時代設定為北宋末年，藉口歷經金人入侵、宋室南遷，時局動盪，所以「石經」佚失，直到明代才重新出土。王汎森竟不知「政和」為宋徽宗的年號，還認為是豐坊「有意無意留下的破綻」，因為「明人不讀書」，所以沒發現！（這不能怪到可憐的代罪羔羊「手民」身上，因為看完全文，你會發現台大歷史碩士、普林斯頓博士的王汎森，真的認為中國歷史上沒有「政和」年號。）

　　這是一篇短文章，寫明代歷史上的一個小人物豐坊。在歷史上，豐坊(約1500-1570)被當作一個「妄人」看待。明代流行的幾部笑話書中[1]，常記載有關豐坊的諧謔故事。尤其是黃宗羲的一篇〈豐南禺別傳〉，更把這個「妄人」的博雅、機智、狂妄、怪異寫得淋漓盡致。在歷史上，豐坊還以造偽聞名。而他所造的《大學》石經，因為聯繫到一個理學史上的重大問題，竟在學界廣泛流傳，引起無數的爭論。這樣一

---

* 中央研究院歷史語言研究所
[1] 如天都外史冰華生《雪濤諧史》，在王利器輯，《中國古代笑話書》(台北：世界書局，1985)，頁181。

這篇文章的第一頁第一段。王汎森看到「雪濤」兩個字還想不到明代有名的文人江盈科，明史根本不及格。《雪濤諧史》是江盈科輯的書，「天都外史冰華生」是潘之恒的別號，他只是「校梓」，根本不是該書的作者或編者。

　　雖然劉宗周知道石本是個偽品，但是因為他覺「文理益覺完整」，又急於證明《大學》原無缺簡，所以竟刻意漠視石本的可靠性的問題，並以這個有問題的本子作為他最後一部著作的基礎。在劉宗周身上，文獻的真偽問題在高度的義理關懷下似已變得不太重要了，雖然吳應賓與瞿汝稷很早就指出歷史上並無「政和」年號，故石本必偽，但是劉宗周並不理會他們。在劉宗周自殺八年後(1653)，他的學生陳確(1604-1677)決定徹底解決《大學》版本的問題。這一回，他不像他老師，一直到臨死前還對各種《大學》改本著抱著唯有一「疑」而已的猶豫態度，他宣稱，《大學》根本就是一篇偽書[53]。

這篇文章的最後一頁倒數第二段，王汎森還是以為中國沒「政和」年號，這個歷史語言研究所所長真的是怪怪的！

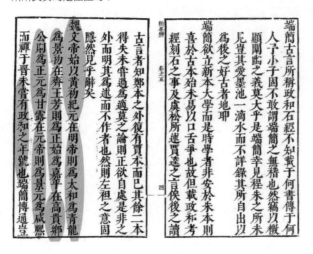

吳應賓《古本大學釋論》的意思是說曹魏沒有「政和」年號，王汎森搞錯意思！

516

著作

〈秦十二金人考〉,《秦文化論叢》第四輯（秦始皇兵馬俑博物館,1995）。

〈谿山行旅圖鈐印的新發現〉,《故宮文物月刊》166 期。(1997.1)

〈快雪時晴帖鈐印的新發現〉,《故宮文物月刊》171 期。(1997.6)

〈試論平安何如奉橘帖上的平海軍節度使之印〉,《故宮文物月刊》172 期。(1997.7)

〈宋代三省官印初探〉,《故宮文物月刊》173 期。(1997.8)

〈蜀素帖上的「忠孝之家」印爲何人所有考〉,《故宮文物月刊》175 期。(1997.10)

〈懷素自敘帖新研〉,《故宮文物月刊》231 期。(2002.6)

〈綠天庵刻本「自敘帖」僞刻考辨〉,《故宮文物月刊》235 期。(2002.10)

〈綠天庵刻本「自敘帖」僞刻再辨〉,《故宮文物月刊》241 期。(2003.4)

1997《周越墨蹟研究—你不知道的故宮博物院》（與李敖、陳兆基合著,桂冠）

2002《約旦狂人在隘寮》（中國之翼）

2003《假國寶—懷素自敘帖研究》（桂冠）

2004《假國寶與三流學者—懷素自敘帖研究續集》（秀威）

懷素自敘帖研究續集

作　　者／王裕民

發 行 人／王裕民

代理發行／秀威資訊科技股份有限公司

　　　　　台北市內湖區瑞光路 583 巷 25 號 1 樓

　　　　　電話：02-2657-9211　　傳真：02-2657-9106

　　　　　E-mail：service@showwe.com.tw

　　　　　劃撥帳號：1956386-8

經 銷 商／展智文化事業股份有限公司

　　　　　台北縣板橋市松江街 21 號 2 樓

　　　　　電話：02-2251-8345

出版日期／2004 年 10 月

定　　價／450 元

後記

　　本書付印時，我看到何傳馨在本期《故宮文物月刊》上所發表〈讓墨蹟說話：懷素「自敘帖」的實況〉，文中有個新發現，就是前隔水和本幅間的下方騎縫半印，此印只能看到左上角的「房」字，所以一般研究者都以爲此印是南唐「建業文房之印」，但是何傳馨經過數位影像處理後，認爲此印印文符合北宋末的「邵叶文房之印」，而此印原只出現於跋紙，北宋杜衍題詩與元豐六年蔣之奇題字的兩紙合縫處。

　　但是何傳馨竟然沒發現這兩印事實上是不同的印！關鍵在於「房」字的「戶」部上方。題跋合縫處的「房」字，是左低右高；前隔水和本幅的騎縫印卻是平的，很明顯是兩方印！

　　這可玄了！如果「邵叶文房之印」都是邵叶所鈐，怎會有兩種印文？這是不可能的事！所以有一真一仿！如果跋紙上的是真的，本幅上的半印就是假的；如果跋紙上的印是假的，本幅上的就是真的。

　　若爲前者，則本幅的時代就晚於北宋末年，很可能是南宋以後產生；若爲後者，則此卷「自敘帖」是當年邵叶藏本，但奇怪的是爲什麼有人要在真跋上蓋上假的「邵叶文房之印」？（這卷墨蹟真是太弔詭了！）

　　所以我傾向於前者，即本幅上的「邵叶文房之印」是仿刻的，至於其上方的趙鼎「趙氏藏書」印，以及跋紙上的趙鼎印，可能都有問題。

  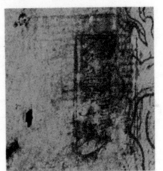

圖八　右：首幅下端「邵叶文房之印」半印（下）與「陸氏珍祕」（上）重疊
　　　　中：經數位影像處理後「邵叶文房之印」清晰可辨。
　　　　左：拖尾第一、二紙騎縫印「邵叶文房之印」

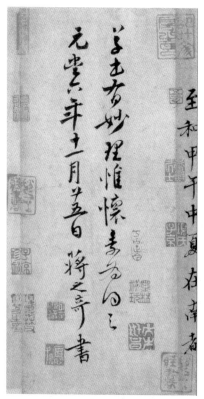

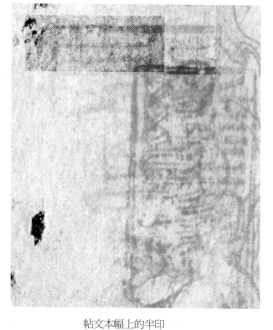

跋紙上的全印 　　　　　　　　　　　　帖文本幅上的半印

兩印的「房」字有很大的差異！　「邵」字的左上角「刀」亦略異，左印第二橫往右下傾斜。